BASTEI LÜBBE

EILEEN GOUDGE

Schwestern

Aus dem Englischen von
Dörthe Emig und
Emily von Irschenberg

BASTEI LÜBBE

BASTEI-LÜBBE-TASCHENBUCH
Band 12254

1. Auflage Dezember 1994
2. Auflage April 1995

Titel der amerikanischen Originalausgabe:
Such devoted Sisters

Originalverlag: Viking Penguin; Inc., New York

Ungekürzte Taschenbuchausgabe
Printed in Germany
Einbandgestaltung: K. K. K.
Satz: IBV Satz- und Datentechnik, Berlin
Druck und Bindung: Elsnerdruck, Berlin
ISBN 3-404-12254-2

Der Preis dieses Bandes versteht sich einschließlich
der gesetzlichen Mehrwertsteuer

Für meinen literarischen Agenten
und geliebten Ehemann Albert Zuckerman,
der dieses Buch so liebevoll und
erfolgreich begleitete wie mich selbst

Und für meine eigene Schwester
Patty Goudge

Prolog

Hollywood, Kalifornien
September 1954

An der Ecke Sunset Boulevard/Vine Street stieg Dolly Drake aus dem Bus. In der vor Hitze flirrenden Luft schien sich der Bürgersteig zu wölben, und sie setzte vorsichtig den Fuß auf das Pflaster, fast so, als befände sie sich an Bord eines Schiffs auf hoher See. Ihr Magen drehte sich, und in ihrem Kopf hämmerte es. In der geschwungenen Seitenfront des NBC-Gebäudes, das vor ihr aufragte, spiegelten sich die Sonnenstrahlen derart grell wider, daß ihr das gleißende Licht wie glühende Nadeln in die Augen stach.

Irgend etwas ist im Anzug, dachte Dolly. *Eine leichte Grippe… oder vielleicht meine Periode.*

Aber nein, sie war nicht krank! Der Gedanke durchzuckte sie wie ein plötzlicher Schmerz. Was sie quälte, war kein Grippevirus – es war weitaus schlimmer… Sie hatte die ganze Nacht kein Auge zugetan, vielmehr versucht, eine Lösung für das Problem zu finden, das sie und ihre Gedanken wie einen tollwütigen Hund unentwegt im Kreise herumlaufen ließ. Aber noch immer war sie zu keiner Lösung gekommen und hatte nicht gewagt zu entscheiden, welchen Weg sie einschlagen sollte.

Dolly dachte an den Brief, den sie bei sich trug. Sie blickte auf die schäbige Lackledertasche an ihrem Arm, deren Schulterriemen sich bereits im bedrohlichen Stadium der Auflösung befand, und sie sah den Brief so deutlich vor sich, als besäße sie Supermans Röntgenblick: den großen weißen Umschlag, den sie zweimal gefaltet hatte, damit er in ihre Tasche paßte.

Darin befand sich nichts weiter als die Fotokopie des Protokolls von einem Treffen der Common Man Society. Das Protokoll trug das Datum des 16. Juni 1944. Das war vor zehn Jahren gewesen.

Was bewies das schon? dachte Dolly. So ein lausiger linker

Sympathisantenverein, der sich vor langer Zeit aufgelöst hatte – mit einer Menge Mitglieder, von denen man nie etwas gehört hatte. Mit einer Ausnahme. Der Name, der in dem verblaßten, doch nach wie vor lesbaren Gekritzel am Schluß der Seite stand, war Millionen rechtgläubiger Amerikaner so vertraut wie ihr eigener. Auf diese Person würde sich Senator Joe McCarthy drüben in Washington nur zu gern stürzen. Der handschriftliche Zusatz lautete:

Mit vorzüglicher Hochachtung
Eveline Dearfield
1233 La Brea Blvd.
Los Angeles, Cal.
Protokollführerin

Aber das war natürlich lange bevor Eveline sich in Eve umbenannt hatte und von La Brea nach Bel Air gezogen war. Lange bevor sie einen Oscar bekommen und den großen Regisseur Dewey Cobb geheiratet hatte. Und lange bevor sie angefangen hatte, sich um ihre Schwester Dolly einen Dreck zu scheren.

Dolly atmete tief durch, sogar die Luft schien heute nach kochendem Asphalt zu schmecken. Sie dachte an den Cadillac mit Klimaanlage, in dem Eve jetzt immer herumfuhr: schneeweiß, mit kirschroten Ledersitzen und einem Dach, das man zurückklappen konnte. Dolly überlegte, wie es wohl wäre, jetzt in diesem Cadillac zu sitzen und mit wehendem Haar den Sunset Boulevard entlangzugleiten. Zahlreiche Menschen würden sich voller Bewunderung und Neid den Hals verrenken und sich fragen: *Wer mag sie wohl sein? Sicher jemand Berühmtes.*

Das Dröhnen einer Hupe riß sie jäh aus ihren Träumen. Kurz darauf wurde sie von einer Gruppe von Möchtegern-Schauspielerinnen – einfach zu jung, zu blond und zu rehäugig, um irgend etwas anderes sein zu können – im Vorbeigehen angerempelt, die sich tuschelnd den neuesten Klatsch erzählten, während die Sonnenstrahlen ihre seidenbestrumpften Beine streichelten. Eines der Mädchen trug zwei verschiedene Strümpfe, zweifellos das Ergebnis sparsamen Haushaltens. Dolly lächelte grimmig und dachte an die Büchse Campbell's Nudeln mit Huhn, die sie zu Hause in ihrem Westwood-Bungalow erwartete. Vermischt mit Wasser – sie nahm immer die doppelte Menge von dem, was auf der Büchse angegeben war –, einem kräftigen Schuß Ketchup und einer Handvoll Croutons konnte eine solche Suppe schon eine Zeitlang den Hunger stillen. Zumindest so recht und schlecht. Und vielleicht würde sie sich zum Nachtisch einen Schokoladenriegel gönnen. Schokolade war doch immer etwas Erfreuliches.

Im Augenblick jedoch wurde ihr schlecht, wenn sie nur an Essen dachte. Sollte sie Eve die Ohrfeige geben, die sie verdiente? War sie dazu imstande? Konnte sie ihrer kleinen Schwester wirklich so übel mitspielen – sie vielleicht sogar ruinieren?

In Gedanken war sie plötzlich wieder in Clemscott. All die Jahre schienen vergessen, und sie hörte Pfarrer Daggetts Stimme von der Kanzel schmettern: »Ziehet an die Waffenrüstung Gottes, damit ihr bestehen könnt gegen die listigen Anläufe des Teufels...« Soweit so gut, dachte Dolly. Und wer ist für mich eingetreten, als Klein-Evi nach jeder bescheidenen Rolle schnappte, für die ich mich interessierte? Und dann kam mein Freund dran... die Stadt war voller Männer, und sie mußte ausgerechnet meinen haben.

Dolly spürte Tränen aufsteigen. Bittere Tränen, die wie Säure brannten. Sie wischte sich mit der Hand über die Augen und zog die Nase hoch. Das wäre ja noch schöner, wenn sie sich auf offener Straße heulend erwischen ließ und dann womöglich bei Syd noch mit roten und geschwollenen Augen auftauchte. Von Mama-Jo hatte sie eins gelernt: die eigenen Probleme im stillen Kämmerlein zu lösen.

Dolly überquerte die Straße und hielt sich jetzt Richtung Vine Street. Die Hitze schien an ihr zu zerren, und es kam ihr so vor, als würde sie weniger gehen, als sich vielmehr einen Weg bahnen durch etwas von fester, gleichwohl klebriger Beschaffenheit. Ob sie wohl jemals ankam? Auf der Höhe des Gebäudes von Castle Camera's beschattete sie ihre Augen mit der Hand, blickte auf die Uhr an der Spitze des ABC-Gebäudes und sah, daß es bereits fast Viertel nach zwei war. Ihre Verabredung mit Syd war um zwei Uhr gewesen. Wieder einmal zu spät, dachte sie. Aber war dieses Zuspätkommen nicht typisch für ihr ganzes Leben? Sie hatte immer wieder den Anschluß verpaßt.

Sie beschleunigte ihre Schritte, ihre Sandaletten klapperten über das heiße Pflaster, und in ihrem Kopf dröhnte es wie die Paukenschläge einer Marschmusik. Syd regte sich wahnsinnig auf, wenn man zu spät kam. Er konnte es nicht ausstehen, auf jemanden warten zu müssen. *Zur Hölle mit Syd,* dachte Dolly plötzlich, *schließlich bezahle ich ihn dafür.* Es sei denn, man ginge der Sache auf den Grund und wollte ausrechnen, wieviel zehn Prozent von nichts für den Agenten waren... nämlich nichts. Ihr letzter Film, *Dames at Large,* war noch nicht einmal in die Kinos gekommen, und seither hatte es für sie lediglich ein paar Statistenrollen und einen Werbespot für das Fernsehen gegeben.

So war das Leben eben. Dolly Drake fing immer wieder bei Null an, während Klein-Evi durch einen Messingstern und den Abdruck ihrer Hände auf dem Bürgersteig vor Grauman's Unsterblichkeit erlangt hatte.

Und nun hatte sie auch noch Val.

Dolly hatte das Century Plaza Hotel erreicht, dessen Fenster die grelle Sonne spiegelten. Für einen Augenblick sah sie ihr Spiegelbild: eine hübsche junge Frau Ende Zwanzig – ihr dreißigster Geburtstag war erst im Mai nächsten Jahres –, mit strohblondem Haar, das sich aus den Kämmen löste, die es am Hinterkopf festhalten sollten. Sie war eher mollig als schlank, was durch das geblümte rosafarbene Kleid aus Kunstseide, immerhin das beste, das sie besaß, noch unterstrichen wurde. Die Sonne blinkte verräterisch auf der Sicherheitsnadel, mit der Dolly den losen Rocksaum befestigt hatte. Dolly zuckte zusammen. Man sieht es, dachte sie. Gleichgültig, wie gut du versuchst, es zu verbergen, man sieht dir an, wie fertig du bist.

Der Umschlag in ihrer Handtasche fiel ihr wieder ein, und ihr Magen krampfte sich erneut zusammen. Der Brief war gestern in der Post gewesen, zusammen mit einer Notiz von Syd. *»Ich dachte, das interessiert Dich vielleicht. Ein alter ›Freund‹ von Deiner Schwester hat mir das geschickt. Ruf mich an.«* Das war das erste Mal, daß Syd sich auf dem Postweg meldete. Sein ganzes Leben spielte sich am Telefon ab. Aber hier handelte es sich um etwas anderes. Syd verfolgte einen sehr eigennützigen Zweck.

Vor sechs Jahren hatte Eve ihn sitzenlassen – als Agenten und als Bräutigam, eine Woche vor dem festgesetzten Hochzeitstermin. Syd hatte sich zwei Wochen lang vollaufen lassen, er hatte sich weder mit jemandem getroffen, noch war er ans Telefon gegangen, was für ihn der Amputation seiner Zunge gleichkam. Seit dieser Geschichte hatte Syd sich verändert, und eine bislang ungewohnte Härte prägte nun seinen Umgang mit anderen Menschen.

Dolly war vollkommen klar, daß das letzte, was Eve wollte, ein Sturz der amerikanischen Regierung war. *Sie ist so sehr Kommunistin wie Mamie Eisenhower,* dachte sie. Wahrscheinlich hatte sich irgendein wichtiger Mensch vom Film dort mit Eve getroffen und sie dann gebeten, ein paar Notizen zu machen. Am nächsten Tag hatte sie das alles bereits vergessen. Hätte sie sonst nicht zumindest mit Dolly darüber gesprochen?

Aber die Dinge lagen heute völlig anders als während des Krieges. Das wunderbare Zusammengehörigkeitsgefühl der Menschen, das Bewußtsein, für eine gemeinsame Sache zu kämpfen, waren verschwunden. Heute wußte man nicht, wem man trauen konnte. Jeder konnte einem in den Rücken fallen – ganz besonders hier in Hollywood. Jeder, dem auch nur die leiseste Sympathie mit dem Kommunismus nachgesagt werden konnte oder der dessen offen angeklagt wurde – auch der erstklassige Regisseur oder Schauspieler –, verlor seinen Job und stand fortan auf der schwarzen Liste. Er fand keine Arbeit mehr in der Stadt. Es war wie ein lautloses Sterben. Dagegen hatten es Tote fast besser, zumindest sagten die Leute dann bei der Beerdigung noch ein paar nette Dinge über sie.

Und nun lag es in ihrer Hand, ob auch Eve bald zu diesen ausgelöschten Seelen gehören würde.

Eines mußte man Senator McCarthy lassen, er liebte Schlagzeilen. Und je größer der Name war, den er wegen staatsgefährdender Umtriebe anprangerte, desto stärker war die Reaktion der Presse. Eve war berühmt. Je berühmter sie waren, um so tiefer fielen sie.

Dolly durchzuckte ein Gefühl tiefster Bitterkeit. *Das geschähe ihr nur recht. Dann würde sie mal sehen, wie das war, wie all die anderen in Armut und Schmutz zu leben. Und was würde wohl Val Carrera dann von ihr halten?*

Dolly umklammerte ihre Tasche, als befürchtete sie, das Dokument darin könne ihr sonst davonfliegen. Die ganze Nacht lang hatte sie mit sich gerungen, was sie tun sollte, und nun wußte sie auch weshalb. Sie brauchte sich nicht länger etwas vorzumachen: *Eve hatte wohl kaum je mit sich gerungen, als sie ihr in den Rücken gefallen war.*

Dolly hatte einen harten Zug um den Mund, als sie in den Hollywood Boulevard einbog und gleich darauf die kühle marmorne Eingangshalle des Bürohochhauses an der Ecke betrat. Nun, sie würde erst eine endgültige Entscheidung treffen, wenn sie mit Syd gesprochen hatte. Bei ihrem gestrigen Telefonat hatte er nur gesagt, daß er mit ihr über etwas sehr Wichtiges reden müßte. Aber was, um Himmels willen, konnte wichtiger sein als die Sache mit Eve?

»Das wäre so gut wie Mord«, sagte Dolly.

Sie saß auf der niedrigen skandinavischen Couch gegenüber von Syds nierenförmigem Schreibtisch und spürte den lauwarmen Luftstrom des Ventilators auf dem Fensterbrett. In den Händen drehte sie den Umschlag, den sie aus ihrer Handtasche geholt hatte. Sie betrachtete ihn wie einen häßlichen kleinen Köter, der Anstalten macht, einen zu beißen. Aus irgendeinem Grund schien ihr der Gedanke plötzlich realer – und noch ungeheuerlicher – zu sein als auf dem Weg hierher. Ihr Herz klopfte so wild, als hätte sie nicht den Aufzug genommen, sondern wäre die vier Stockwerke die Treppe hinaufgerannt.

Sie sah sich in Syds Büro um und wunderte sich über die fehlende Unordnung – es gab keine von Drehbüchern überquellenden, verstaubten Regale, keine Ablagekörbe mit Bergen von unbeantworteter Post und keine stinkenden Aschenbecher voller Kippen. Jeder Quadratzentimeter der blaßgrünen Wände war von gerahmten Fotos bedeckt – die meisten zeigten Eveline Dearfield. Eve mit der Hand in der Hüfte vor dem Dornröschenschloß im damals gerade eröffneten Disneyland. Eve kniend vor Grauman's – mit den Händen im feuchten Beton. Eve mit strahlendem Lächeln am Steuer des brandneuen Bel-Air-Kabrioletts, das ihr von Universal überreicht worden war.

Was für ein gottverdammtes Museum, dachte Dolly. Eve mag Syd verlassen haben, aber er hat sie niemals vergessen.

Dolly schaute sich Syd genauer an. Er war der Typ des gutaussehenden Mannes, den Mama-Jo als »aalglatt« bezeichnet hätte – abgesehen davon, daß seine Gesichtszüge etwas schärfer geworden waren, seine Schläfen langsam grau wurden und sich eine Reihe winziger Fältchen über seiner Oberlippe eingegraben hatten. So wie Syd in diesem Moment dasaß, die Füße auf dem Schreibtisch, die langen Beine in tropentauglichem grauem Serge, und sie mit seinen braunen Augen durchbohrend ansah, fühlte sich Dolly, als würde sie in den Gewehrlauf von Daddys Winchester starren.

Er war nichts weiter als ein zweitklassiger Agent, vielleicht noch nicht einmal das, aber deshalb konnte ihm Dolly nicht den miesen Verlauf ihrer Karriere anlasten, an dem auch der halbwegs passable finanzielle Erfolg von *Dames in Chains* nichts änderte. Wenn sie ihn allerdings als Mann betrachtete, mußte sie zugeben, daß sie eher mit einer Klapperschlange ins Bett gehen würde als mit Syd.

Was sie ihm gegenüber in diesem Augenblick fühlte, ging indes weit über bloßen Abscheu hinaus. Das furchtbare Dokument umklammernd, das er ihr in die Hände gespielt hatte, verspürte Dolly nichts als Haß für diesen Hundesohn, der ihr grinsend wie der Fuchs im Hühnerstall gegenübersaß und ihre Gefühle so genau kannte wie ein Einheimischer die Schleichwege seiner Heimatstadt. Sie haßte ihn dafür, daß er ihr eine Entscheidungsgewalt gab, die sie niemals hätte haben dürfen. Warum stand sie nicht einfach auf und verließ sein Büro? Aber hatte er nicht gesagt, er habe ihr etwas Wichtiges mitzuteilen? Da sie nun schon einmal hier war, konnte sie sich das auch noch anhören.

»Warum ich?« fragte sie mit gepreßter Stimme. »Wieso hast du dieses Papier ausgerechnet an mich geschickt? Wenn du Eve wirklich so haßt, hättest du dich als großer Patriot erweisen und es persönlich Senator McCarthy und seinem Untersuchungsausschuß überreichen können.«

»Du hast das völlig falsch verstanden. Es geht hier lediglich um Geschäfte – und zwar um deine. Das Ganze hat überhaupt nichts mit irgendwelchen Gefühlen meinerseits zu tun«, sagte Syd gleichmütig, doch das kalte Flackern in seinen Augen strafte seine Worte Lügen. »Können wir nun endlich miteinander reden?«

Dolly beugte sich nach vorne. Sie stellte fest, daß sie leicht zitterte, und stützte die Ellenbogen auf die Knie. Ihr Magen begann wieder zu revoltieren.

»In Ordnung, aber vergiß bitte nicht, daß sie trotz allem meine Schwester ist!« Als sie das sagte, mußte Dolly auch an ihre

Nichte Annie denken, Eves kleine Tochter. Sie waren beide ihr Fleisch und Blut.

»Laß mich erst mal ausreden«, entgegnete Syd verständnisvoll und fast besänftigend, »dann kannst du deine Entscheidung treffen.« Er wartete, bis sie sich auf dem schaumgummigepolsterten Sofa wieder zurückgelehnt hatte. »So ist es schon besser. Dolly, mein Schatz, du weißt, was mit dir nicht stimmt, nicht wahr? Du bist nett. Und in dieser Branche ist nett gleichbedeutend mit dumm. Du bist nett, aber mit Nettigkeit bekommt man nicht die Hauptrolle in *Devil May Care.*«

Dolly sah, wie seine Lippen sich bewegten, sie hörte auch, was er sagte, doch schien eine kleine Ewigkeit zu vergehen, bis sie den Sinn seiner Worte verstand. Dann traf es sie wie ein Blitzschlag. Er sprach von *Devil May Care* und der Rolle der Maggie Dumont, von der jede Schauspielerin in der Stadt träumte. Und Eve hatte sie sich natürlich gesichert.

Sie wurde wütend. Wie konnte dieser Mistkerl es wagen, *ihr* diese Rolle auch nur in Aussicht zu stellen? Wie konnte er auch nur für eine Sekunde so tun, als hätte sie die geringste Chance?

Sie starrte ihn zornig an und stellte erstaunt fest, daß er es wirklich ernst zu meinen schien. »Was redest du da für einen Unsinn?« fragte sie.

»Ich sage, daß ich dir – wenn du willst – mit achtundachtzigprozentiger Sicherheit die Rolle verschaffen kann.«

Dolly spürte längst vergessen geglaubte Träume plötzlich erwachen, und wider jede Vernunft wurde sie von wilder Hoffnung erfüllt. Doch dann überlegte sie nüchtern: *Devil May Care* war eine Produktion von Otto Preminger. Und Otto Preminger hatte im vergangenen Jahr mit Hilfe von Eve, die die Hauptrolle in seinem letzten Film gespielt hatte, den Oscar als bester Regisseur bekommen.

»Wie kommst du auf die Idee, daß Preminger – wenn Eve nicht mehr im Rennen wäre – mich auch nur in Betracht ziehen würde?« fragte Dolly. »Ich wäre ebenso gut auch für *Storm Alley* in Frage gekommen. Du hast damals sogar schon über Vertragsbedingungen verhandelt. Und irgendwie hat Eve dann die Rolle bekommen – für ein Vielfaches von dem, was man mir gezahlt hätte.«

»Das ist genau das, was ich sage. Preminger würde Kopfstände für Eve Dearfield machen. Er ist verrückt nach ihr. In seiner Vorstellung *ist* sie Maggie Dumont. Aber denk mal nach, Schätzchen. Versetz dich in seine Lage. Wenn er Eve nicht haben kann, was ist dann das Nächstliegende?«

Konnte das wahr sein? Eve und sie sahen sich zweifellos ähnlich. Sie waren nur sechzehn Monate auseinander, also fast wie Zwillinge. Das war aber auch alles. Eve war eine Schönheit, und Dolly... nun ja, sie war hübsch. Auf dem gerahmten Foto an der Wand über Syds Kopf konnte sie Eves von Natur aus fast platinblondes Haar erkennen. Dagegen hatte ihr eigenes Haar die Farbe von schmutzigem Spülwasser, ließ man einmal ihre Tönungsversuche in Richtung Honigblond außer acht. Eves Augen waren von einem tiefblauen Indigo, Dollys von einem verwaschenen Hellblau... Man konnte beinahe den Eindruck gewinnen, als habe ein Künstler nach der Anfertigung einer groben Skizze genau überprüft, was man besser machen könnte, und dann ein Porträt von erlesener Schönheit gemalt. *Wäre ich häßlich, wäre ich besser dran – dann könnte man wenigstens keine Vergleiche ziehen.* Das einzige, was sie Eve voraus hatte, war der Busen. Im letzten Jahr auf der Clemscott High-School war sie diejenige gewesen, die von den Jungs wie eine Geiß von liebeskranken Böcken verfolgt wurde.

O nein, dachte Dolly. Preminger würde keinesfalls als Ersatz ein drittklassiges Filmsternchen akzeptieren, solange er Eve selbst haben konnte. Aber wenn Eve nicht greifbar wäre?

Angenommen, Syd hatte recht. Er würde mit Sicherheit nicht ruhig hier sitzen, statt mindestens zwei Dutzend Telefonate zu führen, wenn er nicht seine Fühler ausgestreckt und einige Reaktionen bekommen hätte, die der Überlegung wert waren.

Warum sollte er sonst seine so kostbare Zeit ausgerechnet mit ihr verschwenden? Er mochte zwar nicht gerade über die besten Verbindungen verfügen, hatte aber genügend Bekannte beim Rundfunk und beim Fernsehen. Immerhin würde ein solcher Handel – ganz abgesehen vom Geld – sie beide auf die Titelseiten bringen. Es konnte ihr Durchbruch sein.

Syd vertrat zwar eine Menge ganz passabler Leute und mußte nichts entbehren, aber er hatte keinen Star zu bieten. Verständlich, daß Syd versuchte, Geld – und Furore – zu machen... aber wahrscheinlich dachte er auch daran, daß Eve ihn damals behandelt hatte, wie man ein Stück Dreck vom Kotflügel seines Autos schnippt.

»Ich könnte so tun, als hätte ich das nie gesehen.« Dolly schluckte schwer und klopfte mit dem Umschlag gegen ihr seidenbestrumpftes Knie. Die Kaulquappe in ihrem Magen hatte sich mittlerweile in einen riesigen, feisten Frosch verwandelt. »Was geht es mich an, daß Eve irgendwann mal in so einem Debattierklub war? Vielleicht hat sie geglaubt, ihren Beitrag zur Rettung der Welt zu leisten, indem sie in einem verrauchten Hinterzimmer den Theorien von ein paar linken Spinnern zugehört hat. Mit der Zeit hätte sie das sicher bald gelangweilt.« Dolly spürte, wie sich eine dünne Eisschicht um ihr Herz legte. »Eve interessiert sich nur für Eve, das weiß ich wohl am besten.«

Sie dachte an Val und war selbst überrascht über den plötzlichen Schmerz, den sie empfand. Es war jetzt fast ein Jahr her, und sie hatte ihn damals gerade ein paar Wochen gekannt – eigentlich nicht lange genug, um über ein gebrochenes Herz zu klagen.

Im Grunde war es auch nicht Vals Verrat gewesen, der sie so sehr verletzt hatte, sondern Eves Verhalten.

»Du könntest es einfach vergessen«, meinte Syd jetzt kühl und überlegt. Sein Sessel gab ein leises Quietschen von sich, als er sich noch weiter zurücklehnte und seine großen Hände im Nacken verschränkte. Er hatte ungeheuer üppiges und widerspenstiges Haar – man hatte fast den Eindruck, als würde er es düngen, was zu diesem Mistkerl gut gepaßt hätte. »Du *könntest* die Sache einfach vergessen, aber ich glaube nicht, daß du das tun wirst.«

Dolly spürte, wie sich ihre Kehle verengte. »Ich habe immer noch nicht verstanden, was das ganze Theater soll. Wieso schickst du deine dreißig Silberlinge nicht direkt nach Washington? Dazu brauchst du doch mich nicht.«

»Erraten, Süße. *Ich* brauche *dich* bestimmt nicht. Es ist wohl eher umgekehrt.«

Dolly erhob sich leicht benommen, und der Umschlag flatterte von ihrem Schoß auf den sandfarbenen Teppichboden. Zur Hölle mit Syd! Auf das, was er ihr zu bieten hatte, konnte sie genausogut verzichten. »Ich brauche dich so dringend, wie ich ein zweites Arschloch brauche, Syd.«

Er grinste sie an, doch lag in seinem Grinsen etwas, das sie schaudern ließ. Er beugte sich nach vorn und legte die Handflächen mit gespreizten Fingern auf die Tischplatte. Unter seinen warmen Händen lief das Glas an.

»Dolly, Süße, du hast es anscheinend immer noch nicht kapiert.« Seine Stimme war sanft, aber jedes Wort traf sie wie ein Nadelstich. »Du hältst es wohl immer noch für ganz selbstverständlich, daß Eve alles bekommt – einfach weil sie Eve ist. Weil sie eben besser aussieht und mehr Talent hat, ist es nicht so? Aber darum geht es in diesem Geschäft nicht. Eve hat Krallen – im Gegensatz zu dir. Sie würde für eine Rolle – für jede Rolle – über Leichen gehen. Du bist einfach zu harmlos, Dolly. In dieser Branche mußt du wie ein Barrakuda sein. Nimm, was du kriegen kannst. Verdammt noch mal, du glaubst doch wohl nicht im Ernst, daß Jane Russell mit Howard Hughes gebumst hat, weil er so gut im Bett war?« Er machte eine Pause und ließ sie das Gesagte erst einmal verdauen. Dann stand er auf und ging um den Tisch herum zu der Stelle, wo sie den Umschlag hatte fallen lassen. Er hob ihn auf und drückte ihn ihr in die Hand. In dem durch die Jalousien fallenden goldenen Sonnenlicht schien ihr sein Siegelring zuzuzwinkern. »Zeig mir, wie sehr du den Erfolg willst, Baby. Zeig mir, daß du *alles* tun würdest. Dann bist du auf dem richtigen Weg.« Er grinste wieder. »Angenommen, Eve wird plötzlich krank oder verschwindet mit ihrem Typen nach Acapulco. Oder angenommen, sie käme auf die schwarze Liste – was, glaubst du, würde Otto sagen, wenn du bei ihm im Büro erscheinst und Eve so ähnlich siehst wie eine Zwillingsschwester?«

Dolly hörte nur zur Hälfte, was er sagte. In Gedanken war sie plötzlich weit in der Vergangenheit. Sie sah zwei übermüdete, magere Mädchen aus einem Greyhound-Bus steigen, die als einziges Gepäckstück einen abgenutzten Pappkoffer mit sich schleppten: Doris und Evi Burdock aus Clemscott, Kentucky, waren erschöpft, überanstrengt, kichernd in Los Angeles angekommen. Dolly konnte Eves liebliche helle Stimme noch genau hören: *»Von nun an gibt es nur noch dich und mich, Dorrie, so wie es bei Mutt und Jeff ist. Wir werden immer füreinander dasein... und nichts wird uns trennen können.«*

Obwohl sie damals kaum Geld zum Leben hatten, war alles besser gewesen, oder anders, sie konnte es nicht so richtig erklären. Dolly dachte an die stickige Ein-Zimmer-Wohnung, die sie mit ihrer Schwester geteilt hatte, wo es im Sommer immer wie in einem schlecht gelüfteten Bus roch. Es gab auch kein Telefon, telefonieren mußten sie von einem der Supermärkte aus. Als sie dann endlich genug Geld für ein eigenes Telefon zusammengekratzt hatten und es zum erstenmal klingelte, teilte ihnen Syd mit, daß Eve eine kleine Rolle in einem schlecht dotierten Film mit dem Titel *Mrs. Melrose* ergattert hatte. Eve war überglücklich und hatte zwei Flaschen Champagner spendiert. Die Schwestern waren sich immer wieder in die Arme gefallen, hatten die ganze Nacht geredet und sich ihre rosige Zukunft als zwei berühmte Filmstars ausgemalt, deren Namen in riesenhaften Lettern von den Reklametafeln im ganzen Land strahlten.

Auch in weniger guten Zeiten hatten sie zusammengehalten.

Zum Beispiel hatte Dolly das kümmerliche Entgelt, das sie als Kellnerin verdient hatte, mit Eves Lohn als Verkäuferin bei Newberry's in einen Topf getan. Davon kauften sie dann ein anständiges Kleid für sie beide, das für wichtige Vorsprechtermine gedacht war.

Nur – hatte nicht Eve letztlich immer dieses verdammte Kleid getragen?

Dolly kniff die Augen zusammen. In ihren Schläfen pochte das Blut.

Ja, dachte sie, man konnte mit Eve viel Spaß haben, sie konnte wirklich lieb und manchmal auch großzügig sein. Aber sie wollte immer das Doppelte zurückhaben. Und was unerreichbar war, interessierte sie am allermeisten. Eve konnte einer Herausforderung genausowenig widerstehen wie die Gezeiten dem Vollmond.

Dolly öffnete die Augen und sah, daß Syd sie mit einem Ausdruck verhaltenen Mitgefühls beobachtete. Das war weitaus schlimmer als seine Attacken.

»Ich werde über all das nachdenken«, sagte sie und erhob sich.

»Du denkst zu viel. Im übrigen muß die ganze Sache nicht gleich das Ende der Welt bedeuten, weißt du«, meinte er und erhob sich träge aus dem Stuhl. Er ergriff ihre Hand und drückte sie. Dolly spürte das starke Bedürfnis, sich danach die Hand an ihrem Kleid abzuwischen. »Diese ganze McCarthy-Sache wäre wahrscheinlich in ein oder zwei Monaten vergessen. Eve würde vielleicht die eine oder andere Rolle verlieren, aber du kennst sie. Bevor einer von uns sie auch nur bedauern könnte, wäre sie schon wieder auf den Füßen.«

Vielleicht hat er recht, dachte Dolly. Aber wenn nicht? Wie würde sie sich in dem Bewußtsein fühlen, Eves Karriere – oder sogar ihr ganzes Leben – zerstört zu haben? Nein, Syd sollte sich eine andere suchen, die Eves Platz einnehmen konnte und keine Skrupel hatte, ihr in den Rücken zu fallen.

Auf halbem Weg zum Sunset Boulevard bemerkte Dolly, daß sie in der einen Hand noch immer den Brief hielt. Sie erwog, ihn zu zerreißen und in einen Mülleimer zu werfen. Aber sie sah keinen, und so steckte sie den Umschlag wieder in ihre Tasche und ging weiter.

»Tante Dolly, woher kommt der Riß in der Decke?« Annie saß auf einem uralten Hocker in Dollys Küche und ließ die Beine baumeln.

Dolly stand am Herd und rührte in einem Topf. Sie drehte sich fragend zu ihrer fünfjährigen Nichte um, die ihren Zeigefinger nach oben streckte, und blickte dann zur Decke, die von einem klaffenden Riß regelrecht in zwei Teile gespalten wurde. Der Versuch, ihn zu übertünchen, hatte nicht allzuviel gebracht. Die nackte Glühbirne, die von der Decke hing und den schmalen Raum in ein grelles Licht tauchte, machte die Sache auch nicht viel besser.

»Das, mein Schatz, nennt man Geschichte. Diese Decke hier hat wohl alle Erdbeben erlebt, die jemals Los Angeles heimgesucht haben.«

Annie starrte weiter die Decke an und leckte sich dann wie ein Kätzchen über die Lippen. »Wird sie auf uns fallen?«

»Ich würde an deiner Stelle nicht zu laut atmen«, sagte Dolly mit einem kleinen Auflachen und wandte sich dem Herd zu. Als sie sich wieder umdrehte, sah sie den angstvollen Ausdruck auf Annies Gesichtchen.

Dolly ging zu ihr hinüber und nahm sie in die Arme. »Es tut mir leid, mein Schatz. Natürlich wird die Decke nicht herunterfallen. Sie hat so lange gehalten. Jetzt wird sie auch noch halten, bis wir gegessen haben.«

Dolly blickte Annie an, eine melancholische kleine Dame mit den indigoblauen Augen ihrer Mutter und der olivfarbenen Haut und dem dichten schwarzen Haar ihres Vaters. Sie trug ein gepunktetes Schürzenkleid mit einem adrett gestärkten weißen

Kragen und gerüschte weiße Söckchen, die in merkwürdigem Kontrast zu den klobigen schwarzen orthopädischen Schuhen standen, die Annie wegen ihrer einwärts gerichteten Füße tragen mußte. *Armes kleines Ding,* dachte Dolly, *sie hat schon genug mitgemacht.* Annies Vater war im vergangenen Jahr bei einem Flugzeugabsturz ums Leben gekommen, und Eve war nach Mexiko gegangen, um die Hauptrolle in *Bandido* zu spielen, noch bevor die Blumen auf Deweys Grab verwelkt waren. Annie war von einem halben Dutzend Kindermädchen erzogen worden, die letzte Dame war gerade vor zwei Tagen mit einem Kameramann zu Außenaufnahmen nach Rio verschwunden. Eve hatte Dolly aufgeregt angerufen und gefragt, ob sie sich am Abend um Annie kümmern könne. Außer wenn sie Dolly brauchte, meldete sich Eve so gut wie nie.

Dolly hätte beinahe nein gesagt, doch dann dachte sie an Annie und wie allein sie in dem großen Haus in Bel Air mit einem fremden Babysitter wäre. Sie hatte sich erweichen lassen, sie liebte Annie abgöttisch, und es brach ihr fast das Herz, wenn sie daran dachte, in welcher Einsamkeit dieses kleine Mädchen aufwachsen mußte.

»Wann kommt Dearie?« wollte Annie wissen. Sie nannte Eve niemals »Mama«, sondern immer nur »Dearie«.

»Das hat sie nicht gesagt.«

»Wo ist sie hingegangen?«

»Auf eine Party, soweit ich weiß.« Als sich das kleine Gesicht verfinsterte, beeilte sich Dolly hinzuzufügen: »Ein großer Filmstar wie deine Mami muß auf viele Parties gehen. Das gehört mit zu ihrem Beruf.«

»Gehört Val auch mit zu ihrem Beruf?« Annie hatte aufgehört, mit den Beinen zu baumeln, und schaute Dolly aus großen blauen Augen an.

Dolly schluckte, und das Herz schlug ihr plötzlich bis zum Halse. Bitte, lieber Gott, hilf mir. Und das ausgerechnet aus dem Mund eines Kindes!

»Nicht so richtig«, murmelte sie.

»Ich kann Val nicht leiden.« Annies Gesicht wirkte plötzlich sehr streng und klein und bekam einen unversöhnlichen Ausdruck.

Dolly erinnerte sich daran, wie sich einmal am Santa Monica Pier, wo sie mit der damals etwa zweijährigen Annie einen Spaziergang gemacht hatte, ein fremder Mann über den Kinderwagen gebeugt und sein Gesicht ganz nah an das von Annie gebracht hatte. Andere Kinder hätten geschrien und sich gefürchtet. Nicht so Annie. Sie legte ihre Patschhändchen an seine Wangen und schubste ihn voller Entschiedenheit von sich weg, dazu sagte sie mit ihrer klaren Stimme, die damals schon irgendwie erwachsen klang: »Geh weg!«

»Mein Schatz, Val ist nicht böse… er ist eben nur nicht dein Vater«, sagte Dolly beschwichtigend und hoffte, Annie ein wenig von ihren Gedanken abzulenken, was aber wohl eine vergebliche Anstrengung war. Sie seufzte. »Ich weiß noch, als mein Daddy zum erstenmal Mama-Jo mit nach Hause brachte, nachdem meine richtige Mama gestorben war. Weißt du, was ich getan habe? Ich habe Mama-Jo gebissen.«

Ein winziges Lächeln huschte über Annies Gesicht, und ihr entschlüpfte ein Kichern. »So wie Toto ins Schienbein?«

»In die Backe, als sie versucht hat, mich zu küssen. So als wollte ich ein Stück aus einem Apfel herausbeißen.«

»Sie war bestimmt sehr böse.«

»Ja, klar… und Daddy hat mich ziemlich verdroschen. Aber es hat mir überhaupt nicht leid getan, daß ich sie gebissen habe. Nachdem Daddy und sie geheiratet hatten, nahm mir Mama-Jo alle meine Puppen weg, gab mir statt dessen eine Bibel und sagte: ›Müßiggang ist aller Laster Anfang!‹« Dolly schüttelte den Kopf. »Lieber Himmel, warum erzähle ich dir das alles bloß? Komm, hilf mir mal den Tisch decken. Ißt du gern Butter?«

»Neihein«, sagte Annie und rutschte vom Hocker herunter. Sie steuerte auf das niedrige Geschirr-Regal zu, vor dem ein Vorhang aus verblichenem Baumwollstoff hing, der mit Reißzwekken am obersten Bord festgemacht war.

»Das ist gut, denn es ist keine da.«

Später, als sie gegessen, das Geschirr abgewaschen und zum Abtropfen auf die Spüle gestellt hatten, brachte Dolly ihre Nichte in dem winzigen Schlafzimmer ins Bett und richtete sich ihren Schlafplatz im Wohnzimmer. Sie mußte versuchen, ein wenig zu schlafen; es war nicht vorherzusehen, wann Eve auftauchen würde – vielleicht erst gegen Morgen.

Dolly schlüpfte in einen alten Seidenkimono und machte es sich in dem durchgesessenen Klubsessel am halboffenen Fenster in der Hoffnung bequem, daß sich die Luft draußen ein wenig abkühlen und vielleicht sogar eine kleine Brise aufkommen würde. Ganz plötzlich fühlte sie sich furchtbar schwer und müde. Die Augen fielen ihr zu, und kurz darauf war sie eingeschlafen.

Das Zuschlagen einer Autotür weckte sie. Völlig verschlafen warf sie einen Blick auf das im Dunkeln schimmernde Zifferblatt der Uhr auf dem zerschrammten Kasten, der als Beistelltisch diente. Es war fünf Minuten nach sechs Uhr morgens. Du großer Gott! Ihr Nacken war völlig steif, und in ihren Beinen kribbelte es, als sie sich ausstreckte.

Sie zog die ausgefranste Gardine zur Seite und schaute hinaus.

Eve war gerade gekommen. Als sie den schlecht asphaltierten Weg zu Dollys Holzhaus heraufkam, verrieten ihre übervorsichtigen Bewegungen, daß sie zuviel getrunken hatte. Ihr trägerloses Abendkleid aus blauem Satin schimmerte in der Morgendämmerung, und ihr platinfarbenes Haar glänzte wie Silber. Als sie die Haustür erreicht hatte, schwankte sie und lehnte sich dann mit ihrer milchweißen Schulter dagegen.

»Das errätst du nie, nie, nie«, sprudelte sie aufgeregt hervor. Ihr Atem roch süß und irgendwie prickelnd, wie eine Mischung aus Orchideen und Champagner. Im Schatten der Veranda wirkten ihre Augen wie zwei riesige dunkle Seen. »Ich habe geheiratet!«

»*Was* hast du getan?«

»Es war Vals Idee. Er ist gleich zu Anfang bei Premingers Party auf die Idee gekommen. Ich habe gesagt: ›Warum nicht?‹, und dann haben wir uns ins Auto gesetzt.« Sie kicherte nervös.

Dolly stand da wie betäubt. Ihre Ohren registrierten den Todeskampf einer Motte, die wieder und wieder gegen die trübe Birne der Verandabeleuchtung flog, und ihr Gesicht brannte in der kühlen Nachtluft, als wäre sie geschlagen worden. Eve wedelte mit ihrer Hand vor Dollys Gesicht, und Dolly sah, daß an dem Finger, der einmal Dewey Cobbs schlichten Goldring getragen hatte, nun ein birnenförmiger Brillant funkelte.

Eve schwankte. »Wußtest du, daß in Las Vegas die Juwelierläden die ganze Nacht geöffnet haben? Kannst du dir vorstellen, was Mama-Jo dazu gesagt hätte? Wahrscheinlich, daß der Teufel damit arme Sünder ködert, um sie dann zu verderben.« Sie kicherte wieder, dann bekam sie einen Schluckauf. »Ich wette, sie weiß nicht, daß ich schon lange verdorben bin. Hinter ihrem Hühnerhaus begann es mit Tommy Bliss, als ich vierzehn Jahre alt war.«

Dolly versuchte, sich die Situation vorzustellen: Eve mit hochgerutschtem Kleid auf dem Rücken im Gras liegend. In ihrer Phantasie kniete nur nicht Tommy über ihr, sondern Val. Ihr wurde schlecht. »Mama-Jo ist tot«, erinnerte sie Eve. Das war alles, was ihr im Moment einfiel.

»Das weiß ich doch, du Dummerchen. Habe ich nicht selbst einen Lastwagen voll Lilien zu ihrer Beerdigung geschickt? Ich dachte, die alte Kuh hätte es verdient, nachdem sie sich ihr ganzes Leben lang auf ihren gerechten Lohn gefreut hat.«

Von der Straße ertönte die Hupe von Eves weißem Cadillac. Dann steckte Val den Kopf aus dem Fenster an der Fahrerseite und rief: »Mach schon, Baby! Du mußt in zwei Stunden im Studio sein!«

Dolly mußte daran denken, wie sie Val zum erstenmal gesehen hatte. Sie war im RKO-Filmgelände auf dem Weg zu dem

Studio gewesen, in dem *Dames at Large* gedreht wurde. Beim Überqueren der Straße in einer Westernkulisse hatte sie aus dem Augenwinkel eine Bewegung gesehen und genau in dem Moment hochgeblickt, als ein großer Mann vom Dach eines Saloons sprang. Während Dolly die Szene beobachtete – sie hatte fast unwillkürlich eine Hand an die Brust gelegt und wirkte wie die liebeskranke Heldin in einem zweitklassigen Western –, landete der Darsteller wie geplant in einem Karren mit Heu.

Als er sie bemerkte, erhob er sich anmutig und steuerte an Kameras und Mikrophonen vorbei auf sie zu, ohne sich durch die zahlreichen auf dem Boden verlaufenden Kabel irritieren zu lassen. Er war groß und muskulös, trug staubige Jeans und ein kariertes Hemd im Westernstil, abgenutzte Cowboystiefel und einen schweißfleckigen Stetson. Sein Haar, das unter dem Hut hervorwehte, war schneeweiß. Das war insofern bemerkenswert, als der Mann nicht älter als dreißig sein konnte. Seine Haut war dunkel, und er hatte etwas Exotisches. Als er näher kam, sah sie, daß seine Augen schwarz waren. Nicht dunkelbraun oder tiefgrau, sondern schwarz wie die Nacht.

Val Carrera war der schönste Mann, den Dolly je gesehen hatte. Sie beobachtete ihn, während die Szene noch zweimal abgedreht wurde; danach fragte Val sie, ob sie mit ihm einen Kaffee in der Kantine trinken würde.

Dolly zögerte keine Sekunde und sagte ja, obwohl sie wußte, daß sie zu spät zu ihrem Drehtermin kommen würde.

Nach dem Kaffee, mehreren Drinks und später dann einem Abendessen waren sie nach Burbank in Vals Appartement gefahren. Sie hatten das gesamte Wochenende im Bett verbracht. Als Dolly schließlich aufstand, fühlte sie sich, als habe ihr jemand von hinten einen Baseballschläger in die Kniekehlen geknallt. Sie war kaum imstande, vom Bett bis ins Badezimmer zu laufen. Sie wußte zwar nicht genau, ob das Liebe war, aber für den Moment zumindest war sie hingerissen. Und Val schien ähnlich zu empfinden, denn er war einen Monat lang fast jeden Tag mit ihr zusammen und konnte die ganze Zeit kaum die Hände von ihr lassen.

Bis er Eve begegnete.

Die Erinnerung an jene Nacht stieg in ihr hoch, als sie die beiden in Vals Bett erwischt hatte. Dolly hatte ihre Schwester angeschrien und sie als verdorbenes, selbstsüchtiges Biest beschimpft. Eve hatte geheult und immer wieder beteuert, wie leid ihr täte, was zwischen Val und ihr geschehen sei, aber es sei einfach über sie gekommen. Diese Formulierung rückte das Ganze in die Dimension entfesselter Naturgewalten, vergleichbar etwa einem Hurrikan oder einem Erdbeben. Und irgendwie hatte Dolly trotz aller Wut und Verletztheit schließlich ihrer Schwester verziehen, ja sie sogar getröstet.

All das stand jetzt wieder vor Dollys Augen, und Schmerz und Bitterkeit durchfluteten ihren Körper. Eve hatte niemals auch nur einen Gedanken an ihre Gefühle verschwendet, weder damals noch heute. *Sieh sie dir doch an, wie sie aufgetakelt wie ein Weihnachtsbaum vor dir steht! Sie kennt nur sich, und ob du eifersüchtig oder gar verletzt sein könntest, ist ihr völlig egal.*

»Wir sind bis Vegas durchgefahren und gleich wieder zurück.« Eve warf die Arme um Dollys Hals und drückte ihr einen feuchten Kuß auf die Wange. »Freu dich für mich, Dorrie, bitte freu dich für mich.« Als sie einen Schritt zurücktrat, sah Dolly, daß die Wangen ihrer Schwester naß waren und ihre Augen feucht glänzten. »Ist Annie wach? Ich kann kaum erwarten, ihr alles zu erzählen!«

»Es ist sechs Uhr morgens«, entgegnete Dolly schwerfällig.

»Ich hole sie trotzdem.« Eve glitt an ihr vorbei und kam eine Minute später mit der schlaftrunkenen Annie wieder.

Annie blinzelte ihre Mutter verschlafen an und steckte dann den Daumen in den Mund. Ihr schwarzes Haar war auf der einen Seite ganz zerdrückt, und auf ihrer Wange zeichneten sich noch Abdrücke des Kopfkissens ab.

Dolly sah die beiden nebeneinander den Asphaltweg hinunterlaufen – den blau schimmernden Umriß einer Frau und ein tapferes kleines Mädchen im Baumwollnachthemd und mit klobigen orthopädischen Schuhen an den Füßen, das seine Sachen in einem Bündel unter dem Arm trug. Der Anblick zerriß Dolly das Herz, und sie verspürte einen sengend heißen Schmerz. Ein Schleier legte sich vor ihre Augen.

In diesem Moment blieb Eve stehen, um sich mit ihrem strahlendsten und fotogensten Lächeln umzudrehen, das sie meist nur Reportern und Fans zukommen ließ. »Oh, ich habe völlig vergessen... Otto hat mir die Rolle der Maggie in *Devil May Care* versprochen. Es gibt da eine kleine Rolle, die er noch nicht besetzt hat, Maggies jüngere Schwester. Ich habe gesagt, daß du dafür ideal bist. Sag doch Syd, daß er ihn anrufen soll.«

Tief in ihrem Innersten spürte Dolly den letzten Rest Loyalität schwinden. Sie wartete, bis die Lichter des Cadillac in der Dämmerung nicht mehr zu sehen waren, dann rannte sie in die Küche und erbrach sich.

Anschließend ging sie wie eine Schlafwandlerin in ihr kleines Schlafzimmer und wühlte in der Kommode, bis sie einen leeren Umschlag gefunden hatte. Sie adressierte ihn, klebte eine Briefmarke darauf und holte dann aus ihrer Handtasche im Wohnzimmer die schicksalhafte Fotokopie.

Draußen zwitscherten die Vögel in der kühlen Morgenluft, und aus dem Nachbarhaus zog der Duft von frisch aufgebrühtem Kaffee herüber. Im Vorbeieilen konnte Dolly das gedämpfte Zuschlagen einer Tür hören und die Stimme einer alten Frau: »Verbrauch nicht das ganze heiße Wasser, hörst du?« In Kimono und Pantoffeln, den zugeklebten Brief fest umklammernd, ging Dolly zum Briefkasten an der Ecke und warf das Dokument ein.

Der Umschlag war an Senator Joseph McCarthy, Capitol Hill, Washington, D. C., adressiert.

Erst als der Briefkastenschlitz zuklappte, kam Dolly so plötzlich zu sich, als hätte ihr jemand eine Ohrfeige verpaßt. »Oh, mein Gott«, keuchte sie. »Was in Gottes Namen habe ich getan?«

Erster Teil

1966

Jeder von ihnen trug eine
Taschenlampe bei sich, fürchtete aber aus Angst
vor Entdeckung, sie anzuknipsen.
Das Licht des Mondes wurde hin und wieder von
vorbeiziehenden Wolken verdüstert.
Etwa auf halbem Weg zum Höhleneingang blieb
Nancy plötzlich stehen und flüsterte:
»Hinter uns ist jemand.«
Aus: Nancy Drew Mysteries, The Clue
in the Old Stagecoach

1. Kapitel

Annie lag im Bett und starrte auf den Drachen an der Wand. Natürlich war es kein richtiger, sondern nur der Schatten eines Drachen. Jeder der hohen Pfosten ihres chinesischen Bettes hatte die Form eines Drachen, der sich in die Höhe schraubte und in einem gewaltigen Kopf mit bedrohlich geöffnetem Maul endete, aus dem eine gespaltene Zunge hervorzüngelte. Sie erinnerte sich genau, daß ihre Mutter ihr dieses Bett zum fünften Geburtstag von Hongkong aus geschickt hatte, wo sie damals *Slow Boat to China* drehte. Annie war sich völlig sicher, daß Dearie niemals auch nur einen Gedanken daran verschwendet hatte, dieses furchteinflößende Ding könnte einem kleinen Mädchen vielleicht Alpträume bereiten. Und Annie hatte sich ja auch nicht gefürchtet. Ihr hatte das Bett von dem Augenblick an gefallen, als es inmitten eines Bergs von Papier und Karton ausgepackt vor ihr stand. Drachen hatten vor nichts und niemandem Angst. Das fand Annie sehr nachahmenswert.

Im Moment allerdings, während sie mit weit geöffneten Augen in die Dunkelheit starrte, fühlte sie sich alles andere als mutig. Es kam ihr so vor, als sei sie eher sieben als siebzehn Jahre alt – ein kleines, verschrecktes Kind, das sich wie ein verängstigtes Kaninchen in seinem Bau unter der Bettdecke vergraben hatte, voller Angst, daß etwas Schreckliches geschehen könnte.

Sie lag regungslos da und lauschte. Zuerst hörte sie nur das dumpfe Hämmern ihres Herzens. Dann drangen die üblichen Geräusche der Villa »Bel Jardin« in ihr Bewußtsein. Und dann war es wieder da: das Brummen von Vals Alfa Romeo Spider, der auf der ansteigenden Chantilly Road näherkam. Kurz darauf rollte der Wagen über den knirschenden Kies die Auffahrt hoch.

Als Annie ins Bett gegangen war, hatte sie erleichtert gehört, wie ihr Stiefvater wegfuhr. Sie hatte gebetet, er möge die ganze Nacht wegbleiben. Und nun war er wieder da. In ihr krampfte sich alles zusammen. Sie saß aufrecht im Bett, umklammerte ihr

Kopfkissen und biß auf einem Daumennagel herum, der schon beinahe ganz abgekaut war. Sie hatte sich in diesem Zimmer immer so sicher und behütet gefühlt. Nun kam sie sich plötzlich darin vor wie in einem Käfig, oder wie ein Kleinkind im Laufstall. Sie blickte sich um und sah die zahlreichen Donald-Duck-Bilder an den Wänden, den Toilettentisch mit dem gerüschten Chintzvorhang und das Puppenhaus, das eine exakte Nachbildung von Bel Jardin in Miniatur darstellte. Abgesehen von dem Drachenbett war es das Zimmer eines kleinen Mädchens und voller Dinge, denen sie längst entwachsen war. Hatte Dearie nicht gemerkt, daß sie älter geworden war... oder war es der Gleichgültigkeit zuzuschreiben, in die sie verfiel, wenn sie trank?

Annie starrte auf den hellblauen Bücherschrank – im Licht des Mondes wirkte er beinahe weiß –, der all ihre Lieblingskinderbücher enthielt. Wie sie deren Heldinnen beneidet hatte! Die lustige Pippi Langstrumpf. Und vor allem ihr großes Vorbild, Nancy Drew. Nancy Drew hätte gewußt, was zu tun war, dachte Annie. Wenn Val versucht hätte, an ihr herumzufummeln, hätte sie ihm eins über den Schädel gegeben und dafür gesorgt, daß er ins Gefängnis kam. Oder sie wäre einfach in ihren Sportwagen gestiegen und in die Nacht hinausgefahren.

Aber Nancy Drew hatte keine elf Jahre alte Schwester. Annie liebte ihre kleine Schwester Laurel mehr als alles andere auf der Welt und hatte für sie, seit sie auf der Welt war, alles getan. Der Gedanke, Laurel hier mit Val allein zu lassen, erregte Übelkeit in ihr. Sie kaute nervös auf ihrem Daumen herum, der plötzlich anfing zu bluten.

Um sich zu beruhigen, dachte sie an den Plan, den sie gefaßt hatte. Das nächstemal, wenn Val das Haus verließ, würde sie zwei Koffer packen, einen für sich und einen für Laurel. Dann würden sie beide verschwinden. Annie hatte im vergangenen Jahr ihren Führerschein gemacht, und Dearies stattlicher alter Lincoln stand nach wie vor in der Garage. Außerdem hatte sie das Perlencollier und die Diamantohrringe, die Dearie ihr geschenkt hatte, sorgfältig vor Val versteckt. Sie könnte den Schmuck verkaufen und den Erlös für Essen und Benzin verwenden.

Aber wo sollten sie hinfahren? Und was würden sie dann tun? Wer würde ihnen helfen, sich vor Val zu verstecken? Abgesehen von Onkel Rudy, Vals Bruder, eine noch armseligere Kreatur, war Tante Dolly ihre einzige Verwandte. Aber Annie hatte sie seit zehn oder zwölf Jahren weder gesehen noch mit ihr gesprochen. Sie verband mit Dolly eine verschwommene Erinnerung an eine lächelnde Dame mit blondem Haar und leuchtendroten Lippen, die ihr an einem sonnigen Strand in Santa Monica oder Pacific Palisades geholfen hatte, einen Tunnel nach China zu graben.

Tante Dolly.

Was war aus ihr geworden? Vor unendlich langer Zeit hatte Annie zufällig mitgehört, wie Dearie mit einem bitteren, fast gehässigen Unterton in der Stimme Val erzählt hatte, daß ihre Schwester Dolly einen reichen Mann geheiratet habe und jetzt in »Big Apple« wohne, und nun sei man sie ja endlich los. Annie hatte sich ihre Tante als Wurm vorgestellt, der sich in einen riesenhaften Apfel gegraben hatte. Erst in der sechsten oder siebten Klasse fand Annie heraus, daß »Big Apple« der Spitzname für New York war. Ob Tante Dolly nach wie vor in New York lebte? Und würde sie ihre Nichten überhaupt sehen wollen? Wahrscheinlich nicht. Denn dafür, daß Dearie so wütend auf sie gewesen war, mußte es einen wirklich guten Grund geben.

Aber selbst wenn sie einen Ort finden würde, wo sie beide willkommen wären, wie würde Val reagieren? Im Grunde hatte er nichts mit ihr zu tun; er war schließlich nicht ihr Vater. Ihr leiblicher Vater war bei einem Flugzeugabsturz ums Leben gekommen, und das war so lange her, daß sie sich noch nicht einmal daran erinnern konnte, wie er ausgesehen hatte. Nein, Val würde sicher nicht nach ihr suchen, wenn sie fortging. Sie waren nie sonderlich gut miteinander ausgekommen, sie hatten sich nie gemocht. Aber bei Laurel war das etwas anderes. Laurel war sein Fleisch und Blut. Das bedeutete zwar nicht, daß er sie groß beachtete. Sie war für ihn wie ein Spielzeug, mit dem man sich zehn Minuten beschäftigte – oder eben so lange, bis es langweilig wurde – und es dann jemand anderem weiterreichte. Es gab Wochen, in denen er kaum Notiz von Laurel nahm, dann wieder nahm er sie urplötzlich auf den Schoß und kitzelte sie, bis sie heulte, oder er stopfte sie mit Eiscreme voll, bis ihr schlecht wurde. Trotzdem war er nun mal ihr Vater. Wenn Annie weglief, war das eine Sache, aber wenn sie Laurel mitnahm, würde Val sie todsicher der Kindesentführung bezichtigen.

Val könnte sie sogar verhaften und ins Gefängnis stecken lassen. Bei diesem Gedanken blieb Annie vor Schreck fast das Herz stehen.

Aber was blieb ihr denn übrig? Sie liebte dieses große alte Haus mit dem spanischen Ziegeldach, den schmiedeeisernen Gittern und den blaßgelb verputzten Mauern, die von Bougainvillea überwuchert wurden. Die spanische Bezeichnung Bel Jardin bedeutete »schöner Garten«, und selbst bei geschlossenen Fenstern konnte man im Innern des Hauses den Duft von Geißblatt und Jasmin riechen und den Wohlgeruch der sternförmigen Blüten des Zitronenbaums vor ihrem Fenster. Sie war traurig, wenn sie daran dachte, daß sie das alles verlassen würde. Nicht nur der Abschied von Bel Jardin fiel ihr schwer, sondern auch der Gedanke daran, daß sie ihre guten Freundinnen Naomi Jenkins und Mallory Gaylord zurückließ. Sie würde nicht, wie sie es vorgehabt hatte, nächste Woche aufs College gehen. Von Anfang an hatte sie sich in der Schule so ehrgeizig gezeigt, daß sie all ihre Mitschüler überflügelte und ihr Klassenlehrer sie mitten im vierten Schuljahr in die fünfte Klasse versetzen ließ. Der Gedanke ans College und das Leben, das sie dann – weit weg von Dearie und Val – führen konnte, hatte sie all die Jahre angespornt. Mit siebzehn war sie die jüngste in der Abschlußklasse von Green

Oaks gewesen. Die Stanford-Universität in Palo Alto hatte sie angenommen, sie hatte sich aber dann doch für die UCLA-Uni in Los Angeles entschieden. Einerseits, weil das Geld für das exklusive Stanford-College nicht reichen würde; doch war der Hauptgrund gewesen, daß sie in der Nähe von Laurel bleiben wollte.

Aber hier mit Val leben? Lieber wollte sie sterben.

Annie dachte an die vergangene Nacht und schlang zitternd die Arme um ihren Körper. Val war ihr nach oben in ihr Zimmer gefolgt, hatte sich an das Fußende ihres Bettes gesetzt und gesagt, er müsse mit ihr reden. Es hatte sie geschaudert, wie sie ihn da wie einen großen ungeschlachten Polarbären sitzen sah. Er hatte in ihrem Zimmer nichts zu suchen; er füllte den Raum derart mit seiner Gegenwart, daß die Luft knapp zu werden schien.

»Hör zu«, sagte er ohne große Umschweife, »ich will nicht groß darum herumreden, schließlich bist du kein Kind mehr.« Seine große Hand schoß vor, umschloß die ihre, dann zog er sie zu ihrem Entsetzen neben sich aufs Bett. »Wir sind pleite.«

Annie hatte wie versteinert dagesessen. Er war so nahe, daß ihr sein Geruch entgegenschlug, dieser von einem Aftershave nicht zu überdeckende Geruch nach Schweiß, den er immer nach seinem Krafttraining ausströmte. Während er sie musterte, wünschte sie sich, vom Erdboden zu verschwinden.

»Ich mußte Bonita entlassen«, fuhr er fort. »Das heißt, sie hat uns verlassen. Ich habe sie seit drei Monaten nicht mehr bezahlt.«

Annie fühlte eine heiße Woge des Zorns in sich aufsteigen. »Willst du damit etwa sagen, du hast alles ausgegeben, was wir hatten?«

Er blickte zur Seite. »So kann man das nicht sagen. Es ist schließlich nicht über Nacht passiert. Es ist einfach kein Geld reingekommen. Du darfst nicht vergessen, daß deine Mutter seit zwölf Jahren keinen Film mehr gedreht hat. Und als ich den Club zumachen mußte...« Er zuckte die Achseln. »Du weißt ja.«

Val besaß den schwarzen Gürtel und hatte vor einigen Jahren einen Karate-Club eröffnet, aber wie alles, was er begann – ob als Immobilienmakler oder als Autohändler –, war auch diese Sache schiefgelaufen.

»Und was willst du nun tun?« Annie zwang sich zu dieser Frage. Sie haßte es, sich derart machtlos zu fühlen und von ihm in allem abhängig zu sein. Wenn sie doch nur alt genug wäre, um die Verantwortung selbst übernehmen zu können!

Er zuckte die Achseln. »Wahrscheinlich das Haus verkaufen. Rudy meint, wir müßten einen recht guten Preis dafür bekommen können. Bei den Schulden, die wir haben, wird allerdings nicht viel übrigbleiben.«

Rudy war einige Jahre älter als sein Bruder Val, klein und häßlich, aber um vieles gerissener. Er war ein recht bekannter Scheidungsanwalt. Val zitierte ihn ständig und machte nichts, ohne seinen Rat einzuholen... Dearie hatte Rudy nie über den Weg getraut und Gott sei Dank genug Verstand besessen, um die Verwaltung des Geldes, das sie vor Jahren für Annie und Laurel auf die Seite gelegt hatte, jemand anderem anzuvertrauen. Das waren immerhin jeweils 50000 Dollar. Das Dumme war nur, daß Annie erst an ihrem fünfundzwanzigsten Geburtstag darüber verfügen konnte. Dieser Zeitpunkt schien geradezu Lichtjahre entfernt.

»Wir können uns nach etwas Kleinerem umsehen«, drang Vals Stimme wieder in ihr Bewußtsein. »Näher bei der Stadt. Dann könntest du mit dem Bus zur Arbeit fahren.«

»Ich werde aufs College gehen«, erinnerte ihn Annie und versuchte, ihrer Stimme einen festen Klang zu geben. »Ich dachte, ich könnte vielleicht einen Teilzeitjob auf dem Campus finden. In der Cafeteria oder in einer der Buchhandlungen.«

»Damit wären wir beim Thema. Rudy will dich in seiner Kanzlei unterbringen. Ganztags. Du kannst doch Schreibmaschine schreiben, oder?«

Plötzlich fiel es Annie wie Schuppen von den Augen. Nachdem er Dearies Geld durchgebracht hatte, sollte nun sie den Platz ihrer Mutter einnehmen. Annie sollte arbeiten gehen, das College vergessen und sich um den Unterhalt der Familie kümmern. Val schien das völlig selbstverständlich zu finden. Am liebsten hätte sie mit den Fäusten in sein selbstgefälliges Gesicht geschlagen. Aber sie war unfähig, auch nur ein Wort herauszubringen, und saß fassungslos und zitternd da.

Val hielt ihre hilflose Wut für Kummer, nahm sie in die Arme und tätschelte ihr unbeholfen den Rücken, als wolle er sie trösten. »Ja, ich weiß, sie fehlt mir auch«, murmelte er. Annie versuchte, sich ihm zu entwinden, doch er zog sie nur noch enger an sich. Und plötzlich bekam diese Umarmung eine andere Note. Er streichelte über ihren schmalen Rücken, ihre Hüften, seine rauhe Wange preßte sich gegen die ihre, und er atmete schneller.

Annie wurde übel. Sie stieß ihn unter Aufbietung aller Kräfte von sich und sprang auf. Sie spürte einen säuerlichen Geschmack im Mund und glaubte, sich übergeben zu müssen.

»Entschuldige, ich muß mir noch die Zähne putzen«, stieß sie hervor. Dann rannte sie ins Badezimmer und schloß die Tür hinter sich ab. Sie ließ Badewasser ein und blieb so lange in der Wanne liegen, bis ihre Zehen wie verschrumpelte Weintrauben aussahen.

Als sie wieder in ihr Zimmer kam, war Val verschwunden.

Heute war es ihr den ganzen Tag gelungen, ihm aus dem Weg zu gehen. Aber jetzt war er zurück, und wenn er sie sehen wollte, würde ihn nichts davon abhalten können.

Wie als Antwort auf ihre Gedanken fiel unten die Haustür ins Schloß, und Annie hörte Schritte auf den Fliesen im Foyer. Sie hielt den Atem an, bis Sterne vor ihren Augen tanzten. Sie konnte hören, wie Val schweren Schrittes die Treppe heraufkam. Vor der Tür ihres Zimmers verlangsamten sich die Schritte... und hielten an. Annies Herz klopfte so rasend, daß sie der festen Überzeugung war, Val könne es hören.

Nach einer Weile, die ihr wie eine halbe Ewigkeit vorkam,

hörte sie, wie Val sich in Richtung seiner Zimmer am anderen Ende des Korridors entfernte.

Annie wagte wieder zu atmen. Sie fühlte sich erhitzt und gleichzeitig geschwächt, wie nach einem Fieberanfall, und war schweißüberströmt. Ein Bad im kühlen Wasser des Swimmingpools war jetzt genau das, was sie brauchte. Sie zwang sich abzuwarten, bis sie völlig sicher sein konnte, daß Val zu Bett gegangen war. Dann schlüpfte sie aus dem Zimmer. Auf Zehenspitzen schlich sie im Nachthemd durch den Korridor über die schmale Dienstbotentreppe nach unten.

Vor der angelehnten Tür zu Laurels Zimmer verhielt Annie und glitt lautlos hinein. Sie betrachtete ihre Schwester, die auf dem Rücken liegend schlief und die Hände über der Bettdecke gefaltet hatte. Annie mußte an den Kunstdruck denken, den ihr Kunstlehrer Mr. Honeick im vergangenen Jahr der Klasse gezeigt hatte. Es war eine Reproduktion eines berühmten Gemäldes des englischen Malers Millais: Die ertrunkene Ophelia trieb im Wasser, das stille bleiche Gesicht von langem goldenem Haar wie von Seetang umspült. Annie hatte plötzlich einen Kloß im Hals und beugte sich unwillkürlich vor, um auf Laurels Atem zu lauschen.

Er war kaum zu hören und so zart, daß man ihn mit einem Windhauch, der durch das offene Fenster hereinwehte, hätte verwechseln können. Annie entspannte sich etwas. *Mach dir keine Sorgen, Laurey. Ich lasse dich nicht im Stich. Ich werde mich um dich kümmern.*

Schlagartig war die Erinnerung an den schrecklichen Moment wieder da, als sie an einem Morgen in das Bettchen ihrer an Scharlach erkrankten Schwester geschaut hatte und die damals etwa zwei Jahre alte Laurel mit puterrotem Kopf und rudernden Ärmchen nach Luft schnappte. Annie war damals erst acht Jahre alt gewesen und zu Tode erschrocken. Sie hatte Laurel aus dem Bett gerissen und war nach Dearie rufend durch das Haus gerannt. Sie hatte spüren können, wie sich Laurels zarter Brustkorb verzweifelt hob und dabei ein schreckliches, pfeifendes Geräusch entstand. Obwohl Laurel noch so klein war, war sie doch zu schwer für Annie und drohte ihr zu entgleiten. Schließlich hatte sie Dearie lang ausgestreckt auf dem Sofa im Wohnzimmer gefunden. Auf dem Tisch davor stand eine leere Brandyflasche. Dearie war offensichtlich nicht nur erschöpft von der durchwachten Nacht bei Laurel. Annie hatte schluchzend und außer sich auf sie eingeschlagen, ihr ins Ohr geschrien und alles versucht, um sie zu wecken. Doch Dearie hatte sich nicht gerührt. Sie war sinnlos betrunken. Es war sonst niemand im Haus gewesen, Bonita hatte ihren freien Tag, und Val war schon weg.

Annie hatte völlig unter Schock gestanden und immer nur gedacht: *Ich bin doch nur ein Kind, ich kann das nicht, ich kann Laurey nicht retten.*

Dann hatte eine Stimme in ihrem Innersten befohlen: *Denk nach!*

Sie erinnerte sich daran, wie sie selbst einmal vor langer Zeit einen bösen Husten und schlimme Atembeschwerden gehabt hatte, wie Dearie sie damals in ein heißes Dampfbad gesteckt hatte und die Beschwerden daraufhin besser geworden waren. Annie schleppte Laurel in Dearies großes Badezimmer und drehte den Heißwasserhahn über der Badewanne auf. Sie setzte sich auf die Toilette und begann, Laurel, die sie bäuchlings mit dem Kopf nach unten über ihre Knie gelegt hatte, auf den Rükken zu schlagen – in der Hoffnung, daß das, was ihre kleine Schwester zu ersticken drohte, sich lösen würde und herauskäme. Nichts Derartiges passierte, aber als sich durch das heiße Wasser immer mehr Dampf bildete und Laurels Haar feucht an ihrer Kopfhaut zu kleben begann, schien sie allmählich wieder etwas besser Luft zu bekommen. Auch die purpurne Röte ihres Gesichts ließ langsam nach.

Dann stieß Laurel einen furchtbaren Schrei aus und begann zu weinen. Sie schien wieder in Ordnung zu sein. Annies Gesicht war völlig naß – sie dachte erst vom Dampf, bis sie merkte, daß ihr die Tränen nur so herunterliefen.

Seit damals war sie der festen Überzeugung, daß sie jetzt die Mutter von Laurel war und Gott von ihr erwartete, daß sie sich immer um Laurel kümmern und sie beschützen würde.

Annie beugte sich hinunter und küßte ihre Schwester auf die kühle, trockene Stirn. Seltsamerweise schwitzte Laurel niemals, auch nicht in der größten Hitze. Um sie war immer dieser frische Babygeruch, wie ihn auch die mit Bündeln getrockneter Blumen gefüllten Leinensäckchen verströmten, die Bonita zwischen die Leintücher in den Wäscheschränken legte.

Annie dagegen schwitzte immer furchtbar. Beim Basketball brachte es sie regelmäßig in Verlegenheit, daß ihr T-Shirt bereits nach zwei Minuten Spiel am Rücken klebte. Wenn sie eine Arbeit schrieb – besonders schlimm war das in Mathe –, wurden ihre Handflächen ganz glitschig vor Feuchtigkeit, und das Innere ihrer Schuhe schien sich in Schwämme zu verwandeln.

Auch jetzt waren ihre Handflächen naß. Annie fuhr sich mit den Fingern durch das Haar und war ein wenig erschrocken, daß es so kurz war. Sie hatte es in der vergangenen Woche mit Dearies Stoffschere abgeschnitten und war noch nicht ganz daran gewöhnt, kein langes Haar mehr zu haben. Aber es tat ihr nicht leid. Aus irgendeinem Grund hatte sie sich sogar besser gefühlt, als das lange dunkle Haar zu ihren Füßen gelegen hatte. Es war so, als hätte sie sich gehäutet und den Weg für eine neue tapfere, strahlende und kraftvolle Annie frei gemacht.

In dem großen Raum, der sich zum Patio hin öffnete, beschien der Mond die großen Palmen in den Terracotta-Übertöpfen neben der Terrassentür und warf ihre Schatten auf den gefliesten Boden. Als Annie in die trocken-kühle Septemberluft hinaustrat, konnte sie das dunkle Schimmern der Wasseroberfläche sehen, in der sich stellenweise das orangefarbene Licht der Nachtbeleuchtung spiegelte.

Sie ließ ihr Nachthemd fallen und sprang in den Pool.

Das kühle Wasser umschmeichelte ihren nackten Körper und fühlte sich einfach wunderbar an. Sie tauchte über die halbe Länge des Beckens, kam dann an die Oberfläche und genoß die Nachtluft, die nach einer Mischung aus Geißblatt und einem weit entfernt in den Canyons brennenden Reisigfeuer duftete. Eine leichte Brise raschelte in der den Patio umgebenden Hibiskushecke, hinter der der Rasen zu einer Reihe von Palmen hin anstieg. Unter ihnen war der Boden von trockenen braunen Palmwedeln bedeckt. Es war lange her, seit sich jemand darum gekümmert hatte. Hector, der Gärtner, hatte schon vor langer Zeit gekündigt, und Val rührte wie üblich keinen Finger. Er hatte wieder einmal irgendeine seiner großartigen Ideen und war auf der Suche nach einer Investorengruppe für ein Fitness-Center. Wie alles, was er anpackte, würde auch dieses Projekt scheitern.

Annies Kehle verengte sich. Sie stützte sich rücklings auf den Rand des Pools und trat Wasser. Sie mußte etwas unternehmen, und zwar bald. Oder sie war binnen kurzem mit Val zusammengesperrt in einem winzigen Haus, in dem es keine Rückzugsmöglichkeiten gab, und gefesselt an einen Schreibtisch, an dem sie stumpfsinnige Briefe für diesen Gnom Rudy tippen mußte.

Sie dachte daran, wie Onkel Rudy Laurel immer anstarrte. Seine vorstehenden Augen hafteten auf ihr wie die einer Kröte auf einer Libelle mit schillernden Flügeln. Er näherte sich ihr kaum jemals, aber seine Augen schienen ihr immer zu folgen. Annie schauderte. Was wollte Rudy von Laurel? Etwa das gleiche, was Val vermutlich von ihr selbst wollte?

Nein, das war ungeheuerlich, einfach unvorstellbar. Sie mußte einen Ausweg finden.

In Gedanken hörte Annie ihre Mutter sprechen mit der klaren, etwas affektierten Stimme, die ihr als kleines Mädchen so vertraut gewesen war: *»Der liebe Gott ist gut fürs Beten, mein Kind. Aber wenn die Dinge sich zuspitzen, liegst du besser nicht auf den Knien, sondern stehst auf deinen Füßen.«*

Annie fühlte plötzlich Zorn in sich hochsteigen. *Ach wirk-*

lich? dachte sie. *Und wie konnte es dann soweit kommen, daß sie sich selbst umgebracht hat?*

Annie stieß sich ab und schwamm wütend einige Bahnen. Schwimmen war ihr Lieblingssport. Man brauchte niemanden dafür, keinen Teamkameraden, von dem man abhängig war.

Nach und nach verwandelte sich Annies Zorn in Trauer. Wenn Dearie wenigstens mit ihr geredet hätte, bevor sie diese Tabletten einnahm. Sie hätte sich zumindest verabschieden können. Als Annie nun aus dem Pool stieg und ihr Nachthemd überzog (wieso war sie nicht auf die Idee gekommen, ein Handtuch mitzubringen?), wurde ihr wieder bewußt, wie sehr sie allein auf sich gestellt war.

Wenn sie doch nur an das von Dearie für sie bestimmte Geld heran könnte! Vielleicht konnte sie mit Mr. Melcher vom Treuhandbüro sprechen und ihm erklären, wie wichtig das wäre. Sie würde ihn am nächsten Tag anrufen und sich mit ihm verabreden.

Vor Kälte zitternd und tropfend vor Nässe nahm Annie auf ihrem Weg über die Veranda aus dem Augenwinkel eine Bewegung wahr. Sie zuckte zusammen. Val stand im Durchgang zum Wohnzimmer, das durch ein paar Stufen von der Veranda getrennt war. Plötzlich verschwamm alles um Annie, und sie dachte fast, sie würde ohnmächtig. Das einzige Geräusch, das zu vernehmen war, rührte von dem Wasser her, das aus ihrem Haar auf die Fliesen tropfte.

Mit katzenhafter Geschmeidigkeit kam Val die vier Stufen herunter auf sie zu. In dem orangefarbenen Licht der Lampen erinnerte sie sein gebräuntes Gesicht, in dem sich die Schatten fingen, an das eines Tigers. Er trug einen blauen Seidenpyjama mit eingesticktem Monogramm.

»Du solltest etwas anziehen«, sagte er. »Du wirst dich sonst erkälten.«

»Ich wollte gerade hineingehen.« Der Klang ihrer eigenen Stimme schien ihre Erstarrung zu lösen. Sie ging schnell auf den

Durchgang zum Wohnzimmer zu. *Lieber Gott, hoffentlich läßt er mich in Ruhe.* Sie spürte seinen Blick auf sich und vergegenwärtigte sich, daß sie in dem nassen, an ihrem Körper klebenden Nachthemd so gut wie nackt war. Eine heiße Welle der Verlegenheit stieg in ihr auf.

Auf ihrem Weg durch das dunkle Wohnzimmer überquerte sie gerade den Teppich vor dem riesigen Kamin – in dem man leicht einen ausgewachsenen Büffel hätte grillen können –, als sie die Berührung von Vals erschreckend warmer und trockener Hand auf ihrer nassen Schulter spürte. Ihr Herzschlag setzte aus. Sie wirbelte herum und knallte mit dem Knie gegen einen massiven Lehnstuhl aus Holz und Leder. Ein wilder Schmerz fuhr ihr Bein hinauf und ließ ihr Herz jetzt rasen. Das Blut schoß ihr in den Kopf und dröhnte in den Schläfen.

Dann bemerkte sie, daß Val ihr augenscheinlich nur das Oberteil seines Pyjamas anbieten wollte, das er ausgezogen hatte, als sie ihm den Rücken zugekehrt hatte. Das brachte sie völlig durcheinander, und sie wußte nicht, wie sie reagieren sollte. Auf seine unbeholfene Art versuchte er, nett zu ihr zu sein. Das machte ihn aber nur noch abstoßender. Wieso ließ er sie nicht einfach in Frieden?

Annie stand da und starrte auf Vals ausgestreckte Hand, bis er sie sinken ließ. Das Oberteil des Pyjamas flatterte zu Boden. Er musterte sie aus schmalen schwarzen Augen. Der Ausdruck auf seinem breiten, flachen Gesicht war eine Mischung aus Stumpfheit und Wut.

Als sie versuchte, an Val vorbeizugehen, packte er sie unsanft, preßte sie an sich und umfaßte mit einer Hand ihren Hinterkopf, den er nicht sehr liebevoll streichelte. »Komm schon, Kleines, gib mir eine Chance. Für mich ist das alles auch nicht leicht.«

Sein Atem hatte den fast allzu vertrauten Geruch nach Alkohol, was Annie zusätzlich erschreckte. Val hing zwar nicht so an der Flasche wie es Dearie getan hatte, aber er trank ganz gern einen doppelten Scotch. Und nach zwei oder drei von der Sorte konnte es schon mal passieren, daß er bösartig und unberechenbar wurde.

Annie starrte auf die alte Schiffstruhe, die Dearie vor Jahren in einem Antiquitätenschuppen entdeckt hatte. Rostige Metallbänder hielten den Lederbezug des riesigen, sperrigen Ungetüms, das nach einer geheimnisvollen Vergangenheit in dunklen Laderäumen roch. Sie dachte daran, wie sie einmal als kleines Kind in die Truhe hineingekrochen war, um auszuprobieren, was das für ein Gefühl war. Urplötzlich war der Deckel zugefallen, und sie hatte sich in der muffig riechenden Finsternis wiedergefunden. Sie hatte geschrien und geschrien, bis schließlich Dearie den Deckel geöffnet und sie befreit hatte.

In diesem Augenblick fühlte sich Annie genau wie damals in der Truhe: in die Falle gelockt und nahe dem Ersticken. Und sie wußte nur zu genau, daß diesmal keine Dearie als rettender Engel erscheinen würde.

Dann brach sich ihre Wut Bahn, und sie riß sich los. Sie schlang die Arme um ihren Körper und zitterte so stark, daß sie sich sehr konzentrieren mußte, um nicht mit den Zähnen zu klappern. Sie zischte Val an: »Das ist alles deine Schuld! Du hast sie nie geliebt! Du hast sie nur geheiratet, weil sie berühmt war und Geld hatte. Und dann, als sie... nicht mehr arbeiten konnte, hast du sie behandelt wie... sie war für dich überhaupt nicht mehr da.«

»Sie war eine Trinkerin«, knurrte er mit einem Aufblitzen in seinen blutunterlaufenen Augen. »Schon auf dem Weg zur Hölle, bevor ich ihr begegnete. Du kennst das Sprichwort: Ein Trinker bleibt immer ein Trinker.«

Auf dem Kaminsims hinter Vals Schulter blinkte Dearies Oscar, der ihr als beste Hauptdarstellerin in *Storm Alley* verliehen worden war. Annie erinnerte sich, wie sie damals die halbe Nacht aufgeblieben war, um ihre Mutter im Fernsehen zu sehen, und wie stolz sie gewesen war, als Gregory Peck bei der Verleihung Dearies Namen verlesen hatte. Dann schwebte ihre Mutter in einem Paillettenkleid auf die Bühne, nahm die blitzende Statuette entgegen, hob sie triumphierend hoch und dankte allen Anwesenden.

Annie fühlte Tränen in ihren Augen brennen und versuchte verzweifelt, sie zurückzuhalten. Sie würde in Vals Beisein keine einzige Träne vergießen. Diese Genugtuung würde sie ihm nicht geben.

»Wenn meine Mutter getrunken hat, so war das allein deine Schuld.« Das entsprach zwar nicht ganz der Wahrheit, aber es tat Annie keine Sekunde leid, es gesagt zu haben.

»Du kleines Biest.« Val packte sie erneut, und seine Finger gruben sich tief in ihre Oberarme. »Du hast mir nie auch nur eine Chance gegeben. Das verzogene Balg hat die Nase hoch getragen und die feine Schule besucht, um zu lernen, wann man bei Tisch welche Gabel benutzt und wie man wie die feinen englischen Pinkel reitet. Vom ersten Tag an hat die kleine Prinzessin Annie auf mich herabgeblickt.« Vals Augen glitzerten in der Dunkelheit wie schwarze Prismen, voll von allen nie vergessenen Verletzungen.

Annie schauderte. Noch nie hatte sie Val so erlebt, noch nicht einmal damals, als er Dearie geschlagen hatte. Sie witterte Gefahr. »Ich werde jetzt hinaufgehen«, sagte sie zitternd vor Kälte und biß sich auf die Unterlippe, damit ihre Zähne nicht klapperten. »Mir ist wirklich kalt.«

Val hob kalt lächelnd das Pyjama-Oberteil auf und warf es ihr zu. »Zieh das an!« Das war alles andere als eine freundliche Aufforderung.

Annie starrte das Kleidungsstück an, als hielte sie eine Giftschlange in der Hand. Sie ließ es auf den Boden fallen und trat schnell einen Schritt zurück.

Mit einem dumpfen Stöhnen fiel Val über sie her.

Zuerst dachte Annie, er wolle sie schlagen. Es fühlte sich auch an, als habe er sie geschlagen, und zwar auf den Mund. Es war furchtbar dunkel, und alles drehte sich um sie. Sie spürte einen stechenden Schmerz und schmeckte Blut an der Stelle, wo sie sich auf die Lippe gebissen hatte. Dann wurde ihr plötzlich klar, was geschah: Er küßte sie.

Sie versuchte zu schreien und ihn zurückzustoßen, aber er hielt sie eisern fest. Der süßliche Duft seines After Shave zusammen mit dem schalen Geruch seines Atems nach Scotch ließ sie fast die Besinnung verlieren.

Hysterisches Gelächter stieg in ihr auf.

Das darf nicht wahr sein. Lieber Gott, laß es bitte nicht wahr sein.

»Ich wollte immer, daß du mich gern hast«, sagte er mit der bittenden Stimme eines kleinen Jungen. »Ich habe es wirklich versucht... aber du hast mich nicht gelassen. Ich wäre ein guter Vater gewesen. Ich... ich hätte dich geliebt.«

Annie versuchte voller Entsetzen, sich zu befreien. »Bitte. Laß mich gehen.« Sie überlegte, wie sie ihn ablenken konnte. »Laurey könnte aufwachen.«

»Eve hat mich benutzt«, fuhr er fort, als hätte er nicht gehört, was Annie sagte. »Sie hat mich gewollt, weil ich der Freund ihrer Schwester war. O Gott, ich hätte *Dolly* heiraten sollen. Hast du wirklich geglaubt, ich wollte, daß es ein solches Ende nimmt? Du weißt nicht, was das für mich bedeutet hat...«

»Val, bitte«, flehte Annie zu Tode erschrocken.

Mit einer Hand hielt er sie unerbittlich fest, während er begann, mit der anderen ihren Körper zu betasten. Er legte eine Hand auf ihre Brust und streichelte sie mit einer unerträglichen Zärtlichkeit. Annie wäre am liebsten gestorben.

Dann nahm sie all ihre Kräfte zusammen, wand sich heftig und schaffte es, sich von ihm loszureißen. Sie schlüpfte an Val vorbei und fühlte sich auf einmal sonderbar leicht, als hätte sie die Schwerkraft überwunden. Ihr Arm, ihre Hand streckten sich, bis ihre Finger sich um einen kalten und harten Gegenstand schlossen – Dearies Oscar. Für die Dauer eines Blitzlichts sah sie ihre Mutter damit wieder auf der Bühne stehen.

»... und am meisten möchte ich mich bei meiner kleinen Tochter bedanken, die extra länger aufgeblieben ist, um mich im Fernsehen zu sehen ...«

Sie wirbelte blindlings herum und schwang die Statuette wie eine Keule. Sie bekam gerade noch mit, daß Val eine Bewegung zur Seite machte. Später wurde ihr klar, daß sie ihn sonst verfehlt hätte: Er war so behende, und sie hatte so schlecht gezielt. Aber so traf sie. Die Wucht des Schlages fuhr durch ihren Arm wie ein elektrischer Stromstoß, und sie war genauso erschrocken wie Val.

Über seiner rechten Augenbraue quoll Blut. Er stand wie angewurzelt da, sogar im Dunkeln sah man sein Gesicht aschfahl werden. Ganz langsam, wie in einem Traum, hob er eine Hand und berührte mit den Fingerspitzen vorsichtig seine Stirn. »Oh«, sagte er nur verblüfft, als er das Blut an seinen Fingern sah, bevor er auf das große Ledersofa sank. Seine Arme und Beine schienen führungslos wie die einer Marionette, die man plötzlich losgelassen hat. Einen Augenblick später kippte er auf die Seite und lag beängstigend reglos da.

Ich habe ihn umgebracht, dachte Annie.

Irgendwo tief in ihrem Inneren lauerte Panik. Im Moment allerdings fühlte sie nichts weiter als Benommenheit, als wäre sie vollgepumpt mit Beruhigungsmitteln. Auf Vals reglosen, verkrümmten Körper hinabstarrend, überlegte sie ruhig und vernünftig: *Ich werde nicht viel mitnehmen. Kleider zum Wechseln, Unterwäsche und Zahnbürste. Und Dearies Schmuck. Ich werde die kleine Tasche nehmen, die ist nicht so schwer.* Das Auto konnte sie nicht benutzen; das war ihr gleich zu Anfang verschwommen klar geworden. Wenn Val nicht tot war, sondern nur verletzt, würde er mit Sicherheit die Polizei hinter dem Wagen herhetzen.

Gepackt war schnell. Laurel zu wecken stellte sich allerdings als Problem heraus. Sie schlief wie eine Tote. Endlich hatte es Annie geschafft. Laurel war anzusehen, daß sie nicht wußte, ob sie wach war oder träumte. Sie starrte verständnislos in Annies Gesicht, dann auf Jeans und T-Shirt, die Annie hastig übergezogen hatte.

»Komm schon«, drängte Annie. »Wir haben nicht viel Zeit.« Laurel blinzelte und sah in diesem Moment wie eine Puppe aus, die die Augen schließen und öffnen kann. Eine rosawangige, blauäugige Babypuppe, die nicht die leiseste Ahnung hatte, wovon Annie eigentlich sprach. »Ich muß weggehen«, sagte Annie etwas sanfter. »Und ich werde nicht wiederkommen. Möchtest du mit mir kommen?«

Der glasige Ausdruck in Laurels Augen war verschwunden, statt dessen verzog sie mißbilligend den Mund. »Wo gehen wir denn hin?«

Annie war etwas ermutigt, weil Laurel »wir« gesagt hatte. Sie versuchte nachzudenken, doch fiel ihr keine befriedigende Antwort ein. Vielleicht war genau das vorher ihr Problem gewesen, als sie versucht hatte, alles bis ins Detail zu planen. Denn die Lösung fand sich oft erst im entscheidenden Moment. »Wir fahren mit dem Bus.« Das war die beste Antwort, die ihr einfiel. »Beeil dich ein bißchen, damit du angezogen bist, bevor ... bevor er aufwacht.«

Laurel wirkte sehr beunruhigt und erschrocken. Deshalb nahm Annie sie in die Arme.

»Es ist alles in Ordnung«, sagte sie. »Wir werden viel Spaß haben. Ein richtiges Abenteuer.« Das klang für sie selbst so abenteuerlich, als wollten sie in einer Tonne die Niagarafälle hinunter.

Doch zuerst mußten sie zum Busbahnhof kommen. Annie wußte weder genau, wo sich dieser befand, noch welchen Bus sie dann nehmen sollten. Aber das würde sie schon herausfinden.

»Brauchen wir denn kein Geld?« Laurel war aus dem Bett gestiegen und gerade dabei, sich das Nachthemd über den Kopf zu ziehen. »Ich meine, für die Fahrkarten.«

Daran hatte Annie überhaupt nicht gedacht. Und vor morgen

früh konnte sie weder Collier noch Ohrringe versetzen. Sie mußte warten, bis die Geschäfte geöffnet hatten. Bis dahin wollte sie allerdings schon viele Meilen von Bel Jardin entfernt sein.

In ihre Ratlosigkeit hinein piepste Laurel: »Ich habe Geld, Annie. Fast hundert Dollar. Erinnerst du dich, wie Mr. Oliver nach Dearies Christmas Party gedacht hat, er habe sein Portemonnaie mit allem Geld drin verloren? Ich habe es unter dem Sofa gefunden... eine Woche später.« Sie wurde rot. »Ich weiß, ich hätte dir das schon früher sagen sollen, aber...« Ihre Stimme wurde plötzlich zaghaft.

»Laurey! Du hast das Geld doch wohl nicht behalten?«

Laurels Gesichtchen war flammendrot. »Natürlich nicht! Ich habe dir nur nichts von der Belohnung gesagt, die Mr. Oliver mir gegeben hat. Ich habe es gespart, um dir davon etwas zum Geburtstag zu kaufen. Dann hat Dearie...« Sie hörte mitten im Zuknöpfen ihrer Bluse auf. »Annie, du bist doch nicht böse, oder?«

Annie schloß sie erleichtert in die Arme. »Nein, Laurey, red keinen Unsinn. Aber jetzt zieh dich fertig an, sonst kommen wir hier nie weg.«

Laurel blickte sie lange an, und in ihrem Blick lag mehr Wissen, als eine Elfjährige haben sollte. »Es ist wegen Val, nicht wahr?« flüsterte sie. »Er hat was... getan?« Sie hatte ihn nie »Daddy« oder »Dad« genannt, sondern immer nur Val.

Annie nickte, die Kehle war ihr plötzlich eng geworden.

»Annie«, flüsterte Laurel verlegen, als sie sich auf den Weg machten. »Kann ich Boo mitnehmen?« Boo war ihre alte Babydecke, ramponiert und völlig verfilzt vom vielen Waschen. Laurel gab nicht gern zu, daß sie in ihrem Alter Boo immer noch zum Einschlafen brauchte, aber Annie wußte Bescheid.

»Klar«, nickte sie.

An der Haustür blieb Annie stehen und dachte an ein ganz besonderes Andenken: Dearies Oscar. Sie konnte den Gedanken nicht ertragen, ihn zurückzulassen, hatte aber gleichzeitig Angst davor, noch einmal zurückzugehen. Wenn Val dort auf sie wartete und versuchte, sie erneut zu verfolgen? Trotzdem konnte sie unmöglich das Haus verlassen, ohne das mitzunehmen, was Dearie am meisten in ihrem Leben bedeutet hatte.

»Warte hier«, flüsterte sie.

Mit wild pochendem Herzen schlüpfte Annie zurück ins Wohnzimmer und schnappte die auf dem Teppich vor dem Kamin liegende Statuette. Sie vermied es, zu der reglosen Gestalt auf dem Sofa hinüberzusehen. Als sie zu Laurel zurücklief, entdeckte sie einen entsetzten Ausdruck auf dem Gesicht ihrer Schwester. Annie starrte auf die Statuette in ihrer Hand und sah im schwachen Licht der Verandabeleuchtung, daß sie über und über mit Blut besudelt war. *O Gott!*

Da nahm Laurel ihr ohne ein Wort zu sagen die Figur aus der Hand und wischte sie mit ihrer geliebten Decke sauber. Laurel war kreideweiß im Gesicht, und ihre Augen sahen aus wie kreisrunde schwarze Löcher. Als sie fertig war, stopfte Annie die Figur schnell in die überquellende Reisetasche. Nach einem Blick in Laurels Augen, die voller Vertrauen waren, fand Annie den Mut, die Tür aufzustoßen.

Minuten später, als sie in der Dunkelheit die lange S-förmige Auffahrt hinunter in Richtung auf das schmiedeeiserne Tor zugingen, drehte sich Annie noch einmal um, um einen letzten Blick auf Bel Jardin zu werfen. Im schwachen Licht des sichelförmigen Mondes schien sich das Haus wie ein riesiger bleicher Felsen aus einem stürmischen Meer von Geißblatt, Oleander und Hibiskus zu erheben. Über den Palmen, die die Auffahrt säumten, konnte Annie bereits den ersten Schimmer der Morgendämmerung erahnen. Sie wandte sich abrupt ab und beschleunigte ihren Schritt.

Die schwere Reisetasche mit Dearies Oscar stieß bei jedem Schritt gegen ihr Bein. In diesem Augenblick war von Annies Zuversicht nicht viel übrig. Wo, um Himmels willen, wollte sie eigentlich hin? Und was würde sie tun, wenn sie dort angekommen war? Und wenn die Telefonzelle an der Tankstelle am Sunset Boulevard defekt war, wie sollte sie dann überhaupt ein Taxi bestellen?

Da spürte sie seltsamerweise so etwas wie eine unsichtbare Hand ihren Rücken stärken und ihr einen sanften Schubs versetzen. Und ihr war, als sagte eine liebevolle, kehlige Stimme zu ihr: *»Wenn du dich einmal entschlossen hast, irgendwohin zu gehen, vergeude keine Zeit mehr damit, an deinen Schuhbändern herumzunesteln...*

Annie straffte die Schultern und hob die Reisetasche ein wenig höher, so daß sie schneller gehen konnte. Sie ergriff Laurels Händchen, das kühl und trocken in ihrer schweißfeuchten Hand lag. Ihr Herz pochte dumpf in ihren Ohren. Noch nie vorher hatte sie sich so unsicher und verängstigt gefühlt, aber das wichtigste war jetzt, vor Laurel so zu tun, als wüßte sie ganz genau Bescheid und hätte keine Spur von Angst. Das schien ihr plötzlich wichtiger als alles andere auf der Welt.

»Ich hoffe, du hast Söckchen angezogen«, sagte sie in energischem Tonfall zu ihrer Schwester, die teilnahmslos neben ihr einherstapfte und eine zerschlissene, mit dem Blut ihres Vaters beschmierte Babydecke an sich gedrückt hielt. Ein hellblondes Mädchen mit staksigen Beinen in pinkfarbenen Radlerhosen und einer puffärmeligen Bluse. »Du weißt ja, wie schnell du Blasen an den Füßen bekommst, wenn du keine Söckchen anziehst. Und wir haben noch einen weiten Weg vor uns.«

2. Kapitel
New York City

Laurel schob das Würstchen auf die andere Seite des Tellers. Vielleicht würde Annie nichts merken, wenn sie es unter ihrem Toast versteckte. Sie fühlte sich einfach zu elend, um noch einen

Bissen hinunterzubringen. Aber sie wollte auch nicht, daß Annie wieder damit anfing, sie sei viel zu mager.

Ihre Schwester sollte sich erst mal selbst anschauen! Annie sah schrecklich aus, der grüne Sweater schlotterte um ihren Körper. Mit den hervorstehenden Wangenknochen und den tiefen Schatten unter den Augen hätte sie als Gespenst beim Film mitspielen können.

Warum hatte Annie nichts außer Toast bestellt? Sie sah so hungrig aus, als würde sie am liebsten jeden Krümel vom Boden verschlingen.

Aber nein, sie mußten auf jeden Penny achten, betonte Annie immer wieder; sie mußten sparen für den Fall, daß sie eine Wohnung fanden. Aber wann würde das sein? Sie waren jetzt schon zwei Wochen in New York und hausten noch immer in dem miefigen dunklen Zimmer im Hotel Allerton. Laurel war zwar der festen Überzeugung, daß Annie es schon schaffen würde. Doch was war, wenn Annie etwas zustieß, wenn sie zum Beispiel schwer krank würde?

Bei dem Gedanken an all die schrecklichen Dinge, die passieren konnten, fühlte sich Laurel wie auf der ersten Steigung der Achterbahn, bei der man noch nicht einschätzen kann, ob man sich gleich in die Hose machen oder ohnmächtig werden wird, oder vielleicht sogar beides. In ihrem ganzen Leben hatte sie sich noch nie so hilflos gefühlt.

Am Anfang waren ihnen die 970 Dollar, die sie für Dearies Schmuck bekommen hatten, wie der Schatz eines Königs vorgekommen. Aber mittlerweile war das Geld nahezu verbraucht. Es war alles so teuer! Annie hatte ihr noch nicht gesagt, daß sie bereits pleite waren, aber Laurel hatte die Besorgtheit in ihrem Blick gesehen, als sie in der vergangenen Nacht die Miete für diese Woche Mr. Mancusi sorgfältig auf den Rezeptionstresen gezählt hatte. Sie erkannte es auch daran, wie Annie an ihrem Toast herumnagte, so als wolle sie möglichst lange etwas davon haben. Nach jedem Bissen trank sie ein Schlückchen Tee.

Und jeden Abend schleppte sie sich ins Hotel zurück und versuchte fröhlich und unbesorgt zu tun, obwohl ihr niemand einen Job geben wollte. Wie lange konnte Annie so weitermachen? Ihr Leben in Bel Air und der Besuch eines angesehenen Colleges boten nicht die besten Voraussetzungen dafür, einen Job als Zimmermädchen oder Kellnerin zu bekommen. Dabei war Annie raffinierter als andere. Hatte sie nicht Mancusi so weit gebracht, ihnen das Zimmer für fünf Dollar weniger die Woche zu überlassen? Als Gegenleistung wischte sie jeden Tag den Boden der Eingangshalle und der Rezeption.

Annie würde etwas finden. Sie hatte sich immer um alles gekümmert, auch als Dearie viel zu viel Bier getrunken hatte, aber trotzdem alle nach Hause fahren wollte und hinter dem Steuer einschlief. Annie hatte sie auf den Rücksitz verfrachtet und sie dann alle sicher nach Hause gebracht. Als sie nun darüber nachdachte, erinnerte sich Laurel, daß Annie damals erst vierzehn gewesen war und noch keinen Führerschein gehabt hatte. Woher hatte sie gewußt, wie man ein Auto fuhr? Laurel wünschte, sie wäre so stark wie Annie.

Wenn ich nur älter wäre. Dann könnte ich mich auch nach einem Job umsehen, und Annie müßte sich nicht um alles allein kümmern.

Aber wer würde schon ein elfjähriges Kind einstellen, wenn Annie, die älter als siebzehn aussah, keine Arbeit fand? Laurel beobachtete, wie Annie ein weiteres Töpfchen mit Traubengelee öffnete und es dick auf ihre letzte Scheibe Toast strich. Sie spürte eine plötzliche Aufwallung von Liebe für ihre Schwester. Wenigstens hatte sie Annie und war nicht allein auf sich gestellt. Schon der Gedanke daran ließ ihren Magen ungewöhnliche Bewegungen machen, und der Raum begann sich um sie zu drehen.

Während Laurel sich an den Sitz klammerte, schweifte ihr Blick durch das fast leere Restaurant. An Wochentagen war es meist gut besucht, aber heute war Sonntag. Direkt ihnen gegenüber trank ein Mann in Arbeitskleidung und Stiefeln Kaffee und rauchte eine Zigarette. An der Theke beugte sich eine Frau über ihr Stück Kuchen. Sie hatte tiefe Tränensäcke, trug einen engen Minirock und hatte die Pfennigabsätze ihrer Lacklederpumps in die Quersprosse des Barhockers eingehängt. Das Essen war hier nicht besonders gut, aber billig, und es schien niemanden zu stören, daß buchstäblich alles nach gebratenem Speck roch und schmeckte – die Luft, die Serviette, mit der Laurel sich den Mund abwischte, sogar die Milch, die vor ihr stand.

Annie schaute auf und sagte: »Ich habe das Gefühl, heute ist unser Glückstag.« Sie hörte sich so fröhlich und entschieden an, daß Laurel sich gleich ein wenig besser fühlte. Dann fiel ihr ein, daß Annie das *jeden* Tag sagte.

Sie schob das Glas mit Milch über den Tisch. »Hier, trink du das aus.«

Annie runzelte die Stirn und schob das Glas zurück. »Du hast es nötiger als ich. Außerdem kann ich nicht mehr.«

Das war eine Lüge. Laurel hätte ihre Schwester am liebsten angeschrien, mit ihr gestritten, damit sie endlich aufhörte, so nett zu ihr zu sein. Sie sollte keine Eier und Würstchen für sie bestellen, wenn sie nichts anderes als Cornflakes aß. Annie meinte es gut, sicher, aber Laurel hatte es satt, von ihr wie eine Zweijährige behandelt zu werden.

Ich wette, mir würde einiges einfallen, was uns helfen könnte – wenn Annie mich nur ließe.

Aber Laurel sagte nichts weiter als: »Darf ich mal in die Zeitung gucken?«

Das einzige, was sie sich jeden Tag leisteten, war die *New York Times.* Die dicke Ausgabe mit dem heutigen Datum vom 9. Oktober lag zusammengefaltet neben Annies Teller; sie hatte noch nicht hineingesehen. Normalerweise schaute sie sofort die Anzeigen durch und strich die wenigen für sie in Frage kommenden an. Bedeutete das jetzt, daß sie begann, die Hoffnung zu verlieren? Laurels Magen krampfte sich zusammen.

Einige der Wohnungen, die sie sich angesehen hatten, waren zwar hübsch gewesen, aber sie hatten sich die Miete nicht leisten können. Andere wiederum waren furchtbar gewesen – in Vierteln, wo überquellende Mülleimer auf den Bürgersteigen standen und man sich vorsehen mußte, nicht in Glassplitter zu treten. In den Treppenaufgängen roch es nach Urin, und die Korridore waren düster. Es war genau wie im Allerton. In einer Wohnung hatte sich, als der Hausverwalter das Licht anmachte, auf dem Küchentisch eine ganze Karawane von Kakerlaken auf die Flucht gemacht, während er leise fluchend mit einer zusammengerollten Zeitung nach ihnen schlug.

Die Stadt war so unvorstellbar groß. Vielleicht hatte Annie sich nicht in den richtigen Vierteln umgetan. Was war zum Beispiel mit Brooklyn? Dort waren Val und Onkel Rudy aufgewachsen. Auf dem Stadtplan schien es nicht sehr weit entfernt von Manhattan, mit dem es durch farbige Linien, die die verschiedenen Strecken der Untergrundbahn markierten, verbunden war.

Aber Laurel wollte in diesem Augenblick eigentlich nichts lieber als wieder zu Hause in Bel Jardin sein. Sie vermißte ihr Zimmer sehr, besonders den sonnenbeschienenen und mit Kuscheltieren vollgestopften Sessel am Fenster. Und ihre beste Freundin Bonnie Pell, die jeden Song von den Beatles auswendig konnte und sich bei Mannschaftsaufstellungen immer für Laurel entschieden hatte.

Seltsamerweise vermißte sie sogar ihren Vater, obwohl er ihr kaum jemals seine Aufmerksamkeit geschenkt hatte, als sie noch zu Hause gewesen war.

Sie stellte sich Val schlafend in dem riesigen Bett vor, das er einst mit Dearie geteilt hatte. Hector mähte gerade den Rasen, und Bonita wendete Pfannkuchen auf dem Herd, während sie mit hoher Stimme spanische Lieder trällerte...

Dann löste sich das Bild auf, und sie sah nur noch Blut. Vals Blut. Und dann kam die Dunkelheit, in der Annie und sie den ganzen Weg bis zum Sunset Boulevard geeilt waren, wo sie dann im gelben Licht der Straßenlaternen die Blutflecken auf ihrer geliebten Decke gesehen hatte. Sie erinnerte sich, wie sie ihre alte Babydecke in den erstbesten Mülleimer geworfen hatte. Dabei hatte sie sich gefühlt, als ließe sie das kleine Mädchen zurück, das sie bis dahin gewesen war. Wie eine Freundin, die vor langer Zeit fortgezogen war und an die sich kaum noch jemand erinnern konnte.

Wenn Annie ihr nur erzählen würde, was Val in jener Nacht getan hatte, um sie derart wütend zu machen, daß sie ihn niederschlug. Die Vorstellung, daß Val in einer Blutlache tot auf dem Boden lag, ließ ihr einen eisigen Schauer über den Rücken rinnen.

Nein, dachte sie, das kann nicht sein. Val *konnte* nicht tot sein. Sie *wollte* nicht, daß er tot war.

Aber wenn er noch am Leben war, würde er nach ihnen suchen. Annie hatte gesagt, daß sie sich vorsehen mußten, um nicht erwischt zu werden, da Val sie beide sonst trennen würde. Und vielleicht würde er sogar dafür sorgen, daß Annie wegen Kindesentführung ins Gefängnis kam.

Annie hinter Gittern? Laurel konnte den Gedanken nicht ertragen. Genausowenig konnte sie sich vorstellen, von ihrer Schwester getrennt zu werden. Also mußte sie sehr vorsichtig sein und durfte niemandem zu viel über sich erzählen. Sie wollte aber auch nicht wie ein Wickelkind von Annie abhängig sein. So verängstigt und krank sie sich auch fühlte, wollte sie doch keinesfalls Annie damit belasten. Wäre es nicht fantastisch, wenn Annie und sie auf irgendeine Weise Partner sein könnten? Wenn Annie sich einmal auf sie stützen könnte?

Ich muß es ihr irgendwie beweisen. Sie muß erkennen, daß ich alt genug bin, um eine Hilfe zu sein.

Laurel kämpfte das flaue Gefühl hinunter und griff nach der Zeitung. Sie blätterte sie durch, bis sie auf die Wohnungsanzeigen stieß. Ihr Zeigefinger glitt Spalte für Spalte über die Angebote von unmöblierten Wohnungen, und manchmal geriet sie über einer winzigen Anzeige ins Grübeln. Vor zwei Wochen noch hatte sie keine einzige dieser ganzen Abkürzungen verstanden, aber mittlerweile wußte sie gleich, daß KA für ›Klimaanlage‹ stand und WK für ›Wohnküche‹. Schließlich hatte sie eine Wohnung für 300 Dollar entdeckt. Das war laut Annie das teuerste, was sie sich leisten konnten. Aber als sie ihrer Schwester die Anzeige hinhielt, sagte Annie, daß die East 116th Street in Harlem lag, einem Viertel, das von Straßenräubern und Drogensüchtigen nur so wimmelte.

Laurel war entmutigt und fühlte sich irgendwie benommen – so wie damals beim Softballspiel, als sie den leichtesten Flugball der Welt verpatzt hatte.

Annie studierte in der Zwischenzeit die Anzeigen unter der Rubrik *Aushilfe gesucht.* »Hör dir das an«, sagte sie und las laut vor, »›Huthersteller sucht für Freitage tatkräftige junge Frau für lebhaftes Büro.‹ Hast du gehört? Habe ich es nicht gesagt? Ich wette, ich bin die Richtige dafür.«

»Und was ist mit Schreibmaschine schreiben? Mußt du denn nicht tippen können?«

»Ich kann Schreibmaschine schreiben. Eben nur nicht so schnell.«

»Aber wenn du einen Test machen mußt?«

Annie unterbrach sie und lächelte voller Zuversicht. »Beim letzten Mal war ich furchtbar nervös. Das nächste Mal mache ich es besser. Ich weiß, daß es klappt.« Sie blickte auf Laurels Teller, und ihr Gesicht bekam einen besorgten Ausdruck. »Du hast dein Frühstück nicht aufgegessen. Ist alles in Ordnung mit dir?«

»Ich habe so viel gegessen, wie ich konnte. Wieso nimmst du dir nicht den Rest?«

Annie sah Laurel scharf an, ob sie etwa nur vorgab, keinen Hunger mehr zu haben. Aber wenn hier jemand etwas vormachte, dachte Laurel, dann war das Annie. Sie gab sich soviel Mühe, alles in einem positiven Licht erscheinen zu lassen, aber man mußte nur ihre abgekauten Fingernägel anschauen, um Bescheid zu wissen.

Annie starrte ihre Schwester einen Moment an; dann gewann der Hunger die Oberhand. Sie ergriff ihre Gabel und verschlang gierig den Rest von Rührei und Wurst. Dann säuberte sie mit dem letzten Stück Toastbrot den Teller. Während sie Annie beobachtete, spürte Laurel, wie der Schmerz in ihrem Magen abnahm.

Sie sah die Kellnerin auf ihren Tisch zukommen, ein mageres Mädchen mit pickligem Gesicht und dunklen hochgesteckten Haaren. Sie sah etwa so alt aus wie Annie. Der rote Nagellack auf ihren Fingernägeln war bis auf ein paar spärliche Reste abgesprungen, und auf ihrer blauen Uniform war in Höhe des Busens ein Erdbeermarmeladefleck.

»Alles?« fragte sie. Und ohne eine Antwort abzuwarten, knallte sie die Rechnung auf den Tisch und stakste davon.

Annie lehnte sich über den Tisch und flüsterte: »Sie ist sauer, weil ich ihr das letzte Mal kein Trinkgeld gegeben habe.«

Sie rappelte sich plötzlich auf und ging betont lässig auf die Kellnerin im Hintergrund zu. Laurel sah, daß Annie einige Münzen in die Hand des Mädchens gleiten ließ; dann standen die beiden einen Moment beieinander und unterhielten sich.

Annie grinste, als sie zurückkam. »Als wir reinkamen, hast du da das Schild ›KELLNERIN GESUCHT‹ im Fenster gesehen? Nun, ich habe um fünf Uhr einen Vorstellungstermin beim Chef.« Ihre tiefblauen Augen leuchteten, und ihre Wangen waren leicht gerötet.

»Aber Annie, du weißt doch überhaupt nicht, was man als Kellnerin machen muß«, platzte Laurel heraus. »Wir sind immer von Bonita bedient worden.« Als sie das Lächeln aus Annies Gesicht schwinden sah, hätte sich Laurel am liebsten geohrfeigt.

»Dann muß ich es eben lernen, nicht wahr?« sagte Annie so entschlossen wie immer, aber längst nicht so fröhlich wie noch einen Moment zuvor. »Was kann daran schon so schwer sein, Leuten das zu bringen, was sie bestellen?«

Laurel fühlte sich versucht, Annie daran zu erinnern, daß sie bei Memory regelmäßig verlor, aber sie hielt lieber den Mund. In Annies Augen waren die Details nicht so wichtig, was zählte, war das Endergebnis. Allerdings war es hier schon von Bedeutung, ein belegtes Brötchen von einem Hamburger unterscheiden zu können.

»Du hast wahrscheinlich recht«, sagte Laurel unsicher.

Aber Annie hörte ihr gar nicht mehr zu, sondern schaute mit abwesendem Gesichtsausdruck aus dem beschlagenen Fenster. Sie wirkte wie ein Forscher, der eine weit entfernte Bergkette auskundschaftet. »Wir werden auch einen anständigen Platz zum Leben finden«, sagte sie und wandte sich mit einem Funkeln in den Augen wieder zu Laurel. »Ich wette, heute ist etwas für uns in der *Village Voice.«* Sie griff nach ihrer Handtasche und erhob sich. »Komm, Mr. Singh an der Ecke läßt mich hineinschauen, ohne daß ich sie kaufen muß.«

Auf dem Weg nach draußen sah Laurel auf einem der Barhokker an der Theke eine zurückgelassene Zeitung liegen. Laurel griff hastig danach und klemmte sie sich unter den Arm.

Während Annie im Süßwarenladen von Mr. Singh die Anzeigen in der *Village Voice* studierte, wartete Laurel draußen auf der Straße an der Ecke von Eighth Avenue und 23rd Street. Sie schlug die Zeitung auf und sah, daß es sich um die *Jewish Press* handelte. Ob da wohl auch Zimmer angeboten wurden? Nun, es würde nichts schaden, nachzusehen. Sie blätterte fünf oder sechs Seiten durch, bis sie auf die Rubrik »Wohnungen/Unmöbl.« stieß. Die oberste Anzeige sprang ihr sofort ins Auge.

Midw.:DG-Whg. in 2-Fam.H. m. Garten, ruhig. $ 290. Shomer Shabbat. 252–1789.

Laurels Herz klopfte. Aber wo, um Himmels willen, war Midwood? Die günstige Miete ließ darauf schließen, daß es in Brooklyn war. Jedenfalls klang es fast zu schön, um wahr zu sein.

Ein lustiger Name, dachte sie – Shomer Shabbat. Aber fast

alle Menschen in New York hatten seltsame Namen. So wie der Nachtportier im Allerton, Mr. Tang Bo.

Jedenfalls konnte dies ihre große Chance sein, Annie zu beweisen, daß auch sie sich etwas zutraute. Zuerst mußte sie allerdings herausbekommen, ob das Zimmer nicht schon anderweitig vergeben war. Das war meist der Fall gewesen, wenn Annie irgendwo angerufen hatte.

»Was hast du denn da?« fragte Annie, die gerade aus dem Süßwarenladen wieder herauskam. Um älter zu wirken, trug sie Pumps. Aber ihr wackliger Gang verriet, daß sie hohe Absätze nicht gewohnt war. Sie bückte sich und überprüfte den Sitz des Heftpflasters an ihrer Ferse.

Laurel nutzte den Augenblick und stopfte die Zeitung schnell wieder unter den Arm. »Nichts«, sagte sie. »Aber... ich habe etwas auf dem Tisch im Restaurant vergessen. Warte, ich renne schnell zurück und hole es.«

In dem Lokal gab es gleich bei der Garderobe am Eingang ein Münztelefon. Laurel zog eine Münze aus der Gesäßtasche ihrer Jeans – Annie achtete darauf, daß sie immer eine dabei hatte, für den Fall, daß sie sich einmal verloren – und wählte die angegebene Nummer. Sofort wurde am anderen Ende abgenommen.

»Spann mich jetzt bitte nicht auf die Folter«, ertönte eine Frauenstimme, bevor Laurel auch nur den Mund öffnen konnte. »Hast du ihn gekauft oder nicht? Ich wette, daß er gesagt hat, neue Kühlschränke wachsen nicht auf Bäumen.«

Völlig außer Fassung schaffte Laurel es gerade noch, »hallo?« in den Hörer zu stammeln. Darauf folgte ein kurzes Schweigen, dann ertönte ein fröhliches Lachen, das Laurel an die dralle Mrs. Potter erinnerte, eine Krankenschwester von Green Oaks, die in ihrem Schränkchen immer Vorräte an Süßigkeiten bereithielt.

»Sie sind nicht Fergie, nicht wahr? Wer ist denn am Apparat?« Laurel hätte am liebsten schnell aufgelegt, aber die Stimme am anderen Ende klang so freundlich, daß sie sich zwang zu sprechen.

»Hier ist Laurel... äh, Davis.« Oder war es Davidson gewesen? Sie hatte Annie Hauswirten und Verwaltern so viele Geschichten aufbinden hören, daß sie sie längst schon nicht mehr auseinanderhalten konnte. Sie fühlte Panik in sich aufsteigen. Und wenn sie jetzt aus Versehen etwas sagte, was diese Frau mißtrauisch machte? »Die Wohnung«, platzte sie heraus, »die Anzeige in der Zeitung... Könnte ich... ich meine, wir... meine Schwester und ich, das heißt... sie ist noch nicht vergeben, oder?«

»Wie alt bist du, mein Schatz?«

»Zwölf.« Ein Jahr konnte sie sicher dazuschummeln. »Aber meine Schwester ist einundzwanzig«, fügte sie schnell hinzu.

»Ist sie verheiratet?«

»Äh, hm, nein. Aber sie hat einen sehr guten Schulabschluß – außer in Mathe –, und sie kann Schreibmaschine schreiben.«

Hatte sie zuviel gesagt? Oder das Falsche?

»Sie hat also einen Job?«

»O ja, natürlich! Sie arbeitet... bei einer Hutfirma. Im Büro. Sehen Sie, wir kommen aus, äh, Arizona, und wir brauchen wirklich dringend eine Wohnung, besonders eine mit Garten.«

An schönen Tagen könnte ich mich mit meinem Zeichenblock und meinem Malkasten hinaussetzen, überlegte Laurel. Und mich fast wie in Bel Jardin fühlen.

»Der besteht fast nur aus Unkraut, mußt du wissen. Und der Rasen wuchert vor sich hin.«

»Oh, das würde mir nichts ausmachen. Ich könnte ihn auch für Sie mähen, wenn Sie wollen. Hec-, äh, mein Dad hat mir alles mögliche beigebracht, wie man düngt zum Beispiel, oder wie man Rosen für den Winterschlaf vorbereitet.«

Laurel schloß die Augen und sah für einen Augenblick, wie Hector mit wettergegerbten Händen die Erde um einen Rosenbusch herum vorsichtig entfernte und dann die Mulde mit Kaffeesatz wieder auffüllte, den Bonita über Wochen gesammelt hatte.

»Rosen! Die müßte ich erst mal haben!« Die Dame – Mrs. Shabbat? – lachte aus vollem Halse.

Laurels Herz klopfte wie rasend. Hatte sie übertrieben? Aber wenigstens entsprach das, was sie über ihre gärtnerischen Kenntnisse erzählt hatte, der Wahrheit. Davon hatte sie wirklich Ahnung. Sie würde alles wunderschön machen und eine Menge Blumen pflanzen – Pfingstrosen und dunkeläugige Stiefmütterchen und Löwenmaul.

»Könnten wir es uns nicht wenigstens einmal ansehen?« bat Laurel.

»Sag mal, Kleine, habt ihr denn überhaupt genug Geld für eine Kaution?«

»Aber sicher.« Dann fügte sie hinzu, was Annie auch immer sagte: »In bar!«

Am anderen Ende herrschte eine lange Pause, während der Laurels Herz wilde, erwartungsvolle Sprünge machte.

Dann seufzte Mrs. Shabbat und sagte: »Um ganz ehrlich zu sein, ich weiß nicht so recht, ob ihr beide die richtigen Mieter für mich seid. Aber du scheinst ein nettes Mädchen zu sein. Ich denke, es schadet nicht, wenn ihr 's euch mal anschaut. Möchtet ihr gleich jetzt vorbeikommen oder wann?«

Laurel fühlte sich plötzlich so leicht wie ein Ballon, und hätte sie sich nicht am Hörer festgehalten, wäre sie sicher an die Decke geschwebt.

»Das wäre phantastisch«, sagte sie und bemühte sich, ihre Erregung zu unterdrücken. Wie lange würde man wohl zu diesem Teil von Brooklyn mit der U-Bahn brauchen? Sie rang sich zu einem Vorschlag durch. »Wie wäre es in einer Stunde? Sind Sie dann zu Hause?«

»Wo sollte ich sonst sein? Ich bin im neunten Monat, Laurel Davis. Gott segne dieses Baby, aber es hat's nicht eilig, das Licht der Welt zu erblicken. Auf eurem Weg hierher könnt ihr für mich beten, damit ich nicht wie bei meinem letzten Kind drei Wochen über die Zeit warten muß.«

Obwohl Laurel diese Mrs. Shabbat noch gar nicht persönlich kannte, konnte sie sich nicht daran erinnern, wann sie jemanden so auf Anhieb gemocht hatte. Sie erfragte noch schnell die genaue Adresse und die Verkehrsverbindungen, bevor sie aufhängte. Dann rannte sie nach draußen zurück zu Annie.

»Wieso hast du denn so lange gebraucht?«

»Ich glaube, ich habe ein Zimmer für uns gefunden!« Laurel erzählte ihr aufgeregt von ihrem Telefonanruf. Draußen wehte mittlerweile ein kalter Wind, aber Laurel glühte vor Begeisterung.

Annie nahm sie in die Arme. »Laurey, das ist ja großartig! Hoffentlich klappt's!«

Noch nie war Laurel so stolz gewesen. Sie hatte Annie gezeigt, daß sie auch schon erwachsen war. Jetzt würde sich alles zum Guten wenden, dessen war sie sich sicher.

Laurel und Annie verließen die U-Bahn an der Station Avenue J. Sie waren erst ein kleines Stück gegangen, als Laurel sich in dieser Umgebung plötzlich sehr fremd vorkam.

Ohne es eigentlich zu wollen, starrte sie eine Gruppe von Jungen etwa in ihrem Alter an, die sich unter der Markise eines Geschäftes zusammendrängten und in einer fremdartig klingenden Sprache aufeinander einschwatzten. Alle trugen schwarze Hüte und übergroße schwarze Anzüge mit Troddeln am Gürtel. Von ihren Schläfen hing eine lange Haarlocke herab.

Dann kamen Annie und sie an einer dunkelhäutigen Frau vorbei, die in eine Art schimmerndes himmelblaues Bettuch gehüllt war. Ihre beiden Arme waren bis zu den Ellbogen hinauf mit dünnen silbernen Armreifen bedeckt, und ein roter Punkt leuchtete mitten auf ihrer Stirn. An der Hand hielt sie ein kleines Mädchen mit Zöpfen, das ein rosafarbenes Kleidchen und weiße Lackschühchen trug.

Laurel war so mit Schauen beschäftigt, daß sie fast mit einer Gruppe von schwarzen ABC-Schützen zusammengestoßen wäre, die von einer molligen Frau mühsam zusammengehalten wurde: »Hey, Rufus! Ja, mit *dir* rede ich. Beweg deinen kleinen Hintern gefälligst wieder dahin, wo er hingehört, bevor ich ihn dir kräftig versohle!«

Laurel kam sich mit ihrem blonden Haar, den fast neuen Jeans und Annies alter rosa Strickjacke, die mit winzigen Blüten bestickt war, beinahe vor wie von einem anderen Stern.

Sie betrachtete ihre Schwester. Mit ihren großen dunklen Augen, den vorspringenden Wangenknochen, der olivfarbenen Haut und dem kurzen dunklen Haar paßte Annie weitaus besser als sie in diese Gegend. Dann sah Laurel, wie Annie über die Schulter spähte.

Laurel schrak zusammen, sie mußte an Val denken. Wenn er ihnen folgte? Und wenn er sie fand und Annie ins Gefängnis stecken ließ, würde das nicht zum Teil ihre Schuld sein? Weil sie am liebsten Val angerufen oder ihm wenigstens eine Karte geschickt hätte, um ihm mitzuteilen, daß alles in Ordnung war.

Dann sah Laurel erleichtert, daß Annie lediglich ein Straßenschild studierte.

»Bist du sicher, daß wir hier richtig sind?« fragte Annie.

»West Vierzehnte Straße, das hat sie mir gesagt. Das fünfte Haus auf der linken Seite.«

Sie kamen an einer Bäckerei mit einer verlockenden Auslage von Obstkuchen vorbei, an einem Schuhgeschäft, dann an einem Feinkostladen mit riesigen Käsestücken und Salamis. An der Tür von Lana's Fashion Shoppe an der Ecke Vierzehnte Straße war auf einem Schild zu lesen: KINDERWAGEN DRAUSSENLASSEN. Die Bürgersteige schienen von ihnen überzuquellen. Fast jede Frau schob einen Kinderwagen vor sich her, einige von ihnen sogar Zwillingskinderwagen, und jede hatte mindestens noch ein kleines Kind an der Hand.

In Laurels Magen begann es erneut zu flattern, wie damals auf ihrer Fahrt nach New York, als der große schmutzige Bus endlich den Times Square mitten in Manhattan erreicht hatte. Es war, als habe sie einen Fisch verschluckt, der nun in ihrem Bauch herumzappelte. Während der langen Fahrt war sie viel zu beschäftigt damit gewesen, aus dem Fenster zu schauen und alles aufzunehmen – die vorbeirauschenden Autokennzeichen, deren Farben beim Überqueren von Staatsgrenzen wechselten, die Getreidefelder, die Kühe, die Wälder, die sich in weiter Entfernung erhebenden schneebedeckten Berge, die Woolworth- und A & P-Läden an den kleinstädtischen Hauptstraßen. Sie hatte die immer gleichen Thunfisch-Sandwiches mit Cola sogar irgendwie gemocht. Im Bus konnte man sich bequem auf dem Sitz zum Schlafen ausstrecken und dem gemütlichen Brummen des Motors lauschen. Vielleicht hatte sie gar nicht geglaubt, daß das alles Wirklichkeit war, und erwartet, daß sie nach dieser Nacht, nach dem Aufbruch von Bel Jardin, nach dieser Reise mit dem Bus aus einem langen, verrückten Traum erwachte – zu Hause in ihrem Bett.

Schließlich hatte Annie auf die Skyline von Manhattan gedeutet. Dann waren sie durch einen Tunnel unter dem Hudson River hindurchgefahren, und Laurel hatte sich einen Augenblick vorgestellt, wie durch einen Mauerriß Wasser eindrang und sie ertranken, bevor sie New York erreicht hatten. Sie hatte mit hämmerndem Herzen Annies Hand umklammert, und der Fisch in ihrem Magen hatte völlig verrückt gespielt.

Nach nunmehr zwei Wochen war ihr Magen immer noch in Aufruhr. Manchmal – wie gerade jetzt – fragte sie sich, ob sie das Richtige getan hatten, indem sie wegrannten. Aber was wäre gewesen, wenn Annie ohne sie gegangen wäre? Das wäre auch schrecklich gewesen, ja schlimmer als jetzt.

Angenommen, sie hätte bei Val zurückbleiben müssen? Er war zwar nicht gemein zu ihr, aber er war kaum jemals da. Ohne Annie wäre sie sehr allein und sehr unglücklich gewesen. »Ich glaube, hier ist es.« Annies Stimme holte Laurel in die Gegenwart zurück.

Sie blieb stehen und betrachtete das graugestrichene zweistöckige Holzhaus mit der kleinen vorgelagerten Veranda und dem winzigen Stück Rasen, der von einer sauber gestutzten Hecke umgeben war. Unter einen Baum neben dem Bürgersteig war säuberlich ein Haufen Blätter gerecht. Es war zwar nicht Bel Jardin, aber es sah hübsch aus und wirkte anheimelnd. Auf dem Weg zur Haustür lag ein umgekipptes Dreirad, und auf der Veranda herrschte ein gemütliches Durcheinander. Über der Tür war ein Schild angebracht, auf dem zu lesen stand: FAMILIE GRUBERMAN. Laurels Stimmung hob sich. Hier lebte eine wirkliche Familie.

Aber halt. Der Name sollte doch Shabbat sein und nicht Gruberman. Konnte es sich um das falsche Haus handeln? Vielleicht war das Schild aber auch von einem früheren Besitzer zurückgelassen worden.

»Mach dir nicht zuviel Hoffnungen«, warnte Annie, doch Laurel merkte, wie aufgeregt ihre Schwester selbst war. »Es wird wahrscheinlich ausgehen wie beim letztenmal. Sie werden sagen, daß ich zu jung bin, und nach Referenzen fragen.«

Trotzdem kniff Laurel die Augen zusammen und betete: *Bitte, bitte lieber Gott, laß Mrs. Shabbat uns nehmen!*

Sie spürte, wie Annie ihre Hand ergriff und sie hinter sich her zum Haus zog. »Es wird schon schiefgehen.« Annie betätigte die Türklingel.

»Ja, ja, ich komme gleich!« rief eine weibliche Stimme von innen.

Endlich öffnete sich die Haustür. Vor Annie und Laurel stand eine Frau mit einem geblümten Tuch um den Kopf. Um ihren gewaltigen Bauch hatte sie eine karierte Schürze gebunden. Warme braune Augen, die von zahlreichen Lachfältchen umgeben waren, lächelten die beiden aus einem runden Gesicht an. »Miß Davis?«

»Ja«, antwortete Annie, ohne zu zögern.

»Äh, ja«, murmelte Laurel gleichzeitig. Sie schwieg errötend und beschloß, Annie alles Weitere zu überlassen.

»Ich bin Annie. Und das ist meine Schwester Laurel. Sie hat mit Ihnen telefoniert.«

»Und ich bin Rivka Gruberman.« Die Frau lächelte Laurel an. »Du kannst wunderbar telefonieren, Kleines, aber ich habe noch nie zwei so junge Mädchen auf Wohnungssuche erlebt. Wißt Ihr, ich kann niemand als Mieter gebrauchen, der nach ein paar Wochen schleunigst wieder zur Mama zurückkehrt.«

»Wir haben keine Mutter mehr«, antwortete Annie ruhig. »Sie ist gestorben.«

»Oh.« Rivka nickte verstehend und öffnete die Tür ganz. »Ja, dann schaut es euch mal an.«

Rivka sah die Schwestern genau an, sagte aber nichts mehr, als sie den düsteren Flur betraten, in dem es nach gekochten Karotten roch. Schnaufend und ächzend stieg sie ihnen voran eine enge Treppe hinauf. Laurel atmete insgeheim auf. *Ich glaube zwar nicht, daß sie Annie die einundzwanzig Jahre abnimmt, aber sie macht wenigstens kein großes Getue darum.*

Die Wohnung war winzig und bestand aus einer klitzekleinen Küche mit gelben Schränken, einem Wohnzimmer mit abgenutztem grünem Teppich und einem Schlafzimmer, das nicht viel größer sein mochte als das Gäste-WC in Bel Jardin. Aber alles war sehr sauber, und die Wände hatten einen neuen hellblauen Anstrich. Ein verführerischer Duft nach frischgebackenem Brot lockte Laurel an ein offenstehendes Fenster. Sie spähte hinaus, um zu sehen, woher der köstliche Geruch kam. Hinter dem von Unkraut überwucherten Grundstück sah sie ein riesenhaftes Gebläse auf dem Dach eines kleinen Gebäudes.

»Ist dort eine Bäckerei?« fragte sie.

»Bagels«, erklärte Rivka. »Den ganzen Tag und die ganze Nacht, vierundzwanzig Stunden lang werden dort Bagels gebakken. Und als bekämen wir nicht genug davon, was bringt mein Mann mir jeden Tag von seinem Rückweg von der *schul* mit?«

Laurel wollte fragen, was ein Bagel war, aber Annie blickte sie warnend an, so daß sie ihre Neugier unterdrückte.

»Die Wohnung ist sehr hübsch«, sagte Annie. »Wir nehmen sie.« Sie klang sehr erwachsen und selbstbewußt, aber dann schlich sich doch eine Spur von Unsicherheit ein. »Ich meine, wenn es Ihnen recht ist.«

»Ich kann die Gepflogenheiten in Arizona nicht beurteilen«, sagte Rivka und sah sie prüfend an. »Aber bevor ihr euch entscheidet, wollt ihr doch sicherlich unsere Synagoge sehen, oder?«

Laurel spürte, daß irgend etwas nicht stimmte. Ihr Magen machte sich wieder bemerkbar. Die Art, wie Annie an ihrem Daumennagel herumnagte, zeigte ihr, daß auch ihre Schwester verunsichert war.

Annie fragte errötend: »Ihre Synagoge?«

Rivka blickte sie forschend an und sagte dann liebevoll: »Kommt mit mir hinunter, ihr zwei Schönen. Es ist ein weiter Weg von Manhattan bis hierher, und ihr könnt sicher einen heißen Tee und ein Stück Kuchen vertragen, oder?«

Unten ging es zu wie in einem Tollhaus. Kinder, wo man nur hinsah – mehrere Jungen saßen auf dem Sofa und lasen sich laut etwas in dieser merkwürdigen fremden Sprache vor. Zwei kleinere spielten mit Spielzeuglastern, die sie über den Teppich rasen ließen. In einem Laufstall saß ein Baby und schlug unentwegt mit einem Bund aus Kunststoffschlüsseln gegen die Holzstreben.

Der Lärm war einfach unvorstellbar.

»Seid doch mal still! Wir haben Besuch!« brüllte Rivka und bahnte sich zwischen Puppen und Stofftieren einen Weg, doch keiner achtete auf sie.

In der großen, fröhlich wirkenden Küche war ein dunkelhaariges, rosawangiges Mädchen in Annies Alter gerade dabei, Teig auszurollen. »Meine Älteste«, sagte Rivka mit einer Handbewegung, »meine Sarah.« Das Mädchen nickte scheu und wandte sich wieder ihrer Aufgabe zu.

Sowohl das Haus als auch Rivka erinnerten Laurel an die Märchen, in denen Frauen so viele Kinder hatten, daß sie nicht wußten, wie sie sie durchbringen sollten. Mit dem Unterschied, daß Mrs. Gruberman glücklich wirkte. Und einfach unwahrscheinlich nett war.

»Ich sehe, daß euch meine beiden Kühlschränke aufgefallen sind«, sagte Rivka. »Wißt ihr, wieso ich zwei habe?«

»Ich nehme an, weil Sie eine so große Familie haben«, wagte sich Laurel scheu vor. Sie wußte, daß Mrs. Gruberman überlegte, wie sie ihnen am besten mitteilen sollte, daß sie sie nicht als Mieter haben wollte, und fürchtete sich vor diesem Moment.

»Nein, mein Schatz, der Grund ist, daß wir koscher leben. Milch und Fleisch müssen streng voneinander getrennt werden.«

Laurel hätte gerne nach dem Grund dafür gefragt, doch schien das nicht unbedingt eine gute Idee zu sein.

»Ich weiß, was koscher ist«, sagte Annie. »Meine Mutter hat mich mal wegen Hot dogs zur Fairfax Avenue mitgenommen. Sie sagte, dort gäbe es die besten.«

Rivka lachte in sich hinein, als sie sich am Herd zu schaffen machte und einen Wasserkessel aufsetzte. Dann drehte sie sich um, faltete die Hände über ihrem gewaltigen Bauch und sah sie an. »Und was soll ich mit euch beiden jetzt anfangen? Ihr wißt noch nicht einmal, was *Shomer Shabbat* bedeutet, habe ich recht?«

Laurel verließ endgültig der Mut. Shomer Shabbat war offenkundig nicht der Name von Rivkas Ehemann. Schlimmer noch: Rivka war augenscheinlich nicht gewillt, ihnen die Wohnung zu vermieten.

»Wir sind keine Juden«, gab Annie zu.

Rivka seufzte und nickte dann wehmütig. »Ihr seid zwei Schätzchen, das habe ich sofort gewußt. Mädchen dürfen bei uns nicht allein leben – ohne Vater oder ohne Ehemann.« Das Lächeln war plötzlich aus ihrem Gesicht verschwunden. »Es tut mir leid. *Shomer Shabbat* bedeutet ›nur Menschen, die den Sabbat ehren‹.«

»Wir werden am Sabbat keinen Mucks von uns geben«,

beteuerte Annie. »Meine Schwester und ich haben keinen Fernseher, noch nicht einmal ein Radio.«

Rivka schüttelte den Kopf, während sie zwei dampfende Becher mit Tee vor sie hinstellte. »Ihr seid zwei nette Mädchen. Nehmt es bitte nicht persönlich.« Sie holte eine Platte mit Hefekuchen voller Rosinen und Nüsse herbei, der so köstlich duftete, als käme er gerade frisch aus dem Backofen.

Laurel lief das Wasser im Mund zusammen. Auch ihre Augen wurden feucht. Sie versuchte, die aufsteigende Übelkeit zu bekämpfen und nahm sich ein großes Stück.

»Ich habe etwas Geld. Ich könnte Ihnen die Kaution sofort bezahlen«, beharrte Annie, und aus ihrer Stimme klang Verzweiflung. »Bar.«

»Versteht doch, es geht nicht ums Geld«, entgegnete Rivka kummervoll. »Es geht darum, wie wir leben.«

»Aber...«, begann Annie noch einmal. Doch dann verstummte sie plötzlich, setzte sich sehr gerade hin und straffte die Schultern, als hätte ihr jemand mit einer unsichtbaren Nadel in den Rücken gestochen. Laurel wußte genau, was das bedeutete: Annie machte ihr Rühr-mich-nicht-an-Gesicht. »Es ist schon in Ordnung«, sagte sie kurz. »Ich habe verstanden.«

Laurel trank einen Schluck heißen Tee und verbrannte sich fürchterlich die Zunge. Tränen schossen ihr in die Augen. Warum erzählte Annie denn nicht, daß sie es überall schon versucht hatten und nun viel zu erschöpft waren, um weiterzusuchen? Warum konnte sie nicht zugeben, daß sie hungrig war? Laurel sah, wie gierig Annie den Kuchen auf der Platte betrachtete, aber sie war viel zu stolz, um sich ein Stück zu nehmen.

Laurels Magen drehte sich wieder, und für einen Moment dachte sie fast, sie müssen sich erbrechen.

Dann hatte sie plötzlich eine Idee. »Ich könnte bei Ihnen babysitten«, sagte sie leise. »Ich würde auch kein Geld dafür nehmen.«

Rivka schüttelte bedauernd den Kopf und wandte sich wieder

dem Herd zu. Sie machte offensichtlich da weiter, wo sie sie mit ihrem Besuch unterbrochen hatten, wendete Hühnchenschlegel in Mehl und ließ sie in eine heiße Kasserolle fallen, daß es zischte.

Annie stand auf. »Jedenfalls vielen Dank, daß sie uns die Wohnung gezeigt haben. Laurey, ich denke, wir sollten jetzt gehen –«

Sie wurde von einem lauten Geheul aus dem angrenzenden Zimmer unterbrochen. Das ältere Mädchen namens Sarah warf ihrer Mutter einen bittenden Blick zu und sagte: »Bitte, Ma, ich habe Shainey gerade ihre Flasche gegeben. Und ich muß fertig sein, bis Rachel kommt. Sie kommt extra vorbei, um mir bei Algebra zu helfen.«

»Und ich« – Rivka hob die mehlbestäubten Hände – »habe ich vielleicht vier Hände?«

Laurel eilte, ohne nachzudenken, in das andere Zimmer und hob das schreiende Baby aus dem Laufstall. Das Kind strampelte und brüllte mit hochrotem Gesicht wie am Spieß, während sich Laurel unbeholfen bemühte, es zu beruhigen. Sie wünschte sich, mehr von Babys zu verstehen – sie hatte nur einmal zusammen mit ihrer Freundin Bonnie auf deren kleinen Bruder aufgepaßt. Jimmy hatte geschrien, bis sie ihm die Windel gewechselt hatten. Vielleicht war das bei diesem Baby auch nötig.

Während die Jungen auf dem Sofa sie fasziniert beobachteten, schälte Laurel das Baby aus seiner Plastikhose. Die Windel darunter war ziemlich feucht. Dann entdeckte Laurel den Grund für den Unmut des Babys – eine Sicherheitsnadel, mit der die Windel befestigt war, hatte sich geöffnet und dem Kind in die Seite gestochen.

Sie hatte gerade die Nadel und die Windel entfernt, als Rivka ins Zimmer eilte. Sie trocknete sich noch die Hände an einem Geschirrtuch ab. »Ja, was ist denn mit meinem kleinen, schönen Mädchen!« Sie hob das Kind auf ihren Bauch, umhüllte sein kleines nacktes Hinterteil mit dem Geschirrtuch und lächelte Laurel an.

»Aha? Du kennst dich mit Babys aus? Du bist doch selbst noch ein Kind!«

»Ich weiß sehr viel über Babys«, sagte Laurel und vermied es sorgfältig, Annie anzusehen.

»Eine Nadel hat Shainey gestochen!« schrie ein dunkelhaariger Junge mit einem runden Käppchen auf dem Kopf, das auf die Seite gerutscht war, was ihm ein keckes Aussehen verlieh. »Das Mädchen hat sie herausgeholt.«

Rivka bedeckte das Baby mit Küssen und sagte dann: »Mein Mann meint, ich hätte mit meinen älteren Töchtern eigentlich genug Hilfen zur Hand.« Sie seufzte. »Aber ihr könnt mir glauben, wenn Sarah und Chava und Leah jeden Tag in der Talmudschule sind und ich jede Minute mit dem nächsten niederkommen kann, könnte ich gut noch ein wenig Hilfe gebrauchen.«

Laurel blickte Rivka an und sah in deren freundlichem Gesicht eine Unsicherheit, die vor wenigen Minuten noch nicht dagewesen war. Sie spürte einen Anflug von Hoffnung. Hatten sie vielleicht doch noch eine Chance? Hatte Rivka ihre Meinung geändert?

Sie holte tief Luft und dachte: *Hier wären wir sicher.* Sicher vor Straßenräubern und verschlagenen Hausbesitzern und Kakerlaken. Sicher vor Polizisten und vor Val.

»Bleibt«, sagte Rivka leise. »Bleibt und wartet auf meinen Mann Ezra. Er wird bald nach Hause kommen. Vielleicht wird er anders entscheiden, wenn er euch kennenlernt.« Laurel fühlte sich ungeheuer erleichtert. Außerdem platzte sie fast vor Stolz, weil sie es war, der dieser plötzliche Umschwung zu verdanken war. Sie grinste Annie an, die zurückgrinste.

Irgendwie war Laurel sicher, daß alles gutgehen würde. Zumindest für den Moment. Sie wollte nicht an morgen oder übermorgen denken. Sie wollte nicht darüber nachdenken, ob sie in dieser seltsamen Gegend in die Schule gehen würde oder ob Annie einen Job finden würde, bevor sie pleite waren. Später, falls Rivkas Mann sie in der Wohnung oben wohnen ließe, würde sie sie nach den bärtigen Männern mit den runden Hüten und den Locken fragen. Und nach den Frauen mit den roten Punkten auf der Stirn.

Es gab für sie noch soviel zu lernen.

3. Kapitel

Annie griff nach dem leeren Teller des Dicken. Der Stapel mit schmutzigem Geschirr, den sie in der anderen Hand balancierte, klirrte und geriet in eine schwankende Bewegung, und eine schreckliche Sekunde lang war sie davon überzeugt, daß alles auf den Boden krachen würde. Aber irgendwie schaffte sie es doch, alles wieder auszubalancieren.

»Entschuldigen Sie bitte«, sagte sie und versuchte, ruhig und liebenswürdig zu klingen, während sie Messer und Gabeln und diverse Teller von dem Tisch räumte, an dem der dicke Mann und seine noch dickere Frau ihr Mittagessen einnahmen.

»Entschuldigen *Sie* bitte«, knurrte die Frau des Dicken, als Annie sie aus Versehen an der Schulter berührte. Annie stellte fest, daß die Dicke gerade einen doppelten Cheeseburger mit einer Portion Zwiebelringe und dazu einen Krautsalat verputzt hatte, und danach ein Stück Käsekuchen mit Erdbeeren. *Wahrscheinlich hat sie fürchterliches Sodbrennen,* dachte Annie, erinnerte sich dann aber daran, daß die alte Kuh sie schon ganz zu Anfang angeschnauzt hatte, als Annie die Bestellung durcheinandergebracht und Kopfsalat mit Tomaten statt Krautsalat gebracht hatte.

Annie spürte, wie sich die Haare in ihrem Nacken hochstellten. Auf ihrer Stirn bildeten sich Schweißperlen, und sie ärgerte sich darüber, daß sie ihn nicht einfach wegwischen konnte. Aber dann dachte sie: *Es ist ganz allein mein Fehler. Ich bin eben nicht gut genug.* Bei diesem Gedanken schwand ihre Erregung.

Eine ganze Woche arbeitete sie nun schon im Parthenon und hatte den Dreh noch immer nicht heraus. Und was noch schlimmer war, sie hatte das Gefühl, sie würde es nie kapieren. Wie schafften das nur die anderen? Zum Beispiel Loretta. Sie war nur wenig älter als Annie, und doch sah alles bei ihr so einfach aus – wie Gehen und gleichzeitig Kaugummi kauen.

Was hatte Loretta doch gleich am ersten Tag zu ihr gesagt? »Süße, *ich* bin mit Plattfüßen geboren.« Dabei hatte sie Annie von oben bis unten gemustert, die pickligen Wangen eingezogen und hinzugefügt: »Ich kann mir echt nicht vorstellen, was *du* hier willst.«

In diesem Augenblick fragte sich Annie genau das gleiche. Aber sie wußte nur zu genau, daß sie ohne diesen Job weder Lebensmittel kaufen noch Geld für die Miete des nächsten Monats beiseite legen konnte.

Nein, sie mußte einfach besser in dem Job werden, sonst würden Laurel und sie demnächst in U-Bahn-Stationen übernachten müssen. Und dann würden sie vielleicht aufgegriffen, und Val hätte – sofern er nicht tot war – ein leichtes Spiel. Annie lief ein Schauder über den Rücken. Vielleicht suchte er schon nach ihnen, gerade jetzt, in dieser Minute. Angenommen, er hatte am Busbahnhof von Los Angeles nachgefragt und irgendwie herausgefunden, daß sie Fahrscheine nach New York gekauft hatten?

»... also habe ich zu ihm gesagt: Wenn Ihnen keine bessere Entschuldigung einfällt, junger Mann, können Sie selbst diese Treppe hinaufgehen, und ...«

Die weinerliche Stimme der fetten Frau war mindestens genauso nervtötend wie das Kratzen von Fingernägeln auf einer Tafel. Annie war schweißüberströmt. Es war kaum Mittagszeit, und ihre Achselhöhlen waren bereits tropfnaß. Sie würde heute nacht wieder ihren Arbeitsdreß waschen und zum Trocknen vor den Backofen hängen müssen. Ob sie wohl jemals diesen Geruch nach ranzigem Fett loswurde, der in Haaren und Haut zu haften schien? Sogar ihre Strumpfhose roch nach Hamburgern. Irgendwann würde wahrscheinlich ein hungriger Hund auftauchen und ein Stück aus ihr herausbeißen.

Der Tisch war abgedeckt. Annie wandte sich zum Gehen und stieß dabei mit der Hüfte ungeschickt gegen die Tischkante. Die Kaffeetasse ganz oben auf dem Geschirrstapel begann zu wakkeln und rutschte dann hinunter. Annie blieb fast das Herz stehen, als sie versuchte, sie aufzufangen, aber die Tasse entglitt ihrer schweißnassen Hand. Es schien sich wie in Zeitlupe abzuspielen: Die weiße Tasse schlug auf den Tisch auf, verspritzte ihren Bodensatz aus Kaffee und Milch, überschlug sich ein paarmal und schoß dann wie eine Billardkugel direkt in den gewaltigen Schoß der dicken Frau.

Die Dicke schrie auf und begann wie wild an dem größer werdenden Fleck auf ihrem limonengrünen Polyester-Hosenanzug herumzureiben. »Sie dummes Ding! Sehen Sie, was Sie angerichtet haben! Ich wette, der Anzug ist völlig ruiniert!«

»Es tut mir leid«, stotterte Annie. Verwirrt griff sie nach einer zerknüllten Serviette und tupfte damit auf dem Fleck herum, wobei sie zu allem Überfluß noch einen Ketchup-Fleck hinzufügte.

Die Dicke stieß ihre Hand beiseite. »Ich möchte den Geschäftsführer sprechen! Holen Sie den Geschäftsführer!« Sie funkelte ihren Mann an. »Sitz nicht einfach so da, Hank. *Tu* etwas!«

Annie kam es so vor, als spielte sich die ganze Szene unter Wasser ab. Sie sah, wie sich die Lippen der Frau wie die eines fetten Karpfens öffneten und schlossen und wie sich ihr Mann schwerfällig erhob. In ihren Ohren rauschte es, und das Licht, das durch die beschlagenen Fenster drang, hatte eine seltsam trübe Färbung.

Dann eilte Nick Dimitriou, der Chef, zu dem Tisch hinüber, und alle übrigen Gäste hörten auf zu essen und starrten wie gebannt zum Ort des Geschehens. Annie wünschte sehnlichst, daß sich eine Spalte im Boden auftat und sie verschluckte. Ihr Herz hämmerte, und der Schweiß lief ihr in Strömen den Rücken herunter.

Aber sie blieb stehen. Sie würde die Stellung halten, man konnte sie nicht gleich beim ersten Schlag umwerfen. Nick sah mit seinen zusammengezogenen buschigen Augenbrauen und den zornig funkelnden Augen furchterregend aus.

»Verschwinde schon, geh«, zischte er ihr zu. »Warte in der Küche. Ich kümmere mich um diese Leute. Dann reden wir miteinander.«

Annie trug mit brennenden Wangen die schmutzigen Teller nach hinten und stellte sie in das große Becken neben dem Geschirrspüler. Sie fühlte Tränen in den Augenwinkeln brennen, aber sie erlaubte ihnen nicht herunterzurinnen. Nicht vor Loretta, J.J. und Spiro. Sie heftete ihren verschwimmenden Blick starr auf die Dampfwolke über dem Spülstein, an dem der zottelhaarige J.J. stand und einen der riesigen Suppentöpfe ausscheuerte. Als es am anderen Ende der Küche plötzlich in einer heißen Bratpfanne zischte, traf das Geräusch ihre Ohren wie gedämpftes Maschinengewehrfeuer. Dann berührte Loretta ihren Arm. Sie hatte wohl alles beobachtet. »Mach dir keine Sorgen«, sagte sie, und in ihren hellblauen Augen stand Anteilnahme. »Nick kann völlig aus dem Häuschen geraten, aber er ist schon in Ordnung. Es war nicht dein Fehler. Das kann jedem passieren.«

Annie wußte, daß das nicht stimmte. Loretta wäre die Tasse nicht heruntergefallen. Sie brachte auch keine Bestellungen durcheinander. Aber Annie hatte gestern einmal Erbsensuppe statt Minestrone gebracht und ein andermal das falsche Steak. Alles mußte weggeworfen und ersetzt werden.

Nein, Loretta mochte zwar kein Französisch sprechen und nichts von Trigonometrie verstehen, aber als Kellnerin war sie verglichen mit Annie geradezu ein Genie.

Annie sah sich plötzlich an dem langen Eßtisch von Bel Jardin sitzen und sich von der Platte mit Roastbeef bedienen, die Bonita ihr hinhielt. Die mollige Bonita trug ein schwarzes Kleid mit weißer Schürze und strahlte sie aus ihrem runden braunen Gesicht ganz so an, als überreichte sie ihr ein wundervolles

Geschenk. *Und ich habe das für völlig selbstverständlich gehalten. Ich habe mir nie Gedanken darüber gemacht, wie hart sie arbeitet.*

Sie verspürte ein solches Heimweh; Bel Jardin fehlte ihr sehr. Die bisher zurückgehaltenen Tränen schossen ihr in die Augen. Sie wollte nur noch ihr Gesicht hinter einem Geschirrtuch verstecken und einfach schluchzen. Aber sie wußte, daß das nicht ging. Laurel wartete zu Hause auf sie. Abgesehen von einer Flasche Milch und einer halbleeren Dose Thunfisch war der Kühlschrank leer – das war kaum genug, um eine Katze zu füttern. Annie hatte sich vorgenommen, Nick um einen Vorschuß zu bitten, wenn die Trinkgelder heute nicht gut genug ausfielen. Auf dem Heimweg wollte sie dann etwas zu essen besorgen.

Als sie nun aber ihren Chef durch die Schwingtür in die Küche kommen sah, fühlte sie sich innerlich ganz klein werden. Wie dumm und selbstgefällig von ihr zu denken, dieser Job sei ein Kinderspiel.

Und obwohl sie am liebsten zur Hintertür hinausgerannt wäre, zwang sie sich stehenzubleiben und tapfer zu sein. *Ich brauche diesen Job,* dachte sie.

Sie ging zu ihrem Chef hinüber, einem drahtigen Griechen mit einer bläulichroten Narbe im Gesicht, die vom rechten Auge bis zum Mundwinkel verlief. Loretta hatte ihr erzählt, daß das eine Erinnerung an seine Zeit als Hafenarbeiter war, als eines Tages ein Stück aus einer riesigen Drahtrolle herausgeschnappt war und ihm die rechte Hälfte des Gesichts zerschnitten hatte. Die Narbe verlieh ihm einen finsteren Gesichtsausdruck, da sie seinen rechten Mundwinkel nach unten zog.

Annie zwang sich, ihm geradewegs in die Augen zu blicken. *Kein Gewinsel und keine faulen Ausreden,* befahl sie sich selbst. Dearie hatte trotz ihres ganzen Pechs und ihrer Krankheit niemals geklagt und das auch anderen nicht durchgehen lassen.

»Es tut mir leid, was da eben passiert ist«, sagte Annie. »Ich gebe mir wirklich Mühe.«

Sein Gesichtsausdruck wurde ein wenig milder, dennoch schüttelte er den Kopf. »Das weiß ich, aber versteh mich richtig, es geht ums Geschäft. Einen Fehler kann man verkraften, auch zwei. Aber du, Annie... vielleicht gibst du dir *zuviel* Mühe. Du machst es dir schwer. Und mir auch. Die Dame dort drinnen ist eine Stammkundin, und sie verlangt, daß ich die Reinigung bezahle. Ich lächle und antworte: Nicholas Dimitriou macht alles wieder gut. Aber so kann ich kein Geld verdienen. Nein, es tut mir leid, du mußt gehen.« Er drehte sich um und wollte weggehen.

»Warten Sie!« rief Annie. Sie konnte nicht betteln. Und trotzdem durfte sie es nicht hinnehmen, daß er sie entließ. Ein unterdrücktes Schluchzen blockierte ihre Kehle und ließ ihre Stimme hoch und zittrig klingen. »Ich werde die Reinigung bezahlen! Ziehen Sie es mir einfach vom Gehalt ab. Mr. Dimitriou, ich brauche diesen Job wirklich. Bitte, geben Sie mir noch eine Chance.« Einen furchtbaren Augenblick lang verschwamm ihr alles vor den Augen, und sie hatte schreckliche Angst, sich wie eine Idiotin zu benehmen und in Tränen auszubrechen.

Nick verzog den entstellten Mund zu einem traurigen Lächeln. »Annie, ich gebe dir einen guten Rat. Dies ist kein Ort für ein Mädchen wie dich.« Annie stand da wie angewurzelt, als er sich herumdrehte und durch die Schwingtür verschwand.

Loretta kam auf sie zu und legte den Arm um sie. »Du möchtest es gerade jetzt nicht hören, ich weiß, aber er hat recht«, sagte sie. »Dieser Drecksjob ist nichts für dich. Ich wette, du bist Schauspielerin oder Model und wartest auf die große Chance, habe ich recht?« Lorettas wässrigblaue Augen hatten einen versonnenen Ausdruck angenommen. Der größte Nachteil an diesem Job war für sie – das hatte sie Annie einmal anvertraut –, daß sie ihre Lieblingsserie im Fernsehen nicht sehen konnte. Annie, die es immer vermieden hatte, etwas von sich zu erzählen, fühlte sich trotz allem geschmeichelt. Außerdem war sie Loretta dankbar, daß sie sie auf andere Gedanken brachte. Aber wie würde sie jetzt zu einem neuen Job kommen, wie sollte sie nächsten Monat die Miete bezahlen und das Essen für sich und Laurel?

Sie hatte noch genau 42 Dollar und 72 Cent – mit dem Trinkgeld, das sie bis dahin erhalten hatte, und dem Rest des Geldes, das sie für den Schmuck bekommen hatte. Das würde mit dem restlichen Wochenlohn gerade eben bis zum Ende des Monats reichen, wenn sie sehr sparsam damit umging. Aber dann...

Am ganzen Körper zitternd nahm Annie von Mr. Dimitriou das ihr noch zustehende Geld im Umschlag entgegen und ging. Als sie auf der Eighth Avenue an einem Gemüsehändler vorbeikam, der Mengen von Kopfsalat, Tomaten und Äpfeln auf dem Bürgersteig anbot, mußte sie an die Szene in *Vom Winde verweht* denken, in der Scarlett O'Hara halb verhungert die Fäuste zum Himmel hebt und schwört, in ihrem Leben nie wieder Hunger leiden zu wollen. Bei dem Gedanken daran, wie sehr ihre eigene Lage dieser Episode in einem weltberühmten Film glich, mußte Annie lachen; aber es klang bitter. »Und was nun?« murmelte sie vor sich hin.

Doch ihr würde etwas einfallen. Da war sie sich sicher.

»Baruch ata adonai, elohenu melek ha-olam...« (»Gelobt seist du, Herr, ewiger König der Welt...«)

Annie schloß die Augen und nahm den Klang von Rivkas Stimme, die den Segen über die Kerzen sprach, in sich auf. Sie entspannte sich ein wenig und konnte endlich an etwas anderes denken als an die schreckliche Szene heute nachmittag im Parthenon.

Als kleines zusätzliches Gebet murmelte Annie vor sich hin: »Bitte, lieber Gott, laß mich einen anderen Job finden. Etwas, worin ich gut bin... einen Platz, wo ich hinpasse.« Dann öffnete Annie wieder die Augen und beobachtete, wie Rivka mit frisch frisiertem Haar und langärmeligem geblümtem Kleid ihren Platz an dem vollbesetzten Eßtisch gegenüber ihrem Mann zwischen Laurel und Sarah einnahm. Mr. Gruberman stimmte weitere

Gesänge auf hebräisch an, in die die anderen Familienmitglieder einfielen, wobei sich die lieblichen hohen Stimmen von Sarah, Leah und ihren vier jüngeren Brüdern mit der selbstbewußten brüchigen Stimme des dreizehnjährigen Moishe mischten. Neben sich konnte Annie ab und zu Laurels zarte Stimme ertönen hören. Überrascht musterte Annie ihre Schwester, die in einem blauweiß-karierten Trägerkleid und blauer Strickjacke neben ihr saß. Wann hatte Laurel das gelernt?

Rivka mußte Laurels Beteiligung auch aufgefallen sein, denn sie schenkte ihr ein anerkennendes Lächeln. »Sehr gut, mein schönes Mädchen. Hilfst du mir, den Segen über das Brot zu sprechen?«

Laurel nickte scheu, als Rivka ihr das Brotmesser reichte, in dessen silberner Klinge sich die zuckenden Flammen der Sabbat-Kerzen spiegelten, die in einem silbernen Leuchter oben auf dem Regal standen. *»Baruch ata adonai...« (»Gelobt seist du...«),* begannen Rivka und Laurel gemeinsam; dann schwieg Rivka und nickte Laurel ermutigend zu. Laurel zögerte und wurde rot. Dann schaute sie auf und sah sich unsicher um. Als sie sah, daß sich niemand über sie lustig machte, holte sie tief Luft und fuhr fort: *»...elohenu... melek... ha-olam... hamotzeh... le-hem... min ha-oretz.« (Herr, ewiger König der Welt, der Brot aus der Erde hervorbringt.«)*

Strahlend zog Laurel das schneeweiße Tuch, das das Sabbat-Brot bedeckte, weg und wartete, während Rivka ein Ende des großen geflochtenen Laibs abschnitt. Rivkas Anweisung folgend, brach sie ein kleines Stück von dem Brot ab, das Rivka ihr reichte, steckte es in den Mund und gab den Rest an Annie weiter. So wanderte das Brot um den Tisch, und jeder brach sich ein Stück ab, bis nichts mehr da war.

Es war das zweite Mal, daß Rivka sie zum Sabbat-Essen eingeladen hatte. Das erste Mal war Freitag letzter Woche gewesen. Und auch da waren die Kerzen angezündet, Wein und Brot gesegnet worden. Aber da hatte Laurel noch still dagesessen und während des Gesangs auf ihren Teller geblickt. Nun aber hatte sie an dem Ritual teilgenommen, und das sogar in Hebräisch.

Annie wußte zwar, daß ihre Schwester neue Dinge sehr schnell lernte – früher zum Beispiel Kartenspiele –, und hier war sie nach ein paar Wochen an der Seite von Rivka zu einer durchaus passablen Köchin geworden. Aber sie war trotzdem beeindruckt. Womit würde Laurel sie als nächstes überraschen?

Als nun Rivka, Sarah und Leah sich erhoben und aus der Küche dampfende Schüsseln mit gebratenem Huhn, Kartoffeln, Broccoli und dem Sabbat-Nudelgericht hereinbrachten, während die Jungen miteinander jiddisch schwatzten, stieß Laurel ihre Schwester in die Rippen und fragte: »Wie hat dir das Brot geschmeckt? Ich habe es gebacken.«

»*Du* hast es gebacken?«

»Eigentlich habe ich nur geholfen, aber Rivka hat mich den Teig für dieses Brot kneten und dann flechten lassen. Es glänzt oben, weil ich es mit Eiweiß bestrichen habe.«

»Mit Eiweiß«, wiederholte Annie. Sie starrte ihre Schwester an und stellte fest, wieviel ausgeglichener und erwachsener sie wirkte als noch vor ein paar Wochen. Sie trug auch ihre Haare anders – keine Zöpfe und Affenschaukeln mehr, sondern locker im Nacken zusammengefaßt. Und in ihren Augen war ein neuer Glanz.

Annie dachte daran, wie sie in der vergangenen Nacht nach Schweiß und Fett stinkend nach Hause gekommen war, hungrig und so müde, daß sie sich kaum noch auf den Beinen halten konnte, und Laurel in der winzigen Küche ein vollständiges Abendessen vorbereitet hatte: Hackbraten und überbackene Kartoffeln zusammen mit einem etwas welken Salat. Der Hackbraten war ein bißchen angebrannt und die Kartoffeln ein bißchen matschig, aber Annie hatte alles in sich hineingeschaufelt und nicht einmal gelogen, als sie Laurel mitteilte, das sei das beste Essen ihres Lebens gewesen.

Sie hatte Laurel noch nicht gesagt, daß sie gefeuert war. Sie hatte nicht den Mut dazu gehabt. Und Rivka? Wie würde Rivka wohl reagieren, wenn Annie im nächsten Monat die Miete nicht bezahlen konnte – sie aus Nächstenliebe weiter bei sich wohnen lassen? Nein, die Grubermans hatten es mit all den hungrigen Mäulern schon schwer genug, dachte Annie. Die mußten sich ziemlich nach der Decke strecken und brauchten das bißchen Geld dringend.

Sie *mußte* einfach etwas finden. Und zwar schnell.

Aber bis dahin war es wunderbar, einfach nur hier zu sitzen, umgeben von den köstlichen Gerüchen, die aus den vollen Schüsseln und Schalen aufstiegen, die um den Tisch gereicht wurden, und einzutauchen in das Gefühl der Zusammengehörigkeit und Wärme. Nicht einmal das Gezanke der Jungen konnte den Zauber brechen.

»Ma, Chaim tritt mich unter dem Tisch, sag ihm, daß er damit aufhören soll!«

»Chaim, laß das bitte!« befahl Rivka, und ohne von ihrer Beschäftigung aufzublicken, für Shainey, die direkt hinter ihr im Kinderstühlchen saß, Huhn in winzige Stücke zu schneiden, fügte sie hinzu: »Und, Yonkie, die Broccoli gehören in deinen Mund und nicht in die Serviette.«

Annie beobachtete, wie der fünfjährige Yonkel, dessen Käppchen schief auf den kurzgeschorenen Locken saß, rot anlief, ungeschickt seine Serviette entfaltete und den reichlich zermatschten Inhalt zurück auf seinen Teller fallen ließ.

»Ich werde meine nicht essen«, verkündete der klapperdürre Moishe, der trotz des ersten Bartflaums viel jünger als dreizehn aussah. Der Dampf von den Kartoffeln, die er gerade auf seinen Teller schaufelte, ließ seine Brillengläser beschlagen. »Woher soll ich wissen, ob da nicht ein Käfer drin ist?«

»Käfer?« Rivka blickte alarmiert auf.

»Nun, ich habe zwar noch nie einen darin gefunden, aber wenn ich aus Versehen einen esse, ist es nicht koscher.«

»Wer sagt das?«

»Rabbi Mandelbaum.«

»Hör zu, wenn Rabbi Mandelbaum an meinem Tisch essen will, dann kann er vorher vorbeikommen und jeden einzelnen Strunk der Broccoli selbst waschen. Bis dahin koche ich und du ißt.« Rivka klang ungnädig, doch in ihren Augen blitzte Belustigung.

»Schau her, Yonkie, *ich* esse das jetzt«, sagte Laurel ermutigend, nahm sich einen riesigen Strunk Broccoli und steckte ihn in den Mund. »Es schmeckt wirklich gut!«

Alle am Tisch außer Laurel und Annie brachen in lautes Gelächter aus.

»*Du* kannst alles essen, was du willst«, kicherte Leah. Die dunkeläugige Fünfzehnjährige war mit ihren rosigen Wangen und dem glatten braunen Pagenkopf das lebendige Abbild ihrer älteren Schwester Sarah. »Du bist keine Jüdin.«

»Moishe will keine Broccoli essen. Nicht, weil er Jude ist«, merkte Laurel sehr sachlich an, »sondern weil er sie nicht mag.«

Die Reaktion war schallendes Gelächter.

Rivka lächelte und zwinkerte Laurel zu: »Kluges Mädchen.«

Annie verspürte eine neue Art von Respekt für ihre Schwester. Da saß Laurel mitten in einer wildfremden Stadt, inmitten von Menschen, mit denen sie nicht das mindeste gemein hatte, und schaffte es, sich einzufügen und das Beste daraus zu machen. Sie lernte dabei noch Neues hinzu. Und konnte vielleicht sogar diesen Menschen auch etwas beibringen.

Die Bürde der Verantwortung für Laurel, die Sorge um sie und um ihr gemeinsames Überleben schien plötzlich leichter geworden, leichter als sie noch in den frühen Abendstunden gewesen war. Vielleicht war Annie selbst dabei zu lernen, daß sie sich – zumindest in kleinen Dingen – auch auf Laurel verlassen konnte.

4. Kapitel

Dolly knallte den Hörer auf die Gabel.

Sie war derart wütend, daß sie am liebsten die Wände hochgegangen wäre. Vier ganze Tage, dachte sie. Diese Schlappschwänze vom Zoll am John-F.-Kennedy-Flughafen brauchten fast so lange wie Moses zur Befreiung der Israeliten, um über ihre dringend erwartete Sendung zu entscheiden. Und die Beamten, mit denen sie geredet hatte, konnten ihr noch nicht einmal sagen, warum die Ware noch nicht verzollt war. Oder sie waren zu faul, den Grund dafür herauszufinden. Sie sollten verflucht sein!

Erneut griff sie nach dem Hörer und begann zu wählen. Sie wollte noch einmal anrufen und diesen Idioten die Leviten lesen. Und diesmal würde sie sich nicht von irgendwelchen Angestellten abspeisen lassen, sie würde sich gleich mit McIntyre verbinden lassen. Er war schließlich der Fachmann für Importe und galt außerdem als fähiger Verhandlungspartner. Was zum Teufel dachte er sich bloß? Was sollte sie mit Schokolade im Wert von zweitausend Dollar anfangen, die in irgendwelchen Zollschränken verrottete? Und in zwei Wochen war Thanksgiving!

Plötzlich überlegte Dolly es sich anders, holte tief Luft und legte den Hörer wieder auf die Gabel. *Du ärgerst dich doch eigentlich gar nicht* darüber, *oder? Du benutzt diese Geschichte doch nur dazu, Dampf abzulassen*... Im Gedanken an den Anruf von Ned Oliver vor einigen Wochen – der liebe alte Ned hatte ihr total bestürzt berichtet, daß Eves Töchter von zu Hause ausgerissen waren – verspürte Dolly einen Stich. Ned war ein alter Freund von Eve und ihr. Er hatte Dolly über all die Jahre heimlich mit Informationen über Laurel und Annie versorgt, ihr Fotos von den beiden geschickt und es außerdem verstanden, kleine Geschenke und das bißchen Bargeld, das sie ihm für die beiden Mädchen schickte, unauffällig weiterzugeben, als komme es von ihm. Dolly hätte ihnen gern mehr geschickt, aber das hätte Eve wahrscheinlich mißtrauisch gemacht.

Die armen Kinder! Ihr Verschwinden mußte irgendwie mit Val zusammenhängen. Dolly hatte sich überwunden und Val sofort angerufen und gebeten, ihr alles zu erzählen, was er wußte. Das war nicht viel gewesen. Seitdem war sie das Gefühl nicht losgeworden, daß er ihr etwas verschwiegen hatte und sehr wohl wußte, *warum* die beiden mitten in der Nacht abgehauen waren.

Aber warum Val beschuldigen? Wenn man die ganze Sache bei Licht besah, war nicht *sie* diejenige, der man die Schuld geben mußte? Hätte sie Eve damals nicht bei der McCarthy-Kommission denunziert, wäre wahrscheinlich nichts von alledem jemals passiert. Dolly spürte eine Depression herannahen und riß sich schnellstens zusammen. Es hatte keinen Sinn, sich immer und immer wieder Selbstvorwürfe zu machen.

Sie mußte herausbekommen, wo sich ihre beiden Nichten aufhielten.

Sie hatte bereits einen Privatdetektiv in Los Angeles angeheuert. Wenn sie nur etwas tun könnte, statt hier untätig herumzusitzen und auf Neuigkeiten von diesem O'Brien zu warten.

Zitternd vor Ungeduld griff Dolly nach dem Telefon und wählte die Nummer von O'Brien in L. A.

»O'Brien«, meldete sich eine weiche, angenehme Stimme, die sie an einen Versicherungsvertreter oder einen jungen Bankangestellten denken ließ und gar nicht zu einem hartgesottenen Detektiv passen wollte. Sie wußte allerdings, daß er zehn Jahre bei der Polizei von Los Angeles gewesen war.

»Dolly Drake«, sagte sie. »Haben Sie schon irgend etwas über meine Nichten herausbekommen?« Sie war plötzlich atemlos, so als hätte sie seit Stunden geredet und nicht nur eine einzige Frage gestellt. Bei jedem ihrer bisherigen Anrufe hatte er ihr bedeutet, sie müsse noch etwas Geduld haben und er würde sich selbstverständlich sofort bei ihr melden, wenn er etwas herausbekommen hätte. Warum sollte das heute anders sein?

Aber da sagte er etwas, das einen Hoffnungsschimmer in ihr aufglimmen ließ.

»Gut, daß Sie anrufen. Ich habe schon versucht, Sie zu erreichen, aber bei Ihnen war ewig besetzt. Bleiben Sie ganz ruhig – ich glaube, ich weiß, wo die beiden Mädchen sind. Oder sein könnten. Ich habe mit einem Busfahrer gesprochen, der die beiden auf dem Foto erkannte.« Er schwieg einen Moment, und Dolly hörte Papier rascheln. »Er hat gesagt, daß sie nach New York City gefahren sind. Aber ich muß Ihnen ehrlich sagen ...«

New York? Sie waren hier! Dollys Herz machte einen Sprung.

»... die Chance, die beiden Ausreißer in einer so riesigen Stadt zu finden, steht eins zu einer Million. Glauben Sie mir, ich kenne mich da aus.«

»Soll das heißen, Sie geben auf?« fragte Dolly verärgert. Ihr Herz drohte jeden Moment stillzustehen.

»Hören Sie, es ist Ihr Geld. Aber meiner Meinung nach ist es das beste abzuwarten. Früher oder später werden sie so verzweifelt sein, daß sie zu Hause anrufen.«

Zu Hause, dachte Dolly. Tolles Zuhause. O'Brien kannte Val Carrera nicht.

Nein, O'Brien solle weiter nach den beiden suchen. Die Kosten seien ihr herzlich egal. Dolly wollte die Hoffnung nicht aufgeben. Aber als sie auflegte, fühlte sie sich bleischwer.

Sie konnte die Sache nicht O'Brien allein überlassen. Ihr würde selbst etwas einfallen müssen. *Denk nach,* sagte sie sich, *und bleib dran, dann kommt dir vielleicht eine Idee.*

Dolly zwängte sich hinter dem Schreibtisch in ihrem winzigen Büro hervor, das über dem Laden lag. Sie ging hinüber zu der Kühlvitrine, wo sie die Ware lagerte. Durch die klaren Glasscheiben konnte sie die vielen kleinen Fächer auf den Drahtregalen sehen. Bei einer Temperatur von knapp fünfzehn Grad bildete sich noch kein Schwitzwasser. Es war genau die richtige Temperatur, um ihre kostbaren Pralinen vor dem Weichwerden zu bewahren oder davor, sich grau zu verfärben. Edle Pralinen waren mit den zarten Blüten von Orchideen oder Gardenien durchaus vergleichbar; man mußte sehr sorgfältig damit umgehen. Aber was nützten alle Vorkehrungen, die sie traf, wenn die für die nächsten beiden Wochen bestimmte Ware in irgendeinem Schuppen auf dem Flughafengelände verdarb, der höchstwahrscheinlich entweder überheizt oder eiskalt war?

Sie überflog die Liste mit den Nachbestellungen, die an der Kühlvitrine hing. Verdammt, sie hatte fast keine Bouchons mehr; die mit Buttercreme gefüllten Pralinen aus dunkler Schokolade mit Cognacgeschmack waren Mrs. Van Dynes Lieblingssorte. Bei jedem Wetter kam donnerstags ihr ewig grinsender Filipino-Chauffeur in dem riesigen Packard vorbei, um ein Kilo davon zu holen. Dolly hatte verlauten hören, daß die alte Dame nur von Girod-Pralinen und Champagner lebte. Was, um Himmel willen, sollte sie dem freundlichen Fahrer morgen erzählen? Würde er statt der Cognac- zu Whiskypralinen zu überreden sein?

Auch die Petits Coeurs – mit Kokos und Crème fraîche gefüllte Muscheln aus dunkler Schokolade in Herzform – verkauften sich glänzend. Und nicht nur am Valentinstag. Sie sollte eigentlich acht Dutzend davon für eine Hochzeitsfeier im Carlyle am kommenden Samstag liefern, hatte aber im Moment noch nicht einmal eine unangebrochene Schachtel.

Alles wurde knapp – die Gianduja, die Noix Caraque, auch Escargots Noirs, diese niedlichen, mit dunkler Kaffeecreme gefüllten Schneckenmuscheln. Zu allem Überfluß war sie morgen mit dem Küchenchef vom Plaza Hotel verabredet – es hatte fast ein Jahr gedauert, diesen Termin überhaupt zu bekommen. Wie, um Himmels willen, sollte sie diesen Menschen ohne auch nur eine einzige Himbeertrüffel von Girod überzeugen? Dolly verspürte einen Anflug von Migräne. Plötzlich fiel ihr ein, daß Henri heute kommen würde. Das hob ihre Stimmung etwas. Seine Maschine sollte gegen fünf Uhr nachmittags auf dem John-F.-Kennedy-Flughafen landen. Sie hätte Henri bitten sollen, einen Extra-Koffer mit Pralinen vollzupacken. Im Untergeschoß seines Ladens in Paris, dem ursprünglichen *La Maison de Girod,* dessen Name in New York zu *Girod's* verkürzt worden war, wurden die Pralinen jeden Tag frisch hergestellt.

Dann kam ihr ein Gedanke – warum nicht zwei Fliegen mit einer Klappe schlagen? Sie könnte persönlich versuchen, McIntyre auf dem Flughafen dazu zu überreden, ihr die Ware herauszugeben, und danach Henri abholen.

Oh, es würde so schön sein, ihn zu sehen, ihn wieder hier zu haben. Und vielleicht hatte Henri ja auch eine gute Idee in bezug auf Annie und Laurel.

Ihre Kopfschmerzen waren beinahe verschwunden. Henri wäre sicher überrascht, und er würde sich freuen. Normalerweise erwartete sie ihn in ihrer Wohnung – mit eisgekühltem Champagner und nichts als schwarzem Seidenchiffon bekleidet. Das mit dem Champagner war zu bewerkstelligen – sie konnte Felipe bitten, eine Flasche Cristal zu besorgen. Das schwarze Negligé war da schon schwieriger. Für den Moment würde sich Henri mit der schwarzen Seidenunterwäsche zufriedengeben müssen, die sie unter ihrer Kleidung trug.

Dolly erhaschte einen Blick auf ihr Spiegelbild in der blanken Scheibe der Kühlvitrine. Schwarz war eine gute Farbe für Unterwäsche, dachte sie, aber sie wollte nicht tot darin gefunden werden. *Begrabt mich in Fuchsienrot, in Orange oder in Kelly-Grün... alles, nur nicht in Schwarz.* Ihr bei Bloomingdales gekauftes Kleid war von einem leuchtenden Tomatenrot, dessen tiefer Ausschnitt durch einen blau gepunkteten Einsatz verdeckt wurde, den man, wollte man am Abend mehr Dekolleté zeigen, einfach herausknöpfen konnte. An den Ohren trug sie die Brillantohrringe mit Rubinen, die Dale ihr zu ihrem fünften – und letzten – Hochzeitstag geschenkt hatte, an den Handgelenken einen breiten und zwei schmale Goldreife. Die Fingernägel hatte sie feuerrot lackiert. Dolly liebte kräftige Farben, so wie andere Menschen auf Amulette oder Maskottchen schworen. Sie hatte irgendwo gelesen, daß in Nervenheilanstalten die Wände in einem zarten kühlen Blau gestrichen wurden, da man davon ausging, daß diese Farbe Menschen davon abhielt, aus dem Fenster zu springen. Dolly empfand genau das Gegenteil: Sie brauchte leuchtende, ins Auge springende Farben für ihr Wohlbefinden – Karmesinrot und Gelb, Orange, Pink, tiefes Purpurrot. Sie liebte alles, was funkelte und glitzerte – Straßknöpfe, spiegelblanke Lackschuhe, auffälligen Schmuck. Das Innere ihres Kleiderschrankes erinnerte an Carmen Mirandas Turban. Nach Dollys Meinung war die Welt ohnehin schon grau genug, und man mußte zu all dem Elend nicht unbedingt noch etwas beitragen. Dolly überprüfte den Sitz der Perlmuttkämme in ihrem hochgesteckten honigblonden Haar (zweimal in der Woche kümmerte sich ihr Frisör um die vereinzelten grauen Haarsträhnen) und zog den feuerroten Lippenstift nach. Oh, sie wußte genau, wie sich die Matronen mit den silbergrau gefärbten Haaren in ihrem Haus an der Park Avenue über sie das Maul zerrissen, genauso wie ihre pharisäerhaften Butler und Haushälterinnen. *Laut, vulgär und billig*, Dolly konnte sie beinahe hören. *Ihr letzter Mann war irgendein Erdölspekulant. Sie war Kellnerin, als er sie geheiratet hat. Er hat sie mit einem Vermögen überhäuft, aber sie sieht immer noch aus wie ein Flittchen.* Was konnte ihr das schon anhaben? Was hatten ihr diese alten Scharteken im tristen Kostüm und der geschmackvollen Perlenkette schon voraus, was sie mit Henri nicht bereits hatte?

Henri.

Dolly fühlte Wärme in sich aufsteigen. Allein der Gedanke an Henri ließ sie ein Gefühl empfinden, das vergleichbar dem war, aus der Kälte hereinzukommen und sich vor dem Kaminfeuer auszustrecken. Es breitete sich von ihren Zehen aus und erfaßte langsam ihren ganzen Körper. Es war so lange her seit dem letzten Mal. Sie konnte es kaum abwarten, ihn wiederzusehen.

Gleichzeitig verspürte sie jedoch Unsicherheit. Sie würde ihm heute abend ihre Entscheidung mitteilen müssen. Das hatte sie ihm versprochen.

Und wenn ich ja sage? Wenn ich mich damit einverstanden erkläre, nach Paris zu ziehen? Dolly sah sich vor ihrem geistigen Auge mit Henri zusammen in Paris, mit ihm die Nächte verbringen, an den Wochenenden mit ihm zusammen die Museen durchstreifen oder ein Picknick in Chaville machen. Sie würde ein elegantes Haus in der Nähe des Trocadéro bewohnen, und zum Frühstück gäbe es jeden Morgen frische Croissants.

Aber, verdammt, Henri war nach wie vor verheiratet. *Auch wenn du ein Maultier aus zehn verschiedenen Perspektiven betrachtest, wird aus ihm kein Pferd*, pflegte Mama-Jo zu sagen. Wie sie es auch drehte und wendete, sie würde bleiben, was sie war: Henris Geliebte.

Und was sollte aus Girod's werden? Gloria war sicher in der Lage, die Geschäftsführung zu übernehmen, aber darum ging es eigentlich nicht.

Dolly liebte das Gefühl der Unabhängigkeit. Jedesmal wenn sie das Eisengitter vor der Ladentür aufschloß, erinnerte sie sich daran, daß der Laden ihr gehörte, daß niemand sie entlassen konnte und der Laden – im Gegensatz zu einer Filmkulisse – ganz real war. Dale hätte das nicht verstanden *(Aber, Liebste,* konnte sie ihn sagen hören, *du kannst wirklich alles haben, was dein Herz begehrt, aber warum um alles in der Welt solltest du dir wünschen, hinter einem Ladentisch zu stehen, wenn du dafür jemanden einstellen kannst?)* Aber Dolly wußte irgendwie, daß ihr Wohlbefinden – und auch ihr Lebensgefühl – von diesem Laden abhingen.

Sie brauchte bei Girod's den Plausch mit den Kunden, den Expreßboten und dem Briefträger, das Auszeichnen und Bestellen der Ware, die Befriedigung, wenn sie etwas verkauft hatte. Außerdem liebte sie es, Schaufenster zu gestalten. Und natürlich all diese himmlischen Pralinen.

Dolly erinnerte sich daran, wie sie auf die Idee gekommen war, ein Pralinengeschäft zu eröffnen. Es war ein regnerischer Frühlingstag einige Monate nach Dales Tod gewesen. Der

Gedanke daran, den Rest ihres Lebens allein verbringen zu müssen, hätte sie fast ins Bett zurücktaumeln lassen. Einer spontanen Anwandlung folgend hatte sie einen Koffer gepackt, ihren Baedeker und einen zerfledderten französischen Sprachführer gegriffen und war nach Paris geflohen. Beim Bummel über die Rue du Faubourg St. Honoré hatte sie inmitten all der eleganten Geschäfte La Maison de Girod entdeckt: Sie hatte gerade in der Auslage eines Antiquitätengeschäftes eine Cupido-Statuette für den Garten bewundert, als sich in der Fensterscheibe eine junge Frau mit Kind spiegelte, die aus einem altmodisch aussehenden Laden auf der anderen Straßenseite herauskam, dessen Fenster von dunkel glänzendem Holz eingefaßt waren. Der kleine Junge hielt etwas fest in der Hand, seine pausbäckigen Wangen waren mit Schokolade beschmiert, und sein Gesichtchen trug den Ausdruck höchsten Glücks.

Fasziniert hatte Dolly die Straße überquert und den Laden betreten, was durch das Bimmeln eines Messingglöckchens angekündigt wurde.

Innerhalb einer Stunde hatte sie unter Einsatz all ihres Charmes eine Besichtigung der Küche des Pralinenherstellers im Untergeschoß erkämpft, Düfte eingeatmet, die sie vor Wonne schwindelig werden ließen, Pralinen gekostet, die für diese Welt einfach zu köstlich schienen – und in Erfahrung gebracht, daß Monsieur Baptiste allzugern eine Niederlassung von Girod's in New York gründen wollte. Da wußte Dolly plötzlich ganz genau, was sie nach ihrer Rückkehr tun würde.

Und nun, fünf Jahre später, fühlte sie sich in ihrem kleinen Laden auf der Madison Avenue mehr zu Hause als in ihrer dunklen Wohnung in der Park Avenue. Konnte sie das alles einfach im Stich lassen? Liebte sie Henri genug, um das aufzugeben, was sie mit so viel Mühe für sich selbst aufgebaut hatte?

Hör auf, dich selbst zu quälen... du kannst dich dann entscheiden, wenn du ihn siehst. Dolly wählte ungeduldig die Nummer ihrer Wohnung. Louella meldete sich und verband sie mit

Felipe. Dolly bat ihren Fahrer, so schnell wie möglich zu Girod's zu kommen und eine Flasche eisgekühlten Cristal auf Eis mitzubringen.

Nun wurde es auch Zeit, sich zu überlegen, wie Importspezialist Julio McIntyre umzustimmen war. Natürlich konnte sie ihn nicht bestechen, aber vielleicht mit einer kleinen Prämie verlocken. Er *mußte* die Ware einfach herausgeben.

Dolly zwängte sich in den winzigen Lagerraum in der Ecke des Büros, der von außen wie ein Wandschrank aussah. Sie würde McIntyre einfach Pralinen mitbringen, beschloß sie. Was konnte sie anderes mitbringen, das nicht gleich nach Bestechung aussah? Doch zuerst brauchte sie eine Schachtel... etwas ganz Besonderes. Sie ließ den Blick über die Stapel von Pappschachteln mit dem goldenen Aufdruck von Girod's gleiten, die zusammengefaltet in Kartons auf dem Boden standen. In dem Regal darüber reihten sich originelle Behältnisse, die sie selbst gesammelt hatte: alte Keksbüchsen und Art-deco-Blechdosen, fröhlich bemalte mexikanische Schachteln, mit Muscheln verzierte Körbchen, ein mit Seide ausgeschlagener Schmuckkasten. Gloria bezeichnete diesen Raum als Dollys Elsternnest. Und so hatte es auch angefangen – Dolly hatte eines Tages auf dem Flohmarkt in der Sechsundzwanzigsten Straße ein glänzendes stoffbezogenes Kästchen entdeckt, das mit winzigkleinen runden Spiegeln verziert war. Einer Eingebung folgend hatte sie das Kästchen mit Goldfolie ausgeschlagen, mit Pralinen gefüllt, ein Preisschild daran befestigt und das kleine Kunstwerk ganz oben auf dem Verkaufsständer an der Ladentür plaziert. Innerhalb einer Stunde war es verkauft gewesen.

Während sie nun prüfend ihre gesammelten Schätze musterte, fragte sich Dolly, was in aller Welt einen erfahrenen Zollbeamten beeindrucken konnte.

Plötzlich wußte sie es. Himmlisch – ein Keksglas in Form eines Apfels. Sie würde es mit Rumkaramellen und Champagnertrüffeln füllen und für Adam McIntyre die Eva spielen.

Schließlich hatte das in der Bibel funktioniert – warum also nicht auch hier?

Mit dem Keksglas in der Hand kletterte Dolly die engste Treppe der Welt hinunter in den Verkaufsraum. Sie muß für einen Zwerg gebaut worden sein, dachte Dolly und zog schützend den Kopf ein, um sich nicht am Treppenabsatz zu stoßen. Jedenfalls sicher nicht für eine stattliche Frau auf zehn Zentimeter hohen Absätzen.

Unten angelangt, fand sie Gloria über die Theke gebeugt vor. Sie war mit dem Falten von Schachteln beschäftigt. Sie richtete sich auf und blickte Dolly an, während ihre riesigen Messingohrringe in schaukelnde Bewegung gerieten und leise klingelten.

»Haben Sie es geschafft, dem Zoll die Hölle heiß zu machen?«

»Viel besser.« Dolly hielt das Keksglas in Apfelform hoch und lächelte boshaft. »Ich plane einen persönlichen Anschlag. Tod durch Pralinen.«

»Amen«, lachte Gloria.

Dolly war nie vorher jemandem wie Gloria begegnet. Als Kind hatte sie kaum Schwarze gesehen, allenfalls als Putzfrauen, Straßenkehrer oder Arbeiter in der Autowaschanlage. Gloria indes hatte nichts Unterwürfiges an sich. Sie trug stolz ihr krauses Haar, das wie eine schwarze Wolke ihr Gesicht umrahmte. Sie zog sich auch sehr eigenwillig an: An einem Tag hatte sie ein aus bunten Schals zusammengenähtes Kleid an, am anderen einen Herrenpullover über Minirock und Strumpfhose. Heute trug sie einen flauschigen Rollkragenpulli, schwarze Torerohosen und Ballettschuhe. Sie gab Girod's gewissermaßen das exotische Flair. Allerdings wäre es sehr angenehm gewesen, wenn Gloria nicht immer so verdammt viele Privatanrufe im Geschäft bekommen hätte. Sie mußte so viele Freunde haben wie Zsa Zsa Gabor Ehemänner.

Dolly war gerade damit fertig, Pralinen in das Keksglas zu füllen, als sie ihren Fahrer erspähte, der mit dem Wagen unerlaubterweise an der Bushaltestelle auf der anderen Straßenseite hielt. Sie griff nach einer Einkaufstasche und warf sich den Mantel über, in dessen Tasche ein Cacharel-Schal gestopft war – Henri hatte ihr das Seidentuch mit dem Motiv eines Glasfensters der Sainte Chapelle bei ihrem letzten Treffen geschenkt. Ohne einen Blick nach rechts oder links zu werfen, stürzte sie auf die Straße und wäre um ein Haar von einem Taxi, das aus dem Nichts aufzutauchen schien, überfahren worden.

»Wenn Sie nicht aufpassen, muß ich Sie demnächst zu Ihrer Beerdigung fahren«, schalt ihr feister Chauffeur aus Guatemala liebevoll, als sie in den Fond ihres Wagens kletterte. Im Rückspiegel konnte sie den finsteren Ausdruck seines breiten Gesichts mit der seltsam platten Nase sehen.

Dolly zuckte die Achseln. Auch Henri schimpfte regelmäßig über ihre Unbekümmertheit auf der Straße, aber wie sollte man sich denn sonst in dieser Stadt fortbewegen?

Der Lincoln glitt langsam über die Long-Island-»Schnellstraße«, den längsten Parkplatz der Welt, als es in dicken Tropfen zu regnen begann. Es hörte sich an, als würde das Auto mit Eiern bombardiert. Dolly seufzte, schlüpfte aus ihren Schuhen und zog die Füße unter sich. Es würde eine lange Fahrt werden.

Ihre Gedanken wanderten zu Annie und Laurel. Wo waren sie in dieser Riesenstadt? Hatten sie wenigstens ein bißchen Geld? Ein Zuhause, wo sie übernachten konnten? Genug zu essen?

Lange schon hatte sie nichts sehnlicher gewünscht, als an ihrem Leben teilnehmen zu dürfen. Doch hatte sie sich mit bloßen Bruchstücken begnügen müssen: verwackelte Schnappschüsse, die Ned Oliver aufgenommen hatte, und seine ausführlichen, aber wirren Erzählungen.

Mein Gott, wie mußten die letzten Jahre ihnen zugesetzt haben! Eve trank mehr und mehr, machte monatelang Entziehungskuren. Es kam kein Geld mehr herein, und sie mußten sich immer mehr einschränken, bis schließlich fast nichts mehr da war.

Dolly hatte sich so sehr gewünscht, ihrer Schwester helfen zu dürfen. Und es gab keinen Tag, an dem sie nicht bereut hätte, diesen verfluchten Brief abgeschickt zu haben. Aber jedesmal, wenn sie anrief, war in Eves Haus ein spanisches Mädchen am Apparat, das sagte: »Mrs. Dearfield – sie nicht da.« Und Eve hatte kein einziges Mal zurückgerufen. Und auch im Briarwood Hospital hatte sie strikte Anweisungen gegeben, keine Besucher vorzulassen.

Einmal hatte Dolly es geschafft, an der Anmeldung vorbei in Eves Zimmer zu schlüpfen. Eve hatte rauchend am Fußende des Bettes gesessen und aus dem Fenster gestarrt. Durch das hauchdünne Nachthemd war ihr schmaler Rücken sichtbar, man konnte die einzelnen Rippen zählen. Eves Haar hatte seine leuchtendgoldene Farbe eingebüßt und war stumpf geworden.

Aber was Dolly am allermeisten erschreckte, war die Tatsache, wie schnell ihre Schwester verfallen war. Es war damals erst ein paar Monate her gewesen, seit Eve sich mit steinernem Gesichtsausdruck geweigert hatte, McCarthy auch nur einen einzigen Namen preiszugeben. In Hollywood brodelten noch die Gerüchte über Premingers plötzliche Entscheidung, Eves Rolle an Grace Kelly zu vergeben. Von Dollys Hoffnungen auf die Rolle war keine Rede mehr, aber das war mittlerweile schon Geschichte. Jetzt hätte sie Eve so gern klargemacht, wie leid ihr das Ganze tat. Was immer ihre Schwester ihr auch angetan hatte, wie selbstsüchtig und gedankenlos sie auch gewesen sein mochte, das hatte sie nicht verdient. Irgendwie mußte Dolly ihrer Schwester nahebringen, wie tief schuldig sie sich fühlte.

Dann drehte sich Eve herum und erblickte sie. Ihre blauen Augen, die im ersten Moment völlig ausdruckslos und ohne Glanz schienen, leuchteten auf. Sie lächelte, aber es war ein schreckliches Lächeln, das Dolly schaudern ließ. Der Rauch ihrer Zigarette stieg nach oben und kräuselte sich über ihrem Kopf.

»Du hast mich also gefunden«, sagte Eve mit klangloser

Stimme. »Nun gut, jetzt hast du mich gesehen. Dann kannst du ja wieder gehen. Der Zoo wird geschlossen.« Sie drückte ihre Zigarette in dem Aschenbecher neben dem Bett aus.

»Es tut mir leid«, sagte Dolly. Die Wörter schienen so belanglos. Aber was konnte sie anderes sagen? Was war sonst von Belang? »Ach, Eve, glaubst du, daß du mir jemals verzeihen kannst? Ich habe nie gewollt...«

Eve starrte sie an. Ihr Blick war so stechend, daß Dolly glaubte, sich jeden Moment in eine Salzsäule verwandeln zu müssen. »Ach so, das willst du hören«, antwortete sie mit derselben klanglosen Stimme. »Läßt du mich dann in Ruhe? Na gut, ich verzeihe dir.«

In Dolly zerbrach etwas, und sie begann zu weinen. »Wie hast du herausgefunden, daß ich es war?« brachte Dolly unter Schluchzen heraus.

»Willst du damit sagen, daß du über Syd nicht Bescheid weißt?« Eve lachte bitter auf. »Meine Güte, das ist die Krönung... das ist wirklich die Krönung! Ich wette, er hat dir das Blaue vom Himmel dafür versprochen, daß du mir diese Sache anheftest. Und du hast dich die ganze Zeit von ihm benutzen lassen. Das heißt, in Wirklichkeit wir beide. Einen Augenblick lang habe ich ihm tatsächlich geglaubt, daß es deine Idee gewesen sei und er versucht habe, es dir auszureden. Syd, der große Held, der mir immer treu geblieben sei – egal, wie schlecht ich ihn behandelt hätte. Beim Happy-End schmilzt die in Ungnade gefallene Heldin in seinen Armen dahin und willigt ein, seine gehorsame kleine Frau zu werden. Er hatte ja keine Ahnung, daß ich gerade Val geheiratet hatte. Syd war der festen Überzeugung, daß es noch eine Chance gab: Wenn jeder in der Stadt mir ins Gesicht gespuckt hätte und ich hübsch artig mein Dasein fristete, würde er mich wie einen Phönix aus der Asche steigen lassen und mich retten. Zum Brüllen, nicht wahr?«

Dolly stand fassungslos da und fühlte sich wie nach einem Faustschlag in den Magen.

Und dann fiel Eve in sich zusammen, als hätte jemand den dünnen Faden, der sie aufrecht hielt, plötzlich durchtrennt. Ihre Hände baumelten wie die einer Puppe an beiden Seiten des Körpers.

»Willst du noch das Beste hören?« Ihre Stimme klang rauh. »Ich bin schwanger. Daß Val darauf brannte, mich zu heiraten, war gelogen. Vegas war meine Idee. Im tiefsten Inneren bin ich wohl ziemlich altmodisch.«

Mit einem kleinen aufgesetzten Lächeln drehte sich Eve ihr gerade so weit zu, daß Dolly die Rundung ihres Bauches unter dem lose fallenden Nachthemd sehen konnte. Dann verschwand das Lächeln, und Eve flüsterte heiser: »Willst du *jetzt* bitte gehen und mich allein lassen?«

Zwölf Jahre. So lange hatte Eve gebraucht, um zu sterben.

Dolly starrte aus dem Fenster ihres Wagens auf den regengepeitschten Asphalt und dachte in Erinnerung an diese schreckliche Szene: Ich habe meinen Teil dazu beigetragen. *Ich* habe sie so weit gebracht, nicht Alkohol und Tabletten.

Und auch daran hatte sich Dolly mitschuldig gemacht: daß Eves Töchter irgendwo da draußen waren, vielleicht ohne Unterkunft dem Regen ausgesetzt und wahrscheinlich zu Tode geängstigt...

Dolly schlug die Hände vor das Gesicht und weinte. Sie verdiente nichts Gutes. Sie verdiente Henri nicht... genausowenig wie den lieben Mann, der sie geheiratet hatte – den großherzigen Dale, der sie als Kellnerin bei Ciro's aufgelesen, sie mit Liebe und jedem nur erdenklichen Luxus verwöhnt und sie wunderbar versorgt hinterlassen hatte.

Dann brach sich kühle Vernunft wieder Bahn. Ihre Tränen würden weder sie noch ihre Nichten im geringsten weiterbringen. Nein, ihr würde etwas einfallen müssen – etwas, das sowohl Val als auch O'Brien übersehen hatten, ein kleiner Fingerzeig, eine winzige Spur, die sie vielleicht zu den Mädchen führen würde...

Dolly schloß die Augen und dachte konzentriert nach. Konnte es in New York noch jemanden geben, an den sich Annie um Hilfe bittend gewandt hätte? Dolly hatte bereits so gut wie jeden angerufen, der Eve gekannt hatte. Aber die meisten hatten erstaunt geantwortet, daß sie Eve seit Jahren nicht mehr gesehen hätten. Die Lehrer an Annies Schule waren auch alles andere als hilfreich gewesen. Eine sauertöpfische Alte hatte sie angeschnauzt, daß sie schon alles, was sie wisse, der Polizei gesagt habe.

Dolly stellte sich vor, wie es wohl wäre, wieder mit ihren Nichten zusammen zu sein. Sie würden natürlich zusammenleben. Oder hatte Annie schon einen Freund? Und was war, wenn Eve ihnen von Dollys Verrat erzählt hatte und die Mädchen nichts mit ihr zu tun haben wollten, sie sogar haßten? Nun, sie würde Mittel und Wege finden, ihnen alles zu erklären. Am Anfang eher kurze Besuche, um sich langsam näherzukommen, später konnten sie dann vielleicht eine hübsche Reise machen. Nach Paris zum Beispiel. Sie würden im Lancaster wohnen. Die beiden Mädchen würden sich in den kleinen Hotelgarten verlieben, die getäfelten Wände und die wunderbaren Croissants zum Frühstück. Dolly malte sich aus, wie sie alle drei zusammen unter der riesigen Glaskuppel der Galeries Lafayette Schuhe und schicke Kleider anprobierten und elegante Seidentücher auswählten.

Dolly spürte so etwas wie Zuversicht. Mein Gott, vielleicht konnte sie eine Art Muttersatz für die beiden sein? Sie hatte sich lange nach eigenen Kindern gesehnt, aber Tests hatten ergeben, daß mit Dales Sperma etwas nicht stimmte: »Der Schwanz eines Bullen und die Eier eines Ochsen«, pflegte er zu witzeln, um seine Betroffenheit zu verbergen. Keine eigenen Kinder…

Aber wenn sie bei ihren Nichten Mutterstelle vertreten könnte, wäre das nicht irgendwie genauso viel wert? Würde sie damit nicht auch ein wenig gutmachen können, was sie Eve angetan hatte?

Der Verkehr lichtete sich allmählich, und hinter dem Regenschleier wurde die Frachtabfertigung des John-F.-Kennedy-Flughafens sichtbar. Ein paar Minuten später fuhr der Wagen vor dem grauen Betongebäude Nr. 80 vor, und Dolly rannte mit der Einkaufstasche unter dem Arm über den regennassen Asphalt.

Innen wirkte das Gebäude noch trister als von außen: Die Wandfarbe erinnerte an Erbsensuppe, der Linoleumboden war reichlich abgetreten, und die Möbel schienen aus einem abgewrackten Motel zu stammen. Dolly fragte an der Anmeldung nach Mr. McIntyre, und eine gelangweilt aussehende dicke Frau deutete einen Flur hinunter, ohne überhaupt zu fragen, ob sie eine Verabredung hätte.

Das Büro war leicht zu finden; McIntyres Name war auf einem Schild neben der Tür angebracht. Die Tür stand offen, und er selbst war hinter seinem Schreibtisch damit beschäftigt, sich durch Berge von Papier zu arbeiten. McIntyre war mittleren Alters, hatte eine fahle, vernarbte Gesichtshaut und schräggestellte braune Augen, und seine roten Haare waren von grauen Fäden durchzogen, was ihnen das Aussehen von verrostetem Eisen verlieh.

Dolly verharrte ruhig, während er etwas niederschrieb. Als er den Stift zur Seite legte, klopfte sie leise an die offene Tür.

McIntyre blickte hoch, ohne den Kopf zu heben. Als er eine attraktive Frau erblickte, die ihm unbekannt war, setzte er sich auf und musterte sie anerkennend. Obwohl sie mehrfach miteinander telefoniert hatten, waren sie sich noch nicht persönlich begegnet.

»Dolly Drake«, stellte sie sich vor. Als er erschreckt zusammenzuckte, lachte sie und sagte: »Sie wissen sicher, warum ich hier bin. Es sieht ganz so aus, als würden Ihre Beamten auf etwas sitzen, was mir gehört, und ich hoffe sehr, daß Sie mir weiterhelfen können.«

Sie fragte ihn, ob es ihm sehr viel ausmachen würde, ihr eine

Minute seiner kostbaren Zeit zu opfern und sich des Vorgangs anzunehmen. McIntyre stand auf. Dolly stellte zufrieden fest, daß sich über dem Gürtel seiner Hose ein recht beachtlicher Bauch wölbte. *Ein Mann mit gesegnetem Appetit. Hervorragend.*

Während McIntyre auf die Suche nach den entsprechenden Papieren ging, holte sie das apfelförmige Keksglas aus der Einkaufstasche und stellte es auf seinen Schreibtisch.

Nach einigen Minuten, die ihr wie eine Stunde erschienen, kam McIntyre mit einigen Formularen in der Hand zurück. Er wirkte müde und nicht unbedingt so, als enthielten die Papiere positive Neuigkeiten.

Dolly setzte ihr betörendstes Lächeln auf und flötete: »Ich habe Ihnen etwas mitgebracht.« Sie deutete auf das Keksglas. »Ist es nicht niedlich? Warten Sie nur, bis Sie gesehen haben, was drin ist.«

McIntyres Lächeln verblaßte. »Hören Sie, was soll das? Sie wissen genau, daß ich das nicht annehmen darf. Sie wollen mich doch nicht etwa in Schwierigkeiten bringen, oder?«

Dolly wurde plötzlich von einer heißen Welle der Scham überflutet – ähnlich wie damals, als ihr Lieblingslehrer sie bei einer Schularbeit beim Mogeln erwischt hatte. Aber wem würde es nützen, wenn sie klein beigab? *Zeig, was du gelernt hast*, befahl sie sich selbst. *Du bist doch Schauspielerin, oder nicht?* Sie setzte ein strahlendes Lächeln auf und rief voller Entrüstung aus: »Aber Mr. McIntyre, wie können Sie so etwas denken!«

»Ich befürchte, Dolly« – er wedelte mit den Papieren, die er in der Hand hielt –, »daß Sie den langen Weg hier heraus umsonst gemacht haben. Die Entscheidung über Ihre Sendung ist zurückgestellt, bis die Laborergebnisse vorliegen.«

»Laborergebnisse?«

»Ein normaler Vorgang. Wir machen hin und wieder Stichproben, um sicher zu gehen, daß der Alkoholgehalt pro Praline 0,005 Prozent nicht übersteigt. Mehr bedeutet einen Verstoß gegen die Vorschriften.«

Dollys Nackenmuskeln verhärteten sich vor Enttäuschung. Zum Teufel, wofür hielt er sie eigentlich, etwa für eine ahnungslose Idiotin? Ebenso wie Henri war sie mit dem Gesetz genauestens vertraut. In Girod's Pralinen befand sich jedenfalls noch nicht einmal genug Alkohol, um ein Kätzchen betrunken zu machen!

Aber was nun? Einzig McIntyres Stempel würde bewirken, daß sie an ihre Sendung kam. Und sie brauchte die Pralinen *jetzt*... und nicht erst in einer Woche.

Dolly fühlte sich elend. Ihre ganze Unternehmung schien sich als Fehlschlag herauszustellen. Aber wenn sie noch nicht einmal in der Lage war, eine Sache wie diese zu meistern, wie wollte sie da ihre Nichten finden?

Dann hatte sie *die* Idee. Warum auf die Laborergebnisse warten? Wieso konnten sie den blöden Test nicht gleich hier und jetzt durchführen?

»Julio, ich werde Sie jetzt darum bitten, sich selbst und mir einen kleinen, gänzlich legalen Gefallen zu tun. Probieren Sie eine Praline«, sagte sie und deutete auf das Glas auf seinem Schreibtisch. »Machen Sie schon, nur eine klitzekleine. Es hat noch niemand in den Vereinigten Staaten seinen Job verloren, weil er eine Praline gegessen hat.«

»Nun hören Sie, Dolly, ich tue hier ernsthaft meine Pflicht.«

»Ich bin auch ganz ernsthaft. Ich bitte Sie um Ihre ehrliche Meinung. Das ist unsere neueste Kreation.« Sie öffnete das Keksglas und holte vorsichtig eine der dunklen Rumkaramellen heraus. »Probieren Sie und sagen Sie mir, was Sie davon halten.«

Als der müde Beamte protestierend den Mund öffnete, schob sie schnell das Bonbon hinein.

Auf McIntyres Gesicht machte sich Ärger breit. Aber er kaute immerhin und schluckte das Bonbon nicht schnell hinunter oder spuckte es gar in den Aschenbecher. Dolly stand wie auf glühenden Kohlen, während sie seinen Gesichtsausdruck beobachtete. McIntyre kaute immer noch, seine Augen waren halbgeschlossen und seine Gesichtszüge hatten sich wieder geglättet. Er wirkte so zufrieden wie eine Kuh beim Wiederkäuen. Und nun – dem Himmel sei Dank! – glitt ein Lächeln über sein Gesicht.

McIntyre schluckte und griff nach einer weiteren Rumkaramelle. »In denen ist kein Alkohol«, sagte er lächelnd, »aber verdammt noch mal, die gehören wirklich verboten.«

Dolly verspürte ein Gefühl von Triumph, das sie leicht benommen machte.

Fünf Minuten später war sie in ihrem Lincoln auf dem Weg zu Air France Cargo, um dort ihre Sendung abzuholen. In der Hand hielt sie ein ordnungsgemäß abgestempeltes Formular. Danach würde sie Henri abholen.

Im Gedanken an ihre Nichten verflog ihre Freude allerdings jäh. Eben, in der Situation mit McIntyre, war sie sich noch so stark und überlegen vorgekommen. Gleichgültig wie, sie hatte in jedem Fall bewiesen, daß sie mit schwierigen Situationen umgehen konnte. Nur würde es mehr als nur ein wenig Frechheit brauchen, um Annie und Laurel zu finden.

Dafür mußte fast eine Art Wunder geschehen.

»Dolly?« fragte Henri leise in der Dunkelheit.

Dolly blickte sich um. Sie hatte den Film im Fernsehen nicht wirklich verfolgt; es war einer dieser alten Schmachtfetzen mit Lana Turner, bei denen man sich verwundert fragte: Waren die immer schon so schlecht, oder kommt mir das heute nur so vor? Henri stand im Türrahmen zum Wohnzimmer, eine untersetzte Gestalt in seidenem Morgenmantel mit vom Schlaf zerdrücktem silbergrauem Haar. Der Morgenmantel war ein Geschenk von ihr gewesen – er war aus kostbarem burgunderrotem Satin, mit gesteppten Brust- und Ärmelaufschlägen und einem in Troddeln auslaufenden Gürtel. Für Henri war er ein wenig zu modisch, er war eher der Typ, der einen schlichten Frottee-Bademantel bevorzugte. Er trug ihn, um ihr eine Freude zu machen, ließ ihn aber immer bei ihr – zusammen mit einem Rasierer, einer Zahnbürste und ein paar Hemden. Wenn Henri 3000 Meilen von ihr entfernt war – was normalerweise der Fall war –, hüllte sich Dolly manchmal in das edle Stück, weil es sie mit dem schwachen, beißenden Geruch nach Gauloises, die Henri immer kurz vor dem Zubettgehen rauchte, an ihn erinnerte.

»Ich konnte nicht schlafen«, erklärte Dolly. Sie hatte sich Sorgen um Annie und Laurel gemacht.

Aber nun mußte sie darüber nachdenken, wie sie sich in bezug auf Henri entscheiden sollte.

Er hatte ihr auf dem Weg vom Flughafen hierher so sachlich wie möglich mitgeteilt, daß er das entzückendste Haus, das man sich vorstellen konnte, nur einen Steinwurf weit von Girod's entfernt in der Nähe der Place des Ternes gefunden hatte, ideal für ihre Zwecke geeignet, mit Blick ins Grüne und zu einem sehr vernünftigen Preis. Henri hatte eine Kaution für die Dauer einer Woche gestellt. Natürlich mußte sie es nicht nehmen, hatte er sich beeilt hinzuzufügen. Aber er hätte gedacht, daß sie vielleicht rüberfliegen und es sich anschauen wolle…

Was soll ich ihm nur sagen? Der Gedanke, mit Henri zusammen und nicht mehr beschränkt auf seltene Treffen zu sein, hatte für Dolly etwas ungeheuer Verlockendes.

Aber die Situation hatte sich entscheidend verändert, seit sie ihm versprochen hatte, über eine Übersiedlung nach Paris nachzudenken. Wie konnte sie New York jetzt verlassen? Das war unmöglich, bevor Annie und Laurel gefunden waren. Und in Paris gab es auch noch Henris Frau und Kinder…

Welchen Weg sie auch einschlug, sie würde letztendlich draufzahlen müssen.

Henri ließ sich neben sie in das tiefe Sofa sinken und legte einen Arm um sie. Er küßte sie auf die Schulter, wobei sein Schnurrbart angenehm kitzelte. Ach, war das schön! Nach Dales Tod hatte sie gedacht, daß sie nie wieder dieses süße Ziehen im Unterleib erleben würde, das sie spürte, wenn ihr Mann sie küßte.

»Warum bist du auf?« fragte Dolly.

»Ich habe von dir geträumt«, murmelte er und liebkoste ihr Ohrläppchen. »Es war ein wunderschöner Traum. Dann bin ich aufgewacht, und du warst verschwunden. Kann es sein, daß du meiner schon so schnell müde bist?«

Dolly lächelte und dachte an das erste Mal mit ihm vor zwei Jahren in Paris. Kaum zurück in New York, hatte sie der Wäscheabteilung von Bergdorf's einen Besuch abgestattet und die ältliche Verkäuferin in Verlegenheit gestürzt, indem sie unbesonnen herausplatzte: »Zeigen Sie mir alles, was Sie an schamlosen Dessous vorrätig haben.« Schließlich hatte sie Wäsche im Wert von insgesamt 1000 Dollar erstanden, inklusive eines in höchstem Maße verführerischen Seidenneglígés à la Jean Harlow mit dazu passenden Pantöffelchen, die mit Marabu-Federn besetzt waren. Diese Dinge trug sie nur, wenn Henri da war, also viel zu selten.

Dolly blickte um sich. Diese Wohnung mit den Räumen in der Größe von Gymnastikhallen würde ihr gewiß nicht fehlen, wenn sie nach Paris zog. Park Avenue war Dales Idee gewesen; sie persönlich hätte eines der gemütlichen Reihenhäuser von West Village bevorzugt. Aber als er sich erst einmal entschlossen hatte, Matson Shipping zu kaufen (»Mit Schiffen kann man mehr Geld verdienen als mit dem Bohren nach Öl, Dolly-Schatz«) und nach New York zu ziehen, wo Matson seinen Hauptsitz hatte, ging es nicht unter einem Penthouse an der Park Avenue ab. Dolly erinnerte sich, wie dunkel und stickig es im ersten Moment gewirkt hatte – mit den Wandvertäfelungen aus Walnußholz, vergilbten Tapeten und dem mindestens seit dem Zweiten Weltkrieg nicht abgeschliffenen Parkett. Die vormaligen Besitzer hatten zum alten Geldadel gehört, der die Untertreibung liebte, das hatte Dolly lernen müssen. Sie verstand nur nicht, worin der Sinn bestehen sollte, Geld zu *haben*, es aber nicht auszugeben.

Dale kam auf die Idee, den faunsgesichtigen Dekorateur Aldo

mit der Renovierung zu beauftragen, der die düstere Täfelung hell beizte und die Wände mit beigefarbenen Leinenstrukturtapeten tapezierte. Das ramponierte Parkett verschwand ebenfalls unter einem beigefarbenen Teppichboden, und moderne kegelförmige Lampen ersetzten die alten, an ein Gruselschloß gemahnenden Kristallüster.

Dollys Blick blieb an der auf dem Hifi-Turm stehenden Skulptur hängen, für die Dale ein Vermögen bezahlt hatte, die für Dolly aber nicht anders aussah als ein in einen Zementblock gerammter, verbogener Kleiderbügel.

»Ein modernes Lustschloß«, so hatte Dale das Penthouse nach der Renovierung witzelnd benannt. Aber er war ungeheuer stolz darauf gewesen. Für Dale hatte das Ganze bedeutet, seinen Geschäftsfreunden und dünkelhaften Rechtsanwälten vorführen zu können, daß er trotz mangelhafter Schulbildung und der Gewohnheit, Kautabak zu kauen, sehr wohl zwischen erstklassiger Kunst und einem verbogenen Kleiderbügel zu unterscheiden wußte.

Henri war Dale in mancher Beziehung sehr ähnlich. Zum Beispiel hatte er dieselbe rastlose Energie. Er konnte es nicht ertragen, ruhig dazusitzen, wenn er statt dessen etwas tun konnte; und er konnte es nicht ertragen, nicht in allem der Beste zu sein.

Dolly dachte an ihre erste Begegnung mit Henri in der Versuchsküche seines Ladens. Er hatte sich über einen großen Kupferkessel gebeugt und einen Holzlöffel an die Lippen gehalten. Dolly, die zum erstenmal in ihrem Leben von soviel Schokolade umgeben war – Zehn-Pfund-Riegel in Silikonpapier, auf Gestellen abkühlende Tafeln, zahllose Tabletts mit Ganache, der zarten Trüffelfüllung –, kam sich vor, als sei sie dem Irdischen entrückt und in den Himmel gekommen. Und inmitten dieses ganzen Szenarios stand ein finster blickender Mann, der den Kopf schüttelte und rollend die Faust ballte, ihr dann aber immerhin eine Übersetzung seines Wutausbruchs zukommen ließ: »Mit wem glauben diese Narren eigentlich Geschäfte zu machen, wenn sie mir Sahne von unterernährten Kühen schicken?«

Sich an sie schmiegend, flüsterte Henri jetzt: »Ohne dich ist das Bett so kalt. Außerdem fehlt mir dein Schnarchen.«

»Weil ich auch schnarche wie der Teufel!«

Henri grinste. *»Exactement.«*

»Mein Großvater pflegte zu sagen: Du kannst einem Frosch seidene Unterwäsche anziehen, er wird trotzdem quaken.« Sie stieß ihn sanft in die Rippen. »Hey, bist du jemals westlich des Mississippi gewesen?«

»Als ich ganz klein war, haben mich meine Eltern mit in den Yellowstone Park genommen, um mir – wie nennt ihr ihn? – Old Reliable? zu zeigen.«

Dolly konnte ein Kichern nicht unterdrücken. »Old Reliable? Das klingt wie das Zeug, das Mama-Jo immer für die Verdauung nahm, bevor sie ins Bett ging. Du meinst Old Faithful, oder?«

Henri verdrehte die Augen und lachte in sich hinein. »Weißt du, was ich an dir so liebe, *ma poupée?«* sagte er. »Du bringst mich zum Lachen. Wenige Frauen können einen Mann zum Lachen bringen. Außerdem«, er küßte ihre Nase, »liebe ich dich, weil du einfach liebenswert und süß bist, ein großes Herz hast... und deine Brüste sind einfach *formidable.«* Durch den dünnen Stoff ihres Nachthemds hindurch spürte Dolly die Wärme seiner Hand, die ihren Busen streichelte.

Dolly schmiegte sich enger an ihn, und sie küßten sich. Ein elektrisierendes Gefühl schoß von ihren Lippen aus direkt in ihren Unterleib. Sie hörte sich selbst stöhnen. Das würde das dritte Mal heute nacht sein. Sie fühlte sich da unten bereits ein wenig wund an. Morgen würde sie sich vorkommen wie nach einem Nonstopritt durch die Rocky Mountains.

»Nein, bitte«, murmelte sie und versuchte, sich ihm zu entziehen. »Henri, wir müssen miteinander reden.«

Er blickte sie aus schiefergrauen Augen unter buschigen

Brauen mit einem Ausdruck an, der fast wie Furcht aussah. »Aber natürlich«, sagte er und nickte ernst.

In diesem Augenblick wußte sie plötzlich, wie die Entscheidung ausfallen würde, die sie den ganzen Abend vor sich her geschoben hatte. Und ihr war auch klar, daß sie die ganze Zeit gewußt hatte, daß es so ausgehen würde. Was sie überraschte, war der scharfe Schmerz, den sie empfand und der ihre Kehle eng werden ließ.

Dolly atmete tief ein. »Ich werde nicht nach Paris kommen«, teilte sie ihm mit. »Zumindest nicht jetzt. Es wäre nicht richtig, nicht in dieser Situation. Deine Frau...« Sie schluckte und hatte plötzlich einen Kloß im Hals. Henri wollte etwas sagen, aber sie hob die Hand. »Oh, ich weiß, du liebst Francine nicht. Und ich kenne all die Gründe, die dich davon abhalten, dich von ihr scheiden zu lassen – deine Kinder, dein Glauben, Francines Vater...«

Henri wurde grau im Gesicht; seine Haut schien dieselbe Färbung wie sein Haar anzunehmen. Er sah plötzlich zehn Jahre älter aus als 47. »Was du nicht weißt«, sagte er schließlich, »ist, wie sie mich verachtet. Ohne ihren Vater, behauptet sie, wäre ich immer noch Vizechef bei Fouquet's. Das ist natürlich nicht wahr, aber...« Er zuckte die Achseln. »Aber die Wahrheit ist, daß ich, bis der alte Ziegenbock das Zeitliche segnet, unter seiner Fuchtel stehe.«

Dolly war Francine einmal begegnet, als sie geschäftlich in Paris gewesen war: eine sehr verbissen wirkende Vierzigjährige, die lächeln konnte, ohne eine Miene zu verziehen. Ein Hochziehen der Augenbrauen, das Zucken eines Augenlids schien das höchste der Gefühle. Sie sah noch immer gut aus mit ihrer überschlanken Figur, war immer gut angezogen, hatte einen makellosen Teint und schweres dunkles Haar, das sie in einem von vier Schildpattnadeln gehaltenen Knoten trug. Aber nach zwanzig Jahren Ehe war Francine mit einem morschen Stuhl im Museum vergleichbar, auf den sich keiner mehr zu setzen wagte.

Dolly spürte einen häßlichen Groll in sich aufsteigen. *Wie bringt er es fertig, bei Francine zu bleiben, wenn er mich liebt?* Warum geht er nicht einfach auf und davon, läßt sich scheiden und pfeift auf seine Frau, Papa Girod und den Papst?

Aber sie wußte nur zu genau, daß das nicht so einfach war. Wenn Henri seine Frau verließ, bedeutete das, daß er auch Girod's aufgeben mußte. Und Girod's war viel mehr für ihn als nur Broterwerb; Girod's war sein Leben. Henris Sohn war so gut wie erwachsen, er studierte bereits an der Sorbonne, aber da war die elfjährige Gabrielle, die Henri geradezu abgöttisch liebte. Natürlich waren sie katholisch. Dolly wußte von Henri, daß Francine niemals die Sonntagsmesse versäumte und häufig Abendandachten besuchte. Regelmäßig einmal im Monat beichtete sie ihre Sünden bei Pfarrer Bonard; und ohne Zweifel würde sie das Schicksal des Witwentums dem Sakrileg einer Scheidung vorziehen.

Gut, vielleicht mußte nicht gleich eine Scheidung sein. Wenn es nur möglich wäre, ohne diese ganzen Heimlichtuereien und verstohlenen Treffen zu leben und sich statt dessen unverhohlen in der Öffentlichkeit zu zeigen. Aber das alles hatten sie schon so oft durchgesprochen.

»Es geht nicht nur um deine Situation«, sagte Dolly. Und erzählte ihm hastig von Laurel und Annie. Sie griff nach seinem Arm. »Verstehst du, ich *muß* hierbleiben. Sie sind irgendwo da draußen, und sie brauchen mich. Abgesehen von Val bin ich ihre einzige lebende Verwandte. Ich *muß* sie finden. Das verstehst du doch, oder?«

Henri machte ein finsteres Gesicht und wirkte ganz so, als müßte er all seine Kraft darauf verwenden, den selbstsüchtigen Wunsch zurückzudrängen, sie zur Übersiedlung nach Paris zu überreden. Er schien unter dieser Kraftanstrengung zu altern, doch hatte er sich letztlich unter Kontrolle.

»Natürlich tue ich das. Und du wirst sie finden, *ma poupée.*« Nach einem Augenblick fügte er hinzu: »Aber statt ergebnislos überall nach ihnen Ausschau zu halten – warum sorgst du nicht dafür, daß die beiden zu dir kommen?«

»Wie meinst du das?«

»Vielleicht eine Anzeige in der Zeitung?«

Dolly dachte einen Moment nach und wurde plötzlich furchtbar aufgeregt. Eine Kleinanzeige? Ja, warum eigentlich nicht? Wenn Annie wußte, daß sie in New York war, und wenn sie sie erreichen wollte, konnte Dolly ihr auf diese Weise vermitteln, wo sie zu finden war, zumal ihr Privatanschluß nicht im Telefonbuch stand.

Dolly drückte Henri an sich und verspürte einen Anflug von Hoffnung. Sie würde sich gleich morgen als erstes um die Anzeige kümmern.

»Du bist ein Genie. Wie könnte ich jemals ohne dich leben?« Dolly sehnte sich verzweifelt nach Nähe, nach dem Gefühl der Geborgenheit in seinen Armen. »Komm, laß uns wieder ins Bett gehen.«

In dem übergroßen Bett (einer Maßanfertigung für Dales Körpergröße von gut zwei Metern) entnestelte Henri vorsichtig die drei zarten Schleifen, die ihr Negligé über der Brust zusammenhielten, und streifte die Träger bis zu den Ellbogen herunter. Dolly fühlte, wie das Nachthemd herunterglitt und ihre Brüste freigab. Die kühle Nachtluft ließ in Verbindung mit Henris zärtlicher Berührung ihre Brustwarzen fast schmerzhaft hart werden. Instinktiv kreuzte sie die Arme über der Brust. Henri zog ihre Arme liebevoll wieder herunter und liebkoste erst die eine und dann die andere Brust mit seinen Lippen. »Der Frosch unter der Wäsche sieht ausnehmend hübsch aus«, murmelte er. Sie blickte an ihm hinunter und lächelte. »Und Old Faithfull«, teilte sie ihm mit, »macht einen absolut zuverlässigen Eindruck.«

Wenig später war er in ihr, und sie vergaß alles außer dem Wohlgefühl, das sie empfand, der in ihr aufsteigenden Hitze, die sie umflutete wie ein heißes Bad nach einem extrem kalten Tag. Sie küßte ihn und öffnete den Mund, um so viel wie möglich von ihm in sich aufzunehmen, die Rauhheit seiner Zunge und seinen kitzligen Schnurrbart zu schmecken. Was konnte schöner sein als das? Sie war mit einem Mann zusammen, der sie liebte und sie schön fand. In diesem Moment hätte Dolly sterben mögen – und nicht das Gefühl gehabt, etwas versäumt zu haben.

Als sie kam, schien es Dolly, als würde sie durch den Raum schweben. Die Empfindung war wunderschön, aber auch ein wenig beängstigend, fast als wäre sie wirklich gestorben. Als müßte sie sich immer weiter und weiter emporschwingen und könnte nie wieder zur Erde zurückkehren. Sie spürte, wie Henri sich zurückhielt, bis ihr Orgasmus abebbte, um dann vor Lust stöhnend seine Zurückhaltung aufzugeben.

Danach lag Dolly in seinem Arm, lauschte auf Henris langsamer werdenden Atem und fühlte sich rundherum zufrieden.

»Ich liebe dich, Henri«, flüsterte sie dem mittlerweile Eingeschlafenen ins Ohr.

Aber ihre Lebenserfahrung sagte ihr, daß die Liebe nicht über alle Schwierigkeiten siegen konnte. Das gab es nur im Kino. Und wer konnte wissen, was nach dem Happy-End weiter geschah?

»Ganz schön clever«, sagte Gloria.

»Wenn es funktioniert.« Dolly knetete nervös die Hände.

Sie hatte die *Times* aufgeschlagen auf einer Vitrine vor sich liegen und starrte auf ihre halbseitige Anzeige. Zuoberst war eine Auswahl Pralinen abgebildet, dann folgte der übliche Text über 75 Jahre preisgekrönte Pralinen von Girod's, der mit dem diesjährigen ersten Preis der Zeitschrift *Gourmand* endete. Genau in der Mitte der Anzeige war der Ausschnitt eines alten Fotos von Dolly aus Hollywoodzeiten plaziert: mit dick aufgetragenem Lippenstift, kegelförmig hochragenden Brüsten, über denen sich ein hautenger Pullover spannte – alles in allem die merkwürdigste Anzeige für Schokolade, die es je gegeben hatte. Aber Dolly hoffte zutiefst – und klammerte sich damit an einen Strohhalm –, daß Annie die Anzeige bemerken und ihre Tante wiedererkennen würde. Darunter stand so groß wie irgend möglich ihr Name: Inhaberin Dolly Drake.

Seit einer ganzen Woche hatte sie nun in der *Times*, der *Post*, den *News* und der *Voice* Anzeigen geschaltet. Bisher war keine Reaktion erfolgt.

Die Idee zu dieser auffallenden Anzeigengestaltung war ihr auf dem Weg vom Flughafen gekommen, wohin sie Henri begleitet hatte. Als sie ihn fest in die Arme nahm, hatte sie ihm keck versprochen, daß sie es gar nicht erwarten könne, bis Old Faithful das nächste Mal nach New York käme. Er hatte scherzhaft ihre Brüste gestreichelt. Da war ihr das alte Werbefoto eingefallen. Und sie hatte sich gefragt, wieso sie nicht eine große Anzeige schalten sollte, die ein altes Foto von ihr enthielt. So konnte Annie sie einfach nicht übersehen, auch wenn sie die *Times* nur durchblätterte.

Das wichtigste war, die beiden ausfindig zu machen, bevor ihnen irgend etwas zustieß. Dolly fröstelte plötzlich und zog die Ärmel des pinkfarbenen Pullovers, den sie um die Schultern gelegt hatte, enger um sich.

»Wenn es nicht funktioniert, müssen Sie etwas anderes versuchen.« Gloria unterbrach Dolly in ihren Gedanken. »Und wenn Sie eine Idee haben, was wir mit all diesen Ostereiern machen sollen, die uns irrtümlich geschickt worden sind, werden Sie auch die beiden verschwundenen Mädchen finden.« Sie zwinkerte Dolly zu und kümmerte sich dann um die Kundin im Pelzmantel, die gerade den Laden mit einem zappelnden Yorkshire-Terrier unter dem Arm betreten hatte.

Ostereier? Großer Gott, die hätte sie ja fast vergessen! Da sollte sie sich in der Tat etwas einfallen lassen. Und zwar schnell.

Dolly eilte ans Fenster und begann, die Dekoration des letzten Monats herauszunehmen. Zum Vorschein kamen die handgeflochtenen Weidenkörbe, die bis zum Rand mit rotem und gelbem Ahornlaub gefüllt waren, und die alte rotlackierte Mostpresse, die farblich zu der jägergrünen Auskleidung des Fensters paßte. Als nächstes kam die mit vergoldeten Walnüssen und Marzipanäpfeln gefüllte viktorianische Waschschüssel, die dazugehörige Kanne war halb liegend dekoriert: Aus ihrer Öffnung hatte sich eine Fülle verschiedenster Trüffel ergossen.

Es war ein gutes Gefühl, das Alte wegzuräumen und Platz für Neues zu schaffen. Nur hatte Dolly noch nicht die geringste Idee, worin dieses Neue bestehen sollte. Sie war im Moment merkwürdig irritiert durch ihr eigenes Spiegelbild, das sich fast surrealistisch in den viereckigen kleinen Fensterscheiben brach, kam und ging wie sie selbst, sich schnell bewegende Arme zeigte und Hände, die wie kleine Fische hin und her huschten.

Während sie die Arme voll trockenem, wohlriechendem Heu aus dem Fenster entfernte, kam ihr auf einmal die Erleuchtung. Sie wußte plötzlich ganz genau, was sie mit diesen Ostereiern machen würde, die ihr anstelle der traditionellen Schokoladentruthähne geschickt worden waren. Sie würde in der Mitte des Schaufensters das echte Fabergé-Ei, das Dale ihr zur Hochzeit geschenkt hatte, ausstellen und darum herum die Schokoladeneier plazieren; und in die wunderschön lackierten Rahmen, die sie bei ihrem letzten Besuch in San Francisco gekauft hatte, würde sie Fotos des Zaren und seiner Familie tun. Das Ganze vor dem Hintergrund eines kostbar bestickten großen Schals. Vielleicht würde sie auch noch einen Samowar dazustellen. In ihrer Vorstellung sah sie alles genau vor sich. Ihre Kunden würden hingerissen sein. *Und ich werde ihnen sagen, daß jede Frau, die den ganzen Tag damit verbringt, zu kochen und Geschirr abzuwaschen, und ihre Frisur bei dieser Tätigkeit ruiniert, mehr verdient hat als ein paar Stückchen vom Thanksgiving-Truthahn...*

Gut, das war vielleicht ein wenig gemein, aber andererseits waren die besten Ideen das meistens. Und Henri würde begeistert sein! Dolly spürte, wie sich ihre Stimmung hob.

Als das Fenster völlig leer war, hielt Dolly inne, schaute sich um und betrachtete, was sie in den letzten beiden Jahren erreicht hatte. Allein schon der Raum war ein Phänomen. In der früheren

Apotheke hatten die schön geschnitzten Medikamentenschränke die Einwirkungen des zwanzigsten Jahrhunderts überlebt. Dolly hatte den grün-blau gefliesten Fußboden belassen und im Stil passende Ausstellungsvitrinen aus Eiche vor die neu lackierte Holzvertäfelung gestellt. Die Griffe und Knöpfe aus Messing waren so blank poliert, daß man sich in ihnen spiegeln konnte. Überall in den Regalen stand zwischen Geschenkpakkungen von Girod's und exquisiter Marmelade von Girod's allerlei Trödel – eine geriffelte Glasschale von einem Jahrmarkt, ein Kerzenleuchter aus Zinn, ein alter Rasierspiegel, eine alte Porzellanpuppe mit Florentiner Hut, der mit einer verblichenen Straußenfeder geschmückt war. Schon immer hatte Dolly ihre Wohnungen mit Flohmarktfunden ausstaffiert, und auch heute noch zählte es zu ihren Lieblingsbeschäftigungen, auf Flohmärkten nach verborgenen Schätzen zu suchen.

Aber auch während sie sich Gedanken machte, wie ihr neues Schaufenster aussehen sollte, mußte Dolly ständig an Annie und Laurel denken. Der Wetterbericht im Radio hatte für heute Schneefall gemeldet. Sie stellte sich die beiden zitternd und klappernd zusammengekauert über einem der U-Bahn-Abluftschächte irgendwo auf einem Bürgersteig vor.

Dollys Herz klopfte wild. Großer Gott, Anzeige hin, Anzeige her, was tat sie eigentlich hier, statt auf den Straßen Ausschau zu halten? Spontan eilte sie in den kleinen Raum hinter der Theke und griff nach ihrem Mantel, der an einem Haken an der Tür hing.

Als sie in der Nähe des Grand Central Terminal aus dem Taxi stieg, begann es tatsächlich zu schneien. Dicke Flocken tanzten über dem stockenden Verkehr in der Lexington Avenue, bevor sie sich auf Dollys Haar und Mantelärmeln niederließen. Sie stieß die Schwingtür zum Bahnhof auf und war erleichtert, der draußen herrschenden feuchten Kälte entronnen zu sein.

Grand Central war einer der Dreh- und Angelpunkte der

Stadt, aber es gab in New York noch so viele andere. Während sie sich einen Weg durch die riesige, kathedralenartige Halle bahnte, die voller Menschen war, die zu ihren Zügen eilten, fragte sie sich, wieso sie eigentlich hierhergekommen war. Was erwartete sie hier zu finden? Wie konnten ihr all diese Leute helfen, die nur daran dachten, so schnell wie möglich nach Hause zu kommen? Dann merkte sie, daß nicht alle in Eile waren. Vor dem Zugang zu einem der Bahnsteige entdeckte sie einen Mann und eine Frau in schmutziger Kleidung, die mit einer Plastiktasse in der Hand auf dem Boden kauerten und bettelten.

Dolly spürte, wie sie jemand am Ärmel zupfte, und drehte sich um. Vor ihr stand ein junges Mädchen in Armeejacke und schmutzigen Jeans und blickte sie flehend an. Dollys Herz blieb fast stehen. So jung... fast noch ein Kind... konnte das...?

»Annie?« flüsterte sie fragend.

»Yeah«, murmelte das Mädchen mit sich verhärtendem Gesichtsausdruck und schien binnen einer Sekunde um zehn Jahre gealtert. Einen schrecklichen Augenblick lang hatte Dolly ein seltsam körperloses Gefühl und fürchtete fast, das Bewußtsein zu verlieren. »Annie, Frannie, Jannie, gib mir 'nen Vierteldollar, und nenn mich, wie du willst.«

Dolly wühlte zitternd in ihrer Handtasche und fischte einen Geldschein heraus. Das Mädchen schnappte ihn aus ihrer Hand und stürzte davon, wobei die zerrissenen Sohlen ihrer Turnschuhe ein klatschendes Geräusch auf dem Marmorfußboden machten.

Dolly wäre am liebsten nach Hause gerannt. Das hier war einfach verrückt. Auch wenn Annie ihr über den Weg laufen sollte, würde sie ihre Nichte gar nicht erkennen. Sie kannte sie ja nur noch von den unscharfen Schnappschüssen, die Ned gemacht hatte.

Trotzdem fand sich Dolly einige Augenblicke später auf einer der unteren Ebenen von Grand Central wieder. Sie suchte weiter und hielt überall Ausschau nach zwei Mädchen, lief von Bahnsteig zu Bahnsteig und durch lange Gänge, deren Wände das Klappern ihrer hohen Absätze als Echo zurückwarfen und sie an einen verrückten Verfolger denken ließ. Dann ging sie im Wartesaal noch einmal von Bank zu Bank – voller Angst, daß sie die beiden niemals finden würde... und auch, daß sie sie finden würde.

Das ist verrückt, sagte sie zu sich selbst, nachdem sie forschend in Tausende fremder Gesichter geblickt hatte. Ich drehe durch – ganz wie meine Schwester.

Vom Grand Central aus nahm sie ein Taxi zum Port Authority Bus Terminal. Das Gebäude des Busbahnhofs war zwar neuer und insgesamt heller, aber die Atmosphäre war hier noch trister. Dolly fuhr mit dem Aufzug hoch zu den Bahnsteigen, wo die Passagiere die Busse verließen. Dort erblickte sie einen Schwarzen in knöchellangem Pelzmantel, der fast an jedem Finger einen glitzernden Ring trug... womöglich ein Zuhälter, der nach neuen Talenten Ausschau hielt. Der Gedanke, daß unschuldige Mädchen in diese juwelengeschmückten Hände geraten könnten, erregte Dollys Übelkeit. Aber er würde schon nicht beißen. Vielleicht wußte er etwas?

Sie ging hinüber zu ihm und berührte ihn an der Schulter. »Entschuldigen Sie bitte... ich bin auf der Suche nach meinen Nichten.« Sie zog ein abgegriffenes Foto aus der Tasche und hielt es dem Schwarzen hin. Es war zwar älter als ein Jahr, aber das beste, das sie besaß. »Haben Sie die beiden zufälligerweise gesehen? Das könnte vor etwa drei Wochen gewesen sein.«

Der Zuhälter starrte auf das Foto, schüttelte dann den Kopf, wandte sich ab und ging schnell davon. Womöglich dachte er, sie sei eine getarnte Polizistin, die ihm etwas anhängen wollte. Dolly schaute ihm hinterher und war gleichzeitig erleichtert und verzweifelt.

Sie kehrte erst spät ins Geschäft zurück. Erschöpft und durchgefroren, wie sie war, wünschte sie sich nichts weiter, als ihre müden Füße von den Wildlederstiefeln befreien zu können, sich zu Hause in die heiße Badewanne zu legen und sich dann einen steifen Grog – vielleicht auch zwei – zu gönnen.

Gloria, die bereits vor einer Stunde den Laden hätte schließen und nach Hause gehen sollen, blickte von dem Geschenk auf, das sie gerade verpackte: »Kein Glück gehabt? Aber Sie tun etwas. Da ist die Gefahr schon geringer, daß es Sie verrückt macht.«

Dolly zuckte die Achseln und war fast zu deprimiert, um etwas zu sagen. »Vielen Dank, daß Sie gewartet haben. Aber jetzt gehen Sie nach Hause.«

Morgen würde sie zum Bahnhof Penn Station fahren und, wenn auch das ohne Erfolg blieb, sich an den Christlichen Verein Junger Frauen und Mädchen wenden. Und sie würde weiter suchen – und wenn es noch so aussichtslos war.

Zwei Tage später war der Schnee an den Bordsteinen zu schmutzigem Matsch zusammengeschmolzen. Dolly, der das trübe Wetter aufs Gemüt schlug, hatte beinahe die Hoffnung aufgegeben, die beiden Mädchen jemals zu finden. Sie war gerade dabei, die Tageseinnahmen zu überprüfen, als das altmodische Glöckchen über der Ladentür klingelte. Im Aufschauen erblickte sie eine hochgewachsene, hagere junge Frau, die auf der Schwelle einen Moment zögerte und dann tief Luft holend den Laden betrat. Das Mädchen trug einen dünnen Mantel und Halbschuhe, die völlig durchgeweicht aussahen. Das schulterlange dunkle Haar war noch nicht einmal mit einem Schal bedeckt.

Dolly war schon dabei, sich wieder ihrer Arbeit zuzuwenden und das Mädchen Gloria zu überlassen, als sie irgend etwas stutzig werden ließ. Dieser lange Hals und die hohen Wangenknochen, diese verblüffenden, indigoblauen Augen...

Das Mädchen schaute Dolly unverwandt an, und Dolly spürte, wie ihr Herz einen Schlag lang aussetzte.

»Annie«, flüsterte sie. »Liebes, bist du das?«

»Tante Dolly?«

Dolly dachte: In der Bibel würde jetzt ein Blitz aus den Wolken kommen und mich auf der Stelle töten.

Aber es gab keinen Blitz. Nur diese Stille, die zwischen ihnen beiden hing – wie die Spannung in der Luft vor einem Gewitter.

Eine bruchstückhafte Erinnerung stieg an die Oberfläche von Dollys Bewußtsein. Vor vielen Jahren hatte sie Annie mit an den Strand genommen. Sie waren zu einer Imbißbude mit Bänken und Tischen gegangen. Als die Bedienung an ihren Tisch kam, hatte die kleine Annie, die in einem karierten Schürzenkleidchen und weißen Schuhen mit gerüschten Söckchen sehr gerade am Tisch saß, laut vernehmlich gepiepst: »Ich hätte gern einen Hamburger. Und Pommes frites. Aber das Ketchup nicht oben drauf. Das will ich auf dem Teller.« Schon damals hatte Dolly die kluge, eigenwillige junge Frau vor sich gesehen, die Annie eines Tages sein würde. Und nun stand sie vor ihr … fast erwachsen. Und so hübsch, wie Dolly es erwartet hatte. Vielleicht ein wenig zu dünn, aber das ließ sich schnell ändern.

Ganz plötzlich wurde es ihr richtig bewußt: *Sie ist wirklich hier.*

»O Gott«, flüsterte Dolly und fing an zu weinen. »Oh, mein Liebes, ich hatte solche Angst … Aber steh doch bitte nicht so da, komm her und laß dich umarmen.« Und Dolly schloß das große, magere Mädchen in die Arme.

Zu Anfang versteifte sich Annies Körper; aber dann legte sie ihre Arme vorsichtig um Dollys Rücken und ließ mit einem tiefen Seufzer den Kopf auf deren Schulter sinken – wie ein müder Wanderer, der seine schwere Last abstellen darf.

»Ich habe dein Foto in der Zeitung gesehen«, Annie löste sich von ihr. Ein dünnes Lächeln umspielte ihre Lippen. »Das heißt, eigentlich hat Laurey es entdeckt. Aber ich habe dich erkannt.«

Dolly brannten tausend Fragen auf der Zunge. Aber sie stellte nur die wichtigste: »Geht es dir gut, Liebes?«

»Sicher.«

Annie versteifte sich und blickte sich ängstlich im Laden um, als würde im nächsten Moment jemand hinter einer Tür vorspringen und ihr Handschellen anlegen wollen.

»Ich beiße nicht«, rief Gloria, kam hinter der Theke hervor und streckte Annie die Hand entgegen. »Hallo. Ich bin Gloria. Ich wette, ihr zwei habt euch eine Menge zu erzählen. Dann schließe ich jetzt den Laden und lasse euch allein.«

Dolly führte Annie die Treppe hinauf in ihr kleines Büro und schaltete den Heizofen neben ihrem Schreibtisch auf die höchste Stufe.

»Zieh erst mal die nassen Schuhe aus!« befahl sie ihrer Nichte. »Ich mache dir eine heiße Tasse Tee. Ißt du gern Schokolade?«

Annie nickte und schaute sich mit gehetztem Blick im Raum um.

»Fein, das gibt's nämlich hier in rauhen Mengen. Und du siehst aus, als könnte es dir nicht schaden, ein wenig zuzunehmen. Das war eine harte Zeit für euch, stimmt's?«

»Bitte... erzähl Val nicht, daß ich hier war«, bat Annie leise. Ihre klaren dunkelblauen Augen waren fest auf Dollys Gesicht gerichtet und trugen einen ängstlichen, verzweifelten Ausdruck. Aber Dolly sah auch etwas Stahlhartes, Entschlossenes in ihnen.

Sie wußte nicht, was sie sagen sollte. Sie wollte nichts versprechen, was sie nicht halten konnte, wußte aber gleichzeitig, daß ein falsches Wort Annie wie ein verschrecktes Reh reagieren lassen würde. Die ganze Zeit hatte sie das untrügliche Gefühl gehabt, daß die Sache, was Val betraf, alles andere als koscher war. Sonst hätte Dolly ihn selbst schon angerufen, als sie erfahren hatte, daß sich die beiden Mädchen wahrscheinlich in New York aufhielten.

»Wieso erzählst du mir nicht einfach alles«, schlug Dolly vor, »und läßt mich dann eine Entscheidung treffen. Einverstanden?«

Annie schwieg einen Augenblick lang und sagte dann: »Ich glaube schon.«

Dolly kochte auf der Heizplatte in dem winzigen Lagerraum Wasser und brachte Annie dann den Tee in einem dicken Keramikbecher. Annie trank nicht, sondern hielt den Becher auf ihren Knien mit beiden Händen, um ihre blaugefrorenen Finger zu wärmen. Sie begann zu reden.

Stockend zuerst, dann mit zunehmendem Zutrauen erzählte sie Dolly von Eve, von ihrem Tod, von dem übereilten Begräbnis, zu dem nur einige wenige Menschen erschienen waren. Dann von Val, der sich in den darauffolgenden Wochen immer merkwürdiger verhalten hatte. Und schließlich von jener Nacht, der Nacht, in der sie davongerannt waren...

»Ich konnte nicht mehr dableiben«, sagte Annie und beugte sich vor. Ihre Augen schimmerten feucht, und auf ihren Wangen bildeten sich hektische rote Flecken. »Er hätte mich sonst... Ich habe immer und immer wieder darüber nachgedacht. Ich habe nur Laurey geschnappt und...«

»Er behauptet, du hättest sie entführt.«

Aus Annies Gesicht wich alle Farbe – abgesehen von den fiebrigen roten Flecken auf ihren Wangen. »Das ist nicht wahr! Laurey wollte mit mir kommen!« Annie musterte ihre Tante derart unfreundlich, daß sich Dolly auf einmal ziemlich unbehaglich fühlte. »Und ich wäre nicht zu dir gekommen. Auch wenn ich gewußt hätte, wo ich dich hätte finden können. Nicht wenn es sich irgendwie hätte vermeiden lassen. Ich... ich habe nicht geglaubt, daß du etwas mit uns zu tun haben willst.«

Für Dolly war die Offenheit ihrer Nichte wie ein Schlag ins Gesicht. *Aber natürlich – ich bin für sie praktisch eine Fremde. Und warum sollte sie mir trauen, nach all den schrecklichen Dingen, die Eve ihr wahrscheinlich über mich erzählt hat?*

»Hat deine...« Dolly befeuchtete mit der Zunge ihre Lippen. Ihr Herz hämmerte gegen die Rippen. »Hat deine Mama jemals über mich gesprochen?«

»Ihr habt einen Streit gehabt, nicht wahr? Sie hat nie gesagt worüber.«

Dolly fühlte, wie sich Erleichterung in ihrem Körper ausbreitete. *Dem Himmel sei Dank, sie kennt nicht die ganze Geschichte.*

»Manchmal sagen oder tun Menschen Dinge, die andere verletzen und die sie später bereuen. Und je mehr du einen Menschen liebst, den du im Stich gelassen hast, um so mehr tut es weh.« Der alte Schmerz war wieder da, und sie seufzte tief.

Annie blickte sie an, und ihre tiefblauen Augen schienen zu sagen: Ich lasse dir deine Geheimnisse, wenn du meine bewahrst.

Aber *konnte* sie dieses Versprechen überhaupt guten Gewissens geben? Auch nach allem, was Annie ihr glaubhaft erzählt hatte, blieb die Tatsache, daß Val der Vater von Laurel war. War es richtig, einen Vater von seiner Tochter fernzuhalten? Außerdem kannte sie Vals Version der Geschichte nicht...

Dolly blickte in Annies blaue Augen – sie waren denen von Eve so ähnlich, daß es ihr fast das Herz brach – und hörte sich energisch sagen: »Val braucht das nicht zu wissen. Überlaß das alles einfach mir. Jetzt trink erst einmal deinen Tee, und dann laß uns überlegen, wie wir dieses ganze Durcheinander entwirren, bevor es noch undurchschaubarer wird.«

5. Kapitel

»Annie, *warum* können wir Weihnachten nicht bei Tante Dolly feiern?« Laurel blieb mitten auf dem Bürgersteig stehen und blickte fragend zu ihrer Schwester hoch.

Annie spürte Ärger in sich aufsteigen. *Wie oft muß ich dir das noch erklären? Wieso kannst du mir nicht einfach vertrauen?*

Aber sie schluckte die Zurechtweisung hinunter, die ihr auf der Zunge lag. Schließlich konnte man Laurel wirklich keinen Vorwurf machen. Warum auch sollte sie in einer ungemütlichen leeren Wohnung sitzen wollen, wenn sie bei Tante Dolly ein Weihnachtsbaum und Berge von Geschenken erwarteten?

Annie griff nach der behandschuhten Hand ihrer Schwester und drückte sie. »Hör zu, Laurel, wir können nicht in ihre Wohnung gehen, weil wir da nicht sicher wären«, erklärte sie milde. »Irgendwelche Leute würden uns sehen, und Val könnte davon erfahren.«

Was würde wohl geschehen, wenn Val nach New York käme? Er machte sich zwar nicht allzuviel aus Laurel, da war Annie sich sicher. Aber allein um ihr eins auszuwischen, würde er sie mit sich nehmen.

Laurel senkte den Blick und sagte nichts. Annie fragte sich, ob sie sich insgeheim wünschte, weit weg von ihr in Bel Jardin bei Val zu sein. Es fror sie innerlich plötzlich genauso wie an ihren aufgesprungenen, von der Kälte geröteten Händen. Sollte sie Laurel *alles* sagen, was in jener Nacht zwischen Val und ihr vorgefallen war, den wahren Grund für ihr Davonlaufen verraten?

Nein, es war zu furchtbar, um darüber zu sprechen. Annie wollte nichts weiter als die Geschehnisse dieser Nacht vergessen.

Lieber Gott, ich kann ihr doch nicht sagen, wieviel Angst ich habe. Sie ist doch noch ein Kind.

»Aber du *arbeitest* doch für Tante Dolly«, beharrte Laurel. »Wieso ist das sicher?«

»Im Geschäft weiß niemand außer Gloria, daß sie meine Tante ist«, erklärte Annie. »Aber in dem Haus, wo sie wohnt, gibt es einen Portier, einen Hausmeister und neugierige Nachbarn. Wenn wir uns dort zeigen, weiß bald jeder Bescheid.« Sie gab ihrer Schwester einen kleinen Stups. »Nun mach schon, sonst kommst du zu spät zur Schule.«

An den meisten Tagen ging Laurel zusammen mit Rupa Bahdreesh, einer Klassenkameradin aus ihrem Viertel, zur Schule. Rupa lag aber heute mit einer Grippe im Bett. Natürlich war Laurel alt genug, um allein zur Schule zu gehen, aber Annie hatte Lust gehabt, sie zu begleiten. Trotzdem wünschte sie sich jetzt, gleich zur Arbeit gefahren zu sein.

Laurel starrte Annie wütend an. »Das ist mir egal! Ich hasse das alles hier! Es ist kalt und ekelhaft... und...« Ihre Stimme zitterte. »...wir werden an Weihnachten ganz allein sein!«

»Und was ist mit den Grubermans?«

»Die Grubermans feiern kein Weihnachten.« Laurels große blaue Augen schwammen in Tränen.

Annie, die vor Laurel verbergen wollte, daß ihre Augen ebenfalls feucht wurden, schaute auf den Bürgersteig und die Reihen parkender Autos, deren Schmutz- und Salzspuren an den Schneesturm der vergangenen Woche erinnerten. Der Schnee wies gelbe Vertiefungen an den Stellen auf, wo Hunde ihr Bein gehoben hatten.

»Nun, natürlich glauben sie nicht an Weihnachten«, sagte sie und bemühte sich, ihrer Stimme einen festen Klang zu geben. »Sie sind Juden.« Jedes Wort bildete in der eisigen Luft ein kleines Wölkchen.

»Sie dürfen das Wort Weihnachten nicht einmal *aussprechen!«* brach es aus Laurel heraus. »Das hat mir Sarah erzählt.« Sie trat nach einem zerdrückten Pappbecher und kickte ihn über den Bordstein. »Wir könnten genausogut Juden sein, wenn wir nicht mal einen Weihnachtsbaum haben.«

Annie wußte nicht, was sie sagen sollte. Sie hätte auch gern einen Weihnachtsbaum – nicht nur wegen Laurel. Hätte sie das Geld annehmen sollen, das Dolly ihr angeboten hatte? Sie dachte an den ersten Tag in Dollys Geschäft, als ihre Tante ihr mehrere zusammengefaltete Zwanzig-Dollar-Scheine in die Hand gedrückt und sie angefleht hatte, das Geld doch anzunehmen. Aber Annie konnte einfach nicht. Auch nicht geliehen. Wann würden sie es zurückzahlen können? Und wenn sie Dollys Freigebigkeit akzeptierte, wäre das irgendwie gleichbedeutend mit einem Verrat an Dearie. Ihre Mutter hatte Dolly einmal als »Schlange mit zwei Gesichtern« bezeichnet. Bedeutete das, daß man Dolly nicht trauen konnte, egal wie freundlich sie war?

Statt dessen hatte Annie sich damit einverstanden erklärt, für ihre Tante zu arbeiten, und einen kleinen Vorschuß in bar auf ihr Gehalt akzeptiert. Das war vor drei Wochen gewesen, und sie hatte noch immer nicht genug gespart, um all die Dinge kaufen zu können, die sie brauchten. Die Liste schien endlos – warme Unterwäsche, dicke Wintersachen, gefütterte Stiefel, Geschirr, Leintücher, Handtücher.

Annie musterte besorgt ihre Schwester, die einen Dufflecoat von der Heilsarmee trug, dessen Ärmel noch nicht einmal ihre Handgelenke bedeckten. Laurels blondes Haar quoll unter der roten Strickmütze hervor, und ihre Lippen und ihre Nasenspitze waren blaugefroren.

»Ist dir warm genug?« Annie zitterte vor Kälte in einem Herrenmantel aus Gabardine, der so lang war, daß er um ihre Knöchel schlotterte.

»Klar«, antwortete Laurel. »Ich habe einen Pullover drunter. Rivka hat mir einen von Chava gegeben, der ihr nicht mehr gepaßt hat.«

Rivka hatte wahrscheinlich bemerkt, daß Laurel einen Pullover brauchte, und einen aufgetrieben, der ihr paßte. Rivka war so freundlich und hatte sie und Laurel praktisch in ihre große, lärmende Familie aufgenommen. Annie konnte gar nicht anders als dankbar sein für die ausrangierten Kleidungsstücke und extra Wolldecken, das frische Gebäck und die Laibe von Sabbat-Brot, die sie immer wieder nach oben in ihre kleine Wohnung brachte.

»Das ist nett von ihr«, sagte sie, als sie in eine breitere Avenue einbogen, die von roten Backsteinbauten gesäumt war.

»Und weißt du was? Heute nach der Schule will Rivka mir Stricken beibringen. Und wenn ich es gut genug kann, werde ich für dich etwas stricken...« Laurels Stimme wurde leise, und sie schielte unter ihrer roten Strickmütze mit verlegenem Blick hoch zu ihrer Schwester. »Annie, es tut mir leid, daß ich wütend auf dich war. Aber es wäre so schön, einen kleinen Weihnachtsbaum zu haben – oder wenigstens ein paar Tannenzweige.«

»Ja, das wäre schön.« Annie gab sich alle Mühe, fröhlich zu klingen, obwohl ihr überhaupt nicht danach war.

Laurels Ausbruch war merkwürdigerweise einfacher zu verkraften gewesen als ihr liebevolles Verständnis. Annie wünschte sich nichts mehr, als ihrer Schwester ein schönes Weihnachtsfest zu bereiten. Aber die Weihnachtsbäume, die aus den Wäldern nördlich von New York City in die Stadt transportiert wurden, kosteten einfach viel mehr, als Annie erwartet hatte. Und Weihnachtsschmuck war sowieso unerschwinglich. Nein, es war nichts zu machen.

Letztes Jahr hatten sie Weihnachten noch mit Dearie in Bel Jardin gefeiert. Ihre Mutter war zur Abwechslung mal in recht guter Verfassung gewesen. Sie hatten sehr viel Spaß dabei gehabt, den Baum zu schmücken. Dearie hatte das Lied von dem Rentier Rudolph mit der roten Nase gesungen, zu dem Laurel ein paar selbsterfundene Nonsense-Strophen beigesteuert hatte. Sie hatten die Zweige mit bunten Lichterketten und Weihnachtsschmuck verziert, dann die Krippe mit Maria und Josef, den Heiligen Drei Königen, einem Esel, einigen Schafen und natürlich dem Jesuskind aufgestellt. Einer der Gipsfüße des Jesuskindes war abgebrochen, und Dearie holte eine Tube Klebstoff und sagte: »Wir werden ihn wieder ankleben, kleiner Mann, damit du eines Tages über das Wasser laufen kannst. Schließlich mußt du noch eine ganze Menge Wunder vollbringen.«

Annie wünschte, daß *jetzt* ein Wunder geschähe und ihnen ein Weihnachtsbaum vor die Füße fiele.

An der Ecke Sechzehnte Straße gingen sie quer über den Rasen eines gepflegten Backsteinhauses, an dessen Kamin die Pappfigur eines Weihnachtsmannes angebracht war. Der gefrorene Rasen knirschte unter Annies Halbschuhen wie zersplitterndes Glas. Endlich sah Annie auf der anderen Straßenseite die Schule, ein massiges, finsteres Gebäude, das von einem hohen Zaun umgeben war. Der Unterschied zu ihrer früheren Schule in Green Oaks mit den gepflegten Rasenflächen, Spiel- und Tennisplätzen hätte gar nicht größer sein können. Hier gab es nur einen asphaltierten Hof und einen patrouillierenden Wachposten. Die Schule wirkte wie ein Gefängnis. Annie haßte den Gedanken, daß Laurel jeden Morgen hierhergehen mußte.

Annie hatte Laurel an dieser Schule eingeschrieben. Sie war furchtbar nervös gewesen und hatte sich als Laurels Vormund ausgegeben. Sie hatte behauptet, daß Laurels Zeugnisse bei einem Brand verlorengegangen seien. Die Schulsekretärin hatte noch nicht einmal eine Miene verzogen, nur gelangweilt genickt. Annie kannte mittlerweile den Grund: Viele der Kinder waren illegal hier; ihre Eltern, die aus Haiti oder Nicaragua kamen, hatten noch nicht einmal eine Aufenthaltsgenehmigung.

Annie merkte, daß Laurel etwas zurückblieb. Sie haßt es sicher, in diese Schule zu gehen, dachte Annie, und erneut stiegen ihr Tränen in die Augen. Der Kloß in ihrem Hals preßte ihr beinahe die Luft ab.

»Unsere Weihnachtsaufführung findet am Freitagabend statt«, sagte Laurel, als sie die Treppe erreicht hatten, die zu den mit Graffitis besprühten Türen führte. »Ich bin für das Bühnenbild verantwortlich. Es wird wirklich hübsch.«

»Ich kann kaum abwarten, es zu sehen.«

Laurel war künstlerisch sehr begabt. Annie dachte an die wunderschönen Karten, die sie für ihre Mutter gemalt hatte, als Dearie im Krankenhaus war – bewundernswert lebensecht wirkende Hunde, Affen, Eichhörnchen. Außerdem besaß sie ein gutes Gespür für Farben. Vor wenigen Tagen erst hatte sie eine alte Wolldecke mit Schottenmuster gerettet, die Rivka wegwerfen wollte. Laurel hatte sofort gesehen, daß die Decke ihrer alten schäbigen Couch ein gepflegteres Aussehen verleihen konnte.

»Meinst du, Dolly würde auch kommen?«

»Ich werde sie fragen. Ich glaube, es würde ihr Spaß machen.« Und mit gezwungener Munterkeit setzte Annie hinzu: »Schau, Laurey, wegen Weihnachten... Warum laden wir Dolly eigentlich nicht zu *uns* ein? Wir besorgen ein paar Tannenzweige und hängen Mistelzweige auf. Und wir singen alle Weihnachtslieder, die wir kennen.«

»Die Grubermans werden uns hören.« Annie konnte ein winzigkleines Lächeln um Laurels Lippen spielen sehen.

»Sollen sie nur«, sagte sie, und ihre Stimmung hob sich. »Von mir aus kann uns ganz Brooklyn hören!«

»Aber mein Schatz, siehst du nicht, wie krumm das ist? Rück mal ein Stück, ich zeig's dir.«

Rivka zog einen Stuhl neben Laurel, die in einer Ecke des Wohnzimmers über die alte Singer-Nähmaschine gebeugt saß. Auf ihrem Schoß verstreut lagen verschiedene Stoffreste, die Rivka ihr zum Üben gegeben hatte. Rivka zeigte ihr, wie man einen Saum bemaß und absteckte und ihn dann ruhig unter der rasenden Nadel wegzog, während sie das Fußpedal betätigte, das die Nähmaschine antrieb.

Laurel nickte und versuchte es noch einmal. Ihre Finger waren weiß vor Anstrengung, das Stück Stoff unter der Nadel ganz flach zu halten, damit es keine Falten warf.

Armes kleines Mädchen, dachte Rivka und warf einen Blick auf Laurels spindeldürre Arme, die aus dem viel zu großen T-Shirt schauten und an die Stecknadeln erinnerten, mit denen der Saum festgesteckt war. Sie gibt sich soviel Mühe. Eine richtige kleine Frau!

Sie war wie Sarah in diesem Alter, half Rivka, wo sie konnte, in der Küche, schnappte sich eine Handvoll Teig zum Ausrollen, schlug Eier auf, bestäubte Hähnchenteile mit Mehl, schälte sogar Kartoffeln für das Sabbatgericht. Und ihre Fragen schienen nie zu versiegen.

»Rivka, wieso haben Sie dieses Ei weggeworfen?«

»Mein Schatz, da war Blut im Eigelb, also war es nicht koscher.«

Und erst gestern:

»Rivka, wieso sind Ihre Matzenknödel so flaumig und meine so hart wie Golfbälle?«

»Das ist ein kleines Geheimnis. Ich rühre statt Wasser Selters unter den Teig. Dann mußt du die Knödel vorsichtig formen, und zwar so liebevoll, als hättest du den Kopf eines Neugeborenen in der Hand.«

Und nun war Nähen dran. Laurel würde auch das meistern, da war sich Rivka sicher. Die Kleine besaß eine andere Art von Stärke als ihre große Schwester, die sich immer wie ein Soldat gebärdete, der in den Krieg zieht. Nein, Laurel war zwar die ruhigere von beiden, aber auch die klügere. Man mußte nur sehen, wie sie es verstanden hatte, den maulfaulen Shmueli aus der Reserve zu locken – durch die simple Frage, ob er ihr die hebräischen Schriftzeichen erklären könne. Laurel hatte etwas bemerkt, was allen anderen entgangen war: Der neunjährige Shmueli war altersmäßig zwischen dem rechthaberischen Chaim und dem lautstarken Yakov angesiedelt und brauchte auch etwas, einen Bereich, wo man ihn akzeptierte und vielleicht sogar bewunderte.

Laurel hielt den neu genähten Saum hoch, damit Rivka ihn begutachten konnte. »Ist es so besser?«

Rivka nickte. »Perfekt. Morgen bringe ich dir bei, wie man mit einem Schnittmuster Stoff zuschneidet.« Sie drehte sich um, um Shainey auf den Arm zu nehmen, die zu ihren Füßen herumkrabbelte. »Was hast du denn da im Mund?« lockte sie und holte aus dem Mund des Babys ein speichelglänzendes Männchen, auf dem Shainey herumgelutscht hatte. Dann rief sie in den Raum: »Yakov! Wie oft muß ich dir noch sagen, daß du deine Spielsachen nicht auf dem Fußboden liegen lassen sollst?«

Laurel streckte die Arme aus, um Shainey zu übernehmen, die weinerlich das Gesichtchen verzog. »Soll ich sie zum Nickerchen ins Bett legen?«

»Du bist ein Schatz. Liest du meine Gedanken?« Rivka, die an den Tscholent, das Sabbatgericht mit Kartoffeln, Gemüse und Fleisch, und die Mengen von Reibekuchen dachte, die sie noch für das morgige Chanukka-Fest vorbereiten mußte, gab das Baby dankbar in Laurels Obhut.

Als sie nun beobachtete, wie Laurel mit dem zufrieden in ihren Arm gekuschelten Baby das Wohnzimmer verließ, stieg eine Welle der Zuneigung in ihr hoch. Wer hätte gedacht, daß sich die Kleine innerhalb so kurzer Zeit vollständig in die Familie einfügen würde!

Wenig später, als Rivka in der Küche Zwiebeln hackte, kam

Laurel herein und trug etwas unter dem Arm, das wie ein Zeichenblock aussah.

»Der *Tscholent*«, erklärte Rivka, während Laurel ihr über die Schulter spähte, »muß bei niedriger Temperatur über Nacht gar werden, damit er am Sabbat, wo wir den ganzen Tag nicht kochen dürfen, heiß und köstlich auf uns wartet.«

»Können Sie mir zeigen, wie man ihn zubereitet? Dann könnte ich vielleicht Annie damit überraschen. Ihr haben die Kohlrouladen neulich so gut geschmeckt.« Sie senkte die Stimme und setzte zutraulich hinzu: »Ich sage es nicht gerne, aber Annie kann überhaupt nicht kochen. Sie läßt alles anbrennen. Wenn ich mich nicht um das Essen kümmern würde, wären wir schon längst verhungert.«

Rivka kicherte, als sie das spitzbübische Funkeln in Laurels Augen sah. Dieses blauäugige, blonde Wesen setzte sie einfach immer wieder in Erstaunen.

Laurel schlug den Zeichenblock auf und setzte sich an den Küchentisch.

»Rivka, Sie sind so lieb zu mir gewesen«, begann sie schüchtern und zog einen Bleistift aus der Spiralheftung des Blocks. »Ich würde Ihnen gern eine Freude machen. Darf ich Sie zeichnen? Ihr Porträt, meine ich?«

Rivka warf die Hände in die Luft. »Mich zeichnen? Wann sitze ich wohl jemals lange genug still, damit man mich zeichnen könnte?«

»Oh, Sie müssen nicht stillsitzen. Tun Sie einfach so, als wäre ich nicht da.«

Im angrenzenden Zimmer konnte Rivka ihre Söhne streiten hören, dazwischen Chavas Stimme, die schrie, sie sollten doch bitte, bitte aufhören. Chava versuchte verzweifelt, ihre Hausaufgaben zu machen. Rivka seufzte und dachte, daß niemand, seit sie mit achtzehn Jahren geheiratet und in einem steifen weißen Kleid für den Fotografen posiert hatte, in ihr mehr als ein Paar Hände zum Arbeiten, einen warmen Schoß und eine Schulter zum Ausweinen gesehen hatte. Und nun saß da dieses kleine Mädchen und wollte sie allen Ernstes porträtieren!

Etwa eine Stunde später – Tomaten und Zwiebeln kochten vor sich hin, die Bohnen waren eingeweicht – wusch sich Rivka die Hände und trocknete sie an der Schürze ab. Am Küchentisch war Laurel noch immer über den Zeichenblock gebeugt, und der Stift flog über das Papier. Sie war so versunken in ihre Tätigkeit, daß sie nicht einmal merkte, als Rivka neben sie trat.

Laurel hatte Rivka genau getroffen. Rivka, wie sie leibte und lebte, erhitzt und hektisch, mit den sich kräuselnden Haarsträhnen, die unter ihrem Kopftuch hervorlugten, die eine Wange etwas mit Mehl bestäubt. Das war so lebensecht, daß sie sich tatsächlich zu bewegen schien.

Rivka, die zwischen Betroffenheit und Ehrfurcht schwankte, wischte sich völlig abwesend das Mehl von der Wange. Dann beugte sie sich hinunter und küßte Laurel auf das schimmernde blonde Haar.

»Bedeutet das, daß es Ihnen gefällt?« Laurels Augen blickten sie fragend an.

»Es gefällt mir sehr.«

»Eines Tages werde ich eine Künstlerin sein«, sagte Laurel ruhig. »Ich werde meine Bilder verkaufen und so viel Geld verdienen, daß Annie nicht mehr arbeiten muß.«

»Wie Picasso«, lächelte Rivka.

»Meinen Sie, ich könnte so gut werden?«

»Schatz, ich bin sicher, daß du alles erreichen kannst, was du nur willst. Du mußt nur aufpassen, daß du nicht so eine Klatschbase wirst wie ich«, lachte Rivka und dachte daran, wie sie sich gefragt hatte, wie zwei so junge Mädchen wie Annie und Laurel ohne Mutter und Vater zurechtkamen. Inzwischen war sich Rivka sicher: Diese beiden würden ihren Weg gehen.

Annie verglich die einzelnen Positionen mit der Ware:

2 Dutzend Schokoladenschildkröten
1 Dutzend dunkle Haselnuß-Rum-Pralinen
1 Dutzend weiße Pralinen mit Espressogeschmack
4 Dutzend Champagnertrüffel
3 Pfund dunkle Pralinen mit Mandelsplittern
1 Coquille St. Jacques (Jakobsmuschel)

In einer großen braungoldenen Schachtel von Girod's stand alles, sorgfältig in die Vertiefungen von Styropor-Einsätzen gebettet, vor ihr auf der Ladentheke. Alles bis auf die Jakobsmuschel. Die war separat verpackt.

Annie nahm die Schachtel aus dem Regal. Abgesehen von einer Abbildung im Katalog, hatte sie diese Spezialität von Girod's bisher noch nicht gesehen. Sie platzte fast vor Neugier. Vorsichtig hob sie den Deckel hoch. Ein wunderbarer Duft, ein Gemisch aus Schokolade, Vanille, Kaffee und Nüssen, entfaltete sich. Zaghaft schlug Annie das geriffelte Papier zurück, das den kostbaren Inhalt schützte.

Der Anblick war einfach überwältigend.

»Oh!« rief sie leise aus.

Eine Muschel aus Milchschokolade war in eine noch größere Muschelform gebettet und wiederum mit kleineren Muscheln gefüllt: Schnecken aus Halbbitterschokolade, Spiralmuscheln, Schnecken mit Schokoladensplittern, gesprenkelte Kaurimuscheln, Seepferdchen aus Milchschokolade. Und – fast wie in dem Märchen von Ali Baba und den vierzig Räubern – eine Halskette mit Perlen aus weißer Schokolade.

Wenn Laurel das nur sehen könnte! Annie hoffte, daß der Empfänger, bei dem sie das Ganze abzuliefern hatte, es wenigstens halb so zu würdigen wußte, wie es ihre Schwester ganz sicher tun würde.

Sie blickte auf den Lieferschein – Joe Daugherty, Restaurant Joe's Place, Morton Street in Greenwich Village.

Draußen schneite es wie verrückt. Da hatte sie eine schöne

lange Fahrt im warmen Taxi vor sich. Und vielleicht würde Dolly ja sagen – es war schließlich schon beinahe vier Uhr –, daß sie nach diesem Auftrag gleich weiter nach Hause fahren solle.

Sie schlüpfte in ihren Mantel, der in dem engen Vorraum zur Treppe nach oben hing, als sie Dolly ausrufen hörte: »Himmel, du wirst dir den Tod holen!«

Dolly eilte geschäftig herbei und nahm ihr den Mantel ab, bevor sie auch nur einen Knopf hatte schließen können.

»Liebes, du kannst bei einem solchen Wetter doch nicht in einem Mantel herumlaufen, der so dünn ist wie ein Taschentuch«, schalt sie. »Und wenn du mir schon nicht erlaubst, dir einen zu kaufen, laß mich dir wenigstens meinen leihen. Ich gehe heute bestimmt nicht aus dem Haus, wenn es nicht sein muß.«

Annie blickte nach draußen und sah, daß auf Bürgersteig und Straße der ganze schöne weiße Schnee nur noch Schmutz und Matsch war.

Dolly griff nach ihrem eigenen Mantel, einem prachtvollen russischen Zobel, der ein Vermögen gekostet haben mußte. Annies Herz rutschte in die Hose. Sie würde sich komisch darin vorkommen. Wie eine Bettlerin, die sich als Herzogin verkleidet hatte.

»Nein danke... lieber nicht. Ich werde ihn sicher ruinieren.«

»Unsinn.« Dolly hielt ihr den Mantel hin. »Wenn ich mir über jeden Dreckspritzer auf meiner Kleidung Sorgen machen wollte, müßte ich nackt herumlaufen. Deine Gesundheit interessiert mich weitaus mehr. Nun komm schon, zieh den Mantel an.«

Annie wußte zwar, daß ihre Tante es nur gut meinte, fühlte sich aber trotzdem ein wenig überfahren. Sie wünschte, Dolly würde damit aufhören, ihr dauernd Sachen zu geben wie den Schal letzte Woche. Natürlich hatte sie dringend einen gebraucht, aber mußte es denn gleich Kaschmir sein? Schurwolle hätte es auch getan.

Aber wem schadete es eigentlich, wenn sie sich den Mantel

auslieh? *Ich werde nicht daran sterben, und Dolly wird sich freuen.*

Trotzdem wandte sich Annie ab und tat plötzlich so, als wäre sie mit dem Lieferschein beschäftigt, der auf der großen Tasche lag, in der die Pralinen nun verstaut waren.

»Vielleicht überprüfst du das Ganze noch einmal, bevor ich gehe«, sagte sie. »Ich habe den Auftrag telefonisch entgegengenommen, aber da war so viel Lärm im Hintergrund, daß ich nicht sicher bin, ob ich alles richtig verstanden habe.«

Dolly lachte. »Hat es sich angehört wie eine Autowaschanlage? Das müßte die Küche gewesen sein. Ich glaube nicht, daß Joe Daugherty jemals einen Fuß aus ihr gesetzt hat, seit er dieses alte Haus übernommen hat.«

»Das hört sich so an, als würdest du ihn recht gut kennen«, meinte Annie und war froh, ihre Tante von dem Mantel abgelenkt zu haben.

»Hauptsächlich durch seinen Vater, Markus Daugherty. Er und Dale haben Geschäfte miteinander gemacht – Dale hat einen Büroklotz von ihm gekauft. Der alte Daugherty ist ein spießiger, halsstarriger Typ, der es nicht verwinden kann, daß sein Sohn das Jurastudium abbrach, um dieses Restaurant zu übernehmen. Joe ist ein netter Junge, und das Lokal läuft wirklich gut.« Dollys Augen funkelten. »Ich wette, ihr beide würdet euch sehr gut verstehen. Joe ist nicht viel älter als du, drei oder vier Jahre vielleicht.« Sie zwinkerte Annie zu. »Und er sieht gar nicht mal schlecht aus.«

Annie verdrehte die Augen. Na, das hätte ihr noch gefehlt: der Märchenprinz mit weißer Chefkochmütze. Zwischen ihrer Arbeit in Dollys Laden, der Sorge um Laurel und den beunruhigenden Gedanken an Val blieb ihr kaum eine halbe Stunde für sich selbst in der Woche.

Ein Freund? Das konnte sie sich momentan wirklich nicht erlauben.

»Na, dann gehe ich jetzt«, sagte sie und hoffte, aus der Tür zu sein, bevor Dolly ihr ein zweites Mal ihren Pelzmantel aufdrängen konnte. »Ich –«

Ein heftiger Windstoß ließ Annie zusammenfahren, als ein Weihnachtsmann in den Laden torkelte. Sein falscher Bart hing schief wie der eines alten Ziegenbocks, und seine schweren Stiefel waren schneeverkrustet.

»Ffffrööölich' verrrdammte Weihnachten!«

Er stolperte hinüber zur Ladentheke und stützte sich schwer darauf. Seine Alkoholfahne ließ Annie schnell zurückweichen. Er hatte jedoch nur Augen für Gloria, die eifrig Tartanschleifen um eine gerade eingetroffene Sendung Scotties band.

»Wasss 'n los? Magsss du kein Weihnachten?« Der Weihnachtsmann starrte sie aus blutunterlaufenen Augen unheildrohend an.

Gloria legte die Rolle mit Geschenkband zur Seite und klatschte mit den Handflächen zu beiden Seiten des Mannes so laut auf die Marmorplatte der Theke, daß sein Kopf ähnlich dem einer Puppe ruckartig hin- und herzuckte. »Okay, Weihnachtsmann. Jetzt hör mir mal gut zu. Wenn du nicht innerhalb von zwei Sekunden deinen Hintern hier herausbewegst, kannst du was erleben!«

Sein Gesicht fiel zusammen, und er warf ihr einen vorwurfsvollen Blick zu. »Wollt' ja bloß fröhlich' Weihnachten wünsch'n.«

»Wenn du noch fröhlicher wirst, Freundchen, werden sie dich einbuchten.«

Er richtete sich auf und versuchte, entrüstet auszusehen, doch er schwankte und taumelte mit zur Decke gerecktem Finger vorwärts. »Nur eine verdammte Minute!«

Nun stürzte Dolly in ihrem karmesinroten Bolero und hohen Stöckelschuhen herbei, und Annie stellte sich vor, wie ihre Tante den Weihnachtsmann am Kragen packen und ihn nach draußen in den Schnee befördern würde.

Aber Dolly schlang einen Arm um die Schultern des Weihnachtsmanns und redete freundlich auf ihn ein: »Hallo, Bill. Kennst du mich noch? Ich bin Dolly. Dolly Drake. Hör zu, du erzählst deinem Boß im Kaufhaus, daß ich der Meinung bin, daß du einen mordsmäßig anstrengenden Job hast. Es muß ganz schön hart sein, stundenlang einem Haufen Kindern zuzuhören, die wegen Spielzeugpanzern und Barbie-Puppen herumquengeln.«

Annie war schockiert. Warum war ihre Tante denn so nett zu diesem alten Säufer?

»So 'n kleiner Kerl hat mich gebissen! Hab' ihn gefragt, was er sich vom Weihnachtsmann wünscht, und der beißt mich!« Bill schob den roten Ärmel hoch, und ein ringförmiger Abdruck von Zähnen wurde auf seinem dicken Unterarm sichtbar. »Schlimm genug, daß ich dieses beschissene Kostüm tragen muß.« In seinen blutunterlaufenen Augen schimmerten Tränen.

»Soll ich dir ein Taxi rufen?« fragte Dolly mitleidig.

Der Weihnachtsmann schüttelte den Kopf. Das Gummiband seines Bartes verfing sich in einem Knopf, und ein graustoppeliges Kinn wurde sichtbar. Über seine Wange rann eine Träne. »Alles, was ich brauche, ist ein Drink. Es ist kalt da draußen. Überall der verdammte Schnee... in meinen Stiefeln, in meinen Augen...«

Dolly dachte einen Moment nach. Dann klopfte sie ihm auf die Schulter und sagte: »Warte einen Augenblick, Bill, ich habe etwas für dich.«

Sie verschwand im hinteren Raum und kam einen Augenblick später mit einer als Geschenk verpackten Flasche Kirschwasser zurück, die ihr am Vortag ein Kunde geschenkt hatte.

»Fröhliche Weihnachten, Bill«, sagte sie, als sie ihm die Flasche überreichte. »Und das nächste Mal, wenn dich so ein Knirps beißt, beißt du einfach zurück.« Sie zwinkerte ihm zu.

Annie sah, wie er Dolly einen langen, plötzlich sehr nüchtern wirkenden Blick voll Dankbarkeit zuwarf. Dann taumelte er zur Ladentür. Begleitet von einem Bimmeln der Türglocke, verschwand er im wirbelnden Schnee. Annie drehte sich zu Dolly um.

»Kennst du den wirklich?« fragte sie.

Dolly zuckte die Achseln. »Er hängt meist hier in der Gegend herum und bettelt, wenn er keine Arbeit hat. Und das ist meistens der Fall. Ein netter Typ, er trinkt nur zuviel.«

»Warum hast du ihm denn dann die Flasche mitgegeben?«

Dolly schenkte ihrer Nichte ein trauriges Lächeln. »Wie der Mann schon sagte, draußen ist es kalt.« Ihre Augen schimmerten plötzlich verdächtig feucht, und Annie fürchtete einen Moment, sie würde anfangen zu weinen. Dolly streichelte ihr mit einer Hand, die sich trocken und zart wie eine Puderquaste anfühlte, über die Wange. »Es gibt alle möglichen Sünden auf der Welt, mein Schatz... aber das Bedürfnis nach Wärme gehört nicht dazu. Wenn Bill je vom Alkohol loskommt, dann, wenn er es für richtig hält und nicht, weil ich es ihm sage.«

Annie war beschämt und spürte ein ganz neues Gefühl der Achtung für ihre Tante in sich aufsteigen. Wie war es möglich, daß Dearie sie nicht gemocht hatte? Was konnte Dolly Schreckliches getan haben?

Annie ging zu dem Stuhl hinüber, über dessen Lehne Dolly den Zobelmantel geworfen hatte, und zog ihn an.

Dolly klatschte vor Begeisterung in die Hände, und die vielen Ringe an ihren Fingern funkelten im Licht. »Phantastisch, sieh dich nur an – ganz wie ein Filmst...« Sie biß sich auf die Lippen und verbesserte sich leise: »Wie ein Model.«

Kann es sein, fragte sich Annie, daß ich wie Dearie aussehe?

Doch bevor sie darüber ins Nachdenken versinken konnte, wie sehr sie ihre Mutter vermißte, nahm Dolly sie in die Arme und befahl ihr strahlend: »Nun geh schon. Und vergiß nicht, Joe von mir zu grüßen.«

Als sie aus dem Taxi stieg, achtete Annie nicht darauf, daß der Gehweg glatt war. Bevor sie sich's versah, rutschte sie auf dem vereisten Bordstein aus und fiel reichlich unsanft auf ihr Hinterteil. Die Tüte mit den Pralinen flog zu Boden.

Annie rappelte sich mühsam hoch und griff nach der großen goldfarbenen Tasche. Sie hoffte inständig, daß die Pralinen keinen Schaden genommen hatten. Sie kam sich auch so schon wie ein Trottel vor.

Joe's Place entpuppte sich als eines jener alten neoklassizistischen Backsteinhäuser, die für Greenwich Village so typisch sind. Es war so schmal wie ein Handtuch, und ein paar Stufen führten hoch zu der getäfelten Eingangstür mit einem ovalen Butzenscheiben-Einsatz. Unter dem schneebedeckten Blumenkasten entdeckte Annie ein Schild, das ihr den Weg zum tiefer liegenden Lieferanteneingang wies.

Auf ihr Klingeln hin ertönte der Summer, und sie trat durch ein schmiedeeisernes Tor und die Tür dahinter in einen kleinen Vorraum, in dem es wunderbar nach frisch gebackenem Brot duftete. Durch den schlecht beleuchteten, engen Flur konnte sie in die Küche sehen, in der blinkende Stahl- und Kupferpfannen über einem Ungetüm von Herd hingen. Annie hörte Stimmen, das Klappern von Töpfen und das Zischen von Dampf.

Dann das Geräusch von auf Fliesen zerschellendem Geschirr.

»Verfluchte Scheiße!« brüllte eine Stimme. »Du Arschloch! Du Idiot!«

Annie zuckte zusammen.

Ihr kam es so vor, als gälte die Beschimpfung ihr.

Ein Schatten tanzte über die angelehnte Küchentür, und gleich darauf erschien ein schlaksiger junger Mann. Er war Anfang Zwanzig und über einsneunzig groß, trug eine fleckige Schürze über seinen Jeans und ein verschossenes Hemd, dessen Ärmel er bis zu den Ellbogen aufgekrempelt hatte. Die etwas längeren Haare waren aus der schweißbedeckten Stirn gestrichen, und seine Augen verschwammen hinter vom Küchendunst beschlagenen Brillengläsern. So schrecklich wie er sich anhörte, sah er jedenfalls nicht aus.

Annie entspannte sich ein wenig, obwohl der junge Mann alles andere als freundlich wirkte. Sein Gesicht war gerötet; über seinen beiden scharf hervorstehenden Backenknochen verlief wie mit Pastellkreide gemalt ein roter Streifen.

»Ja bitte, was wollen Sie?« schnauzte er sie an.

»Ich...« Einen furchtbaren Augenblick lang war ihr Kopf wie leergepustet.

Und bevor sie noch irgend etwas herausbringen konnte, fuhr er sie an: »Schauen Sie, ich habe wirklich viel zu tun. Ich muß ein Essen für vierundzwanzig Personen vorbereiten, die in wenigen Stunden eintreffen. Mir ist ein Herd ausgefallen, zwei meiner Kellner sind krank, und die Küche sieht aus, als hätte eine Bombe eingeschlagen. Also sagen Sie mir um Himmels willen, was Sie wollen!«

Annie richtete sich sehr gerade auf. »Ich *will* überhaupt nichts«, sagte sie so überheblich wie irgend möglich und streckte ihm die Einkaufstasche entgegen. »Wenn Sie Joe Daugherty sind, brauchen Sie nur diesen blöden Lieferschein zu unterschreiben, und ich bin schon wieder verschwunden.«

Der junge Mann starrte sie an, während sich seine beschlagenen Brillengläser langsam aufklarten und ein Paar große braune Augen dahinter zum Vorschein kamen mit dichten Wimpern, um die ihn sicher jedes Mädchen beneidet hätte. Die zornige Röte wich aus seinen Wangen, und sein Gesicht nahm einen eher bekümmerten Ausdruck an.

»O Mann, tut mir leid. Bitte, nochmal von vorn. Okay?« Er fuhr sich mit den Fingern durch das unordentliche braune Haar und lächelte Annie verlegen an. »Ich bin tatsächlich Joe Daugherty und erlebe an diesem Tag lauter Dinge, die Sie mir nicht glauben würden. Ich war wohl eben etwas unbeherrscht.«

Annie dachte an den armen Jungen, den er in der Küche angebrüllt hatte – zweifellos ein kleiner Tellerwäscher, dessen Stundenlohn nicht mehr als 50 Cents betrug. Noch nicht einmal Nick Dimitriou, ihr Boß beim Parthenon, hätte sie als »Arschloch«

bezeichnet. Und wenn, dann hätte sie 's ihm zurückgegeben. Folglich kaufte sie diesem Knilch auch nicht die Rolle des netten Jungen ab, die er jetzt zum besten gab.

»Ist schon recht.« Sie reichte ihm den Lieferschein. »Unterschreiben Sie hier.« Plötzlich fiel ihr ein, daß die Pralinen ja womöglich beschädigt sein könnten. Sie schluckte und sagte: »Warten Sie. Sie schauen besser nach, ob die Ware in Ordnung ist. Ich... ich bin draußen auf dem Schnee ausgerutscht und hingefallen, und vielleicht ist dabei etwas kaputtgegangen.«

Annie wartete fast darauf, daß dieses Geständnis das Faß zum Überlaufen bringen und einen weiteren Ausbruch des jungen Mannes zur Folge haben würde. Aber nach einem spannungsgeladenen Moment überraschte er sie damit, daß er lachte. Es war ein leises, amüsiertes Lachen, das auch Annie gegen ihren Willen zum Lächeln brachte.

»Es sieht fast so aus, als wäre das auch nicht unbedingt Ihr Tag«, stellte er in mildem Ton fest. »Es tut mir leid, daß Sie hingefallen sind. Und Sie können ruhig aufhören, mich so anzuschauen, als wollte ich Sie gleich schlachten und zum Abendessen servieren. Es tut mir wirklich leid, daß ich so unfreundlich zu Ihnen war. Wahrscheinlich glauben Sie mir das sowieso nicht, aber ich bin eigentlich ein sehr ruhiger Mensch. Es dauert sehr lange, bis ich die Nerven verliere, aber dann gehe ich richtig an die Decke.«

»Fein. Und was ist mit dem armen Jungen, den Sie da drin angeschrien haben?«

Daugherty blickte sie einen Moment verwirrt an, dann begann er zu kichern und lachte schließlich brüllend los. Er lehnte sich mit zuckenden Schultern an die Wand und nahm die Brille ab, um sich die Tränen aus den Augen zu wischen. »*Ich* habe das Geschirr fallen lassen. Ich habe mich selbst beschimpft.« Er schüttelte den Kopf und lachte immer noch. »Entschuldigen Sie die Wortwahl, aber ich konnte nicht wissen, daß Sie im Flur standen.«

Annie kam sich reichlich dumm vor und wußte nicht, was sie sagen sollte. Dann mußte sie ebenfalls lachen.

»Kommen Sie, gehen wir in meine Chefsuite und schauen nach, wie groß der Schaden bei den Pralinen ist«, schlug Joe mit fragend hochgezogenen Augenbrauen vor und führte sie durch den dämmrigen Flur zu einer Tür, hinter der sich ein winziges Büro verbarg. »Nehmen Sie es gelassen. Sehr viel schlimmer als das, was ich eben angerichtet habe, kann es kaum sein.«

Er stellte die Einkaufstasche auf den von Papier überquellenden Schreibtisch und bedeutete Annie, sich auf einen Stuhl zu setzen, der zwischen einen Aktenschrank und ein ausrangiertes Fischbassin voller Glas-Aschenbecher gezwängt war. »Nebenbei bemerkt«, sagte er, »ich bin Joe Daugherty. Aber das habe ich wohl schon gesagt.«

»Ganz richtig.«

»Und Sie sind –?« Er blickte sie fragend an.

»Annie«, platzte sie ohne nachzudenken heraus, obwohl sie bei Girod's eigentlich nur ihren zweiten Vornamen Mary benutzte. Warum hatte sie nicht den genannt?

»Sie müssen neu bei Dolly sein«, sagte er.

»Ich habe erst in der vergangenen Woche angefangen.«

»Komisch, ich hätte Sie für eine Collegestudentin gehalten.«

Annie zuckte die Achseln. »Da hätten Sie sich ganz schön geirrt«, antwortete sie gleichmütig. Der Besuch eines Colleges, wovon sie vor noch nicht allzu langer Zeit geträumt hatte, konnte gar nicht weiter entfernt sein.

»Hey, ich bin einer, dem Sie alles erzählen können. Ich habe mein Jurastudium an den Nagel gehängt, um dieses Lokal aufzumachen. Und das Verrückte ist«, grinste er, »daß ich es trotz allem Ärger einfach unheimlich gern mache. Mein Vater ist der festen Überzeugung, daß es nur eine vorübergehende Laune von mir ist. Er hat auf dem Firmenschild zu seinem Büro sogar Platz für meinen Namen gelassen. Poth, Van Gelder, Daugherty und sein verlorener Sohn…«

»Ihr Vater ist Rechtsanwalt?« Nach Dollys Erzählungen hätte Annie angenommen, daß es sich bei Joes Vater um einen Immobilienmagnaten handelte.

»Früher schon. Jetzt ist er Richter. Euer Ehren Marcus Daugherty.« Er nahm die Brille ab und polierte die Gläser mit seiner Schürze. »Nun kennen Sie die Geschichte meines bisherigen Lebens. Sie sehen, Sie sind nicht die einzige, die auf der Flucht ist.«

Annie saß starr vor Schreck. Woher wußte er? Konnte Dolly ihm etwas erzählt haben?

Sie zwang sich zu einem Lächeln. »Wer hat denn etwas von Flucht gesagt?« Ihre Gesichtszüge schienen sich vor Anstrengung zu verkrampfen.

Joe zuckte die Achseln und stellte einen Fuß auf den Sitz des Schaukelstuhls vor seinem Schreibtisch. »Laufen wir denn nicht immer vor etwas oder vor jemandem davon? Machen das nicht alle in dieser Stadt?« Ohne Brille sah man, daß seine Augen nicht braun waren, sondern eher braungrün, wie eine Mischung aus Haselnuß und Moos.

Joe Daugherty war fast eine Schönheit. Nicht einfach nur hübsch. Sondern eher wie ein Filmstar. Bloß schien nichts an seinen Gesichtszügen wirklich zusammenzupassen. Der eine Wangenknochen war höher angesiedelt als der andere, seine Nase machte eine leichte Krümmung nach links. (War sie gebrochen gewesen?) Auch sein Lächeln war irgendwie schief, so als könne er sich nicht richtig entscheiden, ob er nun lächeln wollte oder nicht. Nein, doch nicht wie ein Filmstar, überlegte Annie, eher wie ein Rock-Idol. So wie Mick Jagger zum Beispiel, oder George Harrison, oder Peter Noonan. Einige von denen waren geradezu spuckhäßlich, dachte Annie, aber sie hatten einfach das gewisse Etwas. Eine Energie, eine fast primitive Ausstrahlung, die die Mädchen von den Stühlen riß.

Annie merkte plötzlich, daß sie ihn anstarrte, und wandte schnell den Blick ab.

»Sie haben sicher recht, denke ich.« Sie war erleichtert, daß er nicht sie persönlich gemeint hatte. »Den Laden hier zu führen ist wahrscheinlich so, wie wenn man im Zirkus auftritt.«

Joe lachte. »Das stimmt, ein absoluter Drahtseilakt. Eine falsche Entscheidung, und man ist weg vom Fenster.« Er nahm ihr den Lieferschein aus der Hand und unterschrieb ihn in einem Zug. »Vergessen Sie die Pralinen«, sagte er. »Auch wenn ein paar zermatscht sind, brauchen Sie bei dem Wetter draußen den ganzen Weg nicht noch mal zu machen.«

»Es wäre mir trotzdem lieber, wenn Sie nachschauen«, beharrte Annie und bemühte sich, nicht allzu dankbar zu sein – für den Fall, daß die Pralinen keinerlei Schaden genommen hatten. »Denn wenn etwas beschädigt ist, könnte ich es Dolly sagen, und sie würde es von der Rechnung nehmen.«

Joe zuckte die Achseln und griff nach der Tasche. »Wenn Sie darauf bestehen …«

Der Inhalt der ersten Schachtel war unversehrt; lediglich ein paar Mandelsplitter waren abgefallen. Aber als Joe die Schachtel mit der Jakobsmuschel öffnete, hätte Annie am liebsten geheult. All die wunderschönen zarten Muscheln waren zerbrochen, auch die Kette aus Perlen von weißer Schokolade.

Joe starrte einen Augenblick auf das Bild der Zerstörung und wandte sich dann ab. »Die zarten Dinge des Lebens … Jedenfalls ist es nicht vergeudet. Meine Angestellten essen alles, was nicht krabbelt.«

Annie merkte, wieviel Mühe er sich gab, sie sein anfängliches Benehmen vergessen zu lassen, und lächelte ihn an.

»Sie sind noch nicht sehr lange in New York, habe ich recht?« fragte er. Eigentlich war es mehr eine Feststellung als eine Frage.

»Woran merkt man das?«

»Ihr Lächeln stammt eindeutig westlich vom Mississippi.«

»Wie lächeln denn New Yorker?«

»Gar nicht.«

Annie kicherte. »Wird das Leben hier irgendwann einfacher?«

»Nein. Aber Sie werden sich mit der Zeit daran gewöhnen. Warten Sie's ab.«

Annie stand auf. »Ich muß gehen.« Sie zögerte an der Tür und drehte sich noch einmal um. »Ach so... ich wollte mich noch bedanken.«

Sie war schon im Flur, als er ausrief: »Warten Sie!«

Was geschah jetzt?

Joe lief leichtfüßig an ihr vorbei und eine Treppe hinauf, die wahrscheinlich ins Lokal führte. Wenig später kam er mit einem großen Kunststoffbehälter unter dem Arm zurück. Er überreichte ihn Annie mit einem Ausdruck, als befänden sich darin zumindest die englischen Kronjuwelen.

»Als Wiedergutmachung für mein schlechtes Benehmen«, sagte er. »Fröhliche Weihnachten!«

Annie hörte ein schwaches, kratzendes Geräusch und spähte in die Schachtel. Ein großer Hummer, dessen Scheren mit Gummibändern zusammengebunden waren, bewegte sich darin kraftlos zwischen ein wenig Seetang und Wasser. Annie war so überrascht, daß sie die Schachtel beinahe hätte fallen lassen.

Sie blickte fragend zu Joe auf und erkannte am Ausdruck seiner grünbraunen Augen, in denen nichts als gute Absicht stand, daß er es ernst meinte.

Aber was, um Himmels willen, sollte sie mit einem Hummer anfangen? Sie besaß noch nicht einmal einen Topf, in dem sie ihn kochen konnte. Sie dachte an all die Dinge, die sie so dringend brauchte und sich wünschte. Ein Hummer war das letzte.

»Danke, vielen Dank«, brachte sie mühsam heraus und wurde ein wenig rot. »Ich bin sicher, er wird köstlich schmekken.«

»Schon gut. Und kommen Sie vorbei, wann immer Sie mögen.«

Annie kämpfte sich durch den wirbelnden Schnee zur U-Bahn-Station an der West Fourth Street und fragte sich, wie sie Laurel – die schon Todesqualen litt, wenn jemand versehentlich eine Ameise zertrat – erklären sollte, daß sie den Hummer lebend ins kochende Wasser werfen mußten. Plötzlich sah sie einen Mann, der von einem Lastwagen herunter Tannenbäume verkaufte.

Wenn sie sich doch nur einen leisten könnte! Das Verrückte war, daß der Hummer im Laden sicher eine Menge Geld gekostet hätte. Von dem Geld hätte sie wenigstens einen kleinen Baum kaufen können. Dann hatte sie *die* Idee.

Sie ging hinüber zu dem Lastwagen. Dessen bärtiger, untersetzter Besitzer trug ein rotkariertes Holzfällerhemd. Er war gerade auf der Ladefläche dabei, einen Kreuzständer aus Holz an den Stamm einer prachtvollen Edeltanne zu nageln. Er hob grüßend den Hammer. »Kann ich was für Sie tun, Miß?«

Frag ihn einfach geradeheraus, spornte sie sich selbst an.

»Äh ... ich wollte fragen, ob Sie vielleicht an einem Tauschgeschäft interessiert sind ...«

»Was haben Sie denn anzubieten?«

Annie machte den Kunststoffbehälter auf und hielt ihn hoch, so daß der Mann hineinschauen konnte.

Er blickte sie an, als habe sie ihm gerade ein Stück Käse vom Mond offeriert. Aber nachdem er festgestellt hatte, daß der Hummer offensichtlich noch lebte und Annie sich mit der erbärmlichsten und dürrsten Tanne, die er hatte, zufrieden erklärte, kamen sie tatsächlich ins Geschäft. Während sie die Treppe zur U-Bahn hinunterging und den Tannenbaum hinter sich herschleifte, dachte Annie daran, wie Laurel sich freuen würde.

Vielleicht wurde es doch noch ein ganz passables Weihnachten.

Selbst in Los Angeles ist der Dezember einfach ein beschissener Monat, dachte Val.

Während er durch den Swimmingpool kraulte, versuchte er zu vergessen, wie kalt das Wasser war und wie sehr sein Kopf schmerzte. Am liebsten hätte er auch vergessen, daß just in diesem Moment eine Immobilienmaklerin mit einem Haufen arroganter Emporkömmlinge das Haus besichtigten, Schränke öffneten und über eventuelle Risse im Putz diskutierten.

Val wandte seine Gedanken Annie zu.

Dieses verkommene kleine Aas.

Das alles hatte *sie* zu verantworten. Und warum? Hatte er ihr irgend etwas getan?

Na schön, er hatte in jener Nacht ganz schön einen zur Brust genommen, aber deswegen konnte man ihn doch nicht für alle Zeit verdammen. Und verglichen mit dem, was er hätte sagen oder tun können, konnte es eigentlich nicht so schlimm gewesen sein. Und wenn er die Hand gegen Annie erhoben hatte, so hatte sie es mit Sicherheit verdient. Gleichgültig, was der Grund dafür gewesen war, sie hatte kein Recht gehabt, ihn dermaßen niederzuschlagen. Großer Gott, seine Kopfwunde war mit fünfzehn Stichen genäht worden!

Das kleine Aas war noch schlimmer als ihre Mutter. Ihn zu beschuldigen, daß er Eve auf dem Gewissen hatte! Was konnte er denn dafür, daß sie all diese Tabletten geschluckt hatte?

Und was hatte Eve ihm angetan? Ließ ihn mit zwei unmündigen Gören im Stich, die versorgt werden mußten. Wenn er nur nicht so pleite wäre! Er hatte noch nicht einmal genug Geld, um nach New York zu fliegen und herauszufinden, ob Dolly ihm gegenüber auch ehrlich war. Er dachte an ihre überströmende Herzlichkeit, als er sie das letztemal angerufen hatte. Dolly hatte sich so benommen, als sei er ihr lang vermißter Bruder und nicht der Mistkerl, der sie wegen ihrer Schwester hatte sitzen lassen.

Hatte sie etwa von den beiden Mädchen gehört? Val fragte sich, ob Dolly vielleicht sogar wußte, wo die beiden steckten.

Ihm lag nicht daran, Annie zu finden. Sie konnte von ihm aus machen, was sie wollte. Mehr als zehn Minuten würde er ohnehin nicht auf sie verschwenden. In zehn Minuten konnte er ihr mit bloßen Händen beibringen, daß er sich so von ihr nicht ungestraft behandeln ließ.

Mit Laurel stand die Sache anders. Hatte er seine Tochter erst zurück, mußte es einen Weg geben, die Verfügungsgewalt über ihr Vermögen zu bekommen. Er hatte die Angelegenheit gegenüber einem Rechtsanwalt in seinem Karate-Klub erwähnt, der gesagt hatte, in seiner finanziell angespannten Situation könne Val eine Art Gesuch einreichen.

Val stellte sich ein hübsches Haus vor, nicht so groß wie das bisherige, aber doch in guter Lage – in Westwood Village oder Pacific Palisades vielleicht. Er kannte einen Experten beim Pferderennen, vielleicht konnte er auf diese Weise das Geld verdoppeln oder sogar verdreifachen.

Doch zuerst mußte er Laurel finden. Ohne sie hatte er keinerlei Chance, an das Geld heranzukommen.

Und wenn Laurel erst wieder bei ihm war, würde er sicherstellen, daß Annie sie nie wieder zu Gesicht bekam. Val grinste. Das war die beste Möglichkeit, dieses kleine Biest zu lehren, sich nie mehr mit ihm anzulegen.

Fünfzig Bahnen. Val hielt sich an der Leiter fest und stieg aus dem Wasser. Sein Atem ging schwer, sein Herz hämmerte, und das Blut schien durch seine Adern zu rasen.

»Du meine Güte, wie kannst du nur in dieser Dreckbrühe schwimmen?« Eine krächzende Stimme drang an Vals Ohr. »Du mußt den Pool saubermachen lassen.«

Er richtete den Blick auf die zu kurz geratene, untersetzte Gestalt seines Bruders, der es sich auf einer Liege am Beckenrand bequem gemacht hatte. Wie immer verspürte er einen Anflug von Unglauben. Kein Mensch würde auch in einer Million Jahren darauf kommen, daß es sich bei Rudy um seinen Bruder handelte. Rudy war gute dreißig Zentimeter kleiner als er, gedrungen, völlig kahl und einfach häßlich – häßlicher als Val es sich in seinen schlimmsten Alpträumen vorstellen konnte.

In seinem Hawaii-Hemd und kreischend pinkfarbenen Shorts erinnerte ihn sein Bruder, dessen rundes Gesicht und kurze Beine sich unter einer glänzenden Schicht Sonnenöl röteten, an ein Spanferkel auf dem Rost.

»Womit denn?« Val griff nach einem Handtuch und ließ sich im nächststehenden Liegestuhl nieder. »Glaubst du wirklich, daß die Alte mir auch nur einen Cent hinterlassen hat?« Er deutete in Richtung der von Unkraut überwucherten Rasenfläche unterhalb des Innenhofs. »Für den Alfa und den Lincoln bekomme ich kaum noch was. Sogar dieses Haus ist ein verdammter Witz. Wenn ich durchrechne, was mir nach Abzahlung der Hypothek, nach Abzug von Vermögens- und Erbschaftssteuer für dieses Mausoleum bleibt, dann bleibt mir nicht mal mehr ein Nachttopf zum Pissen. Wenn Laurel noch da wäre, gäbe es da vielleicht noch Möglichkeiten, aber so –« Val unterbrach sich, als Rudy aufsprang und auf ihn zukam.

»Vergiß dieses Geld«, fuhr Rudy ihn an. »Auch wenn es dir gelingen sollte, es dir unter den Nagel zu reißen – was nicht sehr sicher ist –, was glaubst du wohl, wie lange es reichen würde? Mit ein bißchen Verstand hättest du dich um die Dinge gekümmert, *bevor* Eve abgetreten ist!«

In den spiegelnden Gläsern von Rudys Sonnenbrille konnte Val sich gleich zweimal in der Größe einer Fliege erkennen.

»Und wie hätte ich das bitte anstellen sollen?«

»Da gibt es Mittel und Wege. Es gibt *immer* eine Möglichkeit. Eine Menge Martinis und dann: ›Hör zu, meine Süße, könntest du mir gerade mal dieses niedliche kleine Papier unterschreiben?‹ Und peng! Du wärst der Verwalter ihres Vermögens gewesen.«

»Eve war Alkoholikern. Aber dumm war sie bestimmt nicht.«

»Ach, so ist das! Du hast wohl noch nie was von Einseifen gehört?« Rudy blickte anzüglich auf den diamantenblitzenden Siegelring an Vals kleinem Finger. »Wohl schon. Du lieber Himmel, ist das alles, was du in zwölf langen Jahren anhäufen konntest? Ein beschissener Ring und ein Haufen Anzüge? Du bist hoffnungslos sentimental, weißt du das?« Rudys Stimme war zu einem tiefen Grollen herabgesunken, das trotzdem seltsam besorgt klang, und er massierte fast liebevoll Vals Schulter. »Ich weiß wirklich nicht, warum ich mich manchmal mit dir abgebe.«

Val entzog sich ihm. »Das weiß ich auch nicht. Also warum verschwindest du nicht einfach?« Was Rudy sagte, war zwar verletzend, aber auf merkwürdige Weise tat es Val trotzdem gut – wie Jod einer Wunde.

»Reg dich ab«, besänftigte ihn Rudy. »In ein oder zwei Wochen haben die Mädchen kein Geld mehr, keine Lust mehr auf Big Macs, und sie werden an deiner Türe kratzen, daß du sie wieder reinläßt. Wie weit, glaubst du, können zwei verwöhnte Bel-Air-Gören wohl kommen?«

»Ich weiß es nicht.« Val betastete seine Narbe über der Augenbraue. Sie war nach wie vor sehr empfindlich. »Wenn sie jemand aufnehmen würde, hätten sie's vielleicht nicht so eilig zurückzukommen.«

»Wer denn?«

»Zum Beispiel Dolly.«

»Wie kommst du darauf, daß die beiden ausgerechnet bei ihr anklopfen? Sie haben doch sicher gewußt, was Eve von Dolly hielt.«

»Nur eine Vermutung.« Val zuckte die Achseln. »Dolly war so zuckersüß zu mir am Telefon, daß ich das komische Gefühl nicht loswerde, daß sie mir nicht alles erzählt hat, was sie weiß.« Er schlug mit der Faust in die Handfläche der anderen Hand. »Oh, verdammt, wenn ich nur das Geld hätte, würde ich einfach nach New York fliegen und selbst nachschauen.« Er dachte darüber nach, ob er Rudy um ein paar hundert Dollar anpumpen sollte, erinnerte sich dann aber daran, daß er seinem Bruder bereits eine ganze Menge schuldete. Und Rudy hatte sich unmißverständlich ausgedrückt: keinen Penny mehr!

Rudys Grinsen geriet ein wenig schief, ganz so als wüßte er, was Val in diesem Moment dachte, und in seinen schwarzen Knopfaugen war plötzlich ein harter Glanz. Doch gleich darauf begann er wieder Vals Schulter zu massieren.

»Du brauchst einen Drink«, sagte er. »Was hältst du davon, wenn ich uns zwei Bloody Mary mixe?«

Als sie später unter dem Magnolienbaum draußen an der Bar ihre Drinks schlürften, sagte Rudy: »Tut mir leid, daß ich vorhin nicht sehr freundlich zu dir war. Ich bin in letzter Zeit wohl etwas überreizt.« Rudy übereizt? Großer Gott, was konnte Rudy mit seiner gutgehenden Anwaltskanzlei und seinem vielen Geld schon für Sorgen haben!

»Es geht um diesen Fall, an dem ich arbeite«, fuhr Rudy fort. »Ich habe seit Monaten keine Verschnaufpause gehabt.« Sein Blick verlor sich in der Ferne, und er rieb sich nachdenklich über das Kinn. »Hast du schon mal von dem Kerl gehört, der Sicherheitsnadeln für Windeln erfunden hat? Der hat mit Babykacke ein Hundert-Millionen-Dollar-Imperium aufgebaut. Außerdem hat er drei Exfrauen und acht Kinder – und was macht er jetzt? Er läßt die vierte Frau wegen einem zwanzigjährigen Hüpfer sitzen. Nun, sie ist ihm alles andere als wohlgesonnen, wenn du verstehst, was ich meine, und seit acht Monaten können sich die beiden noch nicht einmal auf einen Gerichtstermin einigen.« Er lokkerte seinen Kragen. »Meine Güte, sogar an einem wolkigen Tag wie diesem kann einem die Sonne ganz schön einheizen.« Er musterte Vals leeres Glas. »Was hältst du von einem weiteren Drink?«

»Nein danke. Ich schwimme lieber noch ein paar Runden.«

Nachdem er einige Minuten lang auf ein bemoostes Vogelbecken gestarrt hatte, sagte Rudy: »Sie ist genau dein Typ.«

»Wer?«

»Meine Klientin. Demnächst Ex-Frau Nummer vier. Gutaussehendes Weib. Titten so groß wie Wassermelonen. Ich sage dir, die ist total heiß.« Rudy nahm einen großen Schluck von seinem Drink und heftete den Blick starr auf seinen Bruder. »Und – sie ist steinreich. Zumindest nach der Scheidung.«

»Was denkst du eigentlich von mir? Glaubst du allen Ernstes, daß ich nur für Geld mit einer Frau ins Bett gehe?«

Rudy starrte ihn mit unbewegtem Gesichtsausdruck an. Dann zuckte er plötzlich die Achseln und sagte wie nebenbei: »Wenn du dir den Schuh anziehst, warum nicht.«

Val erinnerte sich an die Blicke, die man ihm unten im Klub zugeworfen hatte, an leise geführte Unterhaltungen, die sofort verstummten, wenn er die Sauna betrat, und spürte etwas in sich erkalten.

Er wußte nur zu genau, daß die Leute der Meinung waren, er habe Eve nur benutzt und ausgenommen. Wütend packte er seinen Bruder am Kragen und hob ihn vom Barhocker. Rudy schlug um sich und strampelte mit den Beinen wie ein zorniges Kind. Sein Gesicht lief vor Wut dunkelrot an.

»Nimm das zurück!« forderte Val.

»Laß mich runter! Du meine Güte, ich wollte dich nicht beleidigen!«

Val ließ seinen Bruder so plötzlich wieder auf den Barhocker fallen, daß er beinahe das Gleichgewicht verloren hätte. Rudy erwischte mit dem Ellbogen das Glas mit dem Rest Bloody Mary. Es kippte um und spritzte Tomatensaft über sein Hemd, bevor es auf dem unebenen Klinkerboden zerschellte. Val spürte winzige Splitter wie Funken um seine Fersen fliegen und dachte absurderweise an einen Fernseh-Werbespot: *Wie wäre es mit einem köstlichen Hawaii-Drink?*

Sein Zorn verebbte, und er fühlte sich plötzlich schuldig, daß er mit Rudy so unsanft umgegangen war. Vielleicht hatte ihm Rudy auf seine seltsame Art nur helfen wollen.

Gott, wenn Rudy nicht gewesen wäre, würde er immer noch

auf irgendeinem lausigen Bürgersteig in New York Saltos schlagen und für ein bißchen Geld auf den Händen laufen. Es war Rudys Idee gewesen, daß sich Val als Stuntman in Hollywood verdingen sollte. Und nachdem sie per Anhalter quer durch das ganze Land gefahren waren, hatte Rudy es nur mit Hilfe seines Mundwerks geschafft, daß sie sich in den Universal-Film-Studios an der Anmeldung und diversen Wachposten vorbeischmuggeln konnten. Und binnen zwei Stunden hatte Rudy für Val im wahrsten Sinne des Wortes einen Job herbeigeredet. Junge, konnte der reden. Außer wenn es um Frauen ging.

Seine Mutter – Gott segne die wunderliche Alte – hatte für ihn nicht halb so viel getan wie Rudy. Du lieber Himmel, er konnte sich die gute Shirley irgendwo da oben vorstellen, wie sie auf ihn herunterblickte und jedem, der es wissen wollte, mit ihrer rauhen, whiskeygeschwängerten Stimme mitteilte: Sehen Sie? Ich habe schon immer gesagt, daß er zu nichts taugt...

Rudy war ungeheuer klug, sein Gehirn glich einer Enzyklopädie. Er wußte alles über Blumen, Bäume und die Atombombe – es gab kaum ein Thema, bei dem er nicht Bescheid wußte. Und natürlich warf er mit ellenlangen juristischen Fachausdrücken nur so um sich. Er war der Mitinhaber einer gutgehenden Anwaltskanzlei, fuhr einen Mercedes, hatte ein Haus in Brentwood und eine Ferienwohnung in Malibu. In Vals Augen waren Frauen Rudys einziges Problem.

Val vermutete, daß Rudy die paar Frauen, mit denen er geschlafen hatte, dafür bezahlt hatte. Wahrscheinlich dachte er, er sei zu klein und zu häßlich, um für irgendeine Frau begehrenswert zu sein. Tatsächlich fehlte ihm nur etwas Selbstvertrauen.

Rudy wischte mit einer Serviette an den Flecken auf seinem Hemd herum. »Herrgott, du mußt doch nicht gleich verrückt spielen!« Er schleuderte die Serviette, die mittlerweile aussah wie mit Blut getränkt, wütend auf den Boden. »Sieh dir das an! Das ist ein nagelneues Hemd! Die Flecken kriege ich nie mehr raus!«

»Du mußt es in Milch einweichen.«

»Woher weißt du denn so was?« Rudy starrte ihn verblüfft an.

»Es sieht so aus wie das Zeug, das beim Film statt Blut verwendet wird. Wenn sich das erst mal richtig festgesetzt hat, geht es höllisch schwer wieder raus. Den Milchtrick habe ich von Heloise, du weißt schon, die Tante von der Zeitung, die dir in allen Lebenslagen hilft.«

Rudy gab ein Geräusch von sich, als würde er ersticken. Es klang wie ein Außenbordmotor, der nicht anspringen will. Einen Augenblick später merkte Val, daß sein Bruder lachte.

Rudy schlug ihm auf die Schulter.

»Weißt du, kleiner Bruder, manchmal erstaunst du mich wirklich. Ich glaube, du und Roberta, ihr werdet euch sehr gut verstehen.«

»Roberta?«

»Betrachte es doch einfach als Nächstenliebe. Du würdest ihr einen Gefallen tun. Sie ist wahrscheinlich seit einer Ewigkeit nicht mehr anständig gebumst worden. Und wenn sie dann beschließen sollte, dir ihre Dankbarkeit zu zeigen, warum denn nicht? Wofür sind Freunde denn da? Eine Hand wäscht die andere. Das ist amerikanische Lebensart.«

»Nächstenliebe, was?« Val spürte fast so etwas wie Erregung in sich aufsteigen. Vielleicht würde ausnahmsweise ja wirklich einmal etwas Positives passieren. »Verrat mir erst einmal, was für dich bei der ganzen Sache rausspringt. Oder wieso bist du plötzlich so daran interessiert, daß ich Roberta flachlege?«

Rudy versuchte, unschuldig dreinzublicken, aber Val kannte ihn einfach zu gut.

»Okay, die Wahrheit ist, daß Roberta mit dem Gedanken spielt, klein beizugeben.«

»Was meinst du damit?«

»Das bedeutet, ihr Mann hat ihr so lange eingeredet, daß er einfach der Größte ist, daß sie mittlerweile bereit ist, auf jeden schwachsinnigen Vorschlag von ihm einzugehen, auch wenn sie dabei Millionen in den Wind schießt.«

»Und damit wäre dein fettes Honorar auch weg, sehe ich das richtig?«

Rudy zuckte die Achseln. »Na ja, ich hab' verdammt viel Unkosten gehabt.«

Ein merkwürdig harter Glanz in den Augen seines Bruders verriet Val, daß mehr hinter der ganzen Sache steckte als nur die Frage des Honorars. Vielleicht war er selbst in Roberta verliebt und dachte, wenn er sie schon nicht bumsen konnte, sollte es wenigstens sein Bruder tun. Und wenn Val seine Qualitäten unter Beweis gestellt hatte, würde Roberta schon nicht so dumm sein, ein Vermögen zu verschenken.

Val betrachtete nachdenklich den Ring an seiner Hand. Für einen so kleingewachsenen Mann hatte sein Bruder gar keine schlechten Ideen.

»Ich werde es mir überlegen«, sagte er. »Mehr kann ich nicht versprechen.« Aber eigentlich war er schon halb überredet. Er brauchte schließlich dringend Geld. Und was sonst konnte er im Moment schon unternehmen?

»Du könntest sie wenigstens auf einen Drink treffen, während du es dir überlegst«, drängte Rudy. »Ohne Bedingungen.«

»Ach, Scheiße, Rudy«, Val spürte, wie die Wut wieder in ihm hochstieg, »du vergißt wohl, daß ich noch ein paar andere Dinge im Kopf habe.«

»Klar... ich verstehe schon.« Rudy kniff die Augen zusammen, so daß sie in den sie umgebenden Speckfalten beinahe verschwanden. »Du meinst also, Dolly könnte wirklich etwas wissen?«

»Es ist nicht mehr als eine Vermutung.«

»Na gut, dann verrate ich dir was«, sagte Rudy mit einschmeichelnder Stimme. »Ich fliege übermorgen nach New York, um mich dort mit einem Klienten zu treffen und ein paar Zeugenaussagen zu sammeln. Es geht um das Sorgerecht – die Exfrau von meinem Klienten verweigert ihm den Kontakt zu seinem Kind mit der Begründung, er sei schwul. Ich muß dem

Gericht nun irgendwie klarmachen, daß er trotz seiner Damenunterwäsche der beste Vater der Welt ist. Es dürfte aber nicht allzulange dauern. Danach könnte ich bei Dolly vorbeischauen und mal auf den Busch klopfen.«

Val richtete sich auf. »Würdest du das wirklich tun? Das wäre großartig!« Wie hatte er je an Rudy zweifeln können? War Rudy nicht immer dagewesen, wenn es hart auf hart ging? Mit belegter Stimme fügte er hinzu: »Danke.«

Rudy zuckte die Achseln. »Schon gut, brich dir bloß keinen ab. Wozu sind wir denn Brüder?«

Zwei Tage später holperte Rudy bereits eine Stunde, nachdem er sich im Hotel eingemietet hatte, in einem Taxi über die Schlaglöcher der Madison Avenue in Richtung von Dollys Geschäft. Konnte an Vals Verdacht etwas dran sein? Wußte Dolly vielleicht, wo sich Annie und Laurel aufhielten? Rudy rutschte nervös auf dem Sitz hin und her. Sogar sein Magen war in Aufruhr.

Und wenn Dolly überhaupt nichts verbarg? Wenn er nicht mehr von ihr erfuhr als das, was sie Val bereits erzählt hatte?

Trotz seiner Nervosität mußte Rudy lächeln, als er daran dachte, wie geschickt er seinen Bruder manipuliert hatte. Er hatte ihn denken lassen, daß er ihm einen Riesengefallen tat, indem er ihn mit Roberta zusammenbrachte. Die würde Val sicher Tag und Nacht beschäftigen, er würde aus ihrem Bett gar nicht mehr herauskommen und am Ende nicht mehr wissen, wo ihm der Kopf stand. So konnte Rudy ihm anschließend ganz scheinheilig den Vorschlag unterbreiten, in New York bei Dolly vorbeizuschauen. Es würde seinem egozentrischen Bruder niemals in den Sinn kommen, daß Rudy dies alles nicht für ihn, sondern für Laurel tat.

Im Geiste sah Rudy Laurel in der Tür von Bel Jardin stehen, er sah ihr süßes Gesicht mit den großen blauen Augen vor sich. Er wußte, daß sie vor ihm zurückschreckte. Und wer konnte sie dafür tadeln? Welches Kind hätte vor ihm keine Angst?

Wenn er sie nur wissen lassen könnte, daß er ihr um nichts in der Welt ein Leid zufügen würde! In ihrer Gegenwart kam er sich ungeheuer unbeholfen und plump vor. So wie damals, als er ihr eine Puppe mitgebracht hatte – die teuerste, die er hatte auftreiben können, eine Porzellanpuppe in einem Seidenkleid mit Spitzenbesatz. Er hatte überhaupt nicht darüber nachgedacht, daß sie für ein Kind viel zu kostbar war. Laurel war damals sechs Jahre alt gewesen. Aus Versehen hatte sie die Puppe auf den Fliesenboden der Veranda fallen lassen und völlig fassungslos zugesehen, wie die Puppe in tausend Stücke zersplitterte.

Rudy hätte sie am liebsten in die Arme genommen und ihre Tränen getrocknet, ihr weitere hundert Puppen gekauft – und diesmal die richtigen. Aber er wußte, daß sie wahrscheinlich noch mehr aus der Fassung geraten würde, wenn er sich ihr näherte. Und dann war da noch Val, der ihn mitleidig beobachtete. Wahrscheinlich dachte er so etwas wie: Der arme Rudy schafft es noch nicht einmal, sich mit einem netten Mädchen für Samstagabend zu verabreden, wie soll er es da jemals zu einer Ehefrau und eigenen Kindern bringen.

Also hatte Rudy seine Nichte einfach weinen lassen. Nach diesem Vorfall hatte er sich von ihr ferngehalten und sie nur aus sicherer Entfernung beobachtet.

Aber nun hatte sich plötzlich alles verändert.

Rudy dachte an Vals wütenden Anruf vor einigen Monaten, bei dem sein Bruder etwas von »dem kleinen Biest« gefaselt hatte, das ihn niedergeschlagen hatte. Rudy war hingerast, hatte versucht, beruhigend auf Val einzureden, während er ihn in die Ambulanz fuhr, um die klaffende Stirnwunde nähen zu lassen. Aber gleichzeitig hatte er gespürt, wie sich in ihm ein gewaltiger Zorn aufbaute. Er hatte genau gewußt, daß Val, dieser selbstsüchtige blöde Hund, irgend etwas verbockt hatte. Er hatte sich nie groß um die beiden Mädchen gekümmert, noch nicht einmal um Laurel, seine leibliche Tochter. Und obwohl Val beteuerte, nichts getan zu haben, was Annie hätte veranlassen können, derart die Nerven zu verlieren, mißtraute ihm Rudy. Und er war der Überzeugung, daß wirklich etwas Schlimmes vorgefallen war, sonst wäre dieser verwöhnte Teenager doch nicht bei Nacht und Nebel mitsamt der kleinen Schwester abgehauen.

Während Rudy aus dem Fenster des Taxis auf die vorbeirauschenden Antiquitätenläden und Boutiquen starrte, dachte er: Val verdient Laurel überhaupt nicht.

Wenn er seine Nichte ausfindig machen könnte, würden die Dinge schon anders liegen. Um Annie machte er sich keine Gedanken. Ihr kühler Blick und ihre spröden Gesten hatten ihn schon immer auf Distanz gehalten. Annie konnte tun und lassen, was sie wollte. Er war einzig und allein am Wohlergehen der kleinen Laurel interessiert. Und wenn er erst wußte, wo sie war, würde er schon einen Weg finden, sie für sich zu behalten, fern von Val und seiner Geldgier.

Aber wie würde Laurel darüber denken? Würde sie sich freuen, ihn zu sehen? Oder würde sie ihn mit ihren großen blauen Augen so anschauen, als sei er ein Monster?

Mittlerweile steckte Rudys Taxi im dichten Stau auf der Madison Avenue. Ringsum gellten Hupen, kreischten Bremsen und brüllten Fahrer aus heruntergekurbelten Wagenfenstern. Rudy bemerkte das alles gar nicht, er war mit seinen Gedanken weit weg. Er dachte an ein lange zurückliegendes Erlebnis in der High School, das sich unauslöschlich in sein Gedächtnis eingegraben hatte.

Marlene Kirkland. Die hübsche, blonde und allseits beliebte Marlene. Wie hatte er je annehmen können, bei ihr eine Chance zu haben? Marlene war regelmäßig von einer Traube Jungs umgeben – Burschen mit modischem Bürstenschnitt, Wildlederstiefeln und Pullovern mit Buchstabenaufdruck. Marlene trug eine zierliche Goldkette um den Fußknöchel, und das Klingeln ihrer Armreifen in der Stille des Klassenzimmers ließ sicher nicht nur sein Herz schneller schlagen.

Und trotzdem hatte Rudy – angespornt von Val, der ihm

auch genaue Verhaltensmaßregeln gab – irgendwie den Mut aufgebracht, Marlene zu fragen, ob sie mit ihm zum High-School-Ball gehen würde. Obwohl er vor Angst am ganzen Körper wie Espenlaub zitterte, hatte er sich völlig cool und überlegen gegeben und war in der Cafeteria hinüber zu dem Tisch stolziert, an dem Marlene saß.

»Ich habe gehört, daß du noch keine Verabredung für den Ball hast«, war er mit seinem Anliegen herausgeplatzt, ohne auch nur im mindesten an die Artigkeiten zu denken, die Val ihm mühevoll eingebleut hatte, »was hältst du davon, mit mir hinzugehen?«

Rudy würde nie den schockierten, angewiderten Ausdruck vergessen, der sich auf dem hübschen, eben noch lächelnden Gesicht von Marlene gezeigt hatte. Ihre Freundinnen, die um sie herum saßen, hatten zu kichern begonnen. Rudy war dunkelrot angelaufen, und eine Hitzewelle hatte seinen Körper erfaßt. Er sah, wie Marlene seinem wie zufällig in der Nähe stehenden Bruder Val einen scharfen Blick zuschoß. Dann verengten sich ihre Augen zu Schlitzen, und Rudy erkannte zu spät, daß sie denken mußte, es handele sich um ein abgekartetes Spiel.

Marlene hatte Rudy voll Verachtung in die Augen gestarrt und laut und deutlich gesagt: »Lieber esse ich Hundescheiße.«

Jedes Wort war auch heute noch wie ein Messerstich. Hatte Val ihn verraten? Rudy würde es nie mit Sicherheit wissen.

Aber eines war ganz sicher: Nie wollte er diesen Ausdruck von Verachtung in Laurels Augen sehen.

Das Taxi hielt an der Ecke Zweiundsiebzigste Straße. Dollys Geschäft lag nur ein paar Schritte entfernt. Rudy bezahlte und stieg aus. Ein leichter Regen fiel, und Rudy zog fröstelnd die Schultern hoch. Obwohl noch früher Nachmittag war, wurde es bereits dunkel. Rudy hatte völlig vergessen, wie düster es in dieser Stadt bei schlechtem Wetter war und wieviel Licht von den Hochhäusern geschluckt wurde. Er kam sich vor wie ein Käfer in einer Schachtel. Während er an den luxuriösen Geschäften mit teuren Kleidern, Hüten, Antiquitäten und Schmuck vorbeiging, fragte er sich, ob er nicht seine Zeit verschwendete. Hoffentlich war das Ganze nicht wieder so ein fruchtloses Unterfangen wie in Los Angeles, als er Val zwei ganze Tage lang geholfen hatte, nach den beiden Mädchen zu suchen.

Schließlich stand er vor Dollys Laden, der zwischen einem renommierten Juwelier und einem exklusiven Herrengeschäft gelegen war. Über der Ladentür von Girod's hing ein grünes Firmenschild mit feinem goldenem Schriftzug. Es gab auch einen Blumenkasten, der in dieser Jahreszeit allerdings keine Blumen, sondern nur einen Rest schmutzigen Schnees enthielt. Im Schaufenster stand ein Miniaturchristbaum, der mit winzigen weißen Kerzen und in Goldpapier verpackten Bonbons geschmückt war. Rudy mußte, ob er wollte oder nicht, an das Weihnachtsfest denken, das ihn erwartete: Wie üblich allein würde er seinen Kater auskurieren, den ihm jedes Jahr die vielen Whiskeys bei der Weihnachtsfeier seiner Kanzlei bescherten.

Rudys Herz klopfte plötzlich wild. Warum eigentlich sollte Val immer alles haben und er selbst nichts? Val, der so selbstsüchtig war und immer nur dem Geld hinterherjagte. Der noch nicht einmal merkte, daß ihm das Kostbarste, was er besaß, entglitt.

Wenn Laurel meine Tochter wäre, dachte Rudy, wäre alles anders.

Aber das war vorschnell gedacht. Zuerst mußte er herausbekommen, ob Dolly etwas wußte. Im Augenblick hing alles von ihr ab. Hatte sie Val die Wahrheit gesagt, indem sie behauptet hatte, nichts zu wissen? Oder litt Val unter Verfolgungswahn, der ihn allem und jedem gegenüber argwöhnisch sein ließ?

Und wenn Dolly tatsächlich etwas wußte? Dann würde sie ihm ganz bestimmt nichts verraten. In ihren Augen wäre es das gleiche, wenn sie es Val erzählen würde.

Wenn sie log, würde er es jedenfalls merken. Rudy war ein guter Menschenkenner. Daß ein Klient ihm gegenüber nicht ehrlich war, erkannte Rudy bereits an dessen Gesichtsausdruck. Als beispielsweise Roberta Silver heilige Schwüre abgelegt hatte, während ihrer Ehe immer treu gewesen zu sein, hatte Rudy ihr das so wenig geglaubt, wie er an den Weihnachtsmann glaubte.

Ja, er würde es wissen, wenn Dolly log. Dann würde er sie beschatten lassen. Und früher oder später würde sie ihn so zu Laurel führen.

Mit einem plötzlichen Hochgefühl betrat Rudy den Laden.

7. Kapitel

Laurel spähte durch den Schlitz zwischen Vorhang und Wand. Von ihrem Standort auf der dunklen Bühne aus konnte sie den ganzen Saal überblicken. Jeder Stuhl war besetzt, und im Hintergrund hatten sich einige Leute an die Wand gelehnt.

Sie suchte Reihe um Reihe ab, aber Annie und Tante Dolly waren immer noch nicht zu entdecken. Wo blieben sie bloß? Es war schon fast halb sechs und die Aufführung schon halb vorbei. Hoffentlich war ihnen nichts passiert! Sie dachte an den furchtbaren Autounfall gestern am Ocean Parkway, bei dem sechs Menschen getötet worden waren. Waren sie verletzt und lagen blutend am Straßenrand? Oder waren sie gar schon tot?

Nein, die Vorstellung war zu schrecklich. Sie mußte an etwas anderes denken, sonst machte sie sich noch völlig verrückt. Ihr war vor Aufregung mittlerweile so schlecht, daß sie glaubte, sich übergeben zu müssen.

»Gruppe vier«, hörte sie Miß Rodriguez flüstern. »Kitty, Laurel, Jesús … ihr seid gleich dran. Wenn ich euch ein Zeichen gebe, stellt ihr euch da drüben auf.«

Laurel drehte sich zu ihrer Lehrerin um, die hektische rote Flecken auf den Wangen hatte. Miß Rodriguez trieb alle zusammen, und Laurel folgte widerwillig ihren Anweisungen. Sie stellte sich neben Jesús auf.

»Pfttt! Pfffft!« Jesús hatte eine Hand an die Achselhöhle

gesteckt und »pumpte« mit dem Ellbogen so, als lasse er einen Furz nach dem anderen. Laurel hätte ihn am liebsten mit ihrem Pappmaché-Szepter eins übergebraten, traute sich aber dann doch nicht. Gestern im Unterricht hatte er an der Tafel lauter Fehler gemacht, und als sie zum Verbessern nach vorn gerufen worden war, hatte er danach versucht, ihr ein Bein zu stellen. Am Tag davor hatte er ihr das Pausengeld für die Milch geklaut und gedroht, sie windelweich zu schlagen, wenn sie ihn verriet.

Miß Rodriguez blickte finster in ihre Richtung und deutete auf Jesús. »Laß das! Wenn ich Hintergrundgeräusche brauche, sage ich dir das schon!«

Mit ihrem rundlichen Körper, dem langen Gesicht und den großen sanften Augen, die ein wenig hervortraten, erinnerte Miß Rodriguez Laurel immer an ein Pony. Aber sie konnte wirklich sehr nett sein. Laurel dachte an ihren ersten Schultag, an dem ihr vor Aufregung so schlecht gewesen war, daß sie sich im Waschraum auf den Fußboden übergeben hatte. Miß Rodriguez hatte alle Mitschüler ferngehalten, bis alles beseitigt war, damit die anderen Kinder sie nicht hänselten.

»Ich möchte euch alle daran erinnern«, sagte Miß Rodriguez leise, aber in sehr bestimmtem Tonfall, »daß dort draußen im Saal eure Mütter und Väter sitzen, die von euch erwarten, daß ihr euer Bestes gebt. Und ich weiß, daß ihr sie so stolz auf euch machen möchtet, wie ich es bin...«

Während die Lehrerin ihre ermutigende Ansprache fortsetzte, schlüpfte Laurel noch einmal zum Vorhang und spähte hinaus in den Saal.

Sie sah nichts als ein verschwommenes Durcheinander von Gesichtern, die sich im Halbdunkel zu vermischen schienen. Dann konnte Laurel einzelne Menschen ausmachen: Mütter mit zappelnden Kleinkindern auf dem Schoß, Väter in Arbeitskleidung, Großmütter mit Kopftuch im schwarzen Kleid. Nur Annie war nirgendwo zu sehen und auch Tante Dolly nicht in einem ihrer bunten Kleider.

Laurel hatte mittlerweile richtig Angst, und ihr Herz flatterte vor Aufregung.

Was ist, wenn ihnen wirklich etwas passiert ist? Wenn sie verletzt sind? Vielleicht hat Val Annie gefunden, und sie konnte ihm diesmal nicht entwischen.

Laurel dachte an Onkel Rudy und daran, daß er sie immer so angesehen hatte, als würde er sie am liebsten fressen. Sie schüttelte sich. War es möglich, daß Onkel Rudy nach ihr suchte?

Dieser Gedanke war so erschreckend, daß Laurel sich plötzlich völlig benommen fühlte. Ihr Kopf schien wie ein Luftballon an einer Schnur zu hängen und sich von ihrem Körper zu entfernen.

»Meine Ma ist nicht da«, sagte Jesús leise hinter ihr. Laurel zuckte zusammen. »Sie ist zu Hause«, fuhr er fort.

»Na, vielleicht hat sie sich nur verspätet«, meinte Miß Rodriguez und zischte dann zu Laurel hinüber: »Was machst du denn da drüben? Stell dich bitte auf!«

Laurel ging mit feuchten Augen zu ihrem Platz. Ihr war elend. Einzig der Gedanke an Jesús, der sich über sie lustig machen würde, hielt sie davon ab loszuheulen.

»Nein, sie schläft«, antwortete Jesús mit gespielter Unbekümmertheit. »Sie hat gesagt, ich soll sie nicht stören.«

»Das hat sie bestimmt gesagt, weil du sie nervst«, flüsterte Rupa Bahdreesh laut und piekste Jesús mit ihrem Stock in die Seite. Rupa verkörperte den kleinen Tim aus *Eine Weihnachtsgeschichte* von Charles Dickens. Sie trug eine sich bauschende Bluse und Kniebundhosen und hatte ihre schwarzen Zöpfe unter einer Strickmütze versteckt.

»Jetzt seid aber still!« Miß Rodriguez klatschte in die Hände. »Pedro, setz die Krone gerade. Sie fällt dir ja fast vom Kopf.«

»Aber dann sehe ich nicht cool aus.«

»Gespenster brauchen nicht cool auszusehen, Pedro. Du bist der Geist der vergangenen Weihnacht und nicht Elvis Presley.«

Laurel spähte hinter der spanischen Wand, hinter der sich

ihre Gruppe versammelt hatte, auf die hell erleuchtete Bühne. Andy McAllister spielte den geizigen Kaufmann Scrooge, dem am Weihnachtsabend drei Geister erscheinen, die bewirken, daß er sein Leben von Grund auf ändert. Er stolzierte in Nachthemd und gestreifter Schlafmütze ganz so über die Bühne wie in der Pause über den Schulhof.

»Du kannst ein unverdauter Bissen Rindfleisch, ein Klecks Senf, ein Käsekrümel oder ein Stück nicht gar gekochte Kartoffel sein. Dir haftet mehr der Geruch von Speisen als der des Grabes an, was immer du auch bist!« brüllte Andy im typisch näselnden Tonfall eines Brooklyners.

Laurel biß sich auf die Lippen, um nicht loszuprusten. Schließlich war sie gleich dran.

Sie spielte den Geist der gegenwärtigen Weihnacht. Sie trug ein rotes Samtkleid, das ihr viel zu groß war und über den Boden schleifte, und eine Krone aus künstlichen Mistelzweigen. Sie mußte ganze sechzehn Zeilen auswendig können. Aber wie sollte sie sich an deren Inhalt erinnern, wenn sie die ganze Zeit an ihre Schwester und an ihre Tante denken mußte?

Und was hatte sie sich für eine Mühe mit dem Bühnenbild gegeben! Es war ihre Idee gewesen, den Türklopfer von Scrooges Haus – einen Löwenkopf mit einem Ring im Maul – aus Stanniol nachzubilden. Dann hatte sie ihn auf einen riesenhaften Karton geklebt – eine Kühlschrankverpackung, die ihr Marta Saucedos Vater, der in einem Möbelladen arbeitete, besorgt hatte. Den hatte sie dann wie eine Tür bemalt. Um das gegenwärtige Weihnachten darzustellen, hatte sie eine Menge Äpfel, Orangen, Grapefruits und sogar einen Kürbis mit goldener Farbe besprüht und das Obst in der riesigen gläsernen Bowlenschüssel angeordnet, aus der in der Schule am Tag der Offenen Tür immer ausgeschenkt wurde. Auch um die Kostüme hatte Laurel sich gekümmert – Scrooges großen schwarzen Hut hatte sie von Mr. Gruberman geborgt, und Belles Kleid hatte sie aus einem volantbesetzten Möbelüberwurf kreiert, den sie mit Chavas Hilfe rosa gefärbt hatte.

Laurel dachte daran, wie unsicher sie gewesen war, als Miß Rodriguez sie mit der Gestaltung des Bühnenbilds betraut hatte. Miß Rodriguez fand ihre Zeichnungen sehr schön und hatte ihr versichert, daß sie keine Angst zu haben brauchte. Und mittlerweile dachte Laurel, daß ihre Lehrerin recht gehabt hatte. Und bei dem Gedanken, wie überrascht Annie wäre, wenn sie das alles sähe, war Laurel total aufgeregt gewesen.

Aber Annie war nicht da.

Dabei würde sie einen so wichtigen Termin niemals vergessen, es sei denn...

Irgend etwas war passiert, jetzt war sich Laurel ganz sicher. Ihr Unbehagen wuchs.

»Wen suchst du denn, Bohne?« drang eine listige Stimme an ihr Ohr. Dieser Jesús würde ihr noch den letzten Nerv rauben. An ihrem ersten Schultag hatte er sie »Bohnenstange« getauft und das Ganze dann in »Bohne« abgekürzt. »Vielleicht den Präsidenten?«

»N-nein, n-niemand«, stotterte Laurel und spürte, wie sie rot wurde. In diesem Moment haßte sie Jesús richtiggehend. Warum konnte er sie eigentlich nicht in Ruhe lassen?

Er drückte sich näher an sie heran. Er roch so, als habe er schon eine ganze Weile nicht mehr gebadet. »Deine Mutter ist auch nicht da, oder?« Sein Flüstern hatte fast einen verschwörerischen Unterton, und er klang auf einmal fast nett.

»Meine Mutter ist tot.« Als sie es ausgesprochen hatte, erschrak Laurel über sich selbst.

»Ja, meine auch. Das sagt sie immer zu mir und meinem Bruder, damit wir sie in Ruhe lassen. Sie ist immer nur todmüde.«

»Warum?«

»Vom Arbeiten. Tagsüber arbeitet sie in Sals Pizzeria, danach geht sie im Sunnyview putzen – du weißt schon, in der Coney Island Avenue, da wo die alten Leute wie die Mumien herumsitzen. Sie muß so viel arbeiten, weil mein Vater ein Hurensohn ist.«

»Was hat er damit zu tun?«

In den dunklen Augen von Jesús stand plötzlich ein Ausdruck von Verachtung. »Für jemanden, der keine Mami und keinen Papi hat, bist du wirklich scheißblöd, Bohne.«

Laurel wurde ganz steif. Was war sie doch für ein Trottel, daß sie geglaubt hatte, Jesús könnte auch nett sein.

»Geh weg, laß mich in Ruhe.«

Jesús zuckte die Achseln und vergrub die Hände in den Taschen. »Genau das hat sie auch zu ihm gesagt. Und jetzt ist er fort.« Er senkte den Kopf und starrte auf den Fußboden. Sein Gesicht war von seinem dichten schwarzen Pony fast verdeckt.

Laurel starrte ihn an. Ihr wurde plötzlich klar, daß er keinen Spaß machte. Sein fieses Benehmen und die Gemeinheiten, die er von sich gab, waren nur Selbstschutz. Und das, was er eben erzählt hatte, war bestimmt keine Show gewesen.

Sie berührte seinen Arm. »He, alles in Ordnung?«

Jesús zuckte zusammen, als hätte sie ihn mit einer Nadel gestochen. Sein Kopf fuhr hoch. Auf seinen Wangen erschienen kreisrunde rote Flecken, und seine Augen funkelten.

»Ich bin froh, daß er weg ist!« zischte er. »Ich hasse diesen Hurensohn!«

Laurel dachte an ihren Vater. Sie erinnerte sich, wie sie ihm vor langer Zeit einmal etwas zum Valentinstag geschenkt hatte – eine Zigarrenkiste, die sie liebevoll mit Papier beklebt und mit Makkaroni und Glimmer dekoriert hatte. Sie hatte Stunden mit dem Zuschneiden des Papiers, dem Kleben und Dekorieren zugebracht. Sie wollte nichts weiter als ihm etwas Schönes schenken. Es sollte Val gefallen, damit er sie lieb hatte.

Als sie ihm das Geschenk überreichte, schien er sich wirklich zu freuen. Er gab ihr einen Kuß und beteuerte, wie schön er die Kiste fand. Aber eines Tages fand sie die Kiste in seinem Kleiderschrank halb zerquetscht ganz hinten unter einigen Schuhschachteln. Laurel hatte sie genommen und draußen in den Mülleimer geworfen. Sie war so tief verletzt gewesen, daß sie nicht einmal weinen konnte. Sie hatte mit Val nie darüber geredet – und er hatte auch nie gefragt.

Ja, sie konnte Jesús durchaus verstehen. Aber wahrscheinlich würde es ihn verlegen machen, wenn sie ihm das sagte.

Sie stieß ihn in die Rippen. »Wieso gehst du nicht gleich ins Wasser?«

»Ach, leck mich doch.« Aber er grinste.

»Seid doch still!« Miß Rodriguez runzelte die Stirn und legte den Finger auf die Lippen. Auf der Bühne stand Dickie Dumbrowski in der Rolle des Erzählers.

»In dem Moment, da Scrooges Hand auf der Klinke lag, rief ihn eine seltsame Stimme beim Namen und bat ihn einzutreten. Er gehorchte.«

Laurel schaute zu Kitty Abrams hinüber, die ein wallendes, altmodisches Kleid trug und die roten Haare in Korkenzieherlocken gedreht hatte. Sie saß auf einem umgedrehten Papierkorb und bohrte hingebungsvoll in der Nase.

»Du bist dran!« Miß Rodriguez zeigte auf Laurel.

Laurel hatte plötzlich einen furchtbaren Kloß im Hals. Sie würde jede Sekunde zu weinen anfangen. O Himmel!

»Sieh da, der Geist der diesjährigen Weihnacht…«, quakte Dickie Dumbrowski mit seiner Froschstimme.

»Sieh da, mein Pimmel«, murmelte Jesús, als Laurel an ihm vorbei zur offenen Bühne ging. Sie brach in nervöses Kichern aus. Jetzt dachte sie nicht mehr daran zu heulen.

Fast dankbar betrat sie die Bühne.

Annie kauerte in dem engen Raum zwischen Schreibtisch und Wand in Dollys Büro. Von ihrem Versteck aus konnte sie Rudys Stimme hören. Sie konnte nicht verstehen, was er sagte, es war nur der gleichmäßige Klang seiner Stimme wie ein fernes Grollen zu vernehmen. Jeden Moment würde er die kleine Treppe hochsteigen und sie finden – egal wie klein sie sich machte. Er würde Val anrufen, und Val würde kommen und Laurel mitnehmen.

Annie sah sich plötzlich im Englischunterricht bei Mrs. Pomerantz sitzen. Sie blickte zum Fenster hinaus auf den gepflegten Rasen, während sie der Schallplatte zuhörte, die ihre Lehrerin aufgelegt hatte. Irgendein britischer Schauspieler las Edgar Allan Poes Erzählung »Das verräterische Herz« vor. Die Aufnahme hörte sich an, als wäre sie unter Wasser gemacht worden. Bei wirklich gruseligen Passagen kicherte Susie Bell aufgeregt. Das Ganze hatte in dem sonnendurchfluteten Klassenzimmer, in das der Geruch von frisch gemähtem Gras zog, etwas seltsam gewirkt.

Aber nun, dreitausend Meilen von Bel Air entfernt und äußerst unbequem auf dem Fußboden kauernd, mit schmerzendem Rücken und wunden Knien, fühlte sich Annie wie der Mann in Poes Erzählung, der auf das laute Pochen seines Herzens gelauscht hatte. Nur war es ihr eigener Herzschlag, der in ihren Ohren dröhnte. Es kam ihr so vor, als würde der Schreibtisch beben und die Dielenbretter unter ihr vibrieren. Rudy hörte es sicher auch...

Aber vielleicht fand er sie ja nicht. Gott sei Dank war sie gerade oben, als er den Laden betreten hatte. Genauer gesagt war sie in dem Moment auf dem Weg nach unten gewesen, als die Türklingel ertönte und eine vertraut klingende, unangenehme Stimme ausrufen hörte: »Hallo, Dolly!« Es folgte ein leises Kichern. »Na, ist das eine Überraschung? Ehrlich, es ist großartig, dich zu sehen. Du siehst gut aus, *wirklich* gut. Ich wette, du bist ganz schön überrascht, mich zu sehen, hä?«

Annie hatte auf der Stelle kehrtgemacht und war in ihr jetziges Versteck neben Dollys großem Schreibtisch geflüchtet.

Wie lange kauerte sie jetzt schon dort? Ihr kam es vor wie Stunden, aber in Wahrheit handelte es sich um kaum mehr als eine Viertelstunde. Zu allem Unglück mußte sie dringend aufs Klo, wagte aber nicht, sich vom Fleck zu bewegen. Worüber konnten Tante Dolly und Rudy nur so lange reden? Ob Rudy Bescheid wußte? Hatte Val ihn deswegen geschickt?

In gewisser Weise hatte Annie vor Rudy mehr Angst als vor Val. Rudy war viel gerissener als sein Bruder, der immer nur auf ihn hörte und das tat, was Rudy sagte. So wie damals, als Dearie, ihre Mutter, immer mehr trank und Rudy seinen Bruder davon überzeugte, daß es besser sei, sie nach Briarwood zu bringen. Rudy hatte sogar die entsprechenden Papiere besorgt. Dearie war dann drei Monate in Briarwood gewesen, und als sie aus dieser Klinik entlassen wurde, war sie nicht viel mehr als eine lebende Tote. Sie hatte Stunden um Stunden an einer Stelle gesessen und vor sich hingestarrt. Sechs Wochen später hatte Annie ihre Mutter im Badezimmer auf dem Fußboden liegend gefunden. Sie war kalt wie Eis gewesen und hatte nicht mehr geatmet. Auf dem Waschbecken hatte ein leeres Fläschchen mit Schlaftabletten gestanden. Zwei Tage später hatten sie Dearie begraben.

Und es war ausgesprochen widerwärtig, wie Rudy immer ihre Schwester Laurel ansah. Er sprach kaum mit ihr, versuchte auch nicht, ihr schönzutun – starrte sie immer nur an wie ein fetter Karpfen eine Elritze.

Rudy würde sehr viel schwieriger als Val zu täuschen sein, dachte Annie. Konnte Dolly ihn überzeugen? Sie wünschte, Gloria wäre heute nicht so früh gegangen; sie hätte Annie sicherlich darüber auf dem laufenden gehalten, was da unten vor sich ging.

Annie bekam plötzlich Gänsehaut. Was wäre, wenn Dolly sich nicht zusammenreißen konnte und Rudy alles erzählte? Sie schien so liebenswert und freundlich zu sein; aber Annie dachte an Dearies Warnung, daß ihrer Schwester nicht zu trauen sei.

Annie zitterte vor Entsetzen am ganzen Körper, und ihre Zähne schlugen aufeinander. Gleichzeitig wurde sie von einer heißen Woge erfaßt, und auf ihrer Stirn bildeten sich dicke Schweißperlen. Ihre Wäsche klebte am Körper wie ein feuchter Badeanzug.

Sie war sicher, daß Rudy jeden Augenblick die Treppe heraufkommen würde. Sie würde gleich seinen glänzenden kahlen

Schädel sehen, der von ein paar spärlichen schwarzen Haaren umgeben war, wenn er über den Treppenabsatz spähte.

Er würde versuchen, aus ihr den Aufenthaltsort von Laurel herauszulocken. Aber den würde sie ihm niemals verraten. Nicht einmal, wenn er ihr damit drohte, sie einsperren zu lassen. Denn wenn Rudy erst wußte, wo Laurel war, würde er es Val sagen. Und Val würde kommen und Laurel mitnehmen.

Bitte, lieber Gott, nicht jetzt... nicht, wo es doch gerade alles besser wird.

Annie arbeitete gerne bei Girod's, und es machte ihr weitaus mehr Spaß, als sie ursprünglich angenommen hatte. Laurel schien sich mittlerweile auch in der Schule eingewöhnt zu haben. Die ganze Woche hatte sie über nichts anderes als die weihnachtliche Theateraufführung geredet.

Guter Gott, das Stück! Wenn sie nicht sofort aufbrachen, würden sie zu spät kommen. Vielleicht würden sie es sogar verpassen. Aber sie konnte unmöglich jetzt hinuntergehen und Dolly daran erinnern, daß sie gehen mußten.

Was würde Laurel nur denken? Sie wäre sicher furchtbar enttäuscht und würde sich vor allem große Sorgen um sie machen.

Ich muß sie irgendwie wissen lassen, daß nichts Schlimmes passiert ist.

Aber vielleicht passierte gleich etwas Schlimmes?

Rivka. Vielleicht konnte sie Rivka anrufen und sie darum bitten, in die Schule zu gehen und Laurel auszurichten, daß sie sich verspäten würde. Annie zögerte, obwohl Rivka immer so freundlich war. Aber schließlich handelte es sich um einen Notfall, und das würde sie sicher verstehen.

Doch halt – es war Freitagabend, also Sabbat. Es war Rivka somit nicht erlaubt, auch nur das Licht anzumachen. Rivka ging am Sabbat niemals irgendwo hin, außer zur Synagoge. Annie würde sie nicht einmal erreichen können. Rivka hängte bei Sonnenuntergang das Telefon aus.

Annie dachte an den vergangenen Freitag, als sie und Laurel

am Sabbat-Mahl teilgenommen hatten. In ihrer Vorstellung sah sie Rivka die Kerzen anzünden – zwei davon standen in schweren silbernen Leuchtern –, die Augen mit den Händen bedecken und ein hebräisches Gebet singen. Annie hatte kein einziges Wort verstanden, aber es hatte sich gottgefällig angehört und war von einem sanften Wohlklang gewesen, vergleichbar dem Rauschen eines Baches, der seit Hunderten von Jahren floß und das auch weiterhin tun würde.

Annie schloß die Augen und versuchte, das ruhige, zufriedene Gefühl der Geborgenheit wiederzuerlangen, das sie an jenem Abend inmitten der Gebete sprechenden Familie empfunden hatte. Sie faltete die Hände und sprach innerlich selbst ein Gebet.

Trotz aller Angst war sie heilfroh, daß sie niemand in dieser Situation beobachtete. Vor allem Laurel sollte nie erfahren, wie oft sie sich wie ein verängstigtes Kind fühlte. Was würde ihre Schwester denken, wenn sie wüßte, daß Annie manchmal mitten in der Nacht schweißüberströmt mit Herzrasen aufwachte und der festen Überzeugung war, etwas Schreckliches würde geschehen?

Annie merkte plötzlich, daß Rudys Stimme nicht mehr zu hören war.

Jetzt sprach Dolly. Dieser vertraute Klang übte eine ungeheuer beruhigende Wirkung auf Annie aus. So wie Rivkas Stimme, als sie den Segen über die Kerzen sprach. Annie entspannte sich.

Sie zwang sich, langsam aufzustehen. Ihre Glieder waren teilweise taub und begannen unangenehm zu kribbeln und dann zu schmerzen. Etwas zittrig griff sie nach dem Telefon und ging auf Zehenspitzen damit in den winzigen Wandschrank – genau wie Dolly, wenn Henri aus Paris anrief, als wüßten sie und Gloria nicht längst über die beiden Bescheid.

Abgesehen von Gloria und Rivka gab es noch jemanden, den sie anrufen konnte. Sie kannte ihn zwar nicht gut, oder eigentlic überhaupt nicht, aber sie hatte das Gefühl, daß sie sich an ihn wenden konnte.

Sie dachte an Joe Daughertys herzliches Lächeln, als er gestern bei Girod's vorbeigeschaut hatte, um Hallo zu sagen. Er war auf dem Weg zu einem Lieferanten gewesen, schien es aber überhaupt nicht eilig zu haben. Annie hatte gespannt darauf gewartet, ob er die zerbrochenen Pralinen Dolly gegenüber zur Sprache bringen würde, aber nichts dergleichen geschah. Joe hatte sie zum Mittagessen eingeladen, und sie hatten über eine Stunde in einem kleinen Lokal in der Nähe gesessen, geredet und gelacht und sich so nebenbei an *pastrami on rye* ergötzt. Annie hatte das Gefühl, in Joe einen Freund gefunden zu haben.

War es verrückt anzunehmen, daß er ihr in dieser Situation helfen würde?

Sie dachte daran, wie er sie bei ihrer ersten Begegnung angefahren hatte. Wenn es ihm nun lästig war, daß sie ihn gerade bei Lokaleröffnung störte? Und warum sollte er ihr überhaupt einen Gefallen tun wollen? Er war ihr nichts schuldig.

Kurzentschlossen suchte Annie die Nummer von Joe's Place aus Dollys Notizbuch heraus und wählte, bevor sie es sich anders überlegen konnte.

Am anderen Ende schien es endlos zu klingeln. Vielleicht war er gar nicht da? Dann meldete sich eine gehetzt klingende weibliche Stimme. Im Hintergrund konnte Annie das Klirren von Gläsern und das Stimmengemurmel der ersten Gäste hören.

Annie bemühte sich, so normal und ruhig wie möglich zu reden, als sie fragte: »Ist Joe zu sprechen? Joe Daugherty?«

»Bleiben Sie einen Moment dran.«

Nach einem Augenblick, der Annie wie eine halbe Ewigkeit erschien, kam Joe an den Apparat. Er war völlig außer Atem und hörte sich an, als wäre er die Treppe heraufgerannt. »Hallo? Hier ist Joe.« Gott sei Dank klang er nicht wütend, nur etwas hektisch.

»Hier ist Annie«, platzte Annie heraus. »Joe, ich weiß, daß es sich etwas merkwürdig anhört, aber ... ich brauche deine Hilfe.«

Sie holte tief Luft und erzählte ihm dann so viel von der ganzen Geschichte, daß er ihre Hilflosigkeit und Verzweiflung nachvollziehen konnte. Sie fühlte sich furchtbar verletzlich, als sie sich ihm anvertraute, aber andererseits hatte sie keine andere Möglichkeit.

Als sie geendet hatte, folgte ein langes Schweigen am anderen Ende, und Annie fürchtete plötzlich, Joe würde ihr gleich mitteilen, daß er viel zu beschäftigt sei, um sich um ihre Probleme zu kümmern. Oder noch schlimmer: Vielleicht würde er ihr raten, mit Rudy zu sprechen und ihm alles zu erklären. Du lieber Himmel, warum sagte Joe denn nichts?

Vor Aufregung drohte Annie der Hörer aus der schweißnassen Hand zu rutschen, während das Schweigen am anderen Ende anhielt.

Dann sagte Joe mit entschiedener Stimme: »Du hast ausgesprochen Glück. Meine Mannschaft ist heute nämlich vollzählig erschienen, und mit den Vorbereitungen sind wir auch so weit fertig. Wenn ich gut durchkomme, könnte ich in einer halben Stunde an der Schule sein. Ich bringe deine Schwester nach Hause und warte mit ihr dort, bis du kommst.«

Joe ließ sich von ihr den Weg erklären und hängte dann auf.

Vor lauter Erleichterung liefen Annie die Tränen über die Wangen. Sie zog den Pullover über das Gesicht, damit Rudy ihr Schluchzen nicht hörte. Laurel und sie waren zwar noch nicht in Sicherheit, aber allein der Gedanke, daß Joe ihr helfen wollte, war ein äußerst tröstliches Gefühl.

Laurel verbeugte sich mit all den anderen und senkte den Kopf so tief, daß ihr Gesicht von den Haaren verdeckt wurde. So konnte niemand sehen, daß sie weinte.

Die Aufführung war ziemlich schrecklich gewesen, aber der Beifall war stürmisch und anhaltend. Niemand schien sich daran zu stören, daß Jesús den größten Teil seines Textes vergessen hatte und daß Mary Driscoll die Weihnachtsgans aus Pappmaché hatte fallen lassen, die daraufhin von der Bühne gerollt und im Schoß eines Zuschauers in der ersten Reihe gelandet war. All diese Mütter und Väter, Schwestern und Großmütter waren ganz einfach begeistert.

Laurel konnte hinter einem dicken Tränenschleier keinen einzigen Zuschauer erkennen, aber das war unwichtig, weil sie ja wußte, daß weder Annie noch Tante Dolly da waren.

Jesús, der keine Lust hatte, das Ende des Beifallklatschens abzuwarten, gab ein wild klingendes Geheul von sich und raste von der Bühne. Ihm war sicher auch nicht gerade zum Lachen zumute. Aber ein Rabauke wie er würde sich wahrscheinlich eher vor allen Leuten übergeben, als zu zeigen, wie traurig er war. Laurel wäre ihm am liebsten hinterhergelaufen und hätte ihm gesagt, daß sie ihn verstand. Sie wußte aber, daß ihm das nicht recht gewesen wäre.

Nun holten die Mütter und Väter und Großmütter den Fotoapparat heraus, und im Saal brach ein Blitzlichtgewitter los.

Laurel schlich sich davon und stolperte die Stufen zum Zuschauerraum hinunter. Ihre Klassenkameraden liefen alle zu ihren Verwandten, der Raum war angefüllt von Glückwünschen und fröhlichem Gelächter, doch niemand machte Anstalten, sie zu umarmen oder zu fotografieren. Laurel sah, wie sich Marys Eltern, die beide genauso kurz geraten und dick waren wie ihre kaffeebraune Tochter, auf ihr Kind stürzten und sie so fest umarmten, daß Laurel dachte, Marys Augen müßten jeden Moment aus dem Kopf springen.

Laurel wischte sich mit dem Ärmel ihres Kleides über die Augen und die laufende Nase. Sie machte sich auf den Weg zur Toilette und hoffte, dort anzukommen, bevor irgend jemand auffiel, wie elend sie sich fühlte. Plötzlich spürte sie eine Hand auf ihrer Schulter.

Sie drehte sich um und sah einen großen jungen Mann in ausgebleichten Jeans und einem völlig verwaschenen blauen Polohemd vor sich. Wie der Schuldirektor Mr. Moss trug auch er eine etwas nach unten gerutschte Brille mit dicken Gläsern und einer schwarzen viereckigen Fassung. Der Unterschied bestand darin, daß Mr. Moss alt und unausstehlich war – der Mann, der vor ihr stand, war jung, und seine Augen lächelten hinter den Brillengläsern.

»Laurel?« fragte er.

Sie nickte vorsichtig. War er Lehrer, oder woher kannte er ihren Namen? Vielleicht. Aber sogar ganz kleine Kinder wußten, daß man besser nicht mit Fremden sprach.

Sie trat einen Schritt zurück; der junge Mann machte keinen Versuch, sie zurückzuhalten.

Er lächelte. »Ich bin Joe. Deine Schwester hat gesagt, ich solle nach dem hübschesten Mädchen auf der Bühne Ausschau halten – und so habe ich dich gefunden.«

Was für eine unverschämte Lüge! Laurel sah furchtbar aus, das wußte sie. Aber Joe wirkte irgendwie nett; er hatte das eben sicher auch gesagt, um sie zu trösten. Er hatte sicher gemerkt, daß sie weinte. Sie zog energisch die Nase hoch.

»Hier«, sagte er, holte ein frisches Taschentuch aus der Hosentasche und reichte es ihr.

»Dankeschön«, murmelte sie und schneuzte sich die Nase.

»Was hältst du davon, wenn wir uns irgendwo hinsetzen? Annie hat mich hierhergeschickt, um dir auszurichten, daß ihr und Dolly nichts passiert ist. Sie wird dir später alles erklären.«

Joe hatte fast etwas Vertrautes. Laurel war sicher, daß er es gut meinte.

Dann machte es plötzlich klick! War das Joe, der ihnen den Hummer zu Weihnachten geschenkt hatte? Ja klar, das mußte er sein, er sah genauso aus, wie Annie ihn beschrieben hatte: die Brille und das unordentliche hellbraune Haar, das so wirkte, als habe er einfach viel zu viel zu tun, um mehr als mit den Fingern hindurchfahren zu können.

Laurel war erleichtert. Gleichzeitig fühlte sie sich merkwürdig erschöpft. »Ist mit Annie wirklich alles in Ordnung?« fragte sie. »Und mit Tante Dolly auch?« Sie mußte ein Gähnen unterdrücken.

»Natürlich. Sie sind nur aufgehalten worden. Es gibt keinen Grund zur Aufregung. Annie hat gesagt, sie kommt so schnell wie möglich nach Hause. Also gehen wir am besten zu euch nach Hause und warten dort auf sie, was meinst du?«

»Okay.« Laurel gähnte. »Dann kannst du unseren Weihnachtsbaum anschauen. Weil wir den doch von dir haben.«

»Baum… was für einen Baum?«

»Na ja, den hat Annie gegen den Hummer eingetauscht.«

Joe starrte sie einen Moment lang an und brach dann in schallendes Gelächter aus. »Hat sie das wirklich gemacht?« Er schüttelte den Kopf. »Deine Schwester ist schon eine Marke.« Er ging in die Hocke, so daß seine Augen auf gleicher Höhe mit ihren waren, und legte die Hände auf ihre Schultern. »Sie hat mir alles erzählt. Daß ihr von zu Hause weggelaufen seid, und so weiter. Ich finde, ihr beide seid ganz schön mutig.«

Laurel war unsicher. Er wußte Bescheid? Annie hatte ihm wirklich alles erzählt? Niemand außer Tante Dolly sollte davon wissen.

»Werden Sie jemandem davon erzählen?« fragte sie flüsternd.

Joe blickte sie ruhig an. »Nein«, sagte er. »Das werde ich nicht tun.«

Laurel vertraute ihm. Als er sich nun wieder aufrichtete, erschien er ihr fast noch größer als zuvor. Ihr wurde fast schwindlig, als sie zu ihm hochschaute. Er streckte ihr die Hand hin, und sie legte ohne zu zögern ihre hinein. Seine Hand schloß sich warm und trocken um ihre und gab ihr ein Gefühl der Geborgenheit.

Laurel mußte an den Weihnachtsmann denken, den sie sich immer als dicken kleinen Mann im roten Mantel und mit wallendem weißem Bart vorgestellt hatte. Aber eigentlich konnte er ja auch völlig anders aussehen. Er mußte nicht unbedingt alt, klein und weißhaarig sein. Genausogut konnte er groß und nicht viel älter als Annie sein, eine ausgebleichte Jeans und ein völlig verwaschenes blaues Polohemd tragen, eine rutschende Brille auf der Nase haben und dahinter Augen, um die winzige Fältchen entstanden, wenn er lächelte.

Während sie Rudy beim Verlassen des Ladens beobachtete, fragte sich Dolly: Hat er mir geglaubt?

Etwas benommen lehnte sie sich gegen die Theke. Ihre Gefühle schwankten zwischen Erleichterung und Besorgnis. Hatte sie übertrieben? War sie zu hilfsbereit erschienen, nachdem sie geleugnet hatte, auch nur die mindeste Ahnung zu haben, wo ihre beiden Nichten steckten? Mußte sie ausführliche Überlegungen darüber anstellen, wo sie sich aufhalten *könnten?* Und hatte sie ihn mit ihrer überströmenden Freundlichkeit nicht erst mißtrauisch gemacht? Gott weiß, sie hatte Rudy nie sonderlich gemocht, und diese Abneigung hatte sie früher auch ziemlich unverhohlen gezeigt.

Sie dachte daran, wie sie Rudy zum erstenmal begegnet war. Sie war mit Val verabredet gewesen, und sie waren zu einer großen Party in Beverly Hills gegangen. Als Val ihr diesen häßlichen Gnom als seinen Bruder vorstellte, hatte sie es zuerst für einen Witz gehalten. Die beiden besaßen keine Spur von Ähnlichkeit. Später war Rudy dann plötzlich aufgetaucht, als sie sich zu einer Verschnaufpause von all den Männern, die sie umgarnten, auf die Terrasse zurückgezogen hatte. Rudy hatte zu viel getrunken, aber nichtsdestotrotz hatte etwas Verschlagenes in seinen Schweinsäuglein gelegen, als er mit seinem Anliegen ohne viel Umschweife herausplatzte: »Sie verschwenden Ihre Zeit mit Val. Er liebt eine andere.«

Sie war dunkelrot angelaufen und hatte ohne nachzudenken gefragt: »Wen?«

Rudy hatte gegrinst und den Rest seines Drinks hinuntergekippt. »Sich selbst. Wen denn sonst? Und glauben Sie mir, da können Sie nicht mithalten. Niemand kann das.«

In der Erinnerung fröstelnd, schlang Dolly die Arme um ihren Körper und dachte: Er ist grob, aber alles andere als dumm. Hat Val ihn deswegen geschickt? Natürlich, Rudy war ein äußerst gewiefter Anwalt, der es verstand, Zeugen im Gerichtssaal so ins Kreuzverhör zu nehmen, daß sie versucht waren, Dinge zuzugeben, die sie sonst nie gesagt hätten. Val hatte ihr davon erzählt.

War ihr etwas Verräterisches herausgerutscht, ohne daß sie es bemerkt hatte? Vielleicht war Rudy auch aufgefallen, daß sie immer wieder in Richtung der Treppe geschaut hatte, weil sie befürchtete, Annie könnte jeden Moment herunterkommen.

Nein, sagte sie sich, ich war wirklich vorsichtig. Ich war eine gute Schauspielerin, oder etwa nicht? Sogar ein zweitklassiges Filmsternchen wie sie war in der Lage so zu tun, als ob sie nichts über den Verbleib von zwei halbwüchsigen Mädchen wüßte, die sie zudem seit Jahren nicht gesehen hatte.

Und doch gingen ihr Rudys Abschiedsworte nicht aus dem Sinn. Er hatte gesagt: »Du rufst mich an, wenn du etwas von den beiden hörst?«

Natürlich, hatte sie versprochen.

Dolly richtete sich auf und wollte gerade nach oben gehen, als es sie wie ein Blitzschlag traf: Rudy hatte nicht gesagt *»falls«*, er hatte gesagt, *»wenn* du etwas von den beiden hörst«.

Ein Versprecher? Oder hatte es etwas zu bedeuten?

Wie auch immer, der Tag, an dem der schlaue Rudy und sein selbstsüchtiger Bruder von ihr hörten, würde der Tag sein, an dem Weihnachten und Ostern zusammenfielen.

8. Kapitel

Joe starrte auf die Kasserolle mit der geronnenen Sauce Mornay und biß die Zähne zusammen, sonst hätte er unweigerlich einen Tobsuchtsanfall bekommen. Holt hatte die Sauce noch einmal aufkochen lassen – und nun war sie verpfuscht.

Du großer Gott, was hatte der Junge eigentlich zwei Jahre auf der Hotelfachschule gemacht? Hatte er die ganze Zeit auf dem Klo gesessen, so wie jetzt?

Wenn nur Rafael da wäre. Aber sein zweiter Küchenchef hatte nichts Besseres zu tun gehabt als wegen einem kranken Hund nach Puerto Rico zu fliegen. Dabei handelte es sich immerhin um einen Pit-Bull-Terrier. Joe wußte nicht mehr, als daß Rafael und seine Brüder diese Hunderasse züchteten. Jedenfalls gab es, wenn es um die Zubereitung einer schaumig geschlagenen Zabaglione, einer perfekten Sauce Béarnaise oder einer hellen Buttersoße ging, niemanden, der diese Kunst besser beherrschte als Rafael.

Doch im Moment brauchte Joe nicht nur Rafael; er brauchte eine tüchtige Portion Glück. Denn oben im Restaurant kostete gerade Nan Weatherby die Batatensuppe à la Navajo.

Joe hatte die Restaurantkritikerin des *Metropolitan* sofort erkannt, als er nach oben gestürzt war, um Marla beim Eindecken eines Tisches für acht Personen behilflich zu sein, die nicht reserviert hatten.

Nan Weatherby wollte sicher von niemandem erkannt werden; aber ihr gellendes Lachen war genauso unverwechselbar wie ihre Eigenart, die ausgezupften Augenbrauen mit einem dünnen Strich zu imitieren. Joe konnte sich noch gut an sie erinnern. Damals war sie allerdings noch eine junge, unerfahrene Journalistin gewesen, die seinen Vater für einen Artikel über die New Yorker Anwaltsszene interviewt hatte. Sie hatte sogar ein Foto von Joe zusammen mit seinem Vater gemacht. Aber natürlich erinnerte sie sich nicht an ihn – er war damals vielleicht zwölf Jahre alt.

Und nun konnte sie ihn mit nur einem Satz ruinieren. Damit würden alle Prophezeiungen seines Vaters wahr werden.

Bei dem Gedanken daran, was alles passieren konnte, drehte sich Joes Magen um.

Bleib cool, Junge. Schließlich bist du ein guter Koch – vielleicht nicht Weltklasse, aber doch ganz passabel, versuchte er sich selbst zu beruhigen. Wenn zur Abwechslung einmal alles gut ablaufen würde, hatte er durchaus eine Chance. Wenn Holt nicht versagte, wenn Burke und Marla sich den Service teilten, um den kranken Nunzio zu ersetzen, wenn, wenn, wenn.

Vielleicht konnten sie es ja schaffen.

Verdammt, er *mußte* es schaffen!

Zuerst mußte er sich um die Sauce Mornay kümmern. Nan Weatherby hatte als einen Hauptgang Lachs bestellt. Es blieb ihm nichts anderes übrig, als einen neuen Versuch zu starten.

Joe griff nach der Kasserolle mit der geronnenen Sauce und zog sie von der Flamme. Prompt verbrannte er sich die Hand am glühenden Griff. Er zwang sich, sie nicht fallen zu lassen, und stellte sie auf die Edelstahlspüle. Dann hielt er seine schmerzende Handfläche erst einmal unter fließendes Wasser.

Aus dem Kühlraum am anderen Ende der Küche holte Joe anschließend einen neuen Eierkarton, den er auf die Arbeitsfläche in der Mitte der Küche stellte. Während er die Eier aufschlug und dabei jeweils Eigelb von Eiweiß trennte, mußte er an Cloetta denken, die alte Köchin seiner Familie. Er sah sie über die altmodische, gekachelte Arbeitsfläche in der heimatlichen Küche gebeugt, ihre großen braunen rauhen Hände schlugen Eier in eine gelbe Schüssel. Dann leitete sie ihn an, es ihr mit seinen ungeschickten kleinen Fingern nachzumachen.

Ja, Cloetta hatte ihm Mut gemacht, gleichgültig, wie oft das Ei zu Anfang auf dem Boden, dem Tisch oder seinem Pullover gelandet war. Und mit der Zeit hatte er es tatsächlich gelernt. Cloettas Hände zauberten all die wunderbaren Köstlichkeiten, die die Küche verließen: die herrliche Gómbosuppe à la Virginia, federleichtes Blätterteiggebäck, mit Nelken gewürzte Ente mit Honig-Marmelade-Glasur, Wursteintopf mit Fenchel und Kümmel und einer Schicht Maisbrot-Croûtons.

Es gab keine Rezepte für all diese Gerichte, denn Cloetta konnte weder lesen noch schreiben. Um so kostbarer war der

Wissensschatz, den sie an Joe weitergab. Er besaß keine niedergeschriebenen Mengenangaben, es kam vielmehr auf eine leichte Hand, viel Gefühl und den richtigen Blick dafür an, wann eine Soße genau richtig war.

Beim Verquirlen der Eidotter malte sich Joe eine glänzende Zukunft aus.

Drei Sterne von Nan Weatherby – oder auch nur zwei, man durfte schließlich nicht unbescheiden sein – würden ihm genau die Nachfrage bringen, die er bewältigen konnte. Joe's Place stünde dann auf einer Stufe mit dem Belgravia, L'Assiette und dem Purple Broccoli...

Viertausend Dollar Miete waren in knapp zwei Wochen fällig, und er hatte Mühe, das Geld zusammenzukratzen. Dabei müßte der Umsatz eigentlich so sein, daß er noch etwas Geld auf die Seite legen konnte.

Einen Moment lang war Joe richtig aufgeregt. Bis ihm schlagartig einfiel, daß Nan Weatherby hauptsächlich für ihre vernichtenden Kritiken bekannt war. Er dachte an ihre beißende Beurteilung des Le Marais: *Die Beleuchtung war wie in einer Grabkammer, was angesichts des traurig vor sich hinwelkenden Salats und der die alte Forelle bedeckenden Béarnaise wohl noch ein Segen war...*

Acht Wochen später war Le Marais, das zu einem der besten Lokale der Stadt gehört hatte, am Ende.

Es war Joe, als höre er wieder die Worte seines Vaters: *Ich kann dich nicht davon abhalten, Joseph. Deine Großmutter hat dir das Geld hinterlassen, und es ist deine Sache, was du damit anfängst. Aber laß mich dir etwas sagen: Du wirst scheitern. Du bist spätestens in einem Jahr pleite. Du wirst uns und dich selbst enttäuschen, genauso wie du damals dieses arme Mädchen in Yale so sinnlos enttäuscht hast.*

Karin.

Den ganzen Tag schon hatte sie ihm im Kopf herumgespukt, und die Erinnerung an sie war merkwürdig beharrlich gewesen.

Plötzlich fiel ihm ein warum: Heute wäre Karin 24 Jahre alt geworden...

Joe schloß die Augen. Die Hand, die er sich verbrannt hatte, schmerzte höllisch.

Nein, er würde nicht über Karin nachdenken. Nicht jetzt. Dazu war keine Zeit.

Er nahm eine saubere Kasserolle vom Haken, ließ Butter darin schmelzen und rührte ein paar Teelöffel Mehl darunter. Dann kam heißer Fischfond aus dem großen Topf dazu, der auf einer anderen Flamme vor sich hin köchelte. Als alles leicht kochte, goß er noch einige Tassen des Fischfonds dazu. Nun kam das Schwierigste: aufkochen lassen und den richtigen Moment abwarten.

Während er rührte und darauf wartete, daß die Sauce dick wurde, schaute Joe sich in der Küche um. Sie war lang und schmal wie ein Eisenbahnwaggon, die Wände waren aus rotem Ziegelstein in der Farbe sonnengereifter Tomaten, der Boden schwarzweiß gefliest und zur Mitte hin ganz abgetreten. Die Decke bestand aus fleckigem, gepreßtem Weißblech. Als sein Vater diesen Raum zum erstenmal gesehen hatte, war sein unmißverständlicher Kommentar gewesen: *Das ist wohl eher etwas für eine Abbruchfirma.* Joe war innerlich zusammengezuckt, hatte sich aber schnell wieder erholt. Er liebte diesen Ort einfach: die tiefen, viereckigen Spülbecken aus Email, den unförmigen, achtflammigen Herd und den riesigen Backofen aus Ziegelstein, der das eine Ende der Küche beherrschte.

Dad, du hast unrecht, dachte er, ich werde es schaffen. Und wenn nicht, ist das ganz allein meine Sache. Du kannst sicher sein, daß ich dich nie um Hilfe bitten werde.

Annie Cobb fiel ihm ein. Er dachte an die unbeugsame und trotzdem würdevolle Art, mit der sie ihn an jenem Abend um Hilfe gebeten hatte. Er wußte selbst nicht, warum er alles stehen und liegen gelassen hatte, um einem Mädchen, das er so gut wie gar nicht kannte, zu helfen. Und dabei war das Lokal ausgebucht und ein Brenner defekt gewesen.

Joe konnte es sich bis heute nicht erklären. Aber irgend etwas an Annie berührte ihn seltsam. Mit ihren riesigen Augen erinnerte sie ihn an eine halbverhungerte streunende Katze – mutig, ungebunden, aber auch ein wenig verloren.

Für Annie und ihre kleine Schwester war er jetzt wohl ein Held. Zum Lachen. Er konnte froh sein, wenn er sich selbst über Wasser hielt.

Joe wurde durch den Anblick des plumpen rothaarigen Holt, der in die Küche watschelte und die Hände an seiner Schürze abtrocknete, aus seinen Gedanken gerissen. Trotz seines Ärgers über diesen Tölpel konnte er einen Anflug von Mitleid nicht unterdrücken. Holt Stetson – großer Gott, der Name eines Leinwandcowboys paßte wirklich wie die Faust aufs Auge für diesen Koloß. Wahrscheinlich war er deshalb auch zahlreichen Witzeleien ausgesetzt.

»Holt!« Er bemühte sich, nicht zu brüllen, und deutete auf die verhunzte Sauce Mornay. »Kannst du mir sagen, was ich mit diesem Tapetenkleister anfangen soll? Mein Gott, ich habe zehn Minuten, um für Nan Weatherby ein Wunder zu fabrizieren, und du sitzt auf dem Klo!«

Holt wurde rot. »Es tut mir leid, Joe, ich…«

»Da.« Joe schob ihm den Schneebesen in die Hand. »Übernimm du das, ich kümmere mich um den Lachs. Und vergiß bloß nicht den Zitronensaft!«

»Joe, hör doch mal! Der Geschirrspüler macht schon wieder dieses komische Geräusch!« rief Julio aus dem angrenzenden kleinen Raum und ließ Joe den armen Holt vergessen. »Bist du sicher, daß der Elektriker den Schlauch wieder richtig drangemacht hat, oder hat er das bloß gesagt?«

Tatsächlich war außer dem Geräusch des zulaufenden Wassers und dem Klappern des Geschirrs ein schwaches Rattern zu vernehmen.

Doch bevor Joe sich näher damit befassen konnte, kam Marla wutentbrannt durch die Schwingtür gerauscht.

»Das war's. Ich gehe!«

Sie ließ einen Teller mit unangetastetem Essen ziemlich unsanft auf die Arbeitsfläche gleiten und schüttelte die Faust gegen die Decke.

»Dieser Scheißkerl! Betatscht mich jedesmal, wenn ich mich rumdrehe, und jetzt das! Er hat sein Steak medium bestellt, und jetzt behauptet er auf einmal, er wollte es englisch. Irgend jemand sollte dem Typ ein paar reinhauen!« Ihr schmales Gesicht war hochrot, und ihre gebleichten Haare standen wild vom Kopf ab.

Großer Gott, das war wirklich das letzte, was er jetzt brauchen konnte. Joe hätte Marla – mit ihrem Riesenbusen und knakkigen Po im enganliegenden Jersey – am liebsten geschüttelt.

Er riß sich zusammen und legte ihr fast liebevoll die Hände auf die Schultern.

»Pause! Du möchtest also, daß ich den Typ zu Brei schlage, sehe ich das richtig? Ihm den berühmten Daugherty-Schlag verpasse? In Yale gab es Jungs, die gerannt sind, wenn ich sie mit Handschlag begrüßen wollte.«

Marla riß staunend die Augen auf. *»Du* warst ein Boxer?«

»Nein, ich gehörte zu einer Bootsmannschaft.« Joe grinste. »1963 haben wir die Henley-Regatta gewonnen.«

»Bah!« Marla schoß ihm einen angewiderten Blick zu.

»Schau, ich meine das ernst. Bring mir ein Ruder und ich walke den Burschen durch. Noch besser: Wir binden ihn an den Mast und verpassen ihm fünfzig Hiebe mit der neunschwänzigen Katze.«

Er hatte es fast geschafft. Marla kämpfte gegen ein Lächeln an.

Dann wandte sie sich ab und murmelte etwas wie »Scherzkeks…«. Aber sie hatte sich fast schon wieder beruhigt. Auch die hochrote Farbe wich langsam aus ihren Wangen.

Joe atmete auf und ging hinüber zum Kühlschrank, aus dem er ein in Zitrone und Knoblauch eingelegtes Lachsfilet holte. Das Feuer in dem großen Steinbackofen war zu rot schimmernder

Asche geworden, die glühende Hitze ausstrahlte. Joe legte das Lachsfilet an einer Stelle auf den Rost, wo die Temperatur gerade richtig war. So würde das Filet außen zart anbräunen und innen schön rosa und saftig bleiben.

»Was trinkt denn der Typ, der es dir so schwer macht?« fragte er Marla über die Schulter, während er ein T-Bone-Steak für die Pfanne vorbereitete.

»Manhattans. Er ist beim dritten und kippt schon fast vom Stuhl.«

»Bring ihm noch einen. Auf meine Rechnung. Wenn wir Glück haben, ist er so fertig, bis wir das Steak servieren, daß er noch nicht einmal merken würde, wenn er ein Rattenschnitzel auf dem Teller hätte. Oh, und Marla, notier doch am besten seinen Namen, wenn er bezahlt. Sollte er jemals wieder anrufen und einen Tisch reservieren wollen, sagst du einfach, wir wären für die nächsten zehn Jahre ausgebucht.«

Marla grinste. »Okay, Boß.« Sie eilte aus der Küche und schwenkte ihren kleinen Po.

Wenig später ließ Joe das Lachsfilet vorsichtig auf einen vorgewärmten Teller gleiten und unterlegte es mit der frisch gemachten Sauce Mornay. Beilagen waren in Knoblauch gebakkene Farnspitzen und knusprige Ziegenkäsetaschen aus feinem Weißmehl mit Peperoni-Stückchen. Nans Begleiter hatte den Wildschmortopf bestellt. Joe füllte ihn in eine Tonschüssel, stellte diese auf einen Teller und garnierte das Ganze mit drei jungen Karotten und einem Maisbratling.

Als er sich umblickte, war nirgendwo eine Spur von Marla oder Burke zu sehen. Na großartig. Bis die Teller bei Nan Weatherby ankamen, war das Essen sicher lauwarm.

Es gab immerhin die Möglichkeit, daß er selbst das Essen servierte. Und warum eigentlich nicht? Er könnte dann gleich die Reaktion Nan Weatherbys auf den ersten Bissen beobachten und somit einschätzen, ob ihm eine große Zukunft beschert sein würde oder alles andere als das.

Innerhalb von Sekunden war Joe die Treppe hinaufgestürmt und bahnte sich seinen Weg zwischen den dicht besetzten Tischen hindurch. Er hatte das Lokal im – wie er es gern bezeichnete – frühen Quäker-Stil eingerichtet: blankgescheuerte Holzdielen, naturbelassene Holztische und mit bunten Kissen gepolsterte Bänke mit hohen Rückenlehnen. Der Rezeptionstisch war von einer etwas verblaßten, gesteppten Hochzeitsdecke bedeckt, die Joe bei einer Auktion auf dem Land erstanden hatte. An den weiß gekalkten Backsteinwänden hingen gerahmte Stickereibilder und ein verbeulter Kinderschlitten. Statt Kerzen hatte er alte Öllampen auf die Tische gestellt. Alles war einfach und sauber – so wie er sich das Leben wünschte.

Er erspähte Nan Weatherbys honigblondes Haar – ein wahrer Helm von Frisur, der so wirkte, als würde er auch einen atomaren Angriff überstehen. Neben der Päpstin der Restaurantkritik saß ein mißgelaunter, dickbäuchiger Mann mittleren Alters, der ein Gesicht machte, als habe er gerade etwas Ungenießbares zu sich genommen. Joes Magen rebellierte.

Er zwang sich, völlig entspannt zu wirken, brachte sogar ein Lächeln zuwege und setzte die Teller auf den handgewebten Platzdeckchen vor den beiden ab.

Im Zurücktreten ließ er den Blick über die anderen Tische schweifen und sah nur Dinge, die nicht in Ordnung waren: Auf dem Boden lag eine heruntergefallene Gabel, im Kronleuchter flackerte eine defekte Birne, und auf Marlas weißer Bluse leuchtete ein Tomatensoßenfleck. Dann sah Joe wieder zu Nan Weatherby, die gerade die erste Gabel Lachs zum Mund führte.

Noch nie hatte er sich etwas so sehr gewünscht wie ein Lächeln von Nan Weatherby als Anerkennung für das, was er für sie zubereitet hatte.

Die Gabel verschwand zwischen ihren Lippen. Joe hielt voller Spannung den Atem an. Er war wahnsinnig aufgeregt.

Aber auch nicht die Spur eines Lächelns war zu sehen. Nan Weatherby zeigte überhaupt keine Reaktion.

Joe knirschte mit den Zähnen. Verzweiflung stieg in ihm auf.

Dann dachte er an Cloetta und an den Satz, den sie immer zu sagen pflegte: Nichts im Leben ist schwarz oder weiß, Joey – nur unsere Hautfarbe.

Also mußte er wohl nicht alles so schwarz sehen. Immerhin aß sie den Lachs, oder nicht? Zumindest schob sie nicht den Teller beiseite. Vielleicht mußte er einfach seine Erwartungen herunterschrauben: Ein Stern für »angenehmes Ambiente« und »gutes Essen« wäre schließlich auch nicht zu verachten. Er würde es schon irgendwie verkraften und müßte dann einfach auf Mundpropaganda hoffen. Soweit das funktionierte. Immerhin konnte er davon ausgehen, daß das Lokal jeden Abend zur Hälfte ausgebucht war.

In jedem Fall würde er es in ein paar Wochen wissen. So oder so. Also geh zurück in deine Küche, sagte er sich, und denk nicht mehr darüber nach.

Während er langsam die steile Treppe hinunterging, dachte Joe an Annie Cobb und wie sie den ihr geschenkten Hummer gegen einen Weihnachtsbaum eingetauscht hatte. Übermorgen war Weihnachten – ob Annie und Laurel Weihnachten ganz allein in Brooklyn verbringen würden? Das war bestimmt hart. Besonders für Laurel. Und es sah nicht so aus, als würde der Weihnachtsmann mehr als eine Stippvisite bei den beiden einlegen, wenn überhaupt.

Joe dachte daran, wie er gemeinsam mit Laurel in der winzigen, karg möblierten Wohnung in der Vierzehnten Straße in Brooklyn fast eine Stunde lang auf Annie gewartet hatte. Zunächst war Laurel verlegen und scheu gewesen. Aber nach und nach war sie aufgetaut und hatte schließlich mit ihm geschwatzt, als seien sie alte Freunde. Schließlich hatte sie sogar ein eselsohriges Kartenspiel hervorgeholt und ihn zu einer Partie Rommé verführt. Und dieses engelsgesichtige, zarte Wesen hatte ihn ganz schön über den Tisch gezogen.

Joe's Place war an Heiligabend geschlossen. Vielleicht konnte er mit Laurel ja etwas unternehmen, beispielsweise einen Schaufensterbummel. Abgesehen von einem merkwürdigen Krachen im Getriebe war der alte Dodge durchaus in Ordnung, so daß es kein Problem wäre, sie abzuholen. Wahrscheinlich würde ihr so etwas Spaß machen. Oder er könnte einfach spontan vorbeifahren und schauen, ob die beiden zu Hause waren. Ja, das wäre gut. Er würde den großen Bruder spielen und müßte eine Zeitlang nicht mehr an Karin denken.

Doch in diesem Moment brach sich die Erinnerung Bahn und ließ sich nicht mehr verscheuchen. Joe lehnte sich am Treppenabsatz an die Wand und ließ jene furchtbare Nacht vor seinem inneren Auge wieder Revue passieren. Er hörte noch einmal Karins tonlose Stimme am Telefon, anschließend rannte er mit rasendem Herzschlag durchs Gelände der Yale-Universität, vorbei an der Schauspielschule und an den Seminargebäuden für Kunst und Architektur. Schließlich erreichte er die College Street und das Wohnheim, in dem Karin ein Zimmer hatte, und hastete die drei Treppen hinauf.

Sie hatte seltsam verkrümmt auf dem Boden gelegen. Ihr Körper war noch nicht kalt, aber von einer tödlichen, fast bläulichen Blässe – und überall war Blut. Die Tagesdecke war blutdurchtränkt, ebenso der Bettvorleger, sogar ihr langes dunkles Haar war vom Blut verklebt, das immer noch aus den aufgeschnittenen Pulsadern ihrer Handgelenke quoll.

Dann waren Polizei und Notarzt mit heulenden Sirenen eingetroffen, und das kreisende rote Licht auf dem Dach der Ambulanz beleuchtete die Straße und die bleichen, entsetzten Gesichter von Karins Nachbarn blutrot. Und die ganze Zeit hörte Joe wie auf einer Endloskassette wieder und wieder ihre letzten Worte am Telefon: *Ich habe eine Lösung gefunden. Du brauchst dir keine Gedanken mehr zu machen, Joe.*

Sie hatte abgetrieben. Was hätte er sonst auch annehmen sollen? Was hätte irgendein anderer Mensch denn geglaubt? Sie hatten immer wieder darüber geredet. Zugegeben, sie war nicht gerade begeistert davon gewesen, aber er war davon überzeugt gewesen, daß sie mit der Zeit schon einsehen würde, daß er recht hatte.

Sie hat es eingesehen, du Schuft, und ist darüber verrückt geworden.

Er war ungeheuer verletzt gewesen. Weswegen? Warum hatte er ihr nicht vorher zugehört? Sie war so lustig, intelligent und sexy gewesen. Er hatte sie geliebt, o ja, das hatte er wirklich. Aber mit zwanzig hatte er nicht über Dinge wie Heiraten, Kinder und eigenes Haus nachdenken wollen. Das schien einfach noch viel zu weit entfernt.

Joe sah sie auf einer der steinernen Bänke vor der Universitätsbibliothek sitzen, nachdem sie ihm mitgeteilt hatte, daß sie schwanger war. Ihr dunkles Haar schimmerte in der Maisonne. Vor lauter Weinen waren ihre Augen völlig verquollen, und auf ihren bleichen Wangen zeigten sich rote Flecken.

»Mein Gott, Joe... was sollen wir nur tun?«

Und wie hatte er reagiert?

Er hatte sich wie ein Idiot benommen und hilflos gegrinst.

Sie hatte in ihren Shorts und der weißen Rüschenbluse so kindlich ausgesehen, daß er völlig verwirrt gewesen war. Sie konnte einfach unmöglich schwanger sein, noch nicht mal ein bißchen. Hier mußte ein schrecklicher Irrtum vorliegen.

Und dann traf ihn die Erkenntnis wie ein Schlag: Sie hatte es ernst gemeint. Er spürte, wie seine Knie nachgaben – so als hätte jemand wie bei einer Puppe die Gelenkstifte herausgezogen. Am liebsten hätte er sich neben Karin auf die Bank fallen lassen, aber er tat es nicht.

In der Erinnerung wurde sich Joe bewußt, daß er damals auf Distanz gegangen war – zu ihr und zu diesem Etwas in ihrem Bauch. Er war viel zu betäubt gewesen, um zu wissen, was er tun, geschweige denn sagen sollte.

Erst als sie zu weinen begonnen hatte, hatte er sich neben sie gesetzt. »Wir werden schon eine Lösung finden«, hatte er kraftlos versichert. Aber sie hatte gespürt, daß er keine Ahnung hatte, wie er mit diesem Problem umgehen sollte.

»Ist das alles, was dir dazu einfällt?« hatte sie gefragt.

»Schau, ich werde dich nicht verlassen, wenn es das ist, worüber du dir Sorgen machst.«

»Mich verlassen?« Sie wiederholte seine Formulierung, als würde er eine fremde Sprache sprechen. »Nein, daran habe ich nie gedacht. Ich dachte… ach, vergiß es.«

»Was willst du tun?« fragte er leise.

»Habe ich denn eine Wahl?«

Er spürte, daß sie auf eine Reaktion von ihm wartete. Aber was konnte er sagen oder tun? »Wirst du… denkst du daran, es zu behalten?« Joe sah schmutzige Windeln vor sich und hörte das Baby die ganze Nacht schreien, während er dabei war, eine Prüfungsarbeit zu schreiben.

Karin blickte in die Ferne und beschirmte die Augen mit der Hand, um nicht von der Sonne geblendet zu werden. Trotzdem konnte er die Tränen auf ihren Wangen deutlich sehen und hätte sie am liebsten in die Arme genommen. Gleichzeitig hinderte ihn etwas daran, und eine schwere Hand schien seine Schultern niederzudrücken.

»Ich glaube nicht, daß… Zumindest ist es unter diesen Umständen nicht…« Joe stellte erschrocken und beschämt fest, daß er plötzlich so hochtrabend sprach wie sein Vater, und unternahm schnell einen neuen Versuch. »Ich meine, ich denke, daß wir vielleicht später einmal heiraten. Aber nicht jetzt. Nicht so. Großer Gott, Karin, ich weiß doch nicht mal, was ich mit meinem eigenen Leben anfange, was ich nach dem Studium machen werde. Wie soll ich da die Verantwortung für dein Leben und das eines Babys übernehmen?« Er hatte es ausgesprochen. Er hatte es tatsächlich gesagt.

Karin war aufgestanden und hatte ihre Shorts mit fahrigen Bewegungen glattgestrichen. Immer wieder war sie mit den Händen darübergefahren, so als wolle sie die Haut der Handflächen abreiben. Schließlich hatte sie mit vom Haar halb verdecktem Gesicht ganz gerade und steif vor ihm gestanden.

»Karin...« Er hatte die Hand ausgestreckt, aber sie war vor ihm zurückgewichen, als wolle er sie schlagen.

»Du meinst also, ich sollte es abtreiben, oder?«

Und Joe hatte – viel zu bestürzt, um es abzustreiten oder die traurige Tatsache wenigstens etwas mit Worten zu umkleiden – schlicht und einfach geantwortet: »Ja, genau das meine ich.«

In diesem Moment war etwas auseinandergebrochen. Die eine Hälfte voll Liebe, die sie einmal verbunden hatte, die andere voll von Bitterkeit und Vorwürfen.

Nach diesem Vorfall hatte Joe eine ganze Woche lang vergeblich versucht, Karin zu erreichen. Sie ging nicht ans Telefon, öffnete nicht die Tür, besuchte keine ihrer Vorlesungen. Sie war einfach verschwunden. Und niemand schien sie gesehen zu haben. Joe hatte sogar ihre Eltern in Plainview angerufen.

Er würde wohl auch nie erfahren, wo sie sich während dieser Woche versteckt gehalten und wie sie es fertiggebracht hatte, unbemerkt wieder in ihr Zimmer zu gelangen. Dann kam nur noch dieser letzte Anruf: *Ich habe eine Lösung gefunden...*

Später hatte er von ihren völlig verstörten Eltern erfahren, daß Karin schon lange in psychiatrischer Behandlung war, seit sie in der Oberstufe einen Nervenzusammenbruch gehabt hatte. Da boten sich also genügend Entschuldigungen an, doch im tiefsten Innern wußte Joe, daß Karin noch leben würde, wenn er sich damals anders verhalten hätte.

Joe stand regungslos auf dem Treppenabsatz und bedeckte die Augen mit der Hand, als müsse er sie vor allzu grellem Licht schützen. Dann atmete er tief durch und ging hinunter in die Küche.

»Hei, Kumpel, was für eine Suppe hast du dir heute eingebrockt?« Wayne kicherte über seinen eigenen Witz.

Joe grinste. Er hatte den Telefonhörer zwischen Kopf und

Schulter geklemmt, um den Brotteig weiter kneten zu können. Er freute sich richtig, die Stimme von seinem alten Freund zu hören. Sie hatten sich eine ganze Weile nicht gesehen, aber Wayne, der Redakteur beim *Metropolitan* war, wußte wahrscheinlich nur zu gut, welche Seelenqualen Joe durchmachte. Er hatte sicher mehr als genug Restaurants durch die vernichtende Kritik von Nan Weatherby zugrundegehen sehen. Würde Joe's Place das nächste sein? Der Besuch der Restaurantkritikerin lag mittlerweile über zwei Wochen zurück; wenn ihr Urteilsspruch noch erscheinen sollte, müßte es in der Ausgabe von dieser Woche sein. Rief Wayne etwa an, um ihm sein Beileid auszudrücken?

»Bin gerade fertig«, antwortete Joe obenhin, obwohl es ihm plötzlich die Brust zusammenschnürte. »Der Rest ist für die Geier.«

»Festkoch und Schmalhans, was?«

»So ähnlich.«

»Hör mal, deshalb rufe ich dich an. Weatherby hat für die Ausgabe von dieser Woche eine Beurteilung von Joe's Place geschrieben. Du kannst dir das Heft ja heute am Kiosk besorgen.«

»Was steht denn drin?« preßte Joe mühevoll heraus.

»Keine Ahnung. Aber es wird schon kein Todesurteil sein. Hoffe ich zumindest. Ich hab's noch nicht gelesen. Ich möchte dir auch nicht die Vorfreude verderben.«

»Danke dir«, würgte Joe heraus.

»Vielleicht darf ich das nächste Mal mit dir ein Interview machen. Dann sage ich, daß du mich noch nicht vergiftet hast.« Wayne kicherte. Diesmal konnte Joe ihn allerdings nicht komisch finden.

»Okay. Danke, daß du angerufen hast.«

»Nichts zu danken. Wofür hat man denn Freunde?«

Als er aufgehängt hatte, überschlugen sich Joes Gedanken. Er würde Mr. Shamik vom Zeitungskiosk nebenan fragen, wann er die nächste Lieferung Zeitschriften erhielt. Falls sie noch heute abend kamen, würde er Annie bitten, auf dem Weg hierher eine Ausgabe zu besorgen. Annie wollte nach Arbeitsschluß Laurel abholen, die er darum gebeten hatte, ihm für die Feiertage die Menükarten zu schreiben.

Joe stellte den Hefeteig für das Brot zum Gehen an eine warme Stelle und bat Rafael – der heute aus Puerto Rico zurückgekommen war –, auf alles ein Auge zu haben, bis er wieder zurück war. Er rannte auf die Straße und hetzte im strömenden Regen zum Kiosk. Mr. Shamik war sogar so liebenswürdig, bei seinem Grossisten anzurufen, aber er würde den *Metropolitan* nicht vor vier Uhr am Nachmittag bekommen. Das waren noch Stunden! Wie sollte er die Spannung so lange aushalten können?

Nun, er würde sie ganz einfach ertragen müssen. Und wer weiß, vielleicht würde er sich nach der Lektüre ja auch wünschen, die Kritik nie zu Gesicht bekommen zu haben.

Als er wieder im Lokal war, ging Joe erst einmal nach oben zu Laurel. Er fand sie genau an dem Platz, wo er sie vor ein paar Stunden verlassen hatte. Sie saß vornübergebeugt am Tisch und war völlig in ihre Arbeit versunken. Neben ihr lag ein Stapel fertiger Menükarten. Joe sah sofort, daß sie etwas Außergewöhnliches geleistet hatte. Er hatte sie lediglich gebeten, die einzelnen Gänge und ihre Preise zu schreiben.

Er nahm eine Karte von dem fertigen Stapel und entdeckte, daß jede Ecke und jeder Zwischenraum mit feinen Zeichnungen geschmückt waren. Weinranken tanzten an den Rändern entlang. Ein Vogelnest mit winzigen gesprenkelten Eiern. Ein verzierter Löffel, an dem eine Maus mit Zylinder nippte. Joe war hingerissen.

Vor vielen Jahren hatte er mit seinem Zimmergenossen Bill eine Reise durch Mexiko gemacht und in einer schmutzigen, abseits der Straße gelegenen Spelunke Rast gemacht. Dort hatten sie einen verkrüppelten Jungen kennengelernt, der nicht älter als zwölf Jahre alt sein konnte. Er war blind und hatte, als Bill und

Joe sich hingesetzt hatten, begonnen, Gitarre zu spielen. Er hatte so wunderbar gespielt – *La Malagueña*, Villa-Lobos und sogar ein wenig Vivaldi –, daß Staub, Hitze und Fliegen plötzlich nicht mehr zu existieren schienen. Joe hatte den Jungen nie vergessen und manchmal noch seine Musik in der Erinnerung gehört.

So ging es ihm jetzt mit Laurel.

Er betrachtete Karte für Karte und war so in Staunen versunken, daß er den *Metropolitan* ganz vergaß. Das alles hatte Laurel gemalt? Sie war doch noch ein Kind! Jede Karte war einzigartig – hier ein Korb mit Feldblumen, da ein Maikäfertrio, dort verschmitzt hinter einem Eukalyptusbaum hervorlugende Koalabären. Elfen tanzten im Kreis auf einer Sonnenblume, winzige Affen verrenkten sich zu verschiedenen Buchstaben des Alphabets, ein Eisbär trug eine Eskimofamilie auf dem Rücken.

Hatte Laurel überhaupt eine Ahnung, wie ungeheuer begabt sie war?

Joe mußte an Weihnachten denken. Zunächst war es das übliche gewesen. Er war zum alljährlichen Familientreffen nach Hause gefahren. Seine Mutter hatte im festlichen Kleid hektisch gute Laune verbreitet, während sein Vater sogenannten Freunden, Nachbarn und einem Vetter zweiten Grades, den Joe kaum kannte, endlos unanständige Witze erzählte. Dabei hatte er alle Geschenke außer den Van-Gogh-Bildband von Joe ausgepackt. Dann hatte Joe registriert, daß Vaters Chauffeur Sammy das Hemd trug, das er seinem Vater im vergangenen Jahr zu Weihnachten geschenkt hatte. Bevor Joe etwas sagte oder tat, was ihm später hätte leid tun können, hatte er eine Entschuldigung gemurmelt und war mit seinem noch eingepackten Van-Gogh-Band geflohen. Sein Vater hatte noch nicht einmal gemerkt, daß er gegangen war.

Joe hatte bei Bloomingdale's den Bus in Richtung Brooklyn genommen. Er wollte Annie und Laurel überraschen. Aber es war an ihm, überrascht zu sein. Sobald er das kleine Wohnzimmer betreten hatte, war er von Wärme und weihnachtlicher

Stimmung umgeben gewesen. Er hatte sich einfach wohl gefühlt. Dolly war kurz vor ihm angekommen, beladen mit Geschenken. Und als er Laurel seine Tasche mit Geschenken in die Hand drückte, hatte sie ihn so ungläubig angesehen, als hätte er ihr gerade den Mond auf dem Silbertablett serviert. Er hatte das Van-Gogh-Buch völlig vergessen, das er kurzentschlossen in die Tasche mit dem Parfum für Annie und dem Monopoly-Spiel für Laurel gesteckt hatte. Als sie das Buch auspackte, konnte Laurel kaum noch an sich halten. Mit großen Augen hatte sie die Seiten umgeblättert und völlig verzückt bei der »Sternennacht« verweilt, das im übrigen auch zu seinen Lieblingsbildern gehörte.

»Das da«, hatte sie in einem Tonfall gesagt, als wäre sie gerade beim Einkaufsbummel und würde sich für einen neuen Mantel oder ein Paar neue Schuhe entscheiden.

Dann waren Joes Augen denen von Annie begegnet, in denen eine eigenartige Mischung aus Dankbarkeit, Belustigung und Ärger stand. Als wollte sie fragen, warum er ihnen nicht etwas geschenkt hatte, was sie dringender brauchten. Und Joe war sich wirklich ein wenig dämlich vorgekommen, als er sich in dem kahlen Zimmer mit dem schäbigen Sofa und dem einzigen Stuhl umgesehen hatte. Einzig der mit Papiergirlanden und Sternen aus Stanniolpapier geschmückte, spillerige Weihnachtsbaum hatte dem Raum etwas Heimeliges gegeben. Wozu war Van Gogh schon gut, wenn man Fellhandschuhe, Wolldecken, Bettwäsche und Handtücher brauchte?

Doch als Joe sah, wie versunken Laurel in dem Buch blätterte, wußte er, daß dieses Geschenk zumindest ihr mehr bedeutete als alle praktischen Dinge.

Jetzt blickte er auf Laurel hinunter, die über eine Menükarte gebeugt war und einfach bezaubernd aussah. Nur das kratzende Geräusch ihres Füllfederhalters war zu hören. Ein Sonnenstrahl hatte sich durch das Fenster oberhalb des Tisches verirrt, an dem Laurel saß. In dem hellen Licht wirkte Laurels Haut fast durchsichtig.

»Laurel«, sagte er leise. Sie blickte auf und blinzelte. Sie hatte ganz rote Wangen, und ihre Augen hatten den Ausdruck von jemandem, der gerade aus dem Tiefschlaf geholt wurde. Joe hielt eine der Menükarten hoch. »Sie sind wunderschön! Ehrlich. Wer hat dir beigebracht, so zu zeichnen?«

Laurel war sichtlich verlegen, fühlte sich aber mindestens genauso geschmeichelt. »Niemand«, sagte sie. »Ich habe mir das selbst beigebracht. Meistens male ich einfach das, was ich gerade im Kopf habe.«

»Du mußt ja eine unwahrscheinliche Phantasie haben.«

Sie wurde tiefrot. »Das sagt Annie auch immer. Sie sagt, daß ich zu viel vor mich hin träume und daß ich, wenn ich nur die Hälfte der Zeit lernen würde, lauter gute Noten hätte.«

Joe dachte nach und sagte dann: »Vielleicht stimmt das, aber ich glaube, daß Träumen ebenfalls wichtig ist. Und ich kann mir nicht vorstellen, daß Van Gogh, als er ›Sternennacht‹ gemalt hat, darüber nachgedacht hat, wieviel siebenundachtzig geteilt durch sechs ist.«

»Ich kann aber nicht nur malen«, sagte Laurel eifrig. »Ich lerne auch sticken. Das habe ich gemacht.« Voller Stolz deutete sie in Höhe der Brust auf ihr buntkariertes Hängerkleid.

Joe stieß einen anerkennenden Pfiff aus. »Das ist ja toll. Hat dir das deine Schwester beigebracht?«

»Annie?« Laurel lachte. »Das einzige Mal, als sie versucht hat zu sticken, hat sie sich in den Finger gestochen und alles vollgeblutet. Sie sagt immer, für so was hätte sie keine Geduld.«

Joe dachte daran, wie ruhelos Annie wirkte – sie schien niemals stillhalten zu können. Auch im Sitzen zappelte sie ständig herum, schlug die Beine übereinander, wippte mit den Füßen, verknotete die Hände. Und dazu diese hungrigen Augen...

Er lächelte. »Das erstaunt mich überhaupt nicht. Aber du schon.« Er tippte auf den Stapel fertiger Menükarten. »Damit sollte man ein Buch machen oder eine Ausstellung. Für uns hier sind sie viel zu schade.«

Laurel senkte den Blick. Ihre langen Wimpern – die längsten, die er je gesehen hatte – warfen richtige Schatten auf ihre Wangen. In ein paar Jahren würde sie eine hinreißende Schönheit sein.

»Danke für das Kompliment, das ist sehr freundlich von dir«, sagte sie so förmlich, als hätte sie es aus dem Knigge gelernt. Dann fügte sie sehr leise hinzu: »Aber ich mache das nur zum Spaß. Wirklich. Das ist doch bloß Gekritzel. Wenn Miß Rodriguez mich während des Unterrichts erwischt, brüllt sie mich immer an. Sie denkt dann, daß ich nicht aufpasse.« Sie schaute mit großen blauen Augen auf. »Aber ich kann besser denken, wenn ich male. Verstehst du, was ich meine?«

»Natürlich. Mir geht es genauso, wenn ich ein Omelette mache.«

»Hm?«

»Nicht irgendein Omelette natürlich. Ich meine ein Omelette à la Joe. Komm mit mir in die Küche, und ich werde es dir zeigen. Hast du Hunger, mein Kind?«

Laurel zögerte. »Annie hat gesagt, ich soll dich nicht stören.«

»Na hör mal, wir reden hier über ernsthafte Dinge: Es ist wichtig zu wissen, wie man ein Omelette zubereitet. Oder was machst du, wenn du mal an einer einsamen Insel strandest?«

Laurel mußte lachen. »So ein Quatsch!«

Joe setzte ein ernstes Gesicht auf, zog die Mundwinkel nach unten und rückte die Brille gerade. »Du willst mir also wirklich erzählen, daß du noch nie Seemöweneier gegessen hast? Und wußtest du schon, daß ein Omelette von einem einzigen Straußenei so groß ist, daß zehn Leute davon satt werden?«

Laurel strahlte ihn an, und Joe wurde es richtig warm ums Herz.

Unten in der Küche brachte er ihr bei, wie man Eier mit nur einer Hand aufschlägt, ohne einen einzigen Schalensplitter in die Schüssel fallen zu lassen. Während Rafael und Holt Krabben häuteten, beobachtete Joe Laurel beim Eieraufschlagen. Ihr leuchtendes Gesicht ließ ihn fast vergessen, daß seine Laufbahn als Küchenchef binnen kurzem beendet sein konnte.

Ein Klingeln am Lieferanteneingang übertönte das Geräusch des Mixers.

Joe öffnete die Tür, und eine große Gestalt im triefenden Regenmantel drängte herein und warf ihn fast um. Annie – er hatte sie nicht so bald erwartet.

»Joe, du wirst es nicht glauben! Es ist unwahrscheinlich! Oh... ich bin völlig außer Atem. Draußen schüttet es wie verrückt. Und ich bin gerannt und gerannt.« Sie schüttelte ihr Haar und bespritzte ihn mit eisigen kleinen Tropfen.

Er wartete, bis sie wieder zu Atem kam. Dabei raste sein Herz vor Ungeduld, und er schnappte nach Luft, so als wäre er so weit gerannt. Brachte sie gute Nachrichten? Wohl schon, sonst würde sie nicht so glücklich aussehen.

Annies Gesicht war hochrot und verschwitzt. Sie knöpfte den nassen, schäbigen Mantel auf und zog ihn aus. Darunter trug sie Rock und Bluse, flache Schuhe und Kniestrümpfe, die bis auf die Knöchel heruntergerutscht waren. Ihre nackten Beine schienen vom Eisregen ganz wund zu sein. Joe erblickte die Zeitschrift unter ihrem Arm, und ihm wurde ganz schlecht. Am liebsten hätte er sie ihr entrissen.

»Drei Sterne!« rief sie schließlich und fiel ihm um den Hals. Er war plötzlich eingehüllt in ihren Duft nach Schokolade und nasser Kleidung. »Joe, ich freue ich so sehr für dich! Ist es nicht wunderbar?« Sie ließ ihn los und trat einen Schritt zurück. Aufgeregt blätterte sie in der Zeitschrift und las vor: »Sobald man das Lokal betritt, fühlt man sich wie in einem gemütlichen Landgasthof, wo es wunderbar herzhaftes Essen gibt... die Austern à la Rockefeller waren einfach exzellent, der gegrillte Lachs und der würzige Wildschmortopf hervorragende Beispiele dafür, wie man Gerichte der Regionalküche zur *Haute Cuisine* verfeinern kann...«

Joe war zu keiner Reaktion fähig. Dann ging ihm ganz plötzlich auf, was das alles zu bedeuten hatte: Er würde in der Lage sein, die Miete, die Gehälter seiner Angestellten und sogar die überfälligen Rechnungen seines Weinlieferanten zu bezahlen. Und vielleicht könnte er sogar eines Tages das Lokal vergrößern...

Joe war völlig durcheinander.

»Joe!« Annie zog ihn am Arm. »Das Telefon klingelt!«

Joe eilte in sein Büro und nahm den Hörer ab. Wahrscheinlich war das schon die erste Reservierung aufgrund der positiven Kritik. Die Welt drehte sich wirklich schnell.

»Joseph? Bist du's?« Niemand außer seiner Mutter nannte ihn Joseph.

Joe wurde ganz steif und hielt die Luft an.

»Liebling!« klang es aus dem Hörer. »Vater und ich haben es gerade gelesen. Wir finden es wunderbar und küssen und umarmen dich. Und du errätst nie, wer mich gerade angerufen hat. Frank Shellburne. Du weißt schon, Frank, der immer auf der Jagd nach Steuervorteilen ist. Nun, als Frank die Kritik gelesen hatte, wollte er sofort wissen, ob du nicht vielleicht dein Lokal verkaufen willst. Ich habe gesagt, ich würde mit dir darüber reden, und vielleicht könnt ihr beide euch ja mal treffen. Joseph... bist du noch dran?«

»Ja, Mutter.« Sein Hochgefühl war verflogen. Er kam sich wie unter einem Felsblock plattgewalzt vor. »Ja, Mutter«, wiederholte er kraftlos.

»Versprich mir, daß du es dir wenigstens überlegst«, beharrte sie. »Dein Vater sagt, es ist noch nicht zu spät, dich für das nächste Semester in Yale einzuschreiben. Er könnte ein gutes Wort einlegen...«

»Entschuldige bitte, Mutter, aber ich muß Schluß machen«, unterbrach Joe sie und bemühte sich, nicht allzu unhöflich zu wirken.

Plötzlich war alles wieder da. Die häßliche Szene nach Karins Tod, als er seinen Eltern sagte, daß er das Studium an der Uni abbrechen würde. Sein Vater hatte getobt und seine Mutter geschluchzt: *Wie kannst du nur, nach all dem, was wir für dich getan haben?* Es war wie immer – alles was er tat, hatte sich nur um sie zu drehen. Und all die Jahre hatte er den Mund gehalten und ihre Forderungen erfüllt. So wie damals – er mußte zehn oder elf Jahre alt gewesen sein –, als seine Mutter ihn gezwungen hatte, die Kette zurückzubringen, die er für Cloetta zum Geburtstag gekauft hatte. Er hatte das kleine goldene Kreuz von seinem Taschengeld zusammengespart, aber seine Mutter war der Meinung gewesen, es sei viel zu wertvoll und würde Cloetta nur beschämen. Doch bei der Debatte um Yale hatte er sich das erste Mal gewehrt und seinen Vater beschuldigt, nichts weiter zu wollen als einen Sohn zum Vorzeigen. Als er dann wutentbrannt das Haus verlassen wollte, war er zu allem Überfluß noch aus Versehen gegen Mutters Lieblingslöwen aus Staffordshire-Porzellan gestoßen, der in tausend Teile zersplitterte.

Joe gab sich jetzt alle Mühe, ruhig und freundlich zu bleiben. »Habt ihr Lust, an einem Abend der Woche hierher zu kommen? Du und Dad? Es wäre ja schließlich denkbar, daß euch mein Essen schmeckt. Zum Teufel, vielleicht fühlt ihr euch sogar wohl.«

»Joseph, es gibt keinerlei Anlaß zu fluchen.« Joe konnte den mißbilligenden Gesichtsausdruck seiner Mutter geradezu vor sich sehen – den verkniffenen Mund und die steile Falte, die zwischen den perfekt geschwungenen Augenbrauen erschien.

Er unterdrückte ein trockenes Auflachen und sagte: »Ich werde einen Rosenkranz als Buße beten. Und mit einem Ave Maria um besseres Benehmen bitten. Das dürfte dem alten Herrn da oben ja wohl genügen. Für alle Fälle kannst du ja noch mal ein gutes Wort für mich einlegen, wenn du ihn das nächste Mal an der Strippe hast.«

»Joseph! Wenn das dein Vater hören würde! Du weißt, wie sehr ihn deine Leichtfertigkeit aufregt. Und es hilft überhaupt nichts, wenn du immer wieder beteuerst, daß du dir besondere

Mühe gibst, ihn nicht zu reizen.« Joe konnte ihrer Stimme anhören, daß sie jeden Moment zu weinen anfangen würde. »Ich hätte gedacht, daß du Rücksicht auf das angegriffene Herz deines Vaters nimmst, aber es sieht ganz so aus, als wärst du von deinem waghalsigen Unternehmen so in Anspruch genommen, daß du nicht einmal die leiseste Rücksicht auf deine Familie nimmst. Weißt du, wie selbstsüchtig du manchmal bist?«

»Ich weiß«, sagte er leise. »Mutter, ich muß jetzt wirklich aufhören. Mach's gut.«

Er legte langsam und sorgfältig den Hörer auf die Gabel. Aus dem vergitterten Fenster seines unaufgeräumten kleinen Büros, das auf einer Höhe mit dem Bürgersteig war, konnte er eine Frau auf hohen Absätzen vorbeistolzieren sehen.

Seltsamerweise dachte er darüber nach, wie sein Leben verlaufen wäre, wenn Karin sich nicht umgebracht, sondern das Baby bekommen hätte. Das Kind wäre jetzt fast fünf Jahre alt und damit alt genug, um vieles zu verstehen. Vielleicht sogar, daß Eltern manchmal ganz schöne Kotzbrocken sein konnten. Joe schüttelte sich. Was für ein schrecklicher Gedanke.

Er spürte jemand neben sich und zuckte zusammen. Es war Laurel. Sie schob ihre Hand in seine und schaute ihn so an, als wüßte sie genau, wie er sich fühlte. Aber woher konnte sie das wissen? War er so leicht zu durchschauen?

Joe war gerührt, aber auch ein wenig erschrocken. Er verspürte den starken Drang, einfach wegzulaufen, vor diesen vertrauensvollen blauen Augen und den schmalen Fingern, die seine Hand umfaßt hielten. Er hörte, wie Annie mit ihrer kräftigen Stimme in der Küche Rafael und Holt begrüßte, und wünschte sich nichts mehr als ihre Gegenwart, die ihm so viel Stärke gab.

Er hatte die kleine Laurel in sein Leben gelassen. Er hatte ihr Zutrauen gewonnen. Joe verspürte plötzlich Angst. Würde er auch sie eines Tages enttäuschen? Würde sie erfahren müssen, was Karin so bitter gelernt hatte: daß auf Joe Daugherty kein Verlaß war?

»Acht Dutzend... neun Dutzend... zehn –« Annie unterbrach sich beim Zählen und blickte verzweifelt von dem vollgepackten Tisch in dem engen Lagerraum, der sich an den Laden anschloß, hoch. »Dolly, wie sollen wir das denn jemals rechtzeitig schaffen?«

Sie griff nach einem der rahmgefüllten Schokoladebonbons, die zur Feier des dreizehnten Geburtstags von David Levy – seiner Bar Mizwa – bestellt waren. Jedes einzelne sollte in ein kleines Silberpapierschächtelchen verpackt werden. Das Problem war nur, daß bei dem Druckauftrag irgend etwas danebengegangen war. Auf den zweihundertzweiundachtzig noch nicht gefalteten Kästchen stand anstelle von »Mazel Tov, David!« nämlich »Forever, Jan und Jeff«. Es war Freitagnachmittag und viel zu spät, um noch etwas zu unternehmen. Die Bar-Mizwa-Feier war am morgigen Sonnabend.

»Wir müssen etwas finden, wo wir sie hineintun können«, stöhnte Dolly. »Du meine Güte, wie konnte das nur passieren?« Sie fingerte nervös an ihrem roten Chiffonschal herum. In den zwei Monaten, die Annie nun bei Girod's arbeitete, hatte sie ihre Tante noch kein einziges Mal so außer Fassung gesehen. »Laß mal überlegen... Wie wäre es, wenn wir sie in Seidenpapier verpacken und eine Schleife drummachen? Nein, das ist viel zu normal. Ich habe den Levys etwas Außergewöhnliches versprochen.«

»Wie wär's mit Alufolie?«

»Nein, das geht auch nicht. Es muß etwas sein, das den Leuten auffällt. Erinnerst du dich an die kleinen, rot verpackten Schokoladenherzen mit den Silberkordeln für Nancy Eversons Hochzeit?«

»Das Bild des Brautpaares war auf die Rückseite geklebt. Wie könnte ich das vergessen?«

»Eben, das ist es. Man erinnert sich daran. Seitdem haben

mich vier der Gäste von diesem Fest angerufen und mich gebeten, für sie etwas Ähnliches zu machen.« Dolly warf einen Blick durch die offene Tür in den Laden, wo Gloria eine Frau im braunen Regenmantel bediente. »Die Laufkundschaft ist zwar ganz nett, aber Geld verdienen tut man mit Parties und Lieferverträgen für Hotels.«

»Das ist wie mit Schallplatten«, dachte Annie laut.

»Hm?«

»Ich dachte eben nur, man kann das gleiche Lied immer und immer wieder singen, aber reich wird man damit erst, wenn man eine Plattenaufnahme macht und dann viele LPs verkauft.«

»Das ist genau das Prinzip. Aber leider löst es unser momentanes Problem nicht.« Dolly machte eine Armbewegung in Richtung der Schokoladenbonbons, die Annie säuberlich aufgereiht hatte. Ihre silbernen Armreifen klirrten, und die leuchtend rot lackierten Fingernägel blitzten auf.

Annie starrte auf Dollys Kleid mit dem breiten Zickzackmuster. Und plötzlich war die Erinnerung da. Sie dachte an das wunderschöne Fest, das Dearie an ihrem siebten oder achten Geburtstag veranstaltet hatte. Es hatte kleine Sandwiches gegeben, einen Kuchen, der aussah wie das Gesicht eines Clowns, und einen Mann in einer litzenbesetzten Jacke, der einen zahmen Affen an einer roten Leine mit sich führte.

Dazu eine *Piñata* – ein mit Süßigkeiten gefüllter bunter Esel aus Pappmaché, der vom Balken der Wohnzimmerdecke hing. Annie hatte mit verbundenen Augen und einem langen Stock versucht, die *Piñata* zu öffnen, bis es ihr schließlich gelungen war. Sie hatte sich das Tuch von den Augen gerissen und zugesehen, wie die Süßigkeiten auf ihre johlenden Freundinnen und Freunde herunterprasselten, die sich danach bückten. Sie war so aufgeregt gewesen, als hätte sie ein Wunder bewirkt.

»Ich habe eine Idee«, sagte Annie mit plötzlich wild pochendem Herzen. »Wir könnten die Bonbons in Folie oder Papier oder irgend etwas anderes wickeln – und dann füllen wir sie in drei oder vier *Piñatas*. Die Kinder können sie dann aufstoßen. Und den Erwachsenen macht das Zuschauen bestimmt Spaß.«

Kaum hatte sie es ausgesprochen, dachte Annie, daß sie vielleicht doch besser nachgedacht hätte, bevor sie mit ihrer Idee einfach so herausplatzte. Mexikanische *Piñatas* bei einem jüdischen Bar-Mizwa-Fest? Vor ein paar Wochen war ihre Tante allerdings durchaus beeindruckt gewesen von ihrem Einfall für ein Wohltätigkeitsfest: Annie hatte auf dem Fischmarkt Muschelschalen gesammelt und sie dann mit ungiftiger Goldfarbe eingesprüht. In jede Muschel kam eine Lapsang-Souchong-Trüffel. Das Ganze wurde dann in schillerndes Zellophan verpackt und mit einer dünnen Goldkordel verschnürt.

Jetzt aber schien Dolly nicht gerade begeistert. Sie hatte die Stirn in Falten gelegt und sah so aus, als dächte sie angestrengt nach.

»Piñatas«, wiederholte Dolly grübelnd. Dann begann sie zu kichern, um einen Moment später in herzhaftes Gelächter auszubrechen.

Annie spürte, wie sie rot wurde. Vielleicht war es tatsächlich eine dumme Idee von ihr gewesen. Sie hätte den Mund halten sollen.

Dolly wischte sich die Tränen aus den Augenwinkeln und meinte: »Was für eine wunderbare Idee! Das ist phantastisch!« Dann runzelte sie fragend die Stirn. »Aber wo zum Teufel sollen wir jetzt *Piñatas* herbekommen?«

Annie dachte fieberhaft nach. »Ich bin sicher, daß Laurel uns da helfen könnte. Sie hat kürzlich einen Löwenkopf aus Pappmaché geformt. Und ich glaube, sie könnte uns jedes Tier machen, das wir wollen.«

»Wunderbar! Aber ich rufe trotzdem kurz Mrs. Levy an und erzähle ihr von unserer Idee.« Dolly rannte hoch in ihr Büro.

Als sie wieder herunterkam, sprudelte sie geradezu über. »Sie war erst ein wenig skeptisch, aber als ich ihr dann erzählt habe, wie ungeheuer begabt du bist und was für ein Erfolg deine

Muscheln beim Wohltätigkeitsfest waren, war sie plötzlich ganz begeistert. Wie bist du nur auf die Idee gekommen?«

Annie senkte den Kopf, dann blickte sie Dolly in die Augen. »Ich habe vorhin an Dearie gedacht. Sie hat für mich einmal eine Geburtstagsparty mit einer *Piñata* gemacht.« Sie schluckte, denn in ihrem Kopf überschlugen sich die Erinnerungen. In diesem Moment war sie plötzlich wieder ein kleines Mädchen. Eine Hand, an der billige Ringe und Armreifen glitzerten, hielt die ihre, und sie blickte zu Tante Dolly auf, die mit ihrem roten Lippenstiftmund auf sie herunterlächelte. »Dolly«, stieß sie hervor, »was ist zwischen dir und meiner Mutter passiert?«

Dolly seufzte tief auf. In ihrem Gesicht erschienen tiefe Falten, die vorher nicht dagewesen waren, ihre Schultern fielen nach vorn, und das vertraute Klirren ihrer Armreifen war verstummt.

Annie sah, wie ihre Tante die Kuppe ihres Zeigefingers an die Schläfe preßte – so als befände sich dort ein Knopf, mit dessen Hilfe sie die furchtbare Erinnerung, die in ihr aufstieg, wieder verscheuchen könnte.

»O Gott... das ist alles so lange her.« Dolly versuchte ein Lächeln, das aber kläglich mißlang. »Deine Mutter und ich... nun, wir hatten so etwas wie einen Streit.«

»Das weiß ich. Aber worüber?«

»Alles hat mit Val angefangen, auch wenn du es nicht glauben wirst. Obwohl – wenn ich so zurückdenke, hat mir deine Mutter wohl einen Riesengefallen getan, als sie ihn mir wegschnappte.«

»Val?« Annie starrte ihre Tante ungläubig an. »Du und *Val?*«

»Ja, nun...« Dolly legte die Hand auf ihren ausladenden Busen und brachte ein schwaches Lächeln zuwege. »Wie ich schon sagte, es ist alles so lange her. Ich kann mich noch nicht einmal mehr daran erinnern, was ich wirklich für ihn empfunden habe.« Sie straffte sich und schien sich unter größter Anstrengung zusammenzureißen. »Also, was ist nun mit den *Piñatas?* Warum rufst du deine Schwester nicht kurz an und fragst, ob sie uns helfen kann?«

Annie ahnte, daß hinter dem Zerwürfnis zwischen ihrer Mutter und Dolly weitaus mehr steckte als Val. Das ging ihrer Meinung nach eindeutig aus Dollys Verhalten hervor. Aber sie wollte nicht weiter in sie dringen. Es war nicht der richtige Zeitpunkt. Außerdem kannte sie ihre Tante noch nicht einmal richtig. Wollte sie wirklich das Risiko eingehen, etwas zu hören, was ihr Dolly verleidete?

Annie warf einen Blick auf ihre Armbanduhr. Es war halb vier. Laurel müßte jetzt von der Schule zurück sein. Annie rief sie von dem Telefon im Lager aus an und fragte, ob sie Lust hätte, die *Piñatas* zu machen. Laurel war begeistert und nannte ihrer Schwester eine Liste von Material, das sie auf dem Heimweg besorgen sollte.

Annie schnappte ihren Mantel und war schon auf dem Weg zur Tür, als sie noch einmal kehrtmachte, um Dolly kurz zu umarmen. Als sie sich von ihr löste, sah sie Tränen in Dollys Augen stehen.

»Danke«, murmelte Annie.

»Wofür?«

Annie hätte fast gesagt: Dafür, daß du da bist und mir diesen Job gegeben hast, und dafür, daß du so lieb zu Laurel und mir bist. Aber alles was sie herausbrachte war: »Für alles.«

Irgend jemand folgte ihr.

Der untersetzte Mann im zerknitterten khakifarbenen Regenmantel war ihr aufgefallen, als sie um sechs Uhr den Laden verlassen hatte. Als sie bei ihrem Weg in Richtung der Siebenundsiebzigsten Straße einen Blick über die Schulter warf, erblickte sie genau diesen Mann, der am Briefkasten in der Nähe von Girod's herumgelungert hatte. Er schickte sich gerade an, die Lexington Avenue ebenfalls zu überqueren. Das bedeutete, daß er ihr schon eine Weile gefolgt war. Aber warum? Was konnte er von ihr wollen?

Kalte Furcht kroch in Annie hoch.

Mach dich nicht lächerlich, befahl sie sich selbst. Dutzende von Menschen waren auf dem Bürgersteig unterwegs und gingen genauso wie sie in Richtung U-Bahn. Wieso sollte also ausgerechnet dieser Mann hinter ihr her sein? Und wenn, handelte es sich wahrscheinlich um einen harmlosen Spinner, der einfach gern einem Mädchen hinterherlief.

Er würde es sicher bald satt haben, ihr zu folgen. Und wenn nicht, konnte sie ihn bestimmt ohne viel Mühe abhängen.

Trotzdem blieb sie unruhig. Ihre Beine fühlten sich an wie aus Gummi. Ich werde verrückt, dachte sie, genauso wie Dearie. Seit Rudys Besuch bei Girod's war Annie noch schreckhafter geworden. Bei unerwarteten Geräuschen zuckte sie zusammen, außerdem drehte sie sich andauernd um. Sie sagte sich zwar selbst, daß das dumm war. Schließlich war Val Tausende von Meilen entfernt – und Rudy hoffentlich auch. Dolly schien absolut sicher, daß sie beide Männer davon hatte überzeugen können, daß ihre Nichten bei ihr nicht zu finden waren.

Aber was war, wenn sie sich täuschte?

Annie erblickte ein Schreibwarengeschäft und huschte hinein. Sie streifte durch die einzelnen Abteilungen und kaufte einige der Dinge, die Laurel aufgelistet hatte: Luftballons, Kreppapier, Plakatfarben. Den Kleister und das Stärkemehl, das ihre Schwester als Grundmaterial brauchte, würde sie in dem Lebensmittelgeschäft in Brooklyn kaufen.

Während sie in der Schlange an der Kasse stand, versuchte sie, nicht an den Mann im khakifarbenen Regenmantel zu denken. Zumindest hatte sie ihn hier im Laden nicht mehr gesehen. Es war, als hätte es ihn nie gegeben. Sie schien wirklich unter Verfolgungswahn zu leiden. Während sie im grellen Licht der Neonröhren an den Regalen mit Süßigkeiten, Gruß- und Glückwunschkarten und Kamerafilmen vorbeischlenderte und ganz normalen, netten Leuten beim Einkaufen zusah, kam sie sich ganz schön dumm vor. Als ob ausgerechnet sie wie in einem Kriminalfilm von einem finsteren Detektiv verfolgt würde!

Es gab keinen Grund, warum Val oder Rudy gerade jetzt hinter ihr her sein sollten. Laurel und sie waren mittlerweile schon drei Monate in New York; Rudys Besuch bei Dolly lag auch schon wieder über einen Monat zurück.

Seither hatte Dolly weder von Val noch von Rudy etwas gehört. Es hatte noch nicht einmal ein Telefonat gegeben.

Annie ließ sich beim Bezahlen Zeit und zählte dem Kassierer den Betrag exakt hin.

Draußen auf der Straße konnte Annie keine Spur von ihrem Verfolger entdecken. Dann sah sie aus dem Augenwinkel eine Bewegung und erblickte ihn an einem Zeitungsstand, an dem er untätig herumstand und so tat, als würde er die Überschriften lesen. Es war schon ziemlich dunkel, und der Mann hatte seinen Hut tief in die Stirn gezogen, so daß sie sein Gesicht nicht erkennen konnte. Aber sie erkannte den Regenmantel sofort wieder. Der Mann schien sie wirklich zu verfolgen.

Annie spürte, wie ihr das Blut in den Kopf stieg, und ihre Knie begannen zu zittern. Beinahe wäre sie mit einer Frau zusammengestoßen, die eine Aktentasche trug.

Als sie an dem Zeitungsstand vorbeiging, wagte Annie nicht, einen Blick zur Seite zu werfen; sie befürchtete allen Ernstes, daß sie keinen Schritt mehr tun könnte, wenn sie diesen Mann ansah. Aber sie spürte mit jeder Faser ihres Körpers, daß er dort stand.

Sie begann die Stufen zur U-Bahn herunterzusteigen und hielt sich krampfhaft am Geländer fest. Von der Taille aufwärts fühlte sie sich seltsam leicht, so als wäre das Gewicht ihres Oberkörpers mit dem ihrer Beine verschmolzen, die ungeheuer schwer und kaum zu heben waren. Der Mann mußte etwas mit Val oder Rudy zu tun haben. Vielleicht war er Privatdetektiv. Oder warum sollte er ihr sonst folgen?

Annie dachte an Laurel, die zu Hause auf sie wartete. Was sollte sie tun, wenn der Mann ihr bis nach Brooklyn folgte? Sie würden sich in Sicherheit bringen müssen, bevor Val und Rudy bei ihnen auftauchten und Laurel mitnahmen.

Bei dem Gedanken, Dolly, Joe und Rivka verlassen zu müssen, wurde Annies Kehle eng. Sie müßten wieder ganz von vorn anfangen und in einem schäbigen Hotelzimmer hausen, während sie erneut auf Wohnungssuche ging...

Mit schlotternden Knien setzte Annie den Fuß auf die letzte Stufe. Sie mußte alle Kraft zusammennehmen, um weiterzugehen.

Der Bahnsteig war voller Menschen. Vielleicht konnte sie den Mann jetzt abhängen. Immer neue Fahrgäste strömten die Treppe hinunter, drängten sich durch die Drehkreuze und bahnten sich ihren Weg auf dem Bahnsteig. Gerade war ein Zug eingefahren. Wenn sie es irgendwie schaffen könnte, ihn zu erreichen und hineinzuspringen, bevor die Türen schlossen, konnte sie ihrem Verfolger vielleicht entkommen.

Sie warf einen hastigen Blick über die Schulter und sah ihn am Fuß der Treppe inmitten der Menschenmenge. Aber vor ihr drängten sich auch Menschen. Sie würde es nicht schaffen, es sei denn, der Zug wartete, was so gut wie nie vorkam. Oder es sei denn...

Aus einem Instinkt heraus stürzte Annie los. Sie umklammerte ihre Einkaufstaschen und ihre Handtasche mit einer Hand und sprang über das hüfthohe Geländer des Drehkreuzes. Ihr Rock blieb irgendwo hängen, und sie konnte das Geräusch von reißendem Stoff hören. Sie dachte: Mist, der ist hin, rannte aber so schnell sie konnte weiter, um den Zug zu erreichen, bevor sich die Türen schlossen.

»Halt! Bleiben Sie stehen! Halt!« hörte sie plötzlich jemand hinter sich herrufen. Aus dem Augenwinkel sah sie einen Mann in blauer Uniform vor dem Hintergrund der schmutzigen weißgekachelten Wände: ein Bahnpolizist. Sein Abzeichen blitzte im Licht.

Annie erschrak. Man hatte der Polizei zu gehorchen. Sie dachte an den Ausflug, den sie in der fünften Klasse zur Polizeistation von Beverly Hills gemacht hatten. Ein weißhaariger, väterlich wirkender Polizist in blauer Uniform hatte nach der Besichtigung Lutscher verteilt.

O nein! dachte Annie. Wenn er mich erwischt, verpasse ich den Zug. Vielleicht fand er zu allem Überfluß dann auch noch heraus, wer sie war und...

Annie stürzte vorwärts und erreichte den Zug gerade in dem Moment, als sich die Türen schlossen. Am liebsten hätte sie geschrien und mit den Fäusten dagegengetrommelt. Das war einfach nicht fair!

Annie sah den Polizisten vom anderen Ende des Bahnsteigs her sich seinen Weg durch die Menschenmenge bahnen. Hinter ihr kämpfte sich gerade der Mann im Regenmantel durch das Drehkreuz. Sie saß in der Falle. Es blieb nur die Frage, wer zuerst bei ihr ankam. Bei dem Gedanken wurde ihr schlecht.

Da geschah so etwas wie ein Wunder.

Die Türen des Zuges öffneten sich zischend noch einmal, und über Lautsprecher ertönte die Stimme des Schaffners: »Bleiben Sie in den Wagen! Blockieren Sie nicht die Türen! Der Zug fährt nicht ab, solange die Türen blockiert sind!« Im Bruchteil einer Sekunde warf sich Annie in den Wagen und preßte sich gegen die feste Mauer aus Menschen, die sich darin knäulte. Die Türen knallten zu.

Sie fühlte, wie der Zug erzitterte, dann mit einer ruckartigen Bewegung anfuhr und langsam an Geschwindigkeit gewann. Annie blickte an die Scheibe gepreßt auf den Bahnsteig, der wie in einem Alptraum langsam an ihr vorbeiglitt. Der Mann im Regenmantel stand da; sie war ihm um Haaresbreite entkommen. Im Vorbeifahren konnte sie einen Blick auf sein Gesicht erhaschen: hellblaue Augen, rötlicher Schnurrbart und schmale verkniffene Lippen.

Dann war er aus ihrem Blickfeld entschwunden, und der Zug raste durch den Tunnel, der so schwarz wie eine Kohlenmine war. Nur die Wagen waren hell erleuchtet. Annie hätte vor Erleichterung am liebsten geheult und holte tief Luft.

Sie lehnte die Stirn gegen die beschlagene Scheibe und schloß die Augen. Sie war beinahe dankbar für die Flut von Menschen um sie herum, für diesen Geruch nach warmer nasser Wolle und Schals, Hüten, Tüten, Paketen und Aktentaschen. Eine Flut, die bei jedem Schlingern des Zuges gegen sie rollte, die sie aber auch aufrecht hielt und trug.

Annie dachte an Joe und wie schön es wäre, wenn er jetzt hier wäre. Ihm würde sicher etwas einfallen, um sie auf andere Gedanken zu bringen.

So wie am vergangenen Wochenende, als er Laurel und sie ins Rockefeller Center mitgenommen hatte. Sie hatte ihn dabei beobachtet, wie er Laurel geduldig das Schlittschuhlaufen beibrachte und sie langsam – einen Arm stützend um ihren Rücken gelegt – über das Eis führte. Annie, die selbst nicht die beste Läuferin war, fiel dauernd hin und mußte ganz allein wieder auf die Beine kommen. Ein Sturz war ziemlich schlimm gewesen und hatte ihr im ersten Moment den Atem genommen, weil sie so schmerzhaft auf die Hüfte gefallen war. Aufstehen war ihr fast unmöglich erschienen, da ihr immer wieder die Beine wegrutschten. Aber sie hatte niemanden um Hilfe gebeten. Sie wäre lieber gestorben, als sich derart zu erniedrigen. In diesem Moment zog sie jemand hoch und stellte sie wieder auf die Beine. Joe legte fest den Arm um sie und lief mit ihr über das Eis, während sein Wollschal gegen ihre Wange wehte. Annie war sich vorgekommen wie ein im Wind segelnder Drachen. Und das erste Mal seit Dearies Tod hatte sie sich wie ein Kind wunderbar geborgen gefühlt. Gleichzeitig fürchtete sie sich aber auch ein wenig, denn Kindsein bedeutete ja, keine eigenen Entscheidungen treffen zu können und keine Verantwortung zu haben.

Alleinsein war allerdings schlimmer. Sicher, sie hatte Laurel, aber das machte es in mancher Beziehung schwieriger, weil Laurel so von ihr abhängig war. Und wenn Annie ganz ehrlich war, fand dieses Versteckspiel und die ganze Heimlichtuerei doch nur wegen Laurel statt.

Nicht, daß sie ihrer Schwester etwas verübelte. Nein, nicht im geringsten. Aber manchmal, so wie eben jetzt, konnte sich Annie den Gedanken nicht verkneifen, wieviel einfacher das Leben doch wäre, wenn sie nicht die Verantwortung für Laurel hätte.

Kaum hatte sie das gedacht, fühlte sie sich plötzlich irgendwie schuldig. Was hatte sie da eben gedacht? Ohne Laurel wäre sie unglücklich und allein. Sie hätte niemanden, der sie liebte und den sie liebte.

Dann dachte sie an Dolly und Rivka... und an Joe. Vielleicht war das nicht das gleiche, aber sie sorgten sich um sie.

Sie sah Joe vor sich, sein schönes, unregelmäßiges Gesicht, seine dunklen Augen. Sie hatte schon oft gespürt, daß er litt. Joe hatte große Ähnlichkeit mit Dearie, die ihr eigentliches Ich hinter ihren Späßen und ihrer Oberflächlichkeit verborgen hatte. Aber Joe würde im Gegensatz zu ihrer Mutter den Kampf mit sich selbst eines Tages bestehen, davon war Annie überzeugt.

Vielleicht war es das, was sie zu ihm hinzog – das Gefühl, daß sie etwas verband. Und was auch immer ihn quälte, es hatte bestimmt nichts mit irgendwelchen merkwürdigen Verfolgern oder ihn jagenden Polizisten zu tun.

Annie öffnete die Augen und bemerkte die über der Tür eingeritzte Zeile: Dolores Christo liebt Ramon de Vega, 1964. Das ist fast wie eine Gedenktafel, dachte sie. Wo diese beiden wohl heute waren? Hatten Dolores und Ramon jung geheiratet, ein Kind oder vielleicht auch zwei? Oder gingen sie jetzt auf der Straße aneinander vorbei und taten so, als ob sie sich nicht kannten? Aus irgendeinem Grund hoffte Annie, daß sie noch zusammen waren. Der Gedanke, daß vielleicht das einzige Überbleibsel ihrer Liebe diese Wörter auf der Seitenwand eines U-Bahn-Waggons sein könnten, stimmte sie traurig.

Wenn ich mich verliebe, dann für immer, dachte sie.

Annie riß sich zusammen. Es war reichlich absurd, nach dieser Verfolgung durch einen Fremden und dem Zusammenstoß mit dem Polizisten über Liebe nachzudenken.

Aber während der Zug weiter durch den Tunnel raste, ertappte sich Annie dabei, wie sie an Joe dachte und sich vorstellte, daß ihr Name neben seinem in die Seitenwand des Zuges eingeritzt war.

»Oh, wie schön, daß du da bist, Annie. Es gibt gute Neuigkeiten, warte nur, bis du alles erfährst.« Rivka stand strahlend in der Tür.

Annie blickte sich in dem kleinen, unordentlichen Wohnzimmer um und sah, daß wirklich etwas passiert sein mußte. Die gerade achtzehnjährige Sarah stand in einem grauen Faltenrock, der bis übers Knie reichte, und einem pinkfarbenen Pullover mit Rollkragen und langen Ärmeln in der Mitte des Zimmers, obwohl heute nur ein gewöhnlicher Donnerstag und kein jüdischer Feiertag war. Sarah lief dunkelrot an und schlug die Hände vors Gesicht. An einem Finger blitzte ein kleiner Brillant.

»Sarah wird heiraten!« frohlockte Rivka und legte einen Arm um die Schultern ihrer Tochter. »Das ist heute beschlossen worden. Kannst du dir unsere kleine Sarah als Braut vorstellen? Ist das nicht wundervoll?«

Annie starrte Sarah völlig perplex an. Sarah war doch kaum älter als sie! Sie war ein Teenager! Und wer war der Glückliche? Niemand hatte je von ihm geredet. Die bescheidene, ruhige Sarah würde schneller als gedacht ein Haus voller Kinder haben. Rivka und ihre Tochter wirkten ausgesprochen glücklich, doch für Annie war diese Neuigkeit fast so etwas wie ein Schock.

Sie zwang sich, ebenfalls ein fröhliches Gesicht aufzusetzen. Vielleicht würde sie sich binnen kurzem auch für Sarah freuen können, wenn sie sich erst an den Gedanken gewöhnt hatte. Doch im Moment war sie noch viel zu überrascht.

Annie ging auf Sarah zu und umarmte sie. Dabei dachte sie, wieviel einfacher es doch für sie war, zu Rivkas Töchtern ein liebevolles Verhältnis zu haben als zu ihren Söhnen. Jungen durften eine Frau nicht berühren, ihr noch nicht einmal die Hand geben.

Rivka hatte ihr den Grund erklärt: Es war möglich, daß eine Frau ihre Periode hatte, und zu dieser Zeit galt sie als unrein. Als Annie Mr. Gruberman bei ihrer ersten Begegnung die Hand hatte geben wollen, war er zurückgeschreckt, als hätte sie Lepra.

»Das ist ja großartig!« gratulierte Annie. »Wer ist denn der Bräutigam? Ich glaube nicht, daß ich ihn hier schon mal gesehen habe.«

Sarah kicherte verlegen, und Rivka schaltete sich ein. »Sie haben sich vor ein paar Wochen kennengelernt. Aber sie haben sich vom ersten Augenblick an glänzend verstanden, und da Yitzak im nächsten Monat nach Israel geht, um bei einem berühmten Rabbi den Talmud zu studieren, wollten die beiden nicht warten.«

»Heißt das, ihr habt euch eben erst kennengelernt – und jetzt wollt ihr heiraten?«

»Wir haben uns fast einen Monat lang regelmäßig gesehen«, sagte Sarah, als würde diese kurze Zeitspanne völlig ausreichen, um eine so wichtige Entscheidung zu treffen. »Außerdem lernt Yitzak ungeheuer viel. Er nimmt an Diskussionen über den Talmud teil, und sein Rabbiner sagt, er sei sehr begabt.« Kein Wort darüber, wie liebenswert Yitzak sei oder daß er ihr Blumen geschenkt hätte. Oder wie romantisch es gewesen sei, als er um ihre Hand angehalten hatte.

Rivka zuckte die Achseln und bückte sich, um Shainey hochzuheben, die verzweifelt versuchte, aus ihrem Laufställchen herauszukommen. »Ganz so schnell ging es auch nicht, zumindest nicht so, wie es sich anhört. Davor gab es noch zwei andere.«

»Zwei andere?« Annie war völlig durcheinander. Der Gedanke, daß die stille, scheue Sarah sich gleich mit einer ganzen Schar von Jungs getroffen hatte, war für sie geradezu unvorstellbar.

»Komm, setz dich. Ich mache uns einen Tee und erzähle alles.« Rivka dirigierte Annie in die Küche, in der sich Annie in den letzten Monaten sicherlich häufiger aufgehalten hatte als in ihrer winzigen eigenen im oberen Stock.

»Ich hole Tassen«, bot Sarah an.

Laurel, die, als Annie kam, bereits bei Rivka war, blieb im Wohnzimmer und paßte auf Shainey auf. Außerdem half sie dem fünfjährigen Yonkel beim Drehen der Kreisel, die er zum Chanukka-Fest bekommen hatte. Auf dem Nähtisch in der Ecke lag pflaumenfarbener Stoff mitsamt einem Schnittmuster für ein Kleid, das Laurel mit Hilfe von Rivka nähte.

»Schau mal, mach es so, dann dreht er sich schneller.« Annie konnte Laurels Stimme hören, die mit den Kindern von Rivka sehr liebevoll umging und große Geduld mit ihnen hatte. *Sie wird eine gute Mutter werden,* dachte Annie.

Auch jetzt noch machte Laurel einen Großteil der Hausarbeit. Sie kochte nicht nur fast jeden Tag, sondern kümmerte sich samstags auch um die Wäsche, die sie in den Waschsalon an der Ecke Sechzehnte Straße schleppte. Nach Annies Anruf hatte sie übrigens gleich Vorbereitungen für die Fertigung der *Piñatas* getroffen und Zeitungen in Streifen gerissen. Die Streifen würde sie dann in eine Mischung aus Stärkemehl, Kleister und Wasser tauchen und sie anschließend schichtweise um die Ballons legen, die Annie mitgebracht hatte.

Während Rivka geschäftig hin und her eilte, Wasser für den Tee aufsetzte und eine Platte mit Gebäck auf den Tisch stellte, deckte Sarah Teller und Tassen. Sie bewegte sich mit einem völlig neuen Selbstbewußtsein, so als wäre sie bereits eine verheiratete Frau und nicht länger ein junges Mädchen. Annie beobachtete sie aufmerksam und versuchte festzustellen, ob es in ihrem Gesicht oder an ihren Bewegungen etwas gab, das sie von anderen Mädchen ihres Alters unterschieden hätte. Doch da war nichts, einfach gar nichts – sie hätte genausogut irgendein Mädchen aus der Mittelschicht sein können, das sich für ihren ersten High-School-Ball feingemacht hatte oder sich darauf vorbereitete, zur Uni zu gehen.

Sie könnte ich sein. Ich könnte sie sein.

Dieser Gedanke erschütterte Annie derart, daß sie beinahe

den Tee verschüttet hätte, den Rivka ihr gerade eingeschenkt hatte. Ich möchte ganz sicher nicht heiraten, dachte sie. Zumindest nicht jetzt. Vielleicht auch in zehn Jahren noch nicht. Vielleicht auch nie.

»Die ersten beiden jungen Männer – wie Yitzak dann auch – hat uns der *Shatchan* geschickt«, erklärte Rivka und ließ sich auf den Stuhl gegenüber von Annie fallen. Sarah huschte aus der Küche, um nach dem Baby zu schauen, das in einem der Schlafzimmer entlang des Flurs schrie. Rivka lächelte. »Ich sehe schon, du hast noch nie etwas von einem *Shatchan* gehört.«

Rivka trug an diesem Abend ein geblümtes Hemdblusenkleid, das ihre wieder schlanke Figur zeigte. Statt eines um den Kopf geschlungenen Schals trug sie ihren *Shaitel,* eine braune Kurzhaarperücke, die sorgfältig toupiert war. Nach der Heirat bedeckte eine orthodoxe Jüdin ihr Haar mit einer Perücke, die sie nur absetzte, wenn sie allein mit ihrem Mann war. Also konnte nur er sie in voller Schönheit sehen. Annie hatte sich trotzdem immer wieder gefragt, wie Haare denn noch gut aussehen konnten, wenn sie den ganzen Tag unter einer Perücke zerdrückt worden waren.

»Ein *Shatchan* ist ein Heiratsvermittler«, erklärte Rivka. »Bei uns arrangiert Esther Grünbaum solche Dinge, zeigt Fotos und vermittelt ein Treffen. Du kannst dir nicht vorstellen, was Sarah für ein Theater gemacht hat, als sie fotografiert werden sollte! Als müßte sie sich als Miß Amerika bewerben. Dabei kann doch wohl kein Junge dieses Gesicht vergessen, auch wenn es ihn von einer schlechten Fotografie anschaut!«

Annie mußte lachen. »Und was ist dann passiert? Haben Sarah die beiden ersten Kandidaten nicht gefallen?«

»Bei dem ersten hat sie nur einen Blick auf das Foto geworfen und ist in Tränen ausgebrochen. Du hättest ihn sehen sollen – er hatte unvorstellbar weit vorstehende Zähne. Esther hat Stein und Bein geschworen, daß er für jedes Mädchen ein wunderbarer Ehemann wäre, aber Sarah hat keinen Blick mehr an ihn verschwendet. Und ich kann ihr deswegen nicht böse sein. Ich wäre von einem Schwiegersohn, der wie ein Esel aussieht, auch nicht begeistert gewesen.« Rivka lehnte sich vor und gestikulierte heftig, um ihren Worten Nachdruck zu verleihen. »Der zweite sah gar nicht mal so schlecht aus. Aber er hat kaum zwei Worte mit Sarah gewechselt, als sie sich trafen. Und Sarah ist auch keine große Rednerin. Bei den beiden, habe ich mir gedacht, liege ich schon lange in der Kiste, bevor mein erstes Enkelkind zur Welt kommt.«

»Und was war mit…?« Annie zögerte und suchte nach dem Namen des dritten Bewerbers.

»Yitzak«, sagte Sarah leise.

Rivka lehnte sich zurück, und über ihr Gesicht breitete sich ein Lächeln. »Yitzak wird Sarah ein guter Ehemann sein. Er ist ruhig und zuverlässig und wahnsinnig fleißig, wie sie sagt. Aber er hat auch etwas Verschmitztes in den Augen. Er wird Sarah aus sich herausholen. Und es gibt keinen aufmerksameren Menschen als ihn. Sein Vater ist ein Rabbi, das solltest du wissen. Ein sehr gelehrter Mann.«

Annie hätte Sarah gern gefragt, was sie gedacht hatte, als sie Yitzak zum erstenmal auf dem Foto gesehen hatte, aber vielleicht wäre das zu indiskret. Zum Glück kam Rivka ihr zuvor.

Sie lehnte sich wieder über den Tisch und flüsterte: »Im Vertrauen gesagt, Yitzak sieht auch nicht schlecht aus. Ein guter Fang. Außerdem ist meine Sarah auch nicht zu verachten.« Rivka stopfte sich ein Plätzchen in den Mund, lehnte sich wieder zurück und warf ihrer Tochter einen stolzen Blick zu. Als sie fertiggekaut hatte, fragte sie: »Und was ist mit dir, Annie? Du solltest auch übers Heiraten nachdenken. Es ist nicht gut, wenn ein junges Mädchen ohne Familie und ohne Mann lebt.«

Annie lachte. »Ohne Ehevermittler werde ich wohl so schnell keinen Mann finden. Außerdem möchte ich im Moment noch nicht heiraten.«

»Und was ist mit diesem jungen Mann? Ich meine den, der

dich und Laurel besuchen kommt? Was ist mit ihm, kann er sich nicht entscheiden?«

»Joe?« Annies Stimme klang ein bißchen brüchig und verriet sie. Sie spürte, wie sie rot wurde. »Oh, Joe ist nur ein guter Freund. Er kommt hauptsächlich wegen Laurel vorbei. Er ist für sie wie ein großer Bruder.«

Rivka musterte sie mit schräggelegtem Kopf. Sie mochte zwar ein relativ ereignisloses Leben führen, aber mit dem, was sich zwischen Männern und Frauen abspielte, kannte sie sich aus. Sie wußte genau, daß Annie ihr nicht die ganze Wahrheit sagte.

Annie hatte irgendwann beschlossen, Rivka zu vertrauen, und hatte ihr von Val erzählt. Damit Rivka sie und Laurel decken konnte, falls er jemals hier auftauchen sollte. Am liebsten hätte Annie ihr jetzt von dem Mann erzählt, der sie auf dem Heimweg verfolgt hatte. Aber sie wollte Laurel nicht ängstigen und Rivkas Glück nicht trüben. Es war besser, sie behielt ihre Befürchtungen vorerst für sich.

»Also wirklich«, lachte Rivka, »ich stecke meine Nase schon wie eine richtige Klatschbase überall rein. Möchtest du noch Tee? Ich gieße dir noch etwas ein. Und nimm von dem Gebäck, ich habe es ganz frisch gemacht.«

Von draußen war das Geräusch eines Schlüssels und dann die klappende Haustür zu hören. Mr. Gruberman kam aus der Synagoge. Rivka ging hinaus, um ihn zu begrüßen. Während Annie in der großen warmen Küche ihren Tee schlürfte und den Stimmen im angrenzenden Raum lauschte, fühlte sie sich sicher und geborgen.

Wahrscheinlich hatte der Mann im Regenmantel nur den Zug erreichen wollen, den sie auch genommen hatte. Und er sah nur so enttäuscht aus, weil er den Zug verpaßt hatte. Wahrscheinlich hatte sie sich alles sowieso nur eingebildet.

Doch irgendwie fiel es ihr schwer, das zu glauben.

Dolly saß in einem dunklen Kino im East Village und war reichlich nervös. Sie hatte die Hände so fest verschränkt, daß sich ihre Fingernägel in die Handflächen bohrten.

Sie schaute auf ihre Armbanduhr. Es war kurz vor Mitternacht, und der Film mußte bald zu Ende sein.

Sie fragte sich, ob Rudy in ihrer unmittelbaren Nähe oder oben in einer der vorderen Reihen saß. Sie hatte versäumt, nach ihm Ausschau zu halten, als sie den Vorführraum betreten hatte, aber es war wahrscheinlicher, daß er erst nach Beginn des Films gekommen war.

Sie sollte ihn danach im Foyer treffen. Seltsam, daß er sich ausgerechnet hier hatte mit ihr verabreden wollen. Was war mit ihm los, hatte er etwa sentimentale Anwandlungen?

Dolly blickte sich um. Das Kino war ziemlich leer. Um nicht als der inzwischen gealterte Star auf der Leinwand erkannt zu werden, hatte sie einen Platz in der hintersten Reihe neben dem Ausgang gewählt, wo sie niemand beachten würde. Aber warum war sie so nervös? Die Zuschauer um sie herum waren fast alle noch in den Windeln gewesen, als sie *Dames in Chains* gedreht hatte. Heute sah sie wohl eher wie die Mutter dieses großäugigen hübschen Mädchens auf der Leinwand aus.

Es war schon eine verrückte Sache, so einen alten Streifen als Kultfilm zu bezeichnen. Der Film war so schlecht, daß er nach einer gewissen Zeit durchaus komische Qualitäten bekam. Als die Zuschauer um sie herum begannen, lauthals über die Sätze zu lachen, in die sie vor so langer Zeit ihr Herzblut gelegt hatte, dachte Dolly zuerst, die Leute lachten über sie. Doch nach einer Weile erkannte auch sie die Komik verschiedener Situationen und ertappte sich selbst beim Kichern. Manche dieser alten Schinken waren in der Tat ziemlich komisch.

Gerade in diesem Augenblick ließ ihr drei Meter großes Abbild auf der Leinwand die Brüste in den Schoß eines Rechtsanwaltes purzeln und schluchzte: »Wie konnte ich da nur hineingeraten?«

Dolly lachte, und es tat ungeheuer gut. Du lieber Gott, sie hatte mit der Frau auf der Leinwand so viel Ähnlichkeit wie eine grüne Tomate mit einer schwarzen Amsel. Ihre schauspielerische Leistung mochte zwar lächerlich sein, aber sie hatte schließlich seitdem sehr viel erreicht.

Sie dachte an die vor ihr liegenden Aufgaben – der Valentinstag stand unmittelbar bevor, und für den nächsten Monat hatte sie bereits Aufträge für zwei Hochzeiten und eine Wohltätigkeitsveranstaltung für das Metropolitan Museum. Außerdem hatte gestern ein Vetter von Mrs. Levy angerufen, der vergangene Woche auf dem Bar-Mizwah-Fest von David Levy gewesen war. Er war Lieferant für Speisen und Getränke und von Laurels *Piñatas* so beeindruckt gewesen, daß er Dolly den Auftrag für die zukünftige Lieferung der von ihm benötigten Pralinen erteilte.

Mittlerweile lief der Abspann über die Leinwand, und das Licht ging an. Die Zuschauer erhoben sich, schlüpften in ihre Jacken und Mäntel und strebten dem Ausgang zu.

Dolly rührte sich nicht. Sie hatte Angst und war in höchstem Maße beunruhigt über die bevorstehende Begegnung mit dem Mann, der aller Voraussicht nach im Foyer auf sie wartete.

Rudy Carrera.

Was er wohl von ihr wollte? Hatte sie ihm nicht bereits mitgeteilt, daß sie nichts wußte und von Eve und ihren beiden Nichten in all den Jahren nichts gehört hatte? Was also sollte jetzt dieser neuerliche Versuch? Dolly zitterte bei der Erinnerung an Rudys Anruf am vergangenen Abend. Seine Stimme hatte seltsam geklungen, und irgend etwas war äußerst merkwürdig gewesen. Rudy hatte sich weder besonders neugierig noch besonders ungeduldig gezeigt. Er hatte ganz so gewirkt, als wüßte er bereits über alles Bescheid.

Dolly spürte, wie sich ihr Herzschlag beschleunigte.

Zu Anfang hatte sie versucht, einem Treffen mit Rudy zu entgehen. Aber er war hartnäckig gewesen, fast wie ein Hund, der eine Fährte verfolgt. Schließlich hatte sie nachgegeben, weil sie im Interesse von Annie und Laurel herausfinden mußte, ob er etwas wußte. Wenn nicht, wären sie wenigstens beruhigt.

Dolly griff nach ihrem Mantel und stand auf. Ihr Körper war völlig steif, und sie fragte sich, wie sie es geschafft hatte, zwei Filme hintereinander anzusehen. *Storm Alley.* Diesen Film hatte sie Jahre nicht gesehen. Es war aufregend gewesen, Eve dort oben auf der Leinwand zu sehen, strahlend und überschäumend vor Lebenslust. Gleichzeitig war es natürlich ein Schock gewesen. Eve hatte keinerlei Ähnlichkeit mit dem armen, immer stärker verfallenden Geschöpf besessen, das sie am Ende gewesen war.

Dolly dachte an die Szene, in der Eve in der Rolle der Maxie Maguire, einer Hure mit goldenem Herzen, zu Gino zurückkehrt und ihm mitteilt, daß sie an Krebs sterben wird, und ihn so weit bringt, daß er sie erschießt. Anschließend wird Gino natürlich des Mordes angeklagt. Großer Gott, was für eine Schnulze! Wer außer Eve hätte das so selbstverständlich spielen können? Am Ende des Films hatte Dolly einige Leute um sich herum schniefen und sich die Nase putzen hören. Und sie war da keine Ausnahme gewesen. Nur hatte der Film sie aus völlig anderen Gründen aufgewühlt.

Dolly blickte sich in dem mittlerweile hell erleuchteten Vorführraum um – abgewetzte Plüschbestuhlung, verschlissene Vorhänge und abblätternde Vergoldung, wohin sie auch blickte. Eve – die *alte* Eve – hätte sich sicher darüber gefreut, daß der damalige Ruhm ihr zu einem Golden-Oldie-Status verholfen hatte.

Sie dachte an die Ankündigung dieser Retrospektive in der *Times* unter dem Motto »Schwestern auf der Leinwand«. Dabei handelte es sich um insgesamt sechs Filme, in denen berühmte und weniger berühmte Hollywood-Schwestern (letzteres traf auf sie zu) die Hauptrolle spielten. Olivia de Havilland in *Hold Back The Dawn* (Das goldene Tor) neben Joan Fontaine in *Suspicion* (Verdacht). Zwei Oldies mit Lillian und Dorothy Gish. Dann ihr eigener Name neben dem von Eve.

Das ist ein Omen. Ein *schlechtes* Omen, hatte sie gedacht.

Und dem folgte – wie aus heiterem Himmel – der Anruf von Rudy Carrera.

Es ging sicher um Geld. Was sollte er sonst wollen? Wenn er den Aufenthaltsort von Annie und Laurel bereits kannte, konnte es nur um Geld gehen.

Dolly ging langsam in Richtung des Foyers und entdeckte plötzlich, daß sie nicht allein war. Der Mann, der mit hochgezogenen Schultern in der ersten Reihe saß, schien gleichfalls keine Eile zu haben. Er stand nun ebenfalls auf und steuerte mit gesenktem Kopf auf den Gang zu, so daß sie sein Gesicht nicht erkennen konnte. Doch ließ sie etwas an seinem kleinwüchsigen Körper und seinem wichtigtuerischen Spreizgang frösteln.

»Rudy?« würgte sie mit erstickter Stimme heraus.

Er verhielt den Schritt und blickte auf. »Hallo, Dolly, wie nett, dich wiederzusehen.«

Er grinste und wirkte ganz wie ein Fuchs, der gerade einen Hühnerstall überfallen hat. Bei einem größeren Mann hätte seine Kleidung wahrscheinlich elegant ausgesehen: helle Hosen, zweifarbige Schuhe und ein Sporthemd mit Paisleymuster, dessen oberste Knöpfe er offengelassen hatte. Über einem Arm trug er einen Mantel. Aber Rudy war einfach zu klein geraten – auch mit hohen Absätzen reichte er Dolly gerade bis ans Kinn –, und die modischen Klamotten wirkten an ihm nur komisch. Dolly mußte an einen Bühnenkomiker denken, der auch immer so herumstolzierte, als sei er mindestens zwei Meter groß.

Abgesehen davon, daß an Rudy Carrera nun wirklich überhaupt nichts Ansprechendes war. Dolly überlegte, daß er als kleiner Junge sicher permanent wegen seines Aussehens gehänselt worden war, und verspürte fast so etwas wie Mitleid. Es mußte verdammt hart gewesen sein, mit einem so gutaussehenden jüngeren Bruder wie Val aufzuwachsen.

»Weißt du, ich habe *Dames in Chains* damals nicht gesehen«, sagte er und blickte sie ruhig und verschmitzt an.

»Das haben die meisten nicht.«

»Schade. Du warst kolossal gut.«

»Danke. Ist das der einzige Grund, weswegen du hier bist? Wolltest du sehen, wie ich früher aussah?«

»Nicht nur. Aber es hat was mit dem Kino zu tun.« Rudy griff in seine Brusttasche und holte einen Kaugummi heraus. Er wickelte ihn aus und knickte ihn in zwei Hälften, bevor er ihn in den Mund steckte. »Du warst Schauspielerin«, fuhr er fort, »und eine verdammt gute dazu. Und genau das hat mein Bruder bei seinem Telefongespräch mit dir vergessen zu berücksichtigen.« Trotz eines gewissen juristischen Schliffs konnte Rudy seine grobe Sprache nicht verbergen.

Dolly spürte die Falle zuschnappen. Sie mußte zum Gegenangriff übergehen, und das schnell.

»Spuck's schon aus«, schnappte sie. »Was willst du?«

Rudy blickte sich um. An der Tür stand ein Platzanweiser und wartete offensichtlich darauf, daß sie gingen, damit er abschließen konnte. Es war fast Mitternacht. »Laß uns gehen«, sagte Rudy. »Kennst du ein Lokal in der Nähe, wo wir uns in Ruhe unterhalten können?«

Ein Stück weiter die Straße hoch fanden sie eines, das die ganze Nacht geöffnet hatte. Rudy bestellte Kaffee und für sich ein Pastrami-Sandwich. Dann lehnte er sich zurück und zündete sich eine Zigarette an. Er zwinkerte Dolly durch den aufsteigenden Rauch hindurch zu.

»Ich habe sie gefunden«, sagte er.

Dolly traf fast der Schlag. Es kostete sie all ihre Kraft, ihren kühlen Gesichtsausdruck beizubehalten und Rudys prüfendem Blick standzuhalten. Sie preßte unter dem Tisch die Handflächen aneinander, um ihr Zittern unter Kontrolle zu bekommen.

»Wovon redest du?« fragte sie vorsichtig.

»Hör zu, laß uns mit dem Theater aufhören. Ich weiß genau, daß du mich kürzlich belogen hast. Ich habe einen Privatdetektiv auf Annie angesetzt, und er ist ihr bis zu ihrer Wohnung gefolgt. Schlaues Mädchen, sie hat es tatsächlich geschafft, ihn beim ersten Mal abzuhängen. Beim zweiten Versuch hat er dann etwas besser aufgepaßt.« Rudy klopfte auf seine Brusttasche. »Hier habe ich die Anschrift: Vierzehnte Straße, Midwood, Brooklyn. Gar keine schlechte Adresse für zwei Ausreißer, hat der Detektiv gesagt.«

Dolly hätte ihm am liebsten ins Gesicht geschlagen, damit der selbstgefällige Ausdruck darin endlich verschwand. Sie spürte, wie ihr das Blut in den Kopf stieg, und ihre Kopfhaut begann zu prickeln. Gut, dann spielten sie eben mit offenen Karten. Es hatte keinen Sinn, länger die Ahnungslose zu mimen. Sie mußte den Ball zurückwerfen.

»Was willst du?« fuhr sie ihn an.

Bevor er antworten konnte, brachte die Kellnerin den bestellten Kaffee sowie das geradezu unanständig dick belegte Pastrami-Sandwich. Rudy biß mit Genuß ein großes Stück davon ab und kaute eine lange Weile, die Dolly wie eine Stunde vorkam. Endlich schluckte er, nahm eine Papierserviette aus dem Spender und wischte sich damit den Mund ab.

Dann starrte er sie noch einen Moment an.

»Ich will überhaupt nichts«, sagte er schließlich. »*Nada*, wirklich gar nichts.«

Meinte er das etwa ernst? Was war denn das für ein mieser Trick? Wenn er sie in Ruhe ließ, würde sie ihm soviel Geld geben, wie sie nur konnte. Aber das wollte sie ihm nicht gleich auf die Nase binden.

»Hör zu«, beharrte sie. »Sag mir, was du willst... Wenn es sich in vernünftigen Grenzen bewegt, werde ich es schon verkraften können.« Rudy hatte zwar sicher kein schlechtes Einkommen, aber vielleicht hatte er Spielschulden, oder ein paar seiner Investitionen hatten sich als Flop erwiesen.

Rudy grinste und entfernte einen Rest Senf aus dem Mundwinkel. »Ja, ja, ich weiß, daß du dir einen reichen Öltypen geangelt hast. Das war ein geschickter Schachzug. Ich wußte schon immer, daß du ein kluges Köpfchen bist. Jedenfalls raffiniert genug, um meinen Bruder letzten Endes nicht zu heiraten.«

»Du hast dich sicher nicht mit mir getroffen, um mir Honig ums Maul zu schmieren«, sagte Dolly und kniff die Augen zusammen. »Was willst du also?«

»Und dann die Geschichte mit deiner Schwester«, fuhr Rudy ungerührt fort, ohne auf ihren Einwand einzugehen. »Du hast es ihr ganz schön gegeben... Junge, Junge, das war ziemlich hart. Ich muß dir was gestehen, Dolly: Damals hab' ich mir gesagt, eine Frau wie dich hat man besser zur Freundin als zur Feindin.«

Dolly verspürte den brennenden Wunsch, Rudy das Sandwich so tief in die Kehle zu rammen, daß er daran erstickte.

»Woher weißt du das alles?« Ihre Kehle war wie zugeschnürt.

»Val kannte die Wahrheit von deiner Schwester. Er war ganz schön sauer, aber Eve hat darauf bestanden, daß er den Mund hielt. Sie wollte nicht, daß jeder wußte, daß ihre eigene Schwester sie ans Messer geliefert hatte. Ich glaube, sie hat sich geschämt. Sie muß Angst gehabt haben, daß die Leute denken könnten, sie sei tatsächlich durch und durch schlecht, weil ihre eigene Schwester ihr das angetan hatte.« Rudy schwieg gerade lange genug, um das Gesagte wirken zu lassen. »Val ist kurz nach Eves Tod zu mir gekommen. Er hatte die Idee, daß man die ganze Sache vielleicht immer noch zu seinem Vorteil drehen könnte. Beispielsweise dir mit einer Klage zu drohen, damit du ihm eine großzügige Abfindung hättest zukommen lassen. Aber ich habe ihm gesagt, daß das nicht funktionieren würde. Er hatte viel zu lange gewartet. Es gibt auch bei solchen Dingen so etwas wie Verjährung.«

Dolly zitterte so heftig, daß sie noch nicht einmal wagte, nach ihrer Kaffeetasse zu greifen. »Okay, Rudy, spuck es endlich aus. Worauf willst du hinaus? Was willst du von mir?«

»Was ich von dir will?« Er legte den Kopf zurück und musterte sie. »Nur einen kleinen Gefallen. Mehr nicht. Ich möchte, daß du ein Treffen mit Vals Tochter Laurel arrangierst. Ich will sie nicht erschrecken und einfach aus heiterem Himmel auftauchen.«

Dolly atmete heftig und fühlte sich trotzdem um die Brust herum so beengt, als trüge sie wieder das viel zu enge Korsett aus *Dames in Chains.* Rudy machte ihr mittlerweile wirklich angst. Es dauerte einen Moment, bis sie sich soweit unter Kontrolle hatte, um herauszubringen: »Wieso sollte ich das tun?«

»Weil ich weiß, daß du dir Sorgen um Laurel machst und nur das Beste für sie willst, deshalb.« Rudys Blick jagte Dolly eine Gänsehaut über den Rücken. »Und weil dein ganzes Verhalten verrät, daß dir unsagbar leid tut, was du Eve angetan hast. Du möchtest es am liebsten an ihren Kindern wiedergutmachen, nicht wahr? Du möchtest, daß es den beiden gut geht – und dir auch.« Rudy stieß mit einem zischenden Geräusch den Rauch seiner Zigarette aus. »Habe ich recht?«

Dolly fühlte sich, als hätte ihr jemand die Kleider vom Leib gerissen und sie stünde völlig nackt da. Sie wollte so schnell wie möglich hier raus und diesen Kerl nach Möglichkeit nie wieder sehen. Aber sie zwang sich, ruhig sitzen zu bleiben. Sie wußte, daß sie sich im Interesse von Annie und Laurel zusammenreißen mußte.

»Was ist mit Val?« fragte sie. »Wieso ist er nicht hier?«

»Es geht hier nicht um Val.« Rudy beachtete den Aschenbecher nicht und drückte seine Zigarette auf der Untertasse aus.

Dolly fröstelte. Was zum Teufel hatte er vor? Etwa etwas Schmutziges? So wie damals Pop Farraday in Clemscott, der im Hinterzimmer seiner Drogerie dabei erwischt worden war, wie er sich an der kleinen Nancy Underwood vergreifen wollte? Dolly hätte sich am liebsten erhoben und die Hände um Rudys fetten rosafarbenen Hals gelegt.

»Hör mal, Freundchen, ich würde dir raten, keine abartigen Ideen –«

»Na, hör mal«, Rudy blickte sie vorwurfsvoll an. »Du glaubst doch wohl nicht im Ernst, daß ich einer von diesen perversen Typen bin. Ich möchte Laurel nur sehen, nichts weiter. Mit ihr reden, sie ein bißchen kennenlernen. Sie ist auch meine Nichte, falls du das vergessen hast.«

»Aber warum erinnerst du dich ausgerechnet jetzt daran? Ich weiß jedenfalls nichts davon, daß du dich vorher jemals für die beiden interessiert hättest.«

»Das war früher.« Er überging ihre Bemerkung. »Früher waren viele Dinge anders. Jetzt haben wir heute.«

Er blinzelte, und sein Blick verlor sich im Hintergrund des Lokals, wo gerade die Bedienung in pinkfarbenem Dreß ein Stück Zitronentorte abschnitt.

»Was ist mit Val?« beharrte Dolly.

Rudys abwesender Blick kehrte zu ihr zurück. »Vergiß Val! Das alles hat nicht im geringsten mit ihm zu tun. Er weiß nicht mal, daß ich hier bin. Und das soll so bleiben.«

»Das verstehe ich nicht. Und ich verstehe schon gar nicht, wieso ich dir helfen sollte.«

»Laß uns mal eines klarstellen«, sagte er. »Ich brauche dich nicht. Ich tue das nur für Laurel. Ich dachte, du könntest es für das Kind einfacher machen und sie vorbereiten, damit sie keinen Schreck bekommt, wenn sie mich sieht.«

»Woher willst du wissen, daß ich die beiden nicht warne? Sie könnten morgen um diese Zeit schon in einer anderen Stadt, sogar in einem anderen Land sein.«

Rudy lächelte. »Ich weiß, daß du das bestimmt nicht tun würdest. Denn du willst genau das, was ich auch will. Du und ich, wir sind uns im Grunde nicht so unähnlich.«

Dolly zitterte. Obwohl sie völlig am Ende war, vermochte sie das nicht abzustreiten. Ja, sie war selbstsüchtig. Sie wollte in der Nähe von Annie und Laurel sein, ihnen die Mutter ersetzen. War das so verwerflich? Unter diesem Aspekt war Rudys Wunsch durchaus verständlich. Aber allein schon der Gedanke, daß Laurel mit ihm etwas unternehmen könnte – und sei es nur im Park spazieren gehen –, ließ sie schaudern.

Ich muß ihn irgendwie so weit bringen, daß er nach Los Angeles zurückfliegt und nicht mehr an Laurel denkt.

Aber Rudy – das wußte sie – war anders als Val. Ihn konnte man nicht einfach loswerden, indem man den Hörer auflegte. Bei ihm mußte man scharf schießen.

»Sag mir deinen Preis«, sagte sie. »Na komm schon. Ich weiß, daß es dir nicht ums Geld geht. Aber für das Geld, das ich dir geben werde, könntest du dir eine echte Klassefrau suchen, die dir mehrmals am Tag erzählt, wie sehr du sie an Paul Newman erinnerst.«

Rudys Gesicht wurde dunkelrot, und er ballte die Fäuste. Einen Moment befürchtete Dolly, er würde sie schlagen. Dann riß er sich zusammen und grinste. »Der Handel, den ich mir vorstelle, sieht etwas anders aus. Ich biete mein Schweigen gegen deines.«

»Was soll das heißen?« stammelte Dolly.

»Du würdest sicher nicht wollen, daß ich Laurel verrate, *wer* ihre Mutter an Senator McCarthy ausgeliefert hat. Sehe ich das richtig? Als kleine Gegenleistung erwarte ich von dir, daß du Annie nichts von unserem … Arrangement erzählst.«

Dolly fühlte sich völlig benommen.

»Du … du Bastard.« Allein die Lippen zu bewegen, war eine fast unmenschliche Anstrengung. »Du tust das doch nur, um dich an Val zu rächen, habe ich recht?«

»Nein, das hast du völlig falsch verstanden. Darum geht es überhaupt nicht.« Rudy beugte sich vor. In seine teigigen Wangen stieg Röte, und in seiner Stimme lag ein fast leidenschaftlicher Unterton. »Ich will mich nicht an Val rächen. Ich möchte nur ein Stück von dem haben, was er hat.«

»Und was ist mit Annie? Wie willst du es schaffen, daß sie nichts davon erfährt?«

»Überlaß das nur mir. Ich habe da eine Idee.«

Dolly wußte, daß sie verloren hatte. Und daß sie wieder einmal in einen Verrat hineingezogen wurde. Sie würde Annie belügen und das Treffen zwischen Rudy und Laurel hinter ihrem Rücken planen müssen. Denn wenn Annie davon erfuhr, würde sie sicher völlig den Kopf verlieren, Laurel schnappen und erneut davonlaufen. Dolly hätte am liebsten den Kopf auf den Tisch gelegt und bitterlich geweint.

Nein, sie konnte Annie keinesfalls die Wahrheit sagen. Sie konnte den Gedanken nicht ertragen, wieder ohne ihre Nichten zu sein. Es genügte schon, daß Henri in Paris lebte und keine Hoffnung auf eine Scheidung von seiner Frau bestand.

Ich habe meine Schwester verraten, dachte Dolly, und ihr Herz fühlte sich an, als würde es in Stücke gerissen, *und jetzt verrate ich das Kind meiner Schwester.*

»Wieso muß das ein Geheimnis sein?«

Laurel schaute Onkel Rudy in dem trüben Licht fragend an. Das Exotarium auf Coney Island war ihrer Meinung nach ein ziemlich merkwürdiger Treffpunkt. Aber Tante Dolly, die sie an Samstagen oft irgendwohin mitnahm, hatte gesagt, daß es keinerlei Unterschied mache, ob sie mit ihr in den Park oder in den Zoo ginge oder mit Onkel Rudy ins Exotarium. Auf dem Weg hierher – sie fuhren mit Dollys Wagen mit Chauffeur – hatte Tante Dolly ihr erklärt, daß Onkel Rudy nichts im Schilde führe. Er wolle sie nur sehen und sicher sein, daß es ihr gut ging. Laurel fragte sich allerdings, wieso ihre Tante dann völlig verheult aussah. Und wieso sollte sie Onkel Rudy jetzt versprechen, daß ihr Treffen ein Geheimnis war, und nicht einmal Annie davon erzählen?

Laurel wünschte, Tante Dolly wäre mitgekommen. Aber ihre Tante war im Wagen sitzen geblieben und hatte gesagt, sie würde sie in einer Stunde wieder abholen. Zu Anfang war Laurel völlig verängstigt gewesen, doch Onkel Rudy war einfach nur nett gewesen und hatte sie in dem schummerigen Licht an den vielen

Aquarien entlanggeführt und ihr die verschiedenen Fischarten erklärt. Er hatte sie nach der Schule gefragt, nach Brooklyn und den Grubermans. Er hatte weder versucht, sie zu umarmen, noch ergriff er ihre Hand – Laurel schüttelte sich allein schon bei dem Gedanken. Und er hatte bis jetzt kein Wort darüber verloren, daß Annie und sie von zu Hause weggelaufen waren.

»Vertrau mir«, sagte er. »Es ist besser so, glaub mir.«

»Aber wenn Tante Dolly Bescheid weiß, sollte Annie es nicht auch wissen?« fragte Laurel flüsternd, obwohl so früh am Morgen keine Menschenseele zu sehen war.

»Deine Schwester würde das nicht verstehen«, sagte Rudy, und sein Blick wich dem ihren aus. In diesem Moment hatte er genau den Gesichtsausdruck der Erwachsenen, wenn sie einem etwas vorenthielten in der Überzeugung, man sei dafür noch zu jung oder was auch immer.

Laurel bekam plötzlich Angst. Sie starrte Rudy an, dessen wie aus Gummi wirkendes Gesicht mit der vortretenden Stirn dem großen Heilbutt so ähnlich sah, der hinter dem dicken Glas, vor dem sie standen, hin und her schwamm. Bis jetzt hatte sie sich nie über ihren Onkel irgendwelche Gedanken gemacht. Er war für sie nichts weiter gewesen als ein seltsam aussehender kleiner Mann, der ihren Vater ab und zu besuchen kam und ihr kaum Beachtung geschenkt hatte – abgesehen davon, daß er sie immer so anstarrte, daß ihr eine Gänsehaut über den Rücken lief. Doch jetzt redete er mit ihr, schien sogar ernsthaft an ihr und ihren Problemen interessiert zu sein – also war er vielleicht doch nicht so übel.

»Wenn ich ihr erzählen würde, daß du –«

»Hör zu«, unterbrach er sie. »Du bist schon ein großes Mädchen, und ich denke, ich kann dir die Wahrheit sagen.« Er kam ganz nah an sie heran. Sie waren beinahe gleich groß. Sein dicker Hals quoll über den Kragen seines verknitterten Regenmantels, und seine Augen waren sehr klein und schwarz. »Val... dein Dad... in dieser Nacht, in der ihr weggelaufen seid... nun, da war er in einem ziemlich schlimmen Zustand, als ich ihn ins Krankenhaus brachte. Er war nicht bei Bewußtsein. Ich weiß nicht, womit Annie ihn niedergeschlagen hat, jedenfalls war seine Kopfverletzung sehr schwer. Die Ärzte haben sich die größte Mühe gegeben, aber...« Rudy starrte den Butt an, der hinter dem grünen Glas langsam seine Kreise zog. »Er hat es nicht geschafft.«

Ihr Vater war tot? Laurel wurde ganz heiß und schwindelig. Der Hot dog, den Onkel Rudy ihr vorhin auf dem Weg hierher spendiert hatte, drohte plötzlich wieder hochzukommen. Da erinnerte sie sich daran, daß Tante Dolly gesagt hatte, sie habe mit Val telefoniert. Wie konnte er also tot sein?

»Das ist nicht wahr!« schrie sie. »Er ist nicht tot! Tante Dolly hätte mir das gesagt.«

»Deine Tante Dolly ist eine sehr liebe Frau. Und sie macht sich große Sorgen um dich und deine Schwester... genau wie ich. Sie weiß, was passieren würde, wenn das herauskäme. Wenn die Polizei wüßte, daß Annie –« Rudy schwieg vielsagend.

Laurel zitterte und dachte an das viele Blut auf Dearies Oscar und ihrer geliebten Decke. »Annie wollte das nicht. Ich weiß, daß sie es nicht wollte!« Laurel war kurz davor, in Tränen auszubrechen; ihr Atem ging stoßweise und keuchend.

»Natürlich nicht, das weiß ich.« Rudy tätschelte unbeholfen ihre Schulter. »Deshalb habe ich auch den Ärzten erzählt – natürlich auch der Polizei, als sie herumzuschnüffeln begann –, daß es ein Unfall war. Ich habe gesagt, daß er wahrscheinlich ausgerutscht und mit dem Kopf unglücklich auf den Tisch oder so gefallen ist.«

»Du hast ihnen nicht erzählt, daß –«

»Annie? Natürlich nicht. Kind, das ist doch genau das, was ich dir die ganze Zeit schon zu erklären versuche. Ich bin auf eurer Seite. Ab jetzt werde ich für dich sorgen. Ich werde dich immer besuchen, wenn ich in New York bin. Und wenn du irgend etwas brauchst, egal was, rufst du mich einfach an. Natürlich als R-Gespräch. Aber das alles bleibt unser kleines Geheimnis. Hast du das verstanden?«

Laurel kämpfte die Tränen hinunter. In der trüben Atmosphäre kam sie sich vor wie unter Wasser. Es war ein Gefühl wie Ertrinken.

»Aber... aber warum darf Annie nichts davon wissen?« brachte Laurel mühsam heraus.

»Willst du ihr sagen, daß sie eine Mörderin ist? Wie, glaubst du, würde sie sich dann fühlen? Ich weiß, daß Val nicht der einfachste Mensch war, und deine Schwester dürfte nicht die einzige gewesen sein, die ihm die Pest an den Hals gewünscht hat...«

»Aber –«

»Du liebst deine Schwester doch, oder?« Seine Stimme war zu einem beschwörenden Flüstern herabgesunken. Laurel spürte seinen warmen Atem über ihre Wange streichen. Er roch nach Zigaretten und Fruchtgummi. »Du willst doch sicher nicht, daß deine Schwester ganz durcheinander kommt, oder? Eine solche Sache kann einen Menschen völlig aus der Bahn werfen, vielleicht sogar umbringen.«

So wie Dearie. Er meint damit, Annie würde die Wahrheit nicht verkraften und sich vielleicht etwas antun.

Nein, dachte Laurel, das paßte nicht zu Annie. Sie würde sich niemals umbringen.

Aber es wäre durchaus möglich, daß sie vor lauter Schuldgefühlen krank werden würde.

Laurel spürte, wie ihr die Tränen die Wangen herunterliefen. Der Butt schwamm nahe an der Scheibe und schien sie aus seinen großen, traurigen und sehr menschlich wirkenden Augen mitleidig anzuschauen.

Sie dachte daran, wie sie sich vor einiger Zeit gewünscht hatte, daß es etwas gäbe, womit sie wirklich helfen könnte – etwas außer Kochen und sich um die Wäsche kümmern. Und jetzt gab es etwas, aber Laurel hätte die Verantwortung für dieses furchtbare Geheimnis lieber nicht gehabt.

Wenn sie Annie erzählte, daß Val tot war, würde sich Annie sicher große Vorwürfe machen. Vielleicht vergaß sie dann sogar, daß es ein Unfall war, und würde glauben, daß sie Val wirklich umbringen wollte. Vielleicht hatte Rudy ja recht, und diese ganze Sache würde Annie so aus der Bahn werfen, daß sie schließlich wie Dearie endete.

Laurel dachte an Annies blutige, abgebissene Fingernägel und daran, daß sie ihre Schwester manchmal, wenn sie mitten in der Nacht aufwachte, im Bett sitzen und ins Leere starren sah.

»Ich werde nichts verraten«, flüsterte sie.

Mittlerweile hatte sich ihr Schwindelgefühl etwas gelegt, und sie hatte sich an die Luft in dem Exotarium so gewöhnt, daß sie wieder frei atmen konnte. Sie war sogar ein ganz klein wenig stolz auf sich.

Auch wenn Annie nichts davon wußte, würde sie, Laurel, doch wissen, daß sie etwas Wichtiges tat. Sie war im Unterschied zu anderen kein dummes Kleinkind mehr, das ihrer Schwester zur Last fiel.

Nun war sie auch einmal diejenige, die auf Annie aufpaßte, so wie Annie sich sonst immer um sie gekümmert hatte.

Zweiter Teil

Die Königin erschrak und bot dem Männchen alle
Reichtümer des Königreichs an,
wenn es ihr das Kind lassen wollte.
Aber das Männchen sprach: »Nein, etwas Lebendes ist mir
lieber als alle Schätze der Welt.«
(aus: Brüder Grimm, Rumpelstilzchen)

11. KAPITEL

»Ich werde mich entsetzlich blamieren.«

Annie blickte das Mädchen an, das neben ihr auf dem Rücksitz der Limousine saß. Im Licht der aufblitzenden Scheinwerfer von entgegenkommenden Autos sah sie jünger als achtzehn aus. Außerdem wirkte sie reichlich nervös.

»Nein, das wirst du nicht«, sagte Annie entschieden. »Du hast mir erzählt, daß du diese Arie schon hundertmal gesungen hast. Außerdem brauchst du sie nicht ganz vorzutragen, es reicht, wenn Mr. Donato eine Vorstellung davon bekommt.«

»Das meine ich doch gar nicht.« Das Mädchen – hieß sie nicht Susanne? – verdrehte die Augen. »Ich rede von dem Kleid. Es ist viel zu lang. Ich weiß, daß ich darüber stolpern werde. Du lieber Himmel, wie haben Frauen bloß jemals in so etwas herumlaufen können?« Sie zupfte an dem schweren weinroten Samt, der ihre Beine bedeckte.

Stolpern? Es war wahrscheinlicher, daß etwas viel Schlimmeres passierte. Annies Blick wanderte zu dem Oberteil des Kleides: Der üppige Busen der Gesangsstudentin sah geradezu alarmierend eingeklemmt aus. Annie hatte die schreckliche Vorstellung, daß Susannes Brüste bei einem tiefen Atemzug plötzlich aus dem Ausschnitt platzen könnten.

O Gott, welche Vorstellung! Donato und alle anderen Männer auf der Veranstaltung würden Susanne angaffen, die Frauen würden schockiert sein und erröten – bei diesen Leuten handelte es sich immerhin um die Crème de la Crème der Lebensmittelgroßhändler. Wenn so etwas passierte und Donato herausfand, wer diese etwas zu gut entwickelte Sängerin engagiert hatte, waren die Chancen von Girod's sicher gleich Null.

Sie mußte es einfach durchstehen. Donato's, eine Niederlassung von dem berühmten Donato's in Mailand mit Marmorfußboden und mit Fresken bemalten Decken, würde der edelste Feinkostladen auf der East Side, wenn nicht sogar der ganzen

Stadt werden. Er sollte in diesem Frühjahr auf der Madison Avenue eröffnet werden. Und Annie wünschte sich nichts sehnlicher, als daß Girod's zu den ausgewählten Pralinenherstellern gehörte, deren Erzeugnisse bei Donato's verkauft wurden. Sie war fest davon überzeugt, daß sie es schaffen würde.

Sie hätte natürlich den gewöhnlichen Weg einschlagen und an den Einkäufer von Donato's einige Muster schicken können. Anschließend hätte sie dann telefonisch nachgefragt. Aber so machte es jeder Lieferant. Warum sollte sie sich im Stuhl zurücklehnen und abwarten?

Nein, es war allemal besser, die Gelegenheit beim Schopf zu packen und vielleicht sogar Donatos Aufmerksamkeit zu erregen. Wenn sie das schaffte, würde sich der Lebensmittel-Mogul bestimmt noch auf dem Sterbebett an Girod's erinnern.

Von nichts kommt nichts – sagte Dolly das nicht immer? Und hatte sie in den sechs Jahren, die sie mittlerweile für Girod's arbeitete, nicht immer wieder die Richtigkeit dieser Redewendung bewiesen? Annie mußte an den stämmigen, bärtigen Nate Christiansen denken, Lebensmittel- und Getränke-Einkäufer des Hotel Carlyle. Sie war Monate hinter ihm hergejagt, hatte ihn angerufen, Briefe geschrieben, ihn sogar zum Essen eingeladen. Und Nate war vergnügt und freundlich gewesen, auch einem kleinen Flirt nicht abgeneigt, hatte sogar schallend über ihre Witze gelacht – aber er hatte es bei Andeutungen belassen und war einfach nicht festzunageln gewesen. Er hatte ihr bloß einmal etwas verraten: daß er ein Fan von Krimis von G. K. Chesterton war. Mit viel Glück hatte Annie, nachdem sie mehrere Antiquariate durchkämmt hatte, die signierte Erstausgabe von einer Pater-Brown-Geschichte gefunden. Sie hatte das Buch in exquisites Geschenkpapier eingewickelt und es zusammen mit einem Pfund Pralinen zu Christiansen bringen lassen. Eine Woche später hatte er sie zum Essen eingeladen, und sie hatten einen Vertrag ausgearbeitet, der Girod's zum Lieferanten der Schokoladen-Betthupferl für die Hotelgäste machte.

Also warum sollte ihr jetziges Vorhaben scheitern? Susanne McBride studierte Gesang und hatte eine engelhafte Stimme. Sie sah mit ihrem pfirsichfarbenen Teint und den roten langen Locken sogar wie ein Renaissance-Engel aus. Und Annie wußte, daß Donato während der Einrichtung seines Geschäfts nicht nur ein, sondern gleich zwei Abonnements an der Metropolitan Opera gebucht hatte. Wie also konnte man besser seine Aufmerksamkeit erregen als mit dem unerwarteten Auftritt einer schönen jungen Frau, die die Balkon-Arie aus *Romeo und Julia* sang?

»Mach dich nicht verrückt.« Annie nahm die Hand des Mädchens, die sich feucht und kalt anfühlte. »Du wirst wunderbar sein. Du mußt nur daran denken, den Saum anzuheben.«

Das Kleid war in der Tat viel zu lang, aber sie hatten keine Zeit mehr gehabt, noch irgend etwas daran zu ändern. Außerdem war das Kleid nur geliehen. Eine Freundin von Gloria, die in einem Kostümverleih auf dem Broadway arbeitete, hatte es für sie ausgesucht. Annie hatte versprochen, das Kleid am nächsten Tag zurückzugeben.

Der Wagen – Dollys Lincoln – verließ nun die Siebenundfünfzigste Straße und bog in den Sutton Place ein, um dort vor einem hübschen, mit Efeu bewachsenen Haus anzuhalten. Annie stieg schnell aus dem Auto, um Susanne beim Aussteigen behilflich zu sein. Sie hob hinten den Saum des Kleides hoch, damit er die paar Stufen bis zur Eingangstür nicht am Boden schleifte. In der anderen Hand trug sie eine silberne Tüte von Girod's.

Annie benutzte nicht den schweren Türklopfer aus Messing, sondern drückte auf die Klingel.

Sie fröstelte in der kühlen Abendluft. Während sie darauf wartete, daß ihnen jemand die Tür öffnete, biß sie nervös an einem Fingernagel herum. Und wenn man sie trotz allem wegschickte? Oder wenn Susanne vor dieser Menge fremder Menschen ein solches Lampenfieber bekam, daß sie keinen Ton mehr herausbrachte? Annie holte tief Luft und strich glättend über ihr schlichtes schwarzes Etuikleid. Es war zwar elegant genug für die Party, würde aber nicht die Aufmerksamkeit der Gäste von Susannes Erscheinung ablenken.

Wenn sich hier jemand entsetzlich blamieren wird, bin ich es. Und dann kann ich Paris gleich vergessen.

Einen verlockenden Moment lang erlaubte sich Annie, an Tante Dollys Versprechen zu denken: Sie wollte mit Henri über ein Praktikum für Annie in Paris reden. Sie sollte drei ganze Monate in Paris leben und dort in die Geheimnisse der Pralinenherstellung eingeweiht werden. Wenn das wahr würde! Für Dolly zu arbeiten, war zwar niemals langweilig, aber sie hatte bereits so gut wie alles gelernt, was sie über betriebswirtschaftliche Dinge, Dekoration und Verpackung der Ware und Betreuung der Kunden wissen mußte. Sie träumte nun von der Eröffnung eines eigenen Ladens. Und wo gäbe es eine bessere Möglichkeit, die Kunst der Pralinenherstellung zu erlernen als bei Monsieur Pompeau, Henris Experten, der sein Handwerk in der Schweiz gelernt hatte und seit über fünfzig Jahren die wundervollsten Köstlichkeiten für Girod's kreierte.

Ihr Plan *mußte* einfach gelingen. Wenn Donato ihre kleine Überraschung zu schätzen wußte und ihr und damit Girod's grünes Licht gab, würde Henri sicherlich sehr beeindruckt sein. Ein Auftrag von Donato's konnte den Umsatz von Girod's in den Vereinigten Staaten beinahe verdoppeln. Henri hatte einmal zu ihr gesagt, daß allein die Tatsache, Dollys Nichte zu sein, nicht viel zählte. Bewerber um eine Praktikantenstelle wurden nur nach ihren Verdiensten beurteilt.

Annie wurde in ihren Gedanken unterbrochen, als sich die Haustür öffnete. Vor ihr stand ein junger Mann in dunklem Anzug und gestreifter Seidenkrawatte. Er gab sich viel zu verbindlich, um der Butler sein zu können.

»Hallo«, begrüßte er sie. »Ich bin Roberto... Roberto Donato.« Sein Blick streifte Susannes Kleid, und er hob amüsiert eine seiner buschigen Augenbrauen.

»Ich bin Annie«, sagte sie. Sie zögerte einen Moment, bevor

sie eintrat, und befürchtete, er wolle vielleicht ihre Einladungskarten sehen wollen oder, noch schlimmer, fragen, wieso Susanne dieses merkwürdige Kleid trug. Schnell fügte sie hinzu, bevor er noch etwas sagen konnte: »Wir haben uns ein wenig verspätet.«

Der junge Mann, den seine Rolle nicht allzu glücklich zu machen schien, nickte nur gelangweilt und ließ sie eintreten. »Die Gäste sind alle oben«, sagte er. »Sie haben bloß die große Rede von meinem Vater verpaßt.«

»Das macht nichts.« Annie lächelte ihn an. »Wir sind nur die Zugabe.«

Sie nahm Susanne fest an die Hand und zog sie durch den marmornen Eingangsbereich in eine kreisförmige Vorhalle mit Wendeltreppe, an deren Fuß die lebensgroße Bronzeskulptur einer nackten Schönen stand. Aus dem oberen Stockwerk waren Stimmen, Gelächter und Musik zu hören. Annie schaute Susanne an, die noch blasser schien als auf dem Weg hierher. Sie war weiß wie die Wand. Annies Griff um ihre Hand wurde fester. *Wage bloß nicht, hier umzukippen, wage es bloß nicht...*

Oben öffneten sich zwei holzgetäfelte Flügeltüren zu einem großen Raum, in dem sich elegant gekleidete Männer und Frauen drängten. Das Stimmengewirr übertönte fast das Klavier im Hintergrund. Annie spürte, daß Susanne zögerte.

»Ich habe ja nicht gewußt... mein Gott, so viele Leute –« Die Stimme des Mädchens wurde zu einem entsetzten Flüstern. »Ich singe Leuten am Konservatorium vor, aber das hier ist etwas anderes. Ich hatte keine Ahnung...«

Annie ließ Susannes Hand los, faßte sie fest am Ellbogen und flüsterte: »Du wirst wunderbar sein. Denk nur immer daran, was ich dir gesagt habe. Donato ist der große grauhaarige Mann da drüben, der mit dem buschigen Schnurrbart.« Annie kannte Donatos Aussehen von einer Fotografie im Wirtschaftsteil der *Times*. Er unterhielt sich in der Nähe des schwarzen Marmorkamins mit mehreren Herren, von denen einer Stanley Zabar war, dessen weltberühmtes Geschäft am Broadway regelmäßig mit Trüffeln und Früchten aus Marzipan von Girod's beliefert wurde.

Merkwürdig, wie ruhig ihre Stimme klang – viel ruhiger, als sie in Wirklichkeit war. Obwohl sie noch nichts zu Abend gegessen hatte, war ihr leicht übel, so als hätte sie zu viele Käse-Canapés in sich hineingestopft. Annie zwang sich daran zu denken, wie erfreut Dolly und Henri wären, wenn es ihr gelang, einen Auftrag von Donato zu bekommen.

Annie legte die Hand in die Mitte von Susannes zierlichem Rücken und versetzte dem Mädchen einen liebevollen Schubs. Gleichzeitig mußte sie an Laurel denken, die in drei Tagen genauso alt wie Susanne sein würde. Laurel stand kurz vor ihrem achtzehnten Geburtstag. Sie war auch eher zurückhaltend, konnte aber auf der anderen Seite einen ungeheuren Ehrgeiz an den Tag legen. Annie dachte daran, wie Laurel im Alter von sieben Jahren Rollschuhlaufen gelernt hatte. Sie war so oft hingefallen, daß ihre Beine von Wunden übersät waren, aber sie war immer wieder aufgestanden und hatte es von neuem probiert. Wenn Laurel an der Stelle dieses Mädchens wäre, würde sie Annie niemals im Stich lassen.

Aber auch Susanne machte Gott sei Dank einen Schritt nach vorn. Zuerst schwankte sie ein wenig unter dem Gewicht des schweren Samtkleides, doch dann durchquerte sie mutig den Raum. Die Gäste starrten sie an und unterbrachen ihre Unterhaltung. Dann traten sie einen Schritt zurück und bildeten eine Art Gasse zu Donato. Viele fragten sich tuschelnd, wer diese wie eine Renaissance-Figur ausstaffierte Person sein konnte.

Als sie Donato fast erreicht hatte, blieb Susanne stehen und öffnete den Mund. Zuerst kam kein Ton heraus, und Annies Herz blieb vor Entsetzen fast stehen. Doch dann ertönte der unglaublich süße und reine Sopran des Mädchens.

»Ah, tu sais que la nuit te cache mon visage...«

Donato starrte sie verblüfft an; er hatte vor Erstaunen den

unter dem riesigen Schnurrbart winzig wirkenden Mund leicht geöffnet.

Annies Herz pendelte sich wieder auf seinen gewöhnlichen Rhythmus ein. Susanne war wirklich gut. Die Frage war nur, ob Donato nach der ersten Überraschung noch angetan war oder erbost sein würde über ihr ungebetenes Eindringen.

Als Susanne die letzten Töne der Arie gesungen hatte, herrschte absolute Stille im Saal. Annie fühlte sich fast schwerelos. Der Boden schien unter ihren Füßen zu schwanken, und der wunderschöne Saal mit der Stuckdecke, den Seidentapeten an den Wänden und den antiken Möbeln in der Farbe alten Portweins drehte sich um sie. Donato lächelte immer noch nicht; er hatte bisher keine Miene verzogen.

Dann setzte der Applaus ein, und Bravorufe waren zu hören. Auch Donato klatschte – und ein breites Lächeln ließ die Spitzen seines Schnurrbarts sich nach oben biegen. Annies Schwindelgefühl legte sich, und sie stand wieder fest auf den Füßen. Sie holte tief Luft und ging geradewegs auf Donato zu.

Es ist alles in Ordnung… es wird alles gut gehen…

Sie nahm die wunderschöne alte Wedgwood-Suppenterrine aus der Tüte von Girod's. Die Terrine war eine der Flohmarktentdeckungen von Dolly, und Annie hatte sie mit Trüffeln und Bonbons gefüllt.

Sie lächelte und überreichte Donato das Präsent zusammen mit einer Visitenkarte. »Mit freundlicher Empfehlung von Girod's.«

Dann drehte sie sich so würdevoll wie irgend möglich um und rauschte, gefolgt von Susanne, aus dem Saal.

Annie kuschelte sich in Joes Wohnzimmer in den tiefen Sessel mit verstellbarer Rückenlehne und beobachtete Laurel beim Auspacken ihres Geburtstagsgeschenks – ein wunderschönes Lackkästchen, das Wasserfarben enthielt, und eine Auswahl feiner Pinsel.

»Es kommt aus Japan«, sagte Annie erklärend. Sie dachte an den höhlenartigen Kunsthandwerkladen in der Barrow Street, wo sie das Kästchen gekauft hatte, und an den Chinesen, der sie bedient hatte. Als sie ihm erzählt hatte, daß es ein Geschenk zum achtzehnten Geburtstag ihrer Schwester sei, hatte er ihr noch einen Packen handgemachtes Reispapier dazugeschenkt.

»Oh!« hauchte Laurel entzückt und blickte fassungslos auf das Kästchen. Vorsichtig fuhr sie mit dem Zeigefinger über die Perlmuttrose auf dem Deckel. »Es ist... oh, Annie, ich finde es einfach wunderschön!«

Laurel saß barfuß im Schneidersitz auf dem Fußboden neben dem Sofa, auf dem Joe saß. Ihre Schulter berührte beinahe sein Knie. Sie drehte sich herum, so daß sie ihn ansehen konnte, und hielt das Kästchen hoch. »Schau doch, Joe, ist es nicht wunderschön?«

»Ja, es ist phantastisch«, bestätigte Joe. Und dann stellte Annie fest, daß er nicht das Kästchen, sondern Laurel ansah.

Laurel trug eine verwaschene Jeans und eine bestickte mexikanische Bluse. Ihre langen blonden Haare fielen ihr über die Schulter, und sie sah so bezaubernd aus, daß Annie für einen Augenblick so etwas wie Eifersucht verspürte.

Dann traf sie die Erkenntnis wie ein Blitzschlag: *Sie ist in ihn verliebt.*

Das Zimmer schien plötzlich ganz hell, und Annie kam es so vor, als würde sie alles – die Sitzecke aus Eiche, den bunten, handgewebten Navajo-Teppich, den schmiedeeisernen Kerzenleuchter auf dem niedrigen Couchtisch aus Redwood-Holz – durch ein Fernglas betrachten. Auf dem Stuhl neben dem Heizkörper saß Dolly, die ein schrill gemustertes Kleid und silberne Pumps trug. Sie sah aus wie ein farbenprächtiger Papagei. Neben Joe auf dem Sofa saß die fröhlich lächelnde Rivka. Sie war mit einer neuen, aschblonden Perücke erschienen und sah viel zu jung für eine Mutter von neun Kindern aus. Joe trug einen dunkelblauen Pullover und völlig verwaschene, ehemals hellblaue

Kordhosen. Er lächelte auf Laurel hinunter und beugte sich zu ihr vor.

»Ich dachte, du könntest so etwas vielleicht brauchen«, sagte Annie zu Laurel und räusperte sich. »Schön, daß es dir gefällt.« Sie wandte schnell den Blick ab und konzentrierte sich auf das Muster des Teppichs, das direkt unter ihr im Zickzack verlief und sie an einen Blitz denken ließ. Sie wußte, daß die negativen Gedanken wieder in ihr hochsteigen würden, sobald sie Laurel ansah.

»Gefallen? Ich finde es wundervoll!« Laurel strahlte ihre Schwester an. »Du findest immer genau das Richtige... und ich kann es wirklich gut gebrauchen.«

»Dafür sind Schwestern da«, lächelte Dolly. »Und die Aufgabe einer Tante ist es, wunderbar nutzlose Dinge zu schenken, die du dir selbst niemals kaufen würdest. Hier.« Sie streckte Laurel ein blaues Schächtelchen mit blauer Satinschleife entgegen, das unverkennbar von Tiffany's stammte. »Herzlichen Glückwunsch zum Achtzehnten.«

Annie lächelte und dachte an die sechs kleinen blauen Schächtelchen, die sie in einer Schublade ihres Schrankes verwahrte. Jedes davon enthielt ein Schmuckstück – eine silberne Anstecknadel, ein silbernes Armband, Anhänger, ein Paar Ohrringe –, die sie selbst von Tante Dolly zum Geburtstag bekommen hatte. Sie beobachtete, wie Laurel die Schleife aufmachte und das Schächtelchen öffnete. In einem blauen Stoffbeutelchen mit Zugband befand sich ein goldenes Medaillon in Herzform mit einem winzigen Brillanten in der Mitte. Hübsch, dachte Annie, aber irgendwie zu niedlich für eine Achtzehnjährige.

Laurel dachte augenscheinlich ähnlich, obwohl sie ihrer Tante ein strahlendes Lächeln schenkte. »Du hast völlig recht«, lachte sie, »das hätte ich mir nie gekauft – ich hätte es mir auch gar nicht leisten können. Aber ich finde es wunderschön. Und ich finde es toll, daß du auf die Idee gekommen bist.«

Laurel stand auf, um ihre Tante zu umarmen – und Annie war

wieder einmal erstaunt, wie gut sich Laurel verstellen konnte. Dolly würde niemals auf die Idee kommen, daß Laurel von ihrem Geschenk nicht absolut begeistert war. Wenn ich nur ein wenig mehr Ähnlichkeit mit Laurel hätte, dachte Annie. Weniger frei heraus und dafür liebenswürdiger... und etwas freigebiger, wenn es darum geht, Gefühle zu zeigen. Aber besonders Dolly gegenüber konnte sich Annie bis heute einfach nicht überwinden. Sie hegte im tiefsten Innern immer noch den Verdacht, daß Dolly ihr nicht alles über die Hintergründe ihres Zerwürfnisses mit Dearie erzählt hatte. Und irgendwie warf dieser Gedanke einen Schatten über all die wunderbaren Dinge, die Dolly für sie getan hatte.

»Meine Sarah hat so ein Medaillon«, sagte Rivka. »Sie hat ein Bild von ihrem Mann Yitzak hineingetan.« Sie warf Laurel einen bedeutungsvollen Blick zu. Wenn Laurel Rivkas Tochter wäre, dachte Annie, würde sie sicher nicht im zweiten Semester an der Kunsthochschule studieren. Sie würde heiraten und Kinder bekommen. Annie selbst galt mit ihren vierundzwanzig Jahren in Rivkas Augen schon als alte Jungfer.

Rivka seufzte, als hätte sie Annies Gedanken erraten. »Ich kann mich einfach nicht daran gewöhnen, daß ihr Mädchen so weit von mir weg wohnt.«

Annie lachte. »Das klingt ja ganz so, als wäre Manhattan ein anderer Kontinent.«

»Für dich ist es das vielleicht nicht. Aber ich muß über eine Stunde mit der U-Bahn fahren, um euch zu sehen.«

Annie vermißte Rivka ebenfalls. Sie sahen sich zwar regelmäßig, aber es war einfach anders als zu der Zeit, als sie und Laurel noch in Brooklyn gelebt hatten. Sie wohnten seit fünf Jahren in einer kleinen Zweizimmerwohnung, zwei Stockwerke über Joes Wohnung.

»Das nächste Mal komme ich dich besuchen«, versprach sie.

»Das nächste Mal komme ich nach Manhattan«, neckte sie Rivka, »um auf deiner Hochzeit zu tanzen.«

Annie spürte, wie ihr die Röte ins Gesicht stieg, und widerstand dem Drang, Joe anzusehen.

Rivka erhob sich von der Couch. Sie entfernte für sonst niemand sichtbare Fussel von ihrer hochgeschlossenen weißen Bluse und strich über ihren Rock im Hahnentrittmuster. »Also ... wer möchte ein Stück Kuchen?« Sie hatte ihn natürlich selbst gebakken und ihn in der U-Bahn in einer Hutschachtel transportiert.

»Soll ich nicht zuerst die Kerzen ausblasen?« fragte Laurel.

»Nicht bevor du mein Geschenk ausgepackt hast«, sagte Joe. Er stand auf und verschwand im Schlafzimmer, um einen Augenblick später mit einem von Seidenpapier umhüllten, länglichen Päckchen, das mit einer dicken roten Kordel verschnürt war, wieder zu erscheinen.

Als Laurel es langsam auspackte, kam ein handbemaltes Holzkästchen zum Vorschein. Darin befand sich ein silberner Armreif.

»Die Indios in Mexiko machen solche Armreifen«, erklärte Joe. »Sie sind ein Zeichen der Freundschaft.«

Laurel starrte schweigend auf den Armreif und drehte ihn zwischen Daumen und Zeigefinger hin und her. Sie schien völlig fasziniert von dem Licht, das sich auf seiner blitzenden Oberfläche fing. Da sie nach unten schaute und außerdem ihr Haar nach vorn fiel, konnte Annie ihren Gesichtsausdruck nicht sehen.

Dann blickte Laurel kurz hoch, und Annie wurde klar, warum sie nicht aufsprang, um Joe zu umarmen, oder zumindest wortreich versicherte, wie sehr ihr der Armreif gefiele: Ihr Gesicht war tiefrot, und in ihren Augen standen Tränen. Es sah ganz so aus, als würde sie jeden Moment anfangen zu weinen.

Nach einer halben Ewigkeit stand Laurel mühsam auf und ging etwas unbeholfen, aber hastig zu Joe hinüber. Sie beugte sich zu ihm hinunter und küßte ihn – nicht auf die Wange, sondern vorsichtig und liebevoll auf den Mund, wobei sie ihre Lippen den Bruchteil einer Sekunde länger auf den seinen ruhen ließ, als es sich für Freunde schickte.

»Dankeschön, Joe«, murmelte sie.

Joe sah zwar erfreut aus, schien aber auch ein wenig peinlich berührt. Hatte sich Annie etwa nur eingebildet, daß Joe Laurels Kuß erwidert hatte?

Annie ließ den Gedanken ihren Lauf, die sie schon so lange versucht hatte zu unterdrücken. In ihrem Kopf verwoben sich die Erinnerungen. Die magere, zwölf Jahre alte Laurel, die mit Joe auf dem Bürgersteig Fangen spielte. Laurel beim Kneten von Brotteig in der Küche von Joe's Place. Laurel beim Fernsehen, eng an Joe auf die Couch gekuschelt, wo sie bei gruseligen Stellen ihren Kopf an seiner Schulter verbergen konnte.

Dann sah Annie ihre Schwester mit den langen Beinen einer Dreizehnjährigen im Prospect Park im Matsch ausrutschen und stürzen. Sie hatte eine tiefe Wunde im Knie. Alles war voll Blut: Schuhe, Strümpfe, sogar der Rasen. Joe hatte sie hochgehoben und war mit ihr zur Straße vorgelaufen. Und dann hatten sie dort gestanden, während Annie verzweifelt versuchte, ein Taxi heranzuwinken. Als sie endlich eins hatten, wollte sich der Fahrer aus dem Staub machen, als er das viele Blut sah. Joe war in den Wagen gesprungen und hatte den Fahrer am Schlafittchen gepackt.

»Sie ist dreizehn Jahre alt. Und sie ist verletzt.« Joes Stimme war sehr leise und sanft gewesen. »Sie werden uns ins King's County Hospital bringen und zwar sofort. Wenn Ihr Wagen gereinigt werden muß, bezahle ich das. Noch irgendwelche Fragen?«

Der grauhaarige Taxichauffeur war weiß wie die Wand geworden und hatte den Kopf geschüttelt. Dann war er wie der Blitz zur Notaufnahme des King's County Hospital gerast, wo Laurels Wunde mit acht Stichen genäht worden war.

Aber viel stärker war Annie in Erinnerung, wie Laurel seit diesem Tag zu Joe aufgeblickt hatte – so als hätte er mit mindestens hundert Drachen gekämpft und einen Turm von der Höhe der Freiheitsstatue bestiegen, um sie zu retten.

Sie ist verliebt in ihn. Der Gedanke kreiste in Annies Kopf wie eine Melodie, die einem nicht mehr aus dem Sinn will. Sie hatte es immer gewußt, oder etwa nicht? Bloß war Laurel mittlerweile kein Kind mit aufgeschlagenen Knien mehr. Und Annie konnte sich nicht länger damit beruhigen, daß es sich nur um eine jugendliche Schwärmerei handelte.

Aber jetzt kam etwas Neues hinzu. Was Annies Herz plötzlich schneller schlagen ließ, war vielmehr der Gedanke, daß sich Joe in Laurel verlieben könnte.

Warum auch nicht?

Mit ihren achtzehn Jahren wirkte Laurel reifer als die meisten Mädchen ihres Alters. Sie war noch ein wenig verträumt, aber sehr ausgeglichen und freundlich und in vielen Dingen sehr geschickt. Sie nähte all ihre Kleider selbst und war künstlerisch ungemein begabt. Natürlich habe ich mich um sie gekümmert, dachte Annie, aber sie hat sich schon sehr oft selbst beschäftigen müssen. »Mein kleines Frauchen«, hatte Rivka immer zu Laurel gesagt. Und daß Joe mittlerweile einunddreißig Jahre alt war, hatte nichts zu sagen. Viele Männer wollten jüngere Frauen heiraten. Und in letzter Zeit hatte Joe öfters von der Gründung einer Familie gesprochen und scherzhaft betont, daß er mindestens sechs Kinder haben wolle. Wen würde es da überraschen, wenn –

Hör auf, sagte sie zu sich selbst, mach dich nicht lächerlich. Natürlich liebt Joe Laurel, aber nicht so, wie du glaubst. Er liebt sie wie eine kleine Schwester.

So wie dich.

Annie fühlte einen scharfen Schmerz in der Herzgegend. War es möglich, daß Joe sie nur als gute Freundin oder wie eine Schwester liebte?

Sie erinnerte sich noch genau an den Moment, in dem ihr klargeworden war, daß sie Joe liebte. Es war vier Monate her. Sie war mit Steve Hogan im Kino gewesen. Auf dem Heimweg hatte sie ein verrückter Fahrradfahrer zu Boden gerissen, als sie die Straße betrat. Sie hatte sich die Knie aufgeschlagen und war mit dem Kopf aufgeprallt. Aber nicht die Schmerzen waren das Schlimmste gewesen, auch nicht der Ärger über den Radfahrer, der nicht einmal anhielt, sondern daß sie nicht aufhören konnte zu lachen.

Joe hätte sie in die Arme genommen und getröstet, dachte sie. Genauso wie Laurel, als diese sich damals am Knie verletzt hatte. Joe hätte gewußt, daß sie unter Schock stand und das Lachen eine hysterische Reaktion war. Steve indessen, ein hoffnungsfroher Nachwuchsjurist, mit dem sie seit fast einem Jahr liiert war (sie hatte sogar darüber nachgedacht, ihn zu heiraten), hatte sich lediglich neben sie auf die Straße gehockt und ihr auf den Rücken geklopft, als müsse sie gleich wie ein Baby ein Bäuerchen machen. Seit diesem Moment wußte sie, daß der einzige Mann, der sie interessierte, Joe hieß – und daß das auch immer so sein würde.

Aber sie hatte bisher noch nicht den Mut gehabt, es ihm zu sagen. Es hatte ja auch noch etwas Zeit. Vielleicht konnte sie in ein paar Tagen, wenn die Osterferien vorüber waren und Laurel wieder aufs College ging, mit ihm reden.

»Happy birthday to you! Happy birthday to you!« Dollys kräftige Altstimme unterbrach Annie in ihren Gedanken. Und nun fiel Joe in das Geburtstagsständchen ein. Auch Rivka, deren rundes Gesicht im Widerschein der Kerzen auf dem Kuchen, den sie gerade aus der Küche hereintrug, leuchtete, sang mit einer etwas zittrigen Sopranstimme mit. »Happy birthday, dear Laurel. Happy birthday to yoooouuuu!«

Annie sah, wie Laurel tief Luft holte und mit festem Blick auf Joe die Kerzen auf dem Kuchen auf einmal ausblies.

Annie wußte genau, was sich ihre Schwester gewünscht hatte. Sie fühlte sich beinahe schuldig, weil sie sich das gleiche wünschte, aber verdammt noch mal, wieso sollte Laurel mehr Recht auf Joe haben als sie? Laurel würde ihn sicher sowieso in Kürze vergessen haben – in Syracuse gab es bestimmt Scharen von gleichaltrigen jungen Männern, die hinter ihr her waren. In kurzer Zeit würde sie sich wahrscheinlich über beide Ohren verlieben, und Joe wäre wieder wie zuvor der große Bruder.

Während Rivka die üppige Kokosnußtorte zerteilte und Laurel ihr beim Verteilen der Stücke auf Teller half, ging Annie hinüber zu Joe und setzte sich neben ihn auf die Couch. »Ist gestern abend alles gut gegangen?« fragte sie. »Du weißt schon, bei deiner Party.«

Joe's Place bot seit kurzem auch einen Partyservice an, und Annie wußte nur zu gut, daß noch längst nicht alles so klappte, wie es sollte. Das Restaurant selbst lief beinahe von allein und war fast jeden Abend voll. Joe's Place war in den vergangenen sechs Jahren zu einer Institution im Village geworden.

»Es ging«, antwortete Joe. »Abgesehen davon, daß der Herd der alten Dame den Geist aufgab und Rafael all seinen Charme aufbieten mußte, um die Nachbarin davon zu überzeugen, daß wir ihren Herd benutzen müßten. Und abgesehen davon, daß die Nachbarin plötzlich mithelfen wollte und in Jogginghosen und Turnschuhen auf der eleganten Party meiner Kundin erschien...«

Annie lächelte und verdrehte die Augen. »Glaub mir, ich kann's mir vorstellen.«

»Wieso?«

»Ich habe gestern einem Kunden eine Praline zum Probieren angeboten. Er hat mich darauf hingewiesen, daß er allergisch auf Nüsse reagiert. Ich habe ihm versichert, daß in den Himbeertrüffeln ganz bestimmt keine Nüsse sind. Er beißt hinein, wird weiß wie die Wand und rennt zum Klo.«

Joe stöhnte auf. »Waren doch Nüsse drin?«

»Bei der Framboisetrüffel sind wirklich keine drin. Aber ich habe mich geirrt und ihm aus Versehen eine Rumpraline gegeben.«

Annie dachte daran, wie aufgeregt sie in dieser Situation gewesen war, sie hatte sich bei dem Kunden auch tausendmal entschuldigt. Als sie Joe jetzt von der Sache erzählte, konnte sie darüber lachen. Es tat irgendwie immer gut, mit ihm über Dinge zu sprechen, über die sie sich aufgeregt hatte. Meist sah dann alles gleich ganz anders aus.

»Bist du immer noch wild entschlossen, dein eigenes Geschäft aufzumachen?« Joe sah sie fragend an. Statt der früheren viereckigen Brille trug er mittlerweile eine runde mit Stahlgestell.

»Ich würde schon gerne, wenn ich erst einmal weiß, wie man Pralinen macht, und noch ein bißchen Geld gespart habe.« Annie zuckte die Achseln und sprach so beiläufig wie möglich, da sie nicht wollte, daß er oder sonst jemand wußte, wie sehnlich sie sich einen eigenen Laden wünschte. Es konnte ja sein, daß Henri sich trotz ihres Erfolgs bei Donato (er hatte heute nachmittag tatsächlich angerufen und um ein Treffen mit ihr gebeten) nicht dazu durchringen konnte, ihr ein Praktikum bei Girod's in Paris anzubieten. Aber auch wenn das klappte, konnte sie nicht wissen, ob das Geld, das Dearie vor so vielen Jahren für sie angelegt hatte, überhaupt noch existierte. Vielleicht hatte Val es irgendwie an sich gebracht. Vals Schweigen über all die Jahre hinweg beunruhigte sie übrigens weitaus mehr als seine damalige Lüsternheit. Ohne dieses Geld konnte sie jedenfalls keine Existenz gründen.

»Ich mache mir da keine Sorgen«, sagte Joe. »Wenn du etwas wirklich willst, dann schaffst du das schon.«

Annie blickte in seine grünbraunen Augen, in denen eine Spur Belustigung funkelte, und spürte, wie sich eine wohltuende Wärme in ihr ausbreitete. Am liebsten hätte sie die Arme um seinen Hals geworfen und ihren Kopf auf seine Brust gebettet. Dann könnte sie wenigstens hören, ob sein Herz gerade jetzt auch so schnell schlug wie ihr eigenes. *Oh, Joe, wenn du wüßtest, was ich mir gerade jetzt wünsche, meinst du wirklich, daß es eines Tages so sein wird?*

Sie mußte ihm sagen, was sie empfand, und mit diesem kindischen Theater aufhören. Auch wenn er nicht so fühlte wie sie, wüßte sie dann wenigstens Bescheid. Und sie würde schon irgendwie damit umgehen können.

Ich werde es ihm sagen, dachte sie. Übermorgen, wenn Laurel wieder weg ist und ich ihn für mich allein habe.

Und wenn er mich auch will, muß Laurel es einfach akzeptieren. Sie ist jetzt ein erwachsenes Mädchen und wird schon darüber hinwegkommen. Habe ich nicht immer alles für sie getan? Nur dieses eine Mal möchte ich an erster Stelle stehen.

»Was habt ihr hier eigentlich zu flüstern?« Annie blickte hoch und sah Laurel vor Joe und sich stehen, in jeder Hand einen Teller mit einem Stück Kuchen. Laurel lächelte, aber Annie kam es so vor, als hätten sich ihre Augen eine Spur verengt.

»Über dich natürlich«, erwiderte Joe scherzhaft. »Ich habe mich gefragt – weil du ja jetzt schließlich achtzehn bist –, ob du uns nicht endlich deinen geheimnisvollen Freund vorstellen willst.«

»Welchen Freund?« Sie blickte ihn fragend an, während sie ihnen die Teller gab.

»Den, von dem du immer abstreitest, daß es ihn gibt.«

»Ich weiß überhaupt nicht, wovon du sprichst!« Laurel versuchte zu lachen, aber ihre errötenden Wangen straften sie Lügen.

Diese Geheimnistuerei war zwar nichts Neues, aber Annie fragte sich trotzdem wie all die Male zuvor: *Was verbirgt sie?* Sie war oft nach Hause gekommen, und Laurel war weder bei Rivka noch in ihrer eigenen Wohnung gewesen. Laurel hatte regelmäßig behauptet, daß sie bei einer Freundin Hausaufgaben gemacht hatte oder noch in der Bibliothek gewesen war, aber sie hatte dabei immer die Augen niedergeschlagen und war rot geworden.

Als Annie versucht hatte, mit Dolly darüber zu sprechen, hatte diese nur gemeint, daß Laurel damit vielleicht eine Art Unabhängigkeit zeigen wolle. Wahrscheinlich war sie auch tatsächlich bei Freunden, hatte Dolly weiter ausgeführt, wollte Annie jedoch mit ihrer Reaktion bedeuten, daß Laurel zu groß war, um noch wie ein Kleinkind kontrolliert zu werden.

Schon seit langem zog Joe Laurel mit ihrem »geheimnisvollen Freund« auf. Laurel gab jedesmal vor, nicht zu wissen, was er meinte. Aber Annie war der festen Überzeugung, daß sie insgeheim beglückt darüber war, Joes Interesse zu erregen.

»Wieso wirst du dann rot?« Joes Augen funkelten spöttisch.

»Stimmt ja gar nicht!« Laurel bedeckte ihre Wangen mit den Händen. Aber ihr Lächeln wirkte angestrengt, und sie sandte einen seltsam gehetzten Blick in Annies Richtung. *Was verbirgt sie?*

Joe, der wohl spürte, daß er zu weit gegangen war, wollte die Wogen wieder glätten. »Ist ja schon gut. Vergiß, daß ich etwas gesagt habe.« Er runzelte die Stirn und fügte mit leiser Stimme spöttisch hinzu: »Vielleicht bin ich bloß eifersüchtig. Vielleicht will ich dich für mich allein haben.«

Annie wurde es ganz heiß. Warum regte sie sich nur so auf? Joe machte nur Spaß, neckte Laurel, wie er es schon immer getan hatte. Wieso sollte jetzt irgend etwas anders sein?

Annie wußte, was anders war, wenn auch Joe sich offensichtlich weigerte, es zu erkennen.

Es reichte jetzt wirklich. Sie würde mit Joe sprechen müssen, bevor Laurel am Ende noch in ihren Gefühlen verletzt wurde.

Sie würde noch heute abend mit ihm sprechen. Sobald Laurel nach oben gegangen war. Sie würde nicht warten, bis Laurel wieder auf dem College war.

Annie blickte hinüber zu Dolly, die aufgestanden war und nach ihrer Handtasche griff. »Ich möchte euch allen noch etwas erzählen«, sagte sie und strahlte Annie wie ein Kind an, das ein wundervolles Geheimnis mit sich herumträgt. »Ich weiß zwar, daß wir heute Laurels Geburtstag feiern, aber ich habe auch etwas für dich, Liebes.« Sie griff in ihre Tasche aus Eidechsenleder, holte einen Umschlag heraus und reichte ihn Annie. »Na, mach ihn schon auf!« drängte sie.

In dem Umschlag befand sich ein Flugticket nach Paris.

Annie starrte es stumm vor Erstaunen an.

»Ich habe mit Henri gesprochen.« Dolly überschlug sich beinahe vor Begeisterung. »Es ist alles arrangiert. Du wirst bei Monsieur Pompeau arbeiten. Er ist zwar ein alter Lüstling, aber mit dem, was er über Schokolade weiß, könnte man Bände füllen.«

Annie sah erst jetzt, daß ihr Flug nach Paris bereits in einer Woche ging.

»Das ist schon bald«, preßte sie mühsam zwischen ihren sich wie taub anfühlenden Lippen hervor.

»Es tut mir leid, daß ich es dir nicht früher sagen konnte, aber der andere Praktikant tritt seine Stelle auch nächste Woche an, und Pompeau möchte euch beide gleichzeitig ausbilden.«

Annies Benommenheit legte sich allmählich. Plötzlich war sie überglücklich – sie würde nach Paris fliegen! Sie würde endlich lernen, wie man selbst Pralinen machte, und nicht länger nur Stellvertreterin von Dolly sein.

Als sie an Joe dachte, verflog ihre Freude wieder. Dreieinhalb Monate ohne Joe erschienen ihr wie eine Ewigkeit.

Unter diesen Umständen war es wohl auch nicht mehr wichtig, ihm zu sagen, was sie empfand. Sie würden so oder so getrennt voneinander sein. Aber Laurel war in seiner Nähe. Sie konnte Joe an Wochenenden und an Feiertagen sehen. Und vielleicht würde sich ja, wenn sie erst aus dem Weg war, zwischen beiden –

»Du meine Güte, nun sag mal was!« Dolly hob beschwörend die Hände. »Wenn ich schon meine erste Fachkraft entbehren muß, könntest du dich wenigstens freuen.«

»Ich... ich weiß einfach nicht, was ich sagen soll, ...es ist so...« Annie stand auf und umarmte ihre Tante. »Ich weiß einfach nicht, wie ich dir danken soll.«

Annie war Dolly in der Tat sehr dankbar, konnte sich aber gleichzeitig den Gedanken nicht verkneifen, daß ihre Tante den absolut schlechtesten Moment ausgesucht hatte, um die gute Fee zu spielen.

Als Annie ihre Bordkarte am Air-France-Schalter in Empfang nahm, hörte sie, wie ihr Flug aufgerufen wurde. Sie drehte sich zu Joe herum. »Ich muß gehen.« Sie beugte sich hinunter, um ihr Handgepäck zu nehmen, aber Joe war schneller.

»Ich bringe dich bis zur Sperre«, sagte er.

»Das brauchst du wirklich nicht.«

Sie kam sich so komisch vor inmitten der in alle Richtungen eilenden Menschen in der Abflughalle. Joe und sie verhielten sich eher wie Fremde als wie alte Freunde. Annie verspürte den plötzlichen Wunsch, ihn einfach zu packen – sollte es ruhig jeder sehen! – und zu rufen: *Ich liebe dich, du verdammter Idiot! Wieso siehst du das nicht?*

Aber das tat sie natürlich nicht. Statt dessen trottete sie brav neben Joe her und warf ihm hin und wieder einen Blick von der Seite zu. Er war besser als sonst angezogen, trug eine graue Flanellhose mit Bügelfalten und ein Hemd mit Button-Down-Kragen unter der ledernen Fliegerjacke. Sein Haar war so ordentlich, als hätte er es gerade erst gekämmt; im Licht der Neonröhren waren die Spuren, die der Kamm hinterlassen hatte, noch zu erkennen. Nur seine Brille saß etwas schief.

Annie fühlte sich völlig ausgelaugt und kraftlos. Warum sagte er eigentlich nichts, irgend etwas, das ihr vermittelte, wie er sich fühlte, oder daß er sie vielleicht sogar vermissen würde?

Er sagte kein Wort, bis sie ihren Flugsteig erreicht hatten. Joe setzte ihren Handkoffer auf einem der Kunststoffstühle ab, die in langen Reihen im Warteraum standen. Dann berührte er mit einer kühlen Hand leicht ihre Wange. »Ich werde dir nicht versprechen zu schreiben, sonst enttäusche ich dich nur. Ich bin kein guter Briefeschreiber.«

»Ich werde wahrscheinlich ohnehin viel zu viel zu tun haben, um zu antworten.« Annie starrte auf den Fußboden, um sich ihre Enttäuschung nicht anmerken zu lassen.

»Annie.« Er legte einen Finger unter ihr Kinn und zwang sie, ihn anzusehen. Ihr wurde ganz heiß, und ihre Haut begann zu kribbeln. Sie trug einen Pullover mit Kapuze und einen Tweedrock, den Laurel ihr genäht hatte. »Damit meine ich nicht, daß du mir nicht fehlen wirst.«

»Wirklich?« *O Gott, mehr fiel ihr nicht ein?*

»Wer wird mich denn am Sonntagmorgen wecken und an die Tür hämmern und schreien: Extrablatt! Extrablatt! Lesen Sie alles in dieser Ausgabe!«

»Wenn ich dir nicht immer die *Times* besorgt hätte, wäre Mr. Abdullah schon ausverkauft, bis du aufgestanden bist.«

»Ich glaube eher, daß du es immer genossen hast, mich aus dem Bett zu jagen.«

Sie lachte und fühlte, wie die Anspannung etwas von ihr abfiel, als sie zu ihrem gewohnten Umgangston fanden. »Bilde dir nur nichts ein. Ich habe schon besser gebaute Jungs gesehen.«

»Annie ich werde dich wirklich vermissen.« Er lächelte nicht mehr, und der Ausdruck seiner Augen war sehr ernst.

»Joe, ich –« Annie brachte keine Wort mehr heraus.

Über den Lautsprecher ertönte der letzte Aufruf, an Bord zu gehen. Der Wartesaal hatte sich bereits geleert.

»Ich muß gehen«, murmelte sie hilflos.

Sie wollte sich gerade abwenden, als er sie in die Arme nahm und fest an sich zog. So nahe, daß sein vertrauter Geruch sie einhüllte und ihr die Tränen in die Augen schossen.

Und nun küßte er sie. Mitten auf den Mund und mit einer Innigkeit, die ihr Herz fast stillstehen ließ. Seine Lippen waren weich, und er liebkoste mit seiner Zunge vorsichtig ihre Lippen. Sie atmete tief seinen vertrauten Geruch ein, der sie an die Pullover erinnerte, die sie sich regelmäßig von ihm borgte. Sie liebte es, sich in diese großen weiten Pullis zu kuscheln. Joe zog sie noch näher an sich, und sein hagerer Körper preßte sich fest gegen den ihren.

War das alles Wirklichkeit?

Eine Hitzewelle durchflutete Annies Körper, sie fühlte sich ungeheuer schwer und doch gleichzeitig leicht. In ihren Fingerspitzen prickelte es, und sie war der festen Überzeugung, daß sie jeden Moment wie die Heldin eines viktorianischen Romans in Ohnmacht sinken würde.

Dann trat Annie einen Schritt zurück und sah ihn an, blickte in diese braungrünen ruhigen Augen hinter den Brillengläsern und spürte, daß Joe mindestens so durcheinander war wie sie.

Sag es, dachte sie. *Sag, daß du mich liebst. Daß du mich willst.*

Aber alles, was er sagte, war: »Mach's gut, Kleines.«

Auf ihrem Weg zum Flugzeug haßte Annie ihn beinahe dafür, daß er sie geküßt hatte und sie nach Paris gehen ließ, wo sie wochenlang von diesem Kuß träumen und über seine Bedeutung nachgrübeln würde.

12. Kapitel

Laurel betrachtete den nackten Mann, der ausgestreckt vor ihr lag.

Sein schulterlanges Haar wurde von einem Stirnband zurückgehalten, und sein muskulöser Körper war nur wenig heller als die sienafarbene Kreide, die sie zum Zeichnen benutzte. Nie zuvor hatte sie einen so gut gebauten Mann gesehen, soweit sie in dieser Hinsicht überhaupt Vergleichsmöglichkeiten hatte. Jedenfalls war das letzte Aktmodell eher schmächtig gewesen, und sein graurosa Penis hatte wie ein kleiner Giftpilz aus dem weichen dunklen Moos zwischen seinen Beinen hervorgelugt.

Der Junge vor ihr war etwa in ihrem Alter und hatte eine fast beängstigende Ausstrahlung. Laurel zeichnete drauflos, brachte grobe, gleichwohl schwungvolle Linien auf das Papier. Das war es. Hier ein bißchen mehr Betonung, da die Andeutung eines Schattens ...

Während des Zeichnens ertappte sich Laurel bei dem Gedanken an Joe. Sie stellte sich vor, es wäre sein Körper, den sie gerade zeichnete, der Schwung seiner Rippe, deren Schatten sie gerade mit dem Daumen verrieb. In knapp einer Stunde war der Unterricht in Aktzeichnen vorbei, dann würde sie mit dem Bus nach Hause fahren. Und da Annie in Paris war, würde sie ihre Wohnung – und Joe – erstmals ganz für sich allein haben.

Bei diesem Gedanken wurde ihr ganz heiß.

Würde zwischen ihnen jetzt alles anders werden? Würde er sie mit anderen Augen sehen können?

Ich werde es ihm zeigen. Ich werde ihm zeigen, wie sehr ich ihn liebe und daß ich die Richtige für ihn bin.

Während sie darüber nachdachte, wie sie das bewerkstelligen wollte, fühlte sie , wie ihre Wangen zu brennen begannen. Sie zwang sich, sich auf ihre Zeichnung – und auf das Model – zu konzentrieren. Der junge Mann lag mit dem Kopf auf eine Hand gestützt lang ausgestreckt in der Mitte des Zeichensaals auf einem mit einem weißen Laken bedeckten Podest und hatte das eine Knie angewinkelt. Der Anblick erinnerte Laurel an Tarzan, der sich auf einem Felsen sonnt.

Laurel unterdrückte ein Kichern und preßte die Kreide aus Versehen so fest auf das Papier, daß sie mit einem knackenden Geräusch abbrach. In der Stille des Saales blickten einige ihrer Kommilitonen von der Staffelei hoch. Laurel war ziemlich verlegen, und als sie ihren Blick wieder auf das Aktmodell richtete, bemerkte sie, daß der junge Mann sie von oben bis unten musterte. Seine merkwürdig schräggeschnittenen Augen schienen sie zu durchbohren.

Er kam ihr irgendwie bekannt vor, aber sie konnte ihn nicht so recht unterbringen. *Diese Augen...* Ob er auch ein Student war? Sie hatte ihn zwar noch in keinem der Kurse gesehen, die sie besuchte, aber vielleicht kannte sie ihn vom Campus.

Dann erinnerte sie sich, daß sie ihn schon einmal gesehen hatte. Natürlich, er hatte letzte Woche vor dem Studentenzentrum Flugblätter für eine Antikriegsdemonstration verteilt. Aber wenn er Student war, was tat er dann als Aktmodell? Vielleicht einfach Geld verdienen, so wie sie zweimal wöchentlich Nachhilfe an der High School gab.

Am Ende der Stunde war sie gerade dabei, ihre Stifte und Pastellfarben zu verstauen, als der junge Mann zu ihr herüberschlenderte.

»Gar nicht schlecht«, sagte er, warf sein Haar zurück und blickte auf ihre Zeichnung.

»Danke.« Laurel stellte erleichtert fest, daß er mittlerweile etwas anhatte – ein Paar Flickenjeans und ein dunkelblaues T-Shirt. Es war ein merkwürdiges Gefühl, sich mit ihm zu unterhalten, nachdem er eine Dreiviertelstunde völlig nackt vor ihr gelegen hatte. Außerdem wurde sie nach wie vor das Gefühl nicht los, daß sie ihn doch schon länger kannte.

»Du überlegst, woher du mich kennst, bist aber noch nicht draufgekommen, habe ich recht?«

Laurel zuckte zusammen und blickte ihn an. Er musterte sie genauso dreist wie vorhin. Wie konnte er wissen, was sie dachte?

»Dreimal darfst du raten, Bohne.« Seine vollen Lippen verzogen sich zu einem Lächeln, und er legte den Kopf zurück. Laurel sah ein spöttisches Glitzern in seinen Augen.

»Bohne« – das war ihr Spitzname in der Grundschule gewesen. Dann fiel es ihr wie Schuppen von den Augen: Vor ihr stand der kleine Junge, der ihr das Leben in der sechsten Klasse bei Miß Rodriguez so schwer gemacht hatte. »Jesús!« rief sie aus. »Du lieber Himmel, es ist wirklich kein Wunder, daß ich dich nicht erkannt habe. Als ich dich das letzte Mal gesehen habe, warst du gerade mal einen Meter fünfzig groß und –«

»Und ich hatte was an.« Sein Lächeln wurde zu einem breiten Grinsen. Er schien sich über sie zu amüsieren. Als ob er genau wußte, daß seine offen zur Schau gestellte Nacktheit sie in Verlegenheit brachte. Laurel spürte, daß sie bis in die Haarwurzeln hinein errötete. War es so offensichtlich, daß sie noch Jungfrau war? Konnten Jungs nur vom Hinschauen her beurteilen, ob man unerfahren war? Behandelte Joe sie deshalb wie ein Kind?

Sie starrte Jesús an und dachte an die damalige weihnachtliche Theateraufführung, nach der sie so etwas wie Freunde geworden waren. Das heißt, eigentlich war es doch mehr eine Waffenruhe gewesen. Jesús hatte kaum mit ihr gesprochen, aber sie zumindest nicht mehr dauernd geärgert und sogar andere Jungs davon abgehalten. Aber dann war seine Mutter gestorben, und er war angeblich zu Pflegeeltern gekommen.

»Ich heiße jetzt Jess, nicht mehr Jesús«, sagte er, bevor sie etwas fragen konnte. »Jess Gordon. Die Gordons wollten mich unbedingt adoptieren. Begriffen hab' ich das nicht. Aber damals war mir sowieso alles egal, dieser ganze Planet und jeder, der darauf lebt.«

»Ich weiß.«

»Du hattest es gut, Bohne. Ich mochte dich irgendwie.« Er lachte auf. »O Mann, ich finde es stark, dich hier einfach so zu treffen.«

»Ich bin jedenfalls froh, daß du ein Zuhause gefunden hast.«

»Ich auch. Mein Dad – du würdest ihn mögen. Er ist jetzt im Ruhestand, aber vorher war er Englischlehrer an dem kleinen Gymnasium in Newburgh, wo wir gelebt haben. Er hat mir alles mögliche beigebracht, sogar das Rechtschreiben. Weißt du noch, wie du mich bei jedem Rechtschreibspiel geschlagen hast?«

»Das war nicht schwer«, lachte Laurel. »Du wärst der Zweitbeste gewesen, wenn du nicht den anderen Kindern immer damit gedroht hättest, du würdest sie verprügeln, wenn sie nicht jedes Wort absichtlich falsch schreiben würden.«

»Du warst die einzige, die keine Angst vor mir hatte.«

Laurel zuckte die Achseln und winkte der kleinen kraushaarigen Shari McAuliffe zu, die gerade zur Tür hinausging und unter dem Arm eine Mappe trug, die beinahe genauso groß war wie sie. Laurel blickte auf die Uhr. Zehn vor vier – sie mußte sich sputen, wenn sie den nächsten Bus nach Manhattan bekommen wollte. Sie wollte aber auch Jess nicht einfach so stehen lassen.

»Ich glaube, es gab damals wichtigere Dinge, die mich beschäftigt haben«, sagte sie zu ihm.

Sie dachte an Onkel Rudy und an das Geheimnis, das sie vor

Annie all die Jahre bewahrt hatte. Alles hatte mit Val angefangen, aber mittlerweile war Onkel Rudy fast selbst zu einem Geheimnis geworden, zu ihrem »geheimnisvollen Freund«.

Seit ihrem ersten Treffen damals hatte er sie drei- oder viermal im Jahr, wenn er in New York war, einfach an der Schule abgeholt und sie zu einer Spazierfahrt in seinem Wagen mit Chauffeur mitgenommen. Er fragte dann nach ihren Lehrern, ihren Freunden und Feinden, wollte wissen, welche Rockgruppen sie mochte und sogar, welche Show im Fernsehen sie besonders gern sah. Wenn das Wetter schön war, gingen sie in den Riverside Park, setzten sich am See in der Nähe der Bootsanlegestelle auf eine Bank und fütterten die Tauben mit Brotkrusten und die Eichhörnchen mit Erdnüssen. Onkel Rudy erzählte nie etwas von sich. In dieser Beziehung war er etwas sonderbar – er wollte immer nur alles über sie wissen. Und manchmal ertappte sie ihn dabei, wie er sie so merkwürdig anschaute, so als wolle er sich ihr Gesicht für immer einprägen. Wenn er diesen Blick hatte, bekam sie regelmäßig eine Gänsehaut. Aber er faßte sie niemals an und versuchte weder, sie zu umarmen noch ihre Hand zu ergreifen. Er begrüßte sie immer mit »Hallo, Kleine« und stieß die Wagentür weit genug auf, damit sie einsteigen konnte.

Zum achtzehnten Geburtstag hatte er ihr eine wunderschön geschnitzte Elfenbein-Madonna geschenkt. Sie war alt und hatte sicher eine Menge gekostet. Eigenartig, daß ausgerechnet Onkel Rudy, der so unkultiviert schien, für sie etwas so Ausgefallenes ausgesucht hatte. Vielleicht glaubte er insgeheim an Gott oder nahm an, daß sie es tat. Sie hatte sich jedenfalls riesig gefreut und war irgendwie gerührt gewesen. Und als sie ihm einen flüchtigen Kuß auf die Wange gedrückt hatte, hatte Rudy sie so angesehen, als hätte sie *ihm* etwas sehr Kostbares zum Geschenk gemacht.

»Du warst ganz schön tapfer, daran kann ich mich noch genau erinnern.«

Jess holte sie so unvermittelt aus ihren Gedanken, daß sie das schwere Zeichenpapier, das sie gerade zusammenrollte, aus den

Händen gleiten ließ. Es fiel auf das abgetretene Linoleum und entrollte sich raschelnd. Laurel hob es auf und blickte Jess erstaunt an. Es kam ihr so vor, als hätte er nicht sie, sondern jemand anderen gemeint. »Ich? Ich war doch die ganze Zeit völlig verängstigt!«

»Na ja, es gibt viele Arten von Tapferkeit, weißt du«, sagte er.

»Wahrscheinlich hast du recht.« Laurel mußte an Annie denken und wie sie das Wenige, das sie hatten, zusammengehalten hatte. Annie hatte jeden Tag bis weit in den Abend hinein in Tante Dollys Geschäft gearbeitet und das Geld, das sie verdienten, sorgfältig eingeteilt (das bißchen Geld, das Laurel für Babysitten bekam, war zwar kaum nennenswert, aber Annie hatte immer von »unserem« Geld gesprochen). Und irgendwie hatte es immer gereicht für neue Kleider – die meisten nähte Laurel allerdings selbst –, für Schuhe, Malutensilien und sogar für Kinobesuche mit ihren Freundinnen.

Laurel verspürte plötzlich eine ungeheure Zärtlichkeit für ihre Schwester. Sie war so gut und so stark... viel stärker als sie jemals sein würde.

»Hör zu«, sagte Jess, »ein paar Freunde und ich haben für nächste Woche eine Antikriegsdemonstration organisiert, du hast vielleicht schon davon gehört?«

»Ich glaube, ich habe ein Plakat gesehen.«

»Willst du nicht mitkommen?«

»Mal sehen.«

Laurel war zwar gegen den Krieg, aber im Moment war ihr Joe weitaus wichtiger. Gott sei Dank hatte ihn seine Kurzsichtigkeit davor bewahrt, eingezogen zu werden.

Jess schob lässig eine Hüfte vor und hakte den Daumen in eine ausgefranste Gürtelschlaufe seiner Jeans. Er musterte sie eingehend von oben bis unten. »Hast du noch etwas Zeit? Wir könnten einen Kaffee trinken und darüber reden.«

»Ich würde gern, Jess. Aber ich habe es heute ziemlich eilig.« Laurel sah, daß sich der Raum fast geleert hatte, lediglich ein paar

Nachzügler waren noch dabei, ihre Sachen zu verstauen. Der Zeichenlehrer, Mr. Hanson, stand in seinen farbverschmierten Arbeitshosen und einem zerknitterten Hemd an der Tür und unterhielt sich mit Amy Lee, einer schüchternen kleinen Chinesin, deren farbenfrohe Zeichnungen und Gemälde so gar nicht zu ihrem Äußeren passen wollten.

Laurel dachte, daß sie Amy gar nicht so unähnlich war: Was in ihrem Inneren vorging, war von außen nur schwer erahnbar. Wenn nur Joe das auch erkennen würde!

Gedanklich war sie der Situation schon weit voraus: Sie stellte sich die Überraschung auf Joes Gesicht vor, wenn sie plötzlich vor ihm stand. Sie würde die Überlegene spielen und ihm erzählen, daß sie wegen der Präraffaeliten-Ausstellung im Metropolitan Museum nach New York gekommen sei. Sie wußte, daß Joe mittwochs seinen freien Tag hatte, und würde ihm vorschlagen, sie in die Ausstellung zu begleiten. Danach könnten sie essen gehen, vielleicht noch ins Kino und dann...

Laurel bemerkte, daß Jess sie mit verschleierten Augen anstarrte. Sie registrierte seine vorstehenden Wangenknochen und sein öliges schwarzes Haar, das von dem zerschlissenen roten Stirnband zurückgehalten wurde. Sie schauderte und hatte plötzlich Angst.

Etwa vor Jess?

Wahrscheinlich war es gar nicht Jess, der ihr Angst einjagte; es war wohl eher die Vorstellung, was Joe tun oder sagen würde, wenn sie...

O Gott, wie sollte sie das nur schaffen? Würde sie ihn überhaupt so weit bringen können, daß er sie nicht nur gern hatte, sondern auch begehrte?

Jess bückte sich und griff nach einem abgeschabten Rucksack, der neben einem Stuhl stand. »Macht nichts«, sagte er und zwinkerte ihr zu, als hätte er ihre Gedanken gelesen. »Ein andermal. Wenn du willst. Ich bin ja immer hier.«

»Laurel! Was machst du denn hier?«

Joe sah sie überrascht an. Sie trug ein Indienkleid aus gesmokter, himbeerfarbener Baumwolle, auf dessen Oberteil winzige runde Spiegel aufgenäht waren, die in der Flurbeleuchtung glitzerten.

»Joe!« Laurel fiel ihm um den Hals und hauchte ihm einen Kuß auf die Wange. »Bist du überrascht?«

»Jedenfalls habe ich dich nicht erwartet.«

»Soll das etwa heißen, ich darf nicht hereinkommen?«

»Um ehrlich zu sein, ich war gerade auf dem Sprung.« Als er ihren enttäuschten Gesichtsausdruck sah, erklärte er: »Ich habe meiner Mutter versprochen, zu einer Vernissage in Soho zu gehen. Die Künstlerin ist mit meiner Mutter befreundet, und es ist ihre erste Ausstellung. Hast du Lust mitzukommen?«

»Wahnsinnig gerne!« Er sah, wie ihre Augen aufleuchteten, und verspürte ein kurzes, schmerzhaftes Ziehen in der Brust.

Er kannte diesen Ausdruck in ihrem Gesicht; er hatte ihn lange Zeit nicht wahrhaben wollen. Monate, besser Jahre hatte er sich selbst vormachen wollen, daß er sich irrte, und sich vor einer Reaktion gedrückt. Aber nun stand Laurel vor ihm – und er mußte zugeben, daß es eigentlich gar nicht so überraschend kam. Er hatte zwar nicht wissen können, daß sie sich ausgerechnet diesen Dienstagabend aussuchen würde, aber im tiefsten Inneren hatte er geahnt, daß diese Situation früher oder später auf ihn zukommen würde.

Du Feigling, beschuldigte er sich in Gedanken. Du verdrängst diese Sache genauso wie die Geschichte mit Karin.

Mit dem Unterschied, daß Laurel nicht die geringste Ähnlichkeit mit Karin aufwies. Laurel war zurückhaltend und manchmal vielleicht etwas verträumt, aber sie war durchaus in der Lage, auf sich aufzupassen. Sie war nicht so hitzig wie Annie, hatte aber mindestens einen so ausgeprägten Willen wie ihre Schwester.

Joe wußte, daß sie sich den Gedanken an ihn nicht aus dem Kopf schlagen würde, wenn er nicht etwas unternahm.

Aber was sollte er tun, zum Teufel? Was konnte er sagen, ohne sie zu verletzen, ohne daß sie ihn dafür hassen würde?

Und genau das wollte er vermeiden. Er konnte den Gedanken nicht ertragen, daß Laurel ihn haßte.

»Ich dachte, du verstehst dich nicht mit deinen Eltern«, bemerkte Laurel, während sie in Richtung Seventh Avenue liefen, um von dort ein Taxi zu nehmen. Der leichte Regen ließ Joes Brillengläser beschlagen und verwischte die Konturen der Außenwelt. Sogar die Straßenlaternen schienen von verschwimmenden Ringen aus Licht umgeben. Joe war sich Laurels Gegenwart deutlich bewußt, die eine alte Kordjacke von ihm übergezogen und sich bei ihm eingehängt hatte. »Es hat bestimmt etwas zu bedeuten, wenn deine Mutter dich gebeten hat, zu dieser Vernissage zu kommen.«

»Das sollte man nicht überbewerten«, widersprach Joe. »Hier geht es schließlich nicht um Rivalitätsprobleme zwischen Vater und Sohn. Aber die Fronten scheinen wirklich etwas aufzubrechen. Stell dir vor, meine Eltern haben sich letzte Woche tatsächlich dazu herabgelassen, in meinem Lokal zu essen. Ich überlege noch, ob ich nicht über dem Tisch, an dem sie gesessen haben, eine Gedenktafel für dieses denkwürdige Ereignis anbringen lassen soll.«

»Jetzt sei nicht albern, Joe. Ich finde es nett, daß sie gekommen sind.«

Seltsam, gerade hatte sie fast wie Rivka geklungen. Annie und er hatten sich immer darüber lustig gemacht, wie Laurel ihn abwechselnd schalt und bemutterte, als sei er keine elf Jahre älter als sie. *Elf Jahre, sei dir darüber klar!* Im Augenblick war Joe jedenfalls überhaupt nicht nach Lachen zumute. Er mußte sich ständig den Altersunterschied zwischen ihnen ins Gedächtnis rufen.

»Das finde ich auch.« Er hatte sich in der Tat gefreut und war irgendwie erleichtert. Der Kriegszustand zwischen ihm und seinen Eltern hatte sich schon so lange hingezogen, daß er nicht einmal das leiseste Triumphgefühl verspürte, als er letzten Endes die

Schlacht gewonnen hatte. Falls man das so sagen konnte. Er war einfach nur froh, daß dieser Zustand vorbei war. Seinem Vater war es wohl ähnlich gegangen. Nach Kaffee und zwei Armagnac hatte er sich beinahe wohlwollend verhalten. Vielleicht war er auch toleranter geworden. Vielleicht hatten sie sich auch *beide* einander angenähert. »Ich würde es nur sehr schätzen, wenn er sich angewöhnen könnte, wenigstens ein kleines Trinkgeld zu geben. Ich habe Marla aus meiner eigenen Tasche bezahlt.«

»Wahrscheinlich hat er es vergessen.«

»Mein Vater? Niemals. Das war seine Art zu sagen: Glaub bloß nicht, Junge, daß ich das alles akzeptiere, nur weil ich hier bin. Außerdem bin ich der festen Überzeugung, daß er mir immer wieder zeigen wird, wieviel mehr ich als Anwalt hätte verdienen können.«

Laurel lachte. »Dein Vater ist mir sympathisch. Er hat einfach Charakter.«

»Davon haben wir Daughertys alle mehr als genug.«

Am Obststand an der Straßenecke fiel Joe ein, daß Laurel Hunger haben könnte, und er fragte: »Hast du etwas gegessen? Bei der Vernissage gibt es wahrscheinlich nur Wein und nicht unbedingt etwas Eßbares.«

»Das geht schon in Ordnung«, sagte Laurel. »Ich habe im Bus ein Sandwich gegessen. Ich habe keinen großen Hunger.«

»Na, komm schon, du mußt doch nach der langen Fahrt halb verhungert sein. Und es ist schon fast sieben Uhr.«

»Nein, Joe, ich möchte wirklich nichts.«

Er achtete nicht weiter auf ihren Protest, sondern ließ sie einfach auf dem Bürgersteig stehen und betrat Mr. De Martinis Obststand. Er wählte eine Dolde roter Weintrauben und eine Handvoll der bittersüßen Kumquats, von denen er wußte, daß Laurel sie liebte. Spontan griff er nach einer der gelben Rosen, die in einer Vase auf dem Boden neben der Kasse standen. Als er Laurel das Obst mitsamt der Rose überreichte, leuchteten ihre Augen auf.

Er sah, wie sie in eine Kumquat biß, und dachte: O Gott, sie ist einfach wunderschön. Ihre blauen Augen wurden von dichten dunklen Wimpern beschattet, und ihre Nase war einfach entzükkend.

Und dieser Mund...

Joe ertappte sich bei dem Gedanken, daß er Laurel sehr gern küssen würde.

Er schien den Verstand zu verlieren.

»Wieso hast du nicht vorher angerufen und gesagt, daß du kommst?« fragte er und tat so, als wäre ihr plötzlicher Besuch ganz harmlos.

»Ich habe es versucht. Gestern abend. Aber du warst nicht zu Hause.«

Das stimmte. Im Lokal war nicht viel los gewesen, und so hatte sich Joe den Abend freigenommen. Curtis French, ein alter Freund aus Exeter, war vorbeigekommen, und sie waren zusammen ins Kino gegangen, um sich zwei alte Filme anzuschauen. In beiden spielte Eve Dearfield die Hauptrolle.

Zwischen Kartenverkauf und Popcorn-Stand war es ihm wie Schuppen von den Augen gefallen: Er war wegen Annie hierhergekommen. Würde er Annie in Eve Dearfield, ihrem Gesicht und ihrer Stimme wiedererkennen? Er hatte die alten Filme natürlich alle gesehen, als er klein war, aber nicht, seitdem er Eve Dearfields Töchter kannte. Und normalerweise war er, wenn er nachts aus dem Lokal nach Hause kam, sogar zu erschöpft, um den Fernseher anzumachen.

Das Verblüffende war, daß er wirklich geglaubt hatte, Annie zu sehen. Es war irgendwie unheimlich gewesen. Dabei waren sich die beiden rein physisch gesehen gar nicht mal so ähnlich, aber bestimmte Eigenheiten in den Bewegungen und in der Gestik waren absolut identisch. Die Art beispielsweise, wie Eve beim Sprechen den Kopf hielt oder die eine Schulter leicht hängen ließ, wenn sie über Geschäfte sprach. Und wenn sie weinte, verzog sich nur ein Mundwinkel nach unten, als stünde die andere Hälfte von ihr beobachtend im Hintergrund und machte sich lustig. Und diese großartige Szene, in der sie Stewart Granger mitteilte, er solle sich zum Teufel scheren, und ihre Zigarette in seinem Champagnerglas ausmachte. Das war so typisch Annie, daß sie die Person auf der Leinwand hätte sein können.

Annie. Er liebte sie… und sie fehlte ihm… und, verdammt, er begehrte sie auch. Er liebte sie mit all ihrer Schroffheit und ihren Kanten, an denen er sich immer stoßen würde. Er hatte jahrelang gezögert, von seinen Gefühlen zu sprechen, da es seiner Ansicht nach zu früh dafür war. Er war noch nicht soweit. Joe's Place war noch in der Entwicklung, und er arbeitete wie ein Besessener für den Erfolg. Aber als sich langsam abzeichnete, daß er es geschafft hatte, war der Gedanke an eine eigene Familie aus der nebelhaften Ferne nähergerückt, und er hatte begonnen, Annie mit anderen Augen zu sehen und sich zu fragen, wie sie wohl reagieren würde. Liebte sie ihn überhaupt? Vielleicht. Aber Joe war klar, daß es bei Annie keine Halbheiten gab – war sie überhaupt schon soweit, an einen Ehemann, Haushalt und Kinder zu denken, und das kurz vor der Eröffnung eines eigenen Geschäfts? Nein, sie stand noch zu stark unter Strom und mußte sich selbst erst noch beweisen – als hätte sie das nicht schon längst getan. Er würde warten müssen, bis sie bereit war für ihn und ihn so sehr wollte, wie er sie begehrte.

Aber warum fühlte er sich, obwohl er Annie liebte, jetzt derart zu Laurel hingezogen? Etwas an ihr erweckte in ihm den Wunsch, sie in die Arme zu nehmen, sich neben sie zu legen und wie in erfrischendem kühlem Wasser tief in ihr zu versinken.

Um Himmels willen, reiß dich zusammen!

Das hier war kein Film, sondern die Wirklichkeit. Und es könnte jemand verletzt werden. Tief verletzt.

Nur wenige Stunden später – die Vernissage war so überfüllt und laut gewesen, daß Joe argwöhnte, seine Mutter habe ihn, obwohl sie einmal in seine Richtung gewinkt hatte, kaum bemerkt – mußte Joe feststellen, daß auch er verletzt werden könnte.

Er hatte beabsichtigt, den Abend mit einem flüchtigen Gutenachtkuß und dem Versprechen zu beenden, am nächsten Tag etwas gemeinsam zu unternehmen. Aber als er die Tür zu seiner Wohnung aufschloß, schmiegte sich Laurel an ihn und flüsterte: »Laß mich heute nacht bei dir bleiben, Joe.« Ihre Stimme klang ruhig und beherrscht, aber er konnte trotzdem das leichte Zittern darin hören. Er kannte Laurel einfach zu gut; er wußte, daß sie sich um so selbstbewußter gab, je ängstlicher sie war. In dieser Beziehung waren sich Laurel und Annie wirklich ähnlich.

»Laurel, ich...« Seine Stimme ließ ihn im Stich. Er räusperte sich und nahm ihre Hand, die sich kühl und trocken anfühlte. Annies Hand war im Gegensatz dazu immer ein wenig feucht. »Schau, ich habe das dumpfe Gefühl, daß alles verkehrt ist, was ich sagen könnte, aber ich...«

Aber ich liebe deine Schwester. Wollte er das wirklich sagen? Stimmte das denn überhaupt? Wie konnte er Annie lieben und sich gleichzeitig so zu Laurel hingezogen fühlen?

»...ich möchte dich nicht verletzen«, beendete er den Satz und kam sich furchtbar feige vor. Als sie jemand die Treppe heraufkommen hörten, zog er sie sanft in den Flur seiner Wohnung und schloß die Tür. Im Flur war es dunkel, aber Joe machte kein Licht.

»Du liebst mich nicht«, sagte sie, und ihre Stimme hörte sich an, als wüßte sie nicht, ob sie weinen oder lachen sollte. Dann legte sie den Kopf zurück, und er konnte in dem dünnen Lichtstrahl, der unter der Tür hereinsickerte, Tränen auf ihren Wangen glitzern sehen. »Ich weiß es.«

»Ich...«

»Du liebst mich schon, aber du begehrst mich eben nicht, habe ich recht?«

Sie versuchte, sich so tapfer und welterfahren zu geben, daß es ihm fast das Herz brach. Wenn sie in Tränen ausgebrochen wäre oder ihn wie ein Teenager angeschwärmt hätte, hätte er leichter damit umgehen können. Er hätte ihr auf den Rücken geklopft und ihr gesagt, wie geschmeichelt er sich fühlte und daß sie eines Tages schon darüber hinwegkommen würde. Aber Laurel war irgendwie unmerklich erwachsen geworden.

»Stell dir mal vor, wie anders alles wäre«, begann er sehr vorsichtig, »wenn ich zehn Jahre älter wäre und dich zum erstenmal träfe.« Er lächelte. »Dann wäre ich ein Mann in mittleren Jahren, hätte nur noch wenig Haare oder sogar eine Glatze und« – Joe dachte an seinen Vater – »rauchte Zigarren und läse andächtig das *Wall Street Journal*. Und du, du würdest mich dann gar nicht mehr beachten.«

»Du wirst nie andächtig das *Wall Street Journal* lesen«, sagte Laurel und lachte etwas zittrig. Dann brach es mit einer plötzlichen Wildheit aus ihr heraus: »Joe, das ist nicht irgendeine Schwärmerei. Ich liebe dich. Und ich habe dich schon immer geliebt.« Ihre Augen schimmerten im dämmrigen Licht des Flurs seltsam grau.

Bevor er sie daran hindern konnte, hatte sie die Arme um seinen Hals geschlungen und drückte ihn an sich. Er spürte ihren Körper, ihre kühle, seidenweiche Haut und ihre Lippen, die nach den Kumquats schmeckten, die sie auf dem Heimweg aufgegessen hatte. Ihre Lippen wurden weich und öffneten sich. Joe wollte sich losreißen. Allem ein Ende bereiten. Weil es falsch war. Aber dieser Mund... diese Lippen... wie süß sie schmeckten...

Sie ist noch ein Kind, versuchte er sich einzureden.

Aber er wußte nur zu gut, daß das nicht stimmte. Laurel war kein Kind mehr und, solange er sie kannte, eigentlich auch nie eins gewesen. Sie war immer schon eine kleine Frau gewesen. Es war Laurel, die im Sommer daran dachte, zwischen die Pullover im Kleiderschrank kleine Beutelchen mit Spänen von Zedernholz zu legen. Es war Laurel, die im Winter auf dem Fensterbrett Futter für die Vögel ausstreute. Sie tat ganz alltägliche Dinge, aber sie war alles andere als alltäglich. Sie hatte eine ungewöhnliche Phantasie, was man an den wunderbaren Figuren und

Gegenständen erkennen konnte, die beim Malen direkt aus ihrem Kopf auf das vor ihr liegende Papier zu purzeln schienen.

Er mußte unbedingt diese Situation beenden. Und zwar sofort, bevor es zu spät war. Bevor er einen Weg einschlug, der ihn für immer von Annie entfernen würde.

Joe wich zurück. Ein Knopf an seinem Ärmel hatte sich in einem der Spiegelchen an ihrem Oberteil verfangen, das nun mit einem kleinen Knacken abriß. Joe zitterte und wußte, daß er kurz davor war, etwas zu tun, das er sicher bereuen würde. Er mußte unbedingt die Beherrschung bewahren.

»Laurel... es ist nicht wegen uns. Es hat sich einiges geändert, es ist –«

»Wegen Annie.« Ihre Stimme zitterte, sie hielt ihre Tränen zurück. »Du glaubst, daß es damit zu tun hat, daß sie nicht da ist. Daß ich, weil wir jetzt allein sind, einfach überreagiere.«

»Nein. Es hat überhaupt nichts mit Annie zu tun.« Aber er wußte, daß sie ihm nicht glaubte.

»Okay.« Sie holte tief Luft und griff nach dem Türknopf, den sie entschlossen drehte. »Okay.« Sie versuchte zu lächeln, was kläglich mißlang, und sagte: »Dann gute Nacht.«

Sie öffnete die Tür und ging hinaus in den Flur. Ihre Absätze klackten hart auf dem Marmorfußboden. Joe sah sie die Treppe hinaufgehen, und ihm brach fast das Herz. Am liebsten hätte er sie zurückgeholt. Sie in sein Bett getragen, sie umarmt und sie geliebt. Aber würde er damit nicht alles noch schlimmer machen?

13. Kapitel
Paris

Annie beobachtete gespannt, wie der kleine weißhaarige Monsieur Pompeau prüfend die Kuvertüre beäugte, die sie angerührt hatte. Er prüfte kurz mit den Fingern die Temperatur der geschmolzenen Schokolade.

Annie hielt aufgeregt den Atem an. Hatte sie es endlich geschafft? Eigentlich war das Schmelzen von Schokolade die simpelste Sache der Welt, aber sie brachte es nach zwei Wochen Praktikum bei Girod's in Paris immer noch fertig, die Kuvertüre entweder klumpig werden oder anbrennen zu lassen.

War das Wasserbad etwa wieder zu heiß gewesen? Laut Pompeau sollte es nicht viel mehr als dreißig Grad betragen. Aber die Temperatur zu messen war eine heikle Angelegenheit. Pompeau glaubte nicht an Thermometer; sie waren seiner Ansicht nach nicht zuverlässig genug.

Oberflächlich betrachtet sah die Kuvertüre – wie die Überzugsmasse aus flüssiger Schokolade genannt wurde – ganz in Ordnung aus, sie war dunkelbraun und hatte einen schönen, seidigen Glanz. Trotzdem waren Annies Nerven zum Zerreißen gespannt, als Monsieu Pompeau nun einen langstieligen Löffel in die flüssige Schokolade tauchte und anschließend an seine Lippen führte. Der Geschmack war nur eines von vielen Kriterien. Annie wußte, daß sie diese Bewährungsprobe bestehen mußte. Am Nachmittag sollte Henri Baptiste aus Marseille zurückkommen, und Monsieur Pompeau würde ihm über ihre Fortschritte Bericht erstatten. Dann fiele die Entscheidung, ob sie als Chocolatière eine Chance hatte oder nicht.

Würde sie auch gehen müssen wie ihre beiden Vorgänger, von denen Thierry ihr erzählt hatte? Der eine war ein ewig zerstreuter Italiener gewesen, der statt Mandel- einfach Kastaniencreme für die Marzipan-Trüffeln verwendete und Cointreau statt Cognac in die Escargots Noirs gab; der zweite war weiblichen Geschlechts, aber mit zwei linken Händen behaftet. Eine Ausbildung bei Girod's war sehr begehrt und die Warteliste geradezu endlos. Wenn man nach ein oder zwei Wochen weder Arbeitseifer noch Begabung an den Tag legte, konnte man wieder gehen. Wenn Pompeaus Urteil über sie schlecht ausfiel, würde Henri sie sicher entlassen. Auch die Tatsache, daß sie Dollys Nichte war, konnte ihr dann nicht helfen.

Annie kaute an einem Fingernagel und dachte: Lieber Gott, bitte hilf mir! Sie *mußte* einfach hierbleiben und alles lernen können. Ansonsten konnte sie ihre ganzen leuchtenden Zukunftspläne vergessen. Und was würde Joe sagen? Sie hätte schon versagt, bevor sie angefangen hatte. Er würde dann sicher schnell erkennen, daß sie für ihn nicht gut genug war.

Wenn sie diese Bewährungsprobe bestand, konnte sie eines Tages das erträumte kleine Geschäft eröffnen und selbstgemachte Pralinen und Trüffel verkaufen. In gut einem Jahr würde ihr das Geld, das ihre Mutter ihr hinterlassen hatte, zur Verfügung stehen. Der Betrag würde ausreichen, um einen nicht zu teuren Laden zu mieten und dort eine kleine Küche zu installieren. Aber Voraussetzung dafür war, daß sie die Ausbildung bei Girod's erfolgreich abschloß.

Pompeau legte die Stirn in Falten, als er die Kuvertüre kostete. Annie wagte zu hoffen. Wie konnte eine so simple Sache auch schiefgehen?

Aber sie brauchte sich bloß daran zu erinnern, wie Pompeau sie tagtäglich wie ein Habicht beobachtete und jede Bewegung kritisierte. Nichts war ihm gut genug. Einmal war die Pariser Creme nicht schlecht, aber nicht ganz so wie sie sein sollte – beispielsweise zu viel Alkohol und zu wenig Sahne. Oder die Kuvertüre für den Überzug der Trüffel war nicht fest genug. Für die Marrons glacés mußten die Kastanien noch feiner püriert werden, als sie es getan hatte. Für die mit Schokoladencreme gefüllten Schiffchen hatte sie die falschen Förmchen verwendet. Gestern hatte sie gerade heiße Pariser Creme zum Auskühlen auf ein Tablett gelöffelt, als Monsieur Pompeau sie ankreischte: »Glauben Sie eigentlich, daß Sie da Zement verteilen?«

Immer wieder hatte sie den Impuls unterdrückt, zurückzuschnauzen, daß sie ihr Bestes versuchte. Aber wenn ihr Bestes eben einfach nicht gut genug war? Es gab sicher andere Orte, an denen sie die Kunst der Schokoladeherstellung erlernen konnte. Doch keiner war mit Girod's vergleichbar.

Nein, sagte Annie sich, sie mußte es einfach schaffen.

Henri Baptiste, den sie seit ihrer Ankunft vor zwei Wochen in Paris noch gar nicht gesehen hatte, wurde heute zurückerwartet. Er war einen Monat in der Fabrik in Marseille gewesen, wo die Kakaobohnen von den firmeneigenen Plantagen auf den Antillen geröstet und dann gemahlen wurden. Die fertigen Kuvertüreblocks wurden nach Paris gebracht, der Rest zu einem Großhändler in Holland verschifft. Nach Annies Informationen hatte Henri in Marseille den Bau eines neuen Lagerhauses beaufsichtigt.

Sie freute sich darauf, ihn wiederzusehen. Sie hatte Henri von New York her als warmherzigen, impulsiven Menschen mit einem dröhnenden Lachen in Erinnerung, der ständig mit den Händen gestikulierte. Aber wie würde er sich ihr gegenüber verhalten, wenn Monsieur Pompeau ihm mitteilte, daß sie den Ansprüchen von Girod's nicht genügte? Sie wußte vom Hörensagen, wie streng er sein konnte. Dolly hatte ihr einmal erzählt, daß Henri einen Lehrling entlassen hatte, weil er schmutzige Fingernägel hatte – seiner Meinung nach waren die Aussichten des Jungen, ein berühmter Chocolatier zu werden, genauso gering wie die eines Grubenarbeiters, Juwelier zu werden.

Monsieur Pompeau hatte gewartet, bis der Löffel etwas abgekühlt war. Jetzt fing er einen Tropfen der geschmolzenen Schokolade geschickt mit der Zunge auf und kostete. »Nein, nein, sie ist verdorben«, jammerte er. »Das Bouquet ist hin.«

Annie war wie betäubt. In ihrem Kopf summte es wie damals in der Küche des Parthenon, als sie gerade von Nick Dimitriou gefeuert worden war. Es war, als hätte sie nicht jahrelang erfolgreich in Dollys Laden gearbeitet.

Sie blickte sich in der großen Küche um und erwartete fast, daß jeder wie versteinert dastand. Hatte nicht die Erde aufgehört, sich zu drehen? Aber all die Personen in frisch gestärktem Weiß huschten emsig hin und her, und ihre Schatten tanzten über die blanken, blau gekachelten Wände. Das Geklapper von

Töpfen, das Brummen der Überzugmaschine, auf deren Förderband Füllungen aus Pariser Creme der Kuvertüre-Düse entgegenrollten, und Stimmengewirr erfüllten die Küche. In den Kupferkesseln, auf den Marmortischen und den Kühlschranktüren aus rostfreiem Stahl spiegelte sich das Licht.

»Sie ist heiß, sie dampft, verstehen Sie? Und jetzt ist sie Brei. *Regardez cela!*«

Annie blickte in den großen Topf vor sich und sah, daß Monsieur Pompeau recht hatte. An den Wänden des Topfes hatte sich Kondenswasser gebildet, und der kurz zuvor noch seidigbraune Schokoladensee begann Klumpen zu bilden.

»Es tut mir leid«, sagte Annie und kämpfte gegen den Wunsch zu weinen an. »Ich habe geglaubt, daß ich es so mache, wie Sie es mir erklärt –«

Pompeau unterbrach sie mit einer heftigen Handbewegung.

»Nein, nein! Das sind nur Wörter! Ob ich es Ihnen sage, oder ob es in einem Buch steht – das sind nur Wörter. Wann *le chocolat* richtig ist, müssen Sie *hier* wissen!« Er deutete auf seine Brust. »Und *hier*.« Er berührte mit einem Finger seine Stirn. Die blauen Augen blitzten in seinem roten Affengesicht.

»Lassen Sie es mich noch einmal probieren. Diesmal mache ich es richtig. Ich –«

Er unterbrach sie erneut, diesmal mit einem Wedeln seiner Schürze, die bereits – obwohl es noch früh am Morgen war – mit Schokolade verschmiert war. Er scheuchte sie in der Tat weg, als wäre sie eine verirrte Straßenkatze, die in diese heiligen Hallen gelangt und ihm zwischen die Füße gelaufen war.

An Annies Schläfen begann das Blut zu dröhnen, und ihre Wangen brannten. Vom anderen Ende des langen Arbeitstisches zwinkerte ihr Emmett aufmunternd zu. Gott sei Dank gab es Emmett. Er hatte immer ein Lächeln auf den Lippen oder eine nette Geste parat. Sein kupferrotes Haar leuchtete geradezu erschreckend menschlich zwischen all dem unpersönlichen, kalten Stahl und den blanken Fliesen. Ständig schwärmte er in seinem gedehnten texanischen Tonfall von den Wundern von Paris: von den berauschend schönen »Wasserlilien« von Monet in der Orangerie; von einem Straßenmusikanten vor den Markthallen, der auf der Violine überirdisch schön Mozart gespielt hatte; von einem winzigen Laden in der Passage des Princes, in dem man Meerschaumpfeifen kaufen konnte, in die die Gesichter von berühmten Männern geschnitzt waren.

Annie sah, wie Emmett nach einer Kaffeekanne griff und zwei Tassen einschenkte. Um neun Uhr dreißig erlaubte Monsieur Pompeau kostbare zehn Minuten Kaffeepause. Sie sah, daß Emmett ihr ein Zeichen machte. Konnte es denn schon so spät sein? Sie hatte um sechs Uhr morgens zu arbeiten begonnen, und es kam ihr so vor, als wäre kaum eine Stunde vergangen. Annie war auf einmal sehr müde und fühlte sich so schwer, als wären an ihren Handgelenken und Fußknöcheln unsichtbare Sandsäcke befestigt. Sie blickte auf die Schiffsuhr aus Messing über der Tür, die nach oben führte. Sie mußten sich beeilen, damit sie zurück waren, bevor die Nougatmasse, die auf dem Herd vor sich hin kochte, Blasen warf.

Annie folgte Emmett in den kleinen Lagerraum rechts neben den großen Kühlschränken. Er lief so schnell, daß sein leichtes Hinken kaum auffiel, und trug in jeder Hand eine Tasse, um deren Henkel er jeweils einen seiner Finger geschlungen hatte. Es sah etwas geziert aus, und Annie mußte lächeln. Er trug einen roten Pulli, der über seinem gewaltigen Brustkasten leicht spannte, verwaschene Jeans und Cowboystiefel, deren Absätze ein klackendes Geräusch auf dem Fliesenboden machten. Wenn er ihr nicht von seinem verkrüppelten Fuß erzählt hätte, wäre sie bestimmt nie auf die Idee gekommen, daß es sich um mehr als eine leichte Verstauchung handelte. Als sie ihn danach gefragt hatte, hatte er ihr sein breitestes texanisches Lächeln geschenkt und geantwortet: »Mein einziger Nachteil sind meine Sommersprossen. Verflixte Dinger. Ich habe wohl zu lange vor einer Fliegentür gestanden, durch die die Sonne geschienen hat.«

Annie mochte Emmetts Sommersprossen. Sie mochte eigentlich alles an Emmett, sogar sein leichtes texanisches Näseln, das er bewußt übertrieb, wenn er Spaß machte, und all die vertrauten Ausdrücke, die sie an Dearie und auch an Dolly erinnerten. Trotz all seiner Offenheit blieb ihr Emmett in mancher Hinsicht aber rätselhaft.

Als sie ihn gefragt hatte, woher er stamme, hatte er geantwortet: »Ein wenig von überall.« Mit der Zeit hatte sie mitbekommen, daß er größtenteils in Texas aufgewachsen war, wo sich seine Mutter nach dem Tod seines Vaters mit ihrem zweiten Mann niedergelassen hatte. Seit er von zu Hause weggegangen war, war er weit herumgekommen: Er hatte auf einer Rinderfarm in El Paso gearbeitet, als Hilfsarbeiter auf den Ölfeldern von Oklahoma, und in Louisiana als Garnelenfänger, Bootsbauer und Koch auf einem Passagierschiff. So wie er redete, schien er doppelt soviel Lebenserfahrung als für seine neunundzwanzig Jahre üblich zu haben. Als Annie ihn fragte, ob er sich die Fußverletzung in Vietnam zugezogen habe, lächelte er nur und sagte: »Hast du schon mal gehört, daß nur Krokodile beißen und Alligatoren nicht? Ich gebe dir einen guten Rat, das nicht zu glauben.«

Sie wußte nie genau, wann Emmett sie an der Nase herumführte. Sie arbeiteten zusammen, seit sie vor zwei Wochen bei Girod's angefangen hatte. Trotz allem, was er von sich erzählte, wurde sie das Gefühl nicht los, daß er etwas verbarg. Emmett war ganz anders als Joe, dessen Wesensart ihr eher wie ein tiefer Strom vorkam, der bis auf ein paar Stromschnellen ruhig in seinem Bett floß. Dagegen war Emmett wie ein Zirkus mit drei Manegen: Man konnte immer nur eine davon im Auge behalten und wußte nicht, was währenddessen in den beiden anderen geschah. Annie hatte beispielsweise bis heute keine Ahnung, wie es Emmett gelungen war, unter Dutzenden von Bewerbern – von denen manche gastronomische Auszeichnungen vorweisen konnten und in Drei-Sterne-Lokalen gearbeitet hatten – eine

Praktikantenstelle bei Girod's zu ergattern. Emmett hatte ihr zwar alles mögliche über den Hummernfang erzählt – von den Feinheiten des Fallenstellens über das Auslegen des Köders bis zum Zusammenbinden der Scheren. Aber wie er zu Girod's gekommen war, hatte er nicht verraten.

Sie setzten sich auf zwei klapprige Stühle an einen schmalen Holztisch, der ganz so wirkte, als habe er schon die Erstürmung der Bastille überstanden. Nüchterne Metallregale säumten die Wände, auf denen sich Zehnpfundblocks von Kuvertüre der verschiedensten Geschmacksrichtungen stapelten. Außerdem gußeiserne Formen, Säcke voller ungeschälter Nüsse, Vanilleschoten, Kaffee und große bauchige Flaschen mit verschiedenen Likören, Orangenblütenwasser und in Sirup eingelegte Maronen.

Emmett legte sein schlimmes Bein auf einen weiteren Stuhl und stöhnte leise auf. Annie konnte sehen, daß es ihm weh tat, obwohl er niemals etwas darüber verlauten ließ.

»Du machst ein Gesicht wie drei Tage Regenwetter«, sagte er. »Nimm's nicht so schwer, Cobb. Der alte Pompeau ist gar nicht so schlimm, der tut nur immer so. Ich wette, er trinkt heiße Milch, bevor er ins Bett geht, und schläft bei eingeschalteter Nachttischlampe. Ein regelrechter Schmusekater.«

»Mich erinnert er mehr an einen Gefängniswärter.«

Emmett lachte auf. »Pompeau ist nicht das Problem, sondern du. Was auch immer dich quält, ich nehme an, es ist zweimal so groß wie der alte Knochen und sieht zehnmal so gut aus. Du hast Sehnsucht nach deinem Freund daheim, stimmt's?«

»Bist du immer so neugierig?«

»Schon möglich.« Er grinste.

»Dann macht es dir bestimmt nichts aus, wenn ich auch ein wenig neugierig bin.«

»Frag doch einfach.«

»Du hast mir noch nie erzählt, wie du an diesen Job gekommen bist. Wie bist du ausgerechnet auf Schokolade verfallen?«

Emmett zuckte die Achseln. »Besser, als Garnelen zu fischen.«

»Schon wieder«, seufzte sie. »Du erzählst mir absichtlich nicht alles.«

Emmett zog eine Augenbraue hoch. »Ich? Irgend jemand hat mal gesagt, ich könnte Van Gogh sein anderes Ohr abschwatzen.«

»Das meine ich nicht«, sagte Annie lächelnd und nippte an ihrem Kaffee, der zwar sehr stark, aber viel besser als zu Hause war. »Du redest viel, aber du hast mir noch längst nicht alles über dich erzählt.«

»Wenn du es ganz genau wissen willst: Geboren bin ich in North Carolina. In Fort Bragg. Mit anderen Worten, ich war ein Army-Balg. Gleich nach dem Krieg bin ich dann nach Osaka umgezogen. Da war ich noch in den Windeln.«

»Im Ernst?«

»Oberst Cameron hatte meines Wissens die zweifelhafte Ehre, als letzter Amerikaner durch japanische Hände zu sterben. Er wurde bei einer Rauferei in einem Teehaus erstochen, das allgemein als Bordell bekannt war.«

»Oh... das tut mir leid.«

»Schon gut. Meine Mutter hat es tatsächlich fertiggebracht, den alten Bastard bis heute zu verherrlichen. Ich bin sicher, wenn er jetzt zurückkäme, würde sie sein Foto in fluoreszierende Farbe tauchen und es am Armaturenbrett ihres Autos befestigen. Nach Rydells Version ist er als Held gestorben, der Wahrheit, Gerechtigkeit und den amerikanischen Traum verteidigt hat.«

»Rydell ist deine Mutter?«

»Ja. Sie ist in Atlanta geboren und nach ihrem Ururgroßvater, einem Helden der Konföderierten benannt.«

»Du hast mir trotzdem noch nicht erzählt, wie du hierher gekommen bist.«

»Ach das.« Emmett zuckte die Achseln. »Da gibt es nicht viel zu erzählen. Ich habe als stellvertretender Patisseur im Commander's Palace gearbeitet... hast du schon mal davon gehört?«

»In New Orleans? Es ist ziemlich berühmt, oder?« Annie erinnerte sich daran, daß Joe das Commander's Palace einmal erwähnt hatte.

»Das kannst du laut sagen. Egal wie, jedenfalls sind Paul Prudhomme und Henri Baptiste alte Freunde. Vor ein paar Monaten ist Baptiste zu einem Kongreß der Amerikanischen Gastronomen rübergeflogen. Der alte Paul, mein Chef, hat ein Wörtchen für mich eingelegt, und das nächste, woran ich mich erinnern kann, war, daß ich die Marseillaise gesungen und Croissants gemampft habe.«

»Sicher nicht einfach, beides gleichzeitig hinzukriegen.«

Emmett lachte. »Du meinst, für einen Krüppel wie mich? Ich kann Kaugummi kauen, Hühner anlocken und auf einer geraden Linie gehen – alles gleichzeitig. Wir sind Menschen zweiter Klasse und müssen uns deshalb besonders anstrengen.«

»Emmett, ich... ich habe doch nicht gemeint...«

»Wenn Leute sagen, daß sie etwas nicht meinen, geht es meist genau darum.«

»*Ich* habe nicht von deinem Fuß gesprochen. Aber da wir schon darüber reden – wie ist das eigentlich passiert?«

»Hast du mal davon gehört, daß man schlafende Hunde nicht wecken soll?«

»Ich bin bloß neugierig«, versuchte Annie zu erklären. »Ich bin an dir interessiert.« Sie hatte den Satz kaum ausgesprochen, als sie vor lauter Verlegenheit rot wurde. So wie es klang, war es nicht gemeint gewesen. Wieso mußte sie bloß immer das Falsche sagen?

Emmett schloß die Augen halb, und um seine Lippen spielte ein hämisches Lächeln, so als wollte er sagen: *Ich weiß, wie du es gemeint hast. Ich werde es dir trotzdem nicht leicht machen.*

Aber er sagte nur: »Laß es mich so ausdrücken. Ich habe versucht, jemandem eine Lektion zu erteilen, der es verdient hatte.« Das Lächeln verschwand, und seine blauen Augen wurden ganz dunkel. »Dieser verdammte Hurensohn. Ich hätte es ihm auch gezeigt, aber er war noch tollkühner als ich dachte. Jedenfalls hat mir seine Winchester ein ziemlich großes Stück aus dem Fuß gerissen.«

Annie blickte Emmett an und dachte: Was für eine Lektion das auch immer gewesen sein mag, ich wette, du würdest es wieder tun.

Sie gewann immer mehr das Gefühl, daß hinter Emmetts spaßiger Fassade ein sehr ernstzunehmender junger Mann steckte.

»Deine Mutter muß ganz schön durcheinander gewesen sein... ich meine, nachdem das mit deinem Vater passiert war.«

Er wandte den Blick ab, und seine Augen umwölkten sich erneut. Annie ertappte sich dabei, ihn anzustarren. Früher hatte sie Sommersprossen immer für einen Schönheitsfehler gehalten, einem fliehenden Kinn oder Segelohren vergleichbar. Jetzt mußte sie zugeben, daß Emmett die Sommersprossen einfach standen. Sie ließen ihn irgendwie rauher aussehen. Wie eine Kreuzung zwischen Huckleberry Finn und James Dean. Annie konnte sich bildlich vorstellen, wie er an einem ramponierten Zaun lehnte und aus den blauen Augen in seinem breiten Gesicht in die Ferne spähte. Der eine Fuß war hochgestellt, man sah deutlich den lehmverschmierten Absatz seines Cowboystiefels.

»In gewisser Weise schon«, sagte er und trank mit zurückgelegtem Kopf den letzten Schluck Kaffee. Dabei bemerkte Annie, daß auch sein Hals von Sommersprossen übersät war. Sein Adamsapfel hatte die Größe einer Kinderfaust. Das grelle Neonlicht ließ die drahtigen Enden seiner roten Haare wie elektrische Heizdrähte aufglühen.

»Ja, das war sie wohl.« Emmett schien sehr weit weg zu sein. »Mein kleiner Bruder Dean ist 1969 nach Vietnam gegangen. Er war lächerliche achtzehn Jahre alt. In Nachfolge seines tapferen Vaters hat er es geschafft, an der Ruhr zu sterben. In Rydells Worten klingt es allerdings so, als habe sich Dean die Krankheit bei der Erstürmung eines Gefechtspunktes geholt und nicht durch die verseuchten Scheißhäuser.« Emmetts Augen glänzten feucht, und er rieb sich ungeniert darüber.

Es war ganz still in dem kleinen Raum, und Annie wurde sich plötzlich all der Geräusche um sie herum bewußt – das leise Surren der elektrischen Überzugmaschine, das Summen der Kühlschränke, das Quietschen eines metallenen Abkühlungsständers, der über die Fliesen geschoben wurde.

»Ich habe es trotzdem noch nicht verstanden«, sagte sie.

»Was?«

»Es sieht so aus, als hättest du alles mögliche machen können. Warum also bist du ausgerechnet hier?«

Emmett zuckte die Achseln und lächelte. »Ich wollte genau wie du irgendwann ein eigenes Geschäft haben.«

»Das klingt so, als wärst du nicht mehr ganz davon überzeugt.«

»Vielleicht hast du recht. Zwei Wochen sind zwar keine lange Zeit, aber ich habe irgendwie das Gefühl, daß das alles hier wieder eine Sackgasse für mich ist.«

»Wieso bist du dann noch hier?«

»Es gefällt mir hier – bis jetzt.«

»Was willst du dann machen?«

Er beugte sich vor und war ihr plötzlich so nahe, daß sie seinen warmen Atem spüren konnte, der nach Kaffee roch. Er blickte sie an, breitete seine riesigen, schwieligen Hände aus und sagte mit einer Intensität, die Annie überraschte: »Immobilien. Grund und Boden. Mein alter Herr hat nie was besessen, die Army war für ihn genau das Richtige. Sobald Rydell und er sich irgendwo niedergelassen hatten, mußten sie schon wieder umziehen. Mit meinem Stiefvater Newton war es auch nicht viel anders. Er hatte ein Haus in El Paso. Zumindest haben wir das geglaubt, bis er starb und die Bank das Haus kassierte.« In Emmetts Augen war ein fast fiebriger Glanz. »Wenn ich irgendwann irgendwo bleibe, werde ich so tief Wurzeln schlagen, daß sie auf der anderen Seite des Globus wieder zum Vorschein kommen.«

»Aber etwas besitzen hat doch nichts damit zu tun, seinen

Lebensunterhalt zu verdienen«, wandte Annie ein. Gleichzeitig dachte sie an Bel Jardin und verspürte eine fast schmerzhaft ziehende Sehnsucht nach ihrem früheren Zuhause.

»Besitzen«, wiederholte Emmett träumerisch – fast wie ein Juwelier, der einen makellosen Diamanten begutachtete. »Ich sehe es so: Je mehr du besitzt, desto weniger bist du abhängig.«

Annie verstand, was er meinte: Sicherheit. Das war ein Gefühl, das sie nicht kannte, noch nicht einmal als Kind verspürt hatte. Sie hatte sich immer für alles verantwortlich gefühlt, als wäre nicht einmal auf Dearies Liebe Verlaß. Vielleicht fiel es ihr deswegen so schwer, sich vorzustellen, daß Joe in sie verliebt sein könnte. Daß Liebe jedem zustand, daß jeder sie sich wie einen Apfel vom Baum pflücken konnte, war für sie ein völlig fremder Gedanke.

Sie dachte daran, wie Joe sie auf dem Flughafen geküßt hatte und wie schön dieses Gefühl gewesen war. Vielleicht war Liebe in mancher Hinsicht wirklich so einfach. Vertrauen dagegen war viel schwieriger. Möglicherweise sagten sich Menschen nicht die Wahrheit, wenn sie sich ihres gegenseitigen Vertrauens versicherten. Vielleicht fühlten sich alle Menschen in dem Bewußtsein, einen anderen zu sehr zu brauchen, im tiefsten Innern so verletzlich wie sie.

Annie durchfuhr plötzlich ein eisiger Schreck. Und wenn Joe in ihrer Abwesenheit einer anderen begegnete? Oder wenn sie in seinen Kuß einfach zu viel hineindeutete? Vielleicht stellte sich heraus, daß er sie überhaupt nicht wollte?

Emmett starrte sie an und fragte: »Und was ist mit dir? Was machst *du* hier?«

Bevor sie antworten konnte, war von nebenan Monsieur Pompeaus schrille Stimme zu vernehmen: »Das Nougat! Das Nougat!«

Annie eilte gefolgt von Emmett in die Küche. Pompeau zog gerade den Topf mit der Masse aus heißem Karamel und Nüssen vom Herd und goß den Inhalt auf einen Tisch mit Marmorplatte und Metallbeinen in der Mitte der Küche.

»Allons!« rief Pompeau, schwenkte seinen Löffel wie einen Taktstock und mahnte damit seine Gehilfen zur Eile. Sein Blick ging über Annie hinweg; er schien sie überhaupt nicht wahrzunehmen. Das hier war Männersache!

Du alter Heuchler, dachte Annie. *Ich könnte doppelt soviel schaffen wie du, selbst wenn man mir eine Hand auf den Rücken gebunden hätte.*

Aber noch mußte sie sich im Hintergrund halten, während Emmett mit Thierry und Maurice an den Tisch mit der Nougatmasse eilte. Der magere Thierry mit dem Pferdeschwanz und der ewig müde Maurice waren ganztags als Gehilfen eingestellt. Die Müdigkeit von Maurice war dadurch erklärbar, daß er jeden Morgen schon vor Sonnenaufgang aufstand, um die frischen Produkte zu besorgen, die sie für den Tag benötigten – heute waren das frischgepflückte Kirschen und Himbeeren, außerdem Erdbeeren mit einem wunderbar süßen Geschmack. Die drei Männer stürzten zu der heißen Nougatmasse, verstrichen sie gleichmäßig mit Rakeln aus Edelstahl und klopften sie energisch flach, bevor sie erkaltete und zu bröckelig wurde, um sie zu verarbeiten. Das Ganze hörte sich an wie ins Wasser tauchende Ruder. Die Luft voll Duft von Nüssen und Karamel erinnerte Annie an Jahrmarktsbesuche.

Emmett begann nun, das noch warme Nougat mit Hilfe der »Gitarre«, einem Küchengerät, das aussah wie ein zu groß geratener Eierschneider, in gleichmäßige Rechtecke zu schneiden.

Plötzlich wurde Annie bewußt, daß Monsieur Pompeau sie anstarrte. Seine kleinen blauen Augen unter den buschigen grauen Augenbrauen schienen sie zu durchbohren. Die Verzweiflung, die sie vor der Kaffeepause empfunden hatte, war sofort wieder da und schnürte ihr die Kehle zu.

Wieso konnte sie Laurel nicht ähnlicher sein, die Dinge wie Kochen und Backen so selbstverständlich beherrschte? Annie hätte sich am liebsten ihre Schürze vom Leib gerissen und wäre aus der Küche gerannt – weg von diesen Augen, die letztlich nichts als ihre eigene Unzufriedenheit mit sich selbst widerspiegelten. Doch dann gab sie sich innerlich einen Ruck, straffte die Schultern und ging auf den alten Mann zu. Dabei sagte sie sich: Es ist nicht nur meine Schuld. Ich muß ihn irgendwie soweit bringen, daß er seine Meinung ändert. Ich muß ihn – und mich – davon überzeugen, daß ich es kann, und zwar gut.

»Zeigen Sie es mir noch einmal«, sagte sie mit fester Stimme und blickte ihn unverwandt an. »Bitte! Ich möchte es lernen.«

Sie war fast überrascht, daß Pompeau sich nicht abwandte. Er zuckte lediglich die Achseln, zog die Augenbrauen hoch und die Mundwinkel nach unten – ein Gesichtsausdruck, der nach Annies bisheriger Erfahrung typisch französisch war.

»C'est facile«, sagte er in mildem Tonfall. »Kommen Sie, ich werde es Ihnen noch mal zeigen. Es ist ganz einfach. Aber manchmal muß man Fehler machen, um das zu verstehen.«

Annie folgte ihm zum Hauptarbeitsplatz – einer langen Reihe von Gasflammen unter einer glänzenden Abzugshaube. Während Pompeau große Stücke Schokolade in den Einsatz des Wasserbadtopfs fallen ließ, erklärte er, wieso es erforderlich war, daß die Erhitzung allmählich erfolgte und so vorsichtig, als wolle man ein Baby baden. Und wenn nur ein Tröpfchen des Wasserdampfs mit der Schokolade in Berührung kam, würde sich die Kakaobutter von den anderen Bestandteilen trennen, und es würden sich Klumpen bilden.

Als nächstes kam die Sahne, die, wie Pompeau betonte, grundsätzlich aus dem Elsaß stammte und dem Ganzen eine geschmeidigere Konsistenz verlieh, obwohl sie weniger fetthaltig als andere war. Pompeau goß die Sahne in eine Kasserolle und erhitzte sie. Als sie kurz vor dem Kochen war, schüttete er sie unter ständigem Schlagen mit dem Schneebesen langsam durch ein Drahtsieb in die geschmolzene Schokolade und rührte, bis die Creme glatt und geschmeidig war. Anschließend zog er noch etwas Süßrahmbutter zur Geschmacksverfeinerung unter.

Als die Pariser Creme eine dunkelbraune Färbung angenommen hatte, hob der alte Mann den schweren Kupfereinsatz aus dem Wasserbad und trug ihn zu den zu Ablagetischen umfunktionierten Türen, die am anderen Ende der Küche auf Metallböcken ruhten.

»Das ist eine Idee von Monsieur Henri«, strahlte Pompeau. »Ist das nicht genial? Wir konnten keine Bretter finden, die lang genug waren, also haben wir alte Türen von abgerissenen Häusern genommen.«

Annie hörte aufmerksam zu und stellte sich vor, sie sei den ersten Tag hier, finge also ganz von vorn an. Sie sah sich über einen unberührten Strand gehen und ihre Fußspuren in dem feuchten weichen Sand hinterlassen. Sie wußte bereits alles, was Pompeau ihr zeigte, aber das zählte nicht. Heute war heute, und sie wollte einfach glauben, daß sie das alles zum erstenmal sah.

Pompeau goß nun die Pariser Creme auf den ersten Ablagetisch, der von einem silikonbeschichteten Papier bedeckt war. Er glättete sie mit einem breiten Spachtel und verstrich sie bis in die Ecken des Papiers.

Dann trat er einen Schritt zurück. »*Voilà.* Sehen Sie? Keine Körnchen und keine Klümpchen. *Parfait.* Jetzt muß die Creme auskühlen, und danach machen wir die Kuvertüre.«

Auf den anderen Tischen lagerten verschiedene Geschmacksrichtungen der Pariser Creme. Sie bildeten das Innere der weltberühmten Trüffeln von Girod's. Da gab es bittersüße Schokolade mit zarter Mokka-Champagner-Füllung, dunkle Schokolade mit Grand Marnier und Orangeat, Püree aus frischen Himbeeren mit einem Hauch Himbeergeist in zarter Milchschokolade, halbbittere Schokolade mit Bourbon und süßen Mandeln aus der Provence, weiße Schokolade mit frisch geraspelter Kokosnuß und in Pistazien aus Sizilien gewälzt. Annies Favorit unter den Trüffeln war eine Mischung aus Halbbitterschokolade und Crème fraîche mit einem Schuß rauchigen Lapsang-Souchong-Tee.

Aber würde sie jemals selbst in der Lage sein, so etwas zu machen? Könnte sie das überhaupt?

Sie hatte plötzlich eine Idee. Es gab eine Möglichkeit, sich zu beweisen. Aber bevor sie genauer darüber nachdenken konnte, ergriff der alte Mann sie am Arm und zog sie in die Ecke, wo das elektrische Schokoladenschmelzgerät stand.

»Jetzt machen wir die Kuvertüre«, bedeutete ihr Pompeau. »Und das ist das allerwichtigste. Ohne eine perfekte Hülle ist die Trüffel wie ein armes häßliches Mädchen mit einem goldenen Herzen. Und wer will so ein Mädchen schon heiraten?«

Annie lächelte über seinen kleinen Scherz, als fände sie ihn komisch, obwohl sie ihn bestimmt schon ein dutzendmal gehört hatte. Ihr wurde ein wenig leichter ums Herz. Diese Aufgabe war nicht so schwer, weil das Schokoladenschmelzgerät einem alle Arbeit abnahm. In rostfreien, herausnehmbaren Wannen wurde reine Schokolade – ohne Zugabe von Sahne, Butter oder Alkohol – geschmolzen und einer Reihe von maschinenkontrollierten Temperaturveränderungen unterzogen.

»Es ist wichtig, daß die heiße Kuvertüre zuerst auf neunundzwanzig Grad abgekühlt wird, dann ganz langsam wieder auf dreiunddreißig Grad erhitzt wird, so daß sich die richtigen Kristalle bilden. Das ist ganz wichtig. Wenn sich die Kristalle nicht bilden, bekommen die Trüffeln mit der Zeit weiße Streifen... *catastrophique*!« Seine Stimme zitterte leicht, und er sah geradezu erschüttert aus bei dem Gedanken, daß eine Trüffel aus seinen Händen eine solche Mißbildung aufweisen könnte.

Pompeau erklärte weiter, daß dieser Härtungsprozeß jeder Trüffel eine glänzende dunkle Farbe garantierte und sie außerdem davor bewahrte, bei Raumtemperatur zu schmelzen. Die Kuvertüre würde anschließend hinüber zur Überzugsmaschine gebracht, die die Kügelchen aus Pariser Creme, die auf einem Förderband daran vorbeiliefen, damit überzog.

Während Annie die elektrisch angetriebenen Schaufelblätter beobachtete, die die Kuvertüre durchmischten, dachte sie über die Idee nach, die sie vor wenigen Minuten gehabt hatte. Könnte sie nicht eine neue Geschmacksrichtung kreieren – eine, über die

Monsieur Pompeau noch nie nachgedacht hatte? Vielleicht gelänge sie ihr so gut, daß sogar Henri beeindruckt wäre...

Annie überlegte hin und her. Es konnte durchaus funktionieren. Wenn nicht, hatte sie sich eben lächerlich gemacht. Und Henri hatte einen Grund mehr, sie nach Hause zu schicken.

War sie nicht schon ganz andere Risiken eingegangen? Plötzlich hörte sie wie aus der Ferne Dearies leises und rauhes Lachen und ihre Stimme: *Am besten reinspringen. Möglichst gleich bis zum Hals, sonst ist es die Mühe nicht wert.*

Annie dachte nach. Das kleine Bistro an der Rue de Buci fiel ihr ein, in dem Emmett und sie kürzlich zu Abend gegessen hatten. Nach dem Cassoulet hatte der Kellner ihnen ein Körbchen mit Birnen gebracht – es waren die besten gewesen, die Annie je gegessen hatte. Obwohl sie satt war, hatte sie zwei davon gegessen und sich noch nicht einmal daran gestört, daß ihr der Saft wie einem Kind über das Kinn rann.

Schokolade und Birnen, würde das zusammen passen? Vielleicht. Was wäre, wenn sie statt frischer Birnen Williamsbirnen verwendete? Sie hatte einmal echte Poires William gesehen. Die Birnen wuchsen in der Flasche, die über den Ast gestülpt worden war, als die Frucht noch ein winziges grünes Knötchen war. Das war schon ein kleines Wunder. Was ihre Kreation hoffentlich auch werden würde.

Natürlich mußte sie Pompeau um Erlaubnis fragen. Nur wie? *Überleg nicht lange, sondern tu es – und zwar sofort. Jetzt oder nie.* Sie glaubte erst, keinen Ton herausbringen zu können, aber dann schaffte sie es doch. Sie war fest davon überzeugt, daß Pompeau ihren Vorschlag ablehnen oder, schlimmer noch, über sie lachen würde. Doch nach einem Augenblick des Nachdenkens tippte er mit dem Zeigefinger an seine Unterlippe und betrachtete sie, als wäre sie ein Rennpferd, auf das es zu setzen galt. Dann nickte er.

»*Bien*«, sagte er. »Eine neue Geschmacksrichtung zu kreieren ist schwieriger als Sie denken.«

Er meint sicher, daß ich nie gut genug sein werde. Er hofft, daß es schiefgeht. Annie blickte Pompeau in die Augen und sah das Bedauern in ihnen. Er wollte es ihr nicht sagen müssen. Es war ihm lieber, wenn sie von sich aus einsah, daß sie nicht gut genug war.

Und vielleicht war das auch die Wahrheit.

Annie lockerte die Bänder ihrer Schürze und band sie sich so fest um, daß sie ihr in den Bauch schnitt. Dann nahm sie die Schultern zurück und erinnerte sich daran, wer sie war.

Ich bin Annie Cobb. Ich bin vielleicht kein Genie, aber Gott hat mir ein Hirn und ein Rückgrat gegeben. Was hätte es denn für einen Sinn weiterzumachen, wenn ich beide nicht benutzen würde?

Mit etwas mehr Selbstbewußtsein marschierte Annie in den Lagerraum neben der Küche und holte sich die Schokolade, die sie gleich brauchen würde.

Emmett sah Annie wie eine stolze Karavelle, die sich zur Erforschung der Neuen Welt aufmachte, durch die Küche segeln. Gut gemacht, Annie Cobb, dachte er.

Sie wird es schaffen, überlegte er. Das sture Weib glaubt es zwar noch nicht, aber sie hat genau das, was man dazu braucht. Und sie will es schaffen, so wie Lindbergh als erster über den Atlantik fliegen wollte. So wie ich Besitz haben will – Grund und Boden, ein Haus, vielleicht sogar einen Wolkenkratzer. Und warum eigentlich nicht? Warum sollten wir nicht das erreichen können, was wir am meisten wollen?

Er dachte an Atlanta und an all die Schwarzen, die für ihre Überzeugung demonstrierend zum Georgia State Capitol gezogen waren und das Gebäude stürmen wollten. »Julian Bond! Julian Bond!« hatte die Menge skandiert und damit die Wiedereinsetzung des Politikers verlangt, der von einigen seiner Kollegen aufs Abstellgleis geschoben worden war. Die Atmosphäre war aufgeheizt gewesen – sich schiebende und stoßende, schreiende Menschen mit vor Wut verzerrten Gesichtern. Die Luft war zum Schneiden gewesen und so angefüllt von Haß und Gewalt, daß Emmett sich nach der trockenen Hitze von El Paso gesehnt hatte.

An der Demonstration hatten auch viele Weiße teilgenommen. Alte und Junge, Männer und Frauen, Teenager und sogar Kinder rannten gegen die Barrikaden der Sicherheitsbeamten an. Sie schrien wüste Beschimpfungen und warfen mit Steinen und Flaschen und allem, was sie in die Hände bekamen. *Nigger! Ihr Schweine! Geht doch dahin zurück, wo ihr hergekommen seid! Ihr könnt ja noch nicht einmal euren eigenen gottverdammten Namen schreiben und wollt die Welt regieren!*

Emmett sah die verzerrten schwarzen Gesichter noch vor sich – genauso wie einige weiße, die ihre Furcht hinter einem arroganten Ausdruck verbargen.

Er erinnerte sich noch genau daran, daß er sich am liebsten die Ohren zugehalten hätte, um das wütende Gebrüll und all die Beschimpfungen nicht mehr zu hören. Er wollte nichts damit zu tun haben. Er lebte nicht einmal in Atlanta. Es war die Heimatstadt seiner Mutter, die nach Newtons Tod dorthin zurückgekehrt war. Er hatte nicht mehr bei ihr gelebt, seit er mit fünfzehn Jahren begonnen hatte, auf Ölfeldern zu arbeiten, und dort Geräte trug, die so groß waren wie er selbst. Seine zarten Hände von damals waren jetzt rauh wie eine Segeltuchplane, die man in der salzigen Luft am Meer liegengelassen hatte.

Vor vielen Erinnerungen hätte er am liebsten die Augen verschlossen. Sein ganzes Leben lang hatte Rydell ihm das Märchen von seinem tapferen Vater vorgegaukelt und mit ehrfurchtsvoll leiser Stimme dessen Heldentum gepriesen und sein verpflichtendes Vermächtnis beschworen. Und sein Bruder Dean lag auf dem Soldatenfriedhof in Arlington, nachdem er der Ruhr erlegen war – aber eigentlich war Rydell schuld an seinem Tod, die ihm die Kraft aus den Knochen gesogen und ihn mit Lügen angefüllt hatte.

Bei seinem Besuch in Atlanta hatte sie das gleiche mit ihm versucht. Sie hielt ihm lange Predigten über seine Pflichten als amerikanischer Staatsbürger, über die armen Jungs in Vietnam und über seine Pflicht, das Andenken seines Vaters und seines Bruders zu ehren. Es genügte anscheinend nicht, daß sie einen ihrer Söhne geopfert hatte; sie wollte auch *sein* Blut. Zwei Gräber nebeneinander wie Trophäen – vergleichbar zwei Paar in Bronze gegossener Babyschuhe auf dem Kaminsims.

Emmett wußte, es war an der Zeit, ihr klarzumachen, daß sie jemand anderen meinte als ihn. Sie hatte eine gänzlich falsche Vorstellung von ihm. Und beim Beobachten der aufgeheizten Menge an diesem Tag in Atlanta verspürte er keinerlei Zugehörigkeitsgefühl – weder zu Weiß noch zu Schwarz. Er wollte nichts weiter als seinen eigenen Weg gehen und einen Ort finden, an dem er sich heimisch fühlen konnte, vielleicht auch Wurzeln schlagen und den ganzen verlogenen Mist hinter sich lassen, mit dem Rydell sein Leben vergiftet hatte.

Aber zwischen all den schreienden Menschen, heulenden Sirenen und auf dem Pflaster zersplitternden Flaschen konnte Emmett schließlich doch nicht so tun, als ginge ihn das Ganze nichts an.

Rydell, die knapp einen Meter sechzig groß war und die Figur einer Dampfwalze besaß, hing an seinem Arm, als wäre sie eine gebrechliche Invalidin. Wäre sie allein gewesen – davon war Emmett fest überzeugt –, hätte sie versucht, mit ausgreifenden Schritten das Weite zu suchen, und dabei ihre riesige Handtasche als eine Art Waffe benutzt. Ihr sorgfältig frisiertes rotes Haar glänzte in der Sonne wie ein Helm, als sie ihm das zarte, weiß gepuderte Gesicht zuwandte und ihm in Beschönigung der Vorgänge um sie herum ins Ohr schnatterte.

Sie haben kein Recht dazu, einfach kein Recht. Diese Leute sind doch weißer Abschaum. Landarbeitergesindel. Gute Leute wissen, wie man mit Farbigen umgeht, haben das immer gewußt, sogar schon vor dem Krieg. Wenn du sie anständig behandelst, hat Daddy immer gesagt, werden sie nicht aufmüpfig. Und wir waren immer gut zu ihnen, wie du weißt. Clovis gehörte schließlich beinahe zur Familie! Und Ruby – erinnerst du dich noch an Ruby? – hat bei Großvaters Beerdigung so geweint, als wäre ein Verwandter von ihr gestorben…

Dann hatte Emmett etwas gesehen, das den Redefluß seiner Mutter völlig nebensächlich erscheinen ließ. Ihm drehte sich fast der Magen um. Nicht weit entfernt prügelte ein Mann mit dem Kolben eines Gewehrs auf einen am Boden liegenden, etwa zwölfjährigen schwarzen Jungen ein. Ein paar Schritte weiter standen zwei Polizisten, die angestrengt in die andere Richtung schauten.

Erst als Emmett plötzlich den harten Griff seiner Mutter um seinen Arm spürte, wurde ihm bewußt, daß er in Richtung des Geschehens strebte. *Das geht dich nichts an, mein Sohn! Bleib weg da, hör auf mich! Das geht uns nichts an!*

Du lieber Gott, aus ihrer Sicht ging einen wohl nichts in diesem Leben an.

Es paßte alles zusammen. Er war immer vor der Wahrheit weggelaufen und hatte nicht gewagt, dem ins Gesicht zu schauen, was ihn quälte: daß er seine Mutter haßte und all das, was sie verkörperte und was sie ihm sein ganzes Leben lang eingetrichtert hatte. Und am meisten haßte er sie dafür, daß sie seinen Bruder in den Tod getrieben hatte.

Nein, er würde nicht so werden wie sie. Und er würde ganz bestimmt nicht tatenlos ihrem Geschwätz zuhören, während ein kleiner Junge zu Brei geschlagen wurde.

Emmett riß sich los und bahnte sich einen Weg zum Ort des Geschehens.

Als erstes erhielt er einen Faustschlag ins Gesicht und schmeckte sein eigenes Blut – warm und salzig und irgendwie metallisch. Hände zerrten an seinem T-Shirt, scharfe Fingernägel hinterließen Spuren auf seinem Rücken und seinen Armen. Der Mann mit dem Gewehr hatte aus der Nähe betrachtet nichts

Menschliches mehr mit seinem breiten Gesicht, den hervortretenden Augen und dem Stiernacken – er war nichts als ein Kopf auf einem Paar gewaltiger Schultern.

Der Junge lag wie eine weggeworfene Puppe auf dem Asphalt. Seine Jeans waren staubbedeckt, und sein Gesicht war so schmutziggrau wie die Straße. Und überall war Blut – im Gesicht, auf dem T-Shirt, auf den Armen. Allmächtiger Gott. Was war das für ein Mensch, der so etwas tat? Hier ging es weder um Rassenfragen noch um Hautfarbe – hier war ein Mann, der ein wehrloses Kind zu Tode prügelte.

»Du Arschloch!« hörte sich Emmett selbst brüllen, als er sich auf den Schlägertypen stürzte und mit seinen Fäusten auf ihn einschlug. Es kam ihm so vor, als würde er gegen eine Mauer ankämpfen und nur sich selbst verletzen. Und plötzlich fühlte sich sein Kopf an wie in einem Schraubstock. Er wurde zerquetscht...

Gehärteter Stahl blitzte in der Sonne auf, und dann folgte ein ohrenbetäubender Knall. Emmett spürte eine plötzliche Taubheit in seinem Fuß. Eine Frau schrie gellend auf – seine Mutter? Alles andere um ihn verblaßte – bis auf diesen Schrei, der an Lautstärke zunahm, bis er sich anhörte wie eine DC-10, die in seinem Kopf zum Start ansetzte.

Er mußte das Bewußtsein verloren haben, denn das nächste, an das er sich erinnern konnte, war das Erwachen in einem Krankenhausbett. Über ihm schwebte das Gesicht seiner Mutter – wie immer mit makellosem Make-up und frisch nachgezogenen Lippen. Nur eine kleine steile Falte zwischen ihren Augenbrauen zog eine scharfe Furche in ihre bis dahin glatte Stirn.

»...das halbe Sprunggelenk ist zerschmettert. Und drei Zehen. Außerdem einige Muskeln und Nerven – aber keine Angst, die Ärzte sagen, du kannst wieder laufen.« Das klang so harmlos, als habe er sich lediglich das Sprunggelenk verstaucht. »Aber die Army kannst du natürlich vergessen. Die werden dich nicht mehr wollen.« Rydell hob die Augen gen Himmel und faltete die Hände wie im Gebet. »O Gott, womit habe ich das verdient? Ich habe versucht, meinen Söhnen eine gute Mutter zu sein und ihnen ihren Vater als gutes Beispiel hinzustellen. Aber der hier tut grundsätzlich das Gegenteil von dem, was ich sage. Und das ist jetzt dabei herausgekommen.«

Emmett wurde durch eine Hand auf seinem Arm aus seinen Erinnerungen gerissen. Er wandte sich um und erblickte Annie. Ihr schmales Gesicht mit den ausgeprägten Wangenknochen ließ ihn immer an etwas Zerbrechliches und doch Starkes denken. Dazu diese riesigen Augen, die die Farbe von blauer Tinte hatten. Annie benutzte kein Make-up, hatte das auch gar nicht nötig. Sie war so mager wie Twiggy. Und trug enge Jeans und einen schwarzen Rollkragenpullover.

»Laß mich dir helfen«, sagte sie und streckte die Hand nach einem der Griffe der schweren, mit Schokolade gefüllten Wanne aus, die er gerade hochwuchten wollte.

Hatte sie Mitleid mit ihm? Wollte sie dem Krüppel eine Verschnaufpause ermöglichen? Emmett spürte Ärger in sich aufsteigen. Dann riß er sich zusammen. Annie hatte es sicher nur gut gemeint.

Er lächelte. »Danke, ich schaffe das schon. Aber biete mir bloß nicht deinen Fuß an, ich könnte auf das Angebot eingehen.«

»Finde ich gar nicht komisch.« Wie um sich selbst Lügen zu strafen, verzog sich ein Winkel ihres breiten Mundes nach unten.

Annie rührte sich nicht. Sie stand so nahe bei ihm, daß er ihr Parfum riechen konnte, einen orientalisch süßlichen Duft, der sogar den Geruch der Schokolade übertönte. Auf der einen Wange hatte Annie einen braunen Schokoladestreifen. Emmett ertappte sich bei dem Gedanken, ihn abzulecken.

Du großer Gott!

Emmett rief sich selbst zur Ordnung. Was war nur über ihn gekommen? Er war schließlich kein Teenager mehr. Er brauchte Annie nicht. Er hatte zahlreiche Frauen gekannt – vor und nach seiner Fußverletzung. Er dachte an die verheiratete Frau, mit der er sich regelmäßig in Neuilly getroffen hatte. Sie hatte es total aufregend gefunden, daß er ein Krüppel war, so als gäbe das ihrer Beziehung einen zusätzlichen Reiz. Sie war für ihn nichts weiter als ein Zeitvertreib gewesen – genauso wie er für sie.

Auf einmal wußte Emmett, wovor er Angst hatte. Es fehlte nicht viel, und er würde sich in Annie verlieben. Und er befürchtete, daß das Ganze für ihn keine sonderlich erfreuliche Angelegenheit werden würde. Denn Annie sehnte sich zwar nach etwas, aber bestimmt nicht nach einem halbverkrüppelten Herumtreiber. Wonach sie auch immer suchte, es war mehr, als irgendein Mann ihr geben konnte. Sie war auf der Suche nach sich selbst – und dafür gab es keine Landkarte, geschweige denn einen Führer.

Sie folgte ihm zu der Überzugsmaschine im angrenzenden Raum und beobachtete, wie er die frisch angerührte Kuvertüre langsam in einen Trog goß, aus dem sich ein dunkelbrauner Sprühregen über die sich langsam fortbewegende vertiefte Förderrinne ergoß. Ein Stückchen weiter liefen die frisch überzogenen Trüffel unter einer Infrarotlampe und einem Lufttrockner hindurch, um dann von Thierry sorgsam auf große Kunststoffblätter gesetzt zu werden.

»Gehen wir heute abend zusammen essen?« fragte Annie mit leiser Stimme. »Ich habe ein kleines Bistro in der Nähe der Rue de Seine entdeckt. Dort gibt es ein fantastisches Omelett mit Kartoffeln. Es ist nicht teuer. Mir hat jemand erzählt, daß man, wenn man ganz furchtbar arm und außerdem musikalisch begabt ist, sein Abendessen damit bezahlen kann, daß man Musik macht. Komm, Emmett, sag schon ja – es wird bestimmt lustig!«

Ihre Augen leuchteten, aber – wie er wußte – nicht seinetwegen. Sie war aufgeregt über ihre Entdeckung und außerdem begierig darauf, jemandem ihre Idee zu erzählen, über die er sie vorhin mit Monsieur Pompeau hatte sprechen hören.

»Na klar doch«, sagte er und zwang sich zu einem strahlenden Grinsen. »Ich bringe sogar meine Mundharmonika mit.«

Annie starrte auf das kleine Metallkästchen in ihrer Hand. Darin befand sich eine einzige Trüffel, die nach dem Kuvertüre-Überzug in gerösteten Bittermandelsplittern gewälzt worden war.

War es ihr gelungen? Annie dachte an die hinter ihr liegende Woche und an die insgesamt vierzehn Versionen der von ihr entwickelten Geschmacksrichtung. All ihre Kollegen hatten ihre Williamsbirne-Trüffel angeblich wunderbar gefunden, aber vielleicht hatten Emmett, Thierry und Maurice das auch nur gesagt, weil sie ihre Freunde waren.

Sie selbst fand die Trüffel geschmacklich sehr gut, doch wie konnte sie nach ihren zahlreichen Versuchen sicher sein, daß ausgerechnet diese die beste war? Als Emmett diese letzte Version probiert hatte, hatte er die Augen verzückt nach oben gedreht. Aber als sie es genauer wissen wollte, hatte er zugeben müssen, daß ein Unterschied zwischen der letzten und der jetzigen Version kaum festzustellen war. Gott sei Dank war Pompeau damit einverstanden gewesen, Henri vorerst keinen Bericht über ihre Fortschritte zu erstatten, bis dieser die Trüffel gekostet hatte. Henri würde der oberste Richter sein... der einzige, der zählte.

Annie stieg die schmale Treppe hinauf, die von der Küche in den Laden führte, der direkt an der berühmten Rue du Faubourg St. Honoré lag. In der Hand hielt sie das Metallkästchen mit ihrer Trüffel. Annies Hände zitterten ein wenig, aber sie zwang sich, die Treppenstufen ohne zu zögern hinaufzusteigen. Henris tiefe Stimme drang zu ihr hinunter und vermischte sich mit dem Rauschen in ihren Ohren.

Was mache ich, wenn es ihm nicht gefällt? Was ist, wenn meine Idee gar nichts Besonderes ist?

Ihre Gedanken wirbelten durcheinander. Nein, ein totaler Fehlschlag konnte es nicht sein. Wenn er das sagte, konnte sie ihn nicht ernst nehmen und würde denken, daß er einen schlechten Tag hatte. Denn ihre Trüffel *war* gut. Aber wenn Henri der Meinung sein sollte, daß ihre Kreation eben nichts Besonderes war, konnte er natürlich recht haben.

Wie auch immer seine Beurteilung ausfallen würde, sie durfte es auf gar keinen Fall allzu tragisch nehmen.

Am Absatz der Treppe wandte sich Annie nach links und betrat den Verpackungsraum, in dem die pummelige, rotbackige Marie-Claire in blütenweißer Schürze und ebensolchen Handschuhen über die fertigen Trüffeln wachte, die in ebensolchen Metallkästchen nach oben kamen wie das, das Annie in Händen hielt. Mit geschickten Fingern setzte Marie-Claire jede Trüffel mit einer kleinen Manschette in braungoldene Girod's-Schachteln um. In den Regalen über Marie-Claires Kopf stapelten sich ungefaltete Schachteln, Meter von Satinband in jeder Farbe, dicke Rollen goldenes Geschenkpapier, goldene Aufkleber mit brauner Girod's-Signatur und einfache Frachtkartons. Annie nickte Marie-Claire im Vorübergehen zu, und die Französin lächelte sie an, ohne daß ihre behenden Finger einen Fehler machten.

Durch eine schmale Tür betrat Annie den eigentlichen Laden. Wie immer verharrte sie einen Moment wie geblendet auf der Schwelle. Girod's war einfach mit keinem anderen Schokoladengeschäft vergleichbar – noch nicht einmal Dollys New Yorker Laden konnte mit dem Pariser Original mithalten. Unter ihren Füßen breitete sich ein weicher orientalischer Teppich aus, und die Wände waren über den Vertäfelungen aus Walnußholz von goldgemusterter Tapete bedeckt. An der einen Wand erstreckten sich Glasregale, auf denen einige künstlerisch wertvolle Gegenstände standen: eine Vase aus Alabaster, ein Jadepferdchen aus China, ein aus zwei Meerjungfrauen gebildeter Lalique-Kerzenleuchter, eine aus dem 19. Jahrhundert stammende Sèvres-Servierplatte, deren Motive an die Krönung Napoleons erinnerten.

Die Regale darüber waren mit handbemalten Holzdosen angefüllt. Henri hatte einen Künstler damit beauftragt, jeden Deckel mit einem anderen Motiv zu versehen: Blumen, Früchte, rankende Weinreben, Vögel, spielende Kinder. Annies Lieblingsmotiv war eine dörfliche Szene mit einer Frau, die Gänse von der Veranda eines rosenbewachsenen Häuschens mit Strohdach scheuchte. Wenn sie bereit waren, tausend Francs zu investieren, konnten Kunden sich ihre Pralinen in eine solche Holzdose verpacken lassen.

Aber am allerliebsten waren Annie immer noch die Pralinen. Sie waren überall – wie kostbare Juwelen auf Silbertabletts, auf alten geflochtenen Weidenkörben und auf geriffelten Kristallschalen. Im Schaufenster stand ein mehrteiliger silberner Tafelaufsatz, dessen verschiedene Böden von Trüffeln und von in alten Formen gebackenen Köstlichkeiten bedeckt waren: Pferde, Weintrauben, Blätter, Engel. Zu Füßen des Tafelaufsatzes gruppierten sich die von Monsieur Pompeau selbst gebackenen kleinen Kuchen. Mit ihrer Verzierung aus kandierten Veilchen, winzigen Silberglöckchen und goldenen Blättchen erinnerten sie Annie immer an kostbare kleine Schmuckschatullen.

Doch jetzt war es wichtiger, alle Aufmerksamkeit auf Henri zu richten. Er unterhielt sich mit Cécile, einer großen schlanken Frau, deren Nacken viel zu zart schien, um den schweren Knoten aus ergrauendem Haar zu tragen. Cécile kümmerte sich um den Laden, wenn Henri auf Reisen war. Leise, diskret und immer tadellos gekleidet – in ein graues Wollkleid, dessen einziger Schmuck eine schwere Goldkette war –, hätte sie genausogut Geschäftsführerin in einem der Haute-Couture-Häuser in der Avenue Montaigne sein können. Cécile hatte die goldene Regel geprägt: Niemals den Kunden fragen, ob er das, was er kauft, verschenken will; denn jeder Einkauf bei Girod's ist ein Geschenk... und sei es für einen selbst.

Henri wirkte im Gegensatz zu Cécile eher wie ein etwas zerstreuter Philosoph, und man vermutete in ihm nicht den Geschäftsführer dieses vornehmen Geschäfts. Sein gestreifter Maßanzug war ziemlich zerknittert, die Frisur in Unordnung und die Wangen gerötet, als wäre er mit dem Fahrrad hierhergefahren. Er war eigentlich kein gutaussehender Mann – seine derben, kräftigen Züge erinnerten Annie an einen der Kartoffelbauern von Van Gogh. Und bei all dem, was Dolly über Henri erzählt hatte, zweifelte sie nicht daran, daß er – wenn nötig – die Ärmel hochkrempeln und zupacken würde, gleichgültig wie schmutzig oder niedrig die Arbeit auch sein mochte. Annie konnte durchaus nachvollziehen, wieso sich Dolly in ihn verliebt hatte.

Henri erblickte sie und lächelte, wobei sich sein Schnurrbart hob und sein breites Gesicht in Falten legte.

»Hallo, Annie!« rief er aus und fügte dann mit Blick an ihr vorbei hinzu: »Bernard, wie kommt's, daß Sie am hellichten Tag die Treppe erklimmen?«

Annie realisierte mit gelindem Schrecken, daß Monsieur Pompeau ihr gefolgt war. Er mußte so leise gewesen sein, daß sie ihn nicht gehört hatte. Natürlich konnte sich der alte Meckerpott nicht entgehen lassen, wie sie sich zum Narren machte. Ihre Wangen brannten, doch sie widerstand der Versuchung, sich umzudrehen; sie würde ihm nicht die Genugtuung geben zu sehen, wie nervös sie war. Sie konzentrierte ihren Blick auf Cécile, die die Leckereien auf einem der Weidenkörbe ordnete; dann bimmelte die Glocke über der Tür, und eine schwergewichtige Frau betrat den Laden. Sie warf ängstliche Blicke um sich, als sei es vermessen von ihr, ein so edles Geschäft zu betreten. Cécile nickte ihr ermutigend zu.

Annie hörte, wie Pompeau hinter ihr ein krächzendes Kichern von sich gab. »Ich mag ja schon ziemlich alt sein, aber ich fühle mich so gesund wie ein Fisch im Wasser. Und in ein paar Wochen, wenn ich zur Kur nach Baden-Baden fahre, werde ich wieder jung. Und was ist mit Ihnen?«

Henri seufzte, und über sein Gesicht glitt ein Schatten. Annie erkannte plötzlich, wie erschöpft er war. Er schien mehr als nur ein wenig abgespannt, irgendwie in sich zusammengefallen und viel älter, als sie ihn in Erinnerung hatte.

Er vermißt Dolly, dachte sie. Wie oft hatte sie den gleichen traurigen Ausdruck auf Dollys Gesicht gesehen... Die beiden sahen sich nur jeden zweiten Monat – und weder Briefe noch Telefongespräche konnten die dazwischenliegende Kluft überbrücken.

Aber Henri schien entschlossen, sich seine Traurigkeit nicht anmerken zu lassen. Als Pompeau nun hinter Annie trat, kam Henri mit großen Schritten zu ihnen herüber und schlug dem alten Mann zur Begrüßung auf die Schulter. Dann küßte er Annie auf beide Wangen und begrüßte sie, als habe er sie seit Jahren nicht mehr gesehen.

»Monsieur Henri«, fragte Pompeau, »ist in Marseille alles gut verlaufen?«

»In Marseille schon«, antwortete Henri. Dann seufzte er und fügte hinzu: »Aber ich habe gehört, daß es auf der Farm in Grenada Probleme gibt.«

»Keine ernsten, hoffe ich.«

»Ein paar Fenster sind zu Bruch gegangen, und in einem der Lagerhäuser hat es gebrannt. Angeblich sind es Unruhestifter gewesen. Laut unseren Informationen werden sie von den Kommunisten gesteuert. Und die jetzige Regierung macht ohnehin nur Probleme. Wahrscheinlich werde ich selbst hinfliegen müssen, um zu sehen, wie groß der Schaden ist und ob die politische Situation wirklich so ungünstig ist, wie man sagt. Monsieur Girod glaubt, daß wir verkaufen müssen. Verkaufen!« Henri schüttelte den Kopf und preßte die Hand auf den Magen, als sei ihm nicht wohl.

Er schien in Gedanken weit weg zu sein; doch dann riß er sich zusammen, schüttelte seine düstere Stimmung ab und blickte Annie erwartungsvoll an. »Entschuldige, ich habe dich nicht einmal gefragt, wie es dir geht! Gibt es etwas, worüber du mit mir sprechen willst? Der gute Monsieur Pompeau hat dich hoffentlich nicht so in Angst und Schrecken versetzt, daß du deine Stimme verloren hast, oder?«

In seinen grauen Augen lag ein sehr freundlicher Ausdruck, und Annie spürte, wie die Angst von ihr wich. Henri war ganz anders als Pompeau. Auch wenn er der Meinung sein sollte, sie entlassen zu müssen, würde er sich bestimmt sehr rücksichtsvoll verhalten.

Aber würde das irgend etwas ändern? Sein Mitleid könnte sie am allerwenigsten ertragen!

Und jetzt kam noch hinzu, daß er sich offensichtlich nicht wohl fühlte. Wie sollte er in diesem Zustand eine Trüffel beurteilen können?

»Monsieur Henri, ich möchte Ihnen Ihre kostbare Zeit nicht stehlen«, sagte Pompeau, ohne Annie auch nur eines Blickes zu würdigen. »Aber Mademoiselle Cobb...«

»Wir haben eine neue Geschmacksrichtung entwickelt«, unterbrach ihn Annie schroff. »Und wir hätten gern Ihre Meinung dazu.« Wenn Henri die Trüffel furchtbar finden würde, würde sie alles auf sich nehmen, aber vorher... Sie wollte einfach nicht, daß er aufgrund ihrer Unerfahrenheit voreingenommen war.

Zwischen Henris Augenbrauen erschien eine steile Falte, und Annies Herz begann zu klopfen. Plötzlich sah sie sich mit Henris Augen – eine junge Frau in Jeans und Rollkragenpullover (wieso war sie eigentlich nicht auf die Idee gekommen, ein Kleid anzuziehen?), mit von der Arbeit am heißen Herd feuchtem, unordentlichem Haar, ohne Make-up, geschweige denn Lippenstift. Und so sollte Henri sie ernst nehmen?

Sie reichte ihm mit wild klopfendem Herzen das Metallkästchen. Henri beäugte die Trüffel eine lange Weile, ähnlich wie ein Arzt, der eine Warze betrachtet. Annie wagte kaum zu atmen.

Emmett hatte gesagt, daß ihre Trüffel gut war – aber vielleicht hatte er übertrieben, weil er ihr etwas Nettes sagen wollte. Und Pompeau hatte sich geweigert, auch nur einen winzigen Bissen zu probieren, weil er unvoreingenommen Henris Entscheidung abwarten wollte.

Henri knabberte nun an der Kuvertüre der Trüffel mit den Bittermandelsplittern. Hätte sie für die Umhüllung andere

Nüsse verwenden sollen – etwa Haselnüsse oder Pekanüsse? Nein, sie hatte beide Möglichkeiten ausprobiert – und beide hatten mit Williamsbirne zwar gut geschmeckt, aber die Bittermandeln paßten einfach noch besser.

Sie wartete mit zum Zerreißen gespannten Nerven, als Henri die Trüffel in den Mund schob und nachdenklich zu kauen begann.

Gerade als sie dachte, sie könne die Spannung keine Sekunde länger aushalten, lächelte Henri.

»*Formidable!*« sagte er genüßlich. »Diese Trüffel hat eine wundervolle Beschaffenheit, und der Geschmack ist einfach grandios. Großes Kompliment, Bernard. Das ist wirklich eine Leistung. Das wird bestimmt gut bei unseren Kunden ankommen, da bin ich mir sicher.«

Pompeau! Henri dachte, der alte Mann habe die neue Geschmacksrichtung kreiert! Annie wurde schwindlig. Was sollte sie jetzt tun? Wie hatte das nur passieren können?

»Ich... sie... es war...« Sie sah, wie Pompeau dunkelrot im Gesicht wurde und zu stottern begann, und atmete erleichtert auf. Er war zwar ein tyrannischer Vorgesetzter, aber niemand, der sich die Ideen seiner Angestellten an die Brust heftete. Er würde Henri die Wahrheit sagen.

Annie schaltete blitzschnell. Pompeau die Vorschußlorbeeren zu lassen konnte ihr mehr nutzen als die Wahrheit.

Es gibt verschiedene Möglichkeiten, jemanden um den Finger zu wickeln, hatte Dearie immer gesagt.

»Monsieur Pompeau ist einfach genial«, sagte sie schnell. Das war immerhin nicht gelogen. »Es ist eine große Auszeichnung für mich, mit ihm arbeiten zu dürfen.«

Hoffentlich war das nicht zu dick aufgetragen.

War sie zu weit gegangen? Doch dann sah sie, wie Pompeau sie hocherfreut anblickte. Sie hatte also richtig reagiert. Wenn sie erklärt hätte, daß die Trüffel ihre Kreation war – nachdem Henri der Überzeugung war, daß dem alten Mann das Verdienst zukam –, hätte sie Pompeau in Verlegenheit gebracht. Das hätte er ihr sicher nicht so schnell verziehen. Und schließlich hatte sie tagtäglich mit Pompeau zu tun und nicht mit Henri. Wenn Pompeau sich nun dazu entschließen würde, sie unter seine Fittiche zu nehmen, konnte sie wirklich alles von ihm lernen. Das wäre mehr wert als ein Abgang mit einer einzigen Feder am Hut.

Annie verspürte plötzlich ein warmes Glücksgefühl in sich aufsteigen. Sie fühlte sich ungeheuer stark. Nichts konnte sie aufhalten.

Es gab tatsächlich mehrere Möglichkeiten, jemanden um den Finger zu wickeln.

14. Kapitel

»Es macht dir keinen Spaß, nicht wahr?« fragte Emmett flüsternd im Dunkeln.

Annie verspürte einen Anflug von Schuldgefühl. Sie saßen in einem Kammermusikkonzert in der Sainte Chapelle, und sie war drauf und dran, Emmett den Abend zu verderben. Rundherum schimmerten die berühmten Glasfenster in dem dämmrigen Licht wie eine Krone aus dunkelroten Rubinen. Der Cellist spielte vorne im Scheinwerferlicht gerade ein Solo, und das Mozart-Konzert klang in der erhabenen Atmosphäre der gotischen Kapelle so überirdisch schön, wie Annie es nie zuvor gehört hatte. Aber sie konnte sich einfach nicht konzentrieren, sondern mußte dauernd an Joe denken...

Zwei ganze Monate, dachte Annie. Um noch genauer zu sein: zwei Monate und elf Tage hatte er gebraucht, um auf ihre Briefe und Ansichtskarten zu antworten. Er hatte noch nicht einmal angerufen. Heute morgen hatte sie dann endlich auf dem wackligen Tischchen in der Nähe der Haustür – dort legte Madame Begbeder, ihre Vermieterin, immer die Post hin – zwischen einem Brief von Dolly und einem von Laurel einen dünnen blauen Luftpostumschlag entdeckt, der Joes kräftigen Schriftzug trug.

Annie dachte daran, wie sie beim Öffnen des Briefes vor lauter Ungeduld eine Ecke abgerissen hatte. Ihr Herz hatte wie rasend geklopft, als sie seine Zeilen überflogen hatte. Er schrieb, es freue ihn für sie, daß es ihr bei Girod's so gut gefalle und daß sie so viel lernen könne. Er fragte, wie ihr Paris im Mai gefalle und ob sie schon im Jeu de Paume und in den Markthallen gewesen sei?

Kein Wort davon, daß er sie vermisse oder es nicht abwarten könne, sie wiederzusehen. Kein Wort auch über ihn – abgesehen davon, wieviel Arbeit er habe. Und er vergaß nicht zu erwähnen, daß der arme Rafael von einem seiner Hunde ziemlich schlimm gebissen worden war.

Annie war so enttäuscht, daß sie am liebsten geheult hätte.

Auch jetzt noch, während sie mit Emmett in der Sainte Chapelle saß, fühlte sie sich so einsam, daß es fast schmerzte. Dabei hatte sie mit Emmett sonst immer viel Spaß; ihm gelang es eigentlich stets, sie aufzumuntern, auch wenn sie Heimweh hatte. Doch lag ihre Traurigkeit sicher auch an der Musik in dieser Umgebung: Zu viel Schönheit konnte einem das Herz genauso schwer machen wie zu wenig, dachte Annie. Besonders wenn man sich so scheußlich fühlte wie sie an diesem Tag.

»Merkt man das?« fragte sie Emmett flüsternd.

»Wir müssen nicht hierbleiben.«

»Aber...«

Bevor sie ihn daran erinnern konnte, wie teuer die Eintrittskarten gewesen waren, zog er sie schon hoch. Gemeinsam schlichen sie seitlich an den Stuhlreihen entlang dem Ausgang zu. In dem dämmrigen Licht stolperte Annie über eine Unebenheit des Steinbodens und wäre unweigerlich hingefallen, wenn Emmett sie nicht festgehalten hätte. Er hielt sie mit festem Griff am Ellenbogen, und sie fühlte sich völlig sicher und geborgen. Sein Geruch ließ sie an Lagerfeuer und fallende Herbstblätter und lange getragenes, weiches Leder denken und hatte etwas angenehm Vertrautes.

Draußen vor dem Portal sagte Annie: »Emmett, es besteht wirklich kein Anlaß für dich, meinetwegen das Konzert zu versäumen. Ich kann allein nach Hause gehen.«

»Hör zu, Cobb, ich habe eine bessere Idee.« Er zwinkerte ihr zu und legte einen Arm um ihre Schulter. »Ich kenne ein Café nicht weit von hier. Wenn du dich mies fühlst, sind ein Pernod und eine Schulter zum Ausheulen immer noch besser als Mozart.«

»Hör auf, so nett zu sein! Dann fühle ich mich noch schuldiger!«

»Du könntest ja die Drinks bezahlen.«

»Okay.« Annie lachte. »Abgemacht.«

Als sie in der lauen Frühlingsnacht an den dicken Mauern des Palais de Justice entlangschlenderten, kam sich Annie immer lächerlicher vor. Sie war zweifellos dabei, aus einer Mücke einen Elefanten zu machen. War es denn wirklich so wesentlich, *was* Joe geschrieben hatte? Das Wichtigste war doch, daß er überhaupt reagiert hatte. Außerdem hatte sie ihm auch nicht gerade überschwenglich geschrieben.

Annie blickte Emmett an, der neben ihr ging. Er trug eine graue Hose, ein weißes Hemd und einen lohfarbenen Blazer. Annie ertappte sich bei dem Gedanken, daß er verdammt gut aussah – ohne seine Cowboystiefel hätte man ihn gut für einen jungen Rechtsanwalt oder Börsenmakler halten können. Annie hatte ihn noch nie ohne diese alten Stiefel gesehen, deren gegerbtes Leder mittlerweile so porös wie Treibholz war, die Spitzen fast weiß und die Absätze völlig abgelaufen. Jedenfalls verliehen diese Stiefel seiner Erscheinung einen gewissen Pfiff, den Annie mochte. Außerdem war da eine gewisse Rauhbeinigkeit, die zu signalisieren schien, daß man ihn besser nicht zu lieb gewinnen sollte, da er sich noch auf der Suche befand.

Annie spürte plötzlich ein Gefühl der Dankbarkeit in sich

aufkommen. Sie war dankbar für Emmetts Freundschaft und dafür, daß er nicht den leisesten Versuch unternahm, sich ihr zu nähern. Nach all den Wochen, die sie zusammen gearbeitet und in verräucherten Bistros zu Abend gegessen hatten, war es noch nicht einmal zu einem Gute-Nacht-Kuß gekommen. Ob Emmett sie überhaupt als Frau wahrnahm? Manchmal war etwas zwischen ihnen... eine Art Anziehungskraft, vielleicht sogar eine gewisse Erregung... aber dann fragte sie sich wieder, was er ihr gegenüber eigentlich empfand. Sicher war nur, daß er gerne mit ihr zusammen war.

Auf dem Pont St. Michel warf ihr ein Ansichtskartenhändler einen Kuß zu, und Annie fragte sich, wie es wohl wäre, von Emmett geküßt zu werden. Und auf einmal war sie sich des warmen Drucks seines Arms auf ihrer Schulter nur allzu bewußt.

Großer Gott, was war nur in sie gefahren? Eigentlich ging es doch um Joe und nicht um Emmett...

Vom Pont St. Michel waren es nur noch wenige Schritte zu dem Café, das Emmett gemeint hatte. Unter einer grün-rosa gestreiften Markise drängten sich die Menschen an den Tischen, die draußen auf dem Bürgersteig standen. Das Ganze wirkte wie eine große, lebhafte Party, zu der jeder eingeladen war. Annie und Emmett mußten ein paar Minuten warten, bis ein Tisch frei wurde, und ließen sich dann schnell auf die Stühle sinken.

»Geht es dir etwas besser?« fragte Emmett.

»Ja, viel besser«, meinte Annie und merkte im gleichen Augenblick, daß das wirklich stimmte.

»Möchtest du darüber sprechen?«

»Eigentlich nicht«, sagte sie.

»Ist es so schlimm?«

»Nein, es ist... es war dumm von mir. Es gibt eigentlich nichts zu erzählen.«

»Laß mich raten – ist dein Problem groß, dunkelhaarig und gutaussehend?«

Annie wurde rot und nickte. Sie blickte zu dem Pärchen am

Nebentisch. Der Mann beugte sich gerade vor, um der Frau Feuer zu geben. Sie blickten sich tief in die Augen, und die Frau hielt seine Hand fest, während er ihr das brennende Streichholz entgegenstreckte.

»Es gibt nur zwei Dinge, die härter als Stahl sind – der Wille einer Frau und das Herz eines Mannes«, spöttelte Emmett in dem affektierten Tonfall, den er immer benutzte, wenn er sie aufziehen wollte.

Er hatte ein mattes Lächeln aufgesetzt, aber in seinen Augen stand ein forschender Ausdruck. Hinter seinem Lächeln spürte Annie Mitgefühl, und sie ertappte sich dabei, wie es sie näher zu ihm und seiner Wärme drängte, so wie man sich in einer kalten Nacht an ein Lagerfeuer setzt.

»Es gibt keinen Grund... überhaupt keinen Grund, warum er irgendwelche Gefühle zeigen sollte, nur weil ich hier bin und er in New York«, sagte sie schnell mit fester Stimme und mehr, um sich selbst zu überzeugen. »Ich meine damit, wir sind gute Freunde und nicht mehr. Warum also sollte er mir auf einmal Liebesbriefe schreiben, wenn er mich gar nicht liebt?«

»Aber du liebst ihn.« Das war keine Frage, sondern eine Feststellung. In Emmetts Blick lag etwas Herausforderndes.

»Nein! Ich meine... nun gut, vielleicht. Gott, Emmett, ich weiß es einfach nicht mehr. Wie lange kann man jemand lieben, der nicht das gleiche wie man selbst empfindet?«

Er kniff die Augen zusammen und blickte in die Ferne. »Lange Zeit, nehme ich an.«

Annie wußte, daß er nicht von ihr sprach, doch bevor sie nachhaken konnte, kam ein eilig wirkender Ober an den Tisch, und Emmett bestellte die Getränke.

Annie lauschte wie immer bewundernd seinem fließenden Französisch. Er hatte es nicht in der Schule gelernt, sondern hier und da immer wieder ein paar Brocken aufgeschnappt, das meiste in New Orleans. Im Gegensatz dazu war sie mit ihrem Schulfranzösisch kaum in der Lage, ein Croissant zu bestellen, ohne ins Stottern zu geraten. Emmett hatte eine Gabe dafür, Dinge wie nebenbei zu lernen. Er hatte auch großes Geschick im Umgang mit Menschen, die sich ihm ohne viel Federlesens anvertrauten. Beispielsweise waren sie vor zwei Tagen in den Tuilerien einer Frau begegnet, die dort die Tauben fütterte – innerhalb kurzer Zeit wußte Emmett alles über sie: Ihr Mann war während des Krieges Mitglied der Résistance gewesen und an Wundstarrkrampf gestorben; sie selbst hatte ihre drei Söhne überlebt und litt besonders in kalten Nächten unter Rheumatismus. Emmett erfuhr auch alles über die Tauben, die sie jeden Morgen fütterte; ihre Lieblinge hatte sie nach großen französischen Generälen benannt. Annie dachte daran, wie die alte Frau dann – gerührt über Emmetts ungewöhnliches Interesse – auf eine außergewöhnlich aussehende Taube mit terrakottafarbenen Federn gedeutet und gezirpt hatte: *»Pour vous«*, womit sie ausdrücken wollte, daß sie den Vogel nach Emmett benennen würde.

Danach hatte Emmett gelacht und gesagt: »Ich kann mir Schlimmeres vorstellen, als eine Taube zu sein.«

Mittlerweile war Annie der Pernod etwas in den Kopf gestiegen, und sie sagte leichthin: »Ich habe vorhin gelogen, als ich gesagt habe, daß ich mir nicht sicher bin, ob ich Joe liebe. Ich liebe ihn. Warum ist es so schwer, das zuzugeben? Warum kommt es mir so vor, als würde ich ein schreckliches Verbrechen gestehen?«

Sie spürte, wie die unterdrückt geglaubte Traurigkeit wieder an die Oberfläche stieg, und kämpfte gegen die Tränen an.

»Du hast Angst, dich lächerlich zu machen«, sagte Emmett behutsam. »Aber glaub mir, Cobb, damit stehst du nicht allein da. Die meisten Menschen lassen sich lieber von einem Bus überfahren, als sich lächerlich zu machen. Besonders wenn es um Liebe geht.«

»Wenn ich nur wüßte, was *er* empfindet, dann könnte ich –« Sie zuckte die Achseln und brachte ein schiefes Lächeln zustande. »Dann müßtest *du* nicht hier sitzen und dir anhören, wie ich einen Narren aus mir mache.«

»Bist du sicher, daß *er* so zurückhaltend ist? Oder könnte es vielleicht an dir liegen?« Er musterte sie amüsiert aus halbgeschlossenen Augen, während er mit seinem großen schwieligen Daumen an den Fuß des Pernod-Glases klopfte. Sein Haar hatte im gelben Licht der alten Straßenlaternen die Farbe blank gescheuerter Kupfermünzen.

Annie fühlte sich von seinen Worten getroffen und starrte verlegen in das leere Glas vor ihr, dessen Rand immer größer zu werden und sich zu nähern schien – wie ein alles verschlingender Tunnel. Sie stellte mit leichtem Unbehagen fest, daß sie einen kleinen Schwips hatte. War sie etwa dabei, sich noch lächerlicher zu machen als ohnehin schon?

»Ich glaube, ich gehe jetzt besser nach Hause«, sagte sie. »Ich weiß nicht, wie es dir geht, aber um fünf Uhr morgens aufstehen bedeutet für mich, daß ich mich um zehn Uhr abends zusammenrollen muß.«

Er nickte. »Du siehst auch ein bißchen müde aus.«

Ein paar Minuten später waren sie auf dem Rückweg. Annie fiel plötzlich ein, daß sie in wenigen Wochen wieder in New York sein würde, und Emmett... wo würde er wohl sein? Vielleicht würden sie sich nie wiedersehen. Der Gedanke schmerzte irgendwie, und Annie verscheuchte ihn sofort. Schließlich war Emmett noch da. Sie war ihm ungeheuer dankbar für seine Freundschaft und dafür, daß er ihr so geduldig zugehört hatte, während sie wie ein verknallter Teenager drauflosgeschwärmt hatte.

Als sie auf dem Pont St. Michel stehenblieben, um ein hell erleuchtetes Touristenboot zu beobachten, das unter der Brücke hindurchglitt, beugte sich Annie spontan vor und küßte Emmett leicht auf die Lippen.

Völlig unerwartet erwiderte Emmett ihren Kuß. Weder vorsichtig noch halbherzig, sondern voll und hart, so daß es beinahe weh tat. Seine Lippen hatten noch den Anisgeschmack des Pernod. Er hatte einen Arm so fest um sie geschlungen, daß sie – auch wenn sie gewollt hätte – nicht hätte entkommen können. Aber merkwürdigerweise wollte sie alles andere als das, sondern dachte nur etwas zusammenhanglos: »O Gott, auf was lasse ich mich da ein?« Mit der anderen Hand streichelte er so zart und liebevoll ihren Nacken und ihren Hinterkopf, als hielte er ein Neugeborenes im Arm.

Annie hatte das Gefühl, daß ihr die Beine wegrutschten. Aus ihrem Kopf schien das Blut zu weichen, und vor ihren geschlossenen Augen tanzten bunte Lichter. Eine Hitzewelle brandete in ihr hoch und konzentrierte sich auf die Stelle, wo sich wenige Sekunden zuvor noch ihr Magen befunden hatte. Wie war es möglich, daß sie soviel empfand, obwohl sie doch Joe wollte und nicht Emmett?

Ob Emmett wirklich *sie* meinte? Oder gab es ein Mädchen, das auf ihn wartete und von dem sie nichts wußte?

Als Emmett sich von ihr löste, schien er ein wenig zu taumeln, und Annie fragte sich, ob er vielleicht auch ein bißchen beschwipst war. Und ob sie sich wohl geküßt hätten, wenn sie nüchtern gewesen wären. Sie blickte in sein Gesicht, das nur Zentimeter von ihrem entfernt war, und spürte seinen warmen Atem auf ihrer Wange. Und plötzlich dachte sie, daß sie genau das seit langem schon gewollt hatte. Es hatte sicher mit der mangelnden Selbstbestätigung zu tun, die sie durch Joe erfuhr. Und sie brauchte wie jede Frau das Gefühl, geliebt und begehrt zu werden.

»O Mann«, murmelte Emmett und rieb sich über das Kinn. »Und wohin gehen wir jetzt?«

»Nicht zu mir.« Annie lachte, atemlos. »Madame Begbeder würde uns rauswerfen«, sagte sie und fühlte sich plötzlich sorglos und frei. Jetzt bist du dran, dachte sie.

»Das schränkt die Auswahl drastisch ein, findest du nicht?« Er trat einen Schritt zurück und griff nach ihrer Hand, die er fast schmerzhaft drückte.

Bevor Annie noch nachdenken konnte, saßen sie bereits in einem Taxi und fuhren am linken Ufer der Seine entlang in Richtung Place Victor Hugo, wo Emmett zur Untermiete wohnte. Annie war gleichzeitig belustigt und merkwürdig niedergeschlagen, als hätte sie die Achterbahn bestiegen und müßte die Fahrt nun bis zum bitteren Ende durchstehen.

Als nächstes erinnerte sie sich an eine massive Holztür, die sich per Knopfdruck automatisch zu einem Hof hin öffnete. Dann standen sie in einer Vorhalle, die nach frischer Wäsche duftete. Sie stiegen eine gewundene Treppe hoch.

Annies Herz raste vor Aufregung, und ihre Knie zitterten derartig, daß sie kaum die Stufen hochkam. Ich sollte nicht hier sein, dachte sie. Ich sollte noch in diesem Augenblick kehrtmachen.

Aber ihre Füße trugen sie irgendwie weiter hinauf, und dann betraten sie durch eine große Tür mit Messingknopf ein kleines Wohnzimmer mit hoher Decke. Die Frau, der die Wohnung gehörte, hätte sich sicher amüsiert, den breitschultrigen Emmett mit den Cowboystiefeln zwischen den mit teuren Seidenstoffen bezogenen Sofas, zerbrechlich wirkenden Empire-Sesseln und dem von einem Fransentuch bedeckten kleinen Tischchen voller Nippesfiguren und silbergerahmter Fotografien zu sehen.

Emmett bewegte sich trotz seiner Behinderung bemerkenswert geschickt durch den Raum und knipste die Lampen an. Sie sah, wie er eine der Fotografien zurechtrückte, und mußte daran denken, wie behutsam er der Frau mit den Tauben von der Bank aufgeholfen hatte. Wieder fragte sie sich, was sie hier eigentlich tat. Sie liebte ihn schließlich nicht.

Gleichzeitig fühlte sie sich zu ihm hingezogen und begehrte ihn fast schmerzhaft. Sie stellte sich vor, wie es wohl sein würde – Emmett würde sie ausziehen und überall küssen, und seine warmen, rauhen Hände würden über ihren Körper streichen. Auch wenn sie ihn nicht liebte, sie wollte ihn, jetzt in diesem Augenblick, ohne Rücksicht auf Vernunft oder mögliche Folgen.

Emmett schien ihre Verwirrung zu spüren und trat näher. Er legte ihr leicht die Arme um die Schultern und küßte sie auf die Stirn. Als sie sich losmachte, sah sie, daß er lächelte – beinahe, als fände er sie komisch, vielleicht sogar kindisch.

Peinlich berührt von der Situation stieß Annie hervor: »Emmett, ich hätte nicht hierherkommen sollen. Das ist einfach verrückt. Ich liebe dich nicht. Und du liebst mich auch nicht.«

»Du möchtest damit sagen, daß du nicht zu der Sorte Mädchen gehörst, die mit einem Mann ins Bett gehen, weil es eben mal Spaß macht, habe ich recht?« Sie war fast sicher, daß er sie auf den Arm nahm.

»Nicht, wenn ich Wert darauf lege, daß wir Freunde bleiben.«

»Machst du dir wirklich Gedanken um uns oder diesen Typ in New York?«

»Du meinst Joe.« Sie hielt Joes Namen wie ein Schild vor sich in den Raum. Die Stille wurde nur vom Ticken einer Uhr unterbrochen. »Nein«, log sie, »das hat überhaupt nichts mit Joe zu tun.«

Er lachte leise auf und zuckte die Achseln. »Du lieber Himmel, Cobb, du könntest in dieser Sekunde von hier weggehen, und ich würde dir nichts nachtragen.«

»Em...«

»Aber du hast mehr davon, wenn du bleibst«, fügte er hinzu und legte einen Finger unter ihr Kinn. »Das verspreche ich dir.«

Als er sie nun küßte, durchzuckte es sie wie ein Blitzschlag. Einmal noch dachte sie an Joe und verspürte ein kleines Triumphgefühl: Ich brauch' ihn nicht!

Dann führte Emmett sie ins Schlafzimmer. Das vergoldete Kopfende des Bettes schien das kleine Zimmer zu beherrschen. Annie legte sich wie im Traum auf das Bett, und Emmett begann sie langsam zu entkleiden. Seine Hände waren rauh, aber gleichzeitig von einer überraschenden Zärtlichkeit und Geschicklichkeit. Er fummelte weder an Knöpfen noch an Haken herum und schien ein sehr erfahrener Liebhaber zu sein. Während er sie auszog, streiften seine Lippen ihren Hals und glitten hinunter zu ihren Brüsten. Annie bebte am ganzen Körper. Sie hatte zweimal eine ähnliche Situation erlebt, es war längst nicht so erregend gewesen. Ihr Herz klopfte wild.

Sie beobachtete Emmett, wie er sich auf dem Bettrand sitzend die Stiefel auszog, und fragte sich, wie der Anblick seines verkrüppelten Fußes auf sie wirken würde.

Als sie das rote, vernarbte Fleisch und die merkwürdig verkrümmte Form des Fußes sah, wurde sie von einer Welle der Zärtlichkeit überflutet. Sie berührte ihn sanft und fragte: »Tut es weh?«

»Nur wenn ich Dinge tue, die ich besser lassen sollte«, sagte er mit einem fast sarkastischen Lächeln.

»Wie gerade jetzt?«

Er zuckte die Achseln. »Ja, ich bin ein wenig nervös. Macht es dir etwas aus, wenn wir das Licht anlassen?«

Er streichelte mit einem Finger über ihren Bauch, und sie erzitterte. Er beugte sich über sie, und sie spürte seine weichen Haare über ihren Bauch gleiten, dann seine warme Zunge, die sich weiter nach unten tastete, tiefer und immer tiefer... Du lieber Gott, er sollte das nicht tun, aber sie mußte zugeben, daß es sich gut anfühlte...

Annie brannte lichterloh. Sie hatte das Gefühl, verrückt zu werden vor Lust. Sie begehrte ihn so sehr, daß es kaum noch auszuhalten war.

Emmett stand auf und zog langsam Hemd und Hose aus. Er schien alles andere als ungeduldig. Aber Annie konnte sehen, wie erregt er war. Sie war überrascht, daß die Haare auf seiner Brust und unten dunkelbraun und nicht rot waren. Seine Muskeln waren ausgeprägt und durchtrainiert, sein Bauch war von Sommersprossen übersät. An seinen braungebrannten Unterarmen erkannte sie, daß er viel Zeit an der frischen Luft verbrachte. Doch was Annie am meisten verblüffte, war die Selbstverständlichkeit, mit der er sich auszog, so als wäre es die alltäglichste Sache der Welt, daß sie miteinander ins Bett gingen.

Als er sich neben sie legte, spürte sie, wie sehr er sie begehrte.

Er fuhr fort, sie voller Zärtlichkeit zu erforschen und Stellen, von deren Empfindsamkeit sie keine Ahnung gehabt hatte, zu liebkosen: den unteren Halbmond ihrer Brüste, die Kniekehlen und die Vertiefungen zwischen ihren Fingern. Annie verging fast vor Verlangen und hätte am liebsten wie ein Kleinkind die Knie an die Brust gezogen, um sich vor dieser wahnsinnigen Begierde zu schützen. Und jetzt streichelte Emmett sie einfach sanft und zärtlich, und Annie spürte, wie sich in ihr alles öffnete und bereit für ihn war, sich nach ihm sehnte…

Und dann war er auf ihr, in ihr. Über seiner Schulter schimmerte ein Streifen Mondlicht an der Wand, der größer und größer zu werden schien, bis er die ganze Wand bedeckte und sie selbst ein Teil dieses Lichts wurde, von seiner gleißenden Helligkeit verschlungen wurde…

Ohne zu wissen, was sie tat, biß Annie in Emmetts Schulter. Es schmeckte scharf und salzig, und dann hörte sie ihn aufschreien und spürte, wie er mit mehreren harten Stößen ganz tief in sie eindrang.

Danach lagen sie engumschlungen, bis der Schweiß auf ihren Körpern zu trocknen begann. Emmetts Kopf ruhte an ihrer Schulter, und er murmelte: »Annie.«

Annie. Vom ersten Tag bei Girod's hatte er sie immer nur bei ihrem Nachnamen genannt. Und nun nannte er sie auf einmal beim Vornamen. Was wollte er von ihr?

Annie zitterte und hatte fast das Gefühl, als wäre die Achterbahn, die sie bestiegen hatte, statt anzuhalten über das Ziel hinausgeschossen. Und was war mit Joe? Warum hatte sie ihm gegenüber ein schlechtes Gewissen, obwohl sie ihm doch gar nichts schuldig war?

Sie murmelte fragend: »O Gott, Emmett, und jetzt? Wohin gehen wir jetzt?«

Er streichelte sie zärtlich und sagte leise: »Nirgendwohin, Annie. Wir sind bereits da.«

15. Kapitel

Als sich das Flugzeug schräglegte, schaute Dolly aus dem Fenster und erhaschte den ersten Blick auf Grenada. Sie sah nichts als grüne Landschaft, weder Straßen noch Gebäude – es sah ganz so aus, als würde dort unten keine Menschenseele leben. Die Insel hatte keinerlei Ähnlichkeit mit Bermuda, wo sie mit Dale die Flitterwochen verbracht hatte. Bermuda war einer tropischen englischen Landschaft vergleichbar gewesen mit seinen ordentlichen Häusern, gepflegten Golfplätzen, sorgfältig gemähten Rasenflächen und farbenfrohen Hibiskushecken. Jedenfalls wirkten sie bei weitem nicht so üppig und ursprünglich wie Grenada.

Dolly überlegte, ob das Paradies wohl wie Grenada ausgesehen hatte. Sie machte es sich wieder bequem in ihrem Sitz, dachte an Henri – *vier ganze Tage im Paradies!* – und war einen Moment lang unwahrscheinlich glücklich, bis ihr einfiel, daß dies ihr letztes Zusammensein sein konnte. Daraufhin sank ihr Hochgefühl so plötzlich, als wäre das Flugzeug unversehens tausend Meter abgesackt.

Ich muß es ihm sagen. Ich kann nicht länger hinter dem Rükken seiner Frau leben. Ich ertrage es nicht, ihn nur alle fünf oder sechs Wochen zu sehen. Dafür liebe ich ihn einfach zu sehr.

Dolly versuchte, nicht an das bevorstehende Gespräch zu denken. Statt dessen malte sie sich Henrys Überraschung aus, wenn sie plötzlich auf der Plantage stand. Er würde sich bestimmt freuen. Na ja, und ein wenig ärgerlich würde er auch sein. Schließlich hatte er ihr nahegelegt, nicht zu kommen. Dolly dachte an das Telefonat in der vergangenen Woche, bei dem er erzählt hatte, daß er nach Grenada fliegen müsse, um auf der

Plantage nach dem Rechten zu sehen. Sie war begeistert gewesen von der Möglichkeit, mit ihm ein langes Wochenende auf den Antillen zu verbringen. Sie spürte, wie verlockend die Idee für Henri war, aber er ließ sich nicht umstimmen. Die politische Situation auf Grenada war mehr oder minder chaotisch, und linksgerichtete Rebellen versuchten sich als Unruhestifter. Henri beharrte darauf, daß es für sie zu gefährlich war.

Aber solche Gefahren machten Dolly weniger angst. Aus diesem Grund ging weder ihr Puls schneller, noch waren deswegen ihre Hände kalt wie Eis. Kommunisten oder Rebellen waren ihr ziemlich egal. Was ihr indes zu schaffen machte, war die Gefahr, Henri zu verlieren. Wie sollte sie das verkraften? Wie könnte sie jemals ohne ihn leben?

Aber gab es denn eine andere Möglichkeit? Oder sollte sie sich bis ans Ende ihrer Tage wie das fünfte Rad am Wagen fühlen?

Dolly hörte ein knirschendes Geräusch und blickte auf den leeren Kunststoffbecher in ihrer Hand. Sie hatte ihn so fest umklammert, daß er dem Druck nicht standgehalten hatte. Das Wasser der schmelzenden Eiswürfel tropfte auf ihren zitronengelben Rock.

Du mußt es ihm ja nicht gleich sagen, beruhigte sich Dolly und klammerte sich in Gedanken an die vor ihr liegenden wundervollen Tage in dem grünen Paradies unter ihr.

Diese Insel war eine andere Welt. Auf Grenada könnte sie mit Henri einmal ganz unbeschwert zusammensein, ohne auf Girod's, ihre Nichten, Henris Frau Francine oder seine Kinder Rücksicht nehmen zu müssen. Hier könnten sie für ein paar Tage alles um sich herum vergessen. Und sie würde das, was sie ihm sagen wollte, bis zum letzten Moment hinausschieben.

Dolly blickte auf ihre Armbanduhr. Vier Minuten nach zwei. Sie würden demnächst landen. Es kam ihr vor, als hätte sie Henri ewig nicht mehr gesehen. Dreieinhalb Monate war es her, daß sie sich gerade mal eine Nacht gestohlen hatten, oder besser gesagt ein paar Stunden zwischen den Gesprächen auf der Messe in Montreal mit festen und zukünftigen Kunden und über neue Produkte.

Und wenn sie vom Laden aus mit ihm telefonierte, sprachen sie darüber, welche Produkte sich am besten verkauften, über Währungsschwankungen, Lieferverträge mit Hotels, die Vorteile oder Nachteile dieses oder jenes Spediteurs, aber niemals darüber, wie sehr sie sich vermißten. Sogar wenn er sie spät nachts noch zu Hause anrief, kam es ihr so vor, als spielte sie eine sorgfältig einstudierte Rolle, wenn sie ihm sagte, wie sehr sie ihn vermißte und liebte, aber letztlich immer das Thema vermied, um das es eigentlich ging: daß Henri nach acht Jahren sicher nicht mehr eine Scheidung in Erwägung zog als zu Anfang...

...und daß sie bei alldem sicher nicht jünger wurde.

Das Flugzeug begann über der Insel zu kreisen, und Dolly konnte Gebäude, Straßen, Start- und Landebahn und dann die Wellblechdächer von Baracken erkennen und eine riesige Menge Müll, die eine Seite eines Hügels bedeckte. Willkommen im Paradies, dachte Dolly wehmütig.

Wenig später betrat sie nach einer etwas holprigen Landung im strömenden Regen das Rollfeld. Bis sie den muffigen Schuppen erreicht hatte, der als eine Art Terminal diente, war sie bis auf die Haut durchnäßt. Sie wies ihren Paß einem hageren schwarzen Beamten vor, der ihn höchst mißtrauisch eine kleine Ewigkeit beäugte, bevor er schließlich einen Stempel hineindrückte. Danach trieb sie in dem verschlafen wirkenden Gebäude einen Träger auf, der ihr Gepäck zu den draußen wartenden Taxis transportierte. Dolly wählte den Wagen mit den wenigsten Dellen.

Sie teilte dem Fahrer die Adresse mit und hoffte, die Aussprache richtig zu treffen: »*L'Anse aux Epines* – zur Gewürzbucht.«

Der Weg zum Hotel führte über so enge und ausgefahrene Straßen, daß Dolly der festen Überzeugung war, sie würden binnen kurzem im Straßengraben landen. Sie rieb über die beschlagene Fensterscheibe und erhaschte einen Blick auf dichtes Laubwerk und auf Palmen, die wie Telefonmasten links und rechts der Straße standen, rosa und gelbe Häuser aus Stein neben schäbigen Baracken. Und hier und da zur Straße gewandte, mit Stroh bedeckte schiefe Hütten, in denen dunkelhäutige Menschen den Regen abwarteten, um Kokosnüsse und ganze Bündel grüner Bananen feilzubieten.

Bald würde sie mit Henri zusammensein. Bartholomew, Henris Aufseher, würde sie in einer Stunde im Hotel abholen. Sie hatte ihre Ankunft angekündigt, aber gesagt, daß sie Henri überraschen wolle. Sie wollte das Risiko nicht eingehen, sich auf dem Weg zur Plantage im Dschungel zu verirren. Bartholomew hatte sich einverstanden erklärt, sie abzuholen, und auch versprochen, Henri nichts von der geplanten Überraschung zu verraten.

Eine Stunde, dachte sie. Zeit genug, um die nassen Klamotten loszuwerden, zu duschen und sich für Henri schön zu machen.

Dolly spürte ihr Herz klopfen. Wie konnte es nach all den Jahren sein, daß schon der Gedanke an ihn sie verrückt machte?

Und wenn sie schon so aufgeregt war, bevor sie ihn nur gesehen hatte, wie sollte sie da jemals in der Lage sein, ihm in die Augen zu blicken und zu sagen, daß zwischen ihnen alles vorbei war?

Der Jeep kam schlingernd zum Halten. Dolly nahm die Hände von den Augen, die sie bedeckt gehalten hatte, da ihr die kurvenreiche Bergstrecke ziemliche Angst eingejagt hatte, und sah, daß sie auf dem Gipfel eines steilen Bergkamms standen. Unterhalb von ihnen endete der dichte Waldwuchs und gab den Blick frei auf endlos scheinende Reihen von Bananenstauden.

»Wir sein da, Miß«, sagte der großväterlich wirkende Aufseher fröhlich und so entspannt, als wäre das Befahren einer engen, holprigen Serpentinenstraße, auf der einem auch noch jede Menge Fahrzeuge entgegenkamen, das Alltäglichste von der Welt.

Dolly blickte auf die Bananenstauden und setzte die straßbesetzte Sonnenbrille auf, um ihre Augen vor dem blendenden Licht der Sonne zu schützen, die in dem Moment, als der Regen aufgehört hatte, wieder herausgekommen war.

Von der rötlichen Erde stiegen Dunstschwaden auf, und die Luft roch wunderbar aromatisch – ähnlich wie heißer Glühwein. Bartholomew hatte ihr erklärt, das käme von den Gewürzen, die sie anbauten. Durch welches Dorf sie auch gekommen waren, wo auch immer sie wegen Hunden, Hühnern oder Ziegen hatten bremsen müssen, gleich war immer eine alte Frau oder eine Gruppe von Kindern herbeigeeilt, die ihnen Gewürze verkaufen wollten. Braune Hände hatten ihnen selbstgeflochtene Körbe mit Tüten voll glänzend brauner Muskatnüsse, Lorbeerblätter, orangefarbener getrockneter Muskatblüten, Zimtstangen, Gewürznelken und getrockneter Kokosnußschnitze angeboten.

Hier konnte Dolly allerdings lediglich Bananenstauden sehen.

»Wo sind denn die Kakaobäume?« fragte sie.

Bartholomew grinste, wobei sich sein zerfurchtes Gesicht in völlig neue Falten zu legen schien. Er war weißhaarig und so dünn wie eine Bohnenstange, trug zu weite Shorts und ein verwaschenes gelbes Hemd, das um ihn herumschlotterte, und sah mindestens so alt aus wie der Urwald ringsum. Bartholomew war ein toller Bursche. Henri hatte ihr einmal erzählt, daß ohne ihn die Plantage überhaupt nicht existieren würde. Der alte Aufseher kannte jeden Stock und jeden Stein auf der Insel; er schaffte es, ganze Schiffsladungen durch den Dschungel zu dirigieren, wenn der Hauptzufahrtsweg unpassierbar war. Und wenn Arbeiter kündigten oder einfach nicht mehr erschienen, kam Bartholomew mit neuen an aus der schier unendlich scheinenden Zahl seiner Vettern, Neffen, Enkel und sonstiger Verwandten. Auf der Fahrt hierher hatte Bartholomew ihr stolz berichtet, daß er fünf Frauen überlebt und insgesamt achtzehn Kinder und zweiundvierzig Enkelkinder hatte.

Er mochte zwar alt sein, verfügte aber noch über bemerkenswert viel Temperament.

»Im Schatten der Bananen«, erklärte er nun mit einem weisen Nicken.

Dolly schaute genauer hin und konnte nun zwischen dem Grün das Aufblitzen von Macheten erkennen. Henri hatte ihr erklärt, daß zu dieser Jahreszeit die Früchte des Kakaobaums geerntet wurden. In Kürze würde sie Henri gegenüberstehen.

Als Dolly aus dem Jeep kletterte, um eine bessere Aussicht zu haben, gaben ihre Knie ein wenig nach. Es war so schwül, daß ihr schwindelig wurde und vor ihren Augen graue Flecken erschienen. Die schwüle Hitze schien wie ein dichter Nebel an ihr zu kleben und ließ ihr gepunktetes Sommerkleid wie ein formloses feuchtes Etwas an ihr herunterhängen. In der Luft war ein Geruch nach frisch umgegrabener Erde und vermoderten Blättern. Dolly richtete die Krempe ihres blauen Strohhuts, um den ein zum Kleid passendes gepunktetes Band geschlungen war, das bis zu den Schultern herabhing. Obwohl die Hitze ausgesprochen drückend war, hatte sie doch einen, wie Dolly fand, angenehmen Nebeneffekt: Sie begehrte Henri dermaßen heftig, daß sie sich danach sehnte, bald mit ihm allein zu sein.

Trotz ihrer Sonnenbrille ließ die blendende Helligkeit sie die Augen schließen, und sie dachte: O Gott, wie könnte ich ihn jemals aufgeben?

Bartholomew berührte ihren Arm. »Alles okay, Miß? Wir fahren jetzt runter.«

Sie stieg wieder in den Jeep, und dann fuhren sie einen holprigen, matschigen Weg entlang, der von der Hauptstraße abzweigte und von dichtem Unterholz umgeben war. Ein einsamer Brotfruchtbaum markierte das Ende des befahrbaren Weges und den Beginn eines Trampelpfades, der durch die Bananenstauden und Kakaobäume direkt vor ihnen führte. Aus dem abgeholzten Gestrüpp um sie herum stieg ein durchdringender Wohlgeruch auf.

»Die Blume gut riecht«, sagte Bartholomew und deutete auf einen leuchtenden Fleck zwischen all dem Grün.

»Ich glaube nicht, daß ich jemals etwas so Schönes gerochen habe«, sagte Dolly. »Wie heißt diese Blume?«

»Komm-her-und-küß-mich«, sagte der alte Mann.

Dolly errötete, zwinkerte Bartholomew dann aber zu, um ihm zu signalisieren, wie sehr sie seine Verschwiegenheit über ihren Besuch zu schätzen wußte.

Dann sah sie, wie der alte Mann mit mißbilligendem Gesichtsausdruck auf ihre Füße deutete. Er schüttelte den Kopf und hatte augenscheinlich Mühe, ein Grinsen zu unterdrücken. Und wie recht er hatte! Sie schaute auf ihre leichten Leinenschuhe hinunter, deren geflochtene Sohlen bereits voller Matsch waren. Warum hatte sie bloß keine anderen Schuhe angezogen?

Sie kletterte aus dem Jeep und spürte, wie sich der Matsch um ihre Füße schmiegte. Trotzdem versuchte sie, Bartholomew zu folgen. Sie rutschte prompt aus und wäre beinahe der Länge nach hingefallen, konnte sich jedoch im letzten Augenblick wieder fangen.

Der Pfad endete und ging in einheitliche Reihen von Bananenstauden über, deren Blätter in glänzenden Büscheln aus kräftigen Stämmen sprossen, an denen wie kleine Kronleuchter Trauben grüner Bananen hingen. Im Schatten der Bananenstauden und damit geschützt vor der glühenden Sonnenhitze waren die Kakaobäume in der roten Erde angepflanzt; einige waren nicht größer als Dolly, andere wiederum zwei- bis dreimal so groß wie ein ausgewachsener Mann. An den Kakaobäumen war nichts Bemerkenswertes, sah man von den rotbraunen, gurkenförmigen Früchten ab, die an den Ästen und teilweise auch direkt an den Stämmen hingen.

Dolly hielt an, um einen der Arbeiter zu beobachten. Er war nur mit Shorts bekleidet und hackte mit Hilfe seiner Machete die Kakaofrüchte, die er erreichen konnte, ab und warf sie in einen neben ihm stehenden Handwagen.

Sie deutete auf eine Frucht und fragte: »Und da sind dann die Bohnen drin?«

Statt einer Antwort ging Bartholomew hinüber zu einem der Sammelkörbe, griff nach einer Frucht und bedeutete einem der Arbeiter, sie mit seiner Machete zu öffnen. Dann drehte er sich zu Dolly um und hielt in jeder Hand eine Hälfte der Frucht. Um den fleischigen Mittelpunkt gruppierten sich jeweils eine Anzahl bohnenförmiger Samen. Ein süßlicher Duft stieg aus dem Inneren auf. Der alte Mann holte mit dem Finger einen der Samen heraus und hielt ihn hoch, damit Dolly ihn sehen konnte.

»Sehr viel Samen nötig für sehr wenig Schokolade«, sagte er und warf die Frucht zurück zu den anderen. »Kommen Sie, ich zeige.«

Er führte sie eine geradezu endlos erscheinende Reihe Kakaobäume entlang. Überall waren Arbeiter mit dem Ernten der Früchte beschäftigt; manche benutzten Macheten, andere hölzerne Stangen, an deren Ende eine Klinge befestigt war. Blätter raschelten, und zwischen dem grünen Laub blitzte ab und zu blanker Stahl auf. Dazu gesellte sich ein buntes kreolisches Stimmengewirr – Dolly hatte sich sagen lassen, daß es sich hierbei um ein Gemisch aus Englisch und Eingeborenensprachen handelte.

Während sie weitergingen, erklärte Bartholomew in seinem drollig verkürzten Englisch, daß jeder Baum nicht mehr als fünf Pfund Schokolade jährlich produziere. Dolly wußte, daß hier auf Grenada die *Criollo* genannte Sorte des Kakaobaums aus Venezuela angepflanzt wurde, die im Gegensatz zu der robusten *Amelonado*-Sorte zwar weniger Ertrag brachte, doch von besserer Qualität war. Und das war einer der Gründe, weshalb die Pralinen von Girod's in der ganzen Welt berühmt waren.

In einiger Entfernung konnte Dolly die Schuppen erkennen, in denen die Kakaobohnen dem Gärungsprozeß unterzogen und anschließend gewaschen und getrocknet wurden. Die langgezogenen, scheunenähnlichen Gebäude aus Aluminium hatten Welldächer aus Kunststoff und lagen auf einer leichten Anhöhe, die über eine reichlich altersschwach wirkende Brücke über einen Bewässerungsgraben zu erreichen war. Henri würde laut Bartholomew in einem der Schuppen sein.

Dolly spürte Tränen in sich aufsteigen und rückte ihre Sonnenbrille zurecht, damit Henri nicht als erstes ihre geröteten Augen sah.

Sie wußte nicht einmal, warum sie so traurig war. Schließlich würde eine Trennung von Henri eigentlich nichts bringen, was sie nicht schon kannte. Und die Wahrscheinlichkeit, daß er sie eines Tages heiratete, war ohnehin längst in weite Ferne gerückt.

Es war auch nicht so, daß sie keine anderen Verehrer hatte. Da gab es zum Beispiel Reese Hathaway, einen reizenden, lustigen Mann – Bibliothekar an der Columbia-Universität, na ja! –, mit dem sie schon öfters ausgegangen war. Sie hatten sich zum Essen getroffen, oder er hatte sie gebeten, ihn ins Konzert oder ins Theater zu begleiten. Dolly war sich ziemlich sicher, daß er, wenn sie ihn nur im geringsten ermutigte, völlig aus dem Häuschen wäre vor Glück.

Dann gab es da noch Curt Prager, einen Anwalt mit beginnender Glatze, dem sie häufiger im Aufzug zu ihrer Wohnung begegnete und der sie jedesmal auf einen Drink in seine Wohnung einlud. Er machte keinerlei Hehl aus seinen Absichten. Bei der Erinnerung an ihre letzte Begegnung mußte Dolly lächeln. Sie hatte einen cremefarbenen Angorapullover getragen, und sein maßgeschneidertes dunkles Jackett war von hellen Härchen völlig übersät gewesen, nachdem er sie geküßt hatte.

Das Dumme war nur, daß keiner von beiden – noch irgendein anderer Mann – solche Gefühle in ihr auslöste wie Henri. Und sehr bald würde sie wohl endgültig auf ihn verzichten müssen. Wie sollte sie da nicht unglücklich sein?

Dolly folgte dem alten Mann über die schmale Holzbrücke, während die Sonne auf ihre Schultern brannte. Ein paar hundert Meter noch, bis sie Henri gegenüberstehen würde. Sie betrachtete den vor ihr liegenden Schuppen, der in etwa die Ausmaße des Karussellpavillons im Central Park hatte und sie an einen lange zurückliegenden Morgen erinnerte, an dem sie Henri dazu überredet hatte, mit ihr die bunt bemalten Pferde zu besteigen. Sie waren die einzigen Passagiere so früh am Morgen gewesen, und ihr Gelächter war durch den gesamten Pavillon gehallt. Der Kartenverkäufer mußte sie für zwei Verrückte gehalten haben.

Dolly konnte sich noch genau an das Glücksgefühl erinnern, das sie empfunden hatte, und an den kühlen Messingring, der ihren Händen immer wieder entglitten war. Und vor ihr Henri, der wie ein bourbonischer Edelmann auf seinem vergoldeten Schlachtpferd saß und den Kopf mit den ergrauenden Locken in ausgelassener Stimmung zurückgeworfen hatte.

»Er ist wahrscheinlich da drin«, sagte Bartholomew und holte Dolly damit zurück in die Gegenwart. Er trat einen Schritt beiseite, um ihr den Vortritt zu lassen.

Drinnen mußten sich ihre Augen erst an die Dunkelheit gewöhnen. Viel schlimmer aber war der widerlich süße Geruch, der in der Luft hing. In der Nähe des Eingangs und an den Wänden waren Massen von Kakaofrüchten gestapelt. Einheimische Arbeiter und Arbeiterinnen standen an langen Arbeitstischen und schlugen die Früchte mit großen Messern auf. Anschließend holten sie mit der Hand das Fruchtfleisch heraus, aus dem sie geschickt die Kakaobohnen pflückten, die in feuchten Klumpen auf Bananenblättern gesammelt wurden. Als nächstes, erklärte Bartholomew, würden die Bohnen zum Gären in flache Holzkisten gelegt und mit Sackleinen bedeckt. Dieser Vorgang dauerte etwa eine Woche und war beendet, wenn die Bohnen eine braune Färbung angenommen hat ten. Danach wurden sie getrocknet, sortiert und in Hundert-Pfund-Säcke abgefüllt, die nach Marseille verschifft wurden.

Die Ernte des letzten Jahres war besonders gut gewesen, erzählte er ihr voller Stolz – über zwanzig Tonnen. In diesem Jahr würde der Ertrag nicht ganz so gut sein. Das lag einerseits an einer Regenperiode, die einige Bäume in Mitleidenschaft gezogen hatte, andererseits an Beschädigungen durch »böse Männer«, wie Bartholomew erzählte. Der alte Mann deutete zum anderen Ende des Schuppens, wo die Metallwand bedeutend neuer aussah und schwarzer Ruß die hölzernen Dachbalken bedeckte.

»Böse Jungen«, sagte er zornig. »Böse und verrückt. Denken, sie können Welt ändern, wenn hier machen Feuer. Wir viel Kakao verloren.«

Dollys Blick schweifte durch den Schuppen, aber Henri war nirgendwo zu sehen. Wahrscheinlich war er im nächsten Gebäude.

Bartholomew stellte sie einem etwa siebzehn Jahre alten, hochgewachsenen jungen Mann von milchkaffeebrauner Hautfarbe vor, der nur aus Armen und Beinen zu bestehen schien. »Mein Sohn Desmond«, sagte er voller Stolz, obgleich es nahezu unmöglich schien, daß ein Mann seines Alters noch einen Teenager als Sohn hatte. Trotz seiner zahlreichen Frauen.

»Freut mich, Sie kennenzulernen«, sagte Dolly.

Aber der Junge zögerte und bedeckte mit einer Hand den Mund, als er lächelte. Und für einen Augenblick konnte Dolly den Grund für seine Verlegenheit sehen: Ihm fehlten mehrere Schneidezähne. Sie fand das richtig schade. Mit Hilfe eines guten Zahnarztes und mit etwas mehr Fleisch auf den Rippen wäre er nämlich ein ziemlich hübscher Junge.

Draußen vor dem Schuppen sagte sie zu Bartholomew: »Gutaussehender Junge. Aber er bräuchte einen guten Zahnarzt.« Sie wußte zwar, daß das nicht sehr höflich war, aber sie interessierte die Reaktion des alten Mannes. Und richtig, er zuckte die Achseln und klopfte auf die leeren Taschen seiner viel zu weiten Shorts. Das war genau das, was sie vermutet hatte. Wieviel mochte ein guter Zahnarzt hier unten kosten? Sie wollte dem alten Mann bestimmt nicht zu nahe treten, aber sie hatte ohnehin darüber nachgedacht, wie sie sich für seine Hilfe erkenntlich zeigen konnte – und das schien ihr eine annehmbare Lösung, die zudem noch so etwas wie eine gute Tat war.

Dolly griff in ihre Handtasche und fischte eine Visitenkarte heraus. »Hören Sie, vielleicht halten Sie mich für furchtbar aufdringlich, und Sie können meinen Vorschlag natürlich ablehnen. Hier ist meine Adresse. Sie schicken Ihren Sohn zu einem guten Zahnarzt, und ich bezahle die Rechnung. Sie sind sehr hilfsbereit gewesen, und ich möchte mich gern revanchieren.«

Bartholomew grinste und ließ die Karte ohne große Ziererei in der Tasche seines Hemdes verschwinden. Für ihn bedeutete dieser Vorschlag ein wunderbares Geschenk, für Dolly war er nichts weiter als ein großzügiges Trinkgeld.

»Bartholomew!« brüllte plötzlich jemand mit tiefer Stimme und französischem Akzent aus dem Hintergrund. »Wo warst du so lange? Und wer ist diese Person, die du mitgebracht hast?«

Dolly erkannte Henris Stimme sofort, und ihr Herz machte einen Sprung.

Sie wirbelte herum, wobei ihr ein Windstoß den Hut vom Kopf riß. Ihr darunter gestecktes Haar fiel über ihre Schultern. Durch die sich in der Metallwand spiegelnde Sonne war sie einen Augenblick geblendet und konnte nur undeutlich eine von einem roten Lichtschein umgebene kräftige Gestalt erkennen, die mit großen Schritten auf sie zukam. Dolly war merkwürdigerweise unfähig, sich zu bewegen, und hatte das Gefühl, als seien ihre Füße an der Erde festgewachsen.

Sie blinzelte, und plötzlich stand er leibhaftig vor ihr. Er sah vollkommen überrascht aus, und in seine sonnengebräunten Wangen stieg langsam eine tiefe Röte. Sein weißer Schnurrbart war viel dichter als bei ihrer letzten Begegnung. Er trug khakifarbene Hosen und ein kurzärmeliges weißes Hemd mit offenem Kragen. Als er einen Arm hob, um mit der Hand die Augen zu beschatten, konnte sie den Verlauf der Adern an seinem Unterarm erkennen.

»Henri«, flüsterte sie unbeholfen.

Er gab keine Antwort, sondern starrte sie weiterhin an, als könne er einfach nicht glauben, daß sie wirklich vor ihm stand.

Sein Gesicht war wie aus Stein, und keine Anzeichen von Freude oder langsamem Begreifen waren zu erkennen.

Er ist zornig darüber, daß ich hierher gekommen bin!

Vielleicht war er aber auch nur vorsichtig – etwa aus Selbstschutz, weil er ahnte, was sie ihm mitteilen wollte?

Bei dem Gedanken, Henri zu verlieren, hätte Dolly am liebsten laut aufgestöhnt. Ihr Herz flatterte in ihrer Brust wie ein Vogel.

Während Bartholomew lächelnd zusah, wie Dolly weiter wie angewurzelt in der Sonne stand, trat Henri mit einem erstickten Aufschrei einen Schritt vor, schloß sie ganz fest in die Arme und vergrub sein Gesicht in ihrem Haar. Er murmelte immer und immer wieder ihren Namen, als wolle er sie nie wieder loslassen.

»Henri, wir müssen miteinander reden.«

Dolly lag mit Henri in dem großen Bett ihres Hotelbungalows und rückte nun ein Stück von ihm ab. Die gläserne Schiebetür zur Terrasse gab den Blick frei auf einen steil abfallenden Bergabhang, außerdem auf karmesinroten Hibiskus und rosafarbenen Oleander und das satte Grün von Zitronen- und Kalebassenbäumen. An den von Palmen umstandenen Swimmingpool schloß sich ein Halbmond aus gepflegtem weißem Sand mit kristallklar glitzerndem Wasser an. Ein früher Schwimmer tauchte am Anlegeplatz gerade ins Wasser und hinterließ eine schmale Gischtspur.

Der Duft von Zitronenblüten erfüllte das Zimmer. Als einziges Geräusch war das leise Surren des Deckenventilators zu hören. Dolly lag nackt auf dem Bett und fühlte sich alles andere als friedvoll. Die letzten achtundsiebzig Stunden waren wie im Paradies gewesen, aber in Kürze würde sie die Insel wieder verlassen.

Sie mußte einfach mit ihm reden.

»Bist du sicher, daß du mit mir reden willst, oder machen wir's lieber noch einmal?« neckte sie Henri.

Dolly schloß die Augen und spürte, wie heiße Tränen unter ihren Lidern hervorquollen. »Ich meine es ernst, Henri. Ich –«

Aber Henri war zweifellos der Meinung, daß sie die letzte Trennung noch nicht ganz verkraftet hatte, und erstickte ihre Worte in einem Kuß. Sein Schnurrbart kitzelte sie an der Oberlippe, sein Mund war weich und schmeckte leicht nach Rum. Dolly dachte an die vergangene Nacht und die zahllosen Gläser Punsch, die sie getrunken hatten. Sie fragte sich, welche Aphrodisiaka dem Ganzen wohl beigemischt gewesen waren – zerstoßene Libellenflügel vielleicht oder Tigerzähne? Sie konnte sich jedenfalls nicht mehr daran erinnern, wie oft sie sich geliebt hatten – zweimal, dreimal, fünfmal? Es war wie ein Rausch gewesen, in dem sie immer wieder ineinander verschmolzen waren und aus dem sie erst vor einer kleinen Weile erwacht war.

Und nun begehrte er sie schon wieder, wobei sie ihr eigener Körper, der ja auch nicht mehr der jüngste war, in Erstaunen versetzte. Sie konnte sich nicht erinnern, jemals so viel Lust verspürt zu haben. In ihrem Unterkörper breitete sich eine wohlige Hitze aus, und sie spürte, daß sie schon wieder bereit für ihn war.

Sie hatte gestern mehrfach versucht, mit ihm zu reden, aber er hatte ihre ernsthaften Ansätze jedesmal mit einem langen Kuß beendet, woraufhin sie sich regelmäßig geschlagen geben mußte. Nun wurde die Zeit langsam knapp.

Sie fröstelte, als wäre es plötzlich kalt geworden. Nie wieder würde sie mit Henri so daliegen, nie wieder mit ihm schlafen. Wer würde sie überhaupt noch liebhaben?

Ihre Nichten?

Sie dachte an die Briefe, die Annie voller Begeisterung aus Paris geschrieben hatte. Aber was Annie betraf, machte sie sich vielleicht auch etwas vor – wie mit Henri. Gott wußte, daß sie das Mädchen wirklich liebte. Sie hätte alles für sie hergegeben. Aber Annie hatte ihre Zurückhaltung ihr gegenüber nie ganz aufgegeben. Sie war natürlich längst nicht so scheu wie am Anfang, aber sie schien doch immer ein Stück zurückzuweichen, wenn Dolly ihr zu nahe kam. Hinter aller Herzlichkeit verbarg sich ein unausgesprochenes Mißtrauen.

Ihre Schwester Laurel war ein ungeheuer liebes Ding, aber seit sie die Kunstakademie besuchte, war sie so beschäftigt, daß Dolly sie kaum noch zu Gesicht bekam.

Dolly hatte sich nichts mehr gewünscht, als den beiden Mädchen die Mutter zu ersetzen. Aber es war nicht zu leugnen, daß sie Eves Töchter waren und immer sein würden. Die Eifersucht nagte für einen Moment an ihrem Herzen.

Das ist die Geschichte meines Lebens, dachte sie. Ich bin immer die zweite Besetzung gewesen. Bei Henri ist es nicht anders. Er wird sich nie von Francine scheiden lassen. Nie seine Kinder verlassen – obwohl sein Sohn Jean-Paul bereits auf eigenen Füßen steht und seine Tochter Gabrielle verheiratet ist und ein Kind erwartet.

Eigentlich lag es nicht nur an Henri. Sie selbst hatte sich verändert. Sie war nicht mehr die junge Frau, die vor langen Jahren voller Unsicherheit seine Küche im Untergeschoß des Ladens in Paris betreten hatte. Sie hatte mittlerweile so etwas wie eine Familie und außerdem ein Geschäft. Sie war im Vorstand der New Yorker Filmgesellschaft. Sie war vermögend und eine Frau, zu der andere Menschen aufblickten. Und ihr war durchaus klar, daß ihr Verhältnis mit Henri alles andere als befriedigend war. Das, was sie für ihn empfand, hinderte sie nur daran, dem Mann zu begegnen, mit dem sie ihr Leben wirklich teilen konnte.

Wie hatte es nur so weit kommen können? Weit entfernt von dem Leben, das jeder von ihnen führte, und von den Menschen, zu denen sie gehörten, befanden sie sich nun zu einem letzten verstohlenen Treffen auf dieser Insel und feierten Abschied voneinander. Ein langer und schöner Abschied, der sich aber unweigerlich dem Ende zuneigte.

Dolly fühlte sich völlig mutlos. Konnte ein Herz so oft brechen, daß am Ende gar nichts mehr davon übrig war?

»Ich kann nicht«, murmelte sie und entzog sich ihm. Sie

setzte sich auf. Er blickte sie mit leiser Belustigung an, und sie fand immer noch keine passende Formulierung, also platzte sie unvermittelt damit heraus: »Henri, da ist etwas, das mir wirklich ernst ist. Und ich muß es einfach sagen.«

»Was denn, mein Schatz?« Er legte sich auf die Seite und stützte den Kopf auf den Arm. Sein Lächeln war so liebevoll und unbesorgt, daß sie fast die Beherrschung verloren hätte.

Los komm schon, sag es ihm! befahl sie sich selbst.

»Du wirst dich nie von Francine scheiden lassen.« Das war eine Feststellung, aber sie wollte trotzdem eine Antwort.

Henris Miene verdüsterte sich, aber er blickte ihr fest in die Augen. Sie wußte, daß er sie niemals anlügen oder sie zu etwas überreden würde, das sie nicht wollte. Zumindest darauf konnte sie sich verlassen.

Während er nachdachte, schien er vor ihren Augen zu altern. Sein Gesicht wurde plötzlich grau.

»Es geht nicht nur um die Scheidung«, sagte er. »Wenn ich gehe, verliere ich alles, das heißt alles, was ich mir im Leben aufgebaut habe. Das Geschäft gehört zwar Augustin, aber ich leite es. Er hat nach dem Gesetz die Macht, es mir zu nehmen.« Er unterbrach sich und rieb sich über die Augen, die seltsam hell schimmerten. »Du mußt verstehen, es geht Girod nicht um die gesetzliche Macht, sondern um moralische Grundsätze. Ich weiß, daß er mich schätzt, ja sogar sehr mag. Aber er fühlt sich zuallererst seiner Tochter verpflichtet – und Augustin nimmt solche Dinge sehr ernst, das kannst du mir glauben.«

Dolly kannte alle diese Argumente, aber vielleicht mußte sie sie einfach noch einmal hören. Sie wollte sichergehen, daß wirklich keine Hoffnung bestand und sie die richtige Entscheidung traf.

Wenn sie ihm nur nicht soviel Gefühl entgegenbringen würde! Aber wie war es möglich, einen solchen Mann nicht zu lieben? Allein seine Art, an jeden noch so kleinen Jahrestag zu denken – sie bekam Rosen an dem Tag, an dem sie sich kennengelernt hatten, und ein seidenes Nachthemd oder ein Paar Pantoffeln zur Erinnerung an den Tag, an dem sie zum erstenmal miteinander geschlafen hatten. Morgens stand er vor ihr auf und brachte ihr den Kaffee ans Bett – mit Milch und ohne Zucker, wie sie es mochte. Wenn sie so darüber nachdachte, mußte sie zugeben, daß sie ihn geradezu anbetete und mehr liebte als irgendeinen Mann zuvor, sogar mehr als Dale.

Voller Verzweiflung flehte sie: »Wir könnten einen ganz neuen Anfang machen! Unser eigenes Geschäft aufmachen! Wir behalten das Geschäft auf der Madison Avenue und verändern nur den Namen. Wir finden schon einen anderen Lieferanten. Oder wir machen die Pralinen selbst. Wir könnten...«

Henri schüttelte mit traurigem Gesicht langsam den Kopf.

»Dolly, Girod's ist mein Leben. Auch wenn ich den Mut hätte, das alles aufzugeben, wie sollte unser Leben denn aussehen? Ein Geschäft wie Girod's aufzubauen kostet einfach Unsummen. Und Francine hat hohe Ansprüche. Sollte ich sie verlassen, kann ich froh sein, wenn mir noch das Hemd auf dem Leib bleibt. Dolly, mein Engel, denk nach! Überleg doch mal, wieso du mich liebst.« Henri brachte ein schwaches Lächeln zustande. »Wenn ich nicht so unabhängig und stolz wäre, würdest du mich nicht lieben.«

Und was war mit *ihrem* Stolz? Zählten ihre Gefühle denn gar nicht?

Vor langer Zeit hatte sie einmal aus einer verzweifelten Situation heraus eine falsche Entscheidung getroffen mit dem Ergebnis, daß sich ihre Schwester umgebracht hatte und auch ein Teil von ihr selbst zerstört worden war. Diesmal würde sie das Richtige tun.

»Ich liebe dich wirklich, und auf eine gewisse Art verstehe ich dich sogar«, sagte sie mit erstickter Stimme. »Aber, Henri, ich – ich kann so nicht mehr weitermachen. Es bringt mich einfach um.«

Henri stand auf und griff nach dem Bademantel, der über dem

Fußende des Betts lag. Er möchte vor dem, was nun kommt, davonlaufen, dachte Dolly, aber das kann er nicht tun, dieses Mal nicht. Sie saß kerzengerade im Bett und preßte zitternd das Kopfkissen an die Brust, als wäre es eine Art Rettungsring, ohne den sie verloren wäre.

»Wenn du noch einmal darüber nachdenken könntest, nach Paris zu ziehen...«, setzte er an.

Dolly schüttelte den Kopf. Mittlerweile strömten ihr die Tränen über die Wangen. »Es geht einfach nicht, und das weißt du. Auch wenn ich dich in Paris öfter sehen würde, würde ich nicht aufhören, etwas zu wollen, was du mir niemals geben kannst. Siehst du das denn nicht? Wenn ich dich nicht heiraten oder wenigstens mit dir leben kann, dann ist es besser, wenn wir uns trennen.«

Henri stand in seinem Bademantel aus Frottee vor ihr und fuhr sich mit einer Hand durch das zerzauste graue Haar. Er blickte sie ungläubig an und schien wie betäubt. Er wirkte fast wie ein Boxer, der eben den entscheidenden Schlag erhalten und es noch nicht ganz begriffen hatte.

»Du weißt, wie sehr ich dich liebe«, sagte er mit seltsam dünner und brüchiger Stimme.

»Ja – und genau das bringt mich um.«

»Dolly, ich gebe ja zu, daß ich nicht fähig war, dir das zu geben, was wir uns beide wünschen, aber könnten wir nicht einen Weg finden –«

Sie unterbrach ihn mit einem entschiedenen Kopfschütteln. »Nein, ich käme mir vor wie jemand, der es nicht übers Herz bringt, seinen alten kranken Hund einschläfern zu lassen.«

»Ich verstehe nicht, was –«

»Es wäre besser für den Hund, verstehst du denn nicht? Es wäre eine Erlösung für ihn. Aber Menschen denken nicht so, sondern meinen immer, sie müßten alles behalten. Und das ist eben nicht immer richtig. Manchmal ist es besser, auf alles zu verzichten.«

»Ich kann mir nicht vorstellen, daß ich jemals eine andere Frau so lieben könnte wie dich.«

Dolly schloß die Augen, um diese Worte voll und ganz in sich aufzunehmen. Sie würde sie in Erinnerung behalten und sich an einsamen Tagen damit trösten.

Henri liebte die wirkliche Dolly, die sich hinter all dem Armreifengeklingel und dem platinblond gefärbten Haar verbarg. Er liebte die Frau, die im tiefsten Herzen noch immer ein kleines Mädchen aus Clemscott war, mit Versandhauskatalogen auf dem Schoß auf einer verstaubten Veranda saß und von dem wunderschönen Haus träumte, das sie eines Tages besitzen, und dem gutaussehenden Mann, mit dem sie darin wohnen würde.

Aber Henri würde sein Leben nie mit ihr teilen. Dolly dachte daran, wie sie als Kind einmal bei einem Preisausschreiben mitgemacht hatte, bei dem man einen Cartoon nachzeichnen mußte. Sechs Wochen später hatte sie einen Brief bekommen, in dem stand, daß sie ein »Kunststipendium« gewonnen hatte. Sie war so aufgeregt gewesen, daß sie beinahe überschnappte. Sie hatte allen möglichen Leuten erzählt, daß sie gewonnen hatte, bis ihre Stiefmutter ihr alle Freude verdarb.

Dolly konnte sie noch genau vor sich sehen. Mama-Joe hatte mit rosa Lockenwicklern auf dem Kopf in der Küche gebügelt. Sie trug einen geblümten Kittel, dessen Ausschnitt und Taschen mit einer Zickzackborte besetzt waren. Das Radio lief, und sie summte gerade ein Lied mit. Am nächsten Tag sollte der alljährliche Wohltätigkeitsbasar der Kirche stattfinden, und sie wollte davor mit ihrer Arbeit fertig werden, damit sie Pfarrer Daggett beim Aufbau behilflich sein konnte. Und dann wandte sie ihren Blick der ausgelassen herumspringenden Dolly zu und sagte mit einem kleinen affektierten Lächeln: »Jeder weiß natürlich, daß das alles Blödsinn ist. Die würden doch so ein sogenanntes Stipendium sogar an ein einbeiniges Huhn vergeben, wenn sie davon ausgehen können, daß das dumme Ding das Geld für das restliche Studium schon auftreiben wird.«

Und genau wie damals kam es Dolly so vor, als würde sie etwas Wertvolles verlieren, das ihr allerdings niemals richtig gehört hatte.

Aber dann dachte sie: Noch ist nicht alles aus. Erst wenn ich im Flugzeug sitze.

»Wir sollten es nicht zerreden«, sagte sie. »Ich habe es einfach satt, darüber zu reden. Komm lieber noch einmal zu mir.« Sie lächelte ihn unter Tränen an und breitete die Arme aus. »Mein Flieger geht erst in drei Stunden, und es wäre doch wirklich schade, dieses schöne Bett solange ungenutzt zu lassen, findest du nicht?«

16. Kapitel

Annie blickte sich in Dollys Wohnzimmer um, in dem sich die Partygäste tummelten. In den Monaten ihrer Abwesenheit hatte sich nicht viel verändert. Vor dem Kamin stand nach wie vor das weiße Ledersofa. Dahinter, neben dem Durchgang zum Eßzimmer, befand sich die L-förmige Bar, ein Relikt aus den sechziger Jahren mit lederbezogenem Sockel, bei deren Anblick Annie einfach immer lächeln mußte. Sie konnte sich nur zu gut vorstellen, wie Rock Hudson im Smoking an der Bar lehnte und einen trokkenen Martini mit Olive in der Hand hielt. Sogar der verbogene Kleiderbügel in dem Betonklumpen – die grausigste moderne Skulptur, die sie je gesehen hatte – stand nach wie vor auf der Stereoanlage und weckte in Annie beinahe wehmütige Gefühle.

Aber etwas hatte sich verändert. Sie selbst.

Sie fühlte sich genauso wie damals, als sie nach ihrer Abschlußprüfung noch einmal ihre Grundschule besucht hatte. Einerseits war ihr die Atmosphäre vertraut gewesen, andererseits irgendwie fremd. War sie wirklich nur dreieinhalb Monate weggewesen? Sie blickte zu Dolly hinüber, die in einem kurzen, dunkelroten Samtkaftan, der mit winzigen Straßsteinen besetzt war, zwischen ihren Gästen wie ein exotischer Papagei hin und her schwirrte. Annie kam das alles vor wie eine andere Welt.

Ihr Blick glitt suchend über all die Gesichter um sie her, um den Menschen zu finden, der ihr das Gefühl vermitteln würde, daß sie tatsächlich nach Hause gekommen war.

Joe.

Wo war er? Sie war gestern nach der Ankunft einfach zu erschöpft gewesen, um sich noch bei irgend jemandem zu melden. Sie brauchte erst ein wenig Schlaf. Am späten Nachmittag hatte sie dann ein Anruf von Dolly geweckt, die ihr mitteilte, daß ihr Fahrer sie in genau einer Stunde abholen würde und sie solle sich bitte ihr aufregendstes Kleid anziehen. Es sah ganz danach aus, als veranstaltete ihre Tante zur Feier ihrer Rückkehr aus Paris eine kleine Party. Das war so ziemlich das letzte, was Annie sich wünschte, aber sie konnte unmöglich absagen, schließlich war das Ganze bereits organisiert. Und Annie verdankte ihrer Tante immerhin einiges.

Und woher hätte Dolly auch wissen sollen, daß Annie nur Joe sehen wollte und all die anderen Gäste ihr herzlich egal waren. Die meisten kannte sie nicht einmal. Annie wünschte sich nichts sehnlicher, als mit Joe an einem ruhigen Ort allein zu sein…

Eins nach dem anderen, wies sie sich selbst zurecht. Vielleicht wollte er von all ihren Gefühlen überhaupt nichts wissen? Vielleicht hatte er während ihrer Abwesenheit eine andere kennengelernt?

Sie verspürte kurz Eifersucht und dachte dann etwas schuldbewußt an Emmett. Zum Abschied hatte er ihr cremefarbene Seidenwäsche geschenkt…

Sie hatte nun wirklich keinen Grund, den ersten Stein zu werfen.

Aber schließlich liebte sie Emmett ja gar nicht – zumindest nicht so wie Joe.

Annie blickte auf die Uhr. Es war schon fast halb zehn. Wo steckte er nur? Wenn noch einmal jemand fragen würde, wie ihr

Paris gefallen habe, würde sie schreien. Die Türklingel, die jeweils ganze Horden neuer Gäste angekündigt hatte, war schon seit einer Weile verstummt. Und die hübsch garnierten Platten mit Shrimps- und Krabbencanapés und gefüllten Champignons, die den Gästen von zwei Obern gereicht wurden, sahen auch schon reichlich geplündert aus.

In dem großen Fenster, von dem aus man auf die Madison und die Fifth Avenue sowie auf den Central Park hinunterschauen konnte, sah Annie kurz ihr Spiegelbild aufblinken. Hatte sie mit dem Kleid nicht doch etwas übertrieben? Wie es Joe wohl gefallen würde?

Es war eigentlich überhaupt nicht ihr Stil, aber einfach todschick und sehr pariserisch – ein enganliegendes Kleid aus Crêpe de Chine, das sehr viel Bein zeigte. Als einzigen Schmuck hatte sie sich eine lange Perlenkette um den Hals geschlungen. Kleid und Kette hatte sie auch an ihrem letzten Abend mit Emmett in Paris getragen. Sie dachte an das unglaublich teure Essen, zu dem er sie eingeladen hatte, und an den *Grand cru*, von dem sie entschieden zu viel getrunken hatten.

Danach waren sie in Emmetts Wohnung gelandet. Du lieber Himmel, hatte sie tatsächlich diese Sache mit dem Eiswürfel gemacht? Emmett hatte ihr gezeigt, was sie tun sollte. Sie konnte sich noch genau an sein krampfartiges Zucken erinnern, als sie den Eiswürfel mit klammen Fingern kurz bevor er kam an die Stelle unterhalb seiner Hoden gepreßt hatte.

Annie merkte, wie ihr die Röte ins Gesicht stieg. So schnell wie möglich versuchte sie, an etwas anderes zu denken.

Emmett. Er hatte sie Dinge und Gefühle gelehrt, von denen sie noch nicht einmal gewußt hatte, daß es sie gab. Er hatte ihr alles abverlangt, und sie hatte sich ihm bedingungslos ausgeliefert. Wieder und wieder hatte er sie an den Rand ihrer Selbstbeherrschung gebracht, was sie gleichermaßen erregt und geängstigt hatte. Es hatte zahlreiche Morgen gegeben, an denen sie völlig zerschlagen und gleichzeitig beschämt über die Dinge, die sie in der Nacht zuvor getan hatten, aufgewacht war. Und dann mußte sie mit einer gewissen Erregung an all die Dinge denken, die er ihr noch zeigen würde, war zu ihm hinübergerutscht, hatte sich an ihn gekuschelt und das Bedürfnis gehabt, ihn in sich zu spüren.

Ob sie ihn je wiedersehen würde? Er hatte gesagt, er würde vielleicht einmal nach New York kommen, aber sie wußte nicht wann. Und was würde es schon bedeuten, wenn er hierherkäme? Was auch immer in Paris gewesen war, durfte hier in New York nicht sein. Trotzdem fand Annie die Vorstellung, daß sie Emmett nicht mehr sehen würde, irgendwie bedauerlich und spürte eine fast kindliche Sehnsucht, die wunderbar sündigen Empfindungen, die er in ihr zu erwecken verstand, noch einmal zu erleben.

Schluß damit! Emmett war als Liebhaber einfach super. Aber das änderte überhaupt nichts an ihren Gefühlen für Joe.

Annie verbannte Emmett aus ihren Gedanken und ging quer durch das Wohnzimmer auf die Bar zu. Die dunklen Seidenstrümpfe schmiegten sich an ihre Beine. Würde Joe sie überhaupt sofort erkennen? Sie hatte sich die Haare ziemlich kurz schneiden lassen, und Dolly hatte gesagt, sie sähe wie Audrey Hepburn aus. Joe würde sich bestimmt fragen, ob sie noch derselbe Mensch wie vorher war.

Annie wurde von einem gellenden Lachen aus ihren Gedanken gerissen. Sie blickte in die Richtung, aus der es kam, und sah eine offensichtlich beschwipste Frau drüben am Klavier zusammen mit Mike Dreiser, dem Chefeinkäufer vom Pierre, stehen. Dreiser war ein fülliger Mann mit grauem Schnurrbart, der den Blick nicht von Dolly lassen konnte. Die thronte mittlerweile auf dem gläsernen Couchtisch unweit von ihm und unterhielt die auf dem Sofa vor ihr sitzenden Männer. Am Keyboard intonierte der von Dolly für den Abend engagierte Musiker gerade eine Art Jazzversion von »Ruby Tuesday« von den Stones.

Genug geträumt, dachte Annie. Aber mit wem sollte sie sich

unterhalten? Etwa mit der überschlanken Frau da drüben im elfenbeinfarbenen Kaschmirkleid? Sie redete gerade auf einen Mann mit Schmerbauch und tiefen Tränensäcken ein, der ihr irgendwie bekannt vorkam. Plötzlich fiel es ihr ein: Das war Bill, der betrunkene Weihnachtsmann, der damals in Dollys Laden getorkelt war. Er hatte es Dolly zu verdanken, daß er hier im Gebäude eine Anstellung als Portier bekommen hatte. Sicherlich konnte niemand jemals Dolly den Vorwurf machen, ein Snob zu sein. Aber Annie war im Moment überhaupt nicht für small talk aufgelegt.

Sie schlängelte sich an all den Menschen vorbei und griff dankbar nach dem Glas Champagner, das der Barkeeper ihr hinhielt. Sie sah Laurel am anderen Ende der Bar stehen und gleichfalls Champagner trinken. Ihre Schwester machte einen niedergeschlagenen Eindruck, und Annie spürte ein ungutes Gefühl in sich aufsteigen. Am Flughafen hatte sich ihre Schwester richtig gefreut, sie wiederzusehen, war dann aber recht verschlossen gewesen, als sie mit dem Auto nach Hause fuhren.

Irgend etwas stimmte nicht mit Laurel. Sie war auch sehr dünn geworden. Annie hatte das zwar gleich festgestellt, sich aber im ersten Moment keine großen Gedanken darüber gemacht. Ihre Magerkeit war mit einer fast fiebrigen Ausstrahlung verbunden, die Annie beunruhigte, obwohl sie Laurel merkwürdigerweise fast noch hübscher machte. Sie trug ein einfaches pfirsichfarbenes Trägerkleid, das sie wahrscheinlich selbst genäht hatte. Obwohl sie kein Make-up aufgelegt hatte und außer einer Orchidee im Haar keinerlei Schmuck trug, stach sie jede anwesende Frau mit ihrem Aussehen aus.

Annie hatte Laurel nur einmal so erlebt. Damals war sie sechs Jahre alt gewesen und hatte eine Lungenentzündung gehabt. Annie erinnerte sich, daß Laurel heute früh noch nicht einmal etwas gefrühstückt hatte.

Vielleicht ist sie einfach erkältet, versuchte sie sich selbst zu beruhigen.

Annie schwang sich auf den Barhocker neben ihrer Schwester. »Was ist denn mit dir los? Bedrückt dich irgendwas? Oder ist das nicht die Art Party, die dir gefällt? Kein Hard-Rock, keine Verdunkelung, keine Malaktionen.«

Laurel zuckte die Achseln und verzog den Mund zu einem kleinen Lächeln, wie um zu zeigen, daß sie Annies Aufmunterungsversuch zu schätzen wußte. »Ich habe das Gefühl, daß ich hier nicht hingehöre.«

»So ganz unter uns muß ich gestehen«, sagte Annie, »daß mir die Leute auch nicht unbedingt gefallen.«

»Na hör mal, du bist schließlich diejenige, um die sich hier alles dreht!«

»Dolly hat es bestimmt lieb gemeint. Es ist ja auch furchtbar nett von ihr. Nur –«

»Nur?« Laurel blickte sie fragend an.

»Erinnerst du dich an die weiße Limousine, die sie zu deinem ersten Ball gemietet hat?«

Laurel zuckte zusammen. »Mit den roten Sitzen? Sie waren so rot wie Tomaten. Ich bin vor Verlegenheit beinahe gestorben. Und da war eine Bar im Auto! Auf dem Weg ins Restaurant hat Rick mit einer Miene im Auto gesessen, als müßte er dringend aufs Klo. Es war furchtbar. Und wenn Joe nicht –«

»Ja, ich erinnere mich«, lachte Annie. »Er ist gerade rechtzeitig gekommen, um dich in seinem alten Ford zu retten.« Sie hatte die Geschichte so oft gehört, daß sie fast schon glaubte, dabeigewesen zu sein. Laurel war aus dem Restaurant gekommen und hatte draußen Joe vorgefunden, der Rick mit verschwörerischem Grinsen seine Autoschlüssel zugeworfen hatte. Er war dann in die Limousine geklettert, die mit laufendem Motor auf dem Bürgersteig stand. Stunden später war Laurel mit leuchtenden Augen und rosigen Wangen nach Hause gekommen. Annie hatte vermutet, daß dieser glückselige Zustand recht wenig mit Rick Warner zu tun hatte.

»Sag mal, hast du Joe in der letzten Zeit mal gesehen?« Die

Frage hatte ungezwungen klingen sollen, doch sie klang irgendwie falsch und schrill.

Auch Laurels Reaktion war eigenartig. Sie wurde rot und wandte den Blick ab. Dann stellte sie ihr Glas auf der Theke ab und begann angelegentlich, nach etwaigen Kohlensäurebläschen zu fahnden.

Ihr Schweigen versetzte Annie einen Stich. Ob Joe eine Freundin hatte? Das würde zumindest erklären, weshalb Laurel so durcheinander wirkte. Natürlich – Laurel war eifersüchtig.

Es war dumm von ihr gewesen, sich selbst vorzumachen, daß Laurels Gefühle für Joe nichts als Kleinmädchenschwärmerei waren. War Laurel überhaupt jemals als Teenager verliebt gewesen? Sie hatte sich doch immer wie eine kleine Erwachsene benommen; als all ihre Freunde in der Grundschule für Paul McCartney und Mick Jagger schwärmten, hatte sie sich mehr für Babys interessiert als für Rockmusiker.

Stille Wasser sind tief – dieses Sprichwort schien auf Laurel zugeschnitten zu sein.

»Joe?« murmelte Laurel fragend. »Nein, ich habe ihn kaum gesehen. Ich hatte auch ziemlich viel mit meinem Job zu tun.« Sie leckte einen Tropfen Champagner vom Finger und brachte ein winziges Lächeln zuwege. »Mir hat vorher keiner erzählt, daß man als Praktikantin in einer Werbeagentur seinen Tag hauptsächlich mit Bleistifte spitzen, Papierkörbe leeren und Kaffee kochen verbringt.«

»Ich nehme an, daß Joe auch ganz schön viel zu tun hat – ich meine mit dem Lokal.«

»Das denke ich auch.«

Annie wartete, daß Laurel noch irgend etwas sagte, aber ihre Schwester schien mit den Gedanken ganz woanders zu sein.

»Du weißt nicht zufällig, ob er heute abend noch auftaucht?« fragte sie und hätte gerne etwas ganz anderes gefragt. Abgesehen davon hatte Joe aus den Mädchen, mit denen er sich traf, nie ein großes Geheimnis gemacht; er würde es ihr also sicher selbst mitteilen, wenn er jemanden kennengelernt hatte. Immerhin hatte er Dolly gesagt, daß er kommen wollte, aber irgend etwas – vielleicht unerwartete Gäste im Restaurant – hatte ihn wohl aufgehalten.

»Ich weiß es nicht.« Laurel blickte Annie an und strich sich eine Haarsträhne aus dem Gesicht. Ihre Augen glänzten fiebrig. »Ich habe ihn eine ganze Weile nicht gesehen.«

Annie bemühte sich, gelassen zu wirken. »Ich nehme an, er ist wie immer im Streß.«

»Ja, wahrscheinlich.«

Aus dem Augenwinkel erhaschte Annie ein vertrautes Gesicht: Gloria de Witt, Dollys frühere Assistentin. Sie war wie üblich nicht zu übersehen. In leuchtend pinkfarbenem Minikleid, riesigen Silberohrringen und einer Afrofrisur, die wie eine Wolke ihren Kopf umschwebte, winkte sie Annie freudestrahlend vom anderen Ende des Raumes zu.

Gloria hatte vor vier Jahren bei Girod's aufgehört und als Anzeigenvertreterin bei der *Village Voice* angefangen. Mittlerweile managte sie wahrscheinlich die ganze Firma.

»Da drüben ist jemand, dem ich mal schnell Hallo sagen möchte«, sagte sie zu Laurel. »Wir sehen uns ja sicher noch.« Annie rutschte von ihrem Barhocker und bahnte sich einen Weg hinüber zu Gloria, die ihr so vertraut den Arm um die Schulter legte, als hätten sie sich vor ein paar Stunden zuletzt gesehen.

»Na, was ist es für ein Gefühl, wieder hier zu sein? Hast du dein Herz in Paris verloren?«

»Nein, ich hatte viel zuviel zu tun, um an so etwas auch nur zu denken«, erwiderte Annie lachend und dachte an Pompeaus strenges Regiment.

»Kennst du das Lied, in dem es heißt, daß die Jungs in Südfrankreich keine Hosen tragen? Willst du mir etwa erzählen, daß das nicht stimmt?«

Annie mußte lachen. Gleichzeitig fiel ihr eine Situation mit Emmett ein, der nackt bis auf die Cowboystiefel breitbeinig vor ihr stand, während sie vor ihm kniete... Annie spürte, wie ihr ganz heiß wurde, und versuchte, den Gedanken an Emmett und die erregenden Begegnungen mit ihm zu verscheuchen. Sie gab sich alle Mühe, sich auf Gloria zu konzentrieren, die in diesem Augenblick an ihr vorbeiblickte und sagte: »He, rat mal, wer gerade gekommen ist!«

Annies Herz setzte einen Schlag aus, und sie drehte sich so unvermittelt um, daß sie beinahe ihren Champagner verschüttet hätte.

»Joe«, hauchte sie, aber er war viel zu weit entfernt, um sie zu hören.

Er betrat gerade lächelnd das Wohnzimmer und begrüßte die Umstehenden. Ein schlaksiger, aber gutaussehender großer Mann in sauberen Jeans und weißem Hemd, mit einer Fliegerjacke über den Schultern. Die Gläser seiner Brille waren beschlagen und naß vom Septemberregen draußen; durch die Feuchtigkeit lockten sich seine Haare. Der Wetterbericht hatte leichten Niederschlag, aber keinen Sturm vorhergesagt. Annie fühlte sich indes so, als würde in ihrem Inneren ein Hurrikan wüten.

Dann traf sein Blick den ihren und zog sie fast automatisch zu ihm hin. Sie merkte gar nicht, daß sie sich bewegte, sondern hatte im Gegenteil das Gefühl, als würde der Raum von beiden Enden ineinandergeschoben, bis sie plötzlich so nah vor ihm stand, daß sie ihn hätte berühren können. Aber sie machte keinerlei Anstalten, ihn zu umarmen. Sie stand einfach nur da, und ein unerträgliches Schwächegefühl ergriff Besitz von ihrem ganzen Körper, während in ihrem Kopf nur ein Gedanke kreiste: *Er will mich nicht. Er hat mich nie gewollt.*

Sie riß sich mühsam zusammen und sagte das erste, was ihr einfiel, egal, wie dumm es sein mochte: »Ich wußte nicht, ob du kommen würdest.«

»Ich bin aufgehalten worden«, erklärte er. »Verkehrschaos, außerdem ein Wasserrohrbruch an der Park Avenue, die Straßen waren total verstopft. Ich bin das letzte Stück gelaufen.« Er fuhr sich mit der Hand durch das widerspenstige Haar. »Na, wie findest du es, wieder hier zu sein?« Diese Frage klang genauso kraftlos, wie ihr zumute war.

Sie sah, wie er zu Laurel hinüberblickte, dann zurück zu ihr. Was war hier eigentlich los?

»Ganz schön«, antwortete sie. »Ich bin nur noch ein bißchen schlapp. Ich fühle mich wie nach einer durchgefeierten Nacht, in der ich zu viel *vin rouge* getrunken habe.«

»Dabei siehst du umwerfend aus.« Er blickte sie bewundernd an. »Hast du deine Haare abgeschnitten?«

Annie griff sich selbstbewußt mit der Hand in den Nacken. »Gefällt es dir? Ich habe zuerst fast geheult. Und die Friseuse sprach kein Englisch. Ich habe wirklich befürchtet, daß sie annahm, ich hätte so eine Art Nervenzusammenbruch.«

»Ich finde, du siehst phantastisch aus. Das meine ich ernst.«

»Möchtest du ein Glas Champagner?« Annie wollte dem small talk ein Ende bereiten. Ihre Stimme hatte einen merkwürdig hellen Beiklang und erinnerte sie an das Zirpen einer jungen Stewardeß: Etwas zu trinken, Sir?

»Was passiert, wenn ich nein sage?« Joe schien ihre Nervosität bemerkt zu haben und war offensichtlich bemüht, ihr die Befangenheit zu nehmen. Das gelang ihm aber nicht so recht.

Annie lächelte. »Sobald Dolly feststellt, daß du kein Glas in der Hand hältst, bist du sowieso dran.«

»Wenn das so ist«, sagte er und nahm ihre Hand, »verschwinden wir hier besser.« Er zog sie in Richtung Eßzimmer.

Dort standen ein paar Leute um den großen Tisch, der aus einer riesigen Glasplatte bestand, die auf einem marmornen Fuß ruhte. Der Tisch machte fast den Eindruck, als schwebte er auf dem unter ihm liegenden chinesischen Teppich. Die hier noch existierende Wandvertäfelung aus Walnußholz war silberweiß verblichen. Über dem Tisch hing ein gewaltiger Kronleuchter mit elektrischen Kerzen, dessen kristallene Elemente im Licht glitzerten. Junge Kellner in gestärkten weißen Hemden waren gerade dabei, Platten mit Essen für das abendliche Büffett zu arrangieren. Einer von ihnen hob die Hand und salutierte scherzhaft zu Joe hinüber.

»Na prima, ihr habt die Austern ja noch bekommen«, sagte Joe zu einem kleinen, pockennarbigen Mann mit Pferdeschwanz und deutete auf eine Platte mit Austern auf Eis. »Sehr gut. Es war gar nicht sicher, ob die Lieferung noch rechtzeitig käme.«

»Es war auch ziemlich knapp«, antwortete der Pockennarbige und entschwand mit einem Achselzucken Richtung Küche.

»Du lieferst das Essen für die Party?« staunte Annie. »Das hat Dolly mir gar nicht erzählt!«

»Sie wollte, daß es eine Überraschung ist.«

»Ich bin beeindruckt. Alles, was ich bisher probiert habe, ist einfach wunderbar.« In Wahrheit war sie viel zu nervös gewesen, um an Essen zu denken. Sie hatte lediglich an einem Krabbencanapé herumgenagt.

»Der Partyservice ist ein Riesenerfolg. Das einzige Problem ist die Küche. Sie ist zu klein, um das zusätzlich leisten zu können. Also muß ich expandieren.«

»Das hast du schon länger überlegt, aber ist die Investition nicht zu hoch? Schließlich gehört dir das Haus nicht.« Endlich waren sie wieder bei einem normalen Umgangston angelangt, und Annie entspannte sich. Dieses Thema war schließlich ohnehin nicht dazu angetan, Romeo und Julia zu spielen. Hier war es weitaus wichtiger, sich gegenseitig freundschaftlich zu unterstützen.

»Mittlerweile schon.«

»Joe! Das meinst du doch nicht wirklich!? Hast du das Haus tatsächlich gekauft?«

»Na ja, zum größten Teil gehört es der Bank, aber der Kauf ist in meinem Namen erfolgt. Ich hatte Glück, der Besitzer wollte das Haus schnell loswerden, weil er Geld für eine andere Investition brauchte. Ich hätte dir das alles auch geschrieben, aber der Vertrag wurde erst in der vergangenen Woche unterzeichnet.

Und vorher wollte ich nicht groß darüber reden, es hätte ja auch schiefgehen können.«

Annie überschlug ein paar Zahlen im Kopf. »Aber so oder so werden die Kreditraten ganz schön hoch sein. Und wenn du außerdem noch erweitern willst...« Sie sah, wie Joe erstaunt die Augenbrauen hochzog, und riß sich zusammen. Sie war schon wieder auf dem besten Weg, alles selbst organisieren zu wollen. »Nun, ich glaube, das weißt du alles viel besser als ich«, beendete sie ihren Satz etwas lahm.

»Glaub mir, es war einfach nötig. Wir platzen aus allen Nähten.« Joe nahm seine noch immer leicht beschlagene Brille ab und polierte die Gläser mit einem Taschentuch. Annie focht gegen den spontanen Wunsch an, über die rosafarbenen Druckstellen zu beiden Seiten seiner Nase zu streicheln. »Und was wird aus deinen Plänen? Wann willst du dich selbständig machen?«

»Sobald ich an mein Geld herankomme.« Annie hatte zwei Briefe von der Wells Fargo Bank in Los Angeles erhalten. Die von ihrer Mutter für sie angelegten 25 000 Dollar existierten nach wie vor, zuzüglich der im Laufe der Jahre aufgelaufenen Zinsen. Der Verwalter ihres Vermögens, Mr. Crawford, hatte sich – obwohl Annie erst in einigen Monaten fünfundzwanzig wurde – damit einverstanden erklärt, ihr das Geld schon jetzt auszuhändigen. Es mußten nur noch verschiedene Papiere ausgefüllt werden.

Joe warf einen Blick zu Dolly hinüber, die gerade in Richtung Küche eilte. »Du wirst aber nicht auf fremdem Terrain wildern, oder?«

»Dolly hat mir ihren Segen gegeben. Sie ist der Meinung, daß die Konkurrenzsituation sie in Trab halten wird.«

»Du hast natürlich auch meinen Segen. Obwohl ich nicht glaube, daß du ihn brauchst. Du schaffst alles, wenn du es nur willst.«

Annie verspürte einen Anflug von Ärger. Was sollte das denn bedeuten? Sah er sie etwa als eine Art Superfrau, die alles konnte und niemals schwach oder ängstlich war? Wußte er denn nicht, wie viele Gedanken sie sich machte? Und daß sie manchmal vor lauter Aufregung Magenschmerzen bekam und am liebsten den ganzen Tag im Bett geblieben wäre?

Im Moment fühlte sie sich jedenfalls schrecklich. Wieso merkte Joe das nicht? Merkte er denn nicht, wie wild ihr Herz pochte?

Annie schossen plötzlich die Tränen in die Augen.

Da nahm Joe sie in den Arm und führte sie durch eine Schwingtür in einen schmalen Raum, der früher als Anrichtezimmer gedient hatte. Der Raum war leer bis auf mehrere tiefe Schränke, in denen Geschirr und Tischwäsche aufbewahrt worden waren und in denen Dolly heute ihre Wintersachen unterbrachte. Abgesehen von dem wenigen Licht, das durch das dicke Glas eines Bullaugenfensters fiel, herrschte Dunkelheit. Er roch nach Mottenkugeln und Silberpolitur, aber das bemerkte Annie kaum. Sie war völlig überwältigt von Joes unvermittelter körperlicher Nähe in dem kleinen, dunklen Raum.

Er streichelte über ihre Wange, und diese Berührung war so zärtlich, daß Annie fast wirklich in Tränen ausgebrochen wäre.

»Ich habe mir das alles völlig anders vorgestellt«, sagte er sanft. »Ich glaube, man kann so lange auf etwas warten und sich darauf freuen, daß man dann, wenn die Situation wirklich da ist, kaum zu einer Reaktion fähig ist.«

»Oh, Joe.« Annies Stimme versagte. In ihren Augen brannten Tränen. Schließlich sagte sie mit einem heiseren Auflachen: »Sag bloß nicht, daß ich dir gefehlt habe, oder ich fange an zu heulen. Das meine ich ernst. Ich werde so furchtbar weinen, daß du denkst, die Sintflut bricht über dich herein.« Doch dann packte sie ihn an seinem weißen Hemd und flüsterte mit verzweifelter Eindringlichkeit: »Bitte sag es. Wenn du es nicht sagst, muß ich heulen, wenn ich nach Hause komme… und ich weiß nicht, was schlimmer ist. Ich sage es sogar zuerst: Joe, du hast mir gefehlt. Du hast mir so sehr gefehlt, daß es richtig weh getan hat.«

Sein Griff wurde fester, aber er machte keinerlei Anstalten, sie zu küssen. Annie war fast erleichtert, denn sie wollte hier bei Dolly lieber keine verfängliche Situation. Sie sah, daß er ebenfalls Tränen in den Augen hatte.

»Hör zu, ich habe dir wirklich nichts vorgemacht, als ich gesagt habe, daß ich kein guter Briefeschreiber bin. Wenn ich dir geschrieben hätte, wie sehr ich dich vermisse, hätte es sich todsicher so angehört, als hätte ich es irgendwo abgeschrieben.« Er lächelte und fügte hinzu: »Ich wollte dich zuerst sehen und herausfinden, ob du –«

Annie begann zu lachen und lehnte sich an die Wand. Ihr war fast schwindlig vor Erleichterung. »Und ich habe die ganze Zeit gedacht –«

»Was hast du gedacht?«

»Es ist nur – ach, ich glaube, es war einfach dumm von mir –, aber ich habe gedacht, daß du vielleicht eine andere kennengelernt hast, während ich in Paris war.«

Joe wandte den Blick ab. »Wie kommst du denn darauf?«

»Ich weiß es auch nicht. Ich habe es einfach gedacht.«

»Es gibt niemanden, Annie.«

Sagte er die Wahrheit? Der Ausdruck seiner Augen und der Ton seiner Stimme schienen ihn Lügen zu strafen.

Annie verspürte einen Anflug von Eifersucht, versuchte sich aber sofort zu beruhigen. Es mußte schließlich nicht gleich etwas bedeuten, wenn er wirklich mit jemandem ausgewesen oder vielleicht sogar ins Bett gegangen war. Nach ihrer Geschichte mit Emmett war sie sicher die letzte, die über so etwas richten konnte.

»Ich liebe dich, Joe.« So, jetzt war es heraus. Sie hatte es ausgesprochen. Annie spürte, wie flammende Hitze in ihr aufstieg. Es fühlte sich an, als wäre sie einem Feuer zu nahe gekommen und hätte sich ziemlich schlimm verbrannt.

Joes Griff lockerte sich, und seine Hände glitten an ihren Armen herab. Annie kam es so vor, als müßte sie jeden Moment vor lauter Glück zerspringen. Er nahm ihre Hände ungeheuer liebevoll in seine und hob sie an seine Wangen. Sie fühlten sich etwas rauh und unrasiert an – und glühten genauso wie ihre.

In ihren Wunschträumen hatte sie sich diesen Augenblick so oft ausgemalt, daß er jetzt völlig unwirklich erschien. Es war wie in einem Traum. Dann wurde sie sich plötzlich seines Körpers bewußt und seiner Hand, die ihren Rücken streichelte. Sie atmete den schwach würzigen Geruch ein, der seiner Haut anhaftete und sie an Joe's Place erinnerte. Sie schmiegte sich eng an ihn, und mit jedem Moment wuchs das Begehren, das sie empfand, so sehr, daß sie glaubte, sterben zu müssen, wenn sie ihn nicht bekäme.

»Ich habe oft darüber nachgedacht, wie es wohl sein würde, wenn du nach Hause kommst«, sagte Joe mit belegter Stimme. »Und ich habe von dieser Situation geträumt.« Er küßte die Innenfläche ihrer Hand. In diesem Augenblick war es für Annie durchaus vorstellbar, daß man vor Seligkeit sterben konnte.

Sie gestattete sich nicht, an Laurel zu denken und daran, wie ungeheuer verletzt sie sein würde. Damit konnte sie sich auch noch später auseinandersetzen. Sie wollte diesen Moment mit niemandem teilen. Sie wollte ihn festhalten und genießen, bevor er entschwand – so wie alles, das sie je geliebt hatte, irgendwann entschwunden war.

»Annie?«

Annie schminkte sich gerade das Gesicht ab, als Laurel in das kleine Badezimmer kam. Sie setzte sich auf den Rand der Badewanne. Es war eine dieser altmodischen Wannen mit Klauenfüßen, bei deren Anblick Annie immer dachte, daß die modernen Badezimmer einfach nicht diesen Charme besaßen. Es dauerte zwar bestimmt eine gute Viertelstunde, bis die Wanne voll war, aber für Annie gab es kaum etwas Schöneres, als sich darin auszustrecken. Laurel hatte die Füße rot und goldfarben lackiert und mittels kleiner Pinselstriche Federn und Klauen hinzugefügt, so daß die Füße wie die eines mythischen Greifvogels wirkten. Auf die Vorderseite der Wanne hatte sie eine Reihe von Stockenten in Regenmänteln und leuchtendroten Gummistiefeln gemalt. Laurel trug ein Herrenhemd, das ihr fast bis zu den Knien reichte, und sah noch schlechter aus als vor einer Stunde, als sie von Dollys Party gekommen war.

»Hmmm?« antwortete Annie und beugte sich über das große ovale Waschbecken. In dem verspiegelten Schränkchen darüber konnte sie Laurels blasses Gesicht sehen. Das grelle Licht der Deckenlampe zeichnete tiefe Schatten unter ihre Augen.

»Ich bin schwanger.« Laurels leise Stimme unterbrach die Stille.

Annie zuckte zusammen. Sie drehte sich zu ihrer Schwester um, sah ihr fassungslos ins Gesicht und lehnte sich haltsuchend an das Waschbecken. Das Geräusch des tropfenden Wasserhahns schien in der Stille fast wie das Rauschen eines Wasserfalls.

»O Laurel.« Sie wußte nicht, was sie sagen sollte, und starrte ihre Schwester nur sprachlos an.

»Du bist noch weißer im Gesicht als ich.« Laurel brachte mühsam ein Lächeln zustande, das aber kläglich mißlang. »Setz dich vielleicht lieber hin.«

»Ja, du hast recht.«

In dem winzigen Schlafzimmer schlüpfte Annie trotz ihres Schocks zuerst in ihren Schlafanzug, einen Herrenpyjama aus dunkelblauem Satin mit burgunderroter Paspelierung. Dann setzte sie sich gegenüber von Laurel auf das Bett, die sich mit hochgezogenen Knien in den geblümten Sessel am Fenster gekauert hatte.

»In der wievielten Woche bist du?« fragte Annie und war jetzt grimmig entschlossen, die ganze Sache mit größtmöglicher Vernunft anzugehen.

»Ich bin im dritten *Monat.* Also viel zu spät für eine Abtreibung, falls du das meinst.«

»Großer Gott, Laurel, warum hast du mir das denn nicht gleich erzählt?«

»Ich weiß es selbst erst seit ein paar Tagen. Das klingt ziemlich dumm, aber meine Periode war nie regelmäßig. Ich habe erst angenommen, daß sie einfach ausgeblieben ist.«

»Bist du denn absolut sicher?«

»Ich war beim Arzt.«

»Okay...« Annie holte tief Luft. Sie würde mit der Situation fertig werden, wenn sie nur erst die Hintergründe wußte und wie es überhaupt so weit hatte kommen können. »Möchtest du mir erzählen, wie das passiert ist?«

Laurel lachte freudlos auf. »Auf die übliche Weise, nehme ich an. Oder was glaubst du, wie man schwanger wird?«

»Du weißt, was ich meine.«

»Du willst also, daß ich dir alles erzähle? Gut, wie wäre es damit: Es war einmal ein Mädchen mit Namen Laurel, das jemanden so sehr liebte, daß es glaubte, ihn soweit bringen zu können, daß er sie wiederliebte –« Laurel brach ab, und plötzlich zuckte es in ihrem angespannten Gesicht. Ihre großen Augen waren voller Tränen, die ihr jetzt die Wangen hinunterliefen.

Laurel sah den verwirrten Ausdruck auf Annies Gesicht und hätte am liebsten geschrien: Ich wollte doch nur, daß Joe mich liebt. Und vielleicht habe ich mir im tiefsten Innern eingebildet, daß ich, wenn ich mit Jess ins Bett gehe, damit Joe beweise, daß ich reif genug für ihn bin.

Aber aus einem Grund, der ihr selbst nicht ganz klar war, sagte Laurel nichts dergleichen.

Annie hätte nichts lieber getan, als hinüber zu ihrer Schwester zu gehen und sie zu trösten, so wie sie das immer getan hatte. Aber da war etwas in Laurels Haltung und in ihrem Gesichtsausdruck, das Annie auf Distanz hielt. Statt dessen ließ sie ihren Blick durch den Raum wandern, über die kleinen Risse im Verputz, den Nachttisch und den Sekretär vom Gebrauchtmöbelhändler. Auf der Kommode in der Ecke stand Dearies Oscar. Sie hatte ihn eine ganze Weile nicht abgestaubt. Ihr kam es fast so vor, als würde er sie finster anblicken. Er glich so gar nicht mehr dem vergnügten kleinen Mann, den sie als Kind in der Statuette gesehen hatte.

»Weiß der Vater es denn?« fragte sie sanft. »Hast du mit ihm darüber geredet?«

»Du möchtest wissen, ob ich mich vollends lächerlich gemacht habe?« Laurels Stimme klang zornig, und sie schien die Fassung wiederzuerlangen. »Das alles hat überhaupt nichts mit ihm zu tun.«

»Was meinst du damit? Glaub mir, wer auch immer es ist und was auch immer du von ihm hältst, er ist zu fünfzig Prozent an der ganzen Geschichte beteiligt.«

Laurel warf ihr einen derart abweisenden Blick zu, daß Annie das Blut in den Adern gefror. »Du hast überhaupt keine Ahnung«, sagte sie. »Es ist nicht –« Laurel wollte sagen, daß ihr Traummann nicht der Vater des Kindes war, schwieg aber dann.

»Natürlich habe ich keine Ahnung. Du erzählst mir ja nichts. Ich weiß noch nicht einmal, um wen es sich handelt. Und warum kannst du nicht mit ihm über alles reden, wenn du ihn so liebst?«

Laurel schüttelte den Kopf und starrte auf den Teppich.

Annie war gleichzeitig verletzt und aufgebracht. »Hör doch bitte auf, dich so zu benehmen, als wollte ich dir etwas antun! Ich möchte nichts weiter als dir *helfen.*«

»Gut, dann solltest vielleicht *du* mit ihm reden.« Laurels Augen schossen Blitze.

»Mit wem?«

Noch bevor Laurel antwortete, spürte Annie, daß gleich etwas kommen würde, wovor sie lieber Augen und Ohren verschlossen hätte. Aus dem räumlichen Abstand zwischen ihrer Schwester und ihr schien auf einmal ein riesenhafter Abgrund zu werden, über den Laurels Stimme wie ein kalter Windhauch wehte.

»Mit Joe«, hörte sie ihre Schwester wie aus weiter Ferne sagen.

Laurel war nicht in der Lage, ihrer Schwester ins Gesicht zu sehen. Sie starrte den abgetretenen Teppich auf dem Fußboden an, dessen Rosenmuster nur noch bruchstückhaft zu erkennen war. Es wirkte fast so, als hätten Insekten den Großteil der Blumen kahlgefressen. Sie sah immer noch Annies entsetztes Gesicht vor sich. Aber sie hatte den Blick nicht aus Scham abgewandt, nein, es war viel schlimmer: Sie verspürte den Wunsch zu lächeln.

Und dafür schämte sie sich. Aus welcher verkommenen Ecke ihres Inneren mochte diese Schadenfreude wohl herrühren? Wie war es möglich, daß sie Annie leiden sehen wollte? Wieso wollte sie Annie glauben machen, daß sie von Joe schwanger war?

Zunächst hatte Laurel das gar nicht beabsichtigt. Aber als sie merkte, daß alles in die verkehrte Richtung lief, hatte sie keinerlei Versuch unternommen, etwas richtigzustellen. Und nun mußte sie zugeben, daß ihr diese Wendung auf eine häßliche Art und Weise sogar gefiel. Und schließlich wäre es ja nicht unmöglich, daß Joe mit ihr geschlafen hätte. Er liebte sie vielleicht nicht, aber er hatte sie in jener Nacht begehrt, das hatte sie genau gespürt. Und seit jener Nacht hatte sie ihn immer wieder dabei ertappt, daß er sie so seltsam ansah...

Wieso um alles in der Welt liebte er Annie mehr als sie? Und warum sollte Annie mehr Recht auf ihn haben als sie selbst?

Sie hatte die beiden auf Dollys Party beobachtet und gesehen, wie Joe ihre Schwester angesehen hatte...

Und das, nachdem sie sich ihm damals an jenem Abend nach der Vernissage praktisch an den Hals geworfen hatte. Es war einfach erniedrigend. Laurel dachte noch einmal an den schrecklichen Moment, als sie den beiden gefolgt war und gesehen hatte, wie sie zusammen im Ankleidezimmer verschwunden waren. Joe hatte Annie an der Hand gehalten, und sie hatte ihn angeblickt wie eine Ertrinkende ihren Retter. Das allerschlimmste aber war gewesen, wie liebevoll Joe ihre Schwester angesehen hatte. Sie hatten gar nicht bemerkt, daß Laurel in unmittelbarer Nähe stand; sie hätten sie wahrscheinlich noch nicht einmal gesehen, wenn sie direkt vor ihrer Nase gewesen wäre. Laurel war sich so winzig vorgekommen, als wäre sie zu der Größe eines Fingerhuts geschrumpft. Und sie war so entgeistert gewesen, daß sich auch ihr gesamter Körper plötzlich wie in Luft aufgelöst angefühlt hatte.

Er liebt sie. Er möchte Annie haben, nicht mich. Annie, Annie, Annie...

Aber hatte sie das nicht schon lange insgeheim gewußt? Im tiefsten Innern, im geheimsten Winkel ihrer Seele, hatte sie Bescheid gewußt, es aber nicht wahrhaben wollen. Sie hatte es nicht sehen *wollen.* Nun konnte sie die bittere Wahrheit nicht mehr länger von sich fernhalten.

Laurel erinnerte sich, in der Zeitung irgendwann einmal über einen Mann gelesen zu haben, der ein ganzes Auto aufgegessen hatte, um ins Guinness-Buch der Rekorde zu kommen. Natürlich hatte er das Auto nicht auf einmal verzehrt, sondern Stückchen für Stückchen – also zum Frühstück die Radkappen und nebenher noch ein bißchen gemahlenen Autoreifen und so weiter. Was Laurel allerdings am schwersten fiel, war die Vorstellung, daß der Mann ja auch das ganze Glas gegessen haben mußte. Bei dem Gedanken allein war ihre Kehle ganz eng geworden, und ihr Magen hatte sich zusammengekrampft. Gleichgültig wie fein zerkleinert das Glas gewesen sein mochte, Laurel hatte die Vorstellung ziemlich gruselig gefunden, zerstoßenes Glas zu essen und dann im Körper zu haben. Wie sich das wohl anfühlte?

Jetzt konnte sie es sich plötzlich vorstellen.

Sie hatte immer die Hoffnung gehabt, daß sie Joe eines Tages dazu bringen könnte, sie zu lieben. Aber nun gab es keine Hoffnung mehr. Überhaupt keine.

Es war einfach nicht gerecht. Wieso bekam Annie immer alles? Die kluge und mutige Annie. Sie sagte zwar immer, daß

Laurel die Hübschere sei, aber es war nicht zu übersehen, wie begehrlich die Männer sie anblickten. Man mußte ja nur an Joe denken...

»Joe?« Sie hörte ihre Schwester den Namen mit einem scharfen Atemzug wiederholen, als könne sie es nicht fassen. *»Joe?«*

Laurel starrte regungslos den Teppich an. Ihr war glühend heiß. Sollte sie ihrer Schwester die Wahrheit sagen?

Auf einmal wurde sie von einer Welle der Scham und der Liebe überflutet. Wie konnte sie Annie so verletzen? Schließlich liebte sie ihre Schwester. Wenn Annie nicht gewesen wäre...

...dann wärst du jetzt in Bel Jardin und würdest eine frischgepflückte Grapefruit essen und auf grünen Rasen und Bäume schauen statt auf Beton und Abfall.

Nein, das stimmte nicht, sagte sich Laurel. Val hätte Bel Jardin so oder so verkauft. Und letztlich hatte Annie sie ja auch nur vor Val schützen wollen.

War sie sich dessen so sicher? Oder hatte Annie vielleicht irgendwie gewußt, daß Val sterben würde, und wollte deshalb das Haus so schnell wie möglich verlassen?

Laurel blickte zu der Statuette auf der Kommode in der Ecke. Dearies Oscar. Sie dachte daran, wie sie Vals Blut mit ihrer geliebten alten Decke abgewischt hatte, die so befleckt gewesen war, daß sie sie hatte wegwerfen müssen...

Wußte Annie, daß Val tot war? Konnte sie das herausgefunden und vor ihr verheimlicht haben – genauso wie sie ihre Gefühle für Joe vor ihr verborgen hatte?

All die Jahre hatte Laurel sich eingebildet, ihrer Schwester zu helfen, indem sie ihr das furchtbare Geheimnis von Vals Tod verschwieg. Außerdem hatte sie Onkel Rudy versprochen zu schweigen. Aber vielleicht war das alles nur dumm von ihr gewesen, und Annie wußte längst Bescheid?

Aber noch viel dümmer war die Tatsache, daß sie jetzt auch noch schwanger war. Und das konnte sie Annie nun wirklich nicht anlasten. Nein, sie mußte ihr von Jess erzählen.

Laurel dachte nach. Sie versuchte, sich auch an das kleinste Detail zu erinnern, um Annie zu erklären, wie es so weit hatte kommen können.

Als sie zum erstenmal auf das baufällige Haus zugegangen war, in dem Jess mit fünf weiteren Studenten wohnte, war ihr aufgefallen, daß sich der schmutzigweiße Außenanstrich wie tote Haut in langen Streifen abschälte und die Veranda sich am einen Ende wie ein zu schwer beladenes Boot zur Seite neigte und durch einen Stapel Ziegelsteine abgestützt wurde. Mehrere Fahrräder lehnten an einem alten Sessel mit aufgeschlitztem Polster, aus dem die Füllung in großen schmutzigen Büscheln herausquoll. Vor der Tür, an der die Farbe ziemlich exakt den Umrissen des afrikanischen Kontinents folgend abgekratzt worden war, lag ein großer Hund in der Junisonne mit einem staubigen roten Kopftuch um den Hals. Er hob nur kurz den Kopf, als Laurel die Stufen hinaufstieg, und wedelte matt mit dem Schwanz.

Laurel fragte sich, ob Jess sich überhaupt daran erinnern würde, daß er sie zu sich eingeladen hatte, um mit ihr über die Plakataktion von *Helping Hand* zu sprechen. Bei ihm konnte man sich nie sicher sein; wollte man ihn auf irgend etwas festlegen, war das ein ähnlich kühnes Unterfangen wie vorhersagen zu wollen, an welchem Tag des nächsten Monats es regnen würde.

Jess war anders als die jungen Männer, die Laurel vom Campus kannte. Er schien älter und reifer zu sein. Er hatte Tausende von Kilometern auf Güterzügen zurückgelegt und neben vielen anderen Gelegenheitsarbeiten als Obstpflücker auf einer Pfirsichplantage gearbeitet. Den vergangenen Sommer hatte er in Kalifornien damit verbracht, aus anderen Ländern einwandernde Arbeitswillige an Farmen zu vermitteln. Und wenn er nicht vorher eingezogen wurde, wollte er sich dem Friedenskorps anschließen.

Seit sie Jess damals beim Aktzeichnen wiederbegegnet war, hatten sie sich ein paarmal gesehen. Einmal war sie ihm im Studentenzentrum über den Weg gelaufen. Sie hatten sich irgendwo hingesetzt und über eine halbe Stunde miteinander geredet. Ein anderes Mal hatten sie zusammen Kaffee getrunken, und als er davon erfuhr, daß sie nebenher als Tutorin arbeitete, hatte er sie dazu ermutigt, sich einer Gruppe von freien Tutoren anzuschließen, die verzweifelt versuchten, High-School-Schülern den Lehrstoff einzupauken. Weiter war nichts passiert. Er hatte weder versucht, sie zu küssen, noch ihre Hand zu halten. Zusammensein mit Jess bedeutete, daß man eben zur Gruppe gehörte.

In diesem Punkt hatte Jess durchaus Ähnlichkeit mit Joe – er schien sich nicht besonders für sie zu interessieren. Trotzdem hatte er irgend etwas an sich, das Laurels Herz schneller schlagen ließ. In ihm glühte ein Feuer, das er gut versteckte. In der sechsten Klasse hatte er ihr immer mit Spucke gut angefeuchtete Papierbällchen an den Hinterkopf geworfen, heute organisierte er Protestdemonstrationen und schrieb vernichtende Leitartikel für den *Daily Orange*.

Laurel beugte sich hinunter und streichelte dem Hund über den Kopf. Dann klopfte sie an die Tür. Doch niemand ließ sich blicken. Merkwürdig, erst vorhin hatte ein Mädchen am Telefon gesagt, Jess sei »irgendwo im Haus«. Laurel spähte durch die dicke Glasscheibe und konnte verschwommen eine Ecke des Wohnzimmers erkennen, wo mehrere Leute herumsaßen. Sie konnte Jess zwar nicht unter ihnen ausmachen, aber zumindest war überhaupt jemand da. Also klopfte sie ein zweites Mal, aber etwas energischer.

Schließlich schlurfte ein Mädchen mit langen Zöpfen, in Jeans und einem knappen Oberteil, das kaum bis zum Nabel reichte, barfuß zur Tür und öffnete sie. Sie blickte Laurel erstaunt an.

»Ach, du hast gedacht, sie wäre verschlossen oder so was«, sagte sie. »Wieso bist du denn nicht einfach reingekommen?«

»Entschuldigung, das wußte ich nicht«, sagte Laurel.

»Hier schließt niemand die Tür ab«, erklärte das Mädchen vorwurfsvoll, als hätte Laurel einen groben Schnitzer gemacht.

»Äh ... ist Jess da?« fragte Laurel und fühlte sich etwas eingeschüchtert. Dabei hatte sie noch nicht einmal einen Fuß über die Schwelle gesetzt.

»Ich glaube, er ist oben«, sagte das Mädchen und deutete auf ihrem Weg zurück ins Wohnzimmer in Richtung Treppe.

Während sie die ausgetretenen Treppenstufen hochstieg, fragte sich Laurel, ob Jess vielleicht deshalb nicht mit den Leuten unten herumsaß, weil er ein Mädchen im Zimmer hatte. Bei dem Gedanken war sie völlig verunsichert stehengeblieben. Aber hatte er nicht gesagt, sie solle mal vorbeikommen? Und was machte es schon, wenn er tatsächlich Besuch hatte? Dann würde sie eben wieder gehen.

Am oberen Ende der Treppe hörte sie Wasser rauschen, das gleich darauf abgestellt wurde. Dann öffnete sich die Badezimmertür und vor ihr stand Jess in einer Dampfwolke. Er war bis auf ein um die Lenden geschlungenes Handtuch nackt. Sein schwarzes Haar lag flach am Kopf, und über Brust und Arme perlten Wassertropfen.

»Hi«, sagte er angelegentlich, als sei es die normalste Sache der Welt, daß ein Mädchen vor der Badezimmertür stand.

»Hi«, sagte Laurel, weil ihr nichts anderes einfiel.

Sie mußte plötzlich an einen Anmachespruch denken, der da lautete: Was macht ein hübsches Mädchen wie du an einem Ort wie diesem? Mühsam verbiß sie sich ein nervöses Kichern und erinnerte sich an den Zweck ihres Hierseins – die Plakate.

»Du hast gesagt, ich sollte mal vorbeikommen, damit wir über die Poster reden können«, meinte sie.

»Welche Poster?«

»Für das Treffen von *Helping Hand.*«

»Ach ja, die. Klar doch. Wart einen Moment, ich zieh' mir nur schnell was über.«

Er verschwand in einem der Zimmer, ließ die Tür aber halb offen, so daß Laurel ein nacktes Bein sehen konnte, das in eine Jeans fuhr. Dann rief er: »Komm rein!«

Das Zimmer war zwar klein, aber ordentlich. Sogar das Bett war gemacht. An den Wänden waren mit Reißzwecken einige Poster befestigt. Neben dem Bett stand eine Plastikkiste, die gleichzeitig als Nachttisch und als Bücherregal diente. An der einen Wand befand sich ein aus Kiefernholzbrettern und Backsteinen selbst konstruiertes Regal, das der Aufbewahrung sowohl von Büchern als auch säuberlich zusammengelegter Kleidungsstücke diente. Das Zimmer wirkte irgendwie schmucklos – und beinahe asketisch. Das einzige Detail, das dem Ganzen einen etwas fröhlicheren Anstrich verlieh, war eine Art Buntglasbild, das auf das Fensterglas geklebt war und höchstwahrscheinlich von einem früheren Bewohner stammte. Das hindurchscheinende Licht verlieh dem Raum etwas mehr Wärme. Vom Fenster aus blickte man in einen von Unkraut überwucherten Hof, in dem die völlig verrostete Karosserie eines alten Ford stand. Der Kofferraum des Wagens stand offen, und aus Fenster und Dach wucherten Blumen.

Laurel merkte plötzlich, daß Jess sie beobachtete. Als sie ihn ansah, kickte er das nasse Handtuch, das auf dem Boden lag, mit dem Fuß beiseite und kam auf sie zu. Er legte einen kühlen, noch feuchten Arm um sie und küßte sie.

Laurel verspürte ein angenehmes Gefühl von Wärme und Geborgenheit, wich dann aber trotzdem zurück, als hätte sie sich verbrannt.

Sie wollte Joe – nicht Jess. Das Dumme war nur, daß Joe sie nicht wollte. Er hatte sie in jener Nacht weggeschickt, nachdem sie ihn geküßt hatte. Und hatte er ihr nicht geradewegs ins Gesicht gesagt, daß sie niemals mehr als Freunde sein konnten? Freunde! Bei der Erinnerung war der brennende Schmerz wieder da, den sie in jenem Augenblick empfunden hatte. Noch Wochen später hatte sie kaum an etwas anderes denken können. Ob sie in der Zeichenklasse gesessen, für eine Prüfung gebüffelt oder vor der Staffelei gehockt hatte, urplötzlich war die Erinnerung wieder dagewesen, die Erinnerung an Joes Mund auf ihrem und den Geschmack nach dem Gin Tonic, den er bei der Vernissage getrunken hatte. Eines seiner Brillengläser hatte leicht gegen ihre Wange gedrückt. Und dann hatte er sie mit sanfter Entschlossenheit von sich geschoben und sie so bestürzt angesehen, als wollte er sagen: Bilde dir darauf bloß nichts ein... Du hast mich in einem unbedachten Moment erwischt, das ist alles.

Laurel erinnerte sich noch ganz genau, wie tief verletzt sie gewesen war. In diesem Augenblick war ihr einziger Wunsch gewesen, so weit und so schnell wie möglich davonzurennen. Genauso fühlte sie sich jetzt.

Aber Jess schien von ihrer mangelnden Begeisterung nicht sonderlich betroffen. In seinen dunklen Augen lag ein spöttisches Funkeln, und Laurel war wieder einmal erstaunt darüber, wie sehr er sich doch von anderen jungen Männern unterschied. Sie war mit einigen ausgegangen und hatte mit deren Gefühlsduselei nicht sonderlich viel anfangen können.

»Das ist nicht gerade das, woran du gewöhnt bist, nicht wahr?« Er lachte leise in sich hinein. »Du kennst wohl nur die Brüder, die erst mal ’ne Platte auflegen – ein bißchen Creedence Clearwater Revival oder vielleicht Johnny Winter. Und dann zaubern sie aus irgendeiner Ecke ein bißchen Gras, das sie von ihrem Taschengeld gekauft haben.« Jess schüttelte sein Haar, daß die Tropfen flogen und Laurels Gesicht und Arme mit einem feinen Sprühregen überzogen. »Hör zu, Bohne, ich habe keine Stereoanlage. Und ich habe weder Zeit noch Geld für Drogen«, fuhr er fort und verzog das Gesicht zu einem breiten Lächeln. »Aber wenn du Lust hast, habe ich Zeit für dich.«

Er machte sich über sie lustig. Laurel war leicht verwirrt, aber auch etwas ärgerlich.

»Ich gehe wohl besser«, sagte sie steif.

Er machte keinerlei Anstalten, sie zurückzuhalten, sondern blickte sie nur mit diesem trägen Lächeln an. Was hatte er nur an sich? Laurel schien unfähig, sich zu bewegen, und starrte auf seinen immer noch feuchten Hals.

»Ich wette, du hast als Kind brav den Teller mit Suppe ausgelöffelt, um deinen Nachtisch zu bekommen«, sagte er. »Das habe ich nie verstanden. Warum soll man sich nicht gleich nehmen, was man will?«

Er strich mit einem Finger sanft über ihre Wange, und Laurels Haut begann zu brennen. Als er sie nun erneut küßte, entzog sie sich ihm nicht.

Zu ihrer Überraschung gefiel es ihr sogar, von Jess geküßt zu werden. Seine Lippen waren sehr weich, sie zuckte nur ein wenig zurück, als sie seine Zähne spürte. Da war wieder dieses unterschwellig Bedrohliche an ihm, das sie gleichzeitig abschreckte und faszinierte. Aber am meisten verblüffte sie seine absolute Sicherheit. Seine Hände kreisten über ihren Körper und waren durch den dünnen Baumwollstoff ihrer Bluse genau zu fühlen.

Sie versuchte, sich vorzustellen, es sei Joe, der sie küßte und nun an ihrer Bluse herumnestelte.

Jess gab der Tür mit dem Fuß einen Schubs, damit sie zufiel. Laurel hörte das Schloß einrasten und hatte plötzlich das Gefühl, sie müsse irgend etwas sagen.

»Das Mädchen unten hat gesagt, daß hier keiner eine Tür abschließt.«

»Stimmt! Wir wollen keine Leute fernhalten«, lachte Jess. »Aber manche wollen wir dabehalten.« Dann wurde er ganz ernst, und auf seinen hohen Wangenknochen erschienen zwei hochrote Flecken. »Und jetzt würde ich gerne wissen, ob du wirklich am ganzen Körper so weiß bist wie im Gesicht. Das hat mich schon in der Schule interessiert.«

Wie in Trance begann Laurel, sich auszuziehen. Sie schlüpfte aus den Sandalen und ließ ihre Bluse zu Boden flattern, dann folgte ihr geblümter Rock, Büstenhalter und Slip.

Schließlich stand sie mit Gänsehaut auf Armen und Beinen völlig nackt in dem rosafarbenen Licht des Zimmers vor Jess. Unten bellte irgendwo ein Hund. Und durch das Fenster konnte sie direkt über Jess' Schulter eine rote Blüte in der Sonne leuchten sehen. Abgesehen von diesen alltäglichen Kleinigkeiten war sie sich ganz sicher, daß dies alles nicht wirklich passierte, daß es ein Traum war und daß sie jeden Moment in ihrem eigenen Zimmer aufwachen würde.

Jess schien zum erstenmal seine Gelassenheit verloren zu haben. Sein ganzes Gesicht war jetzt gerötet, und er starrte sie mit offenem Mund und weit aufgerissenen Augen an.

»Heilige Maria«, flüsterte er, und sein Ausatmen klang wie ein Stöhnen. Dann schlüpfte er aus seinen Jeans. Laurel hatte ihn zwar in der Zeichenklasse schon nackt gesehen, allerdings war er in dieser Situation nicht... erregt gewesen.

Während Jess sie eingehend betrachtete, wurde Laurel sich langsam ihrer Lage bewußt und bekam Angst. Sie fragte sich, ob es nicht besser war, Jess zu gestehen, daß sie noch nie mit einem Mann geschlafen hatte. Es hatte zwar zahlreiche Gelegenheiten dazu gegeben, aber um ganz ehrlich zu sein, war sie eigentlich nie besonders böse gewesen, daß sich im entscheidenden Moment alles zerschlug. Die Jungs waren einfach zu ungeschickt. Einer hatte es allen Ernstes fertiggebracht, ihren Slip im Reißverschluß ihrer Jeans zu verklemmen. Und ohnehin wäre ihr das erste Mal mit Joe am liebsten gewesen.

Sie war über Joes Zurückweisung so tief verletzt, daß dem nicht mit Vernunft beizukommen war. Sie hielt diese Verletzung fast wie ein Schild vor sich, obwohl sie wußte, daß dieses Verhalten kindisch und falsch war.

»Ich glaube nicht, daß ich gern mit einem Nachtisch verglichen werde«, sagte sie leichthin und war fest entschlossen, ihre wahren Gefühle zu verbergen.

Jess liebkoste ihre Brüste. Als er an einer Brustwarze knabberte, löste das in Laurel wahre Wonneschauer aus.

»Du bist aber mindestens ebenso süß«, lachte er leise.

Einen Moment später griff er ihr überraschend mit der Hand zwischen die Beine. Laurel erschrak. Doch Jess bewegte die Hand nicht, sondern hielt sie nur ganz ruhig dort, bis sich von dieser Stelle aus eine sanfte Wärme verbreitete, die Laurels ganzen Körper erfaßte.

»Komm«, flüsterte er ihr heiser ins Ohr und biß ihr so fest ins Ohrläppchen, daß ihr die Tränen in die Augen schossen.

Dann führte er sie mit überraschender Sanftheit zum Bett.

Angesichts der schockierten Reaktion ihrer Schwester fiel Laurel etwas Seltsames auf: Sie hatte niemals über die Möglichkeit einer Schwangerschaft nachgedacht. Kein einziges Mal. Trotzdem hatte sie es wohl darauf angelegt, ja sogar gewollt, daß etwas in der Art passieren würde – etwas derart Umwälzendes und Endgültiges.

Doch nun war ihr die Situation gänzlich fremd. Und eines wußte sie sehr genau: Sie wollte alles andere als schwanger sein. Doch sie war laut der Aussage des Arztes unzweifelhaft im vierten Monat und konnte schlecht so tun, als hätte er sich das alles eingebildet.

Sie hatte Jess nichts von ihrer Schwangerschaft erzählt und wollte es auch in Zukunft nicht tun. Das Baby hatte ihrer Ansicht kaum etwas mit Jess zu tun, mit dem sie nur ein paarmal ins Bett gegangen war und der sich während der ganzen Sommerferien überhaupt nie gemeldet hatte. Seit Anfang des Wintersemesters vor einigen Wochen hatte sie ihn nur ein einziges Mal gesehen. Und so war das Baby in ihrer Phantasie langsam zu Joes Kind geworden, als wäre es einfach aus ihrer Liebe zu ihm entstanden.

Trotzdem würde sie Annie sagen müssen, wie sich die Dinge wirklich verhielten. Sie konnte schlecht weiterhin so tun, als sei Joe der leibliche Vater.

»Weiß er –« Annie schluckte und stieß dann die Worte hervor, die ihr größte Mühe zu bereiten schienen: »Weiß Joe Bescheid? Hast du ihm alles erzählt?« Über dem dunkelblauen Pyjama wirkte ihr Gesicht wie ein fahler weißer Fleck.

»Nein.«

»Warum nicht?«

Weil es nicht von ihm ist. Der Satz lag Laurel auf der Zunge. Doch sie schwieg.

»Ich habe mit niemandem darüber gesprochen«, sagte sie und war gleichzeitig entsetzt und überrascht von ihrer eigenen Wendigkeit.

Sie hatte nicht gelogen. Zumindest nicht richtig. Warum fühlte sie sich dann nur so schuldig? Und warum begann sich alles um sie her zu drehen? Ihr war bisher kein einziges Mal übel gewesen – aus diesem Grund hatte sie auch den Arzt nicht früher aufgesucht –, aber jetzt fühlte sie sich so, als müsse sie sich jeden Moment übergeben.

»Ich glaube das einfach nicht«, sagte Annie. »Joe würde nie –« Sie verschluckte den Rest.

Laurel schwieg. Sie preßte die Lippen aufeinander und hielt die Knie fest mit den Armen umschlungen.

»Hast du... habt ihr schon länger eine Beziehung gehabt?« Annie schien langsam in sich zusammenzusinken, und ihre Stimme zitterte. Der bittere Tonfall aber blieb.

»Nein«, antwortete Laurel. »Es war nur ein paarmal.«

Annie atmete schwer. Nach einem endlosen Augenblick sagte sie schwerfällig – fast wie ein Bergsteiger, der endlich Halt gefunden hat: »Gut. Du wirst mit ihm reden müssen.«

Laurel brach der kalte Schweiß aus. Am liebsten wäre sie zur Toilette gerannt, zwang sich aber, sitzen zu bleiben. Sie mußte ihrer Schwester die Wahrheit sagen. Es war einfach nicht fair, Annie weiterhin annehmen zu lassen, daß Joe der Vater ihres Kindes war. Außerdem würde Annie ohnehin die Wahrheit erfahren, wenn sie mit Joe redete.

Natürlich konnte sie ihre Schwester auch noch ein klein wenig zappeln lassen. Sie hatte ja schließlich nicht eigentlich gelogen, Annie hatte nur aus dem, was sie gesagt hatte, das Falsche geschlossen. Außerdem schien Annie wohl nicht sonderlich viel Vertrauen zu Joe zu haben, wenn sie so etwas von ihm denken konnte...

Laurel rief sich zur Vernunft. Nein, sie mußte ihrer Schwester sofort die Wahrheit sagen, sonst würde Annies Herz brechen. So wie ihr eigenes.

Laurel sah sich selbst an der Wegscheide stehen. Es gab nur zwei Möglichkeiten. Die eine hieß Abschied von Joe und dem Traum nehmen, daß er jemals ihr gehören würde. Diese Lösung würde ungeheuer schmerzhaft sein. Sie könnte mit Annie über Jess reden und ihr sagen, wie wunderbar sie es fände, daß Joe und Annie sich liebten. Das würde ihr ziemlich schwerfallen, und wäre sicher das schwierigste, was sie je getan hatte. Aber es war nicht unmöglich. Es war nur von ihrem Willen abhängig.

Für einen Augenblick machte sich in Laurel eine merkwürdige Heiterkeit breit, und sie erahnte einen Blick auf die Person, die sie sein könnte – wenn sie Joe aufgeben würde.

Doch dann war die Erinnerung an Dollys Party wieder da und an den Schmerz, den sie gespürt hatte, während sie die beiden beobachtete. Laurel dachte daran, wie sie Jahr für Jahr ohne zu murren in Annies Fußstapfen getreten war. Und nun hatte Annie ihr das einzige, was sie jemals wirklich gewollt hatte, weggenommen. Bei diesem Gedanken kam ihr ganzer Groll wieder hoch.

»Ich kann darüber jetzt nicht nachdenken«, sagte sie sehr beherrscht. »Mir geht's nicht besonders gut.«

»Aber –« Annie sagte nichts weiter.

»Können wir morgen darüber reden? Ich möchte jetzt wirklich ins Bett.« Noch während sie redete, fühlte Laurel, wie ungeheuer erschöpft sie war. Die Übelkeit hatte sich zwar gelegt, aber dafür war sie so müde, daß sie kaum stehen konnte. Der Raum schien um sie her zu schwanken.

Ich werde Annie morgen alles erklären, war ihr letzter Gedanke, als sie in ihr Zimmer ging.

Annie griff haltsuchend nach dem Geländer und stieg langsam die Treppe zu Joes Wohnung hinab. Normalerweise verschwendete sie keinen Gedanken an das Treppenhaus, doch heute nacht kam es ihr mit den abgetretenen Stufen und der abgestandenen Luft ausgesprochen schäbig vor. Sie fühlte sich so schwach und zerbrechlich, als wäre sie in der vergangenen halben Stunde um Jahre gealtert. Warum war es hier nur so dämmrig? Auf den einzelnen Treppenabsätzen brannte zwar Licht, aber ihr kam es so vor, als würde sie in einen furchtbaren Abgrund hinuntersteigen.

Joes Baby.

Sie kannte ihn nun schon so lange. Konnte es sein, daß sie sich so in ihm getäuscht hatte? Sie hätte doch sicher gemerkt, wenn er ihr etwas vorgemacht hätte?

War es möglich, daß sich hinter dem netten, impulsiven Joe, hinter dem Mann, den sie liebte, ein ganz anderer verbarg, ein Mensch, der sie bedenkenlos glauben ließ, daß er sie liebte, nachdem er mit ihrer Schwester geschlafen hatte?

Nein. Joe würde das nicht tun. Das war einfach unmöglich.

Vor wenigen Minuten noch hätte sie ihre Hand für seine Ehrlichkeit ins Feuer gelegt. Aber jetzt...

Sie sah Laurel noch einmal vor sich. Ihre Schwester war weiß wie ein Laken gewesen und hatte gleichermaßen verängstigt und herausfordernd reagiert, als müsse sie ihn beschützen. Weshalb sollte sie lügen? Warum sollte sie etwas so Grauenvolles erfinden?

Annies Knie gaben nach, und sie sank gegen das Geländer. Sie bedeckte das Gesicht mit den Händen und schluchzte verzweifelt. Wie hatte er Laurel das nur antun können?

Und wie hatte Laurel mit ihren achtzehn Jahren so blöd und naiv sein können, in ihrem Alter schon schwanger zu werden? Und das ausgerechnet von Joe!

Annie setzte sich auf eine Treppenstufe und versuchte sich

vorzustellen, wie es passiert sein konnte. Laurel hatte ihm wahrscheinlich ihr Herz ausgeschüttet, und Joe hatte ihre Liebeserklärung in all seiner Nettigkeit hingenommen, weil er ihre Gefühle nicht verletzen wollte. Danach hatte er sie dann in einem neuen Licht gesehen – nicht beim ersten- oder zweitenmal, sondern nach einer Woche oder erst einem Monat erkannt, wie schön und verführerisch das kleine Mädchen von früher geworden war. Vielleicht waren sie dann miteinander essen gewesen oder ins Kino gegangen, so wie sie es früher oft zu dritt getan hatten, und dann war es eben einfach passiert...

Helle Wut wallte plötzlich in Annie hoch, und die Erbitterung trieb sie aus ihrer verzweifelt zusammengekauerten Haltung wieder auf die Füße.

In diesem Moment haßte sie Joe. Wie konnte er es wagen! Wie hatte er sich erdreisten können, sie glauben zu machen, daß er sie liebte!

Oder hatte er sich etwa eingebildet, daß sie es nicht herausfinden würde? Daß dieser kleine Ausrutscher ein Geheimnis zwischen Laurel und ihm bleiben würde, der nach Möglichkeit nicht wiederholt werden sollte? Und wenn Laurel nicht schwanger geworden wäre, hätte sie in der Tat nie davon erfahren.

Annie stieg die Treppe weiter hinab und zählte die Stufen, als würde ihr das irgendwie bei der Überlegung helfen, wie sie mit der Situation fertigwerden sollte.

Nun war sie vor der braun gemaserten Wohnungstür von Joe angelangt. Der Türspion starrte sie wie ein totes Auge an. Sie klopfte erst, dann klingelte sie, dann klopfte sie noch einmal so heftig, daß ihre Fingerknöchel schmerzten.

Joe öffnete die Tür so plötzlich, daß sie über sein Auftauchen beinahe erschrocken war. Er war barfuß und hielt einen Becher mit Kaffee in der Hand. Er trug noch die Jeans, die er auf Dollys Fest angehabt hatte, und hatte die Ärmel des weißen Hemdes hochgekrempelt. Annie kam es so vor, als würde sie ihn wie durch ein Fernglas sehen: Sie konnte jeden Bartstoppel erkennen, sogar die goldenen Sprenkel in seiner Iris. Im Hintergrund spielte Musik. Jazztrompete. Stanley Turentine. Aber woher wußte sie das? Sie interessierte sich doch gar nicht besonders für Jazz. Sie hatte das Gefühl, als lägen ihre Nervenenden bloß.

»Annie!« Joe strahlte sie überrascht an, um dann besorgt zu fragen: »Ist etwas passiert? Ist mir dir alles in Ordnung?«

Sie nickte, brachte aber kein Wort heraus.

»Ist etwas mit Laurel? Sie sah ja total fertig aus vorhin, so als würde sie irgend etwas ausbrüten.«

Diese Formulierung wirkte, als hätte er sie gepackt und geschüttelt. Annie fand ihre Stimme wieder und die Worte überschlugen sich fast.

»Sie brütet in der Tat etwas aus.« Annie schoß ihm einen eiskalten Blick zu. »Sie ist schwanger.«

»Großer Gott!«

Joe trat einen Schritt zurück, als wolle er sie hereinbitten, schwankte dann aber leicht und schien um sein Gleichgewicht zu kämpfen. Er streckte den Arm zur Balance aus, vergaß darüber aber den Becher in seiner Hand. Der Kaffee schwappte in hohem Bogen auf die Fußmatte und über die Miró-Grafik an der Wand.

»O Gott«, sagte er noch einmal.

Annie schlüpfte an ihm vorbei. Ihr fiel erst auf, daß sie ihre Pantoffeln vergessen hatte, als sie in die Kaffeelache auf dem Fußboden trat. Für den Weg durch das Treppenhaus hatte sie einen Mantel über den Pyjama geworfen. Wahrscheinlich sah sie nicht sehr vorteilhaft aus, so ohne Make-up und mit noch feuchtem, wirrem Haar. Aber was machte das schon? Sie war nicht hier, um mit Joe ins Bett zu gehen. Sie würde nie mit ihm ins Bett gehen.

Sie betrat das Wohnzimmer, ohne sich wegen des Teppichs die Mühe zu machen, den Kaffee von ihren Füßen zu wischen. Sie zog auch den Mantel nicht aus. Sie hörte die Tür hinter sich ins Schloß fallen und drehte sich um. Joe stand immer noch bewegungslos im Flur. Ihre feuchte Fußspur schien wie eine Anklage auf ihn zuzuführen.

Dann war er in drei Schritten bei ihr und wollte ihr aus dem Mantel helfen. Annie wollte ihm ausweichen und knallte mit dem Hüftknochen schmerzhaft an die Couchlehne. In diesem Raum schienen überhaupt nur Dinge zu stehen, an denen man sich weh tun konnte – sperrige Eichenmöbel, ein niedriger Glastisch, auf dem ein Paar schmiedeeiserne Kerzenleuchter standen. Und von der Wand blickte ein finsterer Humphrey Bogart im Trenchcoat und mit der Zigarette im Mundwinkel.

»Laß mich!« sagte sie.

Joe stand mit hängenden Armen vor ihr. Er wirkte verwirrt, fast bestürzt. Als hätte Annie die Maske abgenommen und darunter wäre ein Gesicht zum Vorschein gekommen, das sich von all denen, die er kannte, unterschied. Das Gesicht einer Fremden.

Annie fragte sich auf einmal mit einem Aufflackern von Hoffnung, ob das nicht alles ein schrecklicher Irrtum war und sie sich in einem Alptraum befand. Konnte sie sich eingebildet haben, daß Laurel ihr von ihrer Schwangerschaft erzählt hatte? Oder hatte sie vielleicht bei der Frage der Vaterschaft etwas falsch verstanden?

»Um Himmels willen, Annie, was geht hier eigentlich vor?« Joe packte sie so fest am Arm, daß es weh tat. »Du glaubst doch wohl nicht, daß ich davon gewußt habe, oder? Regst du dich deswegen so auf? Glaubst du im Ernst, Laurel hat mir davon erzählt, und ich wollte es vor dir verheimlichen?«

»Hör bloß auf!« zischte sie. Es war geradezu unfaßbar, daß er sie jetzt auch noch anlog und vorgab, nichts zu wissen.

»Womit soll ich aufhören? Ich weiß noch nicht einmal, wovon du redest.«

»Wie kannst du einfach so dastehen und so tun, als hättest du mit alldem nichts zu tun? Du Scheißkerl!«

Sie sah, wie ihm die Röte den Nacken hochkroch und sein Blick durchdringend wurde. Er war offensichtlich kurz davor, die Beherrschung zu verlieren. Doch dann riß er sich mit sichtlicher Anstrengung zusammen, ließ ihren Arm los und trat einen Schritt zurück. Dabei hielt er die Hände abwehrend vor seinen Körper, als wolle er einem heranrasenden Auto Einhalt gebieten. An der Wand hinter ihm schien sie eine abstrakte schwarz-rote Grafik von Roy Lichtenstein förmlich anzuspringen. Daneben hing eine alte Menükarte von Joe's Place, die mit Laurels anmutigen Zeichnungen verziert war: einem Taubenpärchen, einem Eisvogel, einem Pfau und einer Ansammlung winziger Spatzen. Joe mußte die Karte während Annies Abwesenheit gerahmt und aufgehängt haben. Bei der Vorstellung, daß Joe ihre Schwester vielleicht wirklich liebte, zog sich Annies Herz zusammen.

»Gut, ich merke schon, daß du nicht unbedingt in der Stimmung bist, dich hinzusetzen und vernünftig mit mir zu reden. Aber könntest du mir vielleicht wenigstens sagen, worüber du dich dermaßen aufregst?« Joe sprach betont langsam, wie um sich selbst zu beruhigen. »Ich meine damit: Darf ich mich wenigstens verteidigen, bevor ich auf den elektrischen Stuhl komme?«

»Laurel hat mir alles erzählt. Über dich – über alles.«

Und da war es! Das schuldbewußte Aufflackern in seinen Augen war nicht zu übersehen gewesen. Er hatte es tatsächlich vor ihr verheimlichen wollen. Annie hätte ihn am liebsten geschlagen und so leiden gesehen, wie sie selbst litt.

»Was soll das heißen? Was gibt es denn da schon zu erzählen?« Joes Gesicht war plötzlich völlig verschlossen und gab keine Regung mehr preis. »Ich bin fest davon überzeugt, daß sie mich vergessen wird, sobald sie einen gutaussehenden jungen Mann kennenlernt, der auch noch ein bißchen von Kunst versteht. Wahrscheinlich sind ihr dann ihre Gefühle für mich im nachhinein sogar peinlich. Hör mal, ich weiß wirklich nicht, wieso du dich so aufregst. Das ist eine Geschichte allein zwischen Laurel und mir. Das hat doch mit dir überhaupt nichts zu tun.«

Mit ihr nichts zu tun? Annie glaubte, sich verhört zu haben. In ihrem Kopf war ein gewaltiger Druck, der immer mehr anwuchs, als würde ihr Schädel jeden Moment zerspringen wollen.

»Gut« – Joe musterte sie forschend – »laß es uns noch mal versuchen. Also noch mal von vorn. Du sagst, Laurel ist schwanger?« Er fuhr sich mit einer Hand durch das Haar. »Bist du sicher, daß das stimmt? Ich meine, angenommen sie war leichtsinnig und hat jetzt ihre Periode nicht bekommen... wieso muß man denn dann gleich durchdrehen?«

»Joe.« Annie kam es so vor, als würde sie fast schreien, aber ihre Stimme schien ganz normal zu klingen. »Joe, ich kann einfach nicht glauben, daß du mir vormachen willst, du hättest mit alldem nichts zu tun. Ich weiß alles, verdammt noch mal.«

»Du glaubst, ich –« Er unterbrach sich und musterte sie mit schiefgelegtem Kopf so ungläubig sie jemand, der für ein Verbrechen verurteilt wird, das er nicht begangen hat. Er schüttelte langsam den Kopf. Auf seinen Brillengläsern tanzten kleine Lichtfunken.

»Ich glaube es nicht, ich *weiß* es. Und wenn du es wagen solltest, Laurel je wieder zu nahe zu kommen, mit ihr zu sprechen, sie anzurufen oder sie bloß anzusehen, werde ich Mittel und Wege finden, dich einsperren zu lassen, verlaß dich drauf! Ich werde Laurel so weit bringen, daß sie sagt, du hast sie vergewaltigt. Ich werde dich der Vergewaltigung an meiner Schwester beschuldigen – o Gott, Joe, wie konntest du das tun, wie *konntest* du nur?« Annie schluchzte völlig verzweifelt vor sich hin und suchte Halt an der Wand neben ihr. »Ich habe dir vertraut! Laurel hat dir vertraut! Wie konntest du uns beiden das antun?«

»Ich habe nicht –«

»Sei still! Hör auf, mich anzulügen!«

»Verdammt noch mal, hör mir doch wenigstens zu!«

Wie aus dem Nichts tauchte seine Faust plötzlich auf und landete krachend neben ihrem Kopf an der Wand. Es war so schnell gegangen, daß sie nur einen kleinen Lufthauch an der Wange spürte. Staub rieselte über ihr Gesicht, und sie konnte den kreidigen Geruch von abfallendem Verputz riechen. Sie schmeckte ihn sogar auf ihrer Zunge.

Annie war wie versteinert. Sie glaubte, jeden Moment umzukippen, brachte es aber fertig, sich fest gegen die Wand zu stemmen.

Der Faustschlag hatte ihr gegolten. Er hatte sie schlagen wollen.

Wie hatte es nur soweit kommen können? Vor ein paar Stunden noch war alles in Ordnung gewesen.

Annie dachte daran, wie sie vor vielen Jahren einmal in einer Straßenbahn gesessen hatte, bei der plötzlich an einem steilen Hang die Bremsen versagt hatten. Der Wagen war mit einem furchtbar kreischenden Geräusch zu Tal gerast, während die Insassen wie versteinert darinsaßen. Nur ein Mann war abgesprungen. Annie hätte nichts lieber getan, als ihr Gesicht in Dearies Schoß zu verstecken, wußte aber, daß das nichts ändern würde. Also zwang sie sich hinauszusehen und beobachtete voller Entsetzen, wie die Autos ihnen auswichen. Die Straße kam ihr wie eine große, alles verschlingende Welle vor. Das Schlimmste aber war die Gewißheit gewesen, daß niemand den Wagen anhalten konnte und es auch keine Möglichkeit gab, ihn zu verlassen.

Schließlich hatten sie einen in zweiter Spur geparkten Lieferwagen gestreift, der die Trambahn unter rüttelnden Bewegungen langsam zum Halten kommen ließ. Wie durch ein Wunder war – abgesehen von dem Mann, der abgesprungen war – niemand zu Schaden gekommen.

Das, was nun hier ins Rollen gekommen war, konnte allerdings niemand aufhalten. Joe und sie waren die Insassen des Wagens, dessen Bremsen versagt hatten. Und gleichgültig, ob sie absprangen oder bis zum bitteren Ende durchhielten – es gab keine Rettung.

Zwei Treppen waren zu überwinden. Annie zählte erneut die Stufen, bis sie das Stockwerk erreicht hatte, in dem sich ihre Wohnung befand. An der Tür probierte sie unbeholfen mit dem Schlüssel herum, der wieder und wieder ihrer Hand entgleiten wollte. Als sie endlich aufgeschlossen hatte, knipste sie das Licht an. Laurel, die auf dem Sofa im Wohnzimmer geschlafen hatte, fuhr völlig verstört hoch und blinzelte aus geschwollenen Augen.

»Annie!« schrie sie auf. »Was ist passiert? Du siehst aus, als wärst du überfallen worden! Wo bist du gewesen? Was ist los mit dir?«

Schlagartig wurde Annie die Situation bewußt. Sie taumelte zu dem Stuhl neben dem Sofa und brach regelrecht darauf zusammen. Sie bedeckte die Augen mit der Hand, weil das grelle Licht sie schmerzte.

»Ich habe... mit Joe gesprochen.« Ihre Worte mischten sich mit Keuchen und Schluchzen. »Aber er... er hat gesagt...« Sie schwieg und dachte plötzlich an den Ausdruck der Verletztheit und gleichzeitig der Verwunderung auf seinem Gesicht.

Und dann wußte sie endgültig, daß sie sich in einem Alptraum befand, als Laurel mit gepreßter Stimme leise vor sich hinweinte. »O Annie! Ich wollte doch gar nicht, daß du glaubst, Joe ist der Vater. Ich wollte erst... Dann hat sich alles so ergeben. Joe hat nie... wirklich nicht!« Auf einmal blitzten ihre Augen auf, und ihre Stimme bekam einen festeren Klang. »*Ich* wollte ihn. Ich wünschte, er wäre der Vater. Ich wünsche es immer noch.«

Annie traute ihren Ohren nicht. Sie blickte auf, ihre Augen schmerzten, als sie versuchte, ihren Blick auf ihre Schwester zu richten. Dann fragte sie langsam, um jedes Mißverständnis auszuschließen: »Willst du damit sagen, daß Joe *nicht* der Vater des Kindes ist? Daß ihr kein Verhältnis miteinander habt?«

»Es war jemand von der Uni«, sagte Laurel. »Er heißt Jess Gordon. Ich kannte ihn von früher, aus Brooklyn. Es war nur – ich meine, ich liebe ihn nicht oder so.«

»Aber du liebst Joe.«

Laurel wich Annies Blick nicht aus, sondern reckte das Kinn sogar etwas vor, als wolle sie Annie herausfordern.

»Ja«, antwortete sie ohne Erklärung oder gar Entschuldigung.

»Warum hast du dann gelogen? Warum hast du behauptet –« Annies Kehle war plötzlich so zugeschnürt, daß sie lieber schwieg.

Ich habe ihm noch nicht einmal die Möglichkeit gegeben, etwas zu erklären. Ich habe ihm einfach nicht geglaubt. Gott, lieber Gott, wird er mir das jemals verzeihen können?

Laurel sagte mit klarer und sanfter Stimme, die nicht den Hauch von Bedauern enthielt: »Ich habe nicht gesagt, daß Joe der Vater ist, Annie. Du hast es bloß so verstanden.«

Helle Wut flammte in Annie auf. Sie stand so abrupt auf, als hätte sie eine unsichtbare Macht hochgezogen. »Laurel, verdammt noch mal, hör bloß auf, so unschuldig zu tun! Das ist unglaublich! Du hast es vielleicht nicht *gesagt*, aber du wolltest, daß ich es glaubte!«

»Ich habe es nicht so gemeint. Und als ich gemerkt habe, daß du alles falsch verstanden hast, na ja...« Laurels Stimme klang auf einmal ziemlich gepreßt. Dann verengten sich ihre Augen zu Schlitzen. Sie zitterte am ganzen Körper. »Du liebst ihn, nicht wahr? Und du willst ihn für dich haben. Ich zähle gar nicht. Es ist dir egal, daß ich schwanger bin. Es geht dir nur um Joe. Und um dich. Du bist total mit den Nerven fertig, weil du glaubst, daß du ihn verloren hast. Stimmt's? Gib doch zu, daß ich recht habe!« Laurels Stimme war schrill geworden.

Annie geriet völlig außer Fassung. Sie packte Laurel an den Schultern und schüttelte sie. »Wie kannst du es wagen! Was fällt dir eigentlich ein! War ich nicht immer für dich da, habe ich nicht immer alles für dich getan? Wie konntest du es wagen, mir das anzutun? Was hast du dir dabei gedacht?«

Laurel war totenblaß. Ihre großen Augen schienen durch

Annie hindurchzusehen. »Du hast mich nie gefragt«, sagte sie mit einer Bitterkeit, die aus ihrem Mund völlig fremd klang. »Du bist einfach immer davon ausgegangen, daß ich mit allem einverstanden sein würde... aber du hast mich nie gefragt. Du hast immer nur das getan, was *du* wolltest. Aber vielleicht bin ich jetzt an der Reihe. Vielleicht möchte ich einmal in meinem Leben an erster Stelle stehen.«

Annie wich zurück und war zu Tode erschrocken über die Feindseligkeit, die ihr entgegenschlug. Wie konnte Laurel nur so ungerecht sein! Und dann bemerkte sie zu ihrem Entsetzen, daß auch in ihr der Haß aufstieg. Sie haßte Laurel in diesem Augenblick mit einer Intensität, daß sie sich sehr beherrschen mußte, um sie nicht zu schlagen.

»Dann mach was du willst«, zischte sie. »Aber erwarte nie mehr von mir, daß ich da bin, wenn du mich brauchst!«

19. Kapitel

Annie starrte auf das leere Ladengeschäft mit dem Schild »Zu vermieten« auf dem mit Brettern vernagelten Fenster. Das Viertel war sicher nicht das beste – Ninth Avenue zwischen Vierzehnter und Fünfzehnter Straße. Auf der einen Seite befand sich ein trostlos wirkendes Friseurgeschäft, auf der anderen eine Reparaturwerkstatt für Geräte aller Art, in dessen Schaufenster zwei Fernseher liefen, die einen blauen Schimmer über den schneebedeckten Bürgersteig warfen.

War das auch die richtige Adresse? Zitternd vor Kälte warf Annie einen Blick auf die Anschrift, die Emmett ihr gegeben hatte und die sie auf der Rückseite einer Quittung notiert hatte. Sie stimmte. Mein Gott, was für ein Loch! Annie ließ den Blick über die leeren Flaschen gleiten, die vor der Tür lagen, und seufzte innerlich auf.

Es war früher mal eine Imbißbude, hatte Emmett gesagt, und

hinter dem Verkaufsraum befand sich angeblich eine ziemlich große Küche. Vielleicht war es doch nicht so schlecht, wie es von außen wirkte. Erst wollte sie es mal mit Emmett besichtigen.

Das letzte Ladenlokal, das sie besichtigt hatte, war in der Hudson Street gewesen und hatte ideale Voraussetzungen geboten. Die Lage in Greenage Village war ausgesprochen reizvoll gewesen, und es wären kaum Renovierungskosten angefallen. Dafür war aber auch die Miete gleich dreimal so hoch gewesen.

Annie blickte auf die Uhr. Es war Viertel vor zwölf. Emmett mußte jede Minute hier sein. Auf einmal konnte sie es kaum erwarten, ihn zu sehen und seinen Ausführungen zu lauschen, was aus diesem oder jenem Raum Wunderbares werden könne, wenn man sich beispielsweise eine Wand wegdachte.

Annie dachte daran, was für ein großes Glück es gewesen war, daß Emmett Cameron wieder in ihrem Leben aufgetaucht war. Er hatte ein paar Wochen nach dem schauerlichen nächtlichen Zwischenfall mit Joe angerufen. Emmett war in New York und arbeitete jetzt bei der Immobilienfirma eines Freundes von einem seiner Bekannten aus Frankreich. Er hatte sie damals noch am selben Abend ins Chelsea Hotel zum Essen eingeladen. Das war jetzt vier Monate her.

Als sie ihn dann in der altmodischen Bar des Chelsea hatte stehen und auf sie warten sehen, hatte sie fast so etwas wie Erleichterung verspürt und sich so gefühlt, als würde sie von einer unsicheren Plattform aus wieder sicheren Boden betreten. Ein oder zwei Stunden hatte sie für das Wiedersehen eingeplant. Doch dann war Emmett mit breitem Lächeln auf sie zugekommen und hatte sie in die Arme genommen. Annie hatte sich so sicher und geborgen gefühlt, im selben Moment aber auch seltsam angespannt, als wäre jede Faser ihres Körpers plötzlich zum Leben erwacht.

Sie hatten sich mit einem Krug Sangria in eine Ecke der Bar gesetzt. Es gab ungeheuer viel zu erzählen. Emmett hatte beinahe das große Los mit einem möblierten Apartement ganz in der Nähe gezogen. Und er hatte die Chance seines Lebens in dem Immobilienjob gefunden, in dem sich bei der Vermittlung von Büroräumen sechsstellige Summen verdienen ließen. Es war nicht so, daß Emmett die Zeit bei Girod's bereute. Allein das Leben in Paris wog die Sklaventreiberei eines Monsieur Pompeau auf. Aber Emmett hatte erkannt, daß er nicht der geborene Pralinenhersteller war.

Im Gegenzug hatte ihm Annie von ihrer geplanten Geschäftsgründung erzählt und wie ergebnislos und frustrierend die Suche nach einem geeigneten und vor allem auch erschwinglichen Ladenlokal bislang verlaufen war. Emmett versprach, mit dem in der Immobilienfirma für derartige Mietobjekte zuständigen Makler zu sprechen.

Seit diesem Abend hatten sie sich häufig gesehen. Und Emmett übte Gott sei Dank keinerlei Druck auf sie aus. Er benahm sich so, als hätte er die wilden Nächte in Paris aus der Erinnerung gestrichen. Das bedeutete für Annie eine wirkliche Erleichterung, denn mehr als Kameradschaft konnte sie ihm im Moment nicht anbieten. Joe erfüllte nach wie vor ihre Gedanken, sie sehnte sich nach ihm und begehrte ihn. Doch gab es nach jenem nächtlichen Zwischenfall augenscheinlich keine Verständigungsmöglichkeit zwischen ihnen beiden. Die Kluft war einfach zu tief. Annie selbst verfiel in eisige Höflichkeit, wenn sie ihm auf der Treppe oder bei den Briefkästen begegnete.

Sie hatte zweimal versucht, sich zu entschuldigen, aber sie wußte nur zu gut, daß das nicht genug war. Ihr war klar, daß Joe weder gemein zu ihr sein noch sie mit seiner Zurückgezogenheit bestrafen wollte. Die Wunde war einfach zu tief. Sie hatte etwas Wertvolles zerbrochen, das – im Gegensatz zu der Wand, die Joe mit seinem Fausthieb ramponiert hatte – nicht repariert werden konnte.

»Hallo, du Frühaufsteherin!«

Annie drehte sich um und sah Emmett auf sich zukommen. Sein rotes Haar war voller Schneeflocken, und sein Atem stand wie weißer Rauch vor seinem Mund. Er hatte den Kragen seines Mantels hochgeschlagen, wirkte aber trotzdem ganz so, als würde er nicht durch Schnee und Eis, sondern durch eine sonnenbeschienene Wiese schlendern. Annie wurde es warm ums Herz, als sie ihn sah.

»Ich wollte nicht, daß du auf mich warten mußt.« Sie lachte. »So bin ich eben.«

»Du siehst nicht gerade sehr begeistert aus.«

»Ich –«

Emmett legte ihr einen Finger auf die Lippen. Seine Hände waren angenehm warm, obwohl er keine Handschuhe trug.

»Sei so lieb und sag erst etwas, wenn du es von innen gesehen hast, okay?«

Emmett fischte einen Schlüsselbund aus der Tasche und schloß erst das Metallgitter und dann die Eingangstür auf.

»Jetzt schau nicht so finster, Cobb«, mahnte Emmett, als sie eintraten. »Es ist zwar zugegebenermaßen nicht erstklassig, aber auch nicht gleichbedeutend mit der südlichen Bronx.«

Annie musterte die kleinen runden Vertiefungen im Boden vor der Theke. Hier waren offensichtlich Barhocker entfernt worden. Die abgetretenen Bodenfliesen waren von Zigarettenkippen und leeren Kunststoffverpackungen übersät, und die Wand hinter dem vor Fett starrenden Grill war mit Spritzern bedeckt.

Annie konnte ihre Enttäuschung kaum verbergen, als sie sich zu Emmett umdrehte. »So habe ich mir meinen Laden eigentlich nicht vorgestellt«, sagte sie vorsichtig, um Emmett nicht vor den Kopf zu stoßen.

»Wir sind uns völlig einig darüber, daß das hier ein altes Rattenloch ist. Aber glaub mir, es könnte einfach super werden«, versicherte ihr Emmett. »Überleg doch mal, wie es aussieht, wenn du hier eine anständige Putzkolonne reinläßt und dann ein bißchen Farbe auf die Wände bringst. Damit wäre schon die Hälfte getan.«

Vielleicht hat er recht, dachte Annie, nur ist der Laden trotzdem ein ganz schönes Ende von der Madison Avenue und sogar der Hudson Street entfernt. Auf der anderen Seite gab es für sie kein erschwingliches Objekt auf der Madison Avenue. Und unabhängig davon, wo sie sich schließlich niederließ, würde sie ohnehin das meiste Geschäft über den Großhandel machen. Sie hatte bereits mit den Einkäufern verschiedener Geschäfte und mit Murray Klein von Zabar's gesprochen. Einige waren recht nett gewesen, andere hatten sich kaum zwei Minuten Zeit genommen. Aber alle hatten sich damit einverstanden erklärt, ihre Kreationen zu probieren, wenn es soweit war.

Ihr Blick fiel wieder auf Emmett, der vor ihr stand und so überzeugend wirkte, als wäre das alles mit ein paar Pinselstrichen getan. Annie konnte sich mittlerweile sehr gut vorstellen, wie er es geschafft hatte, ein Objekt an den Mann zu bringen, vor dem sogar sein Chef letztlich kapituliert hatte. Er war wirklich ungeheuer geschäftstüchtig. Wahrscheinlich würde es nicht mehr lange dauern, bis er sich selbst ein Haus kaufte.

Ihr war aufgefallen, daß er sich mittlerweile auch anders kleidete. Er trug einen teuren Kamelhaarmantel über einem sehr gut sitzenden grauen Anzug, der ganz so wirkte, als habe Emmett dafür ein paar Monatsgehälter hingelegt – dabei hatte er ihn ganz sicher irgendwo an der unteren Hälfte der Fifth Avenue zum Einkaufspreis erstanden. Um den Hals hatte er ein weiches weinrotes Tuch geschlungen. Das einzige, was noch an den alten Emmett erinnerte, waren seine Cowboystiefel. Das hatte zwar irgendwie etwas beruhigend Vertrautes, paßte aber wie die Faust aufs Auge. Man sah den Stiefeln einfach ihr Alter an. An manchen Stellen waren die Nähte auch nicht mehr ganz in Ordnung, aber die Stiefel waren neu besohlt und frisch mit Lederfett behandelt, damit sie geschmeidig blieben. Emmett erzählte gern, daß er in seine Stiefel so hineingewachsen sei wie ein Philodendron in seinen Topf. Er hätte seinen schlimmen Fuß ohnehin nicht in einen neuen Schuh hineinzwängen können. Er behauptete sogar, daß er in seinen Schuhen schlief. Annie wußte allerdings, daß das nicht stimmte.

Trotzdem stellte sie sich in diesem Moment Emmett ausgestreckt auf einem Bett liegend vor. Er lag auf dem Rücken und schlief und war nackt bis auf seine Cowboystiefel. Annie wurde ganz heiß, und sie zwang sich, an etwas anderes zu denken. Schließlich war das lange vorbei.

»Verglichen mit meinem Zimmer hat dieser Laden die Größe von Madison Square Garden«, sagte er gerade. »Du solltest es dir ansehen – wahrscheinlich würde sich nur ein Hamster dort richtig wohl fühlen. Und weil in der Toilette nicht genügend Platz war, hat man die Dusche in der Küche installiert. Das ist echt praktisch und spart Zeit. Ich kann nämlich beim Duschen gleich das Geschirr mitwaschen.«

»Wie schön, daß wenigstens du diesem Loch hier so viele positive Seiten abgewinnst«, bemerkte Annie und fuhr mit dem Finger über die staubige Theke.

»Wenn du den größten Teil deines Lebens mit dem Rucksack im Freien verbracht hast, lernst du auch Löcher, aus denen man etwas machen kann, durchaus zu schätzen.«

»Ach, Emmett, ich weiß einfach nicht, es ist irgendwie so –« Annie schwieg und ließ den Blick noch einmal durch den Raum schweifen. Sie betrachtete die Bänke im Hintergrund, deren Sitze völlig kaputt waren und aus denen teilweise in dicken Flokken die Füllung quoll. »Weißt du, ich frage mich nur, ob der Aufwand sich lohnt, die ganze Arbeit, die man hier reinstecken müßte. Und wenn das Geschäft läuft, ziehe ich dann in eine bessere Gegend.«

»Dich stört also die Nachbarschaft, habe ich recht?«

Annie blickte aus dem schmutzigen kleinen Seitenfenster auf die Straße, auf der sich gerade eine Reihe sorgenvoll dreinblikkender Menschen vor der Suppenküche des Gemeindehauses einer Sekte anstellten.

»Hör zu«, sagte Emmett. »Vielleicht interessiert es dich, daß das ganze Viertel hier saniert werden soll. Piekfeine Eigentumswohnungen, Wasserspiele in den Eingangshallen, vielleicht auch gläserne Aufzüge – in dem Stil eben. Das Ganze ist noch unter Verschluß, weil die Verhandlungen über ein paar alte Häuser noch nicht abgeschlossen sind. Aber es ist keine Frage, daß die Sache läuft.« Emmetts blaue Augen funkelten. Mit dem zerrauften Haar und den tief in den Manteltaschen steckenden Händen erinnerte er Annie an Tom Sawyer, der seine Freunde davon überzeugen will, daß einen Zaun anstreichen keine Arbeit ist, sondern Spaß macht. »Ich wette mit dir, daß sich die ganze Gegend hier binnen kürzester Zeit völlig verändern wird.«

Annie lachte. »Emmett, du hast wirklich eine Gabe, Dinge zu verkaufen. Und diese Neuigkeit wirft natürlich ein anderes Licht auf die ganze Sache. Ich werde es mir also ernsthaft überlegen. Und dann möchte ich mir alles noch einmal mit einem Architekten ansehen.«

»Was hältst du davon, wenn du, während du weiter darüber nachdenkst, mit mir einen Happen essen gehst? Ein paar Straßen weiter ist ein großer Delikatessenladen, wo man Sauerkraut und Gurken frisch aus dem Faß bekommt.«

Annie fand die Idee durchaus verlockend. Aber sie hatte eigentlich vorgehabt, bei Joe's Place vorbeizuschauen, um den Umbau zu sehen, der mittlerweile so gut wie abgeschlossen sein durfte. In Wahrheit wollte sie natürlich Joe sehen. Und im Restaurant konnte er sie schlecht ignorieren oder vor ihr davonlaufen.

Sie dachte daran, daß sie ihm vor kurzem im Hauseingang begegnet war und versucht hatte, mit ihm zu reden. Sie hatte ihn gebeten, ihr zu glauben, wie leid ihr die ganze Sache tat. Sie hatte ihn regelrecht angefleht. Er mußte eigentlich gemerkt haben, wie schlecht es ihr ging und wie sehr ihr daran gelegen war, zwischen ihnen wieder alles ins reine zu bringen. Aber er hatte nur gesagt, daß er es eilig hätte, weil er zu einer Verabredung müßte. Dann war er davongeeilt. Nur seine Augen hatten ihn verraten. Darin hatte die unmißverständliche Frage gestanden, wieso sie die ganze Geschichte eigentlich immer wieder aufwärmen mußte?

Bei diesem Gedanken schlug Annies Herz plötzlich schneller. Sie mußte Joe einfach sehen.

Trotzdem war sie irgendwie hin- und hergerissen. Sie hatte Emmett auch sehr gern. Vielleicht liebte sie ihn sogar auf eine andere Art und Weise. Und wenn es Joe nicht gegeben hätte, wäre Emmett wahrscheinlich der Mann ihres Lebens gewesen.

»Danke, Emmett, aber ich habe noch etwas zu erledigen.« Sie konnte ihm plötzlich nicht in die Augen sehen und ließ den Blick noch einmal durch den Raum wandern. »Ich treffe mich mit dem Inhaber einer Konditorei, der sein Geschäft aufgibt. Er verkauft sein Inventar, und vielleicht kann ich günstig an ein paar Dinge kommen, die ich brauche.«

»Da könnte ich dir doch helfen«, bot Emmett an. »Du solltest dich vorsehen, daß du keinen alten Schrott übernimmst. Du weißt, daß ich mich mit Maschinen ganz gut auskenne.«

Annie wußte nicht, was sie sagen sollte. Die Verabredung mit dem Konditor war erst in einigen Stunden. Und wie sollte sie Emmett klarmachen, daß sie jetzt auf dem Weg zu einem Mann war, der erstens nichts von ihrem Kommen wußte und sie zweitens wahrscheinlich gar nicht sehen wollte?

»Das ist lieb von dir, aber ich möchte mir zuerst nur mal anschauen, ob überhaupt etwas für mich in Frage kommt.«

Emmett zuckte die Achseln. Während er die Ladentür von außen abschloß, fragte er: »Wie geht es übrigens deiner Schwester? Ist es nicht bald soweit?«

»Nicht vor Ende nächsten Monats.« Annie sprach nicht gern über Laurel und das Baby. Das erinnerte sie nur an Joe und an den schrecklichen Irrtum, den sie begangen und den ihre Schwester bewußt verschuldet hatte.

»Denkt sie immer noch daran –« Emmett zögerte und wußte augenscheinlich nicht genau, wie er das heikle Thema zur Sprache bringen sollte.

»Du meinst, ob sie das Kind zur Adoption freigeben wird?« Diese Überlegung von Laurel fand Annie fast noch schlimmer als ihren Verrat. »Sie hat mal darüber geredet, aber noch nichts entschieden.« Annie merkte erst, wie sehr sie die Hände ineinander verkrampft hatte, als ihr die Fingernägel in die Handflächen schnitten.

Wollte sie, daß Laurel das Baby behielt? Konnten sie diese Verantwortung überhaupt übernehmen? Ein Kind würde sicher trotz Laurels hausfraulicher Qualitäten eine schwere Belastung darstellen. Die Entscheidung war alles andere als einfach.

»Na komm schon, Cobb, entspann dich.« Emmett berührte ihren Arm. »Schließlich ist es ja im Grunde auch nicht deine Sache. Du solltest dich jetzt besser darauf konzentrieren, daß du dein Geschäft zum Laufen kriegst.« Er lächelte. »Wenn du jetzt keine Zeit hast, was hältst du von einem gemeinsamen Abendessen bei mir? Ich wette, du hast noch nie Broccoli gegessen, die unter einer Dusche gedünstet wurden.«

Annie schüttelte den Kopf. »Ich würde gern kommen, aber ich bin zu einer Beschneidungsfeier eingeladen.«

»Wohin?«

»Die Tochter meiner Freundin Rivka hat gerade ihr drittes Kind bekommen – einen Jungen. Ein Mohel wird den Kleinen beschneiden, und das wird anschließend gefeiert. Willst du mitkommen?«

»Verschon mich. Ich bin ein alter Sünder.«

»Was soll das denn heißen?«

Emmett zog eine Augenbraue hoch und einen Mundwinkel nach unten. »Naja, der Gedanke, daß da jemand an den wertvollen Teilen eines Mannes herumschnippelt, macht mich total nervös.«

»Ich mache immer die Augen zu.«

»Du kannst dir das auch erlauben.«

Annie dachte an Laurels Baby. Sie wußte nicht, ob es ein Mädchen oder ein Junge sein würde. Vielleicht würde Laurel es selbst nie wissen. Das wäre wahrscheinlich sogar das beste, obwohl sie nicht wußte, wie Laurel das später verkraften würde.

In letzter Zeit hatte sie sich oft über ihre Schwester geärgert. Beispielsweise hatte Laurel Joe gebeten, sie in den Kurs zur Geburtsvorbereitung zu begleiten, da sie dann besser in die Gruppe passen würde, die nur aus verheirateten Paaren bestand.

Joe hatte sich erstaunlicherweise damit einverstanden erklärt. Annie hatte dazu geschwiegen, denn was hätte sie auch sagen sollen? Und mit welchem Recht?

Sie warf einen Blick auf ihre Armbanduhr. »Ich gehe jetzt besser. Sonst komme ich zu spät.« Ihr war unwohl bei dem Gedanken, Emmett anzulügen; gleichzeitig fragte sie sich aber, wieso sie das überhaupt beschäftigte.

Sie wartete, bis Emmett alles abgeschlossen hatte. Die Tür hatte sogar zwei Sicherheitsschlösser, und über die ganze Vorderfront lief eine Kette aus Stahl. Merkwürdigerweise ließ sich keiner der Nachbarn sehen.

Emmett trat an den Rand des Bürgersteigs und winkte ihr ein Taxi herbei.

»Viel Glück«, sagte er und hielt ihr die Tür auf.

Für einen Augenblick glaubte sie, er wünsche ihr viel Glück mit Joe, und verspürte so etwas wie ein Schuldgefühl. Dann aber machte sie sich klar, daß er natürlich ihr Treffen mit dem Konditor meinte.

»Danke«, sagte sie, und in Gedanken an Joe schlug ihr Herz plötzlich schneller. »Ich werde es brauchen können.«

Das Fachwerk der Wände war größtenteils fertig. An manchen Stellen war es bereits ausgemauert, an anderen standen noch die bloßen Balken, zwischen denen die Elektroleitungen und Rohre verliefen. Annie wanderte in dem größten der drei Räume umher, der nach Fertigstellung direkt von der Küche aus begehbar sein würde.

Zimmerleute waren beim Ausmessen, sägten Holz und schlugen Nägel ein. Annie atmete den süßlich-herben Geruch frischen Sägemehls ein und verspürte so etwas wie Hoffnung. Alles hier roch nach einem neuen Anfang.

»Ich kann es einfach nicht glauben«, sagte sie und drehte sich zu Joe um. »Als ich diesen Platz zum letztenmal gesehen habe, war hier doch nichts weiter als ein Hinterhof voller Unkraut.«

»Einer von Rafaels Brüdern ist Bauunternehmer«, meinte Joe und lachte leise auf. »Du würdest staunen, wie schnell Dinge über die Bühne gehen können, wenn du gute Kontakte zur puertorikanischen Mafia hast.« Er faßte sie so leicht am Arm, daß die Berührung kaum zu spüren war, und führte sie vorbei an einer großen Rolle Kabel und an mehreren Steckdosen, die noch installiert werden mußten. »Wir müßten in etwa einer Woche fertig sein. Dann geht es nur noch um den Verputz und um den Anstrich.« Joe schwieg und schien auf eine Reaktion von ihr zu warten.

Annie nickte. Sie konnte ihren Blick kaum von Joe abwenden. Irgend etwas an ihm war anders. Abgesehen von ein paar flüchtigen Begegnungen kam es ihr beinahe vor, als hätte sie ihn Jahre nicht mehr gesehen. Es war schon merkwürdig, wie gut man jemandem aus dem Weg gehen konnte, selbst wenn derjenige im selben Haus wohnte. Joe rannte ihr natürlich auch nicht gerade die Tür ein. Und wenn Laurel sich mit ihm traf – was in letzter Zeit ziemlich häufig der Fall war –, holte sie ihn jedesmal ab; wohl nicht immer zum Geburtsvorbereitungskurs.

Äußerlich hatte sich Joe eigentlich nicht verändert. Während er Annie beschrieb, wie alles am Ende aussehen sollte, hatte sie ihn genau beobachtet. Und ganz plötzlich wußte sie, was so anders war: Joe war auf Distanz bedacht. Und zwar im wahrsten Sinne des Wortes. Im Gegensatz zu früher hielt er grundsätzlich drei oder vier Schritte Abstand von ihr. Als er dann vorhin ihren Arm genommen hatte, hatte sie gedacht – nein, sie wußte eigentlich gar nicht genau, *was* sie gedacht hatte. Aber dann hatte er ihren Arm wieder losgelassen, und sie mußte sich eingestehen, daß seine kleine Hilfestellung eben nur zweckmäßig gewesen war.

Joe stand nun nahe der Wand und stützte sich mit einer Hand auf einen der freiliegenden Balken. Er trug wie immer verwaschene Jeans, ein auch nicht mehr ganz neues, blaues Kordhemd und Stiefel. Sein braunes Haar und die Gläser seiner Brille waren voller Sägemehl. Als sein Blick dem ihren begegnete, schaute er weg, nahm die Brille ab und studierte einen fernen Punkt über ihrer Schulter, während er langsam die Gläser mit einem Taschentuch polierte, das er aus der Gesäßtasche gezogen hatte.

Annie war wieder einmal fasziniert von der seltsamen Anziehungskraft seiner unregelmäßigen Gesichtszüge – der leichten Krümmung seiner Nase und der ungleichen Höhe der Wangenknochen wie auch der Augen, die von dichten Wimpern beschattet wurden. Der Ausdruck seiner Augen war schwer zu deuten: Belustigt? Mißtrauisch?

Annie fühlte sich plötzlich ganz schwach und kam sich vor, als wäre sie wieder in der Grundschule. Damals hatte sie auf dem Schulhof immer Hüpfkästchen gespielt, dieses Kinderspiel, bei dem man zwei große Schritte machen durfte und dann drei kleine. Genauso kam ihr die Situation mit Joe jetzt auch vor.

Aber wer konnte sie jetzt daran hindern, die paar Schritte zu Joe hin zu machen? Es waren nur zwei oder drei Schritte, die sie voneinander trennten, aber Annie schaffte es einfach nicht, sich zu überwinden.

Dann setzte Joe die Brille wieder auf und meinte fröhlich: »Es ist schrecklich laut hier, findest du nicht? Laß uns doch reingehen. Hast du Lust auf eine Tasse Kaffee?«

Annie nickte, weil sie Angst hatte, ihre Stimme würde versagen.

In der Küche füllte Joe zwei Keramikbecher mit Kaffee und trug sie nach oben ins Lokal, das bis auf zwei Kellner, die die Tische eindeckten, völlig verlassen war. Joe wählte einen Tisch, über dem ein Bild mit dem Motiv einer Kürbisernte hing.

»Ist mit Laurel alles in Ordnung?« fragte er vorsichtig und nippte an seinem Kaffee wie jemand, der eigentlich keine Lust dazu hat, aber seine Hände beschäftigen will.

Annie hätte am liebsten geschrien, daß sie nicht hierhergekommen war, um über Laurel zu reden.

»*Laurel* geht es gut«, sagte sie und bedauerte fast sofort den scharfen Unterton. »Und dir?« fügte sie schnell hinzu. »Wie ist es dir ergangen?«

»Gut. Ganz gut.« Er blickte sie fragend an, als wollte er sagen: Und warum bist du hergekommen?

»Und was macht dein Vater? Ich habe gehört, er war im Krankenhaus?«

Joe lachte trocken auf, konnte aber nicht ganz seine Beunruhigung verbergen. »Mein Vater? Da braucht es mehr als einen Herzanfall, um ihm das Lebenslicht auszupusten. Er wird sich schon wieder erholen.«

»Joe, ich...« Annie wollte ihm eigentlich sagen, wie sehr er ihr fehlte, doch sie fand nicht die passenden Worte. Sie hatte das Gefühl, die Situation wäre fast einfacher, wenn sich zwischen ihnen ein Ozean von dreitausend Kilometern erstrecken würde.

»Wie geht denn deine Suche nach einem Laden voran? Hast du schon etwas Geeignetes gefunden?« fragte er schnell – etwas zu schnell.

»Schon möglich«, antwortete sie. »Ich habe mich noch nicht entschieden. Das Geschäft, das ich mir angesehen habe, ist ziemlich heruntergekommen.«

»Du hättest dieses Haus sehen sollen, bevor ich es gekauft habe. Es war eine Ruine«, erzählte Joe. »Es sah hier wirklich so aus wie nach einem Neujahrsfest von den Hell's Angels.«

Annie dachte in diesem Moment wieder an die Situation in Joes Wohnzimmer. Die Vertiefung in der Wand hatte genau die Ausmaße von Joes Faust gehabt. An den Rändern klebten Verputzreste, und außenherum waren haarfeine Sprünge zu sehen. Daneben sah sie Joes Gesicht – wie von einem plötzlichen Blitz erhellt. Er wirkte fast wie ein biblischer Prophet auf einem Renaissance-Gemälde. In seinem Gesicht war ein Ausdruck, der ihr nicht gefiel, und sie fragte sich im nachhinein, ob er ihr in bezug auf Laurel wirklich die Wahrheit gesagt hatte.

Drei Monate und einundzwanzig Tage später saß sie nun mit Joe an einem Tisch in seinem Lokal in der Nachmittagssonne, die durch das Fenster hereinschien, und fragte sich, ob es wirklich zu spät war. Hatte sie wirklich alles zerstört?

»Nach allem, was ich bisher gesehen habe, kann ich mir vorstellen, wie's hier früher ausgesehen hat«, sagte sie und versuchte, die qualvolle Erinnerung an jene Nacht aus ihren Gedanken zu verbannen. Sie verkrampfte die Hände im Schoß, ihre Handflächen waren ganz feucht.

Plötzlich beugte Joe sich vor und musterte sie besorgt.

»Annie – ist alles in Ordnung?«

»Ja, sicher.« Annie riß sich zusammen und beschloß, ehrlich zu sein. »Nein – es geht mir nicht besonders gut. Joe, ich glaube, daß es mir seit September nicht mehr richtig gutgegangen ist. Du hast überhaupt keine Ahnung, wie oft ich mit dir reden wollte – ich habe es ja auch versucht. Ich wollte dir alles erklären, aber vielleicht war es noch zu früh. Vielleicht –«

Joes Gesichtsausdruck brachte sie zum Verstummen.

»Hör zu«, sagte er, »wenn es für dich wichtig ist – ich hätte niemals so die Beherrschung verlieren dürfen.«

»Ach, Joe!« schluchzte Annie auf. »Wie hättest du denn anders reagieren können auf das, was ich dir vorgeworfen habe?«

Im nachhinein gesehen erschienen ihr ihre Beschuldigungen noch viel ungerechter als damals. Außerdem hatte sie ihm nie auch nur ein Sterbenswörtchen von Emmett erzählt. Auch wenn Joe mit Laurel geschlafen haben sollte, was wäre daran eigentlich so viel schlimmer als das, was sie getan hatte?

»Du hast damals nur das gesagt, was du für die Wahrheit gehalten hast.« Joe zuckte die Achseln. »Komm schon, Annie, du bist dir selbst gegenüber immer viel zu hart.«

Annie war völlig verblüfft. Wieso reagierte er denn plötzlich so verständnisvoll? War sie ihm etwa so gleichgültig geworden, daß er sich nicht einmal mehr aufregen wollte? Hatte er alles so weit hinter sich gelassen, daß es keinen Weg zurück mehr gab?

»Joe...« Annie brachte kaum ein Wort heraus. Schließlich stammelte sie: »Ich – ich habe es nicht so gemeint. Ich wollte diese schrecklichen Sachen nicht sagen. Ich könnte es verstehen, wenn du mir nicht verzeihen kannst.«

»Aber ich habe dir verziehen.« Er betrachtete sie mit geradezu unerträglicher Gleichmütigkeit. »Schon lange. Aber deswegen bist du doch wohl nicht hier, oder? Denn das dürfte dir doch klargewesen sein. Die ganze Sache hatte doch nie wirklich etwas mit Verzeihenkönnen zu tun, oder bist du da anderer Meinung?«

Annie stellte plötzlich fest, daß Joe längst nicht so gelassen war, wie er vorgab. Er wirkte ungeheuer angestrengt.

»Ich meine damit, daß es nichts ändert«, fuhr er fort. »Vergeben ist nicht gleichbedeutend mit Vergessen, Annie. Davon kann ich wirklich ein Liedchen singen.« Er starrte einen Augenblick vor sich hin und schien völlig in sich gekehrt. Dann verzog er seinen Mund zu einem traurigen Lächeln. »Versteh mich bitte nicht falsch. Vielleicht war es sogar das Beste, was uns passieren konnte.«

Annie kam es so vor, als habe ihr Joe den Boden unter den Füßen weggezogen. Noch nie in ihrem Leben hatte sie sich derart hilflos und verlassen gefühlt – nicht einmal als kleines Mädchen, wenn sie nach der Schule eine Ewigkeit auf Dearie warten mußte und jedesmal betete, daß Dearie sie nicht vergessen hatte oder nicht zu betrunken war, um sie abzuholen.

»Das Beste?« fragte sie mit belegter Stimme. »Wie kannst du so etwas sagen? Joe, ich *brauche* dich.«

»Du brauchst mich nicht, Annie – du brauchst niemanden wirklich. Ich glaube, daß das einer der Gründe ist, weshalb ich mich in dich verliebt habe. Daß ich mir das selbst so lange nicht eingestehen konnte, hat aber auch etwas mit deiner Stärke zu tun. Du strahlst so viel Kraft und Entschiedenheit aus, daß sich jeder wie von einem Feuer von dir angezogen fühlt. Das Problem ist nur: Man darf einem Feuer nicht zu nahe kommen, sonst verbrennt man sich.« Er sah sie voll unendlicher Traurigkeit an. »Annie, wir wären niemals glücklich miteinander geworden.«

Annie schossen die Tränen in die Augen. Unter Aufbietung ihrer ganzen Willenskraft schaffte sie es jedoch, nicht zu weinen. Sie wollte Joe schließlich klarmachen, ihn davon überzeugen, wie sehr er sich irrte und wie sehr sie ihn brauchte. Der einzige Grund für ihre Stärke lag darin, daß sie stark sein mußte. Wer hätte sich denn sonst um Laurel und sie gekümmert? Doch der Ausdruck in Joes Augen verriet ihr, daß es zu spät war.

»Ich liebe dich, Joe«, sagte sie statt aller Erklärungen. »Mehr als du dir vorstellen kannst.«

Sein Gesicht verzerrte sich einen Augenblick lang, dann riß er sich zusammen und schüttelte den Kopf.

»Nein, Annie, das glaubst du nur. Verstehst du denn nicht, daß Liebe auch etwas mit Vertrauen zu tun hat? Das ist nicht voneinander zu trennen. Wenn du das versuchst, zerstörst du alles.«

Es tat furchtbar weh. Annie war vor Schmerz wie betäubt, wußte aber gleichzeitig, daß Joe die Wahrheit sagte. Diese Erkenntnis war furchtbar. Er hatte unzweifelhaft recht. Und doch – wenn sie ihn, wie er behauptete, nie geliebt hatte, wieso fühlte sie sich dann so, als würde ihr bei lebendigem Leib das Herz herausgerissen?

»Ich glaube, wir haben beide genug geredet«, sagte sie. »Ich gehe jetzt besser.« Annie stand schwerfällig auf.

Joe machte nicht den geringsten Versuch, sie zurückzuhalten.

»Sag Laurel, daß ich sie morgen abend um sieben abhole!« rief er ihr nach.

Richtig. Morgen abend war der Kurs für die Geburtsvorbereitung. Annie spürte, wie ganz unerwartet Wut in ihr aufstieg.

Es war alles so wie bei einem richtigen Ehepaar. Die beiden benahmen sich, als wären sie verheiratet. Jeder der Kursteilnehmer würde annehmen, daß es sich um Joes Baby handelte. Und angenommen, Joe verliebte sich in Laurel? Warum auch nicht, dachte Annie, Laurel ist schön, begabt und liebenswert. Warum also sollte sich Joe nicht in sie verlieben?

Bei diesem Gedanken krampfte sich ihr Herz erneut zusammen.

Wenn sie Joe an Laurel verlor, wäre das gleichbedeutend mit dem Verlust von Laurel. Sollte sie ausgerechnet die beiden Menschen, um die sich ihr ganzes Leben drehte, die einzigen, die sie wirklich aus ganzem Herzen liebte, verlieren? Und wie würde ihr Leben dann aussehen?

Annie beobachtete, wie der weißgewandete Mohel, ein etwa vierzigjähriger Mann mit kurzem dunklem Bart, den Sitz der Klammer oberhalb des winzigen Penis überprüfte und dann mit einem einzigen Schnitt die Vorhaut abtrennte. Neben ihr stöhnte Sarah leise auf, und Annie sah aus dem Augenwinkel, daß sie das bleiche Gesicht an der Schulter ihres Mannes verbarg. Annie konnte sich ihre Gefühle durchaus vorstellen – am liebsten wäre es Sarah sicher gewesen, sie hätte ihrem Sohn die Schmerzen abnehmen können.

Genauso hatte Annie auch Laurel gegenüber immer empfunden. Wenn sie aber heute Laurels Bauch betrachtete, wurde jedes liebevolle Gefühl sehr schnell durch aufsteigenden Zorn verscheucht. Annie brachte es einfach nicht fertig, ihrer Schwester zu verzeihen. Wenn Laurel sie nicht hätte glauben machen wollen, daß Joe der Vater ihres Kindes war, wäre sie heute mit Joe zusammen. Und Laurel schien das Ganze noch nicht einmal leid zu tun. Im Gegenteil: Sie war offensichtlich froh darüber, daß zwischen Joe und Annie alles zu Ende war. Es schien sie auch nicht sonderlich zu interessieren, wie sehr dies alles ihre Schwester verletzt hatte.

Laurel benahm sich so, als würde sie tatsächlich ein Kind von Joe bekommen.

»Siehst du, wie tapfer er ist? Er hat keinen Ton von sich gegeben«, flüsterte Rivka ihr zu. Ihr rundes Gesicht strahlte vor Stolz. »Verzeih bitte, wenn ich Unsinn rede, aber dieser Junge wird uns viel Freude bringen, das spüre ich.«

Dann holte das Baby tief Luft und begann zu schreien. Annie sah, wie der Mohel vorsichtig ein wenig Gaze um den frisch beschnittenen Penis wickelte und dem Kleinen dann geschickt eine frische Windel anzog. Er übergab das Kind seinem etwas bedenklich dreinschauenden Großvater Ezra und stimmte die Segensgesänge an, zu denen er sich rhythmisch hin und her wiegte.

Alle Gäste konzentrierten sich auf die Zeremonie – bis auf Laurel, die etwas abseits von dem großen Tisch in Rivkas Wohnzimmer stand, um den sich die Geladenen drängten. Laurel machte einen niedergeschlagenen Eindruck. Dachte sie vielleicht daran, daß sie möglicherweise nie ihr Baby so auf dem Arm wiegen würde, wie es Sarah mit dem kleinen Yusseleh gerade tat?

Annie wäre am liebsten spontan zu ihrer Schwester hinübergegangen. Sie mußte sich furchtbar elend fühlen. Annie wünschte, sie könnte die Uhr zurückdrehen und Laurel so trösten wie früher, als sie noch ein kleines Kind gewesen war.

Eine Welle der Bitterkeit überflutete sie. Und sie fragte sich zum tausendstenmal, warum Laurel sie derart belogen hatte. Wie konnte sie vorgeben, Joe sei der Vater ihres Kindes. Warum hatte sie ihr das angetan? Warum?

Mittlerweile war Dolly zu Laurel hinübergeschlichen und legte ihr nun einen Arm um die schmalen Schultern. Annie verspürte so etwas wie Eifersucht – oder war es Ärger? Sie sollte diejenige sein, die Laurel tröstete und nicht Dolly. Warum war sie nicht in der Lage dazu? Wieso konnte sie Laurel nicht verzeihen? Warum konnte sie nicht einfach glauben, daß ihre Schwester ihr die Wahrheit gesagt hätte, wenn sie, Annie, nicht zuvor schon die Nerven verloren hätte? Laurel hatte immer und immer wieder beteuert, daß sie den fatalen Irrtum am nächsten Tag hatte aufklären wollen.

Annie sah, wie Laurel das Gesicht an Dollys Schulter verbarg. Weinte sie etwa? Annie erschrak und bahnte sich im nächsten Moment einen Weg durch den Raum, der voll von bärtigen Männern in Hüten und Gebetsmänteln und Frauen in hochgeschlossenen, langärmeligen Kleidern und sorgfältig frisierten Perücken war. Dazwischen wogte eine unüberschaubare Menge von Kindern – auf dem Fußboden krabbelnde Babies, gegen ihre Beine torkelnde Kleinkinder sowie kleine Jungen und Mädchen, die auf dem Boden mit Autos und Kreiseln spielten.

Es ist dumm von mir gewesen, Laurel hierher mitzunehmen, dachte Annie. Sie hätte wissen müssen, daß es zuviel sein würde, besonders weil Laurel hier so viele Kinder sah und an ihre eigene, nach wie vor ungeklärte Situation erinnert würde. Denn die Freigabe des Kindes zur Adoption war immer noch keine beschlossene Sache.

Laurel sah elend aus, aber Annie konnte sich trotzdem nicht dazu durchringen, sie zu trösten. Wieso hatte sich Dolly auch einmischen müssen! Was hatte sie hier überhaupt zu suchen? Rivka und Dolly waren eigentlich nicht mehr als flüchtige Bekannte. Wahrscheinlich hatte Dolly sich selbst eingeladen.

Annie wäre fast über ein dickes blondes Kind im blauen Kordoverall gestolpert, das versuchte, sich an einem Bein des Kaffeetisches hochzuziehen, und blieb stehen. Sie wußte genau, daß Dolly nur nett sein wollte. Sie hatte sich die ganze Zeit in sehr netter Weise um Laurel gekümmert und ihr nicht den leisesten Vorwurf wegen ihrer Schwangerschaft gemacht, sondern war mit ihr wann immer nötig zum Frauenarzt gefahren oder hatte sie zu den verschiedensten Geschäften begleitet, um Stoffe, Nähutensilien, Zeichenpapier, Bleistifte und Pastellfarben zu besorgen.

Wenn Dolly sich nur etwas weniger einmischen würde!

Allein ihre Anwesenheit hatte manchmal etwas Erdrückendes, ihre ungeheure Großzügigkeit sowieso. War es möglich, daß die Freundlichkeit eines Menschen zuviel werden konnte, genauso wie einem zu viele Süßigkeiten auf den Magen schlugen?

Trotzdem sehnte sich Annie danach, von Dolly in den Arm genommen zu werden wie jetzt Laurel. Wie war es wohl, den Kopf auf Dollys großen, weichen Busen zu betten und ihre Hand mit den vielen Ringen über das Haar streicheln zu fühlen?

Als sie sich endlich bis zu den beiden durchgekämpft hatte, waren Dolly und Laurel gerade dabei, das Wohnzimmer zu verlassen. Sie verschwanden im Flur, der zu den Schlafzimmern führte. Annie zögerte einen Augenblick, bevor sie ihnen folgte.

Sie fand die beiden in Shaineys Zimmer. Sie saßen auf der Kante eines Betts, auf dessen rosafarbener Tagesdecke sich ein ganzer Zoo von Stofftieren tummelte. In einer Ecke des Zimmers stand Shaineys Kinderbett, das Rivka nun für ihre Enkelkinder benutzte, wenn sie zu Besuch kamen. Annie blieb auf der Schwelle stehen und kam sich fast wie ein Eindringling vor. Wie war das möglich? Kannte nicht sie Laurel von allen am besten? Hatte nicht sie mehr als jede andere ihrer Schwester die Mutter ersetzt?

Dolly blickte sie mit einem freundlichen Lächeln an, und Annie hatte fast ein schlechtes Gewissn wegen ihrer kritischen Überlegungen. Laurel, die ein selbstgenähtes rotes Umstandskleid trug, das ihr sehr gut stand, blickte nicht auf. Annie hätte sich am liebsten neben sie auf das Bett gesetzt, aber irgend etwas hielt sie davon ab.

»Diese Zeremonie da drinnen kann einen wirklich mitnehmen«, sagte Dolly plötzlich, um die peinliche Stille zu beenden. »Wenn ich an das arme kleine Lämmchen denke, das auf dem Tisch lag und an dem man einfach so herumgeschnippelt hat... Man muß ja aus Stein sein, um kein Mitleid mit dem Kleinen zu haben. Ich weiß wirklich nicht, wie seine Mutter –«

»Darum geht es überhaupt nicht«, unterbrach sie Laurel

abrupt und blickte hoch. Sie hatte dunkelrote Flecke auf den Wangen. Dann wiederholte sie etwas sanfter: »Darum geht es überhaupt nicht.«

»Warum sagst du dann nicht einfach, worum es geht?« fragte Dolly liebevoll, aber bestimmt. »Vielleicht kann ich dir helfen.«

»Es ist *mein* Kind.« Laurel verschränkte die Arme über ihrem Bauch, als müsse sie ihr Baby vor einer drohenden Gefahr beschützen. »Ich möchte es nicht weggeben. Aber ich habe genausoviel Angst, es zu behalten. Ich fühle mich dem allen nicht gewachsen. Ich bin doch selbst noch so jung.« Ihre Stimme zitterte. »Ich weiß einfach nicht, was ich tun soll.«

Annie öffnete den Mund, aber es kam kein Ton heraus. Sie wollte ihre Schwester beruhigen, ihr sagen, daß alles halb so schlimm war. Auf der einen Seite war sie verärgert über Laurels Verhalten, auf der anderen Seite tat ihre Schwester ihr leid. Seit Monaten hatte sie mit Laurel über das Baby sprechen und ihr sagen wollen, daß sie die Situation einfach auf sich zukommen lassen und ihr vertrauen solle. Doch sie hatte mit ihr allein darüber sprechen wollen. Warum hatte Laurel mit diesem Thema nicht noch ein wenig warten können? Dann wären sie zu Hause gewesen und für sich.

»Ach, meine arme, arme Kleine.« Dolly plusterte sich auf wie eine Glucke und nahm Laurel unter ihre Fittiche. Annie beobachtete sie hilflos und niedergeschlagen. Als sie Tränen in Dollys Augen sah, schwand allerdings ihr Ärger. »Ich habe mir die ganze Zeit solche Sorgen um dich gemacht! Wegen dieser furchtbaren Entscheidung, vor der du stehst. Ich hatte Angst, dir vielleicht den falschen Rat zu geben oder dich überhaupt zu beeinflussen.«

»Was denkst du denn, was ich tun soll?« fragte Laurel so leise, daß Annie Mühe hatte, sie zu verstehen.

Dolly kaute nachdenklich auf ihrer Unterlippe. Sie schien mit sich zu kämpfen, dann gab sie sich einen Ruck. »So wie ich mein Leben verpfuscht habe, würde ich es nicht wagen, einem anderen Menschen zu sagen, was er tun oder nicht tun sollte. Ich kann nur davon ausgehen, was ich machen würde, wenn ich das ungeheure Glück hätte, ein Kind zu bekommen. Also dürfte ich die ungeeignetste Person sein, die du fragen kannst.«

»Du meinst, ich sollte es behalten?«

Dolly blinzelte, und eine Träne rollte über ihr dick aufgetragenes Rouge. »Ach, mein Schatz, wenn du das tust – aber ich will dir nicht in etwas hineinreden –, dann kannst du sicher sein, daß dein Baby das am meisten geliebte auf der ganzen Welt ist.«

Annie schluckte. Dolly hatte instinktiv die richtigen Worte gefunden. Sie hatte genau das ausgesprochen, was auch Annie dachte. Auch wenn Laurel weder Mann noch Freund hatte und sie vielleicht sogar ihre Ausbildung unterbrechen müßte, wäre es einfach eine verkehrte und schreckliche Entscheidung, dieses Baby wegzugeben.

»Dolly hat recht«, sagte sie zu Laurel und war bemüht, ihre Stimme fest klingen zu lassen. Sie ging hinüber zum Bett, setzte sich neben Laurel und griff nach ihrer Hand. »Wir werden das schon hinkriegen. Haben wir es nicht immer geschafft?«

Laurel warf ihr einen eigenartigen Blick zu und sagte: »Du schon. *Du* schaffst es immer irgendwie.« Ihre Stimme klang traurig, doch schwang auch ein vorwurfsvoller Ton mit.

»Hör zu«, warf Dolly ein. »Ich weiß, daß es nicht einfach wird, aber das muß nicht bedeuten, daß du deine Ausbildung an den Nagel hängst. Du könntest beispielsweise auf eine andere Uni gehen. Ich würde dir einen Babysitter bezahlen.« Sie warf Annie schnell einen Blick zu. »Nein, ich will keine Einwände hören. Du hast alles allein gemacht und dir immer den härtesten Weg ausgesucht, wie du immer selbst sagst. Ich bewundere dich dafür, ich hätte das nie gekonnt. Aber hier geht es um etwas anderes. Du würdest Laurel – und das Kind – benachteiligen, wenn du zu meinem Vorschlag nein sagst.«

»Das ist nicht Annies Entscheidung, sondern meine.« Laurel setzte sich sehr gerade hin und warf Annie einen frostigen Blick zu. Dann stand sie auf. »Entschuldigt, aber ich muß gerade mal verschwinden.« Sie lächelte schwach. »Das Baby drückt mir so auf die Blase, daß ich alle fünf Minuten aufs Klo muß.«

Als Laurel draußen war, betrachtete Annie das Kinderbett in der Ecke etwas genauer. Neun Kinder hatten darin gelegen, hatte ihr Rivka stolz erzählt, und das sah man auch. Die Emailarbeiten am Kopfende waren zerkratzt und teilweise abgesplittert, und der am Fußende abgebildete Teddybär war so verblaßt, daß man ihn kaum noch erkennen konnte. Die Seitenteile des Bettchens trugen deutliche Spuren, wo die Kinder ihre Zähnchen ausprobiert hatten. Annie fühlte sich irgendwie besiegt, obwohl sie die Adoptionsfrage nie als Kampf angesehen hatte. Sollten Laurel und sie eigentlich nicht sogar auf derselben Seite stehen?

Sie dachte an die Zeit, als Laurel ein Baby gewesen war und wie sie, selbst noch ein Kind, immer mit den Sicherheitsnadeln gekämpft hatte, wenn sie Laurel eine frische Windel hatte anziehen wollen. Einmal hatte sie Laurel kurz den Rücken gekehrt, und Laurel war prompt vom Wickeltisch gefallen. Annie war wie gelähmt vor Entsetzen gewesen, hatte blindlings nach ihr gegriffen und sie wie durch eine glückliche Fügung gerade noch am Fuß erwischt, bevor sie auf den Boden geknallt wäre. Laurels empfindliches Köpfchen hatte nur Millimeter über einem Holzspielzeug mit spitzen Ecken gebaumelt. Sie hatte einen lauten Schrei gehört und gedacht, Laurel hätte ihn ausgestoßen. Bis ihr klarwurde, daß sie selbst aufgeschrien hatte.

Am liebsten hätte sie jetzt auch geschrien.

Sie fühlte eine Hand auf ihrem Arm und blickte ihre Tante an. »Warum habt ihr keine Kinder bekommen?« fragte Annie. »Dale und du.«

»Wir haben es immer wieder versucht. Aber Dale konnte keine Kinder bekommen. Dabei war er ein Bild von einem Mann und wirklich ein lieber Kerl. Und dann später bei Henri habe ich gedacht –« Dolly unterbrach sich und zuckte die Achseln. Sie preßte ihre Hand gegen die Schläfe, als würde die Erwähnung von Henri ihr Kopfschmerzen bereiten.

»Du liebst ihn immer noch, nicht wahr?« fragte Annie leise. Es war eine rhetorische Frage. Sie wußte zu genau, wie Dolly sich fühlen mußte.

Dolly zuckte erneut die Achseln, aber Annie sah, daß ihre Lippen zitterten. »Die Mädels aus unserer Familie geben nicht so leicht auf.«

»Ich glaube, ich habe auch einen ganz schönen Dickkopf«, sagte Annie und lachte.

Dolly wandte sich ihr zu und legte ihr so fest die Arme um die Schultern, daß sich ihre langen Fingernägel schmerzhaft in Annies Oberarme gruben. Aus ihrem hochgesteckten Haar hatten sich ein paar platinblonde Strähnen gelöst, und sie sah in dem Licht der über dem Kinderbett angebrachten Donald-Duck-Lampe fast wild aus. Dolly war nie eine Schönheit gewesen, dachte Annie. Sie war hübsch, aber ihr hatte immer der Glanz gefehlt, den Dearie besessen hatte. Doch ihre Herzlichkeit zählte weitaus mehr als Schönheit und zog zahlreiche Menschen fast magnetisch an. Auch Annie, die sich so lange Zeit gegen Dolly gewehrt hatte, ließ sich jetzt von der Unerschütterlichkeit ihrer Liebe rühren.

Wenn sie nur Dolly dann und wann ihr Herz ausschütten und sich von ihr trösten lassen könnte! Annie dachte daran, daß Joe gesagt hatte: *Du brauchst niemanden wirklich.* Und plötzlich schien sich in ihr etwas zu lockern. Wenn sie es schaffte, etwas weniger unbeugsam und hart zu sein, könnte sie vielleicht einen Weg finden, die verfahrene Situation zwischen Joe und sich zu bereinigen. Vielleicht sollte sie einfach mehr zulassen, daß andere Menschen ihr halfen.

Annie umarmte ihre Tante unbeholfen. Sie gestattete sich selbst, kurz in Dollys liebevoller Wärme zu versinken. Trotzdem schaffte sie es nicht, sich ganz fallenzulassen und Dollys Umarmung einfach zu genießen.

Sie hatte die Gelegenheit wieder einmal vorüberziehen lassen, stellte sie enttäuscht fest.

»Du denkst über Laurel nach, nicht wahr?« fragte Dolly. »Es muß hart für dich sein, diesmal nicht das Steuer übernehmen zu können, sondern ihr die Entscheidung zu überlassen.«

»So könnte man es ausdrücken.«

Dolly drückte sie plötzlich so fest an sich, daß Annie kaum noch Luft bekam.

»Ich habe vor langer Zeit einen großen Fehler gemacht«, flüsterte Dolly rauh. »Etwas, das ich nie vergessen werde und das ich bis heute bereue. Aber ich habe daraus gelernt. Und ich kann dir nur einen Rat geben: Laß nicht zu, daß jemals etwas – oder jemand – zwischen dich und deine Schwester tritt. Laß es nicht zu, sonst wirst du es für den Rest deines Lebens bereuen.«

20. Kapitel

Rudy betrachtete das Mobile, das über dem leeren Kinderbett schwebte. Es war das kunstvollste im ganzen Laden und bestand aus einer Anordnung von Teddybären aus Stoff, von denen jeder eine kleine Angelrute in Händen hielt, an deren Ende wiederum ein kleiner Teddybär baumelte. Zu allem Überfluß war in das Mobile auch noch eine Spieluhr eingebaut. Rudy zog an der Schnur und lauschte der Melodie.

Laurel stand neben Rudy und sagte: »Ich komme manchmal gern am Nachmittag hierher, wenn ich eine Pause vom Zeichnen brauche. Ich weiß nicht, wie ich es sagen soll, aber ich komme mir hier immer so *wirklich* vor. Irgendwie wird mir dann jedesmal bewußt, daß ich tatsächlich ein Kind bekomme und bald Mutter bin.«

Rudys Herz blieb beinahe stehen. Laurel war – wenn möglich – fast noch schöner als vorher; ihre Augen waren von einem so klaren Blau wie die Babydecken für kleine Jungen, die um ihn herum drapiert waren. Gekleidet in ein übergroßes Männerhemd und einen Jeansrock, mit tapferem Gesichtsausdruck, der ihre Sorgen aber nicht ganz verbergen konnte, erinnerte sie ihn plötzlich an ihre Mutter – Rudy sah Eve vor sich, als sie damals mit Laurel schwanger war.

Hatte sie wirklich *Mutter* gesagt? Zog sie etwa ernsthaft in Erwägung, das Kind zu behalten? Das letztemal, als er mit ihr vor etwa zwei Wochen am Telefon gesprochen hatte, hatte sie noch keine Möglichkeit gesehen, das Kind großzuziehen.

Rudy dachte daran, warum er gekommen war, und sein Herz begann zu hämmern. Um an diesem Tag in New York sein zu können, hatte er sogar zwei wichtige Termine verschoben. Er hatte sich mit Laurel eigentlich in einem Café oder wie beim letztenmal in dem China-Restaurant um die Ecke treffen wollen, aber Laurel hatte als Treffpunkt diesen Mutter-und-Kind-Laden vorgeschlagen. Rudy war zwar erstaunt gewesen, aber der Vorschlag hatte durchaus Sinn gemacht. Eine Schwangere in einem solchen Geschäft zu treffen war ja ganz normal.

Wenn er ihr nur begreiflich machen könnte, wie sinnvoll seine Überlegungen waren, welch eine gute Entscheidung das auch für sie wäre...

Aber er mußte sich sehr gut überlegen, wie er ihr seine Idee nahebringen wollte. Denn wenn sie ahnte, daß er das Baby für sich allein wollte, würde sie sicher niemals zustimmen.

»Hör mal, was machst du denn für ein Gesicht?« Er griff nach einem rosa Stoffkaninchen und neckte sie damit. »Sollen all die Frauen hier denken, daß ich dich schlecht behandle?« Rudy warf einen Blick auf die wenigen Frauen, die in den Regalen mit Kindersachen wühlten.

»Ach, Onkel Rudy«, seufzte Laurel. »Das hat doch nichts mit dir zu tun.«

Als ob sie ihm das sagen müßte! Rudy wußte nur zu gut, daß er nicht ihr ein und alles war. Sicher, sie mochte ihn, freute sich auch immer, ihn zu sehen, aber abgesehen davon war er nichts weiter als der Geist aus der Flasche, der ab und zu in Erscheinung trat, um ihre Wünsche zu erfüllen. Rudy dachte daran, wie er vor zwei Jahren für sie und eine Freundin Karten für das Konzert der Rolling Stones im Madison Square Garden beschafft hatte. Hundert Dollar hatte ihm dieser Halsabschneider pro Karte abgeknöpft, aber für Rudy war jeder Penny es wert gewesen, als er den Glanz in Laurels Augen gesehen hatte.

Rudy spürte plötzlich eine solche Sehnsucht in sich – mit einem Kind, mit *diesem* Kind wäre das alles ganz anders. Dann gäbe es jemanden, für den er nicht nur ein kleiner dicker Mann oder der Geist aus der Flasche wäre, sondern einfach der gute alte Dad.

»Du kommst einfach her, um zu schauen, oder?« fragte er und hoffte inständig, sie würde jetzt nicht sagen, sie habe bereits eine Menge Sachen gekauft und alles in ihrer Wohnung wäre bereit für das Baby.

»Nur zum Schauen.« Sie befühlte einen weichen blauen Strampelanzug, der über dem seitlichen Gitter eines Kinderbettchens hing. »Was hätte es auch für einen Sinn, hier lauter Sachen zu kaufen –« Laurel schwieg und holte tief Luft. Dann sagte sie leise: »Vor ein paar Wochen habe ich eine Vereinbarung mit einer Dame von der Adoptionsvermittlung getroffen, sie aber in letzter Minute wieder rückgängig gemacht. Ich habe angefangen, darüber nachzudenken, was wäre, wenn ich das Kind behalten würde. Ich könnte ja trotzdem zeitweise aufs College gehen und... ich weiß, daß das furchtbar egoistisch klingt, weil ein Kind doch Eltern haben sollte – eine Mutter *und* einen Vater –, aber ich kann doch nichts dafür, wenn ich es behalten möchte, oder?« In ihren blauen Augen war ein feuchter Schimmer, und sie biß sich auf die Unterlippe, als wolle sie die Tränen zurückhalten.

Rudy beugte sich vor. Hier war seine große Chance. »Hör zu«, sagte er. »Ich könnte dir vielleicht helfen.«

»Du? Aber wie denn?«

»Können wir hier offen reden?«

»Klar, warum denn nicht? Mich kennt hier niemand.«

»Es ist auch kein Geheimnis. Es ist nur…« Rudy holte tief Luft und wippte auf den Zehen, um so groß wie möglich zu erscheinen – diesen Trick verwandte er manchmal auch im Gerichtssaal, wenn er einem Zeugen imponieren wollte. »Laurel, ich kenne da jemanden, der Interesse hätte, wirkliches Interesse.«

»Du meinst – an einer Adoption?« Laurels Stimme war zu einem Flüstern herabgesunken. Sie blickte Rudy aus riesigen, angstvollen Augen an.

»Ja, richtig.«

»Ist es eine Familie?«

Rudy brach der Schweiß aus. Ihm war in seinem Mantel und dem warmen Wollschall plötzlich so heiß, als stünde er in der prallen Sonne.

Er mußte es ihr sagen. Er mußte ihr erklären, daß er der beste Vater wäre, den sich ein Kind nur wünschen konnte. Daß es ihm an nichts auf der Welt fehlen würde: ein Haus, gute Schulen gleich in der Nähe, ein Ferienhäuschen direkt am Strand, das beste Kindermädchen und später die Pfadfinder, Musikunterricht und alles, was das Herz begehrte. Und vor allem würde er das Kind so lieben, als wäre es sein eigenes, gerade weil es Laurels Baby war.

»Hör zu –«

»Es müßte schon eine Familie sein«, sagte Laurel. »Sonst würde ich es überhaupt nicht in Betracht ziehen. Wenn mein Kind nicht in eine richtige Familie kommt, wo soll dann der Sinn von alledem liegen?«

»Und wenn ich dir nun sage, daß es um mich geht?« stieß er hervor und ließ es so klingen, als mache er einen Scherz. »Wie wäre es, wenn ich dein Baby adoptieren will?«

»Du? Ach, Onkel Rudy!« Laurels Anspannung wich, und sie hielt kichernd eine Hand vor den Mund.

Sie konnte nicht wissen, wie ernst es ihm war. Ihre Reakion tat ihm weh. Und hinter ihrem Lachen verbarg sich noch etwas,

was er nicht recht deuten konnte. War es Abscheu bei dem Gedanken, daß er ihr Baby in den Armen wiegte? Rudy fühlte sich, als würde in ihm etwas erstarren, und er hatte auf einmal einen bitteren Geschmack im Mund.

Auch wenn er ihr die perfekte Familie präsentieren würde, konnte sie es sich immer noch anders überlegen, immer noch nein sagen. Was dann? Er konnte sie nicht zwingen. Das wollte er auch nicht. Er hatte sie niemals verletzt. Wen außer ihr liebte er denn auf dieser verfluchten Welt?

Immerhin war er ein guter Anwalt, sogar wohl der beste in ganz Los Angeles, wenn es um Scheidungsfragen ging. Und wenn er es sonst in neun von zehn Fällen schaffte, ein gleichgültiges Geschworenengericht sowie den Richter zu überzeugen, würde er wohl noch in der Lage sein, diese Situation zu meistern.

Rudy holte tief Luft. »Ich meine damit, daß sie keine Kinder haben, also keine Familie in dem Sinn sind. Aber sie sind das netteste Pärchen, das du dir vorstellen kannst«, begann er zu erzählen. »Der Mann ist Grundstücksmakler, hat ein schönes großes Haus, viel Geld und liebt Kinder. Er verbringt die Samstage immer mit einem kleinen Mexikanerjungen, für den er alles tut. Er hat ihm sogar Schachspielen beigebracht. Seine Frau züchtet Hunde, Cockerspaniels oder so was ähnliches. Überall laufen kleine Hunde herum. Sie haben jahrelang versucht, ein Kind zu bekommen, aber der Arzt kann ihnen kaum Hoffnung machen. Du hättest den Ausdruck auf ihrem Gesicht sehen sollen, als sie mir gesagt hat, wie sehr sie sich ein Baby wünscht – das geht einem schon zu Herzen. Es sind einfach nette Leute. Und sie wären sicher wunderbare Eltern.«

»Hast du ihnen von mir erzählt?« Laurel wirkte beeindruckt.

»Natürlich nicht. Das würde ich niemals tun, bevor ich nicht mit dir geredet habe.« Sie stand so nahe bei ihm, daß er ihren Duft einatmen konnte, den Geruch nach Talkumpuder und Rosenwasser. Sie roch selbst wie ein Baby. So sehr wünschte er sich, Laurel einfach in den Arm nehmen zu können, daß es ihn schmerzte und sein Kopf anfing zu dröhnen. Als er weitersprach, mußte er sich Mühe geben, damit seine Stimme nicht zitterte. »Don ist einer der besten Klienten unserer Kanzlei, hauptsächlich in Grundstücksfragen. Und seitdem ich mich auch mit Familienrecht befasse, hat er mich gefragt, ob ich ihnen nicht dabei helfen könnte, ein Adoptivkind zu finden.«

Tatsächlich hatte er Don die Telefonnummer von einem Winkeladvokaten in Pasadena gegeben, der sich darauf spezialisiert hatte, Kleinkinder aus Kolumbien oder Brasilien ins Land zu bringen. Das Ganze geschah völlig legal, und Rudy hatte Don damit einen Dienst erwiesen. Don wiederum lieferte ihm jetzt die zu Herzen gehende Geschichte, die er brauchte, um Laurel zu überzeugen.

Laurel kämpfte offensichtlich mit sich. Rudy hatte also gut daran getan, Don und seine Frau in die Waagschale zu werfen. Unter den beiden konnte sich Laurel eindeutig mehr vorstellen als unter einer anonymen Auflistung von Anwärtern auf eine Adoption. Und vielleicht tat Rudy ihr durch seine Schönfärberei letztendlich nur einen Gefallen und ersparte ihr weitere quälende Gedanken. Es war ja auch sicher eine schöne Vorstellung, das eigene Kind vor dem Hintergrund einer Villa krabbeln zu sehen, gehätschelt von Eltern, die über jede schmutzige Windel in Entzücken ausbrachen, und umgeben von kleinen Hunden, mit denen das Kindchen im Gras herumtollen konnte.

»Ich weiß nicht...« Laurel blickte nachdenklich auf das Teddybär-Mobile. Sie berührte es vorsichtig, was die kleinen Bären zu einem übermütigen Tänzchen veranlaßte. Rudy konnte sehen, daß Laurel sich ungeheuer beherrschen mußte, um nicht in Tränen auszubrechen.

Jetzt, genau jetzt war seine Gelegenheit gekommen. Während sie noch mit sich kämpfte, mußte er sie überzeugen, bevor sie es sich anders überlegte. Ihm kam eine Jahre zurückliegende Gerichtsverhandlung in den Sinn. Damals hatte er Richter Weaver angesehen, daß er trotz aller Antragstellungen, Akteneinsicht, eidesstattlicher Erklärungen und des stundenlangen Kreuzverhörs noch zu keiner endgültigen Entscheidung gekommen war. Und Rudy hatte genau gewußt, daß der Richter, wenn er jetzt nichts sagte oder tat, sich zur Urteilsfindung zurückziehen würde und dann vielleicht entscheiden würde, daß ein Schwuler keine Rechte als Vater besaß. Und dann hatte Rudy eine Idee, und er kritzelte etwas auf ein Blatt Papier, das er seinem Klienten zuschob. Darauf stand: »Heul einfach los, was das Zeug hält.« Immerhin stand hier vor Gericht zur Debatte, ob der arme Kerl in Zukunft seine Tochter nur noch in Begleitung einer Art Anstandsperson sehen durfte. Aber sein Klient hatte bisher keine Miene verzogen, sondern sich gemäß seiner teuren Erziehung völlig ungerührt gezeigt. Doch nun erwies er sich als geradezu begnadeter Schauspieler. Er senkte mehrfach den Kopf und ließ dazu ein unterdrücktes Schluchzen hören. Echte Tränen rannen ihm über die Wangen. Das Ergebnis waren immerhin sechs Besuchstermine im Jahr – ohne Anstandsperson. Es waren zwar nicht die zwölf Besuchstermine, die sie hatten durchsetzen wollen, aber mehr, als Rudy für möglich gehalten hätte.

»Du tust es für dein Kind, nicht für diese Leute«, sagte Rudy nun zu Laurel. »Und nicht zuletzt für dich. Du bist jung. Du wirst noch viele Kinder haben können – später, wenn du verheiratet bist und in einem schönen Haus wohnst, mit Obstbäumen und Hunden und so weiter. Warum willst du dein Leben jetzt verpfuschen? Es wäre einfach furchtbar schwer für dich und das Kind. Diese Leute sind wirklich nett, Laurel. Denk darüber nach. Ernsthaft.«

»Das tue ich bereits.« Sie wandte sich ihm ruckartig zu und sagte scharf: »Ich denke jeden Tag darüber nach. Ich kann manchmal nicht schlafen, weil ich überlege, was es wohl für ein Gefühl ist, wenn ich das Baby weggebe. Möchtest du noch etwas ganz Verrücktes wissen? Ich bin zum erstenmal richtig froh, daß mein Vater tot ist. Er war vielleicht nicht der beste Vater auf der Welt, aber ich bin sicher, daß es ihm weh getan hätte zu wissen, daß ich irgendwo bin, wo er nicht an mich herankommt.«

Rudy kratzte sich nervös am Nacken. Val. Du lieber Gott. Wie der sprichwörtliche Teufel tauchte er immer wieder auf, wenn man ihn am wenigsten brauchen konnte. Erst letzten Monat hatte er in der Kanzlei angerufen, um Rudy wieder einmal um Geld anzupumpen – zusätzlich zu den fünftausend Dollar, die er Rudy ohnehin schuldete. Val hatte irgend etwas davon gemurmelt, daß er seinen Job im Fitneßcenter hingeschmissen hatte, weil sein Chef angeblich andauernd an ihm herumgenörgelt hätte. Schließlich hatte Val völlig entnervt das Handtuch geworfen. Er hatte Rudy versprochen, ihm alles zurückzuzahlen, sobald er eine andere Arbeit gefunden hatte.

Ja klar, an dem Tag, an dem ich viereckige Ziegelsteine scheiße, hätte Rudy am liebsten geantwortet. Und von wegen Val hatte den Job hingeschmissen. Viel wahrscheinlicher war, daß er gefeuert worden war. Wahrscheinlich hatte Val die Hälfte der Kursstunden ausfallen lassen – oder sich an hübsche Kursteilnehmerinnen herangemacht.

Es war schließlich nicht das erste Mal. In all den Jahren hatte ihn Val so oft angepumpt, daß sich Rudy wunderte, wieso sein Bruder überhaupt noch Erklärungen abgab. Schließlich hatte er noch jedesmal einen Scheck bekommen. Rudy betrachtete es als Sühnegeld. Denn in Wahrheit war er derjenige, der Val etwas schuldete – für Laurel und die Freude, die sie in sein Leben brachte. Rudy war nicht der Meinung, daß er Val irgend etwas wegnahm. Sein Bruder hatte nie Kinder gewollt, konnte mit der Vaterrolle auch gar nichts anfangen. Als Annie und Laurel abgehauen waren, war Val nur sauer gewesen, weil er verladen worden war.

Rudy hätte Laurel am liebsten gesagt, daß keinerlei Grund bestand, ihren Vater zu betrauern, aber das war schlecht möglich, ohne daß er zugab, daß er sie all die Jahre belogen hatte.

»Du würdest das Kind ja nicht abschieben«, sagte er statt dessen. »Es wäre etwas anderes, als wenn man etwas weggibt, das man nicht will. Im Gegenteil, du würdest ihm damit etwas Gutes tun, eine große Chance geben. Es hätte die Möglichkeit, ein normales Leben zu führen. Und das Kind hätte richtige Eltern, die es lieben.«

»Warum machst du das alles? Wieso interessiert dich das eigentlich so?«

Laurels Augen waren plötzlich voller Mißtrauen. Rudy spürte, wie sich Schweißtropfen auf seiner Stirn bildeten. Großer Gott, das fehlte gerade noch, daß er anfing, wie ein Schwein zu schwitzen. Das würde Laurel todsicher denken lassen, daß er etwas im Schilde führte.

Ganz ruhig, sagte er sich, bleib ganz ruhig, Junge. Sonst vermasselst du die ganze Sache.

Rudy zuckte die Achseln und setzte das Stoffkaninchen wieder zurück in das Gitterbett. »Willst du mir jetzt vorwerfen, daß ich mir Sorgen um dich mache?«

Laurel berührte seinen Arm. »Onkel Rudy, ich habe es nicht so gemeint...«

»Ich weiß, ich weiß.« Rudy lächelte. »Du hast es bestimmt nicht leicht in deiner Situation. Und wenn ich an den jungen Mann denke, der daran schuld ist...« Er unterbrach sich und ballte die Fäuste in den Taschen seines Kaschmirmantels. Wenn er jetzt auch noch über den Vater von Laurels Kind nachdächte, würde er gleich durchdrehen.

»Du kannst ihm keinen Vorwurf machen«, sagte Laurel schnell. »Er weiß noch nicht einmal etwas von dem Kind. Ich habe es ihm nicht erzählt.«

»Warum nicht?«

»Ach, dafür gibt es mehrere Gründe. Aber es ist nicht das, was du wahrscheinlich denkst. Er hätte mir sicher seine Hilfe angeboten, wahrscheinlich hätte er sogar ein ganzes Hilfskomitee zusammengestellt.« Laurel schüttelte den Kopf. »Ich wollte das nicht. Glaub mir, es ist besser so.«

»Okay, dann laß uns nicht mehr über ihn reden. Aber was ist mit dir? Was möchtest du? Das mußt du mir sagen. Was auch immer es ist, ich werde dir helfen. Du kannst mir auch sagen« – Rudy ging jetzt bewußt das Risiko ein – »wenn ich völlig auf dem Holzweg bin mit der Adoption. Dann vergessen wir einfach die ganze Sache.«

Er sah, wie sie nachdenklich auf der Unterlippe herumkaute, und er schöpfte wieder etwas Hoffnung. Am liebsten hätte er geschrien, daß er der Vater des Babys sein wollte und es wie kein anderer lieben und für es sorgen würde.

Aber wie sollte er ihr verständlich machen, welch ein Herzenswunsch das für ihn war und wie innig er ihr Kind lieben würde?

»Kann ich darüber nachdenken?« fragte Laurel.

»Natürlich«, sagte Rudy. »Don und seine Frau sind da und warten.«

»Könnte ich sie vielleicht kennenlernen?«

Rudy stöhnte innerlich auf, blieb aber nach außen hin völlig ruhig. »Daran habe ich auch schon gedacht. Und dann habe ich mir gesagt, wer weiß, ob das gut ist, schließlich bin ich ja kein Fachmann in diesen Dingen. Also habe ich mit ein paar Leuten gesprochen, mit einem Psychologen, den ich kenne, und einem Anwaltskollegen von mir, der dauernd mit solchen Fällen zu tun hat. Beide haben mir ernsthaft von einem solchen Treffen abgeraten und gesagt, daß es dich nur belasten wüde, wenn du Don und seine Frau kennenlernen würdest. Glaub mir, Laurel, das sind beides Leute mit Erfahrung, die wissen, wovon sie reden und was das beste ist. Für jeden einzelnen. Du kannst mir wirklich vertrauen.«

»Gut, aber ich –«

»Kann ich Ihnen behilflich sein?« Eine grauhaarige Verkäuferin kam mit wogendem Busen durch den engen Gang zwischen den Kinderbetten auf sie zu.

Verdammt, dachte Rudy. Er hatte Laurel fast so weit gehabt. Sie war kurz davor gewesen, allem zuzustimmen. Am liebsten hätte er der alten Schachtel gegen das Schienbein getreten.

»Nein, danke«, antwortete Laurel und wurde ein wenig rot. »Vielleicht später.«

»Ich habe gesehen, daß Sie die Gitterbettchen angeschaut haben.« Die alte Dame wich nicht von ihrer Seite, sondern stand da wie ein Fels in der Brandung. »Wenn ich Sie irgendwie beraten kann, sagen Sie es bitte. Wir haben auch Sonderangebote. Zwanzig Prozent auf bestimmte Modelle. Das gilt bis Ende des Monats.«

»Ja, gut«, sagte Laurel.

»Ist es Ihr erstes Kind?« fragte die Verkäuferin und blickte auf Laurels Bauch.

Laurel nickte und errötete noch mehr.

»Und Sie sind sicher der Großpapa.« Die Verkäuferin zwinkerte Rudy zu. »Ich habe sechs Enkelkinder und möchte kein einziges missen.«

Großpapa? Rudy mußte sich sehr beherrschen, um nicht den blaurosa Stoff vom nächstbesten Kinderbett zu reißen und damit der alten Kuh das Maul zu stopfen.

»Wann ist es denn soweit, meine Liebe?«

»Im März«, murmelte Laurel und wurde immer verlegener.

»Hoffentlich Ende März. Sie wissen doch, daß der Volksmund sagt: ›Der März kommt brüllend wie ein Löwe und geht als braves Lamm.‹ Und Sie möchten doch bestimmt lieber ein Lämmchen, habe ich recht?« Sie entfernte sich kichernd in Richtung einer anderen Kundin, rief aber noch über die Schulter zurück: »Rufen Sie einfach, wenn Sie mich brauchen!«

»Komm«, flüsterte Laurel Rudy zu. »Laß uns verschwinden.«

Draußen auf der Seventh Avenue blinzelte Rudy gegen die Sonne, die sich gerade durch eine graue Wolkenwand ihre Bahn brach. Laurel hatte ihr Kapuzencape wieder übergeworfen, das das gleiche Blau wie ihre Augen hatte, und hauchte in ihre Handflächen, damit sie warm blieben. »Gehen wir einen Kaffee trinken?« fragte Rudy.

»Nein, danke, ich muß nach Hause«, sagte Laurel, ohne ihn anzusehen. »Habe ich dir schon erzählt, daß meine Zeichenlehrerin Arbeiten von mir an eine Freundin weitergegeben hat? Diese Freundin ist Verlegerin, und – stell dir vor – sie möchte, daß ich ein Kinderbuch illustriere. Ich bin in einer Stunde mit ihr verabredet und will meine Zeichnungen bis dahin noch einmal durchsehen.«

»He, das ist phantastisch! Ehrlich!« Rudy freute sich wirklich für Laurel – sie hatte es bei ihrem Talent auch wirklich verdient –, hegte aber trotzdem den Verdacht, daß der wahre Grund für ihre plötzliche Eile der Wunsch war, allein zu sein. »Komm, ich setz' dich zu Hause ab.«

Obwohl Laurels Wohnung nur wenige Straßen entfernt war, winkte Rudy ein Taxi herbei. Wenn sie schon keinen Kaffee mit ihm trinken wollte, konnte sie doch schlecht ablehnen, daß er sie mit dem Taxi nach Hause brachte.

Wenig später hielt der Wagen vor dem rußgeschwärzten Backsteinbau, in dem Laurel wohnte.

»Ich rufe dich morgen irgendwann an«, sagte Rudy. »Denk in Ruhe über alles nach.«

»Das tue ich«, antwortete sie und sah aus, als würde sie jeden Moment losheulen. »Ganz bestimmt, Onkel Rudy.« Als sie ihn ansah, waren ihre Augen voller Schmerz, und er wußte, daß sie die Wahrheit sagte. Sie würde über alles nachdenken, und sie würde sich die Entscheidung nicht leicht machen. Dafür hatte er gesorgt.

Rudy fuhr zurück zu dem Geschäft. Das Teddybär-Mobile hing nach wie vor friedlich über dem Kinderbett. Rudy dachte an den Sohn oder die Tochter, die er wahrscheinlich bald sein eigen nennen würde, und war in diesem Moment so aus dem Häuschen – obwohl er nicht hätte sagen können, ob aus Angst oder vor Glück –, daß er sich der grauhaarigen Verkäuferin näherte, ohne große Umschweife auf das Mobile deutete und sagte: »Das hätte ich gerne.«

»Die sind gut, Laurel. Wirklich gut.« Liz Cannawill blickte von den Zeichnungen hoch, die über ihren Schreibtisch verstreut lagen. »Ich glaube, daß Sie hier bei uns an der richtigen Adresse sind.«

Sie kam hinter dem Schreibtisch hervor. Die grauen Strähnen auf ihrem Pagenkopf wollten nicht ganz zu ihrem jungen Gesicht und der schlanken Figur passen. Von ihrem Büro aus konnte man die untere Hälfte des Broadway überblicken. Laurel fühlte sich in dem kleinen Raum, dessen Regale und Tische von Manuskripten und Druckfahnen überquollen, seltsam wohl. Die Wände waren mit Andrucken, Umschlagentwürfen und Schutzumschlägen bedeckt. In ihrer eigenen Wohnung hatte sich Laurel in letzter Zeit zunehmend unwohl gefühlt – fast wie ein Gast, der seinen ursprünglich willkommenen Besuch zu lange ausgedehnt hat. Zwischen ihr und Annie schwebten so viele unausgesprochene Anschuldigungen in der Luft, daß die Atmosphäre einfach vergiftet war. Laurel war erst zum zweitenmal hier bei *Fairway Press,* aber die Umgebung wirkte irgendwie sehr vertraut und beruhigend. Außerdem wurde sie hier als Künstlerin behandelt und nicht als die arme kleine, schwangere Laurel.

»Natürlich muß ich die Zeichnungen noch unseren Grafikern zeigen, die sicher noch einige Anregungen zum Layout machen werden«, sagte Liz gerade, »aber ich sehe kein Problem darin, Ihnen grünes Licht zu geben, Laurel. Es ist sehr lange her, daß ich so gute Arbeiten gesehen habe. Besonders von jemandem mit Ihrer« – sie lächelte – »darf ich sagen, vergleichsweise geringen Erfahrung?«

Laurel spürte, wie ihr die Röte langsam ins Gesicht stieg, war aber fest entschlossen, sich ihre Verlegenheit nicht anmerken zu lassen. Was würde Liz wohl denken, wenn sie wüßte, daß das hier – sah man einmal von der Gestaltung der Programme für das Schultheater ab – ihr erster wirklicher Illustrationsauftrag war? Laurel stand auf und strich ihr Kleid glatt. Sie hatte das selbstgenähte anthrazitfarbene Jerseykleid mit langen Ärmeln und gestärkten weißen Manschetten angezogen, das am ehesten zu einer geschäftlichen Unterredung paßte. Um den Hals hatte sie einen breiten Seidenschal geschlungen, der die Aufmerksamkeit von ihrem Bauch ablenken sollte. Ihr langes blondes Haar hatte sie mit einer Goldspange zurückgesteckt, um zwei oder drei Jahre älter zu wirken.

»Es freut mich sehr, daß Ihnen meine Zeichnungen gefallen«, sagte sie. »Natürlich handelt es sich dabei aber nur um Entwürfe. Die endgültigen Illustrationen werden noch stärker ausgearbeitet – und was halten Sie von vielleicht ein oder zwei Farben?«

»Hm.« Liz tippte mit dem Radiergummiende ihres Bleistifts gegen ihre viereckige Schildpattbrille und spitzte den Mund. »Das Budget für dieses Projekt ist ziemlich klein. Bei einer Neuausgabe eines Märchens ist, um ehrlich zu sein, keine hohe Erstauflage möglich. Und Farben würden das Ganze natürlich um einiges teurer machen. Aber ich werde in jedem Fall mal die Kosten durchrechnen lassen. Und in der Zwischenzeit könnten Sie mir eine der Illustrationen farbig liefern, so daß ich eine Vergleichsmöglichkeit habe.«

»Das wäre kein Problem«, antwortete Laurel.

»Würde es bis Ende der Woche klappen?«

»Die erste Zeichnung erhalten Sie am Montag vormittag«, versprach Laurel. »Und ich könnte die restlichen Illustrationen in – sagen wir – acht Wochen fertig haben. Wäre das in Ordnung?«

»Nur keine Eile. Wir haben noch nicht einmal das Erscheinungsdatum festgesetzt. Wahrscheinlich geht das Buch vor Sommer sowieso nicht in die Produktion und kommt erst zum Weihnachtsgeschäft.« Liz unterbrach sich und musterte lächelnd Laurels Bauch. »Es sieht ganz so aus, als würden Sie davor noch Ihr Baby bekommen.«

Laurel wurde tiefrot, und ihr Gesicht brannte. Wieso mußte sie eigentlich jeder an das Kind erinnern? Warum mußte sie jedesmal mit der Nase draufgestoßen werden, wenn sie irgendwo hinging?

»Ich habe mich immer gefragt, wie die Mütter das eigentlich hinkriegen«, fuhr Liz fort. »Ich meine damit, zu Hause arbeiten und ständig ein Kleinkind um die Füße haben. Das ist eine ganz schöne Umstellung, denke ich.«

»Oh – ich werde das schon hinkriegen.«

Laurel fühlte sich ein wenig benommen und dachte: ein Kleinkind um die Füße haben? Wenn sie wüßte…

»Da bin ich sicher.« Liz hatte den Kopf auf die Seite gelegt und wirkte in ihrem gepflegten ocker-schwarzen Kostüm auf Laurel wie ein neugieriger Vogel. Liz hatte wahrscheinlich keine Kinder, so daß sie sich überhaupt nicht vorstellen konnte, was Laurel durchmachte. »Auf der anderen Seite glaube ich, daß Sie davon profitieren, wenn Sie selbst ein Kind haben und Kinderbücher illustrieren möchten.«

»Ja, das glaube ich auch.« Laurel unternahm einen verzweifelten Versuch, das Thema zu wechseln, und fragte schnell: »Was würden Sie davon halten, wenn ich den Bär etwas bedrohlicher gestalte?« Laurel deutete auf die zuoberst liegende Zeichnung auf Liz' Schreibtisch.

Es ging um eine alte Geschichte mit dem Titel *Östlich der Sonne, westlich des Mondes*, einem von Laurels Lieblingsmärchen. Sie hatte versucht, die Stimmung genau wiederzugeben, andererseits aber auch nicht so realistisch, daß jüngere Leser Angst bekamen.

»Meiner Meinung nach haben Sie es genau getroffen«, sagte Liz, nachdem sie einen Augenblick auf die Zeichnung geblickt hatte. »Authentisch und natürlich, mit einem Hauch Walt Disney. Vielleicht sollte er hier nicht so viele Zähne zeigen – wir möchten ja nicht, daß er so aussieht, als wolle er die Braut fressen. Aber im übrigen sollten Sie genau in der Art weitermachen.« Sie blickte auf ihre Armbanduhr. »O Gott! Wir müssen leider hier abbrechen, ich komme sonst zu spät zu einem anderen Termin.«

Liz wollte Laurel hinausbegleiten, doch Laurel winkte ab. »Machen Sie bitte keine Umstände. Ich kenne den Weg.«

»Gut. Dann bis Montag.«

»Bis Montag.«

Liz lachte leise. »Ja, diese Termine!«

Im Aufzug dachte Laurel nach. Nicht der Montagstermin machte ihr Sorgen, sondern vielmehr ihr Versprechen, Onkel Rudy morgen Bescheid zu geben. Panik ergriff sie.

Wie konnte sie ihr eigenes Kind weggeben?

Auf der anderen Seite wäre es sicher die vernünftigste Entscheidung. Aber warum hatte sie dann in keinster Weise das Gefühl, daß es wirklich das Beste wäre? Warum tat allein der Gedanke an eine solche Entscheidung schon so schrecklich weh?

Vielleicht hätte sie doch mit Jess reden sollen. Aber was hätte das schon gebracht? Außerdem hatte sie einmal wirklich versucht, es ihm zu sagen.

Auf dem Weg zur U-Bahn dachte Laurel an die damalige Situation. Sie hatte vor der Hind's Hall im Gras gesessen, während Jess vor ihr stand und wie ein zorniger Prophet aus dem Alten Testament wütend mit den Armen herumfuchtelte. Der Verantwortliche für das Massaker im südvietnamesischen Dorf My Lai war an diesem Tag freigesprochen worden, und Jess hätte am liebsten »die ganze verdammte Regierung der USA« in die Luft gejagt.

»Jess...«, Laurel griff nach dem Saum seines schwarzen T-Shirts, das ihm vor lauter Aufregung aus der Hose gerutscht war. Es war kurzärmelig, und man konnte ganz deutlich das Spiel seiner Muskeln sehen.

»Der Kerl ist ein Schlächter, ein verfluchtes Tier!« ereiferte sich Jess, ohne sie überhaupt zu beachten. »Klar, er hat es nicht persönlich getan, aber Medina war der befehlshabende Offizier und damit verantwortlich für das, was passierte. Und Calley hat mindestens genausoviel Schuld, aber er ist nur der Sündenbock. O Mann, das ist doch alles nicht zu fassen!«

»Jess«, verschaffte sich Laurel Gehör, »der ganze Vietnam-Krieg macht keinen Sinn. Warum sollte es also mit dieser

Geschichte anders sein? Reg dich doch deswegen bitte nicht so auf.«

Jess starrte auf sie herunter, und seine Arme sanken herab. »Wir können doch nicht einfach dastehen und nichts tun!«

»Natürlich nicht, Jess. Aber manchmal müssen wir auch noch an uns selbst denken. Überleg doch mal, wann haben wir eigentlich das letzte Mal über etwas anderes gesprochen als über Revolution, Systemveränderung und so weiter?«

Er warf ihr einen flammenden Blick zu, der zu besagen schien: Was ist auch sonst schon von Interesse?

Dann ließ er sich plötzlich im Gras ihr gegenüber nieder, als habe er eingesehen, daß sie nicht ganz unrecht hatte. Er kreuzte seine langen Beine und sah sie mit dem trägen Lächeln an, daß sie früher so fasziniert, mittlerweile aber seine Wirkung auf sie verloren hatte. Nach diesem Sommer, in dem er sich drei Monate nicht gemeldet hatte, sah sie ihn mit anderen Augen. Er erschien ihr kindischer als sie zunächst geglaubt hatte, so wie ein Kind, das um des Rebellierens willen rebelliert.

»He, Bohne«, sagte er jetzt und streckte die Hand aus, um eine Strähne ihres langen blonden Haars um einen Finger zu wickeln. »Vielleicht hast du recht. Wahrscheinlich sollte ich ab und zu auch an etwas anderes denken. Laß uns zu mir gehen. Später können wir dann über alles reden, was du möchtest.«

Das war die Gelegenheit. Er saß ruhig da, und Laurel überlegte noch, wie sie ihm beibringen konnte, daß sie schwanger war, als eine Gruppe von Jess' Freunden aus der Bibliothek kam und winkend zu ihnen hinüberliefen. Jess fragte, ob sie schon von der Medina-Sache gehört hätten, und binnen kurzem überschrien sie sich gegenseitig und übertrafen sich fast in ihren Verwünschungen des Präsidenten. Laurel ging irgendwann völlig unbemerkt.

Seit sie nicht mehr in der Uni erschienen war, hatte Jess einmal angerufen und gesagt, er sei in der Stadt und ob er vorbeikommen könne. Aber sie hatte ihn abgewimmelt. Wozu sollte ein Wiedersehen auch gut sein? Es gab nichts, was er tun konnte. Sie wollte nichts von ihm – schon gar nicht ihn heiraten.

Warum nur konnte Joe nicht der Vater ihres Kindes sein? Wenn er es wäre, würde es ihr noch nicht einmal etwas ausmachen, daß er sie nicht liebte. Und wenn er ihr eine Chance gäbe, könnte sie ihn sicher so weit bringen, daß er sie liebte. Vielleicht war dieser Gedanke auch gar nicht so weit hergeholt. Kürzlich hatte er wieder diesen Ausdruck in den Augen gehabt, als würde er sie plötzlich in einem neuen Licht sehen und darüber nachdenken, wie es mit ihnen beiden wohl wäre. Jedesmal, wenn er sie so ansah, wuchs in ihr ein klein wenig Hoffnung.

Als sie die U-Bahn-Station Broadway-Lafayette erreicht hatte, machte sich Laurel energisch bewußt, daß das Kind, das sie in sich trug, nicht von Joe war. Und bis morgen mußte sie über das weitere Schicksal dieses Kindes entschieden haben.

Sie versuchte, nicht daran zu denken. Es war ja noch etwas Zeit, und sie mußte sich Gott sei Dank nicht gleich entscheiden.

Als sie nach Hause kam, saß Annie am Küchentisch über einem Berg von Papieren, die nach Kostenvoranschlägen aussahen. Sie hatte einen Ellbogen aufgestützt, und ihr Haar war auf der einen Seite ganz zerdrückt. Sie trug einen orangefarbenen Rippenpullover und eine cognacfarbene Kordhose. Sie blickte hoch, als Laurel hereinkam, und setzte sich gerade hin. Ihr eben noch nachdenkliches Gesicht wurde verschlossen, aber das bemerkte nur jemand, der Annie so gut kannte wie Laurel. Als Laurel die Veränderung in Annies Miene wahrnahm, spürte sie, wie sich auch in ihr etwas verhärtete. Annie hatte ihr noch immer nicht verziehen. Warum hätte sie das auch tun sollen?

Laurel wußte nur zu gut, daß Annie Joe nach wie vor liebte. Wie hätte sie ihr das Vorgefallene also auch vergeben können?

Aber was erwartete Annie jetzt von ihr? Laurel fühlte sich schuldig. Aber niemand konnte ihr vorwerfen, daß Annie und Joe mehr als drei Monate später immer noch kaum ein Wort miteinander wechselten.

Vielleicht sollte alles so kommen, überlegte Laurel. Auch wenn sie nicht schwanger geworden wäre, wäre vielleicht aus Annie und Joe nie ein Paar geworden.

Und wenn man es recht bedachte, war ohnehin nicht einzusehen, wieso Annie mehr Recht auf Joe haben sollte als sie. Laurel erinnerte sich noch so deutlich an seinen Kuß, als wäre es erst Augenblicke und nicht Monate her. Wie seine Lippen vor Überraschung zuerst hart gewesen, dann aber ganz weich geworden waren und sich geöffnet hatten. Laurel wußte genau, daß er sie begehrt hatte, auch wenn er es abgestritten hatte. Wenn sie doch nur noch einmal in diese Situation kommen könnte! Wenn sie ihm doch klarmachen könnte, daß es völlig in Ordnung war, daß er sie begehrte!

Er war seither auch nicht sonderlich abweisend gewesen. Nein, Joe hatte sich eigentlich wie immer verhalten: Er alberte wie gewohnt mit ihr herum, schreckte auch nicht vor einer gelegentlichen brüderlichen Umarmung zurück. Und hatte er sich nicht sogar bereit erklärt, sie regelmäßig in den Geburtsvorbereitungskurs zu begleiten? Trotzdem spürte Laurel eine gewisse Spannung zwischen ihnen, eine unausgesprochene Kluft zwischen dem, was sie von ihm erwartete und dem, was er bereit war, ihr zu geben.

»Hi«, sagte Annie.

»Hi.« Laurel warf ihren Mantel und die leere Zeichenmappe auf einen der Stühle mit geflochtener Rückenlehne. »Was machst du denn schon so früh zu Hause? Ich dachte, du wärst mit diversen Bauunternehmern zugange?«

Annie stöhnte auf. »Ja, das war ich auch.« Sie blätterte durch die vor ihr liegenden Papiere. »Du wirst es nicht für möglich halten! Ich habe hier insgesamt elf Kostenvoranschläge, und der niedrigste ist immer noch doppelt so hoch wie der Betrag, von dem ich ursprünglich ausgegangen bin.«

»Und wenn du alles selbst machst?« gab Laurel zu bedenken.

»Du meinst, ich soll Wände herausreißen, Elektrokabel

installieren, mich als Klempner betätigen und all das? Wenn ich es könnte, würde ich es wahrscheinlich tun.« Annie lachte. Aber Laurels Einwurf war durchaus ernstgemeint gewesen.

»Das meine ich nicht. Ich wollte wissen, wieso du einen Bauunternehmer anheuern willst. Du könntest doch genausogut nur die Handwerker beauftragen, die du brauchst. Das würde zwar bedeuten, daß du dich um die Beaufsichtigung selbst kümmern mußt, aber ich kann mir sowieso nicht vorstellen, daß du tatenlos abwartest, bis alles fertig ist. Jedenfalls könntest du auf diese Weise bestimmt fünfzehn bis zwanzig Prozent einsparen.«

Annie starrte ihre Schwester erstaunt an und sagte dann mit einem kleinen, prustenden Lachen: »Ich gebe zu, ich bin beeindruckt. Seit wann kennst du dich denn so gut in der Baubranche aus?« Annie hatte die Frage kaum ausgesprochen, als ihr Lächeln verblaßte. Plötzlich herrschte eine eisige Atmosphäre im Raum. Annie hatte den Grund für Laurels Kenntnisse erraten: Er hieß Joe.

Laurel ahnte, daß ihre Schwester wußte, wieviel Zeit sie mit Joe verbrachte – und das nicht nur bei dem Geburtsvorbereitungskurs, sondern auch in Joe's Place: Laurel hatte miterlebt, um wieviel teurer der Ausbau des Lokals plötzlich kam, und hatte Joe mit Klempnern, Elektrikern und Schreinern verhandeln hören.

Laurel zuckte die Achseln. »Glaubst du, ich verbringe meine Zeit immer nur mit Zeichnen? Ich kann auch noch andere Sachen.«

»Da bin ich mir sicher.« Annie warf Laurel einen scharfen Blick zu und raffte die Papiere auf dem Tisch zusammen. Als sie den Stuhl auf dem Linoleum zurückschob, gab es ein häßliches Geräusch. »Ich mache uns was zum Abendessen.«

»Es steht bereits im Backofen«, sagte Laurel. »Überbackene Auberginen. Ich habe sie schnell heute morgen vorbereitet, bevor Ru –« Sie schluckte. »Bevor ich meine Zeichnungen ausgewählt habe.«

»War deine Verabredung erfolgreich?«

»Ich glaube schon. Meine Zeichnungen haben der Dame sehr gut gefallen.«

»Das Gegenteil hätte mich auch sehr überrascht. Sie sind wirklich phantastisch.« Annies Gesichtsausdruck war wieder weicher geworden, und Laurel sah in ihren tiefblauen Augen sogar so etwas wie Stolz aufschimmern. Laurel wünschte sich sehnlich, daß sie die schreckliche Kluft zwischen ihnen beiden überbrücken könnte.

Dann dachte sie an Joe, mit dem sie in weniger als einer Stunde unten in seiner Wohnung verabredet war. Sie wollten um acht Uhr gemeinsam zum Geburtsvorbereitungskurs gehen. Laurel wünschte, zwischen Annie und ihr wäre nicht alles so verfahren. Auf der anderen Seite konnte sie eigentlich nicht unbedingt traurig darüber sein, daß sich Joe und sie durch das Geschehene nähergekommen waren.

»Du könntest den Tisch decken, während ich das Abendessen fertigmache«, schlug Laurel vor. »Ich muß nur erst mal die Schuhe ausziehen.« Sie setzte sich, schlüpfte aus den Pumps und massierte ihre geschwollenen Füße. »Wenn das so weitergeht, sind meine Füße bald so groß wie Schwimmflossen.«

»Sehr gut. Dann hörst du vielleicht endlich auf, meine Schuhe anzuziehen. Es ist wirklich eine Strafe, eine jüngere Schwester mit der gleichen Schuhgröße zu haben.«

Keiner von ihnen erwähnte das Baby, aber Laurel spürte, wie die Spannung zwischen ihnen ein wenig nachließ. Annie stand neben ihr, und Laurel lehnte aus einer alten Gewohnheit heraus den Kopf an Annies knochige Hüfte, die ihr in diesem Moment ganz weich erschien. Annie begann, ihr mit geübtem Griff den Nacken zu massieren, und für kurze Zeit ließ sich Laurel in die Vergangenheit zurückgleiten. Sie dachte an die Zeit, als Annie und sie allein waren und aufeinander angewiesen wie zwei Überlebende in einem Boot auf dem Weg zur rettenden Küste.

Wieso war der Horizont jetzt so düster? Und wie konnten sie

so weit vom Kurs abtreiben? Trotz Annies Berührung – oder gerade deswegen – spürte Laurel Tränen in sich aufsteigen. Sie wußte, daß dieser friedliche Augenblick mit Annie nicht von Dauer war. Warum sollte sie sich etwas vormachen?

Sie spürte, wie sich das Baby in ihr bewegte. Es fühlte sich an wie ein leichtes Flattern und gleichzeitig wie ein tiefer Stich in den Bauch. In diesem Moment wußte sie, daß sie das Kind nicht behalten konnte. Es wäre eine falsche und egoistische Entscheidung. Außerdem konnte sie sich nicht darauf verlassen, daß ihre Schwester für sie dasein und sie – wenn nötig – trösten würde. Laurel spürte zwar, daß Annie ihr helfen wollte, aber irgend etwas hielt sie zurück. War ihr Groll noch so stark? Oder dachte sie, wenn sie einlenkte, daß sie Joe für immer verlor?

Laurel sah ihre Schwester hinüber zu den leuchtend gelben Schränken gehen, die sie vor vielen Jahren in Dali-Manier mit Tellern, Tassen, Messern, Brot- und Fruchtkörben bemalt hatte. Während Annie Teller und Gläser herausholte, zeichneten sich unter ihrem Pullover deutlich die Schulterblätter und der Verlauf der Wirbelsäule ab. Laurels Augen füllten sich mit Tränen, und sie fragte sich, wieso sie sich so auf Distanz hielten. Gerade jetzt, wo sie Annies Stärke gebraucht hätte.

21. Kapitel

Annie beobachtete, wie Emmett mit den Füßen auf dem Türvorleger aufstampfte und Wassertropfen von seinen Cowboystiefeln spritzten. Sie war noch mit einer Kundin beschäftigt und bedeutete ihm winkend, daß sie gleich Zeit für ihn hätte.

»Ich nehme eine davon. Nur eine.« Die füllige Frau im Waschbärmantel deutete mit einem behandschuhten Finger auf ein Tablett mit massig wirkenden dunklen Trüffeln. Sie stammten von einem ersten mißglückten Versuch, hatten sich aber – obwohl sie eher die Größe von Golfbällen als die Zierlichkeit einer Trüffel à la Girod's besaßen – seltsamerweise als Erfolg herausgestellt. Die Frau lachte schuldbewußt. »Ich sollte eigentlich lieber Diät halten.«

»Woran liegt es eigentlich«, fragte Emmett gedehnt, »daß sich immer die Frauen um ihr Gewicht sorgen, die es gar nicht nötig haben?«

Annie blickte hoch und sah, daß er mittlerweile an dem alten marmornen Rasiertisch lehnte, auf den sie ihre Registrierkasse gestellt hatte. Er zwinkerte ihr zu. Sie spürte, wie ihr die Hitze in die Wangen stieg, und blickte schnell wieder auf die große Trüffel, die sie gerade in hauchdünnes, karmesinrotes Seidenpapier hüllte und dann in ein kleine, gleichfalls karmesinrote Tragetasche setzte, auf der in goldener Prägeschrift der Name ihres Geschäfts gedruckt war: Tout de Suite.

Das Ganze übergab sie nun der entzückt lächelnden Kundin. Auf der einen Seite freute sich Annie, Emmett zu sehen, andererseits ärgerte sie sich über sein Benehmen.

Sie hatte sich bei Paolo's mit ihm zum Essen verabredet. Aber es war jetzt erst Viertel vor sechs, und sie würde erst in einer Viertelstunde den Laden zumachen. Danach mußte sie noch die Einnahmen des heutigen Tages addieren und die Warenbestände in den Auslagen und im Kühlschrank überprüfen, um zu sehen, was sie für den nächsten Tag brauchte. Außerdem mußte sie noch nachschauen, ob Doug das Schokoladenschmelzgerät tatsächlich repariert hatte.

Dieser verdammte Emmett wußte sehr genau, daß sie jetzt noch keine Zeit für ihn hatte. Warum also lächelte er sie so verschmitzt an, als hätte er ein wunderbares Geheimnis, das er ihr aber nur mitteilen würde, wenn sie ihn darum bat? Als ob sie nicht wüßte, worum es ging!

Annie dachte an die Einladung zum Wochenende, die er ihr vor ein paar Tagen beinahe lässig unterbreitet hatte. Sie hatte nein gesagt, und er hatte die Achseln gezuckt, als sei es nur eine Frage der Zeit, wann sie einwilligen würde. Ja, was hielt sie eigentlich davon ab? Was sprach schon dagegen, ihre Beziehung fortzusetzen?

Annie hätte ihm den Grund für ihre Zurückhaltung nicht erklären können. Sie kannte ihn noch nicht einmal selbst so genau. Wenn sie mit Emmett zusammen war, verspürte sie regelmäßig den Wunsch, ihn zu berühren. Sie sehnte sich nach der Berührung seiner Hand und hätte gern wieder einmal die zarte Haut an seinem Hals gestreichelt, wo der Bartwuchs endete. Annie dachte auch oft daran, wie sie miteinander geschlafen hatten. Sie spürte in der Erinnerung seine festen Schenkel zwischen ihren Beinen und sah, wie sich seine breite Brust über ihr hob und senkte. Und wenn er tief in ihr war, brachte sie jede Bewegung von ihm immer näher an einen köstlichen Wahnsinn.

Sie mußte sofort aufhören, daran zu denken. Was sie für Emmett empfand, hatte mit Liebe nichts zu tun. Ihr Herz gehörte Joe.

Sex, dachte sie. Man konnte das Bedürfnis danach genausowenig kontrollieren wie den Sonnenlauf oder die Gezeiten, es war einfach da. In ihrem Fall brachte es aber eine sehr gute Freundschaft durcheinander und verwirrte Annie durch Regungen und Gefühle, die sie lieber in Paris zurückgelassen hätte.

Doch mit Emmett ging es um mehr als nur Sex. Obwohl die Sexualität einen großen Anteil an ihrer Beziehung hatte: Emmett war ein unvorstellbar guter Liebhaber. Aber er war auch ein wunderbarer Freund. Nicht so beständig und nett wie ein großer Bruder, wie Joe. Ganz im Gegenteil: Emmett nahm sie auf den Arm und ärgerte sie, forderte sie heraus und zwang sie, sich zu wehren. Er ging ihr unter die Haut, wie man so schön sagte. Und das war manchmal alles andere als bequem.

Emmett wußte Dinge über sie, die ihr peinlich waren, und das machte sie nervös. Genau wie jetzt auch. Wie konnte Emmett ohne die leiseste Ermutigung von ihrer Seite wissen, daß er drauf und dran war, ihr gefährlich zu werden?

Annie spürt, wie sich die Röte in ihrem Gesicht mittlerweile bis unter die Haarwurzeln ausbreitete. Ihre Kopfhaut begann leicht zu jucken. Einerseits wünschte sie, daß Emmett so schnell wie möglich verschwand, damit sie aufhörte, Gefühle zu verspüren, die sie nicht fühlen wollte. Andererseits freute sie sich über seine Beharrlichkeit und darüber, daß er da war. Annie wußte nur zu gut, daß sie ohne Emmett jeden Abend nichts weiter täte, als sich nach Hause zu schleppen und ins Bett zu fallen. Schließlich stand sie jeden Morgen um fünf Uhr auf, um frische Früchte auf dem Markt an der Ninth Avenue zu besorgen, fuhr dann in ihr Geschäft und traf nötige Vorbereitungen in der Küche. Dabei mußte sie ständig aufpassen, daß ihre beiden Assistenten, Doug und Louise, nichts anbrennen ließen oder etwa beim Rühren der Pariser Creme einschliefen. Den restlichen Tag verbrachte Annie mit Warten auf einzelne Kunden, oder sie traf sich mit einem der Einkäufer eines Hotels oder einer Einzelhandelskette. Danach war sie in der Regel todmüde. Doch Emmetts Erscheinen wirkte wie eine kühle Brise an einem heißen Tag.

»Du kommst zu früh«, sagte sie, nachdem die füllige Kundin den Laden verlassen hatte.

»Ich hatte Interessenten für eine Dachgeschoßwohnung hier im Tribeca-Viertel, und da ich schon in der Nähe war, dachte ich, ich schaue gleich mal vorbei und frage, ob du meine Hilfe brauchen kannst.« Er schaute hinüber zu Luise, dem knochigen jungen Ding mit kurzem Haar und Minirock, die mit dem Wiederauffüllen eines der weiß lackierten Weidenkörbchen beschäftigt war. Als Louise seinem Blick begegnete, errötete sie und schlug die Augen nieder. »Es sieht ganz so aus, als hättest du alles unter Kontrolle. Was ist mit dem Schokoladenschmelzer, von dem du gesagt hast, er sei kaputt?«

»Ich nehme an, daß Doug ihn repariert hat.«

»Macht es dir etwas aus, wenn ich mir das mal anschaue?«

»In den Klamotten?« Unter dem Mantel, den Emmett gerade von den Schultern gleiten ließ, kamen ein Kaschmirblazer, ein modisches Hemd mit Seidenkrawatte und eine graue Hose mit tadellosen Bügelfalten zum Vorschein. Verglichen mit ihm kam sich Annie in ihrem simplen schwarzen Rock und der elfenbeinfarbenen Seidenbluse fast zu einfach gekleidet vor. »Du weißt, daß du gleich überall Schokoladenspritzer hast.«

Aber Emmett hatte den Blazer schon ausgezogen und war dabei, die Ärmel seines Hemds hochzukrempeln. »Fein. Dann bekomme ich wenigstens einen unwiderstehlichen Geschmack. Was es für dich um so schwerer macht, meine Einladung zum Wochenende abzulehnen.« Er zwinkerte ihr zu. »Und auch wenn du das tust, werde ich dich einfach zwingen, mit mir wegzufahren. Zu deinem eigenen Besten, bevor du dich totarbeitest. Abgesehen davon lohnt es sich wirklich, nach Cape May zu fahren. Das ist wie eine Reise in die Vergangenheit.«

»Ich dachte immer, Cape May ist ein typischer Sommerurlaubsort.« Annie schloß die Glasplatte der Ausstellungskühlvitrine.

»Du wechselst das Thema. Aber du hast recht. Hat dir noch nie jemand erzählt, daß die beste Zeit, einen Sommerurlaubsort zu besuchen, im Winter ist?«

»Warum das denn?«

Emmett kam auf sie zu und legte seinen Arm um ihre Schultern. »Weil es draußen dann kalt und ungemütlich ist. Deswegen muß man im Haus bleiben, wo es warm ist. Außerdem werden wir so gut wie die einzigen Gäste sein. Das ist fast so, als hätten wir einen Spielplatz ganz für uns allein.«

Sein Gesicht war ihr so nahe, daß sie die Sommersprossen auf seinem Kinn sehen konnte und die einzelnen Blauschichten, aus denen sich seine Iris zusammensetzte. Bei der Vorstellung, daß sie beide unter einer Decke in einem alten Messingbett zusammengekuschelt lagen, während draußen der Wind um ein altes Hotel am Wasser heulte, wäre Annie fast weich geworden.

Doch dann entzog sie sich ihm. Es war einfach verrückt! Wahrscheinlich war sie nur einsam – wegen Joe. Sie würde Emmett nur benutzen, genauso wie sie ihn in Paris benutzt hatte.

Aber benutzte Emmett sie nicht auch auf seine Weise? Er war noch nicht sehr lange in New York und wahrscheinlich genauso allein wie sie. Also warum sollten sie ihre Beziehung eigentlich nicht wieder aufleben lassen?

»Emmett –«, begann sie. Doch er legte einen Finger auf ihre Lippen. Sie atmete seinen vertrauten Geruch ein.

»Später. Du mußt dich nicht jetzt entscheiden. Wir reden nachher beim Abendessen darüber.« Er trat einen Schritt zurück und lächelte sie geradezu unverschämt selbstsicher an. »So, jetzt lasse ich dich erst mal in Ruhe den Laden abschließen, während ich mir den Schokoladenschmelzer anschaue.«

Annie sah ihm nach und fragte sich, was sie ihm denn heute abend erzählen wollte. Sie konnte doch wohl schlecht sagen: Emmett, du weißt, ich liebe dich nicht, aber ich habe verdammt große Lust, mit dir ins Bett zu gehen.

Und schließlich ging es um weit mehr, als nur ein momentanes sexuelles Bedürfnis zu unterdrücken. Sie hatte gerade ein Geschäft gegründet. Der Laden brauchte jedes Quentchen ihrer Kraft und jede Sekunde ihrer Zeit, sonst würde er sehr schnell pleite gehen – wie die meisten Neugründungen.

Annie griff nach dem Auftragsblock für Mengenlieferungen, der in dem Regalfach unter der alten Registrierkasse lag. Sie hatte plötzlich sehr gute Laune und sah sich in ihrem Laden um, ließ den Blick über alles wandern, das sie zustande gebracht hatte. Tout de Suite war so schnell über sie hereingebrochen, daß sie sogar im Schlaf noch arbeitete.

Sie dachte an den Abscheu, den sie empfunden hatte, als sie den Laden mit dem fettverkrusteten Grill, der bespritzten Wand dahinter und den vor Schmutz starrenden, abgetretenen Bodenfliesen das erste Mal gesehen hatte. Als sie ihren Blick nun über die Erdbeer-Tapete mit Gittermuster und den weiß gestrichenen Dielenfußboden, auf dem bunte Teppiche lagen, schweifen ließ, fühlte sie fast so etwas wie Genugtuung. Das Schaufenster zur Straße hin war von gerüschten weißen Gardinen umgeben. An den Wänden waren verschiedene Gaslaternen befestigt, die Annie in einem Trödelladen aufgetrieben hatte. Oben auf die Ausstellungsvitrine hatte sie weiß lackierte Weidenkörbchen gestellt, die mit fingergroßen Mandelsplittern und kleinen Stükken von Pecannüssen gefüllt waren. Hier konnten die Kunden ungehemmt zugreifen, wenn sie einen Augenblick warten mußten.

Louise Bertram, die sie ursprünglich als Aushilfe für den Valentinstag eingestellt hatte und dann wegen der guten Auftragslage behalten hatte, hatte eines der beiden Körbchen mittlerweile nachgefüllt und wandte sich nun dem nächsten zu.

Annie dachte daran, wie sie am Anfang befürchtet hatte, daß niemand, der das Geld für ausgefallene Süßigkeiten besaß, sich in diese Gegend verirren würde – auch dann nicht, wenn die Qualität ihrer Erzeugnisse in aller Munde sein sollte. Sie hatte es zwar geschafft, Lieferverträge mit drei Einzelhandelsketten auszuhandeln, doch war die Verdienstspanne hierbei anfangs so gering, daß sie ernsthaft um ihr Überleben gefürchtet hatte. Aber seit sie vor sechs Wochen ihr Geschäft für die normale Laufkundschaft geöffnet hatte, war der Umsatz kontinuierlich gestiegen und trug mittlerweile fast Louises Gehalt.

Annie blickte hoch zu dem riesigen vergoldeten Spiegel hinter der Kasse, über dem diskret ein handgeschriebenes Schild mit goldenem Rahmen hing – darauf stand schwarz auf rotem Grund: TOUT DE SUITE.

Sie erinnerte sich an die ersten Wochen wie an eine lange Krankheit, bei der man nur während einiger Augenblicke aus dem Delirium aufwacht. Annie dachte daran, wie sie sich herumgequält hatte, ob das Geld, das Dearie ihr hinterlassen hatte, auch ausreichen würde für den Innenarchitekten, die diversen Handwerker, die Gewerbeerlaubnis, die Einrichtung, den Kauf der frischen Zutaten und vor allem zwei Jahre lang für die Monatsmiete von vierzehnhundert Dollar. Und was wäre gewesen, wenn die Renovierungskosten das Budget überschritten hätten?

Dann hätte sie nichts übrig gehabt, um das Geschäft am Laufen zu halten, und wäre ganz schnell pleite gewesen.

Sie hatte zwar Kosten einsparen können, indem sie Laurels Vorschlag befolgte und selbst die Oberaufsicht über den Umbau übernommen hatte. Doch die niedrigsten Preise der Schreiner, Installateure und Elektriker hatten ihre Kalkulation noch weit übertroffen. Sie war oft drauf und dran gewesen aufzugeben. Wenn Emmett nicht über seine Firma einen Bauunternehmer aufgetan hätte, der sowohl zuverlässig als auch preiswert war, hätte sie es wohl auch nicht geschafft.

Andrzej Paderewski schien in der Tat ein ehrlicher Mann zu sein, doch hatte niemand Annie zuvor gesagt, daß keiner der Schreiner, Installateure und Elektriker in seinem Schlepptau auch nur ein Wort Englisch verstand, geschweige denn sprach. Wie sollte man diesen Handwerkern erklären, daß sie statt einer herkömmlichen Tür eine Schwingtür anbringen sollten? Paderewski selbst war nie zu erreichen, und wie sollte man zwei scheinbar taubstummen Polen nahebringen, daß sie in dem als Kühlraum geplanten Gelaß keinen Heizkörper installieren durften? Annie hatte die beiden Männer angeschrien, sich dann bemüht, ihnen gut zuzureden, und schließlich mit Händen und Füßen versucht, sich verständlich zu machen. Aber abgesehen davon, daß sie sich verwunderte Blicke zuwarfen und sie so musterten, als hätte sie den Verstand verloren, hatten die beiden Männer entschlossen und fröhlich mit der Installation des Heizkörpers weitergemacht. Genauso fröhlich hatten sie ihn wenig später dann auch wieder abmontiert.

Als die Wände verputzt werden sollten, waren die Elektroarbeiten natürlich noch nicht abgeschlossen gewesen, worauf die Maurer eine ganze Woche lang nicht mehr erschienen. Dann konnte immer noch nicht verputzt werden, weil ein Inspektor von der Bauaufsichtsbehörde zuvor noch den Abzugsschacht kontrollieren mußte. Und daß dieser seine Unterschrift nicht ohne ein Bestechungsgeld von hundert Dollar geben würde, stellte sich recht schnell heraus. Als dann endlich nur zwei Wochen nach dem geplanten Termin alles fertig war und auch noch größtenteils so aussah, wie Annie es sich vorgestellt hatte, war es fast wie ein kleines Wunder. Den größten Teil der Malerarbeiten konnte Annie Gott sei Dank in eigener Regie machen; auch Emmett half tüchtig mit und richtete unter anderem die alte Vitrine, die Annie in Brooklyn entdeckt hatte. Doug, den Konditor, der früher als Malerlehrling gearbeitet hatte, hatte sie dazu überreden können, die Räume zu tapezieren.

Und dann war zwei Tage vor der planmäßigen Eröffnung – Herd und Kühlschrank waren installiert, die Schränke hingen, die Arbeitsplatte mit Messerblock, Kühlvitrinen, Schokoladenschmelzer und diverse andere Geräte warteten nur auf ihre Inbetriebnahme, Blockschokolade und verschiedenste Zutaten waren in ausreichender Menge gelagert – der Herr Inspektor von der Gesundheitsbehörde in den Laden stolziert und hatte wegen Verdachts auf Ratten jeglichen Verkauf von eßbaren Dingen sowie deren Herstellung untersagt. Annie sah sein schmales pokkennarbiges Gesicht mit der spitzen Nase noch genau vor sich. Der Inspektor hatte selbst wie eine Ratte ausgesehen, als er in einer Ecke des Lagerraums herumkroch, die Anstoß erregenden »Tierexkremente« zusammenkratzte und in eine Phiole füllte, während er ihr im breitesten Brooklyn-Dialekt einen Vortrag über möglicherweise tödlich verlaufende Krankheiten, Gifte und Kammerjäger hielt. Annie hätte nur noch schreien können. Es gab hier keine Ratten, da war sie völlig sicher. Und dann kam ihr die Erleuchtung: Bei der Kuvertüre-Lieferung vor einigen Tagen waren lose Schokoladesplitter unten im Paket gewesen. Die waren wahrscheinlich beim Auspacken auf den Fußboden gefallen. Sie scharrte ein paar von ihnen zusammen und versuchte den Inspektor davon zu überzeugen, daß er sich irrte, aber er hörte gar nicht hin, sondern verzog nur angewidert die Nase. Und dann hatte Annie in ihrer Verzweiflung darüber, daß es Tage oder sogar Wochen dauern konnte, bis die Untersuchungen der »Tierexkremente« abgeschlossen waren, sich die Schokoladensplitter einfach in den Mund gesteckt. Wie unhygienisch das auch gewesen sein mochte, allein der völlig entsetzte Gesichtsausdruck des Inspektors war die Sache wert gewesen. Er hatte völlig erschüttert den Kopf geschüttelt und war dann mitsamt seinen Notizen aus dem Laden gehastet, als solle nun er statt der Ratten vernichtet werden. Annie hatte jedenfalls nichts mehr von ihm gehört.

An dem Morgen, als sie ihre erste Portion Pariser Creme zubereitete, fühlte sie sich derart erschöpft, als hätte sie die Besteigung eines riesigen Berges hinter sich gebracht und auf dessen Spitze eine Flagge gehißt. Aber dann mußte sie feststellen, daß sie viel zu optimistisch gewesen war. Der gerade bezwungene Berg entpuppte sich als lächerlicher Hügel, vor ihr türmte sich erst der wahre Mount Everest auf. Drei Portionen Pariser Creme hintereinander hatten eine zu feste Konsistenz und grießelten, so daß sie sie wegwerfen mußte. War es möglich, daß sich die Kuvertüre, die sie bei Van Leer in New Jersey gekauft hatte, von der bei Girod's so gravierend unterschied? Als nächstes mußte sie entdecken, daß gut die Hälfte der frischen Himbeeren, die Doug gekauft hatte, verschimmelt war. Zu allem Überfluß waren auch noch die Pralinen, die für die Ausstellungsvitrine bestimmt waren, zerbrochen, und um das Maß vollzumachen, hatte die alte Maschine für den Schokoladenüberzug den Geist aufgegeben. Im Augenblick blieb ihr also nichts anderes übrig, als die Trüffeln per Hand in die Kuvertüre zu tauchen. Das Ergebnis des erste Versuchs waren übrigens jene übergroßen Trüffeln gewesen, die eher schokoladeüberzogenen Golfbällen ähnelten. Und der arme Doug – sie sah ihn noch vor sich, wie er mit seiner dicken Brille auf der Nase das Förderband der Überzugsmaschine untersucht hatte – hatte nach Erledigung unzähliger Besorgungen, dem Säubern der Töpfe und Hacken der Nüsse heldenhafte Versuche unternommen, die Maschine zu reparieren. Als seine Versuche ergebnislos blieben, hatte er ihr dabei geholfen, Dutzende von Trüffeln per Hand mit Schokolade zu überziehen. Und dann hatte sie darauf bestanden, daß er sechs dieser monströsen Trüffeln probierte – jede mit einer unterschiedlichen Füllung –, damit sie sichergehen konnte, daß die Geschmacksrichtung stimmte. Doug hatte alle sechs gierig verschlungen und jede einzelne als köstlich bezeichnet. Aber kurz darauf war ihm so übel geworden, daß Annie ihn nach Hause schicken mußte und mit der ganzen Arbeit allein dastand.

Sie machte sich völlig verrückt und überlegte, was wohl passieren würde, wenn all die Einkäufer, mit denen sie Lieferverträge abgeschlossen hatte, diese häßlichen Trüffeln ganz einfach ablehnten. Sie hatte noch knapp zehntausend Dollar auf der Bank, mit denen sie allenfalls die Kosten für drei Monate abdekken konnte. Sie war darauf angewiesen, diese Trüffeln sofort zu verkaufen, sonst würden all ihre Träume wie ein Kartenhaus zusammenstürzen.

Bei ihrem ersten Treffen am Nachmittag mit der Einkäuferin von Bloomingdale's war sie schlechterdings ausgelacht worden. Bei der Erinnerung an diese Situation krampfte sich Annies Magen zusammen.

»Pferdeäpfel«, hatte die grauhaarige Dame wiehernd ausgestoßen, »sie sehen genauso aus wie Pferdeäpfel.« Sie hatte noch nicht einmal probieren wollen, weil sie davon ausging, daß ihre Kunden schon von dem Aussehen der Trüffeln abgestoßen sein würden.

Aber dann hatte Russ Kearney, ein alter Bekannter aus ihrer Zeit bei Dolly, der Einkäufer beim Plaza-Hotel war, vorsichtig zumindest einen kleinen Bissen von einer Trüffel probiert. Und dann noch eine und noch eine, bis nichts mehr davon übrig gewesen war und der bärtige Russ sich die schokoladenverschmierten Finger ableckte. Obwohl die Trüffeln einfach zu groß waren, um als Betthupferl verwendet werden zu können, hatte Russ sechs Dutzend davon für eine Veranstaltung bestellt, die er gerade organisierte. Annie hätte vor Erleichterung am liebsten geheult. Sie verpackte jede Trüffel einzeln in schillerndes Zellophan und band ein silbernes Band darum, auf das sie einen Sticker in der Größe eines Poststempels mit dem Aufdruck »Tout de Suite« klebte. Und nur dieser kleinen Werbung hatte sie es zu verdanken, daß sich ihr Kundenkreis um mehrere Einzelhandelskunden und um ein kleines Delikatessengeschäft an der Amsterdam Avenue erweitert hatte.

Kleinere Bestellungen kamen auch von Zabar's und Macy's. Beide orderten in so geringen Mengen nach, daß Annie die Herstellung der Ware mehr kostete, als sie letztendlich dafür bekam. Aber sie hatte keine andere Chance. Sie mußte den Verlust in der Hoffnung hinnehmen, daß die Leute ihre Ware mochten und wiederkamen. Und ganz langsam war das dann auch der Fall. Mit wachsendem Erfolg kamen Bestellungen für acht, neun oder gar zwölf Dutzend der Pralinen oder Trüffeln. Annie wagte es nun, die Preise gerade so weit zu erhöhen, daß ihr ein kleiner Gewinn blieb. Doch auch zum Stückpreis von einem Dollar blieben die in ihrer Häßlichkeit einzigartigen Trüffeln ein Erfolg. Zum Valentinstag hatte Annie jede für sich einzeln in eine kleine Schachtel verpackt. Und Laurel hatte sie mit allen möglichen Dingen verziert, die sie von einer Modistin gekauft hatte, die ihr Geschäft aufgab: Seidenblumen, Schleifen, Tüllstoff, klitzekleine nachgemachte Kirschen, Erdbeeren und Äpfel. Annie hatte alle verkauft, und es kamen Dutzende von Nachbestellungen. Gemeinsam mit Doug arbeitete sie die Nächte durch und stellte dann noch Louise ein, die ihre Lehre als Köchin abgebrochen hatte, sich aber bei Schokolade als durchaus begeisterungsfähig erwies.

Obwohl sie in aller Frühe schon wieder auf den Beinen war, ähnelte doch jeder Tag wieder der Erklimmung eines Berges. Die Fahrt in der fast leeren U-Bahn war bedrückender als in der Hauptverkehrszeit. Wenn sie in ihrem Laden ankam, stürzte sie sich sofort in die Arbeit – eine Portion Pariser Creme köchelte auf dem Herd, und der Schokoladenschmelzer war genauso in

Betrieb wie die Überzugsmaschine. Zu dieser Zeit tranken die meisten Menschen gerade ihre erste Tasse Kaffee. Wenn es dann endlich soweit war, den Laden zu öffnen, war Annie schweißgebadet, ihre Füße schmerzten, ihre Hände waren rauh und aufgerissen, und sie hätte auf der Stelle einschlafen können.

Es war kaum zu glauben, daß sie den Laden erst einen knappen Monat betrieb; mittlerweile schickten viele Kunden schon ihre Fahrer bei ihr vorbei, um Bestellungen aufzugeben oder abzuholen.

»Ich gebe nächste Woche eine Dinnerparty…«

Annie merkte plötzlich, daß jemand mit ihr sprach. Vor ihr stand eine Frau in grünem Kaschmir-Cape und modischem breitkrempigem Hut, der einen Großteil ihres Gesichts verdeckte. Annie hatte sie gar nicht hereinkommen sehen.

»Oh, Mrs. Birnbaum, Sie sind es«, sagte Annie und lachte. »Sie haben mich beim Träumen erwischt. Ich wollte gerade den Laden zumachen. Was kann ich für Sie tun?« Felicia Birnbaum war – abgesehen von Emmett, Dolly und Laurel – ihre einzige richtige Kundin an dem schaurigen Eröffnungstag ihres Ladens gewesen.

»Es geht um eine Party für die besten Kunden meines Mannes«, erklärte Felicia Birnbaum und zerrte ungeduldig an ihren Handschuhen. »Und ich würde gern etwas machen, woran sich alle noch lange erinnern.«

Annie betrachtete sie nachdenklich und schlug dann vor: »Marzipan. Kleine geflochtene Körbe aus Marzipan, gefüllt mit Stückchen von kandiertem Ingwer und Miniaturtrüffeln.« Innerlich schrak sie vor dieser Idee sofort zurück. Sie hatte erst ein einziges Mal mit Marzipan gearbeitet, und damals hatte Monsieur Pompeau jede ihrer Handbewegungen überwacht. Angenommen, sie käme mit dem Marzipan jetzt nicht zurecht?

Annie versuchte, sich nichts von ihrer plötzlichen Unsicherheit anmerken zu lassen, und behielt ihr freundliches Lächeln bei.

Felicia Birnbaum runzelte nachdenklich die Stirn und legte eine behandschuhte Hand an die eingefallene Wange. Sie selbst würde sich bestimmt nicht etwas so Kalorienreiches wie Marzipan gönnen, und eine Menge von Annies Kundinnen dachte ähnlich. Sie alle kauften Pralinen für ihre Mütter, ihre Kunden, die Sekretärinnen ihrer Männer und manchmal sogar für ihre Liebhaber.

»Oh«, sagte Mrs. Birnbaum. »Auf diese Idee wäre ich nicht gekommen, aber es klingt zauberhaft. Können Sie mir vielleicht ein Beispiel zeigen. Oder haben Sie ein Foto?«

»Nur im Kopf«, sagte Annie und schickte ein Stoßgebet zum Himmel, daß Felicia Birnbaum nicht nach weiteren Details fragen würde. »Ich mache das speziell für Sie. Nur für Sie. Also wird niemand anderes etwas Vergleichbares haben.«

Mrs. Birnbaum war beruhigt und lehnte sich entspannt gegen die Kühlvitrine, in der die von Annie kreierten Trüffeln verschiedenster Geschmacksrichtungen in weiß lackierten Weidenkörbchen lagen: Whiskytrüffeln mit Stückchen von Orangeschale; Schokoladentrüffeln mit Zitrone-Vanille-Füllung; dunkle, rauchig schmeckende Espressotrüffeln mit einer knusprigen Kaffeebohne im Inneren; Kokosnuß-, Rum- und Crème-Fraîche-Trüffeln mit einem Überzug aus Milchschokolade.

»Ja«, sagte Felicia Birnbaum, »das wäre wunderbar.«

»Vertrauen Sie ganz auf mich«, sagte Annie lächelnd und griff nach einem Blatt Papier. »Wie viele Gäste werden es sein?«

»Etwa achtundzwanzig. Und die Party ist schon nächsten Montag, also in einer Woche. Sind Sie sicher, daß Sie alles bis dahin schaffen?«

»Aber natürlich«, versicherte Annie, während sie sich im Geiste bereits wie eine Besessene am Wochenende arbeiten sah. »Sie sagten, es sind achtundzwanzig Gäste? Dann mache ich dreißig Marzipankörbchen. Sie können sicher sein, daß keines übrigbleibt.«

Wenig später eilte Felicia Birnbaum unter Hinterlassung

einer schwachen Wolke Chanel No. 5 und eines Schecks über dreihundert Dollar aus dem Laden und hastete durch den Regen zu ihrem regelwidrig auf dem Bürgersteig geparkten leuchtendroten MG. Annie legte den Scheck in die Kasse, dann schloß sie die Tür ab und hängte das Schild mit der Aufschrift »Geschlossen« ins Fenster. Louise war wohl schon in die Küche gegangen, um sauberzumachen – oder um mit Emmett zu plaudern, dessen Anblick sie regelmäßig derart verlegen machte, daß ihr die Röte ins Gesicht schoß. Und warum auch nicht? Wenn Annie es recht bedachte, konnte sie sich eigentlich keine Frau vorstellen, die Emmett nicht anziehend finden würde.

Annie war plötzlich so erschöpft, daß sie sich für einen Augenblick auf den Klavierhocker neben einem alten Nähmaschinentisch sinken ließ. Darauf standen Gefäße voller kandierter Grapefruitstücke und schokoladenüberzogener Orangeschalen. Aus der Küche ertönte das furchtbar scheppernde Geräusch des Schokoladenschmelzers. Doug hatte ihn offensichtlich doch nicht richtig repariert. Die Frage war, ob Emmett es schaffen würde. Vielleicht konnte der Fehler auch nicht mehr behoben werden, und sie mußte ein neues Gerät kaufen. Und dafür hatte sie nun wirklich überhaupt kein Geld, da jeder Pfennig in Vorräte, Miete, Gehälter, Telefon, Strom und so weiter investiert werden mußte.

Annie seufzte und fragte sich, wie um alles in der Welt sie den Birnbaum-Auftrag mit einem defekten Schokoladenschmelzer rechtzeitig bewältigen sollte. Vor allem, weil mit einer Bestellung von Zabar's und zwei weiteren Parties, die sie zu beliefern hatte, ihre Kapazität eigentlich erschöpft war. Sie hatte jetzt fast mehr zu tun, als ihr lieb war. Einerseits war sie froh darüber, hatte aber andererseits auch ein wenig Angst. In was hatte sie sich da nur hineinmanövriert?

Genau das fragte sie sich auch in bezug auf Emmett. War es fair, die Geschichte zwischen ihnen einfach laufen zu lassen, ohne zu wissen, ob sie ihm jemals mehr geben konnte?

Annie dachte an Joe und sehnte sich mit einer solchen Intensität nach ihm, daß sie sich völlig schwach fühlte.

Seit sie ihn in seinem Lokal besucht hatte, waren sie sich kaum begegnet. Er hatte genauso viel um die Ohren wie sie. Wenn sie sich im Flur über den Weg liefen, nickten sie einander mit einem knappen Lächeln zu. Einmal hatten sie für einen Moment über Laurel gesprochen, deren Termin kurz bevorstand.

In diesen Tagen war Joe häufiger mit ihrer Schwester zusammen als sie. Einmal in der Woche begleitete er sie zu dem Geburtsvorbereitungskurs; an den anderen Abenden rief er an, wenn er nicht zu müde war, und Laurel ging dann hinunter zu ihm in seine Wohnung.

Laurel war sehr verschlossen geworden. Sie sprach mit Annie kaum über etwas anderes als das Buch, das sie illustrierte, oder über Annies Geschäft. Joe wurde niemals erwähnt. Es war beinahe so, als hätten sie das stillschweigend verabredet.

Laurel war ausgesprochen höflich und hörte ganz hingerissen zu, wann immer Annie von ihrem Laden erzählte. Aber sie erinnerte Annie dabei an die alberne Puppe, die Dearie einmal Laurel geschenkt hatte. Wenn man an einer Schnur in ihrem Rücken zog, hatte sie gezirpt: »Hallo, ich heiße Chatty Cathy, und wie heißt du?«

Noch vor sechs Monaten hätte sich Annie niemals vorstellen können, daß sie jemals eifersüchtig auf ihre Schwester sein könnte. Heute war sie es. Und mit welchem Recht? Schließlich hatte sie ihr Geschäft – und was hatte Laurel? Einen »Ehemann« für den Geburtsvorbereitungskurs und ein Kind, das ihr nach der Geburt nicht mehr gehören würde.

Ein- oder zweimal hatte sie Laurel mit schützend über dem Bauch gefalteten Händen bewegungslos dasitzen sehen, und ihr Gesichtsausdruck hatte auf tiefe Gewissensqualen hingedeutet. Etwas schien ihr ungeheure Probleme zu bereiten. Konnte es sein, daß ihr die mittlerweile getroffene Entscheidung, das Kind zur Adoption freizugeben, leid tat?

Aber Annie hatte beide Male den Mund gehalten. Sie hatte sich schon genug in Laurels Leben eingemischt. Zumindest schien ihre Schwester dieser Meinung zu sein, sonst hätte sie ihr das nicht so ins Gesicht gesagt. Und wenn Annie ganz ehrlich war, hatte sie Laurel die Geschichte mit Joe nach wie vor nicht verziehen.

Das Scheppern aus der Küche war leiser geworden und hatte sich langsam in stetiges Brummen verwandelt. Annie atmete auf. Wenigstens mußte sie sich wegen des Schokoladenschmelzgeräts keine Gedanken mehr machen. Emmett hatte Gott sei Dank wieder einmal eines seiner Zauberkunststücke vollbracht.

Paolo's in der Mulberry Street war geradezu eine Institution in Little Italy. Die Wandvertäfelung war von zahllosen Stößen von Stuhllehnen verschrammt, und die Wände waren mit signierten Fotos von allen möglichen Berühmtheiten gepflastert, die hier einmal gegessen hatten: Frank Sinatra, Dean Martin, Fiorello La Guardia, Tony Bennett und viele andere mehr. Die langgestreckte Bar aus Eichenholz war durch eine Glasscheibe vom Eßbereich getrennt.

An einem Tisch an der rückwärtigen Wand sah Annie einen dunkelhäutigen Mann mit mächtigem Oberkörper sitzen. Er trug einen ordentlich zugeknöpften Zweireiher, hatte einen Zipfel der Serviette ins Hemd gesteckt und war gerade dabei, eine riesige Portion Spaghetti zu verschlingen. Zwei jüngere Männer, ganz offensichtlich seine Leibwächter, saßen an einem kleineren Tisch in der Nähe des Eingangs und ließen ihre Blicke über das gut gefüllte Lokal schweifen.

»Sind die echt?« flüsterte Annie mehr scherzhaft Emmett zu. Ihr kam es ganz so vor, als hätte der Besitzer drei Schauspieler angeheuert und hier hingesetzt, damit das Lokal authentischer wirkte.

Einen Augenblick später saßen sie an einem der nächstgelegenen Tische. Emmett beugte sich vor und flüsterte: »Das ist

Cesare Tagliosi, einer der wichtigsten Männer in der Bonnano-Familie. Ich bin ihm im Zusammenhang mit diesem Warenhausprojekt in Red Hook begegnet, das mein Chef und ich gemeinsam ausgetüftelt haben. Tagliosi und Ed Bight – das ist der Typ, der die Warenhäuser verkauft – sind wahrscheinlich Geschäftspartner. Aber ich bin überzeugt davon, daß eigentlich Tagliosi das Sagen hat – du verstehst, was ich meine?«

Annie blickte über die Schulter zu dem Mann, der seine Spaghetti verschlang.

»Willst du damit sagen, daß es wirklich so zugeht wie in den Mafia-Filmen?« flüsterte sie fragend. »O Gott, ich würde sterben.« Dann runzelte sie die Stirn. »Nein, würde ich nicht. Ich glaube, ich würde ihn eher in die Weichteile treten.«

Emmett starrte sie einen Augenblick lang an, schüttelte dann den Kopf und lächelte. »Ja klar, und am nächsten Tag würden sie dich aus dem East River fischen. Annie, du mußt einsehen, daß es ein paar Dinge auf der Welt gibt, gegen die auch du *nicht* ankommst.«

»Bisher ist mir nichts dergleichen begegnet.« Annie dachte an Joe und wünschte sich, daß die Kluft zwischen ihnen nicht mehr als eine Art Zaun wäre, über den man hinüberklettern könnte.

»Doch – ist dir schon begegnet.« Emmett wartete, bis der Kellner ihm etwas Wein eingeschenkt hatte, probierte und gab nickend sein Einverständnis. Dann blickte er Annie an und sagte: »Ich. Gegen mich kommst du nicht an.«

Von seinem Gesicht war das Lächeln verschwunden, und Annie wußte plötzlich, wieviel sie ihm bedeutete. Wie war es möglich, daß ihr das bisher entgangen war? Empfand sie nicht das gleiche für Joe?

Emmetts blaue Augen schienen etwas dunkler geworden zu sein, und seine hellen Wimpern glänzten im Licht der von draußen hereinscheinenden Straßenlaterne.

»Schau, Emmett, es tut mir leid, wenn ich –« Wie sollte sie sich nur verständlich machen? Wie konnte sie das, was sie sagen wollte, so ausdrücken, daß es auch ankam? Annie mochte Emmett furchtbar gern. Und wenn es Joe nicht gäbe, könnte sie Emmett vielleicht sogar lieben.

Er unterbrach sie, indem er seine Hand auf die ihre legte.

»Nein«, sagte er. »Keine Entschuldigungen mehr. Sieh mal, ich bin nicht dumm. Und du hast mir auch nicht so den Kopf verdreht, daß ich nicht mehr klar denken könnte.« Er verzog den Mund. »Zumindest noch nicht. Das, was ich dir jetzt sage, Cobb, sage ich nur ein einziges Mal. Wenn du es nicht hören willst, werde ich es auch nie wieder sagen.« Er schwieg einen Moment und griff nach seinem Weinglas, dessen Kelch er so fest umklammerte, daß Annie befürchtete, er würde jeden Augenblick zerbrechen. »Verdammt noch mal, ja, ich liebe dich. Ich weiß, daß du mich nicht liebst. Ich weiß es wirklich. Aber wenn du glaubst, daß sich das eines Tages ändern könnte und wir eine Chance haben könnten, dann sag es. Ich möchte keine Liebesschwüre von dir. Aber es soll ein offenes Spiel sein. Wir legen beide die Karten auf den Tisch.«

Annie fühlte sich derart unwohl in ihrer Haut, daß sie sich am liebsten in Luft aufgelöst hätte. Es kam ihr so vor, als hätten alle im Lokal aufgehört zu reden und würden auf ihre Antwort warten. Sogar der Mafia-Boß.

»Emmett, was willst du von mir?« Annie zwang sich, ihn anzuschauen. »Was möchtest du von mir hören?«

»Sag, daß du mit mir übers Wochenende wegfährst. Nur das. Ich verlange nicht den Mond vom Himmel, Annie Cobb.«

»Nein, nur die Sonne und die Sterne«, antwortete sie leichthin, plötzlich viel zu erschöpft, um eine Diskussion anzufangen.

Er lächelte matt. »Ja, das könnte man so sagen.«

Annie starrte auf seine kräftigen Hände mit den ausgeprägten Knöcheln. Sie dachte an die Sommersprossen auf seinem Rücken und auf seinem Bauch, er hatte sogar Sommersprossen auf –

Ihr fiel plötzlich ihre gemeinsame Fahrt mit dem Nachtzug nach Marseille ein. Emmett hatte die Vorhänge im Abteil zugezogen, ihr mit der Hand unter den Rock gegriffen und ihren Slip über die Knie heruntergezogen. Dann hatte er seinen Gürtel aufgemacht, den Reißverschluß geöffnet und sie auf seinen Schoß gezogen....

Annie erinnerte sich noch sehr genau an die in ihr aufwallende Hitze, die ihren gesamten Körper erfaßt hatte.

Sie hatte befürchtet, daß irgend jemand hereinkommen und entdecken könnte, was sie da trieben, aber weder Emmett noch sie hatten aufgehört. Sie hatte rittlings auf ihm gesessen und das Gesicht an seiner Schulter verborgen, während sich die harten Nähte seiner Jeans bei jeder Bewegung in das weiche Fleisch ihrer Oberschenkel drückten. Die Situation war ungeheuer erregend gewesen, und während Annie Emmetts fast animalisch beißenden Geruch nach Schweiß eingeatmet hatte, hatte sie ihn im Geiste mit staubigen Jeans und verschwitztem Hemd auf dem Rücken eines Pferdes sitzen sehen.

Als er kam, war sie noch nicht soweit, sie hatte zu sehr Angst vor dem Entdecktwerden.

Emmett hatte sie von seinem Schoß heruntergeschoben und nach hinten gedrückt, so daß sie mit angewinkelten Beinen auf den harten Kunststoffsitzen lag. Annie hatte die Augen geschlossen und fast wie in Trance das rhythmische Schaukeln des Zuges unter ihr wahrgenommen und gehört, wie Emmetts Gürtelschnalle gegen Metall stieß. Zwischen den Beinen war sie ganz feucht gewesen, und sie hatte in sich ein Pochen gespürt, das irgendwie weh tat, aber auch sehr angenehm war. Und dann war da plötzlich sein Mund gewesen, seine Zunge in ihr...

Reiß dich zusammen, Annie! Sie mußte aufhören, an solche Dinge zu denken. Die Zeit mit Emmett in Paris – das war doch nichts weiter als Sex gewesen. Natürlich hatte sie sich auch einsam gefühlt. Vielleicht war sie auch ein wenig berauscht von Paris gewesen.

Dann überlegte sie, was eigentlich daran so schrecklich sein sollte, daß sie Emmett begehrte, obwohl sie ihn nicht liebte. Es war so lange her – und für wen wollte sie sich eigentlich aufsparen? Für Joe sicher nicht.

Und im Geiste hörte sie eine Stimme, die sie schalt: *Du bist eine Närrin, Annie Cobb. Wenn du Emmett nicht nimmst, wirst du am Ende mit leeren Händen dastehen!*

Prompt kam ihr der Refrain eines Liedes von Stephen Stills in den Sinn: *If you can't be with the one you love... love the one you're with.*

Aber dann fielen ihr die Marzipankörbchen für Felicia Birnbaum ein. Sie hatte sie ihr für Montag versprochen. Und das bedeutete, daß sie das Wochenende durcharbeiten mußte.

Annie blickte auf den roten Rand, den die Weinflasche auf dem weißen Tischtuch hinterlassen hatte. Sie spürte Emmetts Augen auf sich ruhen.

»Es tut mir leid, Emmett, aber es geht nicht. Nicht an diesem Wochenende.«

»Mach mir nichts vor, Cobb«, sagte er leise. »Wenn du nicht willst, dann sag es bitte ehrlich.«

»Emmett, ich habe Angst«, sagte sie und beugte sich vor. »Ich weiß einfach nicht, was ich sagen soll.«

»Wie wäre es mit der Wahrheit?« fragte er und trank einen Schluck Wein. Er beobachtete sie über den Rand des Glases hinweg mit einem gespannten Ausdruck in den Augen.

»Okay, die Wahrheit ist, daß ich für Montag einen großen Auftrag habe und deshalb wirklich nicht weg kann. Aber ich« – und noch bevor sie es aussprach, fragte sie sich schon, ob sie einen Fehler machte – »ich habe nichts dagegen, wenn du mich ein andermal fragst.«

Sie konnte dann ja immer noch nein sagen. Aber jetzt hielt sie etwas davon ab: Sie sah sich selbst zehn Jahre später, sie ahnte, wie das Geschäft sie auffressen würde, wenn sie es zuließ; eines Tages wäre sie dann wahrscheinlich eine einsame Frau mittleren Alters wie Dolly, die sich nach einem Mann verzehrte, der ihr niemals gehören würde.

»Vielleicht werde ich das auch tun«, sagte Emmett gelassen und ohne eine Spur von Unmut.

Als dann die bestellten Nudeln kamen und in einer Sauce von Tomaten, Pilzen, Pfeffer und Oliven dampfend vor ihr standen, merkte Annie erst, daß sie einen riesigen Hunger hatte.

Nachdem Emmett die Hälfte seiner Spaghetti gegessen hatte, beugte er sich vor und fragte: »Du weißt doch, was ›puttanesca‹ bedeutet, oder? Es bedeutet ›wie eine Hure‹. Das heißt, daß hier alles reinkommt.«

Emmett war wieder lustig und frech wie gewohnt und brachte sie mit seinen Witzen zum Lachen. »Hey, Cesare!« rief er zu dem Mann im Nadelstreifenanzug hinüber. Sein Ton war höflich, fast ehrerbietig, aber Annie konnte das Funkeln in seinen Augen und den hinter seinem Lächeln lauernden Schalk sehen. »Wie war deine Puttanesca? Gut, was?«

Der Mann blickte ihn verständnislos an. Dann dämmerte ihm offenbar, woher sie sich kannten, und er nickte Emmett kurz zu, während er sich über das Kinn wischte. Falls er Emmetts Benehmen unpassend fand, ließ er sich das jedenfalls nicht anmerken.

Annie senkte den Kopf und verbarg das Gesicht in der Serviette, um ihr Lachen zu verbergen. Sie war auch ein wenig erschrocken über Emmetts Tollkühnheit. Aber was überraschte sie eigentlich daran? Sie hatte schließlich noch nie erlebt, daß Emmett Cameron vor irgend etwas oder irgend jemand Angst hatte.

Nach dem Essen stöhnten beide über die Mengen von Pasta, die sie gegessen hatten, und Emmett schlug einen kleinen Spaziergang vor, bevor sie sich ein Taxi nahmen. Während sie in Richtung Grand Street schlenderten, wurde Emmett plötzlich sehr nachdenklich.

Er überlegte, wieso um alles in der Welt er von Annie derart fasziniert war. Sie wirkte nach außen hin sehr stark, aber unter dieser Fassade verbarg sich etwas ungemein Zerbrechliches, ein

Bedürfnis, das ihn anrührte und ihn wünschen ließ, ihr nahe sein zu können.

Emmett dachte daran, wie sich einmal auf dem Garnelenfänger, auf dem er gearbeitet hatte, ein Silberreiher in einem der Netze verfangen hatte. Eines seiner Beine war gebrochen gewesen, doch der Vogel kämpfte heldenhaft weiter, flatterte mit den Flügeln und stieß immer wieder seinen wilden, schrillen Schrei aus. Als Emmett das durchnäßte Tier schließlich hatte befreien können, hatte er überlegt, ob es nicht das beste wäre, den Vogel von seinen Qualen zu befreien. Statt dessen hatte er ihn gepackt und mit nach Hause genommen, dort eine alte Hundetransportkiste saubergemacht, die im Hof vor sich hin rostete, und den Vogel hineingesetzt. Wann immer er sich aber um den kleinen Kerl kümmerte, dessen Bein er geschient hatte, versuchte der Vogel, dessen Flügel kraftlos zur Seite hing, ihm in die Hand zu hacken. Emmett sah die ausdruckslosen schwarzen Knopfaugen des Reihers immer noch vor sich und hörte sein heiseres Krächzen. Der Vogel faßte nie Vertrauen zu ihm, und als er ihn Wochen später mit verheiltem Bein und Flügel frei ließ, flog er ohne einen Blick zurückzuwerfen davon. Irgend etwas an dem Vogel hatte Emmett im Innersten berührt. Er hatte ihn irgendwie bewundert – nicht nur wegen der Geduld, mit der er seine Gefangenschaft ertrug, sondern auch wegen des Blicks, den der Vogel ihm jedesmal zuwarf, wenn er die Tür zu seinem Gefängnis öffnete. Er schien zu besagen: *Niemand hat dich darum gebeten, dich um mich zu kümmern, also kannst du auch keinen Dank erwarten.*

Vielleicht hatte er von dem verdammten Vogel die Lektion gelernt, die er jetzt mit Annie wiederholte: daß es nicht immer einen Sinn machen mußte, wenn man sich um jemanden sorgte. Jedenfalls konnte man nicht erwarten, daß man das, was man investierte, auch wieder zurückbekam.

Emmett betrachtete Annie, die die Hände tief in die Taschen ihres warmen Tweedmantels gesteckt hatte und mit hochgezogenen Schultern und gesenktem Kopf so wirkte, als würde sie in eine Schlacht ziehen. Doch gegen wen wollte sie kämpfen und aus welchem Grund?

Der Wind hatte ihr kurzes Haar aufgebauscht und nach vorn geweht. Annie sah richtig hübsch aus, dachte Emmett, aber ganz anders als die Models auf den Titelseiten des *Cosmopolitan*, die ihre Brüste meistbietend feilboten. Sie war auf eine unaufdringliche Art schön – so wie das von einem leichten Nebelschleier bedeckte Meer um fünf Uhr morgens oder das wispernde Geräusch, wenn der Wind im August durch die trockenen Halme eines Kornfelds fuhr. Emmett liebte es, wenn die Sonne Annies dunkle Hautfarbe zur Geltung brachte und wenn ihre Augenfarbe bei einem bestimmten Lichteinfall von dunkelblau zu schwarz wechselte. Und es entzückte ihn, daß sich die Haare auf ihren Unterarmen sträubten, wenn sie erregt war. Er liebte ihre Eigenart, die Wangen einzuziehen, wenn sie angestrengt nachdachte – und die Art, wie sie jedesmal rot wurde, wenn er sie beim Nägelkauen erwischte, als wäre er zum falschen Zeitpunkt ins Badezimmer gekommen.

An diesem Abend gefiel Annie ihm mehr denn je. Jede Straßenlaterne, an der sie vorübergingen, warf einen glänzenden Schimmer auf ihr dunkles Haar, und die Kälte hatte ihre Wangen gerötet. Emmett wünschte sich nichts mehr auf der Welt, als sie zu küssen und dann mit ihr zu schlafen – und hatte gleichzeitig Angst davor. Denn es gab wirklich nichts Schlimmeres auf der Welt, als mit einer Frau zu schlafen, die an einen anderen dachte.

Trotzdem wußte Emmett, daß er es die ganze Nacht bereuen würde, wenn er sie nicht küßte. Und plötzlich hatte er ein ganz bestimmtes Bild im Kopf, das sich nicht verscheuchen ließ: Sie hatten an einem Nachmittag Manets »Olympia« im Louvre bewundert, und danach hatte Annie das Bild in seiner Pariser Absteige auf dem viktorianischen Sofa nackt ausgestreckt nachgestellt. Sie hatte den Kopf zurückgeworfen und blickte ihn unter halbgeschlossenen Lidern an. Um den Hals trug sie ein schmales, schwarzes Band, ein Arm lag lässig auf der Sofalehne, und ihre Schenkel waren einladend geöffnet. Er dachte daran, wie er mitten im Wohnzimmer gestanden und plötzlich eine ungeheure Erregung empfunden hatte. Annie hatte nervös aufgelacht, war aufgesprungen und hatte sich schnell etwas übergezogen, als wäre es ihr auf einmal peinlich gewesen, daß er sie – wenn auch nur zum Spaß – so gesehen hatte.

»Hör mal, Cobb, ich habe eine Idee. Wir gehen zu mir«, sagte er angelegentlich, während sie den Broadway hinaufschlenderten. In Erwartung ihrer Reaktion krampfte sich sein Magen nervös zusammen.

»Emmett.« Annie blieb neben einem Entlüftungsschacht stehen, aus dem Dampfwolken in die kalte Nachtluft stiegen, und blickte ihn warnend an. »Du weißt sehr genau, was dann passieren würde.«

»Ich muß gestehen, daß ich es sehr genau weiß!« Er setzte sein breitestes Cowboygrinsen auf, hinter dem er so viel verbarg.

»Ich kann nicht.«

»Merkwürdig. Ich hätte wetten können, daß du die nackte Lady auf meinem Sofa in Paris warst.«

Annie lachte, und er sah, wie sich die Röte in ihren Wangen vertiefte. »Emmett, hör auf, dich über mich lustig zu machen.«

Da küßte er sie. Eine Hand legte er leicht auf ihre Schulter, mit der anderen umfaßte er ihren Nacken und streichelte ihr Haar, das sich kühl und elastisch wie frisches Gras anfühlte. Sie mußte diese Umarmung genauso gewollt haben wie er, da sie sich ihm nicht entzog. Sie öffnete die Lippen, und er konnte noch den süßen Nachgeschmack der Zabaglione schmecken, die sie zum Dessert gegessen hatten.

»O Mann«, sagte Annie leise, als sie sich von ihm löste. In dicke Mäntel gehüllte Fußgänger eilten an ihnen vorbei, und auf dem Broadway bewegte sich das blinkende Lichterband der Autoscheinwerfer. Vor einem Fahrradgeschäft hockte einer, der keine Kälte zu spüren schien, und hatte vor sich auf einem löchrigen Bettuch Ohrringe und Gürtelschnallen ausgebreitet.

Annie lachte nervös auf und witzelte: »Es muß wohl an der ›Puttanesca‹ liegen.«

Emmett winkte ein Taxi heran.

Die Heizung des Wagens funktionierte nicht und eines der Seitenfenster ließ sich nur halb schließen, so daß sie halb erfroren in Emmetts Apartment ankamen. Die Duschkabine in der Küche erschien Emmett in diesem Moment Gold wert. Ohne zu zögern, zog sich Emmett komplett aus, und nachdem er seine eiskalten Hände etwas gewärmt hatte, begann er, auch Annie auszuziehen. Sie leistete keinen Widerstand.

Als sie beide nackt waren, drehte er in der alten, an den Wänden rostfleckigen Duschkabine das Wasser an. Er zog den Vorhang beiseite, und mit der Frage: »Hast du schon mal in einer Küche geduscht?« zog er Annie mit sich unter die warme Dusche. Ihre anfängliche Steifheit löste sich, als er langsam und liebevoll ihren Körper einseifte. Seine Hände glitten von ihren Brüsten über ihren Bauch und tiefer.

»Nein«, sagte Annie.»Es fühlt sich irgendwie anders an.«

»Woran denkst du sofort, wenn du in eine Küche kommst? Ans Essen, stimmt's?«

»Tatsächlich?« Sie reckte sich, und bei dem Anblick ihrer steil aufgerichteten Brustwarzen spürte er seine Erregung wachsen.

»Deshalb« – er beugte sich hinunter und leckte eine Seifenperle von ihrer Brust – »habe ich auf einmal auch furchtbaren Hunger.«

»Aber wir haben gerade –« Die Worte erstarben ihr auf den Lippen, als Emmett sich hinkniete und mit der Zunge die Innenseiten ihrer Oberschenkel zu erforschen begann. Sie stöhnte leise auf, als er sich weiter nach oben arbeitete. Emmett spürte das warme Rinnsal des Wassers auf dem Rücken und Annies Hände in seinen Haaren, die fast schmerzhaft darin herumwühlten. Trotz allem war bei ihr immer ein letzter Rest von Zurückhaltung zu spüren, auch wenn sie vor Erregung am ganzen Körper bebte. Dabei war sie so verdammt leidenschaftlich... Warum konnte sie es nicht einfach geschehen lassen? Und was war an diesem anderen Mann so Wunderbares, daß neben ihm alles andere unwichtig erschien? Soweit Emmett wußte, hatte Annie noch nie mit Joe geschlafen.

Als sich seine Zunge weiter vortastete und auf die feuchte Wärme zwischen ihren Beinen stieß, die gleichzeitig salzig und süß schmeckte, war Emmett verloren. Die Vernunft schaltete sich aus, und Gedanken an die Zukunft waren plötzlich unwichtig. Er begehrte Annie mit einer ungestümen Wildheit und wollte keine Sekunde länger warten. Er spürte das Blut durch seine Adern rasen und konnte nichts anderes mehr denken als: Annie... Annie...

Er erhob sich von den Knien und umfaßte mit beiden Händen fest ihren Po. Annie, deren Haar wie ein nasses Fell an dem zurückgeworfenen Kopf klebte, stöhnte auf. Sie schlang die Arme um seinen Nacken und die Beine um seine Hüften.

Als er in sie eindrang, schrie sie auf, ihr Schrei ging im Rauschen des Wassers unter.

Emmett genoß es ungeheuer, in ihr zu sein und ihr Gewicht auf sich zu spüren, von ihr umschlungen zu sein. Sie verbarg das Gesicht in seinem Nacken und biß in seine Schultern, um ihre Schreie zu ersticken.

Er kam mit einem letzten, fast schmerzhaften Stoß gerade in dem Moment, als das Wasser kalt wurde. Großer Gott. Er fühlte, wie sie auch kam. Die plötzliche Kälte des Wassers wirkte fast wie ein Schock auf ihn. All seine Sinne waren angespannt, und sein Lustgefühl war so groß, daß es fast schon in Qual ausartete.

»Kalt!« schrie Annie. »Das ist ja eiskalt!«

Als er sie losließ, um das Wasser abzudrehen, lösten sich ihre Körper mit einem leise schmatzenden Geräusch voneinander. Annie zitterte wie Espenlaub. Sie hatte die Arme über die Brust geschlagen und hatte am ganzen Körper Gänsehaut. Als sie sich so ansahen, mußten sie beide auf einmal lachen.

Emmett nahm Annie in die Arme, warf den Kopf zurück und

lachte lauthals heraus. Er wußte nicht, weshalb er lachte, aber es tat einfach gut. Emmett Cameron stand in der rostigen Duschkabine in der engen Küche seiner Mietwohnung mitten in New York und hatte das ungewohnte Gefühl, endlich zu Hause zu sein.

22. Kapitel

Laurel saß in der Badewanne, als sie wieder dieses Engegefühl im Bauch spürte.

Es tat nicht sehr weh – nicht so sehr, daß sie es als Schmerz bezeichnet hätte. Ganz bestimmt nicht als *Wehen.* Das dauerte nun schon den ganzen Morgen, aber sie war sich sicher, daß es nichts Besonderes zu bedeuten hatte.

Sie schaute auf ihren riesigen Bauch, der wie der Buckel eines Wals aus dem Wasser ragte, und beobachtete, wie die straffen Muskeln sich ein bißchen bewegten und dann nach innen gezogen wurden.

Filmszenen von Geburten kamen ihr in den Kopf: stoische Pioniersfrauen, die auf Lederstreifen bissen, um nicht zu schreien. Aufgeregte Väter, die in Wartesälen von Krankenhäusern auf und ab liefen. Frauen, die schrecklich jammerten und wild um sich schlugen.

Aber das hier war etwas anderes, mit Sicherheit keine Wehen... das *konnte* nicht sein.

Sie erinnerte sich, daß die Leiterin des Vorbereitungskurses gesagt hatte, falsche Wehen seien normal. Es seien Kontraktionen, die nicht sehr weh tun und unregelmäßig auftreten. Wie unregelmäßig waren diese? Sie hatte schon bei einigen die Zeit gestoppt, aber das ging hin und her: mal zehn Minuten, mal sechs, dann wieder zehn. Sie war zu verkrampft, das war's. Deshalb hatte sie beschlossen, ein Bad zur Entspannung zu nehmen.

Vielleicht sollte sie sicherheitshalber doch Dr. Epstein rufen.

Laurel zog sich langsam hoch, da hörte das Engegefühl plötzlich auf. Sie ließ sich erleichtert in das warme Wasser zurücksinken.

Warum den Arzt bemühen, sagte sie sich, vielleicht ist es noch lang nicht soweit. Er wird mir raten, ins Krankenhaus zu gehen, und falls es Wehen *sind*, werden sie mich mit ihren Nadeln stechen und an mir herumfingern. Und dann, wenn das Baby da ist –

Nein, nur nicht daran denken. Wie eine Alarmglocke schrillte es durch ihr Gehirn; eine Warnung, jeden Gedanken an das Baby aus ihrem Kopf zu verbannen. Sie nahm einen Waschlappen und wrang ihn so heftig, daß das Wasser über die gußeiserne Wanne spritzte.

Sie werden es sofort wegnehmen... Ich werd's nicht mal im Arm halten dürfen.

Laurel spürte einen scharfen Schmerz, der diesmal durch ihre Brust drang. In diesem Moment wurde ihr mit einem Schlag die ganze Wahrheit bewußt: *Es wird mir nicht mehr gehören.*

Eine andere Frau wird ins Krankenhaus kommen, das Baby abholen und es mitnehmen. Diese Frau und ihr Mann würden als anständige »Eltern« dafür sorgen, daß ihr Sohn (irgendwie war sie sicher, daß es ein Junge werden würde) gefüttert, gewickelt und in den Schlaf gewiegt würde. Und wenn er größer war, würden sie ihn zum Strand mitnehmen, zu Baseballspielen und ins Disneyland. Sie würden ihm Zitronentee mit Honig kochen, wenn er krank war, würden ihm beim Klavier- oder Saxophonspielen zuhören, ihm bei den Mathematik-Hausaufgaben helfen. Sie würden ihn lieben.

Sie berührte ihren glänzenden Nabel und flüsterte: »Du wirst mich nicht kennen. Du wirst sofort vergessen, daß du je mir gehört hast.«

Ihr Kopf sank zurück, Tränen liefen an ihren Schläfen herunter und sammelten sich an ihren Ohren, heiß und kitzelnd. Sie sah das Baby vor sich, eingerollt in ihrem Bauch liegend, ein winziges, schlafendes Küken mit flaumigem Haar, winzigen rosa Fingern und Zehen. »Bitte...« flüsterte sie und wußte nicht, worum sie eigentlich bat.

Es war meine Entscheidung, rief sie sich ins Gedächtnis. Niemand hatte sie gezwungen, das Baby wegzugeben. Rudy hatte ihr lediglich zugeredet, daß es so am besten sei.

Sie erinnerte sich, wie er sie angerufen hatte, nachdem sie ihm in dem Mutter-und-Kind-Laden begegnet war, und wie erleichtert er über ihre Entscheidung gewesen war. Immer wieder hatte er ihr versichert, daß es so das beste sei – für das Baby und auch für sie. Die ganze Zeit über hatte sie sich eingeredet, daß er recht hatte, aber jetzt war sie sich auf einmal nicht mehr ganz sicher.

Und wieder ertappte sie sich bei dem Gedanken: *Wäre es nur Joes Baby...*

Vielleicht liebte er sie ja doch wenigstens ein bißchen. Und vielleicht würde er sie noch viel mehr lieben, wenn Annie nicht wäre.

Annie. Das war der springende Punkt. Laurel würde immer das Gefühl haben, ihre Schwester zu betrügen, falls sie je mit Joe zusammensein sollte. Als sie so in der alten Wanne im kühler werdenden Wasser lag, fragte sich Laurel, warum es so hart war, warum sie sich zwischen zwei Menschen entscheiden mußte, die sie beide liebte?

Ihre Augen füllten sich mit Tränen und sie preßte ihre Hände auf den Bauch, die Finger ausgestreckt wie ein Seestern.

Einen winzigen Moment lang, den sie sich eigentlich nicht erlauben durfte, stellte sie sich vor, wie es wäre, wenn sie ihre Meinung änderte und das Baby behielte. Sicher, Onkel Rudys anständiges Ehepaar wäre enttäuscht, aber darüber würden sie wegkommen. Früher oder später bekämen sie ein anderes Kind zur Adoption, vielleicht eines, das ein so schönes Zuhause viel eher brauchte. Und dann würde *sie* ihr Baby nach Hause mitnehmen. Sie würde die selbstgemacht aussehende Wiege aus Eichenholz kaufen, die sie im Schaufenster des Heilsarmeeladens in der

Achten Straße gesehen hatte, und sie direkt neben ihrem Bett aufstellen. Sooft ihr Sohn schrie, würde sie ihn hochnehmen. Und wenn er älter wäre, würde sie ihm den Abendstern zeigen, genau wie Annie ihn ihr damals gezeigt hatte, damit er sich jeden Abend etwas wünschen konnte.

Ein wundervolles, warmes Gefühl erfüllte sie, als ob das Wasser sie plötzlich tragen und hochheben würde und sie leicht wie ein Blatt treiben ließe.

Ich könnte arbeiten, vielleicht für Tante Dolly, vielleicht weiter zeichnen. Später, wenn er in der Schule ist, könnte ich mein Studium beenden. Und wenn ich genug gespart habe, such' ich eine kleine Wohnung für uns zwei. Oder vielleicht zieht Annie aus, und wir können die Wohnung hier behalten. Dann könnte ich in Joes Nähe bleiben.

Aber, selbst wenn Annie ausziehen würde, dachte Laurel, wie könnte ich die Miete aufbringen?

Warum hatte sie in den vier Jahren Uni nur nichts *Praktisches* gelernt? Gut, sie konnte recht gut zeichnen, sie konnte auch kochen und nähen, aber das konnten tausend andere Leute schließlich auch. Laurel beneidete plötzlich ihre Freundin Hillary Ambrosini. Laurel erinnerte sich, wie blöd und langweilig sie es gefunden hatte, auf die Sommerferien zu verzichten, um in einer Rechtsanwaltkanzlei Briefe zu tippen. Dafür konnte Hillary jetzt jederzeit einen gutbezahlten Job haben, wenn sie einen brauchte.

Laurel erinnerte sich daran, wie sie vor Jahren daran gedacht hatte, einen Teilzeitjob zu suchen, um ihre gemeinsame finanzielle Lage zu bessern, mit der es immer ziemlich schlecht stand. Annie hatte wieder diesen angespannten Blick bekommen und mit den Händen die Haut an ihren Schläfen zurückgezogen, so daß ihre Augen riesig aussahen und die Knochen im Gesicht hervortraten. Sie hatte Laurel angesehen und gesagt: »Wenn du so viel Zeit übrig hast, wäre es nicht schön für dich, einen Fortbildungskurs mitzumachen? Ich hab' gehört, der Kunstgeschichteverein macht alle möglichen Museumsfahrten. Das würde dir doch sicher was bringen.«

Das hatte sie dann auch getan. Aber was nutzte ihr jetzt all das Herumlatschen in den schönen New Yorker Kunstmuseen?

Die Illustrationen für das Buch für Fairway Press, *das* war's, was sie wollte und was sie wirklich konnte. Und die zweitausendfünfhundert Dollar, die sie ihr bezahlt hatten, waren wunderbar, phantastisch, fast unwirklich gewesen. Aber auf solche Glückstreffer konnte sie sich nicht verlassen. So was passiert nicht oft. Oder aber sie mußte energisch loslegen, wie Annie das tat – jede Minute, jeden Tag.

Laurel zerrte den Gummistöpsel heraus. Sie sah dem schäumenden Wasser zu, das in den Abfluß wirbelte, dann hievte sie sich auf die Füße und stieg auf den flauschigen Vorleger vor der Wanne. Als sie nach einem Handtuch griff, schoß ihr wieder ein Krampf durch den Bauch. Sie blieb stehen und hielt sich am Handtuchhalter fest, bis es vorbei war. Irrte sie sich, oder hatte es diesmal länger gedauert?

Sie wußte, daß sie die Zeit stoppen sollte, um festzustellen, ob die Wehen regelmäßiger kamen. Dr. Epstein sagte immer, daß Erstgeburten normalerweise ewig dauerten. Selbst wenn es jetzt ernst war, wäre es dumm, etwas zu überstürzen.

Was sie jetzt brauchte, war eine Tasse Tee zum Entspannen. Dann wollte sie sich hinsetzen und die letzte Zeichnung für *Östlich der Sonne, westlich des Mondes* fertigmachen. Die anderen waren bereits angenommen, aber mit dieser waren weder sie selbst noch Liz Cannawill völlig zufrieden gewesen, deshalb hatte sie versprochen, sie zu überarbeiten.

Laurel trocknete sich ab, schlüpfte in ihren alten Chenille-Hausmantel, der noch vor wenigen Monaten wie eine Elefantenhaut gepaßt hatte. Jetzt ging er vorn gerade noch zu. Aber mittlerweile hatte sie sich an ihren riesigen Bauch gewöhnt. Was unwirklich aussah, waren ihre Brüste, die zur Größe von Melonen angewachsen waren. Das Leben ist nicht fair, dachte sie mit einem bedauernden Lächeln. Zum ersten Mal in ihrem Leben hatte sie ein beachtliches Dekolleté, aber niemanden, dem sie es zeigen konnte.

Mit einer Tasse dampfendem Kamillentee kuschelte sie sich auf das große rote Kordsamtkissen am Fenster. Die Sonne schien durch die hohen vergitterten Fenster herein und warf ein Schattengitter auf den Teppich. Sie liebte dieses helle Zimmer mit den Hängepflanzen, den dicken Kissen und den verwohnten Möbeln. Da Annie wie eine Verrückte Tag und Nacht Pralinen herstellte, hatte sie die Wohnung fast ganz allein für sich, was eine Wohltat war. Keine Störungen, keine Streitereien, kaum Abwasch; sie konnte zeichnen, sooft sie wollte.

Schwerfällig bückte sie sich und zog den Skizzenblock aus dem unteren Regal des alten Bücherschrankes aus Eiche. Sie blätterte die Seiten durch, die voller Skizzen von Bären waren. Vor ein paar Wochen war sie mit der klapprigen U-Bahn zum Bronx-Zoo gefahren, hatte sich auf eine Bank gegenüber der Eisbäreninsel gesetzt und die riesigen Tiere skizziert, bis ihre Finger vor Kälte klamm waren.

In der Zeichnung, an der sie arbeitete, bäumte sich ein Bär wild auf, nachdem er entdeckt hatte, daß ihn sein Weibchen unzweifelhaft betrogen hatte. Die Zeichnung war gelungen, das mußte sogar Laurel zugeben. Nur das Weibchen, das zusammengekauert vor Angst dalag, war irgendwie nicht richtig getroffen. Mußte es nicht aufspringen, um Verzeihung bitten und seine Liebe beteuern? Auch sein Gesichtsausdruck war zu harmlos.

Ganz plötzlich wußte Laurel, wie es aussehen müßte. Sie nahm den Radiergummi und radierte einen Arm, ein Bein und eine Gesichtshälfte aus. Dann fing sie an zu skizzieren. Der Bleistift flog nur so über das Papier. In ihrem Kopf hatte sie das Bild eines weiblichen Wesens, das Angst hatte, aber wild entschlossen war, seinen Prinzen zurückzuerobern.

Sie verlor jedes Zeitgefühl und spürte kaum die Kontraktionen, die wie Wellen des Ozeans kamen und gingen.

Sie nippte an dem Tee neben ihr auf dem Boden; er war kalt geworden.

Das Sonnenlichtgitter kroch zur Ecke des Teppichs und verschwand schließlich ganz im Schatten.

Laurel arbeitete völlig konzentriert und sah, wie ihre Vorstellung Gestalt annahm. Das war das Weibchen, das ihres Auserwählten würdig war. Wie sonst hätte der Leser glauben sollen, daß es ihn jahrelang in der ganzen Welt suchen würde? Laurel wußte, daß sie es jetzt richtig getroffen hatte: den Schrecken in den Augen und das eigensinnig vorgestreckte Kinn... Man sah ihr an, wie es den Gefährten, den es liebte, zurückerobern wollte. Und dann –

Eine heftige Kontraktion, stärker als alle anderen, durchfuhr Laurel so gewaltig, daß sie den Bleistift fallenließ. Zitternd vor Schmerzen sah sie, daß ihr der Bleistift nicht einfach aus der Hand gefallen war. Irgendwie war er an die Wand gegenüber geflogen, die Spitze war abgebrochen und hatte einen schwarzen Schnörkel auf der Leiste hinterlassen. Sie krümmte sich und umklammerte ihren Bauch. Mein Gott, tat das weh. Diesmal waren es *wirkliche* Schmerzen.

Sie sollte besser Dr. Epstein anrufen. Schluß mit dem Herumtrödeln.

Sie wartete, bis die Wehe vorbei war. Es dauerte eine qualvolle Ewigkeit. Aber als sie versuchte aufzustehen, knickten ihre Beine weg, als seien sie aus Pudding.

Wie lange war sie hier gesessen? Lange genug, daß ihre Beine eingeschlafen waren, stellte sie fest. Sie sah, daß der Schatten des Nachmittags die späte Morgensonne längst abgelöst hatte. Panik erfaßte sie. Jetzt war's soweit.

Langsam wurden ihre Beine wieder durchblutet, aber Laurel zitterte so sehr, daß sie nicht aufstehen konnte. Es gelang ihr, auf Knien zum Telefon zu kriechen. Sie fühlte sich so schwerfällig wie ein Eisbär. Nein, schwerer als ein Eisbär. Ihre nackten Zehen verfingen sich im Teppich, den sie beim Kriechen zu einem Hügel zusammenschob.

Sie spürte eine neue Wehe, quälender als die letzte. *Lieber Gott… bitte nicht.* Es war, als habe man ein Seil fest um ihren Bauch gebunden. Schweiß lief ihr übers Gesicht, dabei schwitzte sie sonst *nie.* Sie hatte Angst. Schreckliche Vorstellungen schossen ihr durch den Kopf: sie blutend, das Baby durch die Nabelschnur erdrosselt. Hilfe. Sie brauchte unbedingt Hilfe.

Annie? Ob Annie im Geschäft war?

Sie hatte beinahe das alte Schreibpult erreicht, auf dem das Telefon stand. Sie zog sich hoch, griff mit einer Hand nach dem Hörer und verschnaufte. Sie sah, daß die Oberfläche des Pults voller Schülerkritzeleien war, eingeritzte Initialen in schiefen Herzen, mathematische Formeln und ein Umriß, der einen Penis oder das Washington-Denkmal darstellen konnte.

Als sie wählte, kam die nächste Wehe. Sie krümmte sich in Todesangst. Das Telefon fiel laut scheppernd zu Boden.

»Oh!« schrie sie, umklammerte ihren Leib mit ihren Händen und setzte sich auf. Sie spürte so etwas wie Messerstiche im Rükken und tief im Bauch.

Irgendwas stimmt nicht, dachte sie. Es dürfte nicht so weh tun, nicht jetzt schon.

Als die Schmerzen endlich nachließen, dachte Laurel nicht mehr daran, Dr. Epstein anzurufen. Oder Annie. Es war eine einzige Person, die sie jetzt sehen wollte. Die sie *brauchte.* Auswendig wählte sie die Nummer und wartete, vor Angst schwitzend. Das Telefon klingelte und klingelte und klingelte.

Bitte, lieber Gott, laß ihn dasein. Oh, bitte.

»Joe's Place«, meldete sich eine Stimme. Es war *seine* Stimme.

Sie spürte ihre ganze Verzweiflung aufsteigen, erinnerte sich aber an die wilde Entschlossenheit der Eisbärin in ihrer Zeichnung und hielt sie zurück. Sie kniff die Augen zusammen und zwang sich, langsam und gleichmäßig zu atmen. Und als sie dann sprach, klang ihre Stimme fast normal.

»Joe? Ich bin's, Laurey«, sagte sie. »Hör zu, ich glaube, das Baby will jetzt raus.«

Joe sah, daß die Wohnungstür einen Spalt breit offenstand. Er stieß sie ganz auf und rief: »Laurey!«

Keine Antwort. Sein Herz rutschte in die Hose. Plötzlich kam ihm der Gedanke, er könnte zu spät gekommen sein. Es war wie in jener schrecklichen Nacht, als er zu Karin gerast war. Im Traum rannte er immer zu ihr, und wenn er endlich da war, schnitt die Rasierklinge in ihr Handgelenk und das Blut schoß heraus. O Gott!

»Laurey!« rief er wieder. Diesmal glaubte er, einen gedämpften Laut zu hören.

Er sah sich suchend in dem halbdunklen Wohnzimmer um. Sein Blick fiel auf das offene Skizzenbuch auf dem Teppich. Eine Zeichnung fiel ihm ins Auge: ein großer weißer Bär, aufgebäumt auf den Hinterpfoten stehend, als würde er sich jeden Augenblick auf das Weibchen stürzen, das ihn herausfordernd ansah. Die Darstellung war gut, sogar verblüffend lebensecht. Aber was ihn traf, war diese umheimliche Ähnlichkeit mit Laurel. Fühlte sie sich so, als sollte sie bei lebendigem Leib aufgefressen werden?

Einen Augenblick lang war er wie hypnotisiert von der Zeichnung. Dann schoß ihm durch den Kopf, warum er überhaupt hier war. Im dichten Berufsverkehr hatte er kein Taxi bekommen, also war er im Nieselregen losgerannt, fast eine Meile weit, und dann ohne anzuhalten die vier Stockwerke hinauf. Jetzt stand er triefend auf dem Teppich, in einem alten grünen Parka, der zum Auswringen durchgeschwitzt war. Er atmete so heftig, daß seine Rippen schmerzten. Seine Brille beschlug sich, so daß er das Zimmer wie durch Nebel verschleiert sah.

Mein Gott, was tat er da überhaupt? Warum hatte er nicht einen Krankenwagen gerufen, bevor er wie ein Verrückter losgerannt war? Wenn sie nun ernsthaft in Gefahr war?

»Joe?« Aus dem anderen Ende der kleinen Wohnung kam deutlich eine schwache Stimme. Dort war das Schlafzimmer.

Laurel lag zusammengerollt auf dem Bett. Sie hatte einen

alten Morgenmantel an. Ihr langes Haar hing in feuchten Strähnen über den Bettrand. Sie war leichenblaß. Ihr Gesicht glänzte. Ihm wurde blitzartig klar, daß das vom Schweiß kam. Nie zuvor hatte er Laurel schwitzen sehen. Sie erinnerte ihn an eine Madonna von Raphael, die im tiefen Schmerz versunken ist. Joe kam an ihre Seite. Er spürte, wie sein Herz rasend klopfte.

»Laurey, ich bin da. Es ist schon gut.« Er versuchte, gegen seine Panik anzukämpfen und sich zu erinnern, was er im Vorbereitungskurs gelernt hatte. »Wann hat's angefangen? In welchen Abständen kommen die Wehen?«

Laurel schüttelte den Kopf und stieß mit zusammengebissenen Zähnen hervor. »Andauernd.«

Andauernd? Das hieß, sie war im letzten Stadium der Wehen. Um Himmels willen. Warum hatte sie nicht früher angerufen?

Joe spürte einen leichten Anflug von Ärger. Warum, um Gottes willen, hatte sie ihn *überhaupt* angerufen? Wie war er da überhaupt reingeraten? Warum hatte er nicht einfach nein gesagt, als sie ihn gefragt hatte, ob er sie zu dem Kurs begleiten würde? Sollte er nicht wenigstens den Mut haben zuzugeben, daß er nur zugestimmt hatte, um Annie zu ärgern?

Nein, er hatte sich alles selbst zuzuschreiben. Wenn er wirklich ehrlich war, mußte er zugeben, daß es leicht sein Baby hätte sein *können.* Er dachte an den Abend, als Laurel ihn geküßt hatte. Da hätte er am liebsten auf der Stelle mit ihr geschlafen. Und seit damals hatte er immer wieder dieses Verlangen nach ihr verspürt. Er hatte deutlich sehen können, wie sie in der Schwangerschaft aufblühte, und hatte mehr und mehr bewundert, wie sie damit umging, ohne zu jammern oder zu versuchen, die Verantwortung abzuwälzen. Sie hatte die Situation einfach akzeptiert, wie sie war. Selbst die Entscheidung, das Baby wegzugeben, hatte sie selbständig getroffen.

Joe schämte sich, weil er hatte davonlaufen wollen, er zog rasch seinen Anorak aus und legte seine Hand auf Laurels Bauch. Er konnte spüren, wie es sich bewegte, wie sich die Muskeln unter seiner Hand wölbten. Er mußte an unkontrollierbare Urkräfte denken. Er fühlte sich so hilflos. Was konnte er schon tun? Verdammt noch mal, er war kein Arzt!

Wo, zum Teufel, blieb Dr. Epstein? Hatte Laurel ihn überhaupt angerufen?

Etwas hatte seinen Arm geschnappt, hatte Krallen in sein Fleisch gegraben. Laurel hatte sich mit aller Kraft in seinen Unterarm gekrallt, ihre Finger sahen blutleer aus, fast durchsichtig, als habe man die Knochen durch Röntgenstrahlen sichtbar gemacht.

»Joe... ich hab' Angst«, stöhnte sie.

Ich auch, Kindchen. Ich hab' verdammt Schiß.

»Was hat der Arzt gesagt?« fragte er.

»Ich... ich hab' nicht mit ihm gesprochen. Nachdem ich dich angerufen hab,... mußte... ich mich hinlegen. Mein Gott, es tut so weh!« Sie rollte sich wieder zusammen, ihr Gesicht war zu einer Grimasse verzerrt.

»Wo ist seine Telefonnummer?«

»In dem... kleinen blauen Buch. Unter dem Telefon.«

»Ich bin gleich wieder da, Laurey, eine Sekunde.«

Das Telefonbuch lag da, wo Laurel gesagt hatte, in der Ablage des Pultes, wo früher Schulkinder ihre Lesebücher und Schulbrote aufbewahrt hatten. Er fand Dr. Epsteins Nummer, aber seine Hand zitterte so stark, daß er sich zweimal verwählte, bis es endlich klappte. Eine gelangweilt klingende Frauenstimme in der Telefonvermittlung fragte, ob er eine Nachricht hinterlassen wolle, oder ob es sich um einen Notfall handele.

»Verdammt, ja, das ist ein Notfall!« schrie er.

Eine Minute später rief der Arzt zurück, um ihm zu sagen, was er ohnehin schon wußte: Bringen Sie Laurel sofort ins St.-Vincent-Krankenhaus. Epstein sagte, er habe einen Krankenwagen gerufen, es werde nicht länger als fünf Minuten dauern.

Als nächstes versuchte Joe, Annie im Geschäft zu erreichen. Ein Mädchen mit einer fast noch kindlich klingenden Stimme sagte ihm, Annie sei außer Haus. Er hinterließ eine Nachricht, daß er mit Laurel auf dem Weg ins Krankenhaus sei, und das Mädchen versprach atemlos, alles zu tun, um Annie zu erreichen.

Als er auf den Krankenwagen wartete, erinnerte sich Joe an eine Wette mit seinem besten Freund in der Schule. Teddy Plowright hatte einen Dollar gewettet, daß Joe es nicht fertigbrächte, fünf Minuten lang auf dem Kopf zu stehen. Er hatte die Wette angenommen und gedacht, das sei keine Sache. Fünf Minuten? Er würde zehn schaffen und es Teddy schon zeigen. Aber als er dann die Beine in die Luft gestreckt hielt, schoß ihm das Blut nach unten in den Kopf wie eine LKW-Ladung Sand, seine Ohren dröhnten, die Augen traten vor, und er mußte feststellen, daß fünf Minuten länger als ein ganzes Jahr sein können.

Genauso war ihm jetzt zumute: als ob er endlose fünf Minuten auf dem Kopf gestanden hätte... und noch fünf vor sich hätte.

Laurel lag auf dem Rücken und hielt mit jeder Hand ein Knie umklammert. Der große weiße Berg ihres Bauches stieg aus den Falten ihres Morgenmantels auf. Joe stand am Fußende des Bettes und kam sich plötzlich vor, als gehöre er nicht hierher. Als sei Laurel inmitten eines urtümlichen Rituals, das für Männer tabu war.

Alles war ruhig, als hätte die Erde aufgehört, sich zu drehen und hinge einfach so im Raum. Ihm war heiß, und er bemerkte erst jetzt, daß er seinen Parka immer noch anhatte. Er zog ihn hastig aus und ließ ihn fallen. Es hätte ihn nicht gewundert, wenn er über dem Teppich geschwebt wäre, weil es keine Schwerkraft mehr gab.

»Der Krankenwagen kommt jeden Moment«, sagte er zu ihr. »Und Dr. Epstein wartet schon im Krankenhaus.«

»Ich glaub' nicht... ich kann nicht... *mein Gott!*«

Joe versuchte verzweifelt, sich an die Atemübungen zu erinnern, die sie im Vorbereitungskurs gelernt hatten. Ein schöner Partner war er!

»Atmen«, sagte er eindringlich und beugte sich über sie, bis sie sich fast mit den Lippen berührten. »Flach atmen. So ist's gut. Geh mit dem Schmerz mit. Prima, so ist's gut.«

Eine Minute oder so schaffte es Laurel, flach zu atmen, dann fiel sie keuchend zurück und klammerte sich wie eine Ertrinkende an ihn.

»Nein!« schrie sie. »Ich kann das nicht. Mein Gott... *bitte, ich pack's nicht!*«

Joe war zumute, als habe er eine Starkstromleitung berührt, als schlüge eine Peitsche auf ihn ein. Er merkte, daß er schwankte, obwohl er saß. Dann riß er sich zusammen und nahm Laurel instinktiv in die Arme.

»Du schaffst es«, sagte er. »Du schaffst das schon.«

»Joe!« Er war so nahe, daß er die Bewegungen ihrer Lippen spüren konnte, ein seltsames Gefühl. Sein Herz hämmerte. »Ich hab' nie aufgehört, dich zu lieben. Bitte... es tut mir so leid. Ich wollte... Annie nicht anlügen. Es ist nur... ich... wollte, daß es dein... *unser* Baby ist. Haßt du mich jetzt?«

»Nein, Laurey, ich könnte dich niemals hassen.« Er streichelte ihr Haar, das feucht und heiß war. Was fühlte er eigentlich?

Er wußte nicht, welche Art von Gefühlen Laurel in ihm hervorrief. War er verliebt in sie? Nein. Aber sicher empfand er mehr für sie als rein brüderliche Gefühle.

»Ich hab' ihn nicht geliebt«, keuchte sie. »Jess. Er war eben... da.« Sie stöhnte. »Er weiß gar nichts von dem Baby. Ich... hab' ihm nichts gesagt.«

»Aus Angst, er würde dich verlassen?« Joe erinnerte sich an jenen Morgen mit Karin auf der Treppe der Bücherei und spürte Kälte in seinem Herzen. Er berührte Laurels Wangen und strich eine Haarsträhne aus ihrem Mundwinkel.

»Nein. Er –« Sie stockte und griff nach seinem Arm. »Er... ist nicht so. Er hätte mir geholfen. Ich... ich wollte nur –« Sie keuchte, ihr Mund war zu einer schrecklichen Grimasse verzogen. »Es kommt! Joe! Ich kann's spüren!«

»Der Krankenwagen...« wollte er sagen, als ließe sich das Baby dadurch aufhalten. Aber ihm war klar, daß es jetzt passieren würde, ob nun der Krankenwagen da war oder nicht.

Mein Gott! Das hatten sie in diesem Kurs ausgelassen. Was sollte er jetzt tun? In Filmen verlangte der Arzt oder die Hebamme immer, daß der Mann Wasser kocht. Aber was machte man mit dem Wasser, wenn es kochte?

Schweiß rann in Bächen seinen Nacken hinunter, seine Brille war immer noch beschlagen. *Wo bleibt bloß der Krankenwagen? Er müßte längst hier sein. Verdammt noch mal, denken die, das hier ist ein verstauchter Fuß?*

Joe sah auf der Uhr, daß seit dem Telefonat mit Dr. Epstein nur vier Minuten vergangen waren.

Laurel schrie. Blut stieg ihr ins Gesicht und färbte es dunkelrot.

Ihm wurde klar, daß sie jetzt pressen mußte... Liebe Zeit, wenn jetzt das Baby falsch lag oder so was?

Er merkte, wie der Druck in seinem Kopf wuchs. Ein Geräusch wie von einer tosenden Brandung dröhnte in seinen Ohren. Er rannte ins Badezimmer und riß ein sauberes Handtuch vom Regal. Das schob er ihr unter die Hüften. Etwas anderes fiel ihm nicht ein.

»Schon gut«, hörte er sich wie einen Fremden mit ruhiger Stimme sagen. »Preß weiter.«

»Mein Gott!«

Mit dem ersten Pressen strömte Wasser zwischen ihren Beinen heraus. Die Fruchtblase war geplatzt. Er wußte zwar, daß das passieren würde, aber der Anblick schockierte ihn doch. Er kniete am Fußende des Bettes und war unfähig, sich zu bewegen.

Bett und Handtuch waren durchnäßt. Aber es war keine Zeit, um Wasser abzukochen oder ein frisches Handtuch zu holen. Zwischen Laurels aufgestellten Beinen erspähte er einen dunklen, nassen Kreis. Der Kopf des Babys! Ihm wurde schwindlig, einen Augenblick war ihm, als würde er neben sich stehen und so dieses Wunder, das sich da vor ihm entfaltete, bestaunen. Hatte Gott wohl so die Erschaffung der Welt beobachtet? Der dunkle Kreis wurde größer. Er hörte Laurel stöhnen, während sie preßte... noch mal... und noch mal... und noch mal kräftig. Er sah, wie er seinen Arm ausstreckte, als gehöre der gar nicht zu ihm, wie er seine Hände behutsam um den Kopf des Neugeborenen legte, das sich langsam in die Welt schob. Aber irgendwas stimmte nicht. Das Baby steckte fest, seine Schultern stießen irgendwo an. Jetzt sah er, daß Blut auf das Handtuch neben Laurel sickerte. Mein Gott.

Joes Panik wuchs. Angenommen, die Nabelschnur war falsch geschlungen und hielt das Baby zurück? Oder wenn Laurel zu viel Blut verlor? Dunkel erinnerte er sich an einen Film im Vorbereitungskurs, der gezeigt hatte, daß ein Baby an einem bestimmten Punkt ein bißchen gedreht werden mußte. Vorsichtig, ganz behutsam, als sei dies ein Schmetterling in seiner hohlen Hand, drehte Joe das Baby, bis er spürte, daß die Schultern frei waren und es herausgleiten konnte. Nun kam ein langer glitschiger Körper und ein Paar runzlige Beine. Joe atmete laut aus.

Mit einer Hand den Kopf des Neugeborenen stützend, wiegte Joe die Hügelchen des Hinterteils und schrie: »Ein Junge... und schau mal, er pinkelt!«

Ein winziger Urinstrahl kam aus dem Penis, der nicht einmal so groß war wie Joes kleiner Finger. Das Baby gab einen erstickten Schrei von sich. Dann brüllte es los. Dabei ruderte es mit Armen und Beinen hin und her wie ein Anfänger beim Schwimmen, der versehentlich ins tiefe Wasser gefallen ist. Gesicht und Körper waren blutverschmiert. Joe sah, daß Laurel aus einem Riß blutete, den das Baby verursacht haben mußte. Das mußte mit ein paar Stichen genäht werden, aber es sah nicht so aus, als bestünde die Gefahr, daß Laurel daran verbluten würde.

Die seltsam wirre Verfassung, in der er sich befunden hatte, wurde Joe erst allmählich klar. Langsam kam er wieder auf den

Boden der Tatsachen zurück. Laurel lag da, keuchend, erschöpft... und er hielt dieses brandneue Geschöpf in seinen Händen. Als es noch im Bauch unter Laurels weiten Kleidern gewesen war, hatte Joe nicht ernsthaft an eine Person, an ein richtiges, lebendiges Baby gedacht. Und jetzt, als er den nassen, winzigen Körper in seinen Händen spürte, diesen kleinen Jungen, den er Gott sei Dank heil zur Welt gebracht hatte, war er so außer sich, daß er anfing zu lachen. Dann begann er aus unerfindlichen Gründen zu weinen. Er sah, daß auch Laurel lachte, während ihr Tränen übers Gesicht liefen.

Joe blickte auf das kleine Geschöpf in seinen Armen, das durch die Nabelschnur mit Laurel verbunden war. Und er fühlte sich, vermutlich zum ersten Mal in seinen zweiunddreißig Jahren, mit etwas Größerem als ihm selbst verbunden. Mit Gott? Mit den Wundern dieser Welt? Nein, einfach mit einem anderen Herzschlag, einem neuen Leben.

Diesmal hatte er die Chance bekommen, sich selbst zu beweisen, daß er auch für Karin dagewesen wäre, wenn sie noch gelebt hätte. Was er damit nun anfangen sollte, wußte er nicht genau. Alles, was er wußte, war: *Joe Daugherty ist jemand, auf den man sich verlassen kann.*

Das Baby hatte aufgehört zu weinen. Ein Paar tiefblaue Augen waren auf ihn gerichtet, und eine winzige Hand hatte sich um seinen Finger geschlossen. Joe fühlte eine Woge unglaublicher Freude, die ihn fast umwarf.

Ohne zu überlegen, hörte er sich sagen: »Adam. Er heißt Adam.«

23. Kapitel

Val Carrera stand in der Eingangshalle des St.-Vincent-Krankenhauses und fragte die glotzäugige schwarze Frau an der Pforte nach der Zimmernummer von Laurel Carrera.

Während sie die alphabetisch geordnete Kartei durchblätterte, sah er sich um und bemerkte die Schwarzen und Latinos, die wartend auf den Bänken herumlungerten, und den grünen Kunststoffbelag auf dem Boden, der von unzähligen Paaren von Schuhen abgetreten war. Mein Gott, sah das hier trostlos aus. Was wollte er eigentlich hier? Sein kleines Mädchen war mittlerweile erwachsen und Mutter geworden, und vermutlich war er der allerletzte Mensch, den sie sehen wollte. War es denn nicht klar, wieviel sie von ihm hielt? All die Jahre, seit sie damals mitten in der Nacht einfach abgehauen war, war nie ein Lebenszeichen von ihr gekommen.

In ihrer Kartei sei keine Laurel Carrera eingetragen, sagte die Big Mama hinter ihrem Schreibtisch. »Tut mir leid, Mister.«

Scheiße. Er kratzte sich am Kinn und merkte, daß es stachelig war, weil er sich nicht rasiert hatte. Wahrscheinlich war sie verheiratet und unter ihren neuen Namen eingetragen.

Was änderte das? Wie er es auch anging, sie würde ihn gar nicht sehen wollen. Warum drehte er sich nicht einfach um und verschwand? In den sieben Jahren kein Brief, kein Anruf, nicht mal eine Postkarte. Hätte er nicht zufällig den Artikel im *L. A. Times Magazine* über Annies Schokoladengeschäft gelesen, wüßte er nicht einmal, daß die beiden überhaupt noch lebten.

Aber er hatte seinen letzten Hunderter für einen Billigflug nach New York geopfert. Verdammt, er *konnte* nicht einfach so wieder gehen.

Suchen sie mal unter Laurel Cobb!« Das war zwar weit hergeholt, aber einen Versuch wert.

Bit Mama ratschte mit dem Daumen durch die Karteikarten und sah ihn spöttisch an. »Dritter Stock. Zimmer 322.«

Val wollte schlucken, aber sein Mund war völlig trocken. Er war praktisch die ganze Nacht auf gewesen und die Nacht davor auch – fünf Stunden hatte der Flug von Los Angeles nach New York gedauert, eine Stunde hatten sie dann noch wegen starken Nebels über La Guardia kreisen müssen. Die ganze Zeit hatte er kein Auge zugetan. Er hatte unentwegt an Laurel gedacht. Er war gespannt, wie sie aussah – falls sie ihn überhaupt sehen wollte.

Das Taxi von Queens hatte eine Ewigkeit gebraucht, war im Schneckentempo durch den Nebel und den dichten Verkehr gekrochen. Der Fahrer war ein Araber gewesen, irgend so ein Mohammed, der nicht einmal vernünftig Englisch konnte und Katzenmusik im Radio laufen ließ. Val hatte die Adresse von Annies Laden dreimal wiederholen müssen. Als er dann endlich ankam, hatte er in der Kälte den ganzen Tag bis in den Abend hinein im Freien warten müssen, bis Annie endlich herauskam. Als er sie in ihrem teuren Mantel und dem eleganten Schal sah, hätte er sie am liebsten zur Rede gestellt und ihr mit der Faust ins Gesicht geschlagen. Aber er hatte sich zurückgehalten, weil er wußte, daß sie es ihm dann doppelt so schwer gemacht hätte, in Kontakt mit Laurel zu kommen. Er war ihr zur U-Bahn-Station gefolgt, von wo sie zur Ecke Dreiundzwanzigste Straße, Seventh Avenue fuhr. Dort war sie im Eingang eines Backsteinhauses verschwunden. Wohnte sie hier, oder wollte sie nur jemanden besuchen? Nach ein paar Minuten war er hingegangen und hatte die Namensschilder gelesen. Als er ihren Namen sah – A. COBB –, hatte er triumphiert. Endlich kamen die Dinge in Gang.

Er drückte auf die Klingel, auf der »Hausmeister« stand. Eine pausbäckige Frau in mittleren Jahren mit einem nassen Putzlappen über der Schulter, vermutlich die Frau des Hausmeisters, öffnete die Eingangstür. Als er fragte, ob Laurel und ihre Schwester hier wohnten, hatten die müden Augen der Frau aufgeleuchtet.

»Oh, Sie haben die ganze Aufregung verpaßt«, erzählte sie ihm. »Gestern war's, so um die Essenszeit. Sie haben sie auf der Bahre runtergetragen. Weiß wie ein Leintuch war sie, das Baby auf dem Bauch und die Nabelschnur noch dran und alles. Das war vielleicht was!«

Val war wie vor den Kopf geschlagen, als habe er eine Glasscheibe übersehen und sei hineingerannt. Ein *Baby?* Um Gottes willen, Laurel war ja selbst fast noch ein Kind.

Die Frau des Hausmeisters schickte ihn ins St.-Vincent-Krankenhaus an der Seventh Avenue, Zwölfte Straße. Auf dem Weg dorthin konnte er sich mit dem Gedanken, daß Laurel Mutter geworden war, langsam vertraut machen. Aber ihm kam das alles nicht richtig vor. Sie hatten ihn aus allem herausgehalten. Er fühlte sich irgendwie betrogen.

Als er jetzt im Aufzug zum dritten Stock des Krankenhauses hinauffuhr, wurde ihm klar, daß man ihn wirklich betrogen hatte. Wäre Laurel nicht weggelaufen, wäre sein Leben sicher völlig anders verlaufen. Er hätte ein Kind gehabt, das zu ihm aufgeschaut und ihm das Gefühl gegeben hätte, wichtig zu sein. Und mit der Aufgabe, für Laurel sorgen zu müssen, hätte er es bestimmt geschafft, dieses Geld von der Bank zu bekommen. Statt sich das Gequatsche von irgendwelchen Chefs anhören oder um Arbeitslosengeld anstehen zu müssen, hätte er ein lockeres Leben führen können.

Wenn Rudy nicht gewesen wäre... nun, Val dachte nicht gern daran, wo er ohne seinen Bruder wäre, ohne Rudy, der ihm immer auf die Beine half, wenn nichts mehr ging; und das war in der letzten Zeit immer häufiger der Fall gewesen.

Zimmer 322 lag am Ende des Ganges, das letzte Zimmer rechts. Die Tür war nur angelehnt. Zwei Betten standen in dem Zimmer, eins davon war leer. In dem anderen saß eine schlanke junge Frau in die Kissen gelehnt, ihr langes blondes Haar locker zu einem Pferdeschwanz zusammengebunden. Sie starrte aus dem Fenster und bemerkte ihn nicht, so hatte er Zeit, sie genau zu betrachten. Laurel? Diese erwachsene junge Frau war sein kleines Mädchen?

Sein Herz schien stehenzubleiben, die Luft um ihn war schwer wie Nebel. Er dachte daran, daß er in seinem zerknitterten Anzug schlampig aussah. Liebe Zeit, sie würde denken, er sei ein Penner oder so etwas.

Sie hatte einen weißen Krankenhauskittel an, ihr Gesicht war ungeschminkt. Trotzdem sieht sie aus wie ein Filmstar, dachte er. Nein, eher wie eine dieser Folksängerinnen mit langem Haar und schmalen Händen und Stimmen, die erfrischend wie kühles Wasser klingen. Nicht alle waren schön, aber *sie*... sie war die schönste Frau, die er je gesehen hatte. Das Licht fiel auf die Rundung ihrer Wangen, er hätte schwören können, daß sie von innen heraus strahlte. Und diese Augen... *Eve's Augen*... mein Gott, jeder Mann mußte rettungslos verloren sein bei solchen Augen.

»Laurel? Liebes?« Er brachte nur ein schwaches Flüstern zustande und ging einen Schritt vor.

Sie drehte den Kopf. Sogar diese Bewegung war graziös wie bei einer Ballettänzerin. *Sie ist meine Tochter. Ich hab' sie gemacht.* Er fühlte sich stärker, selbstsicherer. Sie war von ihm, Teil seines Fleisches, seines Blutes, wie sein Arm oder sein Bein. Wie könnte sie ihn wegschicken?

Sie starrte ihn an, mit riesigen, verständnislos blickenden Augen. Langsam kam die Erinnerung, und das Blut wich aus ihrem Gesicht. Ihr Mund stand offen.

»Val?« sagte sie heiser. »Mein Gott, du bist es wirklich.« Sie schlug beide Hände vor den Mund und sprach durch ihre schmalen weißen Finger. »Aber du... du bist doch... ich hab' gedacht, du bist... *tot.*«

Nun wurde es Val komisch zumute. »Tot? Um Gottes willen, wo hast du denn das gehört?« Er hatte sich alle möglichen Reaktionen ausgemalt, aber diese bestimmt nicht.

»Onkel Rudy hat mir erzählt, du wärst in der Nacht ge – gestorben, als wir abgehauen sind. Er hat gesagt, daß Annie –« Sie schluckte. Sie fror plötzlich, als habe er das Fenster aufgerissen und eiskalte Luft ströme in das Zimmer. »Ich mußte versprechen, daß ich... nichts verrate.«

Rudy? *Rudy* hatte ihr das erzählt? Val war zumute, als zöge man ihm die Beine weg, ein dumpfer Schmerz ging ihm durch und durch. Aber warum? Warum sollte Rudy so etwas tun?

Es ergab keinen Sinn. Absolut keinen Sinn. Wie eine Ratte, die unvermittelt aus dem Käfig gelassen wird, rasten seine Gedanken ziellos hin und her.

»Wie... wie hast du mich gefunden?«

Er konnte sehen, daß auch sie verzweifelt versuchte, einen Sinn in all dem zu entdecken. Er sah, wie sie die Hände herunterfallen ließ, in ihrem blassen Gesicht waren die Abdrücke ihrer Finger zu sehen. »Ich hab' in der Zeitung von deiner Schwester gelesen.« Er schaffte es, ruhig zu sprechen, während sich seine Gedanken überschlugen. Als er den Artikel gelesen hatte, war ihm nicht in den Sinn gekommen, daß Rudy von Anfang an gewußt hatte, wo Annie und Laurel waren. Das war jetzt offensichtlich.

»*Annie* hat dir gesagt, daß ich hier bin?« Laurels Stimme klang ungläubig.

»Nicht ganz. Ich, äh, bin ihr auf dem Heimweg vom Geschäft nachgegangen. Die Hausmeistersfrau hat mir gesagt, wo du bist.«

»Ach so.«

Freute sie sich, ihn zu sehen? Er war sich nicht sicher. Vielleicht, wenn sie den Schock verdaut hatte...

»Du siehst gut aus«, sagte er zu ihr. »Du hast also ein Baby gekriegt.«

»Ja.« Tränen traten ihr in die Augen, und einen Moment lang dachte er, sie finge an zu weinen. Hatte er etwas Falsches gesagt?

Er versuchte sich zu erinnern, wie Eve war, als Laurel zur Welt kam. Aber er konnte sich nur daran erinnern, daß er in dieser Nacht eine Unmenge Zigarren geraucht hatte, zuerst im Krankenhaus, dann im Rusty Nail in der Sunset Avenue; dort hatte er mit ein paar Typen Billard gespielt und sich vollaufen lassen.

»Ist es ein Junge oder ein Mädchen?« fragte er.

»Ein Junge.« Sie schien nicht gerade glücklich darüber zu sein. Hatte sie sich ein Mädchen gewünscht?

Val grinste. »He, das macht mich zum Großvater, ist dir das klar?« Er stockte, sein Grinsen verschwand. »Es ist lange her. Ich dachte, du hättest mich vergessen.«

»Ich hätte bestimmt geschrieben, aber –« Ihre Stimme versagte. Sie runzelte die Stirn, als sei ihr plötzlich klargeworden, daß Rudy auch sie belogen hatte.

Wut stieg in ihm auf, seine Schläfen pochten. Er sah das Zimmer wie durch roten Nebel. Rudy. Dieser erbärmliche Scheißkerl. Er wünschte, sein Bruder wäre jetzt hier. Die Fresse würde er ihm polieren... und das nur als Vorgeschmack. Hatten sich Rudy und Annie das gemeinsam ausgedacht? Ja, Val konnte sich das gut vorstellen. Rudy hatte ihr Geld gegeben, vielleicht auch eine Bleibe für sie besorgt. Was war er doch für ein Idiot gewesen, auf Rudys Große-Bruder-Masche hereinzufallen.

Val wurde bewußt, daß er seine Hände zu Fäusten ballte. Es kostete ihn enorme Anstrengung, sie wieder zu öffnen. Laurel sollte nicht merken, wie wütend er war. Es hätte sie nur erschreckt.

»He«, sagte er, »das Wichtigste ist, daß ich jetzt da bin.«

»Ich... ich weiß gar nicht, was ich sagen soll.«

»Wie wär's mit einer Umarmung für deinen alten Herrn? Ist verdammt lange her.«

Val ging zu ihr und setzte sich auf die Bettkante. Unbeholfen und gleichzeitig selbstsicher nahm er sie in die Arme. Sie zögerte ein bißchen, dann ließ sie es geschehen, und ihre Anspannung löste sich. Er fragte sich, ob es zu spät war zu versuchen, ein guter Vater zu sein. Und einen winzigen Augenblick lang – für den er sich ein bißchen schämte – überlegte er, ob es vielleicht noch eine Chance gab, an das Geld zu kommen.

Laurel setzte sich zurück und wischte mit dem Handrücken ihre Nase ab, wie sie das als Kind immer gemacht hatte.

»Onkel Rudy regelt das mit der Adoption«, sagte sie schluchzend. »Er... hat ein Ehepaar gefunden. Sie sind nett, hat er gesagt.« Sie stockte und atmete tief durch. »Darum bin ich in dem Zimmer hier und nicht auf der Entbindungsstation. Ich soll nicht bei den anderen Müttern liegen. Ich nehme an, die denken, wenn ich die Mütter mit ihren Babys sehe, würde ich aus dem Fenster springen oder so. Das wollen sie nicht riskieren.«

Also, kein Ehemann. Das Kind war unehelich. Genau wie er und Rudy.

Rudy.

Ich bring' ihn um. Ich schlag' ihm seine jämmerliche Fresse ein.

»Was ist mit dir und Rudy?« fragte Val schärfer, als er es beabsichtigt hatte.

»Er war immer gut zu mir«, antwortete sie ein bißchen verteidigend. Sie nestelte unentwegt an der Bettdecke. »Es war meine Idee mit dem Baby. Er hat nicht gesagt, ich soll das Baby weggeben oder so was. Er hat nur... ach...«

Ihr Kinn zuckte, Tränen liefen über ihr engelhaftes Gesicht.

Das Zimmer drehte sich. Das Baby! Das war es, wovon Rudy gesprochen hatte! Val hatte es merkwürdig gefunden, daß ein lediger Mann in Rudys Alter ein Kind adoptieren darf, aber dann hatte er gedacht, daß ein windiger Anwalt wie Rudy alle möglichen Beziehungen hat. Dabei war die ganze Zeit von Laurels Baby die Rede gewesen. Von *seinem* Enkel.

O ja, er war gründlich belogen worden. Zweimal. Im Vergleich zu Rudy war das, was Annie getan hatte, harmlos gewesen. Annie war wenigstens nicht mit solchem Blödsinn gekommen und hatte ihm nie weismachen wollen, sie sei auf seiner Seite. Val hätte am liebsten den schweren Stuhl neben dem Bett gepackt und an die Wand geschleudert. Es fiel ihm sehr schwer, sich einzugestehen, daß er eigentlich immer schon gewußt hatte, was für ein Scheißkerl Rudy war.

Val kniff die Augen zusammen und sah ganz deutlich ein Bild aus der Vergangenheit. Er war vierzehn und befand sich in der nach Schnaps und Zigarettenqualm stinkenden Wohnung, in der er aufgewachsen war. Er sah sich vor Shirley stehen, die aus dem

Bett gefallen war. Ihr Gesicht hatte eine seltsam bläuliche Färbung. Aber, mein Gott, da war Blut auf dem ganzen Kissen. Er erinnerte sich, daß ihm übel geworden war. Und er hatte furchtbare Angst gehabt. Sie war öfter gefallen, hatte ins Bett gekotzt oder auf den Fußboden, aber geblutet hatte sie nie. Er war in Panik geraten. Aber Rudy war ja dagewesen. Rudy wußte immer, was zu tun war. Sollten wir nicht jemand holen, hatte Val gefragt, sie braucht Hilfe. Aber Rudy hatte nur den Kopf geschüttelt und gemeint: Nee, wenn wir sie ins Krankenhaus bringen und sie hat nix, sagen die, wir sind blöde Hosenscheißer. Und wenn Shirley das mitkriegt, hätten wir nichts zu lachen.

Aber das Blut, hatte Val heulend wiederholt, was ist mit dem Blut? Er hatte daran gedacht, wie krank Shirley in der letzten Zeit ausgesehen hatte. Sie hatte fast nichts mehr essen können und die ganze Zeit über Bauchschmerzen geklagt. Aber Rudy hatte nur gelacht. Hör schon auf, hatte er gespottet. Arzt oder Krankenwagen, kannst du mir verraten, mit welchem Geld du das bezahlen willst?

Val hatte Angst gehabt, aber er war zu verstört gewesen, um zu begreifen, was für Rudy anscheinend klar gewesen war, als dieser das Zimmer verließ. Er war ihm gefolgt und hatte Shirley einfach liegenlassen.

Stunden später hatte Val dann doch angerufen. Als der Krankenwagen kam, war Shirley schon tot.

Jetzt wurde Val klar: *Rudy hatte genau gewußt, daß Shirley sterben würde. Er hatte gewollt, daß sie starb.*

Val schauderte. Sie war sicher nicht gerade das, was man als gute Mutter bezeichnen konnte, aber sie einfach sterben lassen? Mein Gott, wenn er damals gewußt hätte...

Aber Rudy hatte es gewußt.

Genau wie er über Laurel Bescheid gewußt hatte.

Die ganze Zeit über hat er gewußt, wo Laurel war – und hat sie von mir ferngehalten. Vals Hände krallten sich am Bettgestell fest, daß seine Fingerknöchel weiß wurden. Wie Handschellen zog sich ein kalter Ring um seine Handgelenke. Er stellte sich vor, wie er Rudys Hals umdrehte, und konnte fast hören, wie er jeden seiner Wirbel einzeln brach. Es war ein Geräusch, als zertrete man eine Küchenschabe unter dem Absatz.

Dann wurde ihm etwas Wichtiges klar: Laurel hatte keine Ahnung, daß Rudy vorhatte, das Kind für sich zu behalten.

Als er endlich wieder sprechen konnte, war er erstaunt, daß seine Stimme so ruhig klang. »Ich werde dir jetzt ein paar Dinge über den lieben alten Onkel Rudy erzählen«, fing er an.

Rudy pfiff vor sich hin, als er an der Gepäckausgabe vor dem Rollband auf seine Koffer wartete. Was für ein Tag, was für ein großer Tag! Zuerst hatte er Alicia, das mexikanische Kindermädchen, das er eingestellt hatte, zur Unterstützung mitbringen wollen. Aber dann merkte er, daß er niemanden dabei haben wollte. Er wollte mit dem kleine Nick – so sollte er heißen: Nicholas Carrera – allein sein, damit sein Sohn seinen Vater kennenlernte, ohne das Getue des Kindermädchens. Damit Nick gleich lernen konnte, wer in seinem Leben zuerst kam.

Was war mit den Babysachen? Hatte er alles? Er hatte keine Zeit mit Einkäufen in New York verlieren wollen, also hatte er alles mitgebracht. Im Kopf ging er die Liste noch einmal durch. Eine Aufziehpuppe, die schönsten Babykleider, Pampers, Dekken, Flaschen, Schnuller, Dosen voller Babynahrung. Oh, und natürlich das letzte Buch von Dr. Spock. Beim Versuch, darin zu lesen, war er zweimal eingeschlafen. Aber selbst wenn der Himmel einstürzen sollte, er würde das schon hinkriegen. Er und das Kindermädchen würden dafür sorgen, daß alles klappte.

Er sah seine Louis-Vuitton-Tasche auf dem Band herankommen, und ihm wurde blitzartig klar: In weniger als einer Stunde würde er den kleinen Nick im Arm halten. Seinen Sohn.

Rudy wurde aufgeregt, er schien abzuheben und hatte das Gefühl, nachsehen zu müssen, ob seine Füße tatsächlich noch den Boden berührten.

Kurze Zeit später, als er seine Tasche auf dem Kofferkuli festschnallte, wurde er unruhig.

Vielleicht sollte er doch besser Laurel im Krankenhaus anrufen. Sie hatte eine harte Zeit hinter sich, die Arme ... so zu Hause das Kind zu kriegen. Verdammt schade, daß sie es nicht mehr ins Krankenhaus geschafft hatte. Da hätten sie ihr den kleinen Nick wegnehmen können, ohne daß sie ihn überhaupt gesehen hätte. Aber wahrscheinlich war es ja gar nicht so schwer, ihn wegzugeben.

Rudy wünschte, es gäbe eine Möglichkeit, die Wahrheit zu sagen. Aber dann würde sie sich alles anders überlegen. Denn wieso sollte sie wollen, daß ein alter, einsamer Junggeselle ihr Kind aufzog, das doch Ozzie und Harriet versprochen war? Und außerdem würde sie dann wissen, daß er sie belogen hatte. Nein, das konnte er nicht riskieren. Alles kam jetzt darauf an, daß er Nick bekam. Das war das wichtigste.

Irgendwann – vielleicht in einem Jahr oder so –, wenn die Adoption über die Bühne war, würde er eine Möglichkeit finden, ihr die Wahrheit zu sagen. Bis dahin wäre ihr klar, daß sie die richtige Entscheidung getroffen hatte. Daß ihr Sohn in den allerbesten Händen war – bei einem Vater, der ihn mehr als alles andere auf der Welt liebte.

Rudy fand ein freies Telefon und kramte Kleingeld aus seiner Tasche. Seine Hand zitterte, als er die Münzen einwarf. Mein Gott, warum war er nur so nervös? Es war doch alles geritzt. Er brauchte nur noch –

Das Telefon klingelte.

»Sankt-Vincent-Krankenhaus«, sagte die Vermittlung mit näselnder Stimme.

»Zimmer 322, bitte.«

»Einen Augenblick, ich verbinde.«

Er hörte ein Klicken in der Leitung, dann klingelte es. Es klingelte und klingelte. Aber gerade als er dachte, sein Herz springe aus der Brust, wurde abgenommen.

»Hallo?« Es war Laurels Stimme, aber sie klang so anders, als sei sie erkältet oder als habe sie geweint.

Irgend etwas stimmte nicht. Er konnte es spüren.

»Ich bin's, Onkel Rudy«, sagte er.

Stille. Sie hatte nicht aufgelegt, ihr unterdrücktes Atmen war zu hören.

»Ja, ich weiß«, sagte sie schließlich. Ihre Stimme klang so kalt wie Eis.

»He, was ist...« fing er an, aber in seinen Lungen schien keine Luft mehr zu sein. Es war, als atme er unter Wasser.

Dann sprach sie mit gebrochener Stimme weiter. »Ich weiß alles. Du hast gelogen. Du hast mir erzählt, er wäre Makler und sie würde Hunde züchten... Und daß sie sich schon jahrelang ein Kind wünschen. Und das Haus am Strand. Und all das Zeug... Oh, Onkel Rudy, wie konntest du nur? Wie konntest du mir das nur antun?«

»Laurel, Liebes, du verstehst nicht. Wenn du mir zuhörst –«

»Nein. Ich will dir nicht zuhören.« Sie schluchzte jetzt richtig. »Du hast gelogen. Du hast mich nur benutzt, um mir das Kind wegzunehmen. Val hat mir alles erzählt.«

Val? Um Himmels willen, was hatte Val damit zu tun? Wie hatte er sie gefunden?

»Laurel, bitte, hör mir zu! Ich wollte dir gerade sagen –«

»Wie du mir das von meinem Vater gesagt hast?«

»Das war –«

»Sei still«, sagte sie scharf. »Ich will's nicht hören. Dafür gibt's keine Entschuldigung. Mich *so* anzulügen. Mein Gott, ich war *elf.* Kannst du dir überhaupt vorstellen, wie mir zumute war, wenn ich daran dachte, daß mein Vater tot ist? Und daß meine eigene Schwester ihn umgebracht hat?«

»Ich wollte dir nicht weh tun. Ich...« Er versuchte zu schlukken, aber ein riesiger Kloß saß in seinem Hals. Rudy konnte sich nicht erinnern, wann er zum letztenmal geweint hatte, aber jetzt fühlte er sich den Tränen nahe. »...hab dich so lieb.«

Noch nie hatte er diese Worte zu jemand gesagt, in seinem ganzen Leben noch nicht. Würden sie ihr irgend etwas bedeuten?

»Leb wohl«, sagte sie.

Es machte »klick«, dann war die Leitung tot.

Rudy lehnte sich an die Wand der Telefonzelle. Der Boden unter seinen Füßen schien sich zu heben. Er sah die Menschen, die mit ihren Koffern vorbeieilten, nur noch verschwommen. Seine Brust schmerzte so sehr, daß er Angst hatte, sich nicht mehr bewegen zu können. Er spürte ein seltsames Prickeln im Arm. Hatte er einen Herzinfarkt? O mein Gott.

Nach ein paar Minuten ließ der Schmerz nach, aber die Qual war so groß, als läge eine Riesenlast auf ihm, als würde er all seine schweren Koffer selbst schleppen. Ich hab' alles verloren, dachte er. Nicky, Laurel. Alles, was er je gewollt, geliebt, was ihm je etwas bedeutet hatte.

Und alles nur wegen Val.

Diesem Dummkopf, diesem Egoisten war Laurel doch gar nicht wirklich wichtig. Warum war es ihm nicht gelungen, ihr klarzumachen, daß sie ohne Val besser dran war? Und daß er, Rudy, nur versucht hatte, sie zu beschützen?

Rudy schleppte sich zitternd zu einer Bank im Schalterraum. Als er saß, wurde seine Atmung langsam wieder normal und sein Kopf klar. Ein einziger Gedanke nistete sich in sein Gehirn ein und hing dort wie ein Gifttropfen auf der Stachelspitze eines Skorpions.

Eines Tages würde er Val irgendwie loswerden. Für alle Zeiten.

24. KAPITEL

»Bringen Sie mir mein Baby.«

Laurel hörte diese Worte laut widerhallen und dachte, sie habe geschrien. Aber die Schwester sah nicht einmal von dem Thermometer auf, das sie in dem gedämpften Licht abzulesen versuchte. Laurel räusperte sich, um zwar höflich, aber bestimmt zu klingen.

»Ich will mein Baby sehen, bitte.«

Diesmal blickte die Schwester auf. Sie brachte Laurel so viel Wärme und Interesse entgegen wie dem Thermometer und sagte: »Na, ich glaub', das ist keine gute Idee. Warum versuchen wir nicht, noch ein bißchen zu schlafen. Morgen geht's Ihnen dann schon besser.«

»Es *ist* Morgen.« Laurel haßte die Schwester jetzt, haßte ihre Süßstoff-Stimme und ihre Förmlichkeit.

Die breithüftige junge Frau mit dem Plastikschild an der Brusttasche, auf dem KAREN KOPLOWITZ stand, schaute auf ihre Taschenuhr und sagte strahlend: »Ja, tatsächlich.«

Auf Laurels Uhr war es halb sechs. Seit zehn Uhr gestern abend, als das Licht ausgeschaltet worden war, war sie im Halbdunkel gelegen, hatte vor sich hingestarrt und dem gedämpften Verkehrslärm von der Straße vor dem Krankenhaus zugehört. Ihre Augen waren geschwollen und brannten. Und dann war diese Schwester hereingeplatzt, um Blutdruck und Temperatur zu messen, hatte nicht einmal gefragt, ob sie überhaupt wach sei oder ob es ihr etwas ausmache. Als wäre sie eine Melone im Supermarkt, auf der man herumdrückt, um zu sehen, ob sie reif ist.

Aber schlimmer noch als diese Schwester und viel schlimmer als der stechende Schmerz zwischen ihren Beinen oder das flaue Gefühl im Magen war diese schreckliche Leere in ihr.

Onkel Rudy. Wie konnte er so etwas nur tun? Nicht nur, daß er Adam für sich hatte haben wollen, sondern auch noch zu erzählen, ihr Vater sei tot.

Sie dachte an den Schock gestern, als sie Val im Zimmer hatte stehen sehen. Sie war so durcheinander gewesen, daß sie überhaupt nichts mehr begriffen hatte. So viele Jahre lang hatte sie geglaubt, er sei tot. Sie waren hier gesessen und hatten eine gute Stunde lang geredet, und immer, wenn sie ihn angesehen hatte, wurde ihr klar, wieviel älter er aussah; seine braune Haut war von vielen Fältchen durchzogen, sein weißes Haar war nicht mehr so dick und füllig, wie sie es in Erinnerung hatte – es war stumpf und gelblich wie alte Klaviertasten. Er war immer noch gut gekleidet mit dem teuren Seidenjackett, hellen Hosen und den Gucci-Schuhen; der Sakko hatte allerdings mindestens zehn Jahre auf dem Buckel, und die Manschetten seines Hemdes waren leicht abgescheuert. Er hatte mit keinem Wort erwähnt, ob er einen Job hatte und wo er wohnte.

Außer über Rudy sprach er fast nur über die Nacht, in der sie und Annie weggelaufen waren. Er erzählte, wie sauer Annie wegen Dearie gewesen war und wie sie, als er versucht hatte, sie zu beruhigen, wütend auf ihn geworden war, fast hysterisch, und ihn beschuldigt hatte, ihre Mutter getötet zu haben. Val hatte ihr die blaßrosa Narbe auf seiner Stirn gezeigt, wo Annie ihn mit Dearies Oscar getroffen hatte. Sogar Tränen waren in seinen Augen gestanden. Er hatte gesagt, daß er nur gewollt hatte, daß sie alle wie eine Familie zusammenhalten sollten.

Wenn sie jetzt darüber nachdachte, wurde ihr bewußt, daß sie sich gefreut hatte, ihn zu sehen und daß er lebte. Val tat ihr leid. Ein bißchen fühlte sie sich aber auch schuldig, als läge es auch an ihr, daß es mit seinem Leben offensichtlich bergab gegangen war. Trotzdem war sie sicher, daß es auch noch eine andere Seite der Geschichte gab. Annie würde ganz bestimmt alles anders darstellen. Aber warum, um alles in der Welt, hatte Annie ihr nie ihre Sicht der Dinge erzählt?

Wenn sie in Los Angeles geblieben wären und Annie die Angelegenheit mit Val hätte klären können, wer weiß, vielleicht läge sie dann nicht hier und nichts von all dem wäre geschehen.

Ich hab' ihnen vertraut, dachte sie, *ich hab' Annie vertraut... Onkel Rudy auch... und das hab' ich jetzt davon.*

Eine andere Stimme in ihr entgegnete: *Was hat Val je für dich getan? Sieh doch, was Annie alles geleistet hat. Wenn du wissen willst, was wirklich in dieser Nacht passiert ist, frag Annie.*

Aber was machte das alles schon aus? Jetzt machte sie sich nur um eines Sorgen: daß man ihr aufgrund einer ganzen Reihe unglücklicher Umstände ihr Baby weggenommen hatte.

Laurel spürte, wie sich etwas in ihrer Brust zusammenzog. Sie mußte jetzt ruhig bleiben. Sie war sicher, daß sie keinerlei Papiere oder ähnliches unterschrieben hatte, vielleicht war es ja noch nicht zu spät... sie konnte ihre Meinung immer noch ändern. Oder sie konnte ein *echtes* Ehepaar als Adoptiveltern für Adam suchen. Vielleicht hatten die Adoptionsvermittlungen Hunderte, Tausende wirklich netter Leute, die nur darauf warteten, ein gesundes Baby adoptieren zu können.

Aber vorher mußte sie ihn noch mal sehen. Bis sie ihn nicht tatsächlich in ihren Armen gehalten hatte, würde sie sich nicht entscheiden. Sie konnte es nicht. Es wäre nicht fair. Adams Geburt war so schnell gegangen. Wenn sie versuchte, sich zu erinnern, sah sie nur einen verschwommenen Fleck. Sie sah Joe... sein bleiches Gesicht über ihrem, beruhigend wie eine Leuchtboje in dunkler Nacht. Da waren diese Schmerzen, ungeheure Schmerzen. Sie hatte geglaubt, sie werde auseinandergerissen. Dann etwas wie ein Fisch, der zwischen ihren Beinen herausglitschte. ...und ein winziger, feuchter Körper, der mit schlenkernden Armen und Beinen ins Licht gehoben wurde.

Als Joe ihn dann auf ihren Bauch gelegt hatte, konnte sie spüren, wie das Baby ruhig wurde. Seine Lippen hatten sich auf ihrem Bauch bewegt, zart wie die Flügel eines Nachtfalters. Ihre Brüste hatten geprickelt. Es war ein Stück ihres Lebens, ein Stück ihres Herzens.

Im Krankenhaus hatte ein Assistenzarzt, der aussah, als sei er erst sechzehn – er hatte Akne und ein flaumiges Bärtchen –, die

Nabelschnur durchtrennt, dann hatte eine Schwester Adam rasch nach oben in die Säuglingsstation gebracht. Seitdem hatte sie ihn nicht mehr gesehen. Zwei ganze Tage lang. Nun schoß die Milch ein. Ihre Brüste waren hart geworden. Sie fühlten sich komisch an, wie die Plastikhügel einer Barbiepuppe, und sie schmerzten, wenn sie versuchte, auf dem Bauch zu liegen. Aber das war nichts gegen das grausam schmerzhafte Bedürfnis, das sie verspürte. Sie konnte es nicht länger ertragen, keine Minute länger. Sie *mußte* Adam sehen, ihn im Arm halten.

»Es ist mir egal, wie spät es ist«, sagte sie zu der Krankenschwester und war von der Schärfe ihrer eigenen Stimme überrascht. »Ich will mein Kind sehen. Bringen Sie mir meinen Sohn, sonst hol' ich ihn selbst.«

Früher hatte sie sich immer sehr vorsichtig ausgedrückt. Sie hatte ständig Angst gehabt, jemanden zu verletzen, auch wenn sie selbst verletzt wurde. Bloß keine Szenen, nur nicht angestarrt werden!

Aber das war jetzt vorbei, ein für allemal. Es war, als sei mit Adams Geburt auch eine neue Laurel geboren worden. Der Druck, unter dem sie immer gelitten hatte, war verschwunden, ihr öffnete sich eine Welt, in der alles möglich war, absolut alles, Schlimmes und Wunderbares.

»Ich will mein Kind sehen«, wiederholte sie.

Die Schwester runzelte die Stirn. »Aber ich kann nicht –«

Laurel schwang die Beine aus dem Bett. Sie zitterte, ihr Körper kam ihr wie ein gigantischer Pudding vor. Durch die plötzliche Anstrengung floß ein kleiner, warmer Schwall Blut zwischen ihren Beinen hervor. Weil sie ziemlich stark geblutet hatte, sollte sie nicht aufstehen. Dr. Epstein hatte sie gewarnt, weiter als bis zum Badezimmer zu gehen. Aber das war ihr jetzt egal. Das Baby, ihr Baby war das einzige, an das sie dachte.

»Gehen Sie aus dem Weg!« befahl Laurel.

»Aber wir wollen doch ganz ruhig bleiben.« Schwester Karen Koplowitz trat einen Schritt zurück, als fürchte sie, Laurel würde sie schlagen. »Wollen Sie nicht lieber hier warten? Ich sehe zu, was ich für Sie tun kann.« Die Schwester ging schnell hinaus, die Tür schlug an ihre Hüfte, bevor sie zuknallte.

Laurel wartete einen Augenblick, dann folgte sie der Schwester auf den Flur. Sie konnte in dem grellen Licht kaum etwas erkennen, der Flur schien zur Seite zu kippen wie ein Flugzeug in Schräglage. Ihr Gleichgewicht war nicht in Ordnung. Sie mußte mit der Hand an der Wand entlang tasten, um nicht zu fallen. Sie merkte, daß ihr Hemd hinten offen war. Ihr Hinterteil war kalt, und bei jedem ihrer schlurfenden Schritte scheuerte die harte Plastikspange des Bindengürtels an ihrer Haut.

Ein Pfleger, der einen Wäschewagen vorbeischob, starrte sie an. Sie mußte aussehen wie eine Verrückte. Ihr Haar hing ihr in feuchten, fettigen Strähnen ins Gesicht. Und sie stank. Ein kräftiger Gestank von Schweiß und geronnenem schwarzem Blut stieg ihr in die Nase. Einmal war sie mit Annie und Dearie in den Ferien am Lake Arrowhead geradelt und hatte ihren Kopf in einen leeren Fuchsbau gesteckt. Der Geruch war umwerfend gewesen, er schien Fell und Zähne zu haben. So fühlte sie sich jetzt. Mit einem Fell wäre sie jetzt eine zähnefletschende Fuchsmutter.

Sie erreichte die Tür des Aufzugs und war erleichtert. In ein, zwei Minuten würde sie da sein. Aber welchen Knopf mußte sie drücken?

Die Tür ging auf, und ein Mann im Arztkittel, ein Stethoskop in der Brusttasche, kam heraus. Er hatte es offensichtlich sehr eilig. »Entschuldigen Sie«, sagte sie schnell, »in welchem Stock ist die Säuglingsstation? Wo die Babys sind?«

Er sah sie neugierig an, hatte es aber so eilig, daß er ihrem ungewöhnlichen Aufzug keine Beachtung schenkte. »Im achten«, sagte er, zeigte mit dem Finger nach oben und hastete weiter.

Laurel konnte gerade noch in den Fahrstuhl springen, bevor sich die Tür schloß. Er war leer und fuhr nach oben. Gott sei

Dank. Sie drückte auf den Knopf für den achten Stock, lehnte sich erschöpft an die Fahrstuhlwand und schloß die Augen.

Sekunden später stolperte sie in einen hellerleuchteten Flur; Schwestern und Pfleger hasteten an ihr vorbei. So viele Leute! War es wirklich erst halb sechs? Sogar Patienten liefen ihr über den Weg. Eine gespenstisch aussehende Frau schlurfte vorbei, einen Infusionsständer vor sich herschiebend; die Infusionsflaschen waren über Schläuche mit ihrem Handgelenk verbunden. An den Wänden wie sen dicke Pfeile den Weg zu den verschiedenen Abteilungen. Wo war bloß die Säuglingsstation?

»Reiß dich zusammen«, zischte sie, schwer atmend. Aber in ihrem Kopf war es Annies Stimme, die sie antrieb.

Laurel schleppte sich mit kleinen Schritten weiter. Vor ihr sah sie etwas, eine große Glasscheibe in der Wand des Flures, wie ein erleuchtetes Schaufenster. Das mußte die Säuglingsstation sein. Trotz stechender, pochender Schmerzen zwischen den Beinen zwang sie sich, schneller zu gehen.

Und dann sah sie durch das Fenster Reihen neben Reihen von Bettchen. In jedem lag ein winziges, wunderbares Baby. Und eines davon war ihres. Ihr Sohn.

An der Tür hing ein Schild, auf dem mit großen roten Buchstaben NUR FÜR PERSONAL stand. Die Tür war nicht abgeschlossen. Sie stieß sie auf und ging hinein. Erstaunlicherweise hielt niemand sie auf.

Nur eine Schwester hatte Dienst, eine große Schwarze. Sie wickelte gerade ein rotgesichtiges Baby auf dem Wickeltisch an der Wand gegenüber. Als sie aufsah und Laurel entdeckte, war sie so verdutzt, daß ihre Augen wie in einem Cartoon ein bißchen aus den Höhlen traten. Beinahe hätte Laurel gekichert.

»Hier darf nur Personal rein«, informierte sie Laurel mit scharfer Stimme. Sie sprach mit karibischem Akzent. »Tut mir leid, aber ich muß Sie bitten, das Zimmer zu verlassen.« Sie richtete sich auf und hielt das frisch gewickelte Baby wie einen Schild vor sich, majestätisch wie eine Massai-Prinzessin.

Laurel war eingeschüchtert und flehte sie an: »Bitte, ich will nur...« Ihr Mund klappte zu, als seien ihre Kiefer in einen Schraubstock eingespannt. Sie sah die Reihen gewickelten Babys in den Bettchen an, zog die Schultern hoch und sagte: »Ich will zu meinem Kind. Cobb... Adam Cobb.«

Es war ihr peinlich, zugeben zu müssen, daß sie nicht wußte, wie ihr Baby aussah. Sie hatte es ja nur einen kurzen Augenblick gesehen. Mein Gott, warum *beeilte* sich die Frau denn nicht?

»Das ist gegen die Vorschrift«, schnauzte die Schwester sie an. »Die Babys dürfen nicht außer der Reihe gefüttert werden. Bitte gehen Sie in Ihr Zimmer zurück, Frau –«

»*Fräulein* Cobb«, unterbrach Laurel sie und streckte ihr Kinn vor. »Ich gehe nirgendwo hin, bis Sie ihn mir geben.«

»Da müssen Sie erst mit Ihrem Arzt reden.«

»Der ist nicht da.«

»Tut mir leid, dann muß ich Dr. Taubmann rufen... er ist der diensthabende Assistenzarzt. Wenn Sie ein Problem haben –«

»Ich habe kein Problem. Ich will nur mein Baby.«

Die braunen Augen der Schwester funkelten. »Es gibt Vorschriften hier, junge Frau. Das hat gute Gründe. Wir können nicht einfach jeden hier rumspazieren lassen, ohne vernünftigen Schutz, mit weiß der Teufel was für Bakterien –«

»Ich bin nicht jeder... ich bin seine Mutter.« Als sie das laut sagte, krampfte sich etwas in ihrer Brust zusammen. Ihre Augen füllten sich mit Tränen. Sie war so müde. Ihre Beine zitterten vor Anstrengung, und sie schien stark zu bluten. »Ich bin seine Mutter«, wiederholte sie. »Bitte, ich will ihn nur mal im Arm halten. Nur ein paar Minuten.«

Die Schwester starrte sie an und gab nach. »Meinetwegen. Aber Sie müssen hierbleiben. Sie können ihn nicht mit ins Zimmer nehmen.«

»Das macht nichts«, sagte Laurel und kippte vor Erleichterung fast um. »Kann ich mich setzen?«

Die Schwester zeigte auf einen Stuhl in der Ecke. Laurel

setzte sich und schloß erleichtert die Augen. Als sie aufsah, hoben zwei schlanke, schwarze Arme ein weißes Bündel hoch. Es war fest zugewickelt, nur ein rotes Gesicht war zu sehen. Das Herz ging ihr über.

»Oh«, hauchte sie.

»Wir wickeln sie fest die ersten beiden Tage«, erklärte die Schwester. »Da fühlen sie sich geborgener.«

Laurel streckte die Arme aus. So erschöpft sie sich gerade noch gefühlt hatte, plötzlich schienen ihre Muskeln vor Kraft zu strotzen. Das warme Gewicht ihres Kindes schien alles wieder zurechtzurücken. Tränen liefen über ihre Wangen.

Er sah sie an. Runde, blaue Augen sahen sie so intensiv an, daß ihre prallen Brüste zu kribbeln begannen. Eine Nase, nicht größer als ein Fingerhut, ein winziger Mund, der aussah, als würde er sie ganz konzentriert abschätzen. Und so viele Haare! Als sie die Decke von seinem Kopf nahm, stand ein Haarbüschel ab wie bei einem Küken.

»Adam«, flüsterte sie.

Sie versuchte sich vorzustellen, daß sie ihn an irgendwelche fremden Leute gäbe, sich dann einfach umdrehte und wegginge. Aber das war unvorstellbar.

Ihre Arme würden sich komisch anfühlen, wenn sie ihn weggäbe. Ohne das Gewicht ihres Sohnes wären sie zu leicht, zu unbeholfen und nicht im Gleichgewicht. Sie hatte immer gedacht, es sei schlimm für sie, daß Joe sie nicht liebte, aber das wäre viel, viel schlimmer. Es würde sie umbringen.

Aber wie soll ich ihn ernähren? Und was ist mit Annie? Ich müßte eine Wohnung suchen, einen Platz, an dem Annie nicht mein Leben bestimmen könnte und das von Adam.

Sie sah ihn an. Er fixierte sie immer noch, schien sie genau zu beobachten. Als wollte er sich mein Gesicht einprägen, dachte sie, und es schnitt ihr ins Herz bei dem Gedanken, daß es das letzte Mal sein konnte, daß sie ihn sah, außer in ihren Träumen. Sie *konnte* ihn nicht weggeben. Nicht jetzt. Nie.

Mein Sohn. Meiner.

Adam hatte seinen Kopf an ihre Brust gelegt und bewegte ihn suchend hin und her. Laurel schlug das Hemd zurück, instinktiv fand er ihre Brust und fing an zu saugen. Laurel schloß die Augen und spürte ein heftiges Ziehen in den Brüsten, als die Milch kam.

Jetzt verstand sie... diese Mutterliebe, die aus vernünftigen Menschen Idioten machte und Tyrannen aus Schwächlingen. Könnte sie es zeichnen, bräuchte sie eine Leinwand größer als die Milchstraße. Und Adam wäre genau in der Mitte, wie der Abendstern, bei dem man sich etwas wünschen kann.

25. Kapitel

Dolly hörte das Knattern und Rauschen der Überseeverbindung, und bevor sie überhaupt eine Stimme erkennen konnte, machte ihr Herz einen Satz. »Henri?« schrie sie. »Bist du's?«

Es war so lange her... vor Wochen hatte er zum letztenmal angerufen, vor Monaten hatte sie ihn zuletzt gesehen. Es kam ihr wie hundert Jahre vor. »Hundejahre« nannte Mama-Jo das, wenn die Zeit so langsam schlich, als dauere ein Jahr sieben Jahre, wie ein Hundejahr.

Dabei hatte sie weiß Gott nicht dagesessen und über ihr Schicksal und über Henri gejammert. Vielmehr hatte sie letzte Weihnachten ihr bestes Geschäft überhaupt gemacht, und es war seitdem nicht schlechter geworden. Und in diesem Monat hatte sie *Tosca* und *Kiss Me Kate* gesehen. Mit Bill Newcombe zusammen, der ihr zum Schluß noch eine Versicherung aufschwätzen wollte und ausgesprochen charmant war.

Sie hatte alle möglichen finanziellen Dinge geregelt, und letzten Monat, bei der jährlichen Schokoladenmesse im Plaza, hatte sie zusammen mit Pompeau den zweiten Preis für Girod's gewonnen. O ja, sie war ein fleißiges Mädchen, das konnte sie wirklich behaupten.

So fleißig, daß sie sich, wenn sie nachts in ihr Bett kroch, einsam wie ein junger Hund fühlte, den man in der Kälte aussperrt, selbst in den wenigen Nächten, in denen sie nicht allein war.

»*Ma poupée*, hab' ich dich geweckt?« Seine Stimme klang fern, und es knatterte in der Leitung. Aber er war ihr dennoch so vertraut. Als sei es erst gestern gewesen, daß sie miteinander gesprochen hätten.

»Absolut nicht«, antwortete sie und sah auf die Uhr im Regal. Es war halb zwei Uhr morgens. »Ich hab' nicht schlafen können. Vielleicht hab' ich was Falsches gegessen.« Nur das zweite stimmte nicht.

Sie war wirklich hier mit einem Cognac im Dunkeln gesessen, in den großen Sessel gekuschelt, und hatte durch das große Fenster auf die Millionen Lichter bis weit über den Central Park geschaut. Wie passend, daß sie gerade das Nachthemd trug, das Henri am meisten liebte: aus pfirsichfarbenem Satin mit hauchdünnen Trägern und einem Ausschnitt, der für eine Lungenentzündung garantierte... und jede Impotenz kurieren konnte. Sie bekam Gänsehaut an den Stellen, an denen der kühle Stoff die Haut berührte.

»Weißt du, ich gebe gerade eine Jammer-Party«, sagte sie zu ihm.

»Pardon?«

»Eine Jammer-Party. Das ist, wenn man rumsitzt und sich selbst schrecklich leid tut, besonders dann, wenn keiner da ist, der einem auf den Buckel klopft und sagt: He, Lady, Kopf hoch!«

»Ich wollte, ich könnte dasein«, sagte er. Er klang ein bißchen belustigt.

»Dann wär's keine Jammer-Party. Eher... na ja, ich bin zu gut erzogen, um das auszusprechen, zumindest am Telefon.« Sie lächelte und hielt den Hörer ganz nahe an den Mund, als wollte sie ihn küssen. Sie spürte die Wirkung des Cognacs, der sie innerlich wärmte – oder war es Henris Stimme?

Sie betete, daß er Gutes zu berichten hatte; in dieser Woche war so viel passiert, daß es an die Grenze ihrer Belastbarkeit ging.

Das Baby – Laurels Entschluß, es zu behalten – es war wunderbar, weiß Gott, aber es hatte sie fast umgehauen. Und Val Carrera, der plötzlich aufgetaucht war nach all den Jahren und sich auf Laurel stürzte, zu einem Zeitpunkt, als sie ziemlich fertig war. Wer weiß, was er vorhatte. Dolly bekam Gänsehaut, wenn sie nur daran dachte.

»Und die Messe? Warst du zufrieden, wie's gelaufen ist?«

Eine Sekunde lang war Dolly verwirrt und wußte überhaupt nicht, wovon er sprach. Dann wurde ihr klar, daß er überhaupt nichts wissen konnte von Laurel, dem kleinen Adam und Val. Früher hätte sie ihn sofort angerufen, jede Kleinigkeit war wichtig genug gewesen, sie ihm zu erzählen. Hatten sie sich so weit voneinander entfernt?

»Die Messe«, sagte sie und riß sich zusammen. »Oh, du hättest dabei sein sollen. Es war die beste überhaupt!«

»Ich wäre furchtbar gern gekommen. Aber wenn du die Dekoration gemacht hast und Pompeau dafür gesorgt hat, daß jeder Krümel des *gâteau* perfekt war, konnte ja nichts schiefgehen, oder?« Sie sah ihn vor sich, wie er die Schultern zuckte. »Außerdem konnte ich meine Tochter nicht im Stich lassen. Die Kinder waren schwer krank und Gabrielle war völlig fertig...«

»Ich weiß.« Henri als Großvater – das konnte sie sich immer noch nicht so richtig vorstellen. »Klar, du kannst nichts dafür. Geht's ihnen jetzt besser?«

»Der kleine Philippe nimmt ein bißchen zu, aber Bruno... Gaby macht sich Sorgen um ihn, er war schon immer kränklich. Ich denke, das wird sich mit der Zeit verlieren, aber sie ist eine Mutter, und Mütter sind immer besorgt.«

»Ja, sicher«, sagte sie. *Sie* würde nie Mutter sein können, aber war sie nicht jetzt eine Art Großmutter für Laurels Baby? Dolly konnte es kaum erwarten, den kleinen Adam im Arm zu halten, vollgemachte Windeln zu wechseln und all das. Aber sie mußte sich bis morgen gedulden, dann würde sie Adam und Laurel aus dem Krankenhaus abholen. Im Moment wartete Henri. »Na ja... die Messe. Clarisse Hopkins war diesmal in der Jury, obwohl die blöde Kuh von Schokolade nicht die geringste Ahnung hat. Ich bin sicher, sie ißt sowieso nur saure Drops. Und Roger Dillon – erinnerst du dich an Roger? – sagte, Girod's hätte den ersten statt den zweiten Preis gemacht, wenn Clarisse nicht eine Aversion gegen Eßkastanien hätte. Und ich hab's natürlich ganz toll getroffen und habe die Eßkastanienglacés als Mittelpunkt für die Dekoration genommen.«

Henri kicherte, und Dolly war erleichtert, daß Henri ihr nicht übelnahm, daß sie nur den zweiten Preis gemacht hatten. Bei drei der letzten fünf Messen hatte Girod's den ersten Preis in der Gesamtwertung erhalten. Für einige Aussteller, besonders für die kleineren Schokoladenhersteller, bedeutete eine Auszeichnung der Zeitschrift *Gourmand* alles. Es war ein Sprungbrett für gute Akzeptanz und bessere Verkäufe. Aber Henri hatte offensichtlich andere Dinge im Kopf.

»*C'est ça.* Aber ich rufe dich nicht morgens um halb sieben – und bei dir ist's mitten in der Nacht – an, um übers Geschäft zu reden«, sagte er. Er klang ernst. »*Alors*, wo soll ich anfangen?«

»Fang doch einfach von vorn an«, sagte sie und wurde ernst. »Wenn es das ist, was wir schon ein paarmal hinter uns gebracht haben, weiß ich den Text schon auswendig.«

»Du meinst – wie sagst du immer – die Trennungen im Guten?«

Dollys Herz stockte einen Augenblick.

»Henri, was willst du mir eigentlich sagen?«

Es entstand eine Pause. Sie konnte seinen unregelmäßigen Atem hören. Endlich sagte er: »Dolly, komm nach Paris.«

»Henri, das hatten wir doch schon x-mal und –«

»Nein, nein, diesmal ist es anders. Francine und ich haben uns getrennt.«

Dolly war zumute, als schlügen tausend Volt in ihr ein. Sie hätte beinahe den Hörer aus der Hand fallen lassen.

»Was hast du gesagt?« stieß sie aus.

»Francine hat mich rausgeworfen«, sagte er sanft, mit einem kleinen Triumph in der Stimme. »Es ging ganz zivilisiert vor sich. Sie hat mir sogar meine Koffer gepackt. Aber ich bin sicher, daß sie nur Angst hatte, ich könnte was von ihr mitnehmen.«

Dolly brachte keinen Ton heraus. Sie stellte das Cognacglas klirrend auf den Beistelltisch, stand auf, das cremefarbene Telefon in der Hand, und ließ sich auf das weiche Fell vor dem Kamin fallen.

»Henri, ist das kein Witz? Meinst du das ernst?«

»Das ist kein Witz, *ma poupée*. Ich hab's nie ernster gemeint. Anscheinend hat meine Frau einen Liebhaber.« Er klang so heiter wie vor einigen Monaten, als er ihr von der Geburt seiner Enkelsöhne erzählt hatte. »Wie zu erwarten, ist sie natürlich sehr diskret, was den Mann betrifft. Es würde mich nicht wundern, wenn es ihr Beichtvater wäre.«

»Nein!« Dolly war fast schockiert.

Er lachte. »Na ja, das ist natürlich übertrieben. Aber wer weiß? Ich könnte mir vorstellen, daß sie es fertigbrächte, den Papst zu verführen.« Er wurde ernst. »Ich muß ehrlich zu dir sein. Es wird keine Scheidung geben. Das akzeptiert Francine nicht. Dazu ist sie wohl zu katholisch.«

Henris Stimme wurde leiser, aber dann merkte Dolly, daß es nicht an der Verbindung lag. Ihr Puls dröhnte in ihren Ohren. Sie konnte kaum etwas verstehen. »Henri, was schlägst du vor?«

»Daß du und ich… daß wir zusammenleben. So, wie das heute möglich ist.« Er verstummte. Er brauchte nicht zu sagen, was beide ohnehin wußten: daß er sie sofort heiraten würde, wenn er könnte.

»Was ist mit deinem Schwiegervater? Weiß er davon?«

»Er ist zwar alt, aber weder blind noch taub. Ohne Zweifel hätte er alles getan, um Francine und mich wieder zusammenzubringen. Aber er hat einsehen müssen, daß es sogar für ihn Grenzen gibt. All das macht ihm schwer zu schaffen. Er macht sich Sorgen um die Firma und spürt sein Alter. Deshalb haben wir neue Vereinbarungen getroffen.«

»Was für Vereinbarungen? Was meinst du damit?«

»Ich übernehme seine Kontrollfunktion nach seinem Tod. Natürlich bin ich verpflichtet, Francine zu versorgen. Aber es ist alles geregelt, mit Zeugen, Unterschriften und Notar. Für mich ist das ein enorm wichtiger Vertrag, eine große Erleichterung.«

»Oh, Henri!« Freudentränen standen in ihren Augen. Er hatte es verdient. Wie mußte er mit Girod darum gekämpft haben.

»*Chérie*«, fuhr Henri sachlich fort. »Du hast meine Frage noch nicht beantwortet.«

Dolly lehnte sich zurück. Alles in ihrem Kopf drehte sich. Sie wußte überhaupt nicht, was sie denken sollte. Die Möglichkeit, immer bei ihm zu sein, mit ihm zu leben! Hatte sie sich das nicht immer gewünscht und schon so lange davon geträumt? Eine Heirat war gut und schön, aber solange sie Henri hatte, kam sie auch ohne Ring aus.

Aber sie würde nach Paris ziehen müssen.

Paris war zwar wunderschön, sie liebte diese Stadt, aber New York war ihr Zuhause. Wie könnte sie hier weggehen – besonders jetzt? Laurel würde ihre Hilfe brauchen. Und – so egoistisch der Gedanke auch sein mochte – wie konnte sie aus dreitausend Meilen Entfernung eine gute Großmutter für den Kleinen sein?

Genauso lange, wie sie sich nach Henri gesehnt hatte, genauso lange hatte sie sich auch eine richtige Familie gewünscht – das Baby würde sie mit Annie und Laurel verbinden, wie sonst nichts auf der Welt das konnte. Und ihr Geschäft? Sie hatte sich abgerackert, um es aufzubauen, und mittlerweile hatte es für sie eine andere Bedeutung als nur zum Geldverdienen bekommen. Es war ein gemütlicher, heimischer Ort, an dem sie und ihre Kunden sich wohl fühlten. Die Kunden kamen wegen ihrer bittersüßen Borkenschokolade oder ihren Bouchons, plauderten und schütteten ihr Herz bei ihr aus. Da war Nora Mulgrew, deren Ehemann, ein Zahnarzt, mit seiner Helferin ein Verhältnis hatte. Nora konnte sich nicht entscheiden, ob sie ihn verlassen sollte oder nicht. Da war Ramsey Burke, ein hitzköpfiger Politiker, der jeden Morgen auf dem Weg zum Büro eine einzige Bourbontrüffel kaufte und ständig jammerte, daß er wohl sein Amt niederlegen müsse, weil alle Versuche, seine Höhenangst, seine Angst vor Fahrstühlen und Flugzeugen loszuwerden, bislang erfolglos geblieben waren.

Oh, sie alle würden auch ohne sie überleben, das war klar. Aber darum ging es ja nicht. Der springende Punkt war, daß sie all diese Leute mochte, daß sie den Gedanken genoß, ein kleines bißchen Abwechslung in deren Leben zu bringen. Mit wem würde sie in Paris reden können? Ihr Französisch reichte noch nicht einmal aus, um mit der Metro irgendwo hinzukommen. Und außerdem, wenn sie für Henri arbeiten würde, wäre es eben nur ein Job, der ihr die Möglichkeit bot, bei Henri zu sein. Aber ihr eigenes Geschäft wäre es nicht.

Sie liebte Henri, sie war verrückt nach ihm. Aber hatte sie sich jemals wirklich überlegt, was es bedeuten würde, nach Paris zu ziehen? Sie dachte an ein altes chinesisches Sprichwort, das lautete: *Sei vorsichtig mit deinen Wünschen, sie könnten wahr werden.*

So lange hatte sie sich das gewünscht, und jetzt, als es in Reichweite war, mußte sie feststellen, daß sie die ganze Zeit das Falsche gewünscht hatte. Vielleicht wollte sie beides: den Kuchen behalten und gleichzeitig essen. Henri haben *und* ihr Leben hier.

»Wo bist du jetzt?« fragte sie.

»Ich habe ein Zimmer im Lancaster. Ich hatte gehofft, in ein, zwei Wochen für uns beide eine Wohnung suchen zu können.«

»Henri, schau, ich –«

»Gibt's da... einen anderen Mann?«

»Nein, nein... glaub mir, das ist es nicht.«

»Oder liebst du mich nicht mehr?«

»Mein Gott, nein.«

»Was gibt's dann noch zu überlegen? Dolly, ich rede zwar ganz locker über meinen Auszug, aber glaub mir, nach so vielen Jahren in dem Haus, das ist verdammt hart. Ich brauche dich, *ma poupée*, mehr als je zuvor. Ich brauche *uns*... uns beide.«

»Aber Henri«, versuchte sie zu erklären, »verstehst du nicht? Genau das verlangst du von mir... ich soll mein Zuhause verlassen, meine Familie und sogar mein Land. Ich wette ein Paar Cowboystiefel aus Schlangenleder, es gibt keinen Amerikaner, der nicht zu heulen anfängt, wenn er *The Star-Spangled-Banner* hört.«

»Vielleicht kannst du dich ja an die *Marseillaise* gewöhnen... sie ist nicht so traurig«, sagte er witzig, aber sie konnte Verzweiflung aus seiner Stimme hören.

Dolly war hin und her gerissen. Vor Jahren, als Henri ihr nicht mehr zu bieten hatte als das Schattendasein einer Geliebten, war sie verzweifelt gewesen und hatte nicht gewußt, was sie tun sollte. Jetzt bot er ihr so viel, und sie wies es zurück. Hatten sich ihre Gefühle für Henri so sehr verändert, oder war ihr das Leben in New York so ans Herz gewachsen?

Wie auch immer, sie war *sich* und *ihm* eine Entscheidung schuldig, die im Tageslicht und ohne Cognac-Einfluß getroffen werden mußte.

»Henri, ich muß das überschlafen«, sagte sie fest. »Glaub jetzt nicht, daß ich nur nicht sagen will, was ich denke. Ich weiß es tatsächlich nicht. Ich weiß nur, daß alles, was ich jetzt sagen würde, einfach Quatsch wäre. Kannst du bis morgen warten?«

Er seufzte. »Habe ich die Wahl?«

»Ich glaube nicht.«

»Wenn das so ist, *chérie*, schlaf gut. Ich liebe dich.«

Als Dolly mit dröhnendem Kopf auflegte, dachte sie, eher könnte sie auf den Mond spazieren als jetzt gut schlafen.

»Er erinnert mich an Onkel Herbie.«

Annie lugte durch das Besucherfenster in der Säuglingsstation im Krankenhaus. Sie drehte sich zu ihrer Tante um, die sich in ihrem geschmackvollen Kostüm und dem teuren Schal mit einem lippenstiftverschmierten Taschentuch die Augen wischte. Eine Goldkette mit Anhängern baumelte auf ihrer Brust. Annie sah, daß es die Kette war, die sie und Laurel ihr letztes Jahr zu Weihnachten geschenkt hatten, in einer kleinen, goldenen, herzförmigen Pralinenschachtel als Schmuckschatulle. Dolly war in Tränen ausgebrochen, als sie das Geschenk ausgepackt hatte, und Annie war es peinlich gewesen, daß ihre Tante so ein Theater gemacht hatte.

Oh, jetzt geht das wieder los, dachte Annie nicht gerade begeistert. Diesmal würde es das liebste, herzigste, kostbarste Baby auf der ganzen Welt sein, über das sie sich ereiferte, und wie sie ihre Tante kannte, würde sie vierundzwanzig Stunden am Tag bei ihnen und dem Baby herumglucken.

»Hat Eve dir mal von Onkel Herbie erzählt? Er war der Bruder unserer Mutter«, ratterte Dolly weiter. »Er hatte so eine schwarze Mähne und eine rote Nase, die mit den Jahren immer dunkler wurde. Mein Gott, war das ein Kerl! Er hatte immer die Küchentür sperrangelweit offen, und die dreckigen Hühner rannten überall rum. Er hat sie sogar am Tisch mit Krabben gefüttert, wie Hunde.«

»Ich finde, er sieht aus wie Dearie«, sagte Annie und lenkte die Aufmerksamkeit wieder auf den Säugling. »Sieh nur das Kinn mit dem Grübchen in der Mitte.« Alle anderen Babys schliefen, aber Adam war putzmunter. Er wedelte mit den Fäustchen und strampelte mit seinen winzigen rosa Füßchen auf der Decke.

Sie merkte, daß Dolly neben ihr zusammenzuckte, dann seufzte sie. »Wer weiß, vielleicht... schwer zu sagen in dem Alter.«

»Ich wollte, Dearie könnte jetzt hier sein. Ich wollte, sie könnte ihr Enkelkind sehen.« Die Sehnsucht nach ihrer Mutter kam für Annie völlig unerwartet. Es war lange her, daß es weh getan hatte, an ihre Mutter zu denken. Aber jetzt dachte sie, *Dearie müßte hier neben mir stehen, nicht Dolly.*

Aber im gleichen Augenblick schalt sie sich. Arme Dolly ... sie bemühte sich so. Es war nicht leicht für sie ohne Ehemann und ohne eigene Kinder. Ob sie wohl immer noch Henri traf, oder war zwischen den beiden endgültig Schluß? Und was hieß schon endgültig, wenn jemand so verliebt war wie Dolly in Henri?

Annie dachte an Joe und war sich im klaren, wie sehr sie ihre Gefühle für ihn zurückhielt. Es war, als sei er ihr Mittelpunkt, ihre Seele, die Achse, um die sich alles dreht, als würde sie ohne ihn ziellos in verschiedene Richtungen davonfliegen.

Und was war mit Emmett? Wo paßte der hin? Die Nacht in seiner Wohnung... unter der Dusche... und später im Bett... mein Gott, das war einfach toll gewesen. Das konnte doch keine Eintagsfliege gewesen sein. Sie hatte vermieden, Emmett in den letzten Tagen zu sehen, aber sie hatte ihn ständig im Kopf. Sie wußte, daß sie ihn nicht so liebte wie Joe, aber das, was sie für ihn empfand, waren mit Sicherheit mehr als freundschaftliche Gefühle.

Annie kaute an ihrem Daumennagel. Sie war für einen Moment völlig durcheinander. Dann fuchtelte Adam mit seiner geballten Faust über dem Kopf herum und sah aus wie ein wütender Politiker, der die Steuererhöhung verdammt; und sie konnte sich ein Lächeln nicht verkneifen. *Wer weiß, vielleicht ist es noch nicht zu spät für mich und Joe,* dachte sie.

Von jetzt an würde alles anders sein. Mit Adam hätte Laurel nicht mehr soviel Zeit, bei Joe herumzuhängen. Sie hatte sogar erwähnt, daß sie ausziehen werde, eine eigene Wohnung suchen wolle. Zuerst war Annie dagegen gewesen, aber jetzt dachte sie, daß es vielleicht gar keine so schlechte Idee war. Vielleicht war es Zeit für Laurel, auf eigenen Beinen zu stehen.

»Nelken«, sagte Dolly. »Ich weiß noch, als du geboren wurdest, hat dein Vater ganze Büschel voll rosa Nelken in Eves Zimmer gestellt. Er muß sämtliche Blumenläden von Bel Air bis Westwood leergekauft haben. Eve hat gesagt, es sah aus wie bei einer Mafia-Beerdigung oder bei der Siegesfeier des Kentucky Derbys.«

Annie lachte. Dann fiel ihr der riesengroße Blumenstrauß ein, rosa Rosen und Lilien, den Joe Laurel geschickt hatte. Das Lachen verging ihr, und sie spürte einen Stich im Herzen.

»Ich glaube, sie füttern jetzt«, sagte sie, als sie sah, daß die Schwester Adam aus dem Bettchen nahm. Sie konnte kaum abwarten, bis *sie* ihn im Arm halten konnte.

Dolly drehte sich zu Annie um, ihre Augen strahlten, und ihre Wangen waren vor Aufregung gerötet. »Glaubst du, ich kann ihn mal nehmen? Ohne daß es stört?«

Annie hielt ihre Verärgerung zurück. Am liebsten hätte sie gesagt: *Warum sollst du die erste sein, die ihn im Arm halten darf?*

Dann kam sie sich kindisch vor und antwortete: »Sag doch einfach, du wärst die Großmutter. Das bist du ja praktisch auch.«

Dolly sah aus, als wolle sie sie umarmen. Instinktiv wich Annie zurück.

»Ich seh mal nach Laurel«, sagte sie schnell. »Gib Adam ein Küßchen von mir.«

Laurel war aufgestanden und hatte die Kleider angezogen, die Annie am Tag zuvor mitgebracht hatte – einen Rollkragenpulli und ein weites Umstandskleid, das wie ein zusammengestürztes Zelt um sie hing. Sie sah mager und müde aus, hatte Ringe unter den Augen, aber sie strahlte. Sie lachte, als Annie hereinkam.

»Sieh an, wer kommt denn da«, witzelte sie. »Ich dachte, *ich* bin hier der Patient. Du siehst ja noch schlechter aus als gestern.«

»Dafür, daß ich fast einen Herzinfarkt hatte, halte ich mich ganz gut.« Annie setzte sich neben Laurel aufs Bett.

»Ach so, wo warst du gestern überhaupt, als Louise versucht hat, dich aufzutreiben?«

»Zu deiner Information, ich war in der Kanzlei der hochverehrten Herren Kendall, David und Jenkins. Als sie mich dort anrief, hätte ich beinahe alles stehen- und liegenlassen.«

»Bei den Anwälten?« Laurels Augen blitzten. »Was hast du da gemacht?«

»Wollt' ich dir grad erzählen – Tout de Suite wird ein Gewerbebetrieb. Sie machen gerade die Verträge. Kannst du dir das vorstellen?«

»Warum nicht? Was ich mir nicht vorstellen kann, ist, daß ich Mutter bin.« Laurel seufzte, ihr Gesicht verdüsterte sich. »Ich könnte ihn stundenlang anschauen. Hast du ihn schon gesehn? Ist er nicht das schönste Baby der Welt?«

»Absolut! Aber ich glaube, du hast da einen Schürzenjäger – ich habe ihn erwischt, wie er der Schwester schöne Augen gemacht hat.«

»Oh, er fährt auf Busen ab. Du müßtest sehen, wie er meinen malträtiert.« Sie zeigte auf ihre Brust und verdrehte die Augen.

Annie sah ihre Schwester an, sie war so hübsch, so glücklich. Zum ersten Mal, seit sie im Krankenhaus war, hatte sie ihr Haar gewaschen. Mit der dicken Silberspange im Nacken zusammengehalten, hing es auf ihrem Rücken herunter und glänzte in der Sonne, die durchs Fenster schien. Sie roch auch gut, nach Seife und Rosenwasser. Annie merkte, wie die Wut, die sie monatelang gehabt hatte, verschwand.

Aber dann fiel ihr Blick auf die Blumen auf dem kleinen Tisch neben dem Bett. Die Wärme in ihr kühlte blitzschnell ab. Sie atmete tief durch und stand auf. »Fertig? Kann ich der Schwester sagen, daß sie Adam bringen kann?«

»Moment noch.«

»Ich habe zu Hause alles gerichtet«, sagte Annie. »Sogar eine Wiege… Emmett hat mir gestern abend beim Aufstellen geholfen.«

»Ich weiß. Emmett war heute morgen da und hat's mir erzählt. So ein Typ – er macht immer alles perfekt. Weißt du noch, wie er mit extra dicken Skisocken ankam, weil ich immer über kalte Füße gejammert habe? Guck, was er mir heute mitgebracht hat.« Sie angelte ein T-Shirt aus ihrer Reisetasche, die am Fußende des Bettes stand. Sie hielt es hoch, und Annie lachte, weil auf der Vorderseite eine Kuh prangte. »Lach nicht«, sagte Laurel.« Die Schwestern hier nennen mich ›Elsie‹. Adam trinkt, als gäb's morgen nix mehr. Ich habe so viel Milch, daß sie schon gedroht haben, mich an eine elektrische Pumpe zu hängen.«

»Du siehst nicht grade aus, als ging's dir allzu schlecht.«

»Geht's mir auch nicht. Aber ich habe Angst.« Laurel ließ sich aufs Bett fallen, verschränkte die Arme hinter dem Kopf und starrte an die Decke. »Annie, als ich ihn heute morgen gestillt habe und ihn so vor mir sah, habe ich gedacht: Was ist, wenn ich sein Leben vermassle? Er ist ja ganz von mir abhängig. Er kann es ja nicht besser wissen. Wer bremst mich denn, wenn ich was falsch mache? Woher soll ich's denn wissen?«

Annie dachte daran, wie viele Fehler sie wohl mit Laurel gemacht hatte. Wo wären sie wohl jetzt, wenn sie anders gehandelt hätte, weniger impulsiv? Mit Val in Kalifornien?

Bei dem Gedanken an ihren Stiefvater krampfte sich ihr Magen zusammen. Laurel hatte ihr gestern von seinem Besuch erzählt. Sie hatte mindestens fünf Minuten gebraucht, bis sie den Schock überwunden hatte und ihr klar wurde, daß sie gesetzlich vor Val sicher waren. Würde er weiterhin versuchen, Laurel zu treffen? Und Laurel... würde sie ihn in ihrem Leben haben wollen, jetzt, wo sie keine Angst mehr vor ihm haben mußte?

»Ich glaube, die Hauptsache ist, daß du ihn liebst«, sagte Annie. »Dann sind ein paar Fehler nicht so schlimm.«

»Annie?« Laurel zögerte und biß sich auf die Lippen.

»Ja?«

»Weißt du, mir ist klar, daß du für mich immer alles getan hast... und... das war bestimmt nicht immer einfach.« Sie setzte sich auf, und durch die plötzliche Bewegung kam Farbe in ihr Gesicht. »Ich will, daß du das weißt, auch wenn ich das nicht immer gezeigt habe, ich... na ja, ich habe das nicht so gemeint, was ich neulich gesagt habe... bei unserem Streit.« Ihre Augen wurden feucht, und sie wischte die Tränen mit einem verlegenen Lachen ab. »Sieh dir das an. Bei der Geburtsvorbereitung haben sie nicht erzählt, daß man sich in einen lebenden Springbrunnen verwandelt.«

Auch Annie hatte nun Tränen in den Augen. Würden sie je die Eifersucht überwinden können, die zwischen ihnen entstanden war? Würden sie sich nach Jahren fragen, wie ein Mann, an den längst keine mehr dachte, zwischen sie kommen konnte?

Annie war nicht sicher; im Moment wußte sie nur, daß sie ihre Schwester liebte.

»Schon gut«, sagte sie brüsk zu Laurel. »Ich hab' vorsichtshalber genug Kleenex eingepackt.«

»He, Kurzer, du kennst mich noch nicht. Aber warte nur«, gurrte Dolly, die das Baby im Arm hielt, »dich werde ich so verwöhnen, daß du denkst, du bist im Paradies.«

Die Augen des Babys waren auf sie gerichtet und blinzelten ein bißchen, als versuchte er, sie schärfer zu sehen. So viele Haare! Und die Stirn...

Unter den strengen Augen der Schwester, die in der Nähe war, tätschelte Dolly vorsichtig mit dem Finger die kleine rote Faust. Der Kleine grapschte ihren Finger, und Dollys Herz lief über. Das Atmen fiel ihr schwer, als habe sich ihr Zwerchfell gehoben.

Plötzlich, ohne Warnung, verzog Adam heftig das Gesicht und fing zu weinen an. Dolly wiegte ihn, aber er schrie nur noch mehr. Hilfesuchend blickte sie zu der Schwester, die mit verschränkten Armen dastand, als ginge sie das alles nichts an. »Glauben Sie, er hat Hunger?«

»Vielleicht hat er Luft im Bauch«, sagte die Schwester. »Er

hat gerade seine Zwei-Uhr-Mahlzeit gehabt. Legen Sie ihn über die Schulter, und geben Sie ihm einen Klaps. Dann kann er aufstoßen.«

Dolly hob ihn vorsichtig an die Schulter und kam sich völlig unbeholfen vor; bestimmt hielt sie ihn total falsch. Was verstand sie schon von Babys? Sie hatte einmal auf Annie aufgepaßt, als sie klein war. Aber als Annie so winzig war, hatte sie ein Kindermädchen – eine dicke Deutsche mit Namen Hildebrand, die wie ein Leibwächter an Annies Wiege wachte.

Adam brüllte jetzt richtig, strampelte mit den Beinen und fuchtelte mit den Fäusten herum. Dolly hätte am liebsten mitgeweint. Man sagt, daß Hunde spüren, wenn jemand vor ihnen Angst hat. Galt das auch für Babys? Konnte der Kleine spüren, wie unerfahren sie war? Dann war er wahrscheinlich schlauer als sie mit ihren zweiundvierzig Jahren. Könnte er sprechen, würde er ihr vielleicht raten, sich doch besser mit Henri in Paris zu amüsieren.

Sie versuchte verzweifelt, ihn zu beruhigen, und kam sich wie ein Versager vor. Am liebsten hätte sie ihren Großneffen der Schwester in die Arme gedrückt und wäre schnurstracks zum nächsten Telefon gestöckelt, um Henri zu sagen, sie käme auf der Stelle.

Aber irgend etwas ließ sie bleiben. Sie ging auf und ab und redete auf Adam ein, als könne er sie verstehen.

»Ja,ja, ich weiß schon, du kannst das nicht ausstehen, wenn du wie ein Sack Hafer von einem zum andern rumgereicht wirst. Aber die Mama kommt gleich, und dann geht's ab nach Hause. Mit Chauffeur. Na, ist das ein Empfang? Du wirst dir vorkommen wie Elvis Presley. Du siehst ihm sogar ein bißchen ähnlich... mit deinen schwarzen Haaren. Wenn ich jetzt Pomade hätte, würde ich dir eine Schmalzlocke machen.« Leise summte sie *Love Me Tender.* Allmählich hörte Adam auf zu weinen. Und gerade als sie ihn beruhigt hatte und ganz stolz auf sich war, grunzte das Baby – und Dolly spürte etwas Warmes, Stinkendes auf ihre Bluse kleckern. Entsetzt sah sie etwas Senffarbenes aus der Windel herauslaufen.

Die Schwester brach in Gelächter aus. »Hoppla«, sagte sie. »War wohl mehr als Luft. Bleiben Sie hier stehen, ich hol' einen Waschlappen.«

Dolly blieb wie angewurzelt stehen und kam sich vor wie ein Hund, der sich im Mist gewälzt hat. Wahrscheinlich stank sie auch so. Dann fing sie an zu kichern. Sie schaute in Adams dunkelblaue Augen und flüsterte: »Okay, Kurzer, du hast dich von deiner schlechtesten Seite gezeigt, und ich bin immer noch verrückt nach dir. Was nun? Kannst du mir das sagen? Was soll ich jetzt Henri erzählen?«

Annie war auf dem Weg zurück zur Säuglingsstation. Im Vorbeigehen sah sie das grüne Licht des Aufzugs aufleuchten. Der Türöffner summte, die Tür öffnete sich und zwei Pflegeschüler kamen heraus, gefolgt von einem großen Mann mit Brille, verwaschenen Jeans und einem grobgestrickten Pulli. Der Mann hielt den Kopf gesenkt, als müsse er immer unter Türen den Kopf einziehen. Sein braunes Haar war zerzaust und sein Gesicht gerötet, als sei er die Treppe hochgerannt, statt den Aufzug zu benutzen. Ihr Herz klopfte.

»Joe!« rief sie leise.

»Hallo, Annie.«

Er sieht müde aus, dachte sie. Obwohl seine Augen zum Teil durch die Brille verdeckt waren, konnte sie die schwarzen Ringe darunter sehen. Sie hätte ihn am liebsten umarmt, aber das brachte sie nicht fertig.

»Wie geht's Laurey?« fragte er.

»Gut. Ich bin gerade auf dem Weg zur Säuglingsstation, um Bescheid zu sagen, daß sie Adam bringen können. Laurey nimmt ihn jetzt mit nach Hause.«

»Ich weiß. Deshalb bin ich hier. Ich dachte, vielleicht kann ich die beiden heimfahren.«

»Danke«, sagte sie, »aber Dolly fährt uns. Joe, ich…« Sie schluckte, ihre Kehle war wie zugeschnürt. »Ich muß mich bei dir bedanken. Daß du Laurel geholfen hast, heil da durchzukommen. Wenn du nicht gewesen wärst…« Sie wollte sich lieber nicht vorstellen, was hätte passieren können. »Jedenfalls bin ich froh, daß du da warst.«

Er zog die Schultern hoch, als sei das alles ein Klacks gewesen. »Ein Kind, das es so eilig hat auf die Welt zu kommen, braucht kaum Hilfe. Man sieht auf den ersten Blick, daß er ein Kämpfer ist. Schlaues Kerlchen, was?«

»Er sieht Laurey nicht die Spur ähnlich.«

»Die Augen«, sagte er und tippte ernst mit dem Zeigefinger an ein Auge, »sehen aus wie deine.«

Annie wurde ganz warm. Mein Gott, hatte er eine Ahnung, was er da tat? Sie hätte am liebsten geschrien, sich auf ihn geworfen, ihn gezwungen, aus diesem höflichen Mauseloch zu kommen. Sogar Schläge wären besser gewesen als das.

Statt dessen aber brachte sie ein Lächeln zustande. »Sein Vater ist Puertorikaner. Laurel kannte ihn schon aus der sechsten Klasse in Brooklyn, hat sich rausgestellt. Er hat im Schultheater mitgespielt, wo du sie mal abholen wolltest. Dann haben sie sich an der Uni wiedergetroffen. Toller Zufall, was?«

Joe wurde rot und sah weg, auf einen Wäschewagen, der vollgestopft mit Bettlaken in den Aufzug gerollt wurde. Sie glaubte, etwas in seinen Augen gesehen zu haben… ein blitzartig aufzuckendes Gefühl, das so schnell kam, wie es auch wieder verschwand. Vielleicht bildete sie sich das auch nur ein.

War es möglich, daß er eifersüchtig auf Adams Vater war?

Sie sah das Geschenk unter seinem Arm. »Ist das für Laurey?« fragte sie so unbefangen wie möglich.

Er zog es unter dem Arm hervor, als hätte er gar nicht mehr daran gedacht. »Dr. Spock«, sagte er. »Alles, was Sie schon immer über Babys wissen wollten, aber sich nicht zu fragen getraut haben.«

Annie sagte ihm nicht, daß Laurel bereits zwei Exemplare davon besaß: eines von Rivka und eines von Dolly.

Es herrschte angespannte Stille, wie auf einem sinkenden Schiff. Schließlich zeigte er auf die scheußlich aussehende Cafeteria mit Plastikstühlen und Getränkeautomaten. »Kann ich dir einen Kaffee spendieren?«

Annie dachte, ein Kaffee würde ihr jetzt ein Loch in den Magen brennen. Trotzdem nickte sie. »Nur ganz schnell. Ich habe Laurey versprochen, daß ich gleich wieder da bin.«

Die Cafeteria war leer bis auf einen Mann mit Turban, der vorgebeugt dasaß und die Arme auf die Knie gestützt hatte. Joe brachte ihr den Kaffee, und sie setzten sich nebeneinander auf die Plastikstühle. Ihre Knie berührten sich fast, sie hielten die Hände um die dampfenden Tassen. Annie kam sich vor wie eine Statue aus Eis, aber ihr Herz raste, und das Atmen fiel ihr schwer.

Wenn du wüßtest, wie oft ich schon den Hörer in der Hand hatte, um dich anzurufen. Wie oft ich schon mitten in der Nacht zu deiner Wohnung gegangen bin. Aber weiter als bis zur Tür hab' ich's nie geschafft.

Annie starrte auf Joes Schuhe, deren Leder narbig war. Joe hatte lange Füße – nicht groß, aber lang und schmal – mit hervorstehenden Knöcheln. Aus irgendeinem Grund fiel ihr Emmett ein und ihre erste Nacht in Paris, als er seine Stiefel von den Füßen gekickt hatte, bevor er ins Bett kam. Komisch, statt Widerwillen hatte sie dabei nur Zärtlichkeit empfunden.

Aber jetzt waren es Joes Beine, die sie sich vorstellte; im Bett um sie geschlungen, sein Atem in ihrem Haar, seine Hände…

»Wie geht's denn so?« fragte er. »Im Geschäft, meine ich.«

»Viel zu gut«, sagte sie und fühlte sich unbehaglich. Hatte er ihre Gedanken erraten? »Ich hab' noch ein Mädchen eingestellt. Sie hilft Louise. Wenn das so weitergeht, müssen wir in Schichten arbeiten. Wir schaffen kaum noch die Aufträge.«

»Wenn du was brauchst«, sagte er, »laß mich's wissen. Ich kann ein paar Typen entbehren, wenn du in der Klemme bist.«

Danke. Ich werd's mir merken.« Sie starrte auf den Kaffee, der die Farbe von Maschinenöl hatte, und stellte die Tasse auf den Tisch, der voller Brandflecken war. »Wie läuft's im Restaurant? Nachdem der Anbau jetzt fertig ist?«

»Platzt schon wieder aus allen Nähten.« Er lächelte. »Das hab' ich teilweise meinen Eltern zu verdanken. Kannst du dir vorstellen, daß sie mindestens einmal in der Woche zum Essen kommen? Und manchmal kommt Dad mit einem Haufen Bekannter. Ich glaube fast, er wird zugänglicher im Alter. Es geschehen noch Zeichen und Wunder. Komischerweise hab' ich mich dran gewöhnt, daß sie kommen. Ist fast wie früher – nur umgekehrt, jetzt bediene ich sie.«

Trotz ihrer Verkrampftheit lächelte sie. »Na, Gott sei Dank.«

Wieder schwiegen beide. Annie sah eine junge Nonne – eine dieser modernen Schwestern mit knielanger, hellblauer Ordenskleidung, ihr dunkles Haar quoll unordentlich aus der Haube. Sie setzte sich neben den apathischen Mann mit dem Turban und sprach mit ihm. Annie konnte nicht verstehen, was sie sagte, aber es sah aus, als wollte sie ihn trösten.

»Annie.« Sie spürte, daß Joe sie ansah, aber sie blickte nicht auf. Sie wußte nicht warum, aber sie wollte nicht hören, was er sagte.

Sie konzentrierte sich darauf, ganz gerade zu sitzen.

Wenn ich einfach nicht antworte, wenn ich so tue, als würde ich nichts hören, dann kann er auch nichts Schreckliches sagen.

»Es gibt da was, das du wissen solltest«, fuhr er mit ruhiger, beinahe besänftigender Stimme fort. »Ich bin froh, daß ich dich hier getroffen habe, aber ich hätte dich sowieso angerufen. Ich habe Laurel noch nichts gesagt, weil ich erst mit dir reden wollte.«

Sie hob den Blick und zwang sich, in seine Augen zu schauen. Was sie da sah, war schrecklich. Mitleid. Annie tat ihm leid. Gott, mein Gott.

»Was ist, Joe?« fragte sie. »Um Gottes willen, was ist denn?«

»Ich werde Laurey fragen, ob sie mich heiraten will.«

Ihr Geist schien sich von ihr zu trennen und über ihrem Körper zu schweben. Alles um sie herum sah merkwürdig verformt aus: Rollwagen und Infusionsständer rasten vorbei wie auf einer Autobahn, ein Mann mit Krücken machte dagegen überhaupt keine Bewegung mehr. Das Licht der Deckenbeleuchtung knallte auf ihren Kopf, daß sie fürchtete, er würde explodieren.

Sie dachte an ein Spiel, das sie früher mit Laurel gespielt hatte. »Was, wenn?« Einfach, aber grausam. »Wenn du sterben müßtest, wie wolltest du dann sterben?« Sie hatte immer Erfrieren dem Verbrennen vorgezogen, weil sie gehört hatte, das sei weniger schmerzhaft. Aber Laurel wollte wie Marie Antoinette unter die Guillotine oder wie Jeanne d'Arc auf den Scheiterhaufen, das sei romantischer. Annie fand die Kombination aus beidem jetzt weniger schlimm als den Schmerz, den sie im Augenblick fühlte.

»Was sagst du?« hörte sie sich selbst sagen. Aber die Worte schienen gar nicht aus ihrem Mund zu kommen. Es waren ganz fremde Geräusche.

»Annie...« Er versuchte, ihre Hand zu nehmen, aber sie zog sie so schnell zurück, daß ihr Ellbogen an die Stuhllehne schlug. Ein scharfer Schmerz schoß durch ihren Arm.

»Ich will's nicht hören«, sagte sie. »Bitte, zwing mich nicht zuzuhören.« Sie hatte das Bedürfnis, sich wie ein Kind die Ohren zuzuhalten.

Vorsichtig nahm er seine Brille ab und rieb den Steg zwischen Daumen und Zeigefinger. Er hatte wunderbar dichte und lange Wimpern. Seine grünbraunen Augen waren blutunterlaufen, als hätte er seit Tagen nicht geschlafen. Er hatte ganz offensichtlich gelitten.

Sie haßte ihn, sie haßte ihn deshalb, weil er sie dazu brachte, daß sie noch Mitleid mit ihm hatte. Dabei wollte sie ihn so verletzen, wie er sie verletzte.

»Liebst du sie?« zwang sie sich zu fragen. »Ist es das?«

Er schwieg.

Ihr verwundetes Herz freute sich. Wie groß konnte die Liebe sein, wenn er so lange überlegen mußte?

»So könnte man's nennen«, antwortete er schließlich. Er schien seine Worte sorgfältig zu wählen. »Ich erspare dir eine Rede, Annie, ich will dich nicht verletzen. Aber glaub mir eins: Es gibt mehr als eine oder zwei Arten Liebe. Dazwischen gibt es alle denkbaren Schattierungen.«

»Ich hoffe, du bringst das Laurey nicht so bei«, sagte sie bitter. »Und ich hoffe, du bittest mich nicht um meinen Segen. Damit täten wir Laurey keinen Gefallen.«

»Es ist viel komplizierter. Verdammt, ich wollte, es wäre nicht so.« Er zerknüllte den leeren Becher und schmiß ihn an die Wand. »Ich wollte, ich wäre Joe Samariter, und du könntest es mir ausreden.«

»Würdest du denn wirklich wollen, daß ich es dir ausrede?« Sie sah ihn an.

Er antwortete nicht. »Ich weiß es nicht«, sagte er. »Ich weiß nur, daß sich meine Gefühle für dich nicht geändert haben.«

Annie kämpfte gegen die aufsteigenden Tränen an. Sie sollte ihm sagen, wie ihr zumute war, dachte sie. Sie sollte ihn bitten, es nicht zu tun. Aber etwas hielt sie zurück, als sei ihr Mund zugenäht. Nein, sie konnte es nicht... sie konnte es einfach nicht.

Was es Stolz? Vielleicht. Alles, was sie im Moment wußte, war, daß sie diesen Mann neben ihr haßte, haßte und gleichzeitig aus vollem Herzen liebte.

Annie sah jetzt, daß der Mann mit dem Turban weinte. Die Schwester legte ihren Arm um ihn. War seine Frau gestorben? Mein Gott, was für ein schrecklicher Gedanke. Sie beobachtete, wie die Nonne dem schluchzenden Mann auf die Füße half. Er schwankte ein bißchen, der Turban rutschte von seinem Kopf. Er versuchte, ihn wieder auf seinem grauen, dünnen Haar zu befestigen. Sie stellte sich vor, wie der arme Mann heute nach Hause käme und die Reste einer Mahlzeit äße, die seine Frau noch kurz vor ihrem Tod zubereitet hatte.

Annies Herz empfand Mitleid für ihn und für sich selbst. Aber sie wußte, daß sie einen Punkt erreicht hatte, an dem sie nicht mehr weinen konnte. Ihre Tränen waren wie eingefroren. Und wenn sie sich berührte, würde sich ihre Haut kühl anfühlen. So hatte sie sich schon einmal gefühlt an jenem grauen Nachmittag auf dem Friedhof, als Dearies Sarg langsam in die Erde gelassen wurde. Aber diesmal war es schlimmer. Die Person, die hier starb, war sie selbst.

»Geh«, sagte sie fast tonlos. »Geh zu Laurey.«

Später an diesem Tag rief Dolly im Lancaster Hotel an und wartete geduldig, während es im Telefonhörer piepste und knatterte, bis die Verbindung nach Paris zustande kam. Es war vier Uhr nachmittags, also zehn Uhr abends in Frankreich, und Henri mußte vom Abendessen zurück sein. Sie war im Büro über ihrem Laden. Hier hatte sie sich mehr unter Kontrolle als zu Hause. Trotzdem war ihr schlecht bei dem Gedanken, was vor ihr lag.

Endlich klingelte es, die Telefonistin meldete sich und stellte zu Henri durch. Sie hoffte plötzlich, daß er nicht da war, und hätte am liebsten wieder aufgelegt.

Aber sie wußte genau, morgen oder übermorgen wäre ihre Entscheidung die gleiche. Sie *mußte* es ihm sagen.

»Henri?«

»Ah! *Chérie*, du hast meine Gedanken gelesen. Ich hab's nicht mehr ausgehalten. Ich war gerade dabei, dich anzurufen.«

Der Klang seiner Stimme machte sie schwindlig, als hätte sie auf nüchternen Magen Cognac getrunken. Wie konnte sie vergessen, welche Wirkung seine Stimme auf sie hatte?

Dolly wurde unsicher. Aber dann dachte sie an das kleine Baby in ihren Armen. Sie konnte immer noch den warmen Körper an ihrer Brust und die kleine Faust um ihren Finger spüren. Sie wußte, daß Adam nur ein Teil dessen verkörperte, was sie nicht verlieren wollte.

»Henri, ich kann nicht, ich kann's einfach nicht«, sagte sie, und ein großes, schmerzendes Loch entstand in ihr. Tränen liefen über ihre Wangen, schneller, als sie sie abwischen konnte. »Ich bin jetzt Großtante. Laurel hat ihr Baby bekommen. Das macht mich zu einer Art Großmutter.« *Das hatte sogar Annie gesagt.* »Er heißt Adam... und ist wunderschön, das schönste Kind auf der Welt. Laurel braucht mich jetzt, Adam auch. Und ich schätze, ich brauche ihn. Außerdem würde ich vor Heimweh sterben, wage bloß nicht, mir was anderes zu erzählen. Und sag nicht, ich könnte sie ja immer besuchen oder sie mich, das ist was ganz anderes, das weißt du genau. Und noch was, kannst du mir vielleicht sagen, wo ich in Paris Sonntag morgens warme Salzkringel kriege?«

Dann war endlose Stille am Telefon.

Endlich sprach Henri.

»Ich denke daran, wie wir das letzte Mal auf Grenada, kurz bevor unsere Flugzeuge... daß wir nie Adieu gesagt haben. Vielleicht haben wir gewußt, daß wir dieses Wort einmal aussprechen müssen.«

Sie lächelte durch ihre Tränen und war von der Schärfe des Schmerzes überrascht. Ihr Herz war so oft gebrochen, daß sie gedacht hatte, es sei nichts mehr davon übriggeblieben. Aber Gott sei Dank konnte er sie verstehen und kämpfte nicht gegen ihren Entschluß an. Er mußte damit gerechnet haben, nachdem sie gestern nacht so gezögert hatte. Trauer stieg in ihr hoch, so wie ein Fluß über die Ufer tritt. Was könnte schöner sein, als den Rest ihres Lebens mit Henri zu verbringen?

»Ich liebe dich«, sagte sie.

»Auch wenn ich dir keine Salzkringel bieten kann?« witzelte er, aber an seiner Stimme konnte sie hören, wie traurig er war und wie er sich bemühte, daß sie es nicht merkte.

»Mais oui, chéri«, sagte sie, ohne sich um ihren Akzent zu kümmern. »O Henri, ich weiß nicht, was ich jetzt sagen soll.«

Dann herrschte langes Schweigen. Endlich sprach er, aber sie konnte hören, daß er den Tränen nahe war.

»Sag einfach *Au revoir.* Wer kann nach so vielen Jahren schon sagen, was morgen sein wird?«

Dolly wußte, daß es Zeit war aufzulegen, aber sie klammerte sich an den Hörer. Wenn sie jetzt auflegte, würde etwas absterben, eine Lebensader, die nicht mehr geflickt werden könnte. Aber gleichzeitig entwirrte sich alles für sie, ihre Hoffnungen und Träume, sogar ihre Erinnerung an Henri, sein Körper neben ihrem im Bett, seine Hand, die sie am Ellbogen stützte, wenn sie mit unmöglich hohen Absätzen auf der Straße entlang stöckelte. Mein Gott, mußte das sein?

»Au revoir«, sagte sie sanft in den Hörer. Eine Träne tropfte von ihrer Wange auf die Telefonschnur und glitzerte dort wie ein Regentropfen in einer Spinnwebe.

»Au revoir, ma poupée.«

Dolly legte ganz, ganz vorsichtig den Hörer auf die Gabel, als würde er beim geringsten Druck zerbrechen. Dann ordnete sie so aufrecht wie Clint Eastwood im Sattel saß Auftragsformulare, Rechnungen und Telefonnotizen, die über den ganzen Schreibtisch verteilt waren. Um vier Uhr würde ein Redakteur von *Newsday* ein Interview mit ihr machen. Dann war ein Treffen mit Helmut Knudsen angesetzt wegen der Schachteln, die er für den Valentinstag ausgesucht hatte. Und morgen das Essen zugunsten der Kinderhilfsorganisation, und dann...

Sie hielt inne, die Hände auf einem Stapel von Karteikarten mit Namen, Adressen und Geburtsdaten ihrer Stammkunden, denen sie zum Geburtstag immer eine kleine Schachtel Trüffel schickte.

Sie stieß einen kurzen, erstickten Schrei aus, holte dann tief Luft und dachte: Wenn ich nur immer weiterwurstle, fleißig bin, muß ich nicht mehr daran denken. Nie mehr. Außerdem geht's mir auch nicht schlechter als gestern, also, was soll's?

Als sie ihren Schreibtisch aufgeräumt hatte, griff sie nach der Puderdose und dem Lippenstift in der rechten Schublade. Bill Newcombe wollte sie um halb acht abholen. Diesmal hatten sie

Karten für *Cats*, und sie wollte nicht gerade wie eine Vogelscheuche aussehen. Sie schaute in den Spiegel und wischte mit einem Taschentuch die Wimperntusche unter den Augen weg. Sie würde ihr rotes Kleid mit den Pailletten anziehen. Vielleicht gingen sie danach noch Tanzen, dann würde sie todmüde ins Bett fallen, bevor sie nur ihre Stöckelschuhe ausziehen könnte.

Sie würde Bill nicht bei sich übernachten lassen, auch wenn er noch so sehr drängte. Liebe Güte, es gab nichts Blöderes, als einem Mann nachzuweinen, der nicht da ist... und zu hoffen, daß der, der neben einem im Bett liegt, nichts davon merkt.

26. Kapitel

»Das kann man nicht gerade tolle Flitterwochen nennen«, sagte Joe, als er seine Frau auf dem Hocker vor der Heizung sah. Adam hing, fest eingeschlafen, wie ein kleiner Mehlsack über ihrer Schulter. »Ich wollte, wir hätten auf die Bermudas fahren können.«

»Ich fühle mich ganz wohl so«, erwiderte Laurel und legte vorsichtig ihre Hand unter den Kopf des Babys. Mit gestrecktem Oberkörper stand sie langsam auf und sah in ihrem Seidenkimono wie eine Geisha mit goldenen Haaren aus. Der Kimono stand vorn offen, weil sie gerade Adam gestillt hatte. Er sah die Wölbung ihrer Brust, cremig-weiß mit einer Spur Rosa – die Farbe eines Pfirsichs. Ihm war ganz komisch zumute, dieser Anblick des unschuldig offenen Kimonos und dem schlafenden Sohn über der Schulter. Sein Sohn! Er konnte es kaum glauben, aber ja, die Papiere für die Adoption waren eingereicht, und in etwa sechs Monaten würde Adam sein rechtmäßiger Sohn sein. Nur eine Formalität. Mehr hätte er auch seinen leiblichen Sohn nicht lieben können.

Aber Laurel... was er für sie empfand, war anders als früher, komplizierter. Sie waren jetzt verheiratet. Mein Gott, was hatte er getan? Wie konnte er hoffen, daß alles gutgehen würde, wenn er es nicht einmal in vier Wochen fertiggebracht hatte, ihr in die Augen zu sehen und zu sagen »ich liebe dich«? Er fühlte sich irgendwie schuldig.

»Kann ich dir helfen?« fragte Joe und folgte ihr ins Schlafzimmer, wo Adams Wiege neben dem Doppelbett stand. Wenn er sich umsah, erschrak er immer noch, was aus seiner spärlich möblierten Junggesellenbude geworden war: ein Durcheinander von Babyutensilien, Decken, Windeln, winzigen Strampelhöschen und einer Ansammlung Flaschen und Behälter. Ganz zu schweigen von Laurels Zeichenmaterial, Zeichenbrett, Leinwänden und Kleidern – stapelweise Unterhosen, Büstenhalter, Nachthemden, Trikots, T-Shirts, die sich über Nacht ausgebreitet hatten wie ein Dschungel.

»Gib mir eine saubere Windel rüber«, flüsterte sie. »Für unter den Kopf.«

Joe gab ihr eine Stoffwindel von dem Stapel auf dem Wickeltisch neben der Wiege, breitete sie auf der Matratze aus und legte Adam mit dem Gesicht nach unten darauf. Adam war jetzt sechs Wochen alt, mit seinen Schlitzaugen und seinen schwarzen Haaren sah er aus wie ein winziger japanischer Ringer. Er grunzte im Schlaf und zog mit einem Ruck seine Knie an. In seinem gelben Stretchschlafanzug stand sein gepolsterter Hintern in die Luft. Es sah so komisch aus, daß Joe leise kicherte. Er wurde regelrecht von einer Welle von Liebe erfaßt, die so intensiv war, daß sie das dunkle Zimmer und alles um ihn herum zu erleuchten schien. Seinen Blick immer noch auf Adam geheftet, griff er nach Laurels Hand und drückte sie.

»Schau, wie er seinen kleinen Hintern in die Luft streckt«, sagte sie lächelnd.

»Warum liegt er so?«

»Fötale Stellung. So fühlt er sich geborgener.«

»Woher weißt du das alles? Für eine Anfängerin bist du verdammt gut informiert.«

»Du vergißt, daß ich bei Rivka genug in der Praxis mitgekriegt hab'.« Sie lachte weich. »Rivka hat mich immer ihr kleines Frauchen genannt. Jetzt weiß ich, was sie gemeint hat.«

Joe zog die gestrickte Decke mit den Häschen in den Ecken – ein Geschenk von Dolly – über Adams eingezogene Schultern. Das Baby wand sich ein bißchen, schnitt im Schlaf Gesichter und lag dann still. Joe konnte ihn stundenlang beobachten.

»Es wird schön sein, wenn er sein eigenes Zimmer hat«, seufzte sie. »Aber ich werde das vermissen... alle drei so eng zusammen.«

Joe dachte an das zehn Jahre alte Haus in Bayside auf Long Island, das sie kaufen wollten. Sie hatten ein bescheidenes, aber faires Angebot gemacht. Er hoffte, daß die Besitzer auch tatsächlich verkaufen wollten, wie Jack Neidick, der Makler, ihnen erzählt hatte.

»Heute mittag habe ich mit Jack gesprochen«, sagte Joe mit leiser Stimme, obwohl Adam auch in der U-Bahn während der Hauptverkehrszeit geschlafen hätte. »Er sagte, sie überlegen sich's noch. Er nimmt an, daß sie uns bis Ende der Woche Bescheid sagen.«

»Das ist schön.« Er konnte sehen, daß sie mit ihren Gedanken weder bei dem Haus in Bayside, noch sonst bei irgendeinem Haus war. Sie schaute ganz verzaubert auf ihren Sohn.

Dann blickte sie auf, und Joe merkte, daß auch er ein Teil ihrer Verzauberung war. Er freute sich darüber, war aber gleichzeitig beschämt. Warum nur konnte seine Liebe zu ihr nicht ungetrübt sein?

Du hast sie schließlich geheiratet.

Aber eine Heiratsurkunde war keine Garantie für Liebe. Laurel hatte etwas Besseres verdient als eine halbherzige Vereinbarung. Ihm fielen Annies Worte ein, er täte Laurel keinen Gefallen. Nein, er hatte es nicht getan, um Laurel zu retten – er wußte, daß Laurel auch ohne ihn klargekommen wäre. Wenn jemand gerettet werden sollte, grübelte er, dann war er das. Er brauchte das alles... Laurel... Adam. Eine Frau, eine Familie. Wie sehr, war ihm bisher nie bewußt gewesen. Vielleicht hatte er es aber in seinem Innersten schon immer gewußt und es nur nicht wahrhaben wollen. Der Rest, das tiefe Gefühl, wie er es für Annie verspürte, würde sich schon einstellen. Was stand dem im Wege?

Annie.

Joes Herz krampfte sich zusammen.

Ja, verdammt, er liebte sie. Das war keine Frage. Aber wäre sie bereit gewesen zu heiraten? Er war sich nicht sicher. Er glaubte an ihren Traum, er bestärkte sie darin, daß sie ihn wahrmachen wollte, aber es blieb eine Tatsache, daß sie von Tout de Suite völlig aufgefressen wurde. Sie wollte erst dann Kinder haben, wenn ihr Leben in geregelten Bahnen verlief, und wie er Annie kannte, wäre das nicht in absehbarer Zeit. Sie glaubte, daß sie ihn liebte, daß sie ihn begehrte, und vielleicht war das auch so, aber Annie festnageln zu wollen wäre wie Blackjack spielen – früher oder später mußte man verlieren.

Trotzdem wußte er, daß er Annie geheiratet hätte – wenn Laurel ihn nicht gebraucht hätte. Der Wunsch, mit Laurel ein neues Leben zu beginnen, mit seinem Sohn, war stärker gewesen als alles andere. Und Laurel – sie war einfach *da*, so direkt, daß er gar nicht anders konnte, nachdem er lange Zeit auf Annie zugegangen war, wie auf einen schneebedeckten Berg, der so nah zu sein scheint, daß man glaubt, ihn berühren zu können, und ihn doch nie erreicht. Bei Laurel war er an einem warmen und sicheren Platz angelangt.

Joe sah Laurel an und sah im Geiste eine andere Laurel, das junge Mädchen, das mit vertrauensvollen Augen zu ihm aufblickte. Würde er es schaffen, sie nicht zu enttäuschen? Könnte er sie so lieben, wie er Annie liebte?

Im Augenblick gab es für ihn keine Zweifel: er wollte sie. Mit ihrem zerzausten Haar, ihren ein bißchen kleinen Augen vom Mangel an Schlaf, mit ihrem halb offen stehenden Kimono sah sie so begehrenswert aus, daß er sich danach sehnte, sie in die Arme zu nehmen.

Aber er hielt sich zurück. In all den Wochen seit ihrer Hochzeit – bei der kurzen, fast geschäftsmäßigen Zeremonie im Rathaus hatten nur Dolly und eine versteinert wirkende Annie teilgenommen – hatten sie nicht miteinander geschlafen. Ihr Körper brauchte Zeit, um zu heilen. Sechs Wochen, hatte der Arzt gesagt. Es hatte ihm nichts ausgemacht. Mit Adam, der sich lautstark seine Aufmerksamkeit erzwang, war an romantische Flitterwochen nicht zu denken.

Es ist nicht nur Adam, der uns in die Quere kommt. Es ist auch Annie. Gib's nur zu. Du hättest gern, daß sie deinen Ring trägt.

Joes Magen krampfte sich zusammen. Vielleicht dachte er zu oft an Annie. Er fragte sich, ob sie ihre alte Wohnung oben vermißte, ob ihre neue Wohnung so gemütlich war. Er fragte sich, ob sie ihn wohl vermißte.

Aber in diesem Augenblick, hier, brachte Laurel sein Herz dazu, schneller zu schlagen. Vielleicht war es nicht Liebe. Vielleicht war es diese alte, schwarze Magie, das Verlangen. Aber es war da.

In dem stillen Raum, der ganz von Babygeruch erfüllt war, spielte Joe mit Laurels Haaren. Sie lächelte und rückte näher, bis sie sich fast mit der Stirn berührten. Ihr Gesicht war verschattet, ihr Haar glänzte golden, aber wie im Nebel – seine Brillengläser waren von ihrem Atem beschlagen.

Joes Herz klopfte viel zu schnell, er stand auf und legte seine Brille auf den Wickeltisch neben der Wiege. Als er sich umdrehte, lag ihr Kimono auf dem Boden.

Er hatte oft zugesehen, wenn sie sich auszog, aber diesmal war es anders. Wie ein Blitz zuckte es durch ihn, ein Schock des Entzückens, als sei er in einem eiskalten See in eine warme Strömung geraten.

Nackt schimmerte ihr Körper im Licht, das von draußen durch das Fenster flutete, ihre Haut glänzte silbrig wie die

Innenseite eines Nachtfalterflügels. Mein Gott, war sie schön. Sogar mit ihrem kleinen Bauch und den roten Schwangerschaftsstreifen und ihren Brüsten, die wie reife Früchte waren. Das machte sie in seinen Augen nur schöner. Sie war völlig anders als die Laurel, die er noch vor einigen Monaten gekannt hatte als großes, schlankes Mädchen in Jeans und weitem T-Shirt.

Er ging auf sie zu und küßte sie. Er fühlte ein Zittern, das tief aus seinem Innersten kam. Sie schmeckte süß und roch noch süßer... wie Adam. Joe streichelte ihren Rücken und war erstaunt über dessen Zartheit. Ihre Haut war von einer seidenen Kühle. Er spürte ein köstliches, fast schmerzhaftes Verlangen. Diesmal würde er sich fallenlassen können. Er hatte ihrem Körper Zeit gelassen zu heilen. Und er hatte sich Zeit gelassen...

Trotzdem zögerte er noch, seine Hände auf ihrem Rücken, sein Gesicht an ihrem Hals vergraben. War es Annie, die ihn zurückhielt? Oder Laurel – die Tatsache, daß er wußte, daß sie ihn mehr liebte als er sie? Es kam ihm fast so vor, als würde er sie betrügen.

»Joe.« Laurel fuhr mit den Händen langsam an seinen Armen herunter, streichelte mit ihren Daumen seine Ellenbeuge; ihre Hand umschloß sein Handgelenk. Sie nahm seine Hand und legte sie auf ihre Brust. Er spürte, wie voll sie war, fühlte die Hitze, die von ihrer Brust ausging, in seinen Fingern.

Joe seufzte und zog sie an sich, diesmal nicht so behutsam. Zusammen sanken sie auf dem Teppich in die Knie. Das Bett war nicht weit, aber Joe konnte nicht aufhören, Laurel zu küssen und zu berühren. Sie schafften es nicht zum Bett. Irgendwie konnte er seinen Pullover und sein Unterhemd ausziehen, aber jede Sekunde, die seine Haut die ihre nicht berührte, schien endlos und schmerzlich zu sein.

»O Gott, Joe... schau.« Laurel kicherte atemlos.

Joe fühlte etwas Warmes, Nasses auf seiner Brust. Er sah kleine Bäche Milch aus ihren Brustwarzen strömen. Ohne darüber nachzudenken, beugte er sich über sie und trank, ließ die warme, süße Milch in seinen Mund fließen. Es war beinahe wie ein verbotener Akt, was er tat, aber gleichzeitig völlig natürlich. Er spürte, wie ihre Brustwarzen unter seiner Zunge hart wurden. Sie legte sich zurück und gab einen Laut von sich, halb Seufzen und halb Stöhnen. Sie spreizte ihre Knie und ließ seine Hand zwischen ihre Schenkel gleiten. Er fühlte eine andere, seidene Feuchte. Seine Hose war viel zu eng. Er wollte sie so sehr, daß er sie beinah auf dem Teppich neben der Wiege seines Sohnes genommen hätte.

»Ist es auch wirklich okay?« fragte er. Er wollte sie nicht verletzen.

Laurel nickte. »Mach langsam.«

Er schlüpfte aus seiner Hose, dann zog er Laurel auf die Beine. Sie schien sich aufzufalten wie eine Blüte, wie in Zeitlupe. Adams Wiege warf Schattenstreifen auf ihren schönen Körper.

Zusammen sanken sie ins Bett. Er hatte geglaubt, sie würde schüchtern sein, unerfahren, er war ja erst ihr zweiter Liebhaber. Aber er war überrascht, wie geschickt und wissend ihre Finger waren, die keiner Aufforderung bedurften. Als er über ihr kniete, führte sie ihn zu sich.

Er drang vorsichtig in sie ein, zitternd vor Anstrengung, sich unter Kontrolle zu halten. Sie straffte sich ein bißchen und flüsterte: »So ist's gut, ja, Joe, ich liebe dich, mein Gott, ich liebe dich.«

Joe dachte, er würde explodieren, aber er zwang sich dazu, sich langsam zu bewegen, jede Bewegung war ein süßer Schmerz. Wie Blitze schoß es durch seinen Bauch, durch seine Lenden, bis in seine Kiefer hoch.

Als er sich nicht länger zurückhalten konnte, hielt er sie ganz fest, sein Gesicht in ihren Haaren vergraben, die nach Milch und Babypuder rochen. Ihre Hüften bäumten sich ihm entgegen.

Joe kam wie ein Vulkan. Sie zitterte, und er dachte, sie sei auch gekommen. Dann sah er, daß sie weinte. Sie klammerte sich an ihn, seine Brust bebte unter ihrem lautlosen Schluchzen.

»Laurey... was ist?« rief er erschrocken. Hatte er sie verletzt? Hatte er sie enttäuscht? War ihr plötzlich klargeworden, daß es ein schrecklicher Fehler gewesen war, ihn zu heiraten?

»Oh, Joe... ich bin so glücklich.«

Joe war erleichtert. Während er sie in den Armen hielt, ihre Tränen auf seiner Haut, ihre Milch auf seiner Brust, sagte er sich: Es wird alles gut. Ich werde es gutmachen. Ich werde sie lieben.

Laurel lag neben Joe, lauschte seinen tiefen Atemzügen und dachte: Er gehört mir. Es war wie ein Wunder, beinahe wie Adams Geburt, daß Joe sie liebte, daß er sich für sie entschieden hatte. Und jetzt waren sie Mann und Frau. Alles war vollkommen.

Außer Annie. Aber Annie würde darüber wegkommen. Schließlich hatte sie Emmett. Er war ein guter Mann, und er liebte sie. Sie hatte das in seinen Augen gesehen vor ein paar Monaten, als sie ihm zum ersten Mal begegnet war. Er hatte sie und Annie zu einem Football-Spiel ins Shea-Stadion mitgenommen; alles hatte getobt und geschrien bei diesem Heimspiel, aber Emmett hatte nur Augen für Annie gehabt. Warum konnte Annie nicht wenigstens einmal aufhören, das zu wollen, was sie nicht haben konnte... und sehen, was vor ihrer Nase war? Laurel wollte, daß ihre Schwester glücklich war, aber sie genoß es, daß sie einmal in ihrem Leben etwas Wunderbares ganz für sich hatte, das sie nicht mit Annie teilen mußte. Nicht, daß sie Annie ausschließen wollte. Nein, das wäre schrecklich. Es war nur... daß Laurel jetzt selbst verantwortlich war. Klar, Annie konnte sie jederzeit besuchen. Aber es war *ihr* Zuhause, *ihr* Mann und *ihr* Baby.

Laurel spürte einen Stich und fragte sich, ob sie egoistisch sei. Aber im Moment war alles, was sie wollte, alles, was sie brauchte, hier in diesem Zimmer.

Dritter Teil
1980

Meine Schwester, du bist ein verschlossener
Garten, eine verschlossene Quelle, ein versiegelter Born.
Das Hohelied Salomos, 4,12

27. Kapitel

Der Oberkellner führte Annie an ihren Tisch am Fenster des Grillraums. Sie setzte sich und stieß erleichtert einen Seufzer aus. Gott sei Dank war sie vor Felder hier. Das Vier Jahreszeiten war zu groß und zu nüchtern, um so abgehetzt und zerzaust hier hereinzustürmen. Normalerweise kümmerte sie sich nicht darum, am richtigen Ort von den richtigen Leuten gesehen zu werden. Es war ihr sonst auch ziemlich egal, wie sie aussah. Aber heute war es anders – heute mußte sie, wie auch immer, diesen Mann dazu bringen, sie zu retten.

Vielleicht hätte sie einen Anwalt mitbringen sollen, oder wenigstens einen von Emmetts Wall-Street-Leuten. Was wußte sie schon von großen finanziellen Aktionen? Wäre sie nicht so idiotisch von ihren Ideen überzeugt gewesen, säße sie jetzt nicht hier.

Ihr Herz klopfte wie wild, und sie kaute an ihrem Daumennagel, der immerhin eine beachtliche Länge erreicht hatte. Sie war wütend auf sich selbst, zog ihre Hand weg und setzte sich darauf.

Sie sah sich um. Das Lokal war voller Gäste. Alle – ob männlich oder weiblich – waren geschäftsmäßig in nüchternes Grau und Dunkelblau gekleidet; nur eine einzige Frau war mutig genug, einen riesigen breitkrempigen Hut und eine leuchtend pinkfarbenen Schal um die Schultern zu tragen. Vielleicht ein Filmstar oder eine Designerin, dachte Annie. Aber wo war Felder? Sie hätte anrufen sollen und den Termin bestätigen. Mein Gott, wenn er nun nicht käme?

Blödsinn. Natürlich würde er kommen. Er hatte schließlich einen Tisch reservieren lassen. Trotzdem waren ihre Achseln schweißnaß, und sie mußte sich beherrschen, sich nicht mit der eleganten Leinenserviette, die wie zu einem Schiff gefaltet auf dem Teller vor ihr lag, die Stirn abzuwischen.

»Darf ich Ihnen etwas zu trinken bringen, solange Sie warten?« fragte der Oberkellner aufmerksam.

»Ein Perrier bitte«, sagte sie. Das würde ihren Magen beruhigen.

Sie schaute auf ihre Uhr, eine schmale goldene Piaget, ein Geschenk von Emmett zu ihrem zweiunddreißigsten Geburtstag letzten Monat. Felder mußte jeden Augenblick hiersein; hätte sie solange mit der Bestellung warten sollen?

Sie beobachtete den Kellner, der sich zwischen den engstehenden Tischen durchschlängelte. Sie ärgerte sich über sich selbst. Verdammt noch mal, sie brachte nicht mal etwas so Einfaches wie eine Getränkebestellung ohne Probleme zustande, wie konnte sie da von Felder erwarten, mit ihr ein Millionen-Dollar-Geschäft zu machen?

Während sie wartete, widerstand sie der Versuchung, Spiegel und Lippenstift aus der Tasche zu ziehen. Sie wollte kühl und beherrscht aussehen und nicht wie Lieschen Müller nervös herumzappeln. Aber schließlich hatte sie für ihr Aussehen genug getan. Heute morgen war sie prüfend vor einem Berg von Röcken, Blusen und Pullis gestanden, dann hatte sie sich für das kürbisfarbene, golddurchwirkte Kostüm entschieden; darunter trug sie einen roten Seidenrolli, eine alte goldene Uhrkette als Halsschmuck und ein Paar riesige, schaukelnde Ohrringe, die sie zufällig bei Felder gekauft hatte. Insgesamt sah sie wie eine Geschäftsfrau aus, dachte sie, vielleicht sogar ein bißchen extravagant.

Ihr Perrier kam eiskalt mit einer Zitronenscheibe. Sie nippte daran und beobachtete vier Männer am Tisch gegenüber, die laut lachten. Einer von ihnen kam ihr bekannt vor. Ein Schauspieler? Hatte sie ihn nicht einmal in »Dallas« gesehen?

»Miß Cobb?«

Annie sah auf. Ein kräftiger Mittfünfziger mit grauem Haar stand vor ihr. War das Felder? Wie hatte er es geschafft, an ihren Tisch zu gelangen, ohne daß sie ihn bemerkt hatte? Wahrscheinlich, weil ich ihn mir anders vorgestellt habe, dachte sie. Nach allem, was sie in Zeitungen und Zeitschriften über ihn gelesen hatte, hatte sie sich ihn anders vorgestellt, imposanter, wie eine Art Filmheld, wie jemand, der Macht ausstrahlt. All diese Geschichten über ihn, wie er den Holocaust überlebt hatte, aus einem Konzentrationslager geflohen und hierher gekommen war, als Jugendlicher jeden Tag die Kleidergeschäfte abgeklappert und reduzierte Restposten aufgekauft hatte, die er dann im Stoffgeschäft seines Onkels verkauft und damit den Grundstein für den Aufbau einer riesigen, erfolgreichen Kette von Discountläden gelegt hatte.

Abgesehen von seinem hocheleganten, dezent karierten Anzug stand ein Mann vor ihr, der genausogut Klempner, Metzger oder Anstreicher hätte sein können. Er hatte ein ausgeprägtes Kinn und war nicht gerade perfekt rasiert. Die Nase erinnerte sie an ein Bild von Julius Cäsar in ihrem Schulbuch. Sein Bürstenhaarschnitt sah sehr militärisch aus, und sein Gesicht war zerfurcht wie eine alte Eiche.

»Annie. Nennen Sie mich bitte Annie.«

Sie wollte aufstehen, um seine Hand zu schütteln, und stellte mit Entsetzen fest, daß ihre Hand unter dem Oberschenkel eingeschlafen war. Halb aufgerichtet stand sie da und hielt ihm ihre Hand wie einen nassen Lappen hin; sie lächelte zwar, aber innerlich krümmte sie sich. Er erwiderte ihr Lächeln nicht. Außer ihrem Namen hatte sie noch kein Wort gesagt und hatte schon das Gefühl, versagt zu haben.

Aber sie brauchte diesen Auftrag von Felder. Emmett hatte sie gewarnt – sie solle langsamer treten, Dolly ebenfalls; aber sie war von dieser Wahnsinnsidee besessen und hatte sich von den Wasserspielen und Marmorwegen in Felders neuem, elegantem Einkaufsparadies in Glen Harbour verführen lassen.

Abgesehen von den irrsinnig hohen Mieten zahlte sie jetzt schon für die Läden in der Madison Avenue und der Christopher Street drauf, jetzt auch noch für den neuen Laden in Southampton; sie wußte, daß sie viel wagte, wenn sie auch noch ein Ladenlokal in Felders Einkaufszentrum mietete, aber warum auch nicht? Tout de Suite expandierte schneller als ein neuer Stern aufging, und es konnte eigentlich nichts schiefgehen.

So dachte sie jedenfalls.

Bis jetzt war kaum die Hälfte der teuren, eichegetäfelten Läden vermietet. Trotz der wunderschönen Anlage ließen sich nur wenige Kunden auf den Marmorwegen oder in dem sonnendurchfluteten Atrium mit den hübschen Stühlen und Tischen sehen.

Die Umsätze in der neuen Anlage würden besser werden, das war sicher, aber es dauerte länger, als sie angenommen hatte. Und das war nur die Spitze des Eisbergs. Mit dem neuen Gebäude in Tribeca, mit der gesamten Ausstattung, dem Personal in der Produktion, der Buchhaltung, dem Versand und der Verkaufsabteilung hatte sie sich übernommen. Finanziell saß sie auf einer Sandburg, die jeden Augenblick einstürzen konnte.

Wie lange konnte sie noch durchhalten – mit den ohnehin hohen Kosten – wie lange noch konnte sie solch enorme Mieten zahlen? Jackson Weathers, ihr sonst sehr zurückhaltender Bankberater, hatte ihr das klipp und klar auseinandergesetzt. Wenn sie nicht schnellstmöglich ihre Finanzen umstrukturierte, ginge Tout de Suite den Bach hinunter, und zwar *tout de suite:* sofort.

Am gleichen Tag hatte sie im *Wall Street Journal* gelesen, daß Hyman Felder plante, seine Märkte in kleine, individuelle Boutiquen umzugestalten, inklusive einer Gourmet-Abteilung, und sie hatte ihn sofort angerufen. Seine Sekretärin hatte ihr vorgeschlagen, Muster oder Werbeprospekte, falls sie welche habe, zu schicken. Und dann, eine Woche später, hatte Felder selbst angerufen und sie zum Essen eingeladen.

»Hy«, sagte er mit tiefer, rauher Stimme.

»Hi!« antwortete sie.

»Nein, ich meine *Hy*«, korrigierte er sie. »Jeder nennt mich Hy, selbst meine Lagerarbeiter.« Seine Stimme weckte Erinnerungen an Brooklyn in ihr: an Taxifahrer, an Coney Island und Würstchenbuden, an Senf und Sauerkraut.

Er machte es sich auf dem Stuhl ihr gegenüber bequem. Der Kellner tauchte auf. Felder bestellte einen Whiskey mit Soda und Zitrone.

»Sie sind jünger, als ich erwartet habe«, fing er an. »Haben Sie was dagegen, wenn ich nach Ihrem Alter frage?«

»Ich bin zweiunddreißig«, sagte sie und fügte lachend hinzu: »Das Alter macht mir weniger aus. Ich weiß nur nicht mehr, wie ich von fünfundzwanzig innerhalb zwei Wochen zweiunddreißig geworden bin. So kommt's mir jedenfalls vor.«

Er lachte. »Bitte, ich habe Töchter, die älter sind als Sie. Mich gab's schon, als der Brooklyn-Battery-Tunnel gebaut wurde.« Mit einem Blick auf ihr Mineralwasser fragte er: »Wollen Sie nicht lieber was Gescheites trinken?«

»Vielleicht noch ein Perrier. Aber das hat Zeit.«

»Das Essen hier ist gut. Schon mal hier gegessen?«

»Ein-, zweimal. Aber ich geh fast nie mittagessen. Ich nehme mir ein Brot oder einen Joghurt mit. Zuviel zu tun, Herr – äh, Hy. Und wenn ich mich sonntags mal aufraffe, dann höchstens, um unter eine Maschine zu kriechen und sie wieder zum Laufen zu bringen.«

Er grinste. »Ja? Sie haben 'ne Ahnung von Maschinen? Ziemlich ungewöhnlich für eine gutaussehende junge Frau. Ich hab' keinen Schimmer von Maschinen, aber dafür weiß ich, wie man acht oder neun Tage pro Woche arbeiten kann.« Er fischte einen Eiswürfel aus dem Glas und ließ ihn in seinen Mund fallen. »Clever von Ihnen, mich anzurufen.«

Annie hatte das Gefühl, daß die Temperatur im Raum mindestens fünfzig Grad betragen mußte. Bedeutete das, daß er ernsthaft daran dachte, mit ihr ins Geschäft zu kommen? Liebe Zeit, allein östlich des Mississippi besaß Felder zweiundvierzig riesige Kaufhäuser. Sie müßte kräftig einen Gang zulegen und vierundzwanzig Stunden am Tag produzieren, wenn sie die alle versorgen wollte, aber dann wäre sie in der Lage, ihre Ausgaben zu decken.

»Ich hab' gelesen, daß Sie all ihre Läden umbauen wollen. Dabei sind sie schon das Beste, was es gibt.«

»Sehr schmeichelhaft. Das mag ich. Aber nach so vielen Jahren im Geschäft lernt man eins: Was heute erfolgreich ist, ist meistens schon morgen nicht mehr gefragt. Ich hab' mein erstes Geschäft nach dem Krieg aufgemacht, da war Discount die Sache. Jetzt sind die Zeiten besser, und plötzlich ist alles Design... Designer-Kleider, Designer-Kopfkissenbezüge, Designer-Schokoladenplätzchen. Was soll's, wenn jemand ein paar Hunderter für eine Jeans hinblättert, biete ich ihm auch eine Tasse Kaffee oder Saft an.«

Annie war sich nicht sicher, ob sie ihn mochte oder nicht. Er machte einen warmherzigen Eindruck, aber darunter konnte er eiskalt und berechnend sein.

»Haben Ihnen die Proben geschmeckt?« fragte sie.

»Ich wollte, ich könnte Ihnen das sagen. Aber ich darf das Zeug nicht anrühren.« Er faßte an seinen runden Bauch. »Die Ärzte sagen, wenn ich das nicht bald los werde, mache ich Frau Felder bald zu einer sehr reichen Witwe.«

»Aber –«

Er hob seine Hand. »Daß Sie angerufen haben, finde ich prima. Und das auch noch am gleichen Tag, als es in der Zeitung stand. Sie haben Mumm, Sie sind am Ball. Aber sehen Sie, für ›Felders Speisekammer‹ – finden Sie den Namen gut? Klingt gut, oder? – dachte ich eher an stinkigen französischen Käse, kolumbianische Hochland-Kaffeebohnen, solche Sachen. Süßigkeiten auch, aber verpackt, wie im Supermarkt, nur bessere Qualität.«

»Das ist eine großartige Idee... Aber was die Schokolade betrifft, schwebt mir eine Extra-Boutique vor.« Annie versuchte, die Panik hinunterzuschlucken, die in ihr aufstieg. »Wie eine... eine Kleinausgabe von Tout de Suite. Hier, ich hab' Bilder mitgebracht.« Sie zog den Artikel im *New York Magazine* aus der Aktentasche neben ihrem Stuhl und schlug ihn vor Felder auf.

»He, ich mag diesen Kerzenständer. Wo haben Sie nur einen Kerzenständer aus Zweigen und Vogelnestern aufgetrieben?«

»Ich kenne einen Floristen, der macht sie selbst. Jeder ist ein bißchen anders. Er schmückt sie mit Blumen, Früchten und bunten Bändern, je nach Jahreszeit oder Feiertag.«

»Was ist denn das?« Sein Wurstfinger zeigte auf einen Steinsockel in einer Ecke des Fotos in dem Zeitungsbericht.

»Ein Vogelbad. Das hab' ich aus einem Haus retten können, das abgerissen wurde.« Sie sagte nicht, daß Emmett das Haus entdeckt hatte... und das Vogelbad.

»Sieht gut aus. Mögen Sie Vögel? Die machen Hühnchen hier, absolut köstlich. Auch gute Enten... mit Preißelbeeren. Ganz im Ernst. Hungrig? Wollen Sie bestellen?«

Nein, ich will, daß du mir sagst, daß du unbedingt eine Boutique mit solch phantastischen Pralinen in jedem deiner Kaufhäuser haben willst. Natürlich konnte sie das nicht laut sagen. Nein, sie mußte lächeln und mit dem Kopf nicken und gleichzeitig dieser ungeheuren Kraft widerstehen, die wie ein Magnet ihren Daumen zum Mund zog.

Sie beugte sich vor, hielt ihren Blick auf ihn gerichtet und zwang ihn dadurch zur Aufmerksamkeit. Als sie sicher war, daß sein Blick nicht in die Speisekarte abwandern würde, sagte sie locker: »Sie sind ein kluger Mann, und Sie haben völlig recht – wir müssen alle mit der Zeit gehen. Qualität ist gefragt, und die Leute zahlen auch dafür. Sie kaufen Häagen-Dazs im Halb-Liter-Behälter. Und David-Kekse kosten praktisch einen Dollar das Stück.« Sie atmete langsam und gleichmäßig, um ihren hämmernden Puls zu beruhigen. »Letztes Jahr hat Tout de Suite die drei Millionen überschritten. In diesem Jahr sieht's so aus, als legten wir nochmals vierzig Prozent zu.«

»Mit einer halben Million ungesicherter Schulden, einer Steigerung der Personalkosten um vielleicht sechzig Prozent und der Gewerkschaft im Rücken, einer Hypothek auf Ihren neuen Betrieb und einem Mietvertrag in dieser neuen Geisterstadt von

Glen Harbour. Aber, na ja, könnte schlimmer sein.« Der joviale Onkel Hy hatte sich in den legendären scharfsichtigen Hyman Felder verwandelt.

Annie fuhr zurück. Sie war wie gelähmt und fühlte sich beleidigt, als habe er versucht, unter ihren Rock zu fassen. »Woher... woher wissen Sie das alles?«

»Ich bin wie Sie, Annie.« Er lächelte; es war das Lächeln des Lieblingsonkels aller Kinder, des guten alten Onkel Hy, der immer die Taschen voller Süßigkeiten hatte. »Ich hab' keine Zeit zu verplempern. Wenn ich meine Hausaufgaben nicht gemacht hätte, würden wir nicht hier sitzen.«

»Aber –«

Er hob seine Hand wie ein Verkehrspolizist. »Verstehen Sie das nicht falsch. Ich will Sie nicht niedermachen. Glauben Sie etwa, ich hab' Felders aufgebaut mit einem dicken Bankkonto und Goldbarren im Rücken? Es gab Zeiten, da hatte ich drei Hypotheken auf meinem Haus und die vierte war nicht weit. Seien Sie froh, daß das nicht allgemein bekannt ist, denn dann hätten Sie wirklich Probleme.«

»Man hat schon gefragt, ob ich die Firma verkaufen will, aber bis jetzt habe ich das nicht vor.«

»Felder hat kein Interesse zu kaufen.« Er lachte und zog ein geflochtenes Mohnbrötchen aus dem Korb, den der Kellner gerade auf den Tisch gestellt hatte. »Ich hab' mehr Kopfweh als ein Bus voll alter Jungfern. Auf Ihres kann ich gut verzichten.«

»Was hatten Sie sich denn so vorgestellt?« Sie dachte, warum soll ich mich zurückhalten? Das Eis ist doch längst gebrochen.

»Jetzt haben wir uns erst mal getroffen. Alles andere wird sich schon finden.«

»Ihnen ist doch sicher klar, daß ich Sie nicht um eine Gefälligkeit bitte. Felder könnte von dem, was ich vorschlage, sehr gut profitieren.«

»Könnte sein. Vielleicht. Aber wer blecht zuerst für diese Zweig-Kerzenständer und Vogelbäder? Ich schätze, die sind nicht billig.« Er beugte sich so weit vor, daß sie die Härchen in seinen Nasenlöchern sehen konnte. »Und das Pralinenzeug muß schon mordsteuer in der Herstellung sein. Wie ist es denn mit dem Preis? Was springt denn unterm Strich dabei raus?«

»Und wie ist das bei Goldschmuck?« konterte sie. »Den verkaufen Sie ja auch. Teuer, wird aber gekauft. Wir haben doch beide die gleiche Kundengruppe, nämlich Leute, die eher darauf schauen, wie gut etwas ist, und nicht, was es kostet – in Grenzen natürlich. Tout-de-Suite-Pralinen sind ein absoluter Luxusartikel, meine Kunden haben das Gefühl, sich etwas Besonderes zu leisten. So, als würden sie Seidenunterwäsche oder Chanel Nr. 5 kaufen – sie wollen das, weil's das Beste ist.«

»Tolle Darstellung. ›Das Beste‹. Hört sich gut an, aber wer sagt das? Sie? Woher soll ich wissen, daß Sie die Beste sind?« Herausfordernd sah er sie an, halb lachend und halb zweifelnd.

Annie kannte diesen leicht unschuldig wirkenden Blick, den Taxifahrer hatten, wenn sie den umständlichsten Weg fuhren, oder Metzger, wenn sie sagten: »Darf's ein bißchen mehr sein?« Er war also ein Gauner. Aber wer war das nicht in einer Position wie seiner? Wie konnte sie ihn herumkriegen, ihn überzeugen, daß sie ihre Läden in seinen Kaufhäusern plazieren konnte?

Er fordert mich heraus. Er testet mich. Nachgeben war nicht Felders Stil. Aber ihrer schließlich auch nicht.

Wenn es nur nicht so heiß hier wäre, wie in einer Sauna. Aber Felder fühlte sich anscheinend recht wohl.

Ihre Gedanken überschlugen sich. Na los, Annie, das ist nicht die erste schwierige Situation für dich. Dann hatte sie eine Idee. Die jährliche Schokoladenmesse im Plaza Hotel, die vom *Gourmand* veranstaltet wurde, war Sonntag in einer Woche. Aus der ganzen Welt kamen die großen Schokoladenhersteller, um nur die wichtigsten zu nennen – Godiva, Kron, Tobler-Suchard, Perugina, Gianduja – und die kleinen mit den bekannten Namen wie Manon aus Belgien und Teuscher aus der Schweiz. Und natürlich auch Girod. Wie immer würde es auch diesmal einen

Empfang geben, Tanz, Reden – und Preise. Gegen solche Größen anzutreten wäre zwar wie Davids Kampf gegen Goliath, aber für ein neues Projekt wie das ihre wäre der erste Preis wie Manna vom Himmel. Es wäre die beste kostenlose Werbung, ein riesiger Zuwachs im Verkauf, eine Menge neuer Verträge mit Hotels und Feinkost-Großabnehmern.

Annie erinnerte sich, wie aufgeregt sie damals gewesen war, als Girod den ersten Preis gemacht hatte. In anderen Jahren waren sie zweiter geworden und einmal dritter. Sie wußte, daß Dolly auch in diesem Jahr mit einem Preis rechnete. »Das einzige, das noch besser als der erste Preis sein könnte, wäre, dich mit dieser Trophäe zu sehen«, hatte sie gesagt.

Das wäre Tout de Suite's erster Wettbewerb. Bis zu diesem Jahr hatte sie nicht gewagt, ihre neue Linie – kleine, exquisite Torten und Eclairs – zu präsentieren, die sie in ihren Läden eingeführt hatte. Sie experimentierte immer noch damit herum. Aber jetzt beschloß Annie, daß Tout de Suite gewinnen mußte. Seit Monaten war sie praktisch nicht mehr nach Hause gegangen, sie hatte unablässig mit Geschmacksnuancen, Formen und Verpackungen herumprobiert. Nicht das geringste Detail ließ sie unberücksichtigt, natürlich auch nicht das Kleid, das sie tragen wollte und das ihr Laurel gerade nähte. Morgen nachmittag würde sie zu Laurel und Joe nach Bayside fahren, um es abzuholen.

Machte sie der Gedanke an das schmalgeschnittene Kleid mit dem tiefen Rückenausschnitt so wagemutig?

»Ich nehme am Sonntag in einer Woche an der *Gourmand*-Schokoladenmesse teil. In meiner Branche ist ein Preis mit einem Oscar vergleichbar«, sagte sie. Sie faltete die Serviette auseinander und legte sie auf ihren Schoß. Sieh nach unten und halte deine Hände unter Kontrolle. Er soll nicht merken, wie sehr ich seine Zustimmung brauche. Ganz beiläufig fügte sie hinzu: »Wenn ich einen der Preise gewinne, wäre das ausreichend, um Sie zu überzeugen?«

»Den ersten Preis!«

»Sie fordern mich wirklich.«

»Sie haben behauptet, die Beste zu sein.«

Annie zögerte. Sie wußte, daß es ein gewagtes Spiel war, aber sie saß am kürzeren Hebel. Sie hatte keine andere Wahl. Wenn sie Felder nicht klarmachen konnte, daß sie mit Leib und Seele an Tout de Suite glaubte, wie konnte sie dann erwarten, daß Felder Vertrauen in sie hatte?

Annie schluckte und sagte: »Ja, gut. Den ersten Preis. Und was dann?«

»Verlangen Sie, daß ich mit leerem Magen einen Vertrag unterschreiben soll?«

»So ist es. Andernfalls bin ich nicht sicher, ob ich auch nur einen Bissen runterbringe.«

»Nun, ich glaube, ich kann eine so attraktive, selbstsichere Frau wie Sie nicht verhungern lassen.« Er zwinkerte ihr zu und wischte sich mit der Serviette ein paar Mohnsamen von den Lippen.

»Dann kommen wir also ins Geschäft?«

Er lachte, schüttelte den Kopf und nahm die Speisekarte in die Hand. »Klar, warum nicht? Sie bringen die Auszeichnung, dann reden wir Klartext.«

Annie wäre am liebsten aufgesprungen und hätte ihn geküßt, aber sie hielt sich die Speisekarte vor das Gesicht, damit er ihr Grinsen, das vermutlich ziemlich dumm aussah, nicht sehen konnte. Außerdem war es zu früh, sich zu freuen. Angenommen, sie würde keinen Preis gewinnen? Oder aber, sie würden sich nicht einigen können?

Kein Wenn und Aber... ich muß gewinnen, sagte sie sich. Einen Augenblick war sie sicher, daß sie gewinnen würde. Dann schwand ihre Zuversicht, und ihr Magen rebellierte. Einen winzigen Moment, als Felder in die Speisekarte vertieft war, erlaubte sie sich einen kleinen Biß auf ihren nachgewachsenen und perfekt manikürten Daumennagel.

Kaum eine Stunde nach dem Essen mit Felder stand Annie in der Testküche von Tout de Suite in der Washington Street und sah Louise über die Schulter zu, wie sie einer Zimt-Trüffeltorte den letzten Schliff gab – einer Kreation, die aus vier Lagen rumgetränkter Schokolade mit verschiedenen Füllungen bestand, mit Zartbitterschokolade umhüllt und mit gerösteten Haselnüssen verziert. Annie hatte sich das Rezept zu Hause selbst ausgedacht, es nachmittags ausprobiert und am gleichen Abend zu Hause einigen Gästen serviert.

Sie mußte lachen, wenn sie an Trine Devereaux dachte – eine ältere, spindeldürre ehemalige Ballettänzerin, die nebenan wohnte. Sie hatte sich geräuspert, als die Desserts abgetragen wurden, und mit ihrer kindlichen Piepsstimme gefragt: »Bitte, wenn's nicht zuviel Umstände macht, könnte ich noch ein Stückchen dieser himmlischen Torte haben?«

Auch einige andere Gäste, wie Hubert Dickson, ihr Freund und Kunde, der Einkäufer der Westin Hotelkette war, hatten sich Trines Wunsch nach einem zweiten Stück angeschlossen. Die Torte war kalorienschwer genug, um einen Frachter sinken zu lassen, aber das war allen egal gewesen. Jetzt hoffte sie, daß die *Gourmand*-Jury ähnlich reagieren würde.

»Was ist mit dem Türkischen Traum?« fragte sie Louise, die immer noch dünn und kindlich aussah, obwohl sie seit Jahren den ganzen Tag lang Schokolade abschmeckte.

Louise blies sich den rotblonden Pony aus der Stirn. »Möchten Sie mal probieren? Ich hab's fertiggemacht, als Sie zum Essen waren.« Sie schnitt ein Stückchen vom Türkischen Traum ab.

Annie biß in ein daumengroßes Stück. Ein köstlicher feiner Geschmack nach Pistazien, Ingwer und bitterer Schokolade zerging in ihrem Mund. Sie hatte die Idee für den Türkischen Traum nach einem Essen in einem exzellenten türkischen Restaurant in der Dritten Straße gehabt.

»Mmmm… perfekt«, sagte sie zu Louise. »Vielleicht ein bißchen mehr Zimt?«

»Ach was. Sie haben gesagt, es ist perfekt.« Louise unterbrach ihre Arbeit und blies sich wieder die Haare aus der Stirn. Sie trug eine riesige weiße Schürze, die ihr bis zu den Knöcheln reichte und um ihre zierliche Taille mit Bändern zusammengehalten wurde. Die Vorderseite der Schürze sah aus wie ein Bild, das Kinder mit Schokolade gemalt hatten.

»Na ja... beinahe perfekt.«

Louise lachte. »Das sollte auf ihrem Grabstein stehen: ›Hier ruht Annie Cobb, beinahe perfekt.‹« Sie schleckte ein bißchen Teig von der Rückseite ihres Daumens ab. »Oh, da fällt mir ein, Ihr Schwager hat angerufen. Nichts Eiliges, hat er gesagt. Aber Sie könnten ihn zurückrufen, wenn Sie Zeit haben.«

»Sie meinen irgendwann Ende des Jahrhunderts?«

Annie lachte über ihren eigenen Witz, aber innerlich spürte sie einen Stich. Jetzt waren es sechs Jahre. Aber noch immer, wenn sie seinen Namen hörte – und noch schlimmer, wenn sie ihn sah – wurde ihr ganz heiß, und sie war verwirrt wie ein Kind, das beim Zündeln ein Feuer verursacht hat und es schnell wieder löschen muß. Sicher, es war alles in Ordnung. Sie waren gute Freunde wie eh und je. Manchmal kam Joe auf dem Weg zum Großmarkt auf eine Tasse Kaffee vorbei, oder er rief an, um mit ihr zu plaudern. Aber meistens sah sie ihn bei Familienfesten – am Erntedankfest, an Weihnachten, beim Picknick, am Nationalfeiertag in Laurels großem Garten oder an Adams Geburtstagen.

Aber trotzdem, immer wenn er sie mit einer Umarmung begrüßte oder ihre Hand berührte, regte sich etwas in ihr. Ob Joe das genauso ging? Wenn es so war, verbarg er es gut. Er war vorsichtig – vielleicht zu vorsichtig – und begrüßte sie mit einem Kuß auf die Wange, wie ein Schwager, nicht wie ein Liebhaber. Sie gingen unkompliziert und freundlich miteinander um, besonders wenn Laurel dabei war, und manchmal schien es sogar für Annie wirklich so zu sein. Aber sie wußte, daß es nicht so war; sie spielten Theater, mit ihren eigenen Spielregeln.

Wenn nur...

Entschieden verbot sich Annie diesen Gedanken, der sich immer wieder in ihrem Kopf einschlich. Sie konnte nicht, wollte sich nicht vorstellen, wie ihr Leben aussehen würde, wenn Joe sie geheiratet hätte. Er war der Mann ihrer Schwester, und damit basta. Wenn sie sich gehenließe, nur eine einzige Sekunde lang, wären sie alle verloren.

Ich sollte statt dessen Emmett anrufen, dachte sie. Ihn daran erinnern, daß er seinen neuen Anzug vom Schneider abholt, damit er ihn heute abend anziehen kann. Sie waren zur Buchpremiere von Tansy Boones neuem Dessertbuch eingeladen, das auch einige Rezepte von Tout de Suite enthielt. Außer Tansy würden auch eine Reihe Medienleute da sein, Verlagsleute... und vor allem Kritiker von *Gourmand*, *Cuisine* und *Connaisseur.* Tansy hatte Stanley Zabar, einen alten Freund von ihr, überreden können, ihr sein Geschäft für die Party zur Verfügung zu stellen.

Annie hatte beschlossen, für Tout de Suite das Maximale herauszuholen, und sich bei dieser Gelegenheit angeboten, für das Dessert zu sorgen. Sie war mit Tansy die Gästeliste durchgegangen, um zu prüfen, ob auch alle neu hinzugekommenen Gäste auf der Liste standen und ein Exemplar von *Und dann gab es Schokolade* bekamen. Dieses Buch hatte sie, zusammen mit einer Einladung, auch an Hyman Felder schicken lassen.

Sie mußte sich auf Felder konzentrieren, wenn sie aus den roten Zahlen herauskommen wollte; sie durfte sich keinerlei Zerstreuungen leisten, schon gar nicht Joe.

Annie ließ Louise stehen, machte ihre Runde durch den Betrieb und sah nach den Arbeitsplätzen mit Kühltheken und Regalen, die eine neben der anderen standen. Arbeiter mit weißen Schürzen und weißen Mützen trippelten mit Tabletts voller hauchdünner Schokoladentäfelchen, Pistazientoffees, Pralinen- und Trüffelfüllungen hin und her. An der Wand entlang standen Edelstahlöfen, Kochtöpfe, Spülen, Schmelzmaschinen und ihre alte Überzugsmaschine, zu der zwei weitere hinzugekommen waren.

Sie sah die plumpe, kaffeebraune Netta, die ein Blech voll Ladyfinger trug. Hatte Netta daran gedacht, Pergamentpapier über die Ladyfinger zu legen, bevor sie in den Ofen kamen? Die letzten waren ein bißchen zu trocken gewesen, durch das Papier würden sie feucht bleiben. Ihr Blick fiel auf die Holzregale. Diese Grapefruits... man würde sie wegwerfen müssen, wenn sie nicht bald verbraucht würden. Selbst kandiert mußte die Schale frisch sein. Wenn man hineinbiß, mußten sie knackig sein.

Annie ging zu Dough hinüber, der mit gerunzelter Stirn dastand. Er hatte Probleme mit einem der Fließbänder – ein Durcheinander von leeren gußeisernen Formen stand auf einer Seite. Sie sollten mit flüssiger Schokolade besprüht werden; die hauchdünnen Schokoladenformen mußten dann gekühlt und getrocknet werden, bevor sie mit verschiedenen Füllungen und Schokoladeböden versehen wurden. Aber ohne Fließband gab es keine Pralinen. Verdammt noch mal, sie würde den Hersteller anrufen müssen, damit sie jemanden zum Reparieren schickten.

Sie sagte, Dough solle noch einmal versuchen, das Band in Gang zu bringen, und ging zu Lisa, die in einem riesigen Kupferkessel Zucker schmolz. Waren die Formen mit den Weihnachtsmotiven schon ausgepackt? Lisa, mit einer Netzmütze auf dem Kopf und einer Bäckerschürze, sagte etwas, aber die Maschinen und das Geklapper der Töpfe waren so laut, daß Annie nichts verstehen konnte. Lisa streckte ihre schokoladenverschmierte Hand aus und zeigte auf die Regale an der anderen Wand.

Ganz oben fand Annie in einer Schachtel, wonach sie gesucht hatte – ein Set viktorianischer gußeiserner Formen, kurios und unbezahlbar: ein Weihnachtsmann, eine Elfe in Pumphosen, ein Engel mit einem pausbäckigen Gesicht, ein Paar umschlungener Katzen. Sie hatte die Formen vor zwei Jahren in einem Antiquitätenladen in der Portobello Road in London entdeckt und war sofort begeistert gewesen. Gleich an dem ersten Weihnachten hatte sie Hunderte von Schokoladenfiguren damit hergestellt. Innerhalb eines einzigen Tages waren alle verkauft gewesen. Nun war es zwar noch ein bißchen zu früh für Weihnachtsfiguren, aber wäre das nicht ein bezaubernder Zusatz für ihre Ausstellung auf der Messe?

Annie schloß für einen Moment die Augen und versuchte sich vorzustellen, wo sie die Figuren am besten plazieren könnte. Sie war so konzentriert, daß sie die Schritte hinter sich nicht hörte.

»Annie?«

Sie drehte sich verdutzt um. »Joe!«

»Tut mir leid, ich wollte dich nicht erschrecken.«

Mit seinem verschmitzten Lächeln hob er entschuldigend die Hände hoch. Er trug die üblichen verwaschenen Jeans und eine Baumwolljacke über dem blauen Fischerhemd. »Hast Du eine Minute Zeit? Lust auf einen Spaziergang?«

Obwohl Annie mindestens neunhundert Sachen zu erledigen hatte, nickte sie. »Klar, machen wir.«

Draußen war sie froh, daß sie ja gesagt hatte. Der Herbst war da, tatsächlich, das hatte sie bis jetzt kaum bemerkt. Die Blätter fielen von den Bäumen, und der Himmel war blau wie frisches Menthol. Die Sonne schien immer noch leuchtend und tauchte die Fabrikgebäude in funkelndes Licht. Joe hob den Kopf und atmete tief durch, seine Brille reflektierte das Licht. Sie sah erstaunt ein paar Silberfäden in seinem Haar.

Wortlos gingen sie Seite an Seite die Washington Street hinunter. Joe war so schweigsam, daß Annie besorgt wurde. Ganz bestimmt hatte er sie nicht wegen ihrer angenehmen Gesellschaft zu diesem Spaziergang aufgefordert. Nein, da mußte etwas passiert sein, was er ihr erzählen wollte.

War es wegen Laurel? Annie vermutete, daß Laurel und Joe Probleme hatten. Obwohl ihre Schwester ihr gegenüber nie geklagt hatte, wenn sie über Joe sprach, war es eher ihr übertriebener Tonfall, der Annie stutzig machte. Als müsse sie ihr beweisen, daß ihre Ehe wunderbar war und gar nicht besser laufen könnte.

Vielleicht sehe ich Probleme, wo gar keine sind, dachte Annie. Wer weiß, vielleicht wollte sie sogar in ihrem Innersten, daß zwischen Mr. und Mrs. Daugherty nicht alles hundertprozentig in Ordnung war.

Sie erreichten die Morton Street und bogen im Sonnenlicht um die Ecke zum Hudson River. In diesem Stadtteil waren früher Lagerhäuser für Ozeanfrachter und große Druckereien gewesen. Hier und da waren noch Gerüste an rußgeschwärzten Gebäuden zu sehen, Arbeiter liefen mit Zementsäcken und Bauholz hin und her. Die Gebäude wurden zu Familien- und Atelierwohnungen umgebaut, in denen die Kinder oder sogar die Enkel der Menschen wohnen würden, die hier einmal vierzehn Stunden am Tag geschuftet hatten. Und, mein Gott, es ging alles so schnell. Warum schien es manchmal, als ginge alles voran, nur nicht bei ihr?

Endlich drehte sich Joe zu ihr um und sagte: »Es ist wegen meinem Vater. Es geht ihm immer schlechter.«

»Joe... das tut mir leid.« Annie hätte liebend gern seine Hand genommen, widerstand aber diesem Bedürfnis.

Mit Marcus war es bergab gegangen, seit Joes Mutter im letzten Mai gestorben war; Annie hatte das auch festgestellt. Ein weiterer kleiner Herzinfarkt... dann fingen diese Stimmungswechsel an, und das Gedächtnis ließ nach. Alzheimersche Krankheit nannte man das offiziell, aber für Joe war es die Reaktion seines Vaters auf die Veränderungen in seinem Leben. Da er weder seine Gesundheit noch seine Frau zurückbekam, hatte der alte Mann, wie Joe es ausdrückte, »die Tür verriegelt und die Rolläden heruntergelassen«.

»Sogar mit nur der Hälfte seines Verstands ist er ein altes Ekel.« Er klang verärgert, aber sie konnte in seinem Gesicht sehen, daß er besorgt war und daß es ihm etwas ausmachte. »In den letzten anderthalb Monaten haben drei Pflegerinnen ihren Job hingeschmissen. Die letzte hat mir ihre Arme gezeigt – blaue Flecken bis zum Ellbogen. Sie hat gesagt, ich soll nicht denken, sie wolle damit vor Gericht gehen. Aber sie brauche jetzt dringend Erholung. Bloß könne sie sich das gar nicht leisten.« Joe fuhr sich mit der Hand durchs Haar und lachte hart. »Verdammt, kannst Du Dir das vorstellen?«

»Was willst du jetzt machen?«

»Es geht nicht ums Geld«, fuhr er fort. »Es geht um meinen Vater. Er fällt regelrecht zusammen.« Joe atmete tief durch. »Letzte Woche hab' ich mit Naomi Jenkins gesprochen. Sie ist Beraterin für Leute, für Familien in solchen Situationen. Sie hilft bei den Entscheidungen, wenn es... na ja, an der Zeit ist. Sie hat Vater dann am nächsten Tag besucht und kam heute zu mir ins Restaurant.«

»Und?«

»Sie hat mir geraten, ihn in ein Heim zu geben. Es gibt tatsächlich sonst keine Möglichkeit.«

»Joe, das tut mir so leid...« Bevor sie nachdenken konnte, nahm sie seine Hand und drückte sie fest. So stand sie eine Zeitlang da, in Sympathie mit ihm verbunden und voller Sehnsucht. Sie hatte Angst, ihn loszulassen, und noch mehr Angst, so stehenzubleiben.

Joe zog seine Hand zuerst weg, um sich nach einem Cent-Stück zu bücken. Ein alter Cent, schon fast schwarz und halb unter dem Laub versteckt, wie hatte er ihn nur entdeckt? Er sah ihn eine Sekunde an, dann kickte er ihn über das Pflaster, sein langer Körper schnellte zurück, und er stieß die Luft geräuschvoll dabei aus.

Er drehte sich zu Annie um und sagte mit einem Lächeln in seinem schönen, sensiblen Gesicht: »Neulich abends, als ich Adam ins Bett gebracht hab', hat er mich angeschaut und gesagt: ›Weißt du, Dad, manchmal macht die Schule einen fertig.‹« Joe lachte, diesmal echt amüsiert. »Das ist's doch, oder? Manchmal macht das Leben einen regelrecht fertig. Mein Vater würde dem bestimmt zustimmen.«

Das würde ich auch, dachte Annie, aber sie dachte dabei nicht an das Alter oder an Altersheime. Wie schrecklich es doch war, zwei Leute zu lieben, Laurel und Joe, wenn man wußte, daß die eine Liebe die andere ausschloß.

Es war auch Emmett gegenüber nicht fair. Sie waren schon so lange zusammen, daß sie sich manchmal schon wie verheiratet fühlte. Aber sie brachte es nicht fertig, den letzten Schritt zu tun. Vielleicht würde sie das nie schaffen. Jedenfalls so lange nicht, bis sie wirklich glaubte, daß es Joe nichts ausmachte und daß es ihr nichts ausmachte.

Verdammt noch mal, warum beschäftigte sie das gerade jetzt, wo Tout de Suite all ihre Kraft brauchte? Warum konnte sie es nicht einfach lassen, wie es war?

»Das tut mir leid«, sagte sie und war sich nicht sicher, was ihr eigentlich leid tat. »Es ist nicht gerecht.«

»Ich hab's Laurey nicht erzählt. Sie würde sich sehr darüber aufregen. Es ist schon komisch, sie sind so gegensätzlich wie überhaupt möglich, aber sie und Dad kamen von Anfang an gut miteinander klar. Sie mag ihn sehr. Sie kann gut mit ihm umgehen. Ich gerate immer sofort mit ihm aneinander und verliere jedesmal die Beherrschung.«

»Du mußt es ihr sagen.«

»Ich weiß.« Er senkte den Blick, aber nicht schnell genug. Sie konnte in seinen Augen etwas sehen... etwas Dunkles, Unbestimmtes.

»Joe... ist... ist alles in Ordnung zwischen dir und Laurey?«

Er schwieg eine Sekunde zu lange und zog die Schultern hoch. »Klar. Warum fragst du?«

»Ich weiß auch nicht. Vergiß es. Es geht mich ja auch nichts an.«

Er lachte. »Ja, ja, du hast dich wirklich verändert.«

Annie war froh, daß er wieder locker sprach, und witzelte: »Nur während der Geschäftszeit. Abends verwandle ich mich wieder in ein Plappermaul. Rivka sagt, ich könne das so gut, daß ich darin Unterricht geben könnte.«

Er berührte ihren Arm. »Wie geht's denn Rivka?«

»Ihre Familie wächst weiter. Jetzt kommen die Enkel. Inzwischen sind es neun. Zwei sind anscheinend gerade unterwegs. Ist mir schon peinlich, aber ich kann sie kaum auseinanderhalten.« Sie schwieg. »Joe, wegen deinem Vater. Wenn ich irgend etwas für dich tun kann...«

Er zog die Schultern hoch. »Danke. Es geht schon. Ich mußte das nur mal loswerden. Emma hat mir versprochen, daß sie bis Ende des Monats bleibt, trotz blauer Flecken.«

»Mein Gott, Joe, was hast du ihr denn dafür bieten müssen?«

»Eine Kreuzfahrt auf die Bahamas. Glaub mir, das hat sie wirklich verdient.«

Annie lachte. »Das glaube ich auch.«

»Weißt du was?« sagte er und starrte in die Ferne. »Machmal denke ich, es wäre für alle einfacher, wenn er einfach sterben würde.« Er blieb stehen und rieb sein Kinn. »Mein Gott, ich hab' noch nie jemandem den Tod gewünscht.«

»Schon gut«, sagte sie. »Das erschreckt mich nicht. Ich glaube eher, daß dein Vater das auch vorziehen würde.«

Er berührte ihren Arm und sagte: »Danke.«

»Wofür?«

»Fürs Zuhören. Und dafür, daß du nicht sagst, was für einen herzlosen Sohn Marcus Daugherty hat.«

Sie schaute ihn an. »Ich glaube«, sagte sie langsam, »du wirst eine Menge Mumm brauchen... und eine Menge Liebe für das alles.«

»Komisch.« Er blinzelte zum Himmel, als erwartete er von dort Bestätigung. Sie sah, wie er schluckte. In seinen Augen glitzerten Tränen.

Schließlich sagte er mit fester Stimme: »Ich habe nie gedacht, daß es was mit Liebe zu tun hat. Er war halt... mein Vater.«

Diesmal war es Joe, der ihre Hand nahm, und so gingen sie zurück zur Washington Street, unter der goldenen Sonne, als hätten sie das ihr Leben lang so getan.

Zum erstenmal seit Jahren fühlte Annie sich in seiner Anwesenheit entspannt und irgendwie zufrieden. Gleichzeitig war da aber etwas Dunkles in ihr. Ihr kam ein Ausdruck in den Sinn, den Dearie immer gebraucht hatte: Man soll schlafende Hunde nicht wecken. Aber was sollte man tun, wenn sie doch einmal aufwachten?

In Zabars Laden, wo Siebe, emaillierte Kessel, geflochtene Körbe mit Teedosen unter der Decke hingen und an den Wänden entlang alle möglichen Küchengeräte dekorativ aufgebaut waren, stand Annie mit einem Glas Champagner in der Hand und war vollauf beschäftigt. Hier ein Küßchen auf die Wange, dort eine Hand schütteln, da ein paar Worte wechseln – zum Beispiel mit Avery Suffolk, der einen Artikel über sie in *Cuisine* geschrieben hatte, mit Tansy Boone, die in ihrem geblümten Chiffonkleid neben einem Stapel ihres neuerschienenen Buches stand, mit Lydia Scher, Tansys Lektorin von der *Speedway Press*, der Annie vorgeschlagen hatte, ein Kochbuch ausschließlich über Trüffel zu machen.

Gegen neun waren fast alle Speisen verzehrt: warme Salzkringel, Renken, Lachs, Krabbensalat, Gnocci, Pasta Primavera. Nun boten Kellner in schmuckem Weiß auf Tabletts Kaffee und Annies Desserts an. Obwohl die meisten kräftig zugelangt hatten, stürzten sie sich auf die Desserts.

Aber irgend etwas stimmte nicht. Ganz plötzlich fühlte Annie sich nicht mehr wohl. Und obwohl ihre Trüffeltorte und die kleinen Desserts begeistert gelobt wurden, man ihr dazu gratulierte und sie mit Komplimenten überschüttete, blieb das Gefühl des Triumphs diesmal aus. Sie spürte nur Kopfschmerzen. Sie trank noch einen Kaffee in der Hoffnung, daß der ihr guttun würde. Da kam Emmett und schob seinen Arm unter ihren.

Er zog sie zur Seite und fragte: »Geht's dir gut?«

»Sicher«, gab sie zurück. »Warum auch nicht?« Sie zeigte auf den Raum voller Gäste.

»Du hast diesen gewissen Blick«, meinte er zärtlich und strich über ihr kurzes dunkles Haar.

»Was heißt das?«

Seine blauen Augen funkelten. »Wie General MacArthur vor einem Sturmangriff. Entspann dich, Cobb, es ist nur eine Party. Du mußt hier nicht alle Leute mit deinem Charme erobern.«

Annie schaute ihn mit einer Mischung aus Zuneigung und Verärgerung an. Manchmal konnte er so nervtötend sein. Vor allem dann, wenn es klar war, daß er recht hatte. Er foppte sie, piesackte sie, forderte sie heraus, zwang sie, alles von allen Seiten zu betrachten, auch wenn sie absolut keine Lust dazu hatte. Wie zum Beispiel damals, als sie beschlossen hatte, einen Vorschlag von General Foods anzunehmen, tiefgefrorene Desserts anzubieten. Als sie ihm davon erzählt hatte, hatte Emmett – sie waren im Bett gelegen – seine Hände unter dem Kopf verschränkt, den rechten Fuß auf die unterste Sprosse des Messingbettes gelegt, zur Decke geschaut und in seiner ruhigen Art, die sie manchmal ärgerte, aber immer zum Zuhören zwang, gesagt: »Ich seh' das so. Wer unbedingt gefrorene Desserts von Tout de Suite haben will, wird herausbekommen, wo er sie finden kann. Wenn man sie nicht einfach so in jedem Supermarkt in den Einkaufswagen werfen kann, bleiben sie etwas Besonderes...«

Annie hatte argumentiert, daß sie mit einem Supermarkt-Liefervertrag viel Geld verdienen und endlich ihre Schulden bei der Bank loswerden könnte. Vielleicht bliebe sogar etwas übrig. Aber sie wußte genau, daß er recht hatte. Etwas würde auf der Strecke bleiben, das Kostbarste: die Qualität und die Exklusivität von Tout de Suite. Zwei Tage später hatte sie General Foods abgesagt.

Nein, Emmett war trotz seiner lockeren Art kein einfacher Mensch. Sobald sie versuchte, ihn unter Druck zu setzen, gab er den Druck sofort zurück. Nie konnten sie sich einigen, welchen Film sie sehen oder in welchem Lokal sie essen wollten. Und er konnte schrecklich taktlos sein. Wie letzte Woche, als sie ihm erzählt hatte, daß sie eine besonders köstliche Schokoladen-Mousse, an der sie stundenlang gearbeitet hatte, für eine große Hochzeit lieferte und er nur gemeint hatte, sie schmecke wie Pudding aus der Tüte. Sie hätte ihn umbringen können.

Aber eins war klar – in all den Jahren hatte er sie nie gelangweilt. Wie oft hätte sie ihn am liebsten aus Wut verprügelt, aber er wurde ihr nie über.

Als er so dastand in seinem neuen hellgrauen Anzug mit den schmalen, burgunderfarbenen Streifen, sah er sehr distinguiert aus, wie ein Manager eines großen Unternehmens. Abgesehen von seinen Stiefeln, die zwar neu waren, aber schon nach ein paar Wochen so abgetragen aussahen wie die alten. Sein rostfarbenes Haar war gut geschnitten, sah aber trotzdem zerzaust aus, ein paar rote Locken standen vorn an seiner Stirn und hinten am Kragen seines teuren Hemdes ab.

»Wenn es nicht gut fürs Geschäft wäre, dann würde ich hier nicht stehen«, sagte sie zu ihm. »Gerade eben hab' ich mit Ed Sanderson gesprochen. Er überarbeitet das Buch für das Chocolatier-Magazin, und weißt du, was er zu mir gesagt hat? Daß er ein ganzes Kapitel über mich macht.«

»Darauf könnte ich wetten.« Emmett zwinkerte so anzüglich, daß auch Annie lächeln mußte.

»Also wirklich, Emmett, wenn du nicht aufhörst, dich über mich lustig zu machen, dann... dann...«

»Was dann? Wirfst du mich aus dem Bett?«

»Genau das Gegenteil. Ich behalte dich im Bett, bis du um Gnade winselst.«

»Das könnte eine ganze Weile dauern.«

»Ich kann warten.«

Er rieb seine Lippen zärtlich an ihren Schläfen und flüsterte: »Was hältst du davon, wenn wir hier schnell verschwinden und zu mir gehen, damit wir damit anfangen können?«

Annie wurde warm zumute. Verdammt, warum mußte das gerade jetzt sein, wo sie es am wenigsten brauchen konnte. Nach der Party heute abend wollte sie eigentlich allein sein und ihre Gedanken ordnen, sich noch einmal klar darüber werden, wie das heute mit Joe gewesen war.

Sie schüttelte den Kopf. »Später. Ich will noch mit ein paar Leuten reden, die ich noch nicht erwischen konnte.«

Emmetts Gesicht bekam einen düsteren Ausdruck, er ließ sie los und zuckte die Schultern. Annie machte sich Sorgen. Sie ließ ihn abblitzen, und er wußte das. Was ihr Sorgen machte war, daß er nichts sagte. Sie wußte, daß Emmett um so schweigsamer wurde, je mehr ihn etwas belastete.

Wie lange wird er das noch mitmachen?

Sie erinnerte sich an letzten Oktober, genau vor einem Jahr, als Emmett ihr vorgeschlagen hatte – nicht zum erstenmal –, daß sie zusammenziehen sollten, in eine Wohnung, die groß genug für beide wäre. Sie hatte ihm so freundlich wie möglich erklärt, daß es nicht ginge, daß sie noch nicht soweit sei. Nie würde sie den Ausdruck in seinem Gesicht vergessen, der nicht verärgert oder verbittert war, sondern – maßlos enttäuscht. Sie waren bei ihr gewesen, hatten gerade fertig gegessen. Emmett hatte sich höflich entschuldigt, war aufgestanden, hatte seine Jacke von der Stuhllehne genommen, über die Schultern geworfen und war einfach gegangen.

Sie hatte gedacht, er würde zurückkommen. Aber er kam nicht. Ganze acht Monate war er weggeblieben, kein Telefonanruf, kein Besuch im Geschäft. Sie hatte ihn viel mehr vermißt, als sie angenommen hatte. Es war anders als das bittersüße Verlangen nach Joe. Eher, als hätte man sie in den Bauch getreten, ein stechender Schmerz, der sie wütend machte. Sie war vor allem auf sich selbst wütend, weil es ihr soviel ausgemacht hatte. Als sie gehört hatte, er würde sich mit einer Frau verloben, die er beruflich kennengelernt hatte, war sie regelrecht in eine Depression gefallen. Wochenlang hatte sie sich selbst bei strahlend schönem Wetter so gefühlt, als bekäme sie eine scheußliche Grippe.

Sie erinnerte sich deutlich an den Tag, es war Anfang Juni, als

Emmett plötzlich ohne jede Warnung vor ihrer Tür stand, in Jeans und Polohemd, eine zerknitterte Papiertüte in der Hand. »Ich hab' übers Wochenende Freunde auf dem Land besucht, und das hab' ich bei denen gefunden«, hatte er einfach gesagt und ihr die Tüte in die Hand gedrückt. »Ich hab' gedacht, ich bring' dir welche mit.«

Annie hatte in die Tüte gesehen, und ihr Herz hatte einen Sprung getan. Pfifferlinge! Er hatte sich daran erinnert, wie sehr sie die mochte und sich beklagt hatte, daß sie in den Geschäften selten zu kaufen waren. Dann hatte sie geweint, und Tränen waren auf die Tüte mit den leicht schlaffen Pfifferlingen gefallen.

»Hast du Zeit?« hatte sie mit brüchiger Stimme gefragt. »Ich könnte sie gleich machen.«

»Ich hab' Zeit«, hatte er ganz ruhig gesagt, und sie konnte in seinen blauen Augen sehen, daß er das nicht erst vor einer Viertelstunde, sondern schon vor einer ganzen Weile geplant hatte.

Er hatte nie über die Frau gesprochen, die er heiraten wollte, oder warum die Beziehung auseinanderging. Und Annie hatte nie gefragt. Sie war zufrieden, daß Emmett wieder in ihrem Leben und in ihrem Bett war. Warum nachbohren? Und Emmett hatte seitdem nicht mehr von Zusammenwohnen gesprochen. Sie wußte, daß er das in seinem Kopf hatte und es oft genug auf seiner Zunge lag. Aber er war klug genug, es für sich zu behalten. Aber würde er es einfach schweigend vergessen? So wie sie Emmett kannte, zweifelte sie daran.

In diesem Augenblick, als sie ihn so ansah, fühlte sie sich plötzlich einsam und verloren, als sei sie mitten im Ozean auf einem Eisberg gestrandet. Ich will ihn nicht verlieren, dachte sie. Aber wie konnte sie ihm klarmachen, daß sie ihn liebte und ihn anbetete – aber nicht genug, um ihn zu heiraten?

Sollte sie ihr geliebtes Zuhause aufgeben und bei ihm einziehen? Sie hatte schon ein paarmal daran gedacht, manchmal war sie schon ganz nahe daran gewesen, es zu tun. Aber immer hatte sie irgend etwas davon abgehalten.

Joe? Vielleicht. Vielleicht war sie auch einfach für eine Ehe nicht geschaffen. Sie dachte an ihre Schwester, die so natürlich Mutter und Ehefrau war, wie Vögel ein Nest bauen. Laurels Haus war mehr als nur ein Platz zum Schlafen, Essen und Feiern – es war ein Zuhause, ein Hafen, mit alten Möbeln, die Laurel selbst hergerichtet hatte, Schnickschnack, den sie im Laufe der Zeit zusammengesammelt hatte, Büchern, die sie gelesen und wieder gelesen hatte, gestickten Decken und Spielzeug von Adam, das sie nicht wegwerfen wollte. Annie liebte ihre eigene Wohnung und auch das, was sie tat, und wollte mit Laurel um nichts in der Welt tauschen. Aber jetzt, in diesem Augenblick, fühlte sie sich absolut leer. »Emmett, es tut mir leid.«

»Macht nichts.« Er warf ihr einen scharfen Blick zu, dann sagte er: »Schau, wenn's dir nichts ausmacht, ich bin ziemlich fertig. Nach fünf Stunden Wohnungsbesichtigung kann ich mich kaum noch auf den Beinen halten. Hast du was dagegen, wenn ich mich aus dem Staub mache?«

»Nur wenn du versprichst, morgen abend mit mir essen zu gehen.«

Er zwinkerte mit den Augen. »Hängt von dir ab.«

Sie sah, wie er sich zur Treppe durchschlängelte – ein paar Frauen warfen ihm bewundernde Blicke zu –, und wurde noch schwermütiger. Wie lange, fragte sie sich, würde es diesmal dauern? Wann würde er das nächste Mal weggehen... für immer? Plötzlich war sie todmüde. Sie wollte Emmett nachlaufen, ihm sagen, daß sie sich anders entschieden hatte, aber ihre Füße blieben wie angewurzelt am Boden. Sie dachte an all die Filme, in denen Leute neben Zügen herrennen, die sie nie erreichen, und wo der oder die Geliebte mit Tränen in den Augen ihr Glück vom Fenster des Abteils aus verschwinden sehen.

Obwohl sie sich nicht von der Stelle gerührt oder Emmett nachgerufen hatte, auf sie zu warten, fühlte sie sich außer Atem. Ihre Schläfen klopften, als sei sie einem Zug nachgerannt, den sie schon verpaßt hatte.

Laurel fing den Ball und warf ihn Adam gleich zurück. Sie sah, wie er mit hochgestreckten Armen danach sprang. Dabei rutschte sein T-Shirt hoch, und ein Streifen seines Bauches war zu sehen. Er verlor gerade seinen Babyspeck. Der Ball berührte die Spitze seines Handschuhs, aber er erwischte ihn nicht, und der Ball flog weiter und schlug mit einem dumpfen Knall an der Hauswand auf. Kleine Stückchen der Anstrichfarbe flogen wie Konfetti ins Gras.

Das Haus gehört mal wieder angemalt, dachte Laurel. Großer Gott, es kam ihr so vor, als sei es erst ein paar Monate her, daß sie und Joe das ganze Haus sorgfältig verputzt und gestrichen hatten. Das hatten sie gleich beim Einzug gemacht, Adam hatte damals gerade angefangen zu krabbeln. Sechs Jahre... War es wirklich schon sechs Jahre her? Sie schaute an dem zweistöckigen Haus mit den schönen blauen Fensterläden und der großen überdachten Veranda hoch. Fast ein Jahr lang hatten sie und Joe sich halb tot gearbeitet, um es schön herzurichten. Sie hatten eine Ölfarbenschicht nach der anderen von Kaminsimsen und Türrahmen abgekratzt, die Fußböden abgeschliffen und wieder lakkiert, die zugigen alten Fenster durch neue Doppelfenster ersetzt, getüncht und gerackert, bis ihnen der Nacken steif wurde und ihnen der Arm fast abfiel. Aber es war ein schönes Haus; die Mühe hatte sich gelohnt. Von Bayside bis zum Stadtzentrum fuhr man mit dem Zug nur eine halbe Stunde, und trotzdem hatten sie alle Vorteile, die ein Vorort bietet. Zur Little Neck Bay waren es nur fünf Minuten zu Fuß; Adams Schule lag genauso nah. In der warmen Jahreszeit zog Laurel Blumen und Gemüse im Garten, und der grasbewachsene Hinterhof war für Adam ein schöner Spielplatz.

»Mama!«

Laurel sah ihn bei den großen Hortensienbüschen stehen, die ihr Grundstück von dem der Hessels abgrenzten. Er hielt den

Ball in der Hand und trippelte von einem Fuß zum anderen, als ob er aufs Klo müßte. Er warf ihr den Ball zu, und diesmal warf sie ihn so niedrig zurück, daß er ihn fangen konnte, ohne in die Luft springen zu müssen. Trotzdem fiel es ihm nicht ganz leicht, und sie dachte, daß ihm der Ball vielleicht doch aus der Hand rutschen würde. Aber nach ein paar Sekunden schloß sich der Handschuh fest um den Ball, und er schaute sie glücklich strahlend an. Sie fühlte Stolz und Liebe in sich aufsteigen.

»Gut gefangen!« rief sie. »Jetzt bist du dran. Zeig mir, wie Reggie Jackson es macht.«

»Paß auf, Mama, daß du kein Loch in den Handschuh kriegst!«

»Aber ich hab' doch gar keinen –«

Laurel war so überrascht über den männlich entschlossenen Ausdruck auf seinem kleinen, goldbraunen Gesicht, daß sie den Satz nicht zu Ende sprach. Sie sah, wie Adam seinen Arm herumwirbelte und den Ball so kräftig wegschleuderte, daß er das Gleichgewicht verlor und auf den Knien im Gras landete. Der Ball flog hoch, er schien die Erdanziehung Lügen zu strafen und in der Luft zu hängen und sah wie ein weißes Loch im leuchtenden Herbsthimmel aus. Dann fiel er herab durch die Zweige des alten Apfelbaums, unter dem sie stand, und landete ein Stück neben ihr in dem staubtrockenen Gemüsebeet. Der schmutzig weiße Ball lag halb verborgen unter einem abgefressenen Blatt in der Nähe der verkümmerten Zucchinipflanzen. Sie hatte die letzten Kürbisse, Bohnen und Gurken schon vor ein paar Wochen geerntet, und jetzt, wo der Altweibersommer in den Herbst überging, war sie froh, daß sie trotz all der damit verbundenen Arbeit, zwei gut gefüllte Regale mit Eingemachtem in ihrer altmodischen Speisekammer hatte.

Während sie den Ball aufhob, dachte Laurel, wie sehr Adam eben mit seinen dunklen, glitzernden Augen und seiner triumphierend hochgereckten Faust seinem echten Vater ähnlich gesehen hatte. Plötzlich sah sie Jess Gordon auf den Stufen zum Studentenzentrum stehen und mit hoch in die Luft gereckter Faust zu einer kleinen Menge gebannt lauschender Studenten sprechen. Adam hatte von seinem Vater das rabenschwarze Haar und die scharf geschnittenen Züge, und auch seinen Gerechtigkeitssinn. In der Schule hatte der Lehrer ihr erzählt, daß Adam sein Pausenbrot und seine Kekse mit jedem Kind teilte, das etwas davon haben wollte, auch wenn er selbst nicht satt wurde.

Laurel erinnerte sich an den blauen Luftpostbrief, den sie von Jess bekommen hatte, als Adam drei Jahre alt wurde. Er war ins Friedenskorps eingetreten und lebte in Mexiko in einem Dorf, wo er den Kleinbauern nach einer entsetzlichen Dürrekatastrophe half, Bewässerungskanäle anzulegen. Das einzig Schlimme sei, daß er fast ständig Durchfall habe, schrieb er, aber er sei glücklicher als jemals zuvor. Er habe ein Mädchen aus der Gegend namens Rosa Torrentes getroffen, und sie wollten heiraten...

Sie erinnerte sich an ihre eigene, eilig vollzogene Heirat. Ohne weißes Kleid, ohne Schleier, sogar ohne Brautstrauß. Sie war im siebten Himmel gewesen und hatte keinen Augenblick eine große Hochzeit vermißt. Sie hatte ja alles, was sie wollte: Er stand direkt neben ihr.

Aber war Joe auch so glücklich gewesen? Und hätte sie es in ihrem Glückstaumel überhaupt bemerkt, wenn er weniger ekstatisch als sie gewesen wäre? Sie kniete im Gras beim Gemüsebeet und umfaßte den Ball mit ihren Fingern.

Weine nicht. Du darfst nicht weinen. Nicht vor Adam. Aber die Tränen liefen ihr schon die Wangen hinab, und wieder quälte sie das Bild, das sie seit gestern verfolgt hatte: Joe und diese Frau in dem Restaurant. Sie hatte die fertigen Bilder für *Sally, die dumme Gans* im Viking Verlag abgeliefert und auf der Rückfahrt beim Restaurant gehalten, um Joe eine kleine Überraschung zu bereiten. Er saß mit dem Rücken zu ihr gegenüber einer hübschen, brünetten Frau, die Laurel nicht kannte. Sie beugten sich über den Tisch aufeinander zu und waren so beschäftigt, daß sie nicht auf sie achteten. Die Frau hielt, das konnte Laurel deutlich sehen, Joes Hand fest umfaßt. Sie konnte Joes Gesicht nicht sehen, merkte aber, daß er aufgewühlt war. Stritten sich die beiden? Trennten sie sich?

Und jetzt empfand sie wieder den Schock und das Entsetzen, das sie im Restaurant gepackt hatte. In ihrem Geist überlappten sich ganz verschiedene Bilder zu einer bizarren Collage: Sie sah die goldenen Ohrringe der Frau, die im Licht aufblitzten, als sie Joes Wange streichelte; sie sah die Biegung von Joes Schulter, als er sich zu der Frau beugte; sie sah die steif gefaltete Serviette neben ihm, die sie an eine Narzisse erinnerte. Gene Pitneys *Town Without Pity* klang aus dem alten Musikautomaten, der Hits aus den frühen sechziger Jahren spielte. Und Laurel hatte, unsichtbar für die beiden, wie ein Geist dort gestanden.

Die ganze Nacht und den ganzen gestrigen Tag hatte sie versucht, sich die beiden nicht zusammen vorzustellen, wie sie nackt beieinanderlagen, scherzten, sich küßten und liebten. War es nicht möglich, daß es eine andere, harmlose Erklärung gab für das, was sie gesehen hatte? Okay, vielleicht. Aber es war nicht nur die Frau in dem Restaurant. In letzter Zeit hatte Joe so distanziert und geistesabwesend gewirkt. Er hatte schon längere Zeit nicht mehr mit ihr geschlafen. Und diese Distanziertheit hatte sie nicht erst seit einem Monat gespürt.

Du wußtest es doch. Selbst als er auf dem Standesamt ja sagte, wußtest du, daß er dich nicht liebte. Jedenfalls nicht so leidenschaftlich und umfassend wie du ihn... Und du hast ihn auch geheiratet, nicht er dich. Warum ist es dann so ein Schock, wenn er eine Affäre hat? Wenigstens –

»Hast du das gesehn? Mensch, Mama, hast du gesehn, wie hoch er flogen ist? Praktisch bis in den *Weltraum*!«

Adams Stimme brachte sie in die Wirklichkeit zurück. Sie wischte sich die Augen, erhob sich und ging zu ihrem Sohn.

»Wenn ich was zu sagen hätte«, sagte sie und umarmte ihn, »dann würde ich dich bei der NASA anstellen. Wie du den Ball da eben geworfen hast – ich glaub', du wärst ein guter Raketenbauer.« Obwohl der Tag kühl war, hatte Adam geschwitzt.

Er machte sich aus ihrer Umarmung frei, warf sein seidiges schwarzes Haar zurück und sagte ernst: »Kinder können keine Wissen – schafter sein.« Seine großen, dunkelblauen Augen schauten sie ernst und klug an.

Laurel hätte sich gewünscht, daß Liebe so wie Geld auf der Bank funktionierte – je mehr man einzahlte, desto mehr bekam man zurück. All die Jahre hatte sie immer geglaubt, daß es nur eine Frage der Zeit wäre, Joes Liebe zu gewinnen. Aber jetzt war sie sich dessen nicht mehr so sicher.

Es hatte Leidenschaft gegeben, o ja. Sie erinnerte sich noch daran, wie es am Anfang gewesen war, Joes Hände auf ihrem Körper, so wissend, so zärtlich. Aber immer hatte sie sich heimlich gefragt, ob er nicht lieber mit Annie schlafen wollte, ob er nicht an Annie dachte, während er sie streichelte.

Sie hatte sich gesagt, daß es bei verheirateten Paaren nur natürlich sei, daß sie sich im Laufe der Zeit weniger füreinander interessierten. Warum liebte sie Joe aber dann mehr als an ihrem Hochzeitstag? Warum sehnte sie sich jede Nacht nach ihm, wenn er sich auf die andere Seite drehte und ihr seinen Rücken zuwandte?

»Mami?«

Laurel schreckte aus ihren Gedanken hoch, sah Adams fragendes Gesicht und rief sich zur Ordnung. Sie durfte ihn nicht spüren lassen, wie beunruhigt sie war. Sie wollte, daß ihr Sohn sich so sicher fühlte, wie sie es in seinem Alter nie gewesen war.

Sie umarmte ihn wieder, diesmal so fest, daß er sich mit aller Kraft wehrte. Sie liebte seinen Kleinjungen-Geruch, der ganz anders war als der von kleinen Mädchen. Sie küßte ihn und ließ ihn los, er schoß aus ihrer Umarmung heraus wie ein Kiesel aus einer Steinschleuder. Jetzt raste er in großen Kreisen über den mit Blättern bedeckten Rasen und preßte seine Arme seitlich an den Leib.

»Brrrrrrrr... Ich bin eine Rakete! Schau mal!«

»Wohin fliegst du?« fragte sie ihn.

»Zum Mars!«

»Ach, wie schade. Ich lebe auf dem Jupiter. Ich hab' gehofft, du könntest mich dort absetzen.«

Adam blieb stehen und warf sich kichernd ins Gras.

»Mami, du bist aber blöd.«

»Du vielleicht nicht?«

»Was wär' denn, wenn du *wirklich* auf dem Jupiter leben würdest? Wer würde mich denn abends zudecken?«

»Papa natürlich.« Der Satz preßte ihr das Herz zusammen.

»Annie auch!«

»Ach, ich weiß nicht... Deine Tante Annie hat sehr viel zu tun.«

»Aber für *mich* hat sie immer Zeit.« Er sprach mit der Selbstherrlichkeit eines Siebenjährigen, um den sich seit dem Tag seiner Geburt nicht nur Annie, sondern auch Tante Dolly unaufhörlich gekümmert hatten.

»Das stimmt natürlich.« Annie fand, obwohl sie soviel mit ihrem Schokoladegeschäft zu tun hatte, immer Zeit, um Adam zu besuchen oder mit ihm in ein Puppentheater oder den Zoo oder zum Minigolf zu gehen.

»Sie kommt doch heute, stimmt's?« fragte Adam.

»Aber erst später«, sagte Laurel. »Nach deinem Mittagsschlaf.«

»Ach, nur Babys müssen mittags schlafen.« Er erhob sich und seufzte, weil er sich in seiner Würde verletzt fühlte, und fügte dann schlau hinzu: »Ich wette, daß ich bei Annie nicht ins Bett müßte.«

»Du willst doch schnell wieder gesund werden, oder? Und Annie ist nicht da, also mußt du machen, was deine böse, alte Mama dir sagt.« Laurel faßte ihn am Genick und schob ihn in Richtung des Hauses. »Ich hab' eine Überraschung für dich, aber erst, wenn du im Bett bist.«

Er schaute aufgeregt zu ihr hoch.

»Du hast sie gekriegt!«

»Ich verrate nichts.«

»Die Luke-Skywalker-Bettwäsche! Du hast sie gekriegt! Du hast sie gekriegt!« Er tanzte vor Glück wie ein Wahnsinniger herum, blieb dann stehen und warf ihr einen zweifelnden Blick zu. »Hast du sie gekriegt?«

Laurel hatte es eigentlich als Überraschung geplant, aber dieser Blick – dieser Ausdruck, den auch Joe immer hatte, wenn er etwas geschenkt bekam, mit dem er nicht gerechnet hatte, wie damals, als sie ihn skizziert hatte, wie er auf der Couch döste, und das Bild dann für seinen Geburtstag hatte rahmen lassen. Sie nickte, und der Kloß in ihrem Hals wurde größer, tat fast weh.

»Darf ich aufbleiben und es Annie zeigen?«

»Nach deinem Mittagsschlaf.«

Als sie Adam oben in seinem Zimmer ins Bett gebracht hatte, was eine Zeitlang dauerte – er war über seine neuen Star-War-Laken ganz aus dem Häuschen –, machte sie sich eine Tasse Tee und trug sie in das ehemalige Gästezimmer, das sie zu ihrem Arbeitszimmer gemacht hatte. Sie liebte diesen Raum, er war der kleinste im Haus. Das Fenster ging nach Osten, dadurch hatte sie wunderbare Morgensonne zum Malen. Am späten Nachmittag nähte sie oft auf der alten Singer-Nähmaschine, die in der Ecke stand. Zur Zeit nähte sie ein wunderbares Kleid für Annie, das sie am nächsten Wochenende bei der Präsentation ihrer neuen Pralinen-Kollektion tragen wollte. Annie hätte sich leicht ein Modell von Valentino oder Halston leisten können, aber sie hatte dieses spezielle Kleid in einer italienischen Nummer von *Vogue* entdeckt und sich in das Kleid verliebt. Natürlich hatte Laurel mit ihrer großen Klappe ihr angeboten, es zu nähen. Wobei es schwieriger gewesen war, die Zeit dafür zu finden, als es tatsächlich zu nähen.

Laurel schaute nach rechts an die Wand, die sie von oben bis unten mit Korkplatten beklebt hatte. Darauf hatte sie Dutzende von Zeichnungen gepinnt, was dem Raum etwas Künstlerisches gab. Am Fenster stand ihr Zeichenbrett, auf das sie ein paar halbfertige Skizzen geklemmt hatte. Daneben ihre Staffelei mit einem wackligen Servierwagen in Reichweite, auf dem ihre Pinsel und Farben untergebracht waren. Der Rest ihrer Sachen – große Malpappen, Zeichenpapier, Leinwände, Pinsel, Dosen mit Terpentin und Fixierspray, Schachteln mit Stoffetzen, große Plastikdosen voll Farbpulver und eine Kaffeebüchse voller Malstifte für Adam – war ziemlich ordentlich in die Regale eingeräumt, die sie und Joe an der Südwand angebracht hatten. Der harzige Geruch von Leinöl und Terpentin hing in der Luft – ein Geruch, den sie überall mit sich herumzutragen schien, in ihren Kleidern, in ihrem Haar – wie ein Parfüm.

Laurel setzte sich auf den hochbeinigen Stuhl vor ihrem Zeichenbrett und starrte auf das Bild eines Einhorns, das geisterhaft durch das schützende Seidenpapier hindurchschimmerte.

Sie hatte schon verschiedene Ideen für die nächste Illustration der Geschichte, und sie wollte Skizzen machen, solange sie sie noch frisch im Kopf hatte. Sie riß ein Blatt aus ihrem Skizzenblock und schaute es an, aber dann war ihr Kopf plötzlich wie leergefegt. Nach ein paar Minuten verschränkte sie die Arme, schaute durch das Fenster in den Hinterhof, sah den verkrüppelten Apfelbaum und die herbstlich verfärbten Himbeerbüsche. Sie fühlte sich plötzlich sehr müde, genauso wie in all ihren Schwangerschaften. Schläfrig, fast wie betäubt.

Die Brust wurde ihr eng. Diese Babys, die sie verloren hatte... drei winzig kleine Menschlein. Aber ihr waren sie weder klein noch unwichtig vorgekommen. Die Fehlgeburten waren jedesmal entsetzlich gewesen, fast so schlimm, als ob sie Adam verloren hätte.

Joes Babys, seine Söhne und Töchter.

Wenn sie wenigstens eines dieser Kinder ausgetragen hätte, wäre es dann zwischen ihr und Joe anders gelaufen?

Nein, das war nicht fair. Er liebte Adam so, als wäre es sein eigenes Kind. Sie konnte die Entfremdung zwischen ihnen nicht auf die Fehlgeburten schieben.

Laurel fühlte, wie sie immer unglücklicher wurde, und atmete tief durch. Vielleicht sah sie alles zu schwarz? Warum dachte sie nicht an die guten Zeiten, die sie gemeinsam erlebt hatten?

Die Reise nach Barbados, wo es die ganze Zeit geregnet hatte, was ihnen überhaupt nichts ausgemacht hatte. Sie waren im Hotel geblieben, hatten Rum-Cocktails getrunken und viel miteinander geschlafen, hatten diese winzigen, süßen Bananen gegessen, die kaum größer als ein Daumen waren.

Plötzlich erinnerte sich Laurel auch an den Tag, an dem sie zu Hause einen Rohrbruch im oberen Badezimmer hatten und Wasser durch die Decke getropft war: über die fertigen Zeichnungen für *Jabberwocky*. Sie hatte wochenlang an diesen Zeichnungen gesessen, die alle durch das Wasser völlig unbrauchbar geworden waren. Obwohl sich Joe sehr liebevoll um sie gekümmert hatte, war sie untröstlich gewesen. Sie hatte gedacht, daß sie sich über nichts mehr freuen könnte. Nicht einmal über das Abendessen bei Rivka, auf das sie sich so sehr gefreut hatte. Es fand Freitagabend am Sabbat statt und sollte ein ruhiger, schöner Abend werden... Aber sie fühlte sich gar nicht danach. Trotzdem zog sie ein schönes Kleid an, kleidete auch Adam sorgfältig, und sie waren losgefahren. Sie hatte an Rivkas Tisch gesessen, umgeben von Rivkas Kindern und Enkelkindern.

Und dann war nach dem Segen etwas Wunderbares passiert. Joe, der neben ihr gesessen hatte, hatte sich geräuspert und gesagt: »Ich würde ein Gebet gern auf englisch vorlesen. Darf ich das?«

Mr. Gruberman, in seinem reichbestickten Yarmulk und schwarzen Anzug, sah etwas überrascht aus, nickte aber. »Selbstverständlich, bitte sehr.«

»Es ist aus den Sprüchen.« Joe fand die Stelle in dem kleinen Gebetbuch, das Rivka gehörte und außer dem hebräischen Text auch die englische Übersetzung enthielt. Mit gefühlvoller

Stimme begann er zu lesen. »›Eine gute Frau, wer findet die? Sie kann nicht mit Geld aufgewogen werden. Das Herz ihres Mannes vertraut ihr, und es wird ihm an nichts fehlen. Solange sie lebt, will sie ihm wohl und niemals böse‹« ... Beim Zuhören öffnete sich Laurel das Herz, und Tränen traten ihr in die Augen. Die zerstörten Zeichnungen verblaßten in ihrer Erinnerung. Das einzige, was zählte, war dieser Mann neben ihr, sein feingeschnittenes Profil gegen den sanften Glanz der Sabbatkerzen, seine zärtliche Stimme, die den Raum wie Musik füllte. *Er liebt mich*, hatte sie voller Freude gedacht. *Er liebt mich*.

Jetzt, viele Jahre später, war sich Laurel der Liebe Joes nicht mehr sicher.

Sie ließ ihren Kopf auf die Arme sinken und schloß die Augen.

Sie fühlte sich so müde. Die Wahrheit war, daß sie Adams Nachmittagsschlaf dringender brauchte als er selbst. Er beschwerte sich immer, daß ein Nachmittagsschlaf nur etwas für Babys sei, daß er viel zu alt dafür wäre... Und wahrscheinlich hatte er recht. Aber außer an den Wochentagen, an denen Adam in der Schule war, war das die einzige ruhige Zeit, in der sie arbeiten konnte. Sie hatte soviel zu tun – bis nächste Woche mußten zwei Illustrationen für Mimis Buch fertig sein. Und sie hatte noch nicht einmal mit der Zeichnung für den Umschlag begonnen. Und Georgia Millburn von Little, Brown hatte gestern zweimal angerufen, um zu fragen, ob sie die Zeichnungen für *Beggar Bones* gemacht hätte? Sie hatte versprochen, sich noch vor dem Wochenende daran zu setzen, aber wie sollte sie das schaffen?

Ach, warum hatte sie Annie bloß versprochen, dieses Kleid zu nähen? Warum versuchte sie immer, ihrer Schwester zu gefallen? Manchmal fühlte sie sich, als ob sie sich... bemühte, irgendeine entsetzliche Ungerechtigkeit, die sie Annie angetan hatte, wiedergutzumachen. Aber was sollte das sein? Nicht Joe. Nicht wirklich. Er war freiwillig zu ihr gekommen. Oder etwa nicht?

Und Annie machte ihr ja auch kein schlechtes Gewissen. Annie war einfach großartig. Sie konnte wunderbar mit Adam umgehen. Sie war manchmal nur so... so *überwältigend.* Wie ein Tornado sauste sie durch die Eingangstür herein, ihre hohen Absätze klackten, ihre goldenen Ohrringe blitzten, und sie zog einen Schwall ihres Parfüms hinter sich her, während sie von einem Zimmer ins nächste lief und Küsse, Geschenke, Komplimente, Ratschläge austeilte. Wenn Annie da war, wurde Adam wild, hektisch, sogar unkontrollierbar. Und spätestens eine halbe Stunde, nachdem sie das Haus verlassen hatte, klappte er irgendwo zusammen und schlief ein. Sie fand ihn dann zusammengerollt zwischen Legosteinen auf dem Teppich seines Kinderzimmers oder in einer Sofaecke im Wohnzimmer. Wenn er dann aufwachte, war er weinerlich und sehr anstrengend und fragte immer wieder, wann Annie zurückkäme, bis Laurel das Gefühl hatte, schreien zu müssen.

Aber sie konnte seine Gefühle verstehen. Nach Annies Besuchen wirkte tatsächlich alles etwas langweiliger. Alle Farben in diesem Haus wirkten dann ausgebleicht, so wie ein Vorhang, der zu lange dem grellen Sonnenlicht ausgesetzt war. Von Annie durcheinandergewirbelt schien selbst die Luft wie Champagner zu sein – schon beim Einatmen dieser Luft fühlte man sich leicht betrunken. Aber wenn sich wieder die Tür hinter ihr geschlossen hatte, dann wirkte alles gewöhnlicher als zuvor.

Empfand das Joe genauso? Sicher... Und manchmal wurde Laurel beim Gedanken daran, wie sehr Joe sich nach Annie sehnen mußte, fast wahnsinnig vor Eifersucht. Manchmal, wenn sie sah, wie glücklich und doch energiegeladen er in Annies Nähe war, hatte Laurel das Gefühl, als ob sie regelrecht verblassen würde. Sie mußte sich klarmachen, daß auch sie eine interessante und energiegeladene Frau war. Sie kümmerte sich um Adam und dieses Haus mit dem großen Garten. Außerdem waren zwei der Bücher, die sie illustriert hatte, in die Vorauswahl für einen Kinderbuch-Preis gekommen. Ihre Ausstellung in der Robson-Galerie in der Spring Street waren in zwei Zeitungen respektvoll erwähnt und in einer dritten geradezu begeistert besprochen worden, und sie hatte sogar sechs Gemälde zu diesen unglaublich hohen Galeriepreisen verkauft, eines davon an ein Museum. Sie nähte die meisten ihrer Kleider, backte selber Brot und war eine gute Köchin. Warum also sollte sie sich wie ein Mensch zweiter Klasse fühlen?

Es gab überhaupt keinen Grund dafür. Allerdings schien ihr Mann von Annie hypnotisiert zu sein, während er zu ihr liebevoll war, aber nicht mehr.

Gott sei Dank hat er kein Verhältnis mit Annie. Der Gedanke setzte sich in ihrem Kopf fest. Mit einer anderen Frau wäre sie wohl fertig geworden, aber mit Annie? Großer Gott, nein.

Plötzlich kam ihr wieder Joe mit dieser hübschen, brünetten Frau in den Sinn – die von weitem tatsächlich Annie etwas ähnlich gesehen hatte. Sie spürte einen stechenden Schmerz im Bauch, der sie an die Krämpfe vor ihren Fehlgeburten erinnerte.

Sie mußte damit aufhören. Sie mußte aufhören, sich selbst zu quälen, und einfach Joe fragen. Vielleicht gab es eine ganz unschuldige Erklärung, und wenn sie sie hörte, würde sie sich ziemlich dumm vorkommen.

Aber würde sich alles andere dadurch aufklären? Die vielen Male, die er mit angestrengtem Gesichtsausdruck ins Leere gestarrt hatte, wie jemand, der die Welt auf seinen Schultern trug und niemand hatte, dem er sich anvertrauen konnte, wo *sie* doch eigentlich seine Vertraute und sein bester Freund sein sollte. Und all die Nächte, in denen sie voller Sehnsucht im Bett lag und betete, daß er mit ihr schlafen würde. Einmal hatte sie ihn ungeheuer verlegen gefragt, ob irgend etwas mit ihr nicht stimmte. Ob er vielleicht eine elegantere Frau wollte, keine Frau, die im Haus in Jeans und T-Shirts herumlief und sich nicht mehr daran erinnerte, wann sie sich zum letztenmal geschminkt hatte. Und Joe... Großer Gott, er war so erschrocken gewesen, daß er sie sofort in seine Arme genommen und so zärtlich mit ihr geschlafen hatte, daß sie hinterher hatte weinen müssen, aber nicht aus Freude. Nein, einen Augenblick hatte sie sich an den Anfang ihrer Liebe erinnert gefühlt, und das Herz hatte ihr weh getan.

Selbst wenn er keine Liebschaft mit dieser Frau hatte, hatte er sie schon irgendwie verlassen. Aber wie konnte man von jemand verlassen werden, den man niemals wirklich besessen hatte?

Gott im Himmel, was konnte sie tun? Was *sollte* sie tun? Ihrem Mann beistehen und hoffen, daß er eines Tages auch innerlich zu ihr zurückfand? War sie so bedürftig?

Aber was könnte entsetzlicher sein, als Joe zu verlieren? Soweit sie sich zurückerinnern konnte, hatte sie ihn immer schon geliebt. Sie war in diese Liebe hineingewachsen. Wie könnte sie das aufgeben? Konnten ihre Gefühle für ihn jemals so verblassen, wie *sie* für Joe verblaßt zu sein schien?

Annie. Was würde sie an meiner Stelle tun?

Ach, warum kam sie immer wieder auf Annie zurück. Annie, Annie! Es war doch *ihr* Leben. Sie brauchte Annie und ihre Ratschläge nicht. *Erinnerst du dich noch daran, wie sie in die Luft ging, als du ihr von Val erzähltest?*

In einem kleinen indischen Restaurant auf der Third Avenue hatte Laurel ihrer Schwester nebenbei erzählt, daß Val geschrieben habe, daß er sie besuchen und seinen Enkel sehen wollte – Adam war zu der Zeit zwei Jahre alt gewesen. Und daß sie ihn für einen kurzen Besuch eingeladen hatte.

»Wie *kannst* du nur?« Annie hatte sie angestarrt und ihre Gabel auf den Teller geschmissen. »Wie kannst du das nur *erwägen?*«

»Adam hat das Recht, seinen Großvater kennenzulernen«, hatte Laurel mit ruhiger, aber fester Stimme geantwortet. »Selbst wenn Val etwas daneben ist.«

»Daneben? Glaubst du, das ist alles? Mein Gott, Laurey, ich würde dem Mann nicht über den Weg trauen. Woher weißt du, daß er nicht irgendwas einfädelt?«

»Was denn zum Beispiel? Wenn man dich hört, könnte man

glauben, daß er ein Schwerverbrecher ist. Das ist er aber nicht, Annie. Er tut mir wirklich etwas leid. Er hat niemanden außer Adam und mir.«

Laurel hatte ihre Schwester angestarrt und in Annies Augen entdeckt, daß sie unter ihrer gut kontrollierten Fassade auch unsicher sein konnte. »Es ist doch kein Wettbewerb«, sagte sie beruhigend. »Ich liebe ihn doch nicht mehr als dich. Und ich behaupte auch nicht, daß es nicht richtig war, daß du mich damals mitgenommen hast.«

Annie sagte nichts mehr, aber ihr Blick verriet, daß sie alles andere als einverstanden mit Vals Besuch war.

Val war nicht oft gekommen; nach diesem ersten Mal war er nur noch zwei weitere Male hergeflogen. Die traurige Wahrheit war die – und das hatte Laurel ihrer Schwester nicht verraten –, daß Val nicht genug Geld für den Flug hatte.

Laurel malte sich aus, wie wütend Annie wäre, wenn sie wüßte, daß sie ihrem Vater hin und wieder Geld schickte. Nicht viel, nur manchmal einen kleinen Scheck – nie soviel, daß Joe das Geld vermissen und sie befragen würde. Es hatte vor Jahren damit angefangen, daß Val sie angerufen und ihr etwas von einer zeitweisen Verpflichtung erzählt und sie gefragt hatte, ob sie ihm etwas Geld leihen könne, bis das Geschäft, um das er sich gerade bemühte, abgewickelt sei.

Irgendwie schienen sich Vals Geschäfte aber niemals zufriedenstellend abzuwickeln, und er zahlte das geliehene Geld nie zurück. Laurel machte das nicht viel aus. Sie empfand Mitleid für Val... und fühlte sich ihm gegenüber auch schuldig. Als ob sie teilweise verantwortlich für seine jetzige Lage wäre, für die sie, wie sie genau wußte, nicht das geringste konnte.

Merkwürdigerweise vermißte sie Rudy. Obwohl sie keinen seiner vielen Briefe beantwortet und jedesmal, wenn er anrief, sofort aufgelegt hatte, fühlte sie jedesmal, wenn sie an ihren Onkel dachte, einen Kloß im Hals. Sie wußte, daß sie ihn eigentlich hassen sollte für das, was er getan hatte. Aber sie ahnte, daß all seine Lügen über Val und später über das Ehepaar, das Adam adoptieren wollte, nicht bösartig gemeint gewesen waren. Er konnte es nicht vorgehabt haben, sie zu verletzen. Und er hatte ihr ja letzten Endes einen Gefallen getan, oder etwa nicht? Wenn er sich nicht so ins Zeug gelegt hätte, dann hätte sie Adam vielleicht tatsächlich zur Adoption freigegeben. Als sie sich ein Leben ohne Adam vorstellte, fühlte sie Übelkeit in sich aufsteigen.

Sie mußte unbedingt mit jemandem sprechen. Sollte sie Annie diese Geschichte mit Joe erzählen? Wenn sie nicht mit jemandem darüber sprechen konnte, würde sie ersticken.

Vielleicht könnte Annie mir irgendwie helfen.

Laurel dachte daran, wie gut es ihr tun würde, ihr Herz zu erleichtern. Sie richtete sich auf und befestigte ein dickes, sauberes Zeichenpapier auf dem Tisch. Mit einem Stück Kohle skizzierte sie ein Einhorn. Kein normales Einhorn – dieses hier hatte Flügel und flog, von Sternen umringt, hoch in den Himmel hinauf.

»Noch etwas höher, glaub' ich«, sagte Annie. »Knapp über dem Fußgelenk.«

Laurel kniete auf dem Teppich im Wohnzimmer und nahm die Stecknadeln heraus, die sie sich zwischen die Lippen geklemmt hatte.

»Wenn du willst, kann ich es auch ganz kurz machen«, zog sie ihre Schwester auf. »Miniröcke sind jetzt wieder ganz große Mode.«

»Vielleicht in der *Vogue*, aber das ist nichts für mich. Es reicht doch, wenn fast der ganze Rücken frei ist. Ich gehe ja nicht zu einer Mißwahl. Ich will, daß sich die Leute auf meine getrüffelten Pralinen konzentrieren, nicht auf meine Oberschenkel.«

Laurel schaute zu Annie hoch. »Sie werden ganz wild sein auf deine Pralinen. Was kann schon schiefgehen?«

»Alles.« Sie versuchte, zuversichtlich zu lächeln, aber Laurel sah, daß sie die Hand zum Mund heben wollte. Sie biß wieder an ihren Nägeln herum. Das war ein schlechtes Zeichen. Aber davon einmal abgesehen, wirkte Annie völlig angstfrei.

Laurel hockte sich wieder hin und schaute zu ihrer Schwester auf, eine strahlende Erscheinung in diesem Kleid, das bis vor ein paar Minuten noch ausdruckslos auf dem Bügel gehangen hatte. An Annies Körper glänzte es, *tanzte* es, und der rosagoldene Samt schimmerte wie die feinste Seide. Und wie klug es von Annie war, ihr Haar kurzgeschnitten zu tragen.

Es wurde Laurel klar, daß Annie irgendwann zu einer wirklichen Schönheit geworden war. Keine Schönheit wie Grace Kelly... eher wie Sophia Loren – exotisch, ihre sehr großen Augen wirkten durch den Eyeliner und die Wimperntusche noch größer, und sie hatte ihre schwellenden Lippen mit einem dunklen Lippenstift noch betont, was vollkommen unmodisch war, an ihr aber sehr gut aussah.

Laurel kam sich in ihren alten Jeans und dem karierten Baumwollhemd im Vergleich zu ihrer Schwester wie eine graue Maus vor. Wann war sie das letzte Mal beim Friseur gewesen, wann hatte sie ihre Nägel maniküren lasen? Sie trug noch genauso wie im College einen Mittelscheitel, und das Haar reichte ihr bis zur Taille. Jetzt hatte sie sich mit dem Gummiband, mit dem die *Times* zusammengebunden gewesen war, einen schlampigen Pferdeschwanz gemacht. Sie schaute auf ihre Hände. Die Nägel waren von den Farben, die sie für Adam gemischt hatte, rot und grün und gelb umrandet. Maniküre? Die würde an diesen ungepflegten Händen nichts ausrichten können.

Annie beugte sich wie eine gute Fee herunter und berührte Laurels Schulter. »Komm doch bitte mit«, sagte sie. »Es macht dir bestimmt Spaß. Es kommen viele Leute, die du kennst.«

Laurel zuckte die Achseln. »Ach, ich weiß nicht.« Es war nicht das erste Mal, daß Annie sie einlud. Laurel fühlte sich hin und her gerissen. Einerseits wollte sie Annie einen Gefallen tun und ihr bei einem so wichtigen Ereignis zur Seite stehen, aber auf der anderen Seite fühlte sie sich immer so unwohl auf Partys.

Sie erinnerte sich an die letzte Party, zu der Joe und sie gegangen waren. All diese Leute, die sie nicht kannte, hatten laut geschrien, um die Musik zu übertönen. Sie haßte es ganz einfach, witzig oder schlagfertig sein zu müssen, auf Leute interessant zu wirken, die in einer Minute ihren Namen schon wieder vergessen hätten.

»Joe würde sich bestimmt sehr gut amüsieren«, sagte Annie.

Laurel fühlte einen Stich. *Woher weißt du so gut, was Joe gefällt?* hätte sie am liebsten gesagt.

Aber sie wußte, daß Annie es gut meinte. Und hatte sie in all diesen Jahren irgend etwas getan, was darauf hindeutete, daß sie für Joe mehr als eine Freundin und Schwägerin war?

»Das glaub' ich auch«, antwortete Laurel. Tatsächlich hatte sie ihm schon vorgeschlagen, er solle allein dort hingehen oder vielleicht Tante Dolly begleiten.

»Du überlegst es dir also?«

»Okay, ich komme vielleicht.« So war es einfacher. Eine Auseinandersetzung mit Annie war eine völlig aussichtslose Sache. »Jetzt stell dich mal gerade hin, damit ich den Saum abstecken kann.«

Schließlich erhob sie sich. »Fertig. Geh und schau dich an. Im Schlafzimmer ist ein großer Spiegel, aber versprich mir, daß du dich dort nicht umschaust. Es ist wahnsinnig unordentlich. Ich hab' noch nicht mal das Bett gemacht.«

In Wirklichkeit war das ganze Haus sehr unordentlich. Laurel schaute sich um, sah Adams Legosteine auf dem nicht gesaugten Teppich liegen. Auf dem Sofa lagen zerbrochene Salzstangen, ein Saftglas hatte einen klebrigen Ring auf dem Beistelltisch hinterlassen. Seit sie gestern aus dem Restaurant zurückgekommen war, hatte sie nur schlafen wollen, sonst nichts.

Dann wurde Laurel klar, daß Annie keine Anstalten machte zu gehen, sondern sie mit ihrem Ich-weiß-daß-was-los-ist-Blick anstarrte.

»Das ungemachte Bett ist doch egal«, sagte sie streng. »Über dich mach ich mir Sorgen. Laurey, du siehst wahnsinnig schlecht aus. Was ist los?«

Laurel hatte das Gefühl, als ob Sandsäcke ihre Arme und Beine nach unten zögen. Sie fühlte sich so müde. Wie konnte sie jemals gedacht haben, daß es gut wäre, die Angelegenheit mit Annie zu besprechen?

»Nichts«, sagte sie und versuchte, fröhlich zu klingen. »Bevor du kamst, habe ich einen kleinen Nachmittagsschlaf gehalten. Deshalb ist das Bett noch nicht gemacht.«

Annie schaute sie scharf an. »Du bist doch nicht krank, oder?«

»Du meinst, ob ich schwanger bin?« antwortete Laurel kurz.

»*Bist* du das?«

Laurel atmete tief ein und stieß die Luft in einem Seufzer aus. »Großer Gott, muß ich denn gleich schwanger sein, wenn ich mal müde bin?« Sie dachte an Joe, der Nacht für Nacht neben ihr schlief und sie nicht anfaßte. »Wenn du es ganz genau wissen willst, das wäre ein Wunder.«

Einen kleinen Augenblick blieb Annie wie erstarrt stehen. Sie sah schockiert aus.

Dann sagte sie: »Stimmt irgend etwas nicht zwischen Joe und dir?«

»Nichts, was ein guter Quacksalber nicht heilen könnte.« Laurel lachte kurz und trocken auf. »Willst du eine Tasse Kaffee? Ich hab' gestern Bananenbrot gebacken. Ich glaube, es ist noch was davon übrig.«

Annie ließ sich in den Schaukelstuhl am offenen Kamin fallen, die Stecknadeln ragten wie winzige Antennen aus dem Stoff ihres Kleides heraus. Sie schaute Laurel die ganze Zeit an.

»Willst du mit mir darüber sprechen?«

»Nein, eigentlich nicht.«

»Habt ihr euch gestritten?«

»Nein – hör mal, können wir uns nicht über etwas anderes unterhalten? Ich bin wirklich nicht in der Stimmung für ein Kreuzverhör.«

»Du siehst sehr müde aus.«

»Das bin ich auch.«

»Hat er irgend etwas Schlimmes gemacht?«

Laurel hatte das Gefühl, daß sie über einem Abgrund hing und sich nicht mehr lange festhalten konnte. Es wäre so leicht, so leicht, sich einfach fallen zu lassen. Sich in Annies Schoß fallen zu lassen, sich von ihr trösten zu lassen. Aber nein, besser nicht...

»Ich freu' mich, daß dir das Kleid gefällt«, sagte sie fröhlich. »Ich wußte ja nicht, wie es werden würde. Samt ist schwerer zu nähen als Seide. Der Reißverschluß war eine Katastrophe. Er –«

»Joe liebt dich«, sagte Annie nachdrücklich. »Das mußt du wissen.«

»Er...« Plötzlich konnte sie sich nicht mehr zusammennehmen. »Ach, Annie, er hat eine Affäre.«

Sie erzählte Annie von der Frau im Restaurant, wie entsetzlich es für sie gewesen war. Daß sie hatte sterben wollen. Selbst jetzt noch war es ihr schrecklich, darüber zu reden. Sie schaute auf das Nadelkissen, das sie noch in der Hand hielt; es war herzförmig, und Dutzende von Nadeln steckten darin. Als ihr klar wurde, wie rührselig sie wohl aussah, wie ein kleines Kitschbild, fing sie zu kichern an, und Tränen liefen ihr die Backen hinab.

Aufhören, befahl sie sich. Aber sie konnte nicht aufhören. Sie empfand Panik. Jeden Augenblick konnte Annie zu ihr herüberkommen. Großer Gott, das wollte sie nicht. Annie würde ihr das letzte Restchen Würde nehmen, das sie noch besaß.

Aber Annie rührte sich nicht. Sie saß einfach da, wie erstarrt. Dann fing sie zu lachen an. Sie *lachte.*

Laurels Gesicht brannte, als ob sie geschlagen worden wäre.

Aber dann kam Annie zu ihr herüber, um sie zu trösten. »Großer Gott, du hast mir vielleicht Angst eingejagt. Ich dachte –« Sie nahm Laurels Hand und lachte, bis sie kaum mehr Luft bekam. »Laurey, du hast alles in die falsche Kehle gekriegt. Joe hat keine Affäre. Die Frau, die du gesehen hast, muß die sein, von der er mir erzählt hat – eine Art Beraterin. Er hat mir erzählt, daß sein Vater mit seiner Haushaltshilfe nicht mehr auskommt… und daß Naomi – ich glaub', so heißt sie – ein Altersheim empfohlen hat. Es ist bestimmt schrecklich für Marcus, in ein Heim gesteckt zu werden. Du kannst dir also vorstellen, wie aufgeregt Joe gewesen sein muß. Naomi mußte ihn trösten, verstehst du das jetzt?«

Aber natürlich. Laurel konnte das verstehen. Das Ganze war ja sonnenklar.

Joe hatte keine Affäre mit einer fremden Frau, es war vielleicht noch schlimmer als das. Ein noch größerer Betrug. Joe hatte eine wichtige Entscheidung in bezug auf seinen Vater fällen müssen – *und er hatte ihr kein Wort davon gesagt.* Er hatte sich Annie anvertraut, nicht *ihr*, seiner Frau. Annie.

Joe und Annie, schon die ganz Zeit, von Anfang an.

Jetzt war es Annie, die krank aussah, die Farbe war aus ihrem Gesicht verschwunden, ihre olivbraune Haut wirkte gelblich. Sie packte Laurel und schüttelte sie. »Laurey! Was ist los? Du bist ja leichenblaß. Mein Gott, du glaubst doch nicht, daß ich mir das ausdenke, nur damit du dich besser fühlst?«

»Nein, natürlich nicht.«

Laurels Stimme schien von weit her zu kommen, von einer weitentfernten Bergspitze, während kleine Hintergrundgeräusche deutlich zu hören waren – Adam sang leise im Nebenzimmer, seine klare, hohe Stimme traf die Melodie manchmal nicht ganz richtig. Das Klopfen eines Spechtes im Maulbeerbaum direkt vor dem Fenster. Das langsame Ticken der alten Uhr auf dem Kaminsims.

»Laurey, was hast du?« fragte Annie aufgeregt.

Laurel starrte Annie an wie eine Fremde und hatte das Gefühl, als ob in ihrem Inneren eine Lawine herunterstürzte, eine Lawine aus Liebe, Schmerz, Traurigkeit und Ärger.

»Bei dir«, sagte sie, und es rauschte in ihren Ohren so laut, daß sie fast schreien mußte, um ihre eigene Stimme zu hören, »bei dir stimmt was nicht.«

Annie zuckte zusammen. »Was?«

»Du sitzt da und lächelst, als ob ich mich auch noch freuen sollte.«

Laurel trat einen Schritt zurück, kam auf ein Stück Feuerholz zu stehen, knickte sich den Fuß um. Sie starrte Annie an. »Wie kannst du dieses Theater spielen? Wo wir doch beide wissen, daß er in Wirklichkeit *dich* will. Sei wenigstens so ehrlich und gib es zu. Und du willst ihn auch. Deshalb hast du Emmett all die Jahre hingehalten. Hör auf, so verdammt vornehm zu sein, und gib es endlich zu!« Sie fühlte, wie sich die unerträgliche Spannung in ihr löste. »Gib zu, daß du ihn für dich allein haben willst!« Es herrschte ein unheilvolles Schweigen. Laurel stand zitternd da. Annie starrte sie an, ihre großen dunklen Augen sahen wie zwei Kohleflecken auf einem weißen Stück Papier aus.

»Mami?«

Laurel zuckte zusammen, als ob sie geschlagen worden wäre. Sie schaute zu Adam hin, der erstarrt an der Treppe stand. Er trug ein altes Hemd von Joe, sie hatte die viel zu langen Ärmel hochgekrempelt. Vorn war das Hemd mit Farbe bekleckert, er hatte einen dicken Pinsel in der Hand. Er riß seine Augen angstvoll auf. *Lieber Gott im Himmel.* Wie lange stand er schon da? Wieviel hatte er gehört?

Sie wollte zu ihm hin rennen, ihn mit Küssen bedecken, ihm ein sicheres Gefühl geben, aber sie konnte sich nicht vom Fleck rühren. Sie stand wie angewurzelt da, während Annie in ihrem schimmernden Samtkleid wie ein leuchtender Vogel durch den Raum schwebte und Adam bei der Hand nahm.

»O je, wie siehst du denn aus! Ich glaube, du hast mehr Farbe auf dem Hemd als auf dem Papier. Willst du mir zeigen, was du gemalt hast? Ich möchte es sehr gern sehen.« Sie war auch erregt, ließ es sich aber nicht anmerken. Sie beschützte Adam, genau wie sie früher die kleine Laurey beschützt hatte.

Annie wandte sich um und warf Laurel einen schnellen Blick zu. Dann schob sie Adam die Treppe hoch. Laurel starrte ihnen einen Augenblick lang nach und warf sich dann auf das Sofa. Sie hätte am liebsten geweint, war aber fest entschlossen, es nicht zu tun.

29. Kapitel

Joe fuhr seinen Volvo in die Einfahrt. Das frisch gefallene Herbstlaub raschelte unter den Reifen. Er sah, daß im Haus kein Licht mehr brannte, außer einer Lampe im oberen Stock. Es war fast schon Mitternacht. Laurel und Adam schliefen wahrscheinlich schon. Und auch er wollte nichts lieber als schlafen. Jesus, was für eine Nacht. Aufträge stapelten sich bis zur Decke, alle machten Überstunden, der Geschirrspüler gab seinen Geist auf, und die Küche stand unter Wasser. Und zur selben Zeit fand ein Polterabend ein Stockwerk höher statt. Die Gäste waren betrunken und bewarfen sich mit Brötchen. Er mußte zwei Kellner bitten aufzupassen, daß die Gäste nicht das ganze Lokal kurz und klein schlugen. Und dann waren beim Nachtisch noch acht gute Kumpels des Bräutigams aufgekreuzt und wollten abgefüttert werden.

Und dann die ganze Woche lang das hin und her zwischen der Morton Street und New Joe's Place, das er Ecke Third Avenue und Zweiundachtzigste Straße einrichtete. Am ersten Dezember sollte die Eröffnung sein, und obwohl die Speisekarten schon gedruckt und die Kellner schon angestellt waren, würde das niemals klappen. Je mehr er sich ins Zeug legte, um so größer wurden die Verzögerungen. Keine einzige Küchenmaschine war zum versprochenen Zeitpunkt geliefert worden. Der Klempner war unauffindbar.

Aber all der Ärger mit dem Restaurant war nichts im Vergleich zu dem, was ihn morgen erwartete. Um zwei Uhr nachmittags hatte er einen Termin beim Direktor des St. Francis Center. Und dann mußte er das tun, was er seit Tagen vor sich hergeschoben hatte: Laurel die schlimme Neuigkeit über Papa erzählen. Sie liebte Marcus über alles. Sie würde möglicherweise darauf bestehen, den alten Mann in ihr Haus aufzunehmen, und er würde dann nein sagen müssen. Großer Gott, was für Schwierigkeiten.

Aber als er aus dem Auto ausstieg und den kleinen Weg entlang ging, der seitlich am Haus vorbei führte, fühlte Joe sich schon ruhiger und weniger überlastet. Er spürte die Nachtluft auf seinem Gesicht, kühl und frisch. Trotz der Dunkelheit fand er leicht den seitlichen Eingang, der in die Küche führte. Er schaute zum Himmel und sah, warum alles so deutlich zu erkennen war – ein riesiger, orangeroter Vollmond saß wie ein großer Kürbis auf dem Dach des Hauses. Beim Einatmen stieg ihm ein entfernter Essensgeruch in die Nase, und er dachte an ein in Silberfolie gewickeltes Gericht, daß irgendwo zum Warmhalten in der Röhre stand.

Aber irgend etwas stimmte nicht. Wenn sie wußte, daß er spät heimkam, ließ Laurel immer das Licht in der kleinen Holzveranda brennen, in der er jetzt stand. Das Licht brannte aber nicht.

Konnte sie es vergesen haben? Das war sehr unwahrscheinlich. Sie war manchmal durcheinander, dieses verdammte Licht aber hatte sie noch nie vergessen. Und wenn sie mit Adam Hamburger essen oder zur *Muppet Show* gefahren war, dann wären sie schon längst zurück.

War ihr irgend etwas passiert? Ziemlich genau vor einem Jahr war er frühmorgens aufgestanden und hatte Laurel, die im vierten Monat schwanger gewesen war, ohnmächtig im Badezimmer gefunden, ihr Nachthemd war blutdurchtränkt. Im Krankenhaus hatten sie ihm gesagt, daß es ein Mädchen war. Die anderen Babys waren schon tot, bevor er sich noch an den Gedanken gewöhnt hatte, daß Laurel schwanger war. Aber beim ersten, bei dem kleinen Mädchen hatte man Laurel die Schwangerschaft schon angesehen. Wieder stiegen ihm, wie damals auch, Tränen in die Augen. Er empfand Traurigkeit, aber auch Erleichterung. Wenn er Laurel nicht gefunden hätte, wäre sie verblutet, bevor er sie in ein Krankenhaus hätte bringen können.

Sie hätte sterben können.

Aber Laurel war jetzt nicht schwanger. Als er den Schlüssel im Schloß drehte und eintrat, war er dennoch sehr angespannt. In dem kleinen Waschraum neben der Küche atmete er die beruhigenden Gerüche von Waschpulver und sauberen Kleidern ein. Er wollte Laurel rufen, ließ es dann aber. Sie und Adam schliefen bestimmt schon fest.

Aber irgend etwas stimmte nicht; er spürte es ganz genau. Als er durch die vom Mondlicht erhellte Küche ging, sah er, daß sie nicht aufgeräumt war. Schmutziges Geschirr stand überall herum, angebissene Toastbrote und zerknüllte Papierservietten lagen auf dem Frühstückstisch. Sogar die Usambaraveilchen auf dem Fensterbrett sahen vernachlässigt aus. Das glich Laurel ganz und gar nicht. Normalerweise war die Küche blitzsauber, wenn er nach Hause kam. Sie war so stolz auf dieses Haus und behauptete sogar, all das gern zu tun, was andere Frauen haßten: Möbel polieren, staubsaugen, alles gründlich abstauben; sie erlaubte nicht einmal, daß er eine Putzfrau anstellte. Sie behauptete, daß sie von der Hausarbeit einen klaren Kopf bekäme und daß ihr dabei gute Einfälle für ihre Illustrationen kämen.

Joe ging durch das Eßzimmer, in dem ein runder Eichentisch stand. In einem Regal an der rückwärtigen Wand standen leuchtend bunte Tontöpfe aus Mexico, daneben die Messingelefanten von Rivka. Links von der Tür, vom Mondlicht hell beschienen, sah er die Fächer, die Laurel dort aufgehängt hatte – fein bemalte japanische Fächer, die in allen Farben schimmerten.

Laurels Haus, dachte er. Er lebte hier, aber es war sie, die alles eingerichtet hatte. Ihm fiel auf, daß ihm noch nie richtig zu Bewußtsein gekommen war, wie gemütlich es war. Wenn er abends vollkommen erledigt nach Hause kam, wenn ihn seine Nackenmuskeln schmerzten, fühlte er sich schon beruhigt, sobald er durch die Tür hereinkam. Er hatte dann das Gefühl, in ein warmes Bett zu kriechen.

Laurel. Alles um ihn herum erinnerte ihn an sie.

Aber Joes Unruhe wollte sich nicht legen. Dann erinnerte er sich daran, wie geistesabwesend sie gestern gewesen war; nur müde, sonst nichts, hatte sie behauptet. Er hatte wohl gespürt, daß sie etwas zurückhielt, hatte aber nicht nachgehakt.

Jetzt stieg er die Treppe hoch, nahm leise und schnell zwei Stufen auf einmal. Im ersten Stock steckte er seinen Kopf durch die offene Tür in Adams Zimmer. Im gelblichen Licht seines Donald-Duck-Nachttischlämpchens lag Adam zusammengerollt auf der Seite. Er hatte sich im Schlaf die Decke abgestrampelt. Joe fühlte sich schon etwas entspannter. Wenn Laurel etwas passiert wäre, dann würde Adam doch hier nicht so friedlich schlafen?

Er schlich auf Zehenspitzen zum Bett hin und faßte die Windel an, die Adam nachts noch immer trug. Sie war zum Glück trocken. Vor etwa einem Jahr hatte Adam noch fast jede Nacht ins Bett gemacht. Aber seit einiger Zeit wachte er auf, wenn er mußte, und ging aufs Klo. Laurel hatte damals viel Extraarbeit gehabt – immer wieder mußte sie Adam trösten, abgesehen von der vielen Extrawäsche –, aber sie hatte fast nie geklagt.

Joe küßte seinen Sohn auf die feuchte, nach Zahnpasta riechende Backe, und plötzlich kam ihm eine alte Erinnerung. Es war in der Schule gewesen, in der Schauspielgruppe von Mr. Dunratty. Sie hatten eine Szene aus *Unsere kleine Stadt* von Thornton Wilder einstudiert, und da die Pubertät ihn kopflos gemacht hatte und er nichts anderes wollte als Fußballspielen, hatte er nichts davon begriffen. Aber jetzt wußte er ganz genau, wie sich die Geister-Emily gefühlt haben mußte, als sie dastand und die kostbaren Minuten ihres früheren Lebens noch einmal vorbeiziehen sah. Wie frustriert und voller Sehnsucht sie gewesen sein mußte! So fühlte er sich jetzt.

Es kam ihm vor, als ob er diese kostbaren Augenblicke mit seinem Sohn und seiner Frau sammeln und sie aufbewahren würde für den Tag, an dem sie fort wären und er nichts als Erinnerungen an sie hätte.

Das könnte in naher Zukunft passieren. Joe fühlte wieder einen Stich. O Gott, wie hatte es nur soweit kommen können? Er versuchte so sehr, mit Laurel gut auszukommen. Aber es war wie das Rennen im Sand, er schien immer zu langsam zu sein.

Es stimmte, er hatte Laurel nicht geliebt, als er sie geheiratet hatte. Er war von ihr verzaubert gewesen, verwirrt, bewegt, das ja, aber die tiefe Liebe, die er heute für sie empfand, hatte Zeit zum wachsen gebraucht.

Joe sah Laurel wieder vor sich, wie sie an dem Tag im Krankenhaus kurz nach Adams Geburt ausgesehen hatte, als er sie gefragt hatte, ob sie ihn heiraten wollte. Wie sie ihm mit ihren klaren, blauen Augen bis in die Seele geblickt hatte, als sie fragte: »Joe, liebst du mich?«

»Natürlich lieb' ich dich«, hatte er gesagt und versucht, ihren himmelblauen Augen nicht auszuweichen.

»Ich meine was anderes«, hatte sie fast ärgerlich geantwortet. »Nicht die Liebe, die du für mich empfandest, als ich ein Kind war. Ich meine *jetzt.* Abgesehen von Adam... und von –« sie mußte schlucken – »von Annie. Liebst du mich?«

Joe, der sich zwischen der Wahrheit und der Lüge, die nur eine halbe Lüge war, entscheiden mußte, hatte ihre Hand genommen und ihr gesagt, was sie hören wollte.

»Ich liebe dich. Unabhängig von Adam und sonst irgend jemandem. Ich möchte dich heiraten.«

Und dann hatte er wegschauen müssen, weil er sich sonst an ihrer hell auflodernden Freude verbrannt hätte. Er hatte gedacht: *Wie kann ich ihr sagen, daß ich Annie auch liebe... und daß ich, wenn es anders gelaufen wäre, Annie einen Heiratsantrag gemacht hätte.*

Aber in ihrem tiefsten Inneren mußte sie es eigentlich wissen. War das nicht der Grund für die Schwierigkeiten, die sie jetzt hatten? War das nicht der Grund dafür, daß er sie nicht mehr anfassen konnte im Bett, ohne sich irgendwie schuldig zu fühlen? Es war nicht so, daß er sie nicht mehr liebte oder begehrte, aber er liebte und begehrte Annie immer noch. Und das schlimmste war, daß Laurel das wußte. Sie wußte es, und es brachte sie um. Er konnte nicht mit ihr darüber sprechen, denn wenn er das täte, würde er es laut aussprechen und zugeben, daß sie es sich nicht einfach einbildete. Wenn er das täte, würde er sie nicht noch viel mehr verletzen?

Aber er wollte sie nicht verlieren.

Wenn er sie anschaute, sah er eine schöne, kluge, talentierte Frau, eine hingebungsvolle Ehefrau und Mutter. Vielleicht war sie nicht so redegewandt wie Annie, aber auf ihre Art war Laurel genauso stark und zielbewußt. Wenn Annie Feuer und Blitz war, dann war Laurel ein fester Fels.

Noch eine andere Erinnerung kam ihm in der Dunkelheit in Adams Kinderzimmer. Vor ein paar Jahren hatte er im Sommer ein paar verfaulte Bretter im Fußboden der Veranda herausgerissen, und plötzlich war er von Wespen umringt, die ihn stachen und ihm unter das Hemd krochen. Er mußte aus Versehen ein Nest zerstört haben. Er hatte verzweifelt Laurel gerufen, die im Gemüsegarten kniete und kleine Tomatenstöcke pflanzte. Sie schaute auf, erstarrte einen Augenblick lang, griff dann automatisch nach dem Wasserschlauch, der neben ihr auf der Erde lag. Dann fühlte er das kalte Wasser auf seinem Leib, und Laurel kam furchtlos auf ihn zu. Er sah, wie mehrere Wespen auf ihren Armen und ihrem Nacken landeten. Sie zuckte zurück, als die Tiere sie stachen, hielt aber weiterhin den Wasserstrahl auf Joe gerichtet, bis er weit genug fortgerannt war und sich vom Schwarm befreit hatte.

»Renn weg!« schrie er, und sie ließ den Schlauch fallen und rannte hinter ihm her.

»Zieh dich aus«, befahl Laurel, als sie bei ihm neben der Hecke stand, die den Nachbargarten von ihrem trennte. Wie eine Verrückte riß sie sich die kurze Hose und das T-Shirt vom Leib.

»Gott im Himmel, was machst du denn?« Er starrte sie verständnislos an, und die Stiche auf seinen Armen und Beinen begannen zu pulsieren und zu brennen.

»Zieh dich aus!« Als sie beide bis auf die Unterwäsche nackt waren, hob sie mit beiden Händen den feuchten Matsch auf, der sich um die frisch gegossenen Ringelblumen herum gebildet hatte. Sie schmierte sich und ihn damit ein, bis sie beide fast ganz von Matsch bedeckt waren. Als die Stiche nicht mehr so höllisch brannten, wurde Joe plötzlich klar, wie lächerlich es aussehen mußte, wie sie im hellen Tageslicht in ihrer Unterwäsche dastanden, von Kopf bis Fuß mit Matsch beschmiert. Er fing zu lachen an, hielt sich den Bauch und konnte nicht mehr aufhören.

»Was ist denn so lustig?« fragte sie und verteilte den Matsch über ihren Hüften.

»Ich hab' nur überlegt, was Mr. Hessel sagen würde, wenn du in diesem Aufzug zu ihm rübergingst und seine Heckenschere ausleihen wolltest.«

Laurel bückte sich; dann fühlte Joe, wie etwas Feuchtes auf seiner Stirn direkt über der Augenbraue aufklatschte. Matsch lief ihm das Gesicht herunter, und er sah, wie Laurel kichernd hinter einem Baumstamm in Deckung ging. Er ballte eine Kugel aus feuchter Erde und verfehlte sie um Haaresbreite. Sie quietschte vor Vergnügen und rannte davon. Es war leicht, sie zu fangen – sie lachte zu sehr, um schnell rennen zu können –, und er packte sie und preßte sie an sich.

In diesem Augenblick sah er ihren alten Nachbarn, Gus Hessel, der über den Zaun schaute und den Mund vor Staunen nicht mehr zu bekam. Laurel sah ihn auch. Sie rannte zur hinteren Haustür und überließ es Joe, dem Nachbarn die Sache zu erklären, bevor auch er sich eilig ins Haus verzog.

Sie stellten sich unter die Dusche, umarmten sich und lachten wie die Geisteskranken.

»Wie soll ich jemals Mr. Hessel wieder in die Augen schauen?« stöhnte sie noch immer lachend.

Als sie die Dusche abstellten, brannten ihre Stiche nicht mehr, und sie beendeten im Schlafzimmer, was sie im Garten begonnen hatten.

Jetzt sehnte sich Joe sehr nach solchen sorglosen Tagen. Seit einiger Zeit kam es ihm so vor, als ob er wegen der vielen Arbeit und der Sorge über den Zustand seines Vaters Laurel durch ein umgedrehtes Fernrohr betrachtete. Er sah sie – selbst wenn sie so nah war, daß er sie hätte berühren können – nur noch aus weiter Ferne. Und dann gab es Annie... Gestern nachmittag hatte er einen Spaziergang mit ihr gemacht und hatte sich so glücklich wie ein Kind gefühlt. Annie hatte es irgendwie geschafft, ihn aufzuheitern. Danach war es ihm wunderbar gegangen... ungefähr eine Stunde lang.

Joe deckte Adam vorsichtig wieder zu und verließ das Zimmer. Sein und Laurels Schlafzimmer lag direkt daneben, aber als er hineinschaute, war es stockdunkel. Zuerst dachte er, sie schliefe. Dann sah er, daß das Bett zwar ungemacht, aber leer war.

Er lief die Treppe hinunter. Durch die geschlossene Tür von Laurels Arbeitszimmer fiel ein schmaler Lichtstreifen in den dunklen Gang. Sie zeichnete wahrscheinlich so besessen, daß sie das Gefühl für die Zeit verloren hatte. Deshalb war wahrscheinlich auch die Küche so unaufgeräumt, und deshalb hatte sie auch vergessen, das Licht an der Hintertür für ihn anzuknipsen. Er wurde ruhig.

Er klopfte leise an. »Laurey?«

Keine Antwort.

Er öffnete die Tür und sah, daß sie auf dem hohen Stuhl vor dem Zeichenbrett saß.

»Laurey?« sagte er wieder und betrat das Zimmer. Ihr Kopf schoß in die Höhe, sie fuhr herum und sah ihn an, dabei stieß ihr Ellbogen an den Lampenschirm, und alle Schatten in dem Zimmer machten einen Sprung. Ihr Gesicht sah merkwürdig verzerrt aus. Sie trug das weite Seidenkleid, das die gleiche Farbe wie ihre blauen Augen hatte. Plötzlich wurde ihm klar, wie dünn sie in letzter Zeit geworden war, ihre Arme ragten wie weiße Stöcke aus den Ärmeln heraus. Sie sah elend aus, erschreckend elend.

Joes Herz krampfte sich zusammen. Was war nur los?

»Hallo, tut mir leid, wenn ich dich erschreckt habe.« *Ganz ruhig bleiben*, warnte er sich. *Sie wird es dir schon sagen, wenn die Zeit dafür gekommen ist.* »Termindruck?« Er deutete auf die zusammengeknüllten Papiere, die auf dem Teppich zu ihren Füßen lagen.

Sie nickte. »Es muß bis Montag fertig sein.« Ihre Stimme klang flach und tonlos. »Ich probiere eine neue Technik aus, Pastellfarben und Kohle.« Sie schaute auf ihre Hände, die kraftlos in ihrem Schoß lagen, die Finger waren kohlschwarz. »Es haut aber nicht hin. Das Einhorn ist nicht –« sie schluckte und schaute zu Boden.

Joe trat näher und schaute ihr über die Schulter. Das geflügelte Einhorn schien auf ihn zuzuspringen, es war eine außergewöhnlich gute Zeichnung. Sie war so verdammt begabt. Nur eines konnte sie nicht, sie konnte nicht an sich selbst glauben.

»– ist nicht so, wie ich es haben wollte«, beendete sie ihren Satz.

»Was willst du damit sagen?«

Laurel zuckte die Achseln, ihre Finger flogen ziellos zum Gesicht und hinterließen schwarze Flecken auf den Wangen.

Joe war frustriert. Warum mußte er ihr jedes Wort einzeln aus der Nase ziehen? In ihrer Malerei konnte sie sich so wunderbar ausdrücken, aber im Gespräch war sie manchmal so verschlossen wie eine Mauer.

»Es ist gut«, sagte er leise und schaute wieder das Bild an. Das Einhorn sah fast dreidimensional aus, als ob es über das Papier galoppierte. »Es ist wirklich gut. Vielleicht das beste, was du jemals gemacht hast.« Er meinte das wirklich ehrlich.

Laurel zog die Stirn kraus und starrte zu Boden. »Nein«, sagte sie mit dieser entsetzlichen, flachen Stimme. »Es ist nur ein Pferd mit Flügeln und einem Horn.«

»Ja ist das denn ein Unterschied?«

Sie schaute ihn an, als wäre sie darüber überrascht, daß er nicht zu verstehen schien, was das einfachste von der Welt für sie war. »Es muß... ein Zauberwesen sein. Die Kinder, die diese Geschichte lesen, müssen daran *glauben.*«

»Laurey«, sagte Joe leise, »es ist doch nur eine Geschichte.«

Jetzt sah er, daß ihr Tränen in die Augen traten. »Verstehst du denn das nicht? Wenn du daran glaubst, dann ist es wirklich. Wie der Nikolaus und der Osterhase. Während ich zeichne, glaube ich daran, ganz egal wie phantastisch es auch sein mag. Nur dann haut es hin.«

»Und du glaubst nicht an Einhörner?« Er lächelte und hoffte, sie etwas fröhlicher stimmen zu können.

Sie starrte ihn an, und ihr feingeschnittenes Gesicht versank in entsetzlicher Traurigkeit. Joe hatte plötzlich das Gefühl, als ob er rutschte, gegen seinen Willen in die einsame Zukunft rutschte, die er so sehr fürchtete.

»Ich scheine nicht mehr daran glauben zu können.« Ein Schauder durchlief ihren Körper, und sie schlang ihre Arme fest um ihre Schultern und preßte die Beine zusammen. Leise, kaum hörbar, sagte sie: »Joe, ich will, daß wir uns... für eine Zeit trennen. Bitte sag nichts dagegen. Bitte. Ich könnte es nicht ertragen, jetzt darüber zu sprechen. Es wäre anders, wenn ich dich nicht lieben würde. Dann wäre ich bestimmt stärker. Aber, das... großer Gott, das halte ich nicht mehr aus.« Joe starrte sie an und konnte nicht glauben, was er hörte. Dennoch fühlte er sich zur gleichen Zeit merkwürdig erleichtert, als ob er gewußt hätte, daß das einmal passieren würde, und er darauf gewartet hätte. »Laurey, was ist los? Was ist passiert?« Er ging einen Schritt auf sie zu, aber sie machte eine abwehrende Handbewegung.

»Schau«, sagte sie, als sie sich etwas gefaßt hatte, »es würde gar nichts nützen, wenn ich dich mit Anschuldigungen überschütten würde. Als Annie mir das über... deinen Vater sagte, fühlte ich mich so... so... na ja, aber dann dachte ich darüber nach und merkte, daß es gar nichts Neues war... mein Gefühl, übergangen worden zu sein. Neu ist nur, daß ich nicht mehr an *uns* glauben kann. All das, was ich wollte, auf das ich hoffte, scheint doch niemals wahr zu werden. Es reicht nicht, daß ich allein daran glaube.«

Joe hatte schon so lange gewußt, daß dieser Augenblick kommen würde, daß es ihm vorkam, als hätte er ihn bereits erlebt. Trotzdem empfand er einen tiefen Schmerz. Mit jeder Faser seines Seins sehnte er sich danach, Laurel davon überzeugen zu können, wie sehr er sie liebte, wie sehr er sie brauchte.

»Es tut mir sehr leid, daß ich dir nichts von Vater erzählt habe. Ich wollte es –« er unterbrach sich und zuckte die Achseln, »aber ich vermute, daß es um etwas anderes geht?«

Er sah an ihrem Gesichtsausdruck, an wen sie dachte, und bevor er sich zurückhalten konnte, fragte er: »Annie?«

Laurel schaute ihm in die Augen. »Ja.«

Großer Gott, was für ein Mißverständnis. Er konnte nicht leugnen, was er für Annie empfand, aber was war die Wahrheit? Er wußte nichts, als daß er zwei Frauen liebte, zwei Schwestern, die so verschieden waren wie Tag und Nacht – und daß die zwei Hälften seines geteilten Herzens nie einem ganzen Herz gleich kämen.

»Laurey, ich –«

»Joe, bitte *geh.*« Sie warf ihm einen verletzten, wütenden Blick zu. Dann hob sie plötzlich die Hand. »Einen Augenblick – weiß dein Vater, was du vorhast?«

»Selbst wenn ich es ihm gesagt hätte, würde er es nicht verstehen. Er ist geistig ganz weit weg. Erinnerst du dich noch daran, wie er bei unserem Besuch vorige Woche sagte, daß Hitler gerade in Polen einmarschiert sei? Und gestern wußte er nicht einmal, wer ich war.« Er zwang sich zu einem Lächeln. »Das macht die ganze Sache so schwer. Mein Leben lang habe ich immer mehr von dem alten Knaben gewollt, als er mir geben konnte... oder wollte. Und jetzt ist es endgültig zu spät.«

»Er liebt dich, Joe. Vielleicht hast du das nicht immer gemerkt, aber ich weiß, daß es so ist.«

Selbst wenn es nicht ganz stimmte, war er dankbar dafür, daß sie es gesagt hatte. »Vielleicht. Du kannst mir glauben, daß ich das, was ich tun muß, ungern tue. Kann sein, daß er nicht der beste Vater der Welt war, aber er hatte Mut, und er hatte Stil. Hast du jemals zugeschaut, wie ein alter Baum gefällt wurde? So hilflos fühl' ich mich jetzt, so ohnmächtig.«

Er wollte nicht ausziehen. Wenn er darauf bestünde, in aller Ruhe jetzt über alles zu reden, dann würde Laurel wahrscheinlich nachgeben. Aber letzten Endes würde sich nichts ändern. Und schuldete er es ihr nicht, ihren Wunsch zu respektieren? Vielleicht würde sich eine zeitweise Trennung als hilfreich erweisen.

Wenn es aber das richtige war, warum tat es dann so weh?

»Ich packe ein paar Sachen«, sagte er, und seine Stimme kam ihm selbst fremd vor.

»Wohnst du in der alten Wohnung?« Sie warf ihm einen unglücklichen Blick zu und fügte dann schnell hinzu: »Adam will es sicher wissen.«

»Ja, natürlich.« Alte Wohnung? Einen Augenblick lang mußte er überlegen. Dann erinnerte er sich an die kleine Wohnung in der Einundzwanzigsten Straße, die er immer beibehalten hatte, weil die Miete so billig war, und wo er ab und zu übernachtete, wenn er zu erledigt war, um nach Hause zu fahren. Aber dort wieder ganz wohnen? Sich dort von Adam besuchen lassen, als ob er ein netter Onkel wäre statt der Papa, der ihn fast jeden Abend zu Bett brachte?

Joe fühlte einen Druck hinter der Stirn über seinen Augen. Nein, er wollte jetzt nicht an Adam denken. Später, wenn sein Herz nicht mehr wie ein überhitzter Motor raste, dann würde er sich das erlauben. »Ich ruf' ihn morgen an«, sagte er.

»Was soll ich ihm beim Frühstück sagen?«

Joe zögerte. Ihm wurde klar, daß viel mehr als Adams Gefühl

für Sicherheit auf dem Spiel stand. Vielleicht auch seine und Laurels ganze Zukunft.

Großer Gott, sie hatten so viel gemeinsam. Nicht nur Adam, viele Jahre gemeinsames Leben. Manchmal war es wunderbar gewesen, manchmal lustig und manchmal traurig. Es gab Witze, über die nur Laurel lachen konnte. Erinnerungen. Ganze Photoalben voll Schnappschüsse, die für alle Leute langweilig waren, nur nicht für sie beide.

Nein, er wollte das alles nicht verlieren. Nicht einmal einen kleinen Teil davon.

Ein Bild trat ihm deutlich vor Augen: Laurel saß in einem schönen geblümten Kleid an ihrem Frisiertisch, sie hatten es eilig, weil sie in ein Klavierkonzert in der Carnegie Hall gehen wollten. Sie hatte den Kopf auf eine Seite gelegt und versuchte, einen Perlenohrring zu befestigen. Er sah sie im Spiegel; sie schien ihn anzulächeln und hatte ihre Augenbrauen leicht gehoben. Und ohne daß sie ein Wort sagte, hatte er gewußt, daß sie seine Hilfe beim Befestigen der Ohrringe brauchen konnte.

Warum fiel ihm das ausgerechnet jetzt ein? So etwas Unwichtiges. Aber vielleicht, dachte er, war die Quintessenz einer Ehe nicht wilde Leidenschaft, sondern das wortlose Sichverstehen von Mann und Frau. Nicht die großen Hochs und Tiefs, sondern die kleinen ruhigen Augenblicke, die, zusammengenommen, wie die Moleküle waren, aus denen das Universum besteht.

Jetzt machte Joe das, was er gleich bei seiner Ankunft hatte machen wollen. Er durchquerte den Raum mit drei langen Schritten und umarmte sie innig und fest. Ihr Parfüm, das nach Wiesenblumen roch, hüllte ihn in ein plötzliches, süßes Glücksgefühl ein.

»Sag ihm, daß ich bald wieder zurückkomme«, murmelte er und verließ dann schnell den Raum.

30. Kapitel

Henri, der in der düsteren Rechtsanwaltskanzlei Amadou et Fourcheville in der Rue St-Lazare saß, fühlte sich, als wäre er in einer engen, mit muffig riechenden alten Möbeln vollgestopften Dachkammer eingesperrt. Er sah, daß die hölzerne Wandverkleidung wurmstichig war und daß sich die altmodische Tapete um das Fenster herum, das auf die Rue de Caumartin blickte, von der Wand löste. Im dünnen Morgenlicht, das durch die schweren Samtvorhänge hereinkam, erinnerten die massiven Empiremöbel an die Einrichtung eines Beerdigungsinstitutes. Und, *mon Dieu*, wann hatte der alte Amadou wohl das letzte Mal ein Fenster geöffnet? Der uralte Geruch nach Staub und Pfeifenrauch hing schwer im Raum. Und der grauhaarige Rechtsanwalt, der hinter einem Louis-Quinze-Schreibtisch saß und ungeschickt seine Pfeife ausklopfte, wirkte fast noch älter als das Mobiliar. Und doch paßte alles gut zusammen. Der alte Girod hatte all seine Freunde überlebt; warum sollte sein letzter Wille und sein Testament nicht von einem ebenso alten Knaben, wie Amadou einer war, verlesen werden?

Henri schaute Francine an. Sie saß stocksteif auf einem vergoldeten Fauteuil. Sie hatte ihr schwarzes Haar ohne einen Scheitel hinten zu einem straffen Knoten zusammengedreht, dadurch kam ihr gut geschnittenes Gesicht voll zur Geltung. Diesen selbstgefälligen Ausdruck kannte Henri gut. Sie hatte genauso ausgesehen, nachdem sie es geschafft hatte, daß Jean-Pauls letzter Liebhaber in Frankreich nicht weiter unterrichten durfte und nach Algerien zurückgeschickt worden war. Francine würde natürlich niemals zugeben, daß ihr Sohn homosexuell war, aber sie tat alles Menschenmögliche, um seine Liebesbeziehungen zu sabotieren.

War es möglich, daß sie etwas über Papa Girods Testament wußte, von dem er keine Ahnung hatte? Henri fühlte sich auf unangenehme Weise angespannt.

Es ist nur eine Pose, sagte er sich. Sobald Girod's mir gehört, ganz offiziell, ganz legal, hat sie keinerlei Macht mehr über mich, und sie weiß das. Und dann kommt endlich die Scheidung. Keine Heuchelei vor dem alten Mann mehr. Ich will frei sein...

Frei, wieder zu heiraten, wenn er das wollte. Aber wen? Dolly? Nein, nein, es war dumm von ihm, sich so einer Hoffnung hinzugeben.

Für Dolly bin ich Vergangenheit, und das ist auch ganz richtig so. Sechs Jahre sind eine lange Zeit.

Allein der Gedanke an sie machte ihn schon froh. In zwei Tagen würde er in New York sein. Er würde sie sehen und sehr bald wissen, ob er noch eine Chance hätte.

Er schaute seine Kinder an, die neben ihm unter einer gerahmten Photographie von Wilson und Clemenceau auf einem Sofa saßen. Henri überlegte sich, wie sein Sohn und seine Tochter wohl auf Dolly reagieren würden. Jean-Paul mit seinem verfrüht zurückweichenden Haaransatz steckte die Nase von früh bis spät in seine Bücher und würde Dolly wahrscheinlich erst bemerken, wenn sie direkt vor ihm stünde. Und die liebe, plumpe, zerstreute Gabrielle sah in ihrem lächerlichen braunen Kleid aus, als gehöre sie zu diesem altmodischen Mobiliar; sie kümmerte sich so sehr um ihre Kinder, daß sie wahrscheinlich gar nicht bemerkt hatte, in welchem Aufzug sie hierher gekommen war. Er stellte sich vor, wie Dolly mit Gaby einkaufen ginge, zu Cacharel oder Kenzo, und ihr einen Schrank voll bunter, geblümter Kleider, regenbogenfarbene Schals, extrem unpraktische Schuhe kaufte...

Er rief sich selbst zur Ordnung. Zuviel war noch unentschieden.

Henri setzte sich anders hin, dabei quietschte der Stuhl leise. In der angespannten Stille klang das kleine Geräusch so laut wie ein explodierender Feuerwerkskörper. *Mach weiter, mach weiter,* drängte er im Geiste den umständlichen alten Rechtsanwalt.

Er hatte seit einer Ewigkeit darauf gewartet, endlich in der

Lage zu sein, Girods Firma sein eigen nennen zu können – und merkwürdigerweise vermißte er dennoch den alten Mann. Henri sah ihn im Geiste auf dem thronartigen Stuhl neben Amadous Schreibtisch sitzen, seine vogelklauenartigen Hände auf dem Knauf des Stockes gefaltet, während er sich mit vor Schadenfreude glänzenden Augen nach vorn beugte.

Wie würde er lachen, wenn er mich jetzt sehen könnte, wie ich mich wie ein vierjähriger Junge, der aufs Klo muß, auf meinem Stuhl winde.

Aber warum sollte er eigentlich nervös sein? Girod hatte sein Versprechen gehalten und das Dokument vor ihm unterschrieben. Er hatte sogar eine Kopie davon zu Hause. Obwohl Augustin das Testament in den letzten sechs Jahren oft geändert haben konnte, war der Teil, der die Firma betraf, sicher so geblieben wie eh und je. Augustin war schließlich ein Ehrenmann gewesen.

Warum bist du dann so nervös?

Henri spürte, daß Francine ihn anschaute mit ihren Augen, die so hart und kalt waren wie die Diamanten in ihren Ohrläppchen – zweifellos ein Geschenk ihres Liebhabers. Merkwürdig, warum sie diesen Teil ihres Lebens so sehr verheimlichte – *mon Dieu*, alle Welt mußte annehmen, er sei Agent beim CIA. Es war nun schon sechs Jahre her, daß Henri aus ihrer gemeinsamen Wohnung ausgezogen war, und sie hatte alles beim alten gelassen, nur sein ehemaliges Arbeitszimmer war jetzt eine kleine Kapelle. Ihr Beten hatte aber nicht bewirkt, ihren Abscheu gegen ihn zu mildern. Alles war seine Schuld und würde es immer bleiben, von ihren Kopfschmerzen und Magenkrämpfen bis zu Jean-Pauls »verbogener« Natur, und selbst an dem traurigen Tod ihres Spaniels war er schuld, da dieser kurz nach Henris Auszug in ein schnell fahrendes Taxi hineingelaufen war.

Sie konnte alles zurechtbiegen, ihre Freunde, ihre Liebhaber, ihre Kinder, selbst ihren starrköpfigen alten Vater, alle Menschen außer ihn, ihren Ehemann … und das war wohl die Wurzel für ihre Wut, für ihren unversöhnlichen Haß.

Sie hätte es wahrscheinlich lieber gesehen, daß er auch sie haßte. Das hätte sie verstehen und billigen können. Er wußte, daß sein Mitleid ihr am meisten zu schaffen machte. Aber wie konnte er kein Mitleid mit ihr empfinden? So hart und bitter sie geworden war, erinnerte er sich dennoch an die junge, kaum neunzehnjährige Frau, mit der er einmal – vor endlosen Zeiten – an der Küste in La-Trinité-sur-Mer entlangspaziert war, wo sie bis zur Taille in das eiskalte Wasser gegangen war, um eine Brille zu retten, die einer älteren Frau in einem Ruderboot von der Nase gerutscht und ins Wasser gefallen war. Dieses Mädchen erinnerte ihn an die impulsive, großherzige Frau, nach der er sich heute sehnte, an Dolly. *Mon Dieu, wie sehr er sie vermißte!*

Henri schaute Amadou an, der seine Pfeife ansteckte und eine Wolke stinkenden Rauchs in die sowieso schon dicke Luft puffte. Er blätterte unkonzentriert in den Papieren herum.

»Wo waren wir stehengeblieben?... ach, ja... hier...«

Er las die kleinen Vermächtnisse für Nichten und Neffen, einen Lieblingsvetter, eine ältere Schwester und für Augustins Diener und Chauffeur, Mohammed Al-Taib, der dem alten Mann mehr als zwanzig Jahre treu gedient hatte, laut vor.

»Pardon, Monsieur Amadou«, unterbrach ihn Francine. »Aber es interessiert mich in keiner Weise, was mein Vater seinem Diener hinterlassen hat.« Sie winkte nervös mit ihrer von blauen Adern durchzogenen Hand ab. Wie traurig, dachte Henri. Für eine fünfzigjährige Frau war ihr Gesicht noch erstaunlich faltenlos, aber ihre Hände wirkten wie die einer Achtzigjährigen. »Bitte lesen Sie ausschließlich das vor, was uns angeht.«

Amadou unterbrach sich und wurde rot.

»Ach ja... nun, ich wollte nur... hmmmm... aber natürlich, Madame Baptiste, wie Sie wünschen...«

Amadou machte wieder an seiner Pfeife herum, stopfte sie, zündete sie wieder an und machte sich so umständlich damit zu schaffen, daß Henri sie ihm aus seinen mit Leberflecken übersäten Händen reißen wollte. Dann räusperte sich der Anwalt und begann so zerstreut weiter vorzulesen, daß sich Henri an einen Provinzschauspieler erinnert fühlte, der Racine rezitierte.

»Ach... hier geht's weiter: Meinem Enkel Jean-Paul vermache ich meine Bibliothek mit seltenen Exemplaren, außer die Erstausgabe von Hugos *Cromwell*, die ich... meinem geschätzten Freund, Professor Cottard von der Bibliothèque Nationale, vermache...«

Bücher? Perfekt. Er sah, wie sich Jean-Pauls schmale Schultern aufrichteten, wie seine Augen plötzlich leuchteten. Er erinnerte sich daran, wie sich sein Sohn als kleiner Junge zwischen diesen schön gebundenen Büchern verkrochen hatte und die Bibliothek nicht einmal zu den Essenszeiten verlassen wollte. Und auch heute noch zog Jean-Paul Bücher Menschen bei weitem vor, und mit den klebrig-süßen Köstlichkeiten, die in Girods Fabrik hergestellt wurden, konnte er überhaupt nichts anfangen. Er reagierte auf Schokolade mit einem unangenehmen, allergischen Hautausschlag.

Henri betrachtete seinen Sohn, diesen hochgeschossenen, schmalschultrigen Mann mit den großen, feuchten Händen, dem schütteren Haar und einer Stirn, die so weiß und glänzend war wie Porzellan. Merkwürdig, daß er einen solchen Sohn hervorgebracht haben sollte. Jean-Paul sah weder ihm noch Francine ähnlich. Und wenn Gaby ihn als ihren Bruder vorstellte, dann lächelten die Leute ungläubig. Nur Jean-Pauls kleine, gerade Nase erinnerte mit ihren großen, geröteten Nasenlöchern an die von Francine. Alles andere schien von entfernten Verwandten herzustammen, die Ohren von einem Vetter, der Mund von einem Onkel, die zarte Haut von einer Großmutter.

Trotzdem liebte Henri seinen Sohn, den Professor für Entomologie, der für seine Käfer und Insekten lebte und Männer Frauen vorzog. Liebte er ihn vielleicht wegen seiner Andersartigkeit? Er erinnerte sich daran, wie Dolly einmal einen Trüffel angeschaut und gesagt hatte: »Ich mag die Schiefgewachsenen am liebsten, weil sie mich an Leute erinnern, um die wir uns kümmern sollten, mit all ihren Buckeln und Warzen.« Wenn sich Jean-Paul nur gegen seine Mutter wehren könnte, statt sich wie ein Schüler heimlich mit seinen Liebhabern zu treffen.

Aber wieso soll gerade ich ihn zur Selbständigkeit ermutigen? Was habe ich ihm denn vorgelebt? Er hätte sich schon vor Jahren von Francine scheiden lassen müssen, ungeachtet aller möglichen Konsequenzen. Dann hätten er und Dolly heiraten können.

»Papa, fühlst du dich nicht wohl? Du siehst so blaß aus! Soll ich dir einen Brandy holen?« Gabrielle beugte sich zu ihm hin und flüsterte in sein Ohr. »Ich weiß, wo er steht… Hinter diesen braunen Büchern.« Sie lächelte ihm verschwörerisch zu.

Henri nahm die Hand seiner Tochter und drückte sie. Die liebe Gabrielle, sein Lieblingskind. Dunkel und zart wie die Mutter, aber ohne die Kälte, die Francine ausstrahlte. Noch etwas dick von der Geburt ihres vierten Kindes, eines kleinen Mädchens, erinnerte Gaby ihn an reife Pfirsiche und Sonnenschein, an den Obstgarten hinter dem Landhaus bei Deauville, wo er vor einer Ewigkeit hinter einem dicken, lachenden Kleinkind hergerannt war.

»Ich hab' an Pfirsiche gedacht«, flüsterte er zurück.

Gaby schaute ihn verwirrt an und strich eine Falte seiner Jacke glatt. Henri sah sich plötzlich als alten Mann allein in seiner kleinen Wohnung in der Rue Murillo. Nur Gaby schaute hin und wieder vorbei, sorgte dafür, daß er genug aß, spazierenging und seine Medizin schluckte. Er schauderte zusammen und dachte, wieviel schöner es wäre, mit Dolly alt zu werden.

Henry starrte auf Amadous Lippen und versuchte sie zu den Worten zu bewegen, die er so dringend hören wollte.

»Die Girodsche Fabrik«, fuhr der alte Mann fort, »fällt zu je zehn Prozent an meine Enkel Jean-Paul Baptiste und meine Enkelin Gabrielle Baptiste-Rameau. Fünfunddreißig Prozent der Fabrik fallen in Form eines Treuhandvermögens meinem ergebenen Schwiegersohn Henri Baptiste zu…«

Henris Herz machte einen Satz, und Freude breitete sich in seinem Körper aus wie ein Feuer, in das Benzin gegossen wurde. Er wollte von seinem Stuhl aufspringen, Gaby umarmen und durch das Zimmer tanzen. Der alte Mann hatte Wort gehalten! Fünfunddreißig Prozent ermöglichten ihm, zusammen mit den zwanzig Prozent, die er bereits besaß, die vollkommen selbständige Führung der Fabrik. Jetzt konnte er neue Maschinen kaufen, neue Leute einstellen, die Verpackungsabteilung modernisieren, die Fabrik wirklich leiten, ohne daß irgendein Augustin ihm hereinredete. Das allerbeste war, daß er sich von Francine scheiden lassen konnte, ohne irgend etwas befürchten zu müssen.

Aber – Amadou las immer noch.

»...die von der treuhänderischen Verwaltung zugunsten von Henri und meiner Tochter, Francine Girod-Baptiste, verwaltet werden. Im Fall von Francines oder Henris Ableben kommen die Zinsen dem Überlebenden zugute, und das Treuhandvermögen wird aufgelöst. Wenn sich Henri und Francine jedoch scheiden lassen, gehen die gesamten Zinserlöse an Francine.«

Henri fühlte sich, als ob ihm ein Ziegelstein auf den Kopf gefallen wäre. Hatte er recht gehört? Er zwang sich, Francine anzuschauen, und als er den selbstgefälligen Ausdruck auf ihrem Gesicht sah, wußte er, daß es stimmte. Die beiden hatten das gemeinsam ausgeheckt; jetzt war er für den Rest seines Lebens an Francine gebunden. Wegen der Kirche, wegen der Leute. Wie dumm, wie verrückt. *Merde!*

Wie konnte er es zulassen, so zum Narren gehalten zu werden! Er hätte den alten Gauner dazu zwingen müssen, ihm das Vermögen vor seinem Tode zu überschreiben. Girod hatte ihn gemocht und ihm vertraut, mehr als irgend einem anderen. Augustin war kein Schauspieler. Er hatte nicht so getan als ob, aber die Blutbande waren doch stärker. *Sacré Dieu*, er hätte es wissen müssen!

Henri zwang sich, nicht aufzuspringen und auszurufen, daß

er dieses Testament nicht akzeptieren würde – es war monströs! Er wollte Francine erwürgen, diese magere Kehle zwischen seinen Händen zerdrücken.

Ich werde Einspruch erheben, wütete er. Er würde einen Rechtsanwalt finden, einen bösartigen Rechtsanwalt, keinen harmlosen Trottel wie diesen hier. Er würde einen Prozeß anstrengen. Er würde das ursprüngliche Testament als Beweisstück dafür anführen, wie Girod in seiner Verkalktheit von seiner Tochter manipuliert worden war.

Als er Gabys Hand auf seinem Arm fühlte, begann sich die Wut in ihm zu legen. Nein, er konnte und wollte seine Kinder und Enkelkinder nicht einem so häßlichen Prozeß aussetzen. Eine ruhige Scheidung war eine Sache, aber ein häßlicher Prozeß vor Gericht war etwas anderes. Allein der Gedanke daran war ihm zuwider. Und selbst wenn er zu kämpfen bereit wäre, war es immer noch möglich, daß er den Prozeß verlor. »Ich glaube, das war alles«, beendete Amadou die Verlesung des Testaments und blickte über seine Brillengläser hinweg wie eine Karikatur von Daumier. »Falls sie... äh... irgendwelche Fragen haben... bitte –«

Henri erhob sich und ging zu dem großen Gummibaum, der am Fenster stand. Er tastete eines der gesund aussehenden Blätter ab und fragte: »Sagen Sie mir – was für eine Art von Dünger benutzen Sie? Manche behaupten, daß Pferdedung am besten sei, andere schwören auf Guano... oder Vogelscheiße, wie das bei uns heißt.« Er schaute Francine an und sah, daß ihr mühsam aufrecht erhaltenes Lächeln auf ihrem Gesicht zu einer Fratze erstarrt war. »Welchen Dünger benutzen Sie, Monsieur Amadou?«

Der alte Rechtsanwalt wurde rot und stotterte: »Ich habe nie darüber nachgedacht... Die Beschäftigung mit Pflanzen gehörte nie zu meinen... äh...«. Er räusperte sich. »Ich bin sicher, daß Ihr Schwiegervater diese Frage besser hätte beantworten können als ich...«

»Natürlich«, antwortete Henri und nickte. »Ich bin sicher,

daß Augustin dafür sorgen wird, daß es im Himmel wunderbar grün ist.«

Francine wurde rot, ihre Ohren färbten sich grellrosa. Sie warf ihm einen haßerfüllten Blick zu. Der Pfeil, den er abgeschossen hatte, war ganz offensichtlich im Schwarzen gelandet. Aber Henri fühlte kaum eine Befriedigung. Dazu war er noch zu aufgeregt. Er brauchte jetzt dringend Ruhe und wollte sich irgendwo ausstrecken.

»Monsieur, entschuldigen Sie mich«, sagte Henri, »aber ich habe eine wichtige Verabredung.« Er wandte sich an seinen Sohn. »Jean-Paul, könntest du mich auf dem Weg zur Sorbonne ein Stück mitnehmen?«

Jean-Paul warf ihm einen überraschten Blick zu und schaute dann schnell weg. »Ich ... ich fahre leider in die andere Richtung, Papa«, stammelte er.

Zu einem Stelldichein, dachte Henri traurig. Aber er nickte nur und sagte: »Macht nichts, ich kann ja ein Taxi nehmen.« Gaby erhob sich ganz offensichtlich verärgert und sah unordentlicher aus als zuvor; sie hatte ihr Haar hochgesteckt, und einzelne Strähnen fielen ihr auf die Schulter. Dort war auch ein Fleck, den er vorher nicht gesehen hatte – es sah so aus, als wäre ihrem Baby etwas hochgekommen. Francine schaute ihre Tochter mißbilligend an.

»Ich fahr' dich hin, Papa«, meinte sie schüchtern. »Ich fahr' in die Richtung ... Ich habe Marie versprochen, ihr ein Paar Ballettschuhe zu kaufen. Hab' ich dir erzählt, daß in ihrer Ballettschule *Giselle* eingeübt wird? Jedenfalls Teile daraus.« Als er sich in ihren winzigen Citroën quetschte, fragte sie: »Hast du lange zu tun? Ich dachte, daß wir vielleicht – wenn du Zeit hast – hinterher zusammen einen Kaffee trinken oder etwas essen könnten. Für die Schuhe brauche ich höchstens eine halbe Stunde. Und mein Au-pair-Mädchen bleibt bis zwei.« Er sah Tränen in ihren Augen schimmern. Sie schaute schnell nach unten und suchte in ihrer Handtasche nach dem Autoschlüssel.

»Du brauchst mich nicht zu trösten«, sagte er freundlich.

»Ach, Papa.« Gaby schluchzte und vergrub ihr Gesicht in ihren Händen. »Es ist so entsetzlich. Ich weiß, wie sehr du es wolltest. Es ist einfach nicht *fair.* Mama versteht überhaupt nichts von der Leitung der Fabrik. Sie ist nur daran interessiert, eine Waffe gegen dich in der Hand zu haben.« Sie umarmte Henri und schluchzte auf seine Schulter. »Was hast du vor?«

»Zuerst einmal will ich die Verabredung einhalten. Und dann –« er strich ihr durch das unordentliche Haar – »dann führe ich dich zum Essen ins Fouquet's.«

»Du kannst meine Anteile haben«, sagte sie ungestüm. »Ich will und brauch' sie nicht.«

Henri umarmte sie und hielt sie umfangen. Das war eine liebe Geste von seiner Tochter, aber damit war er noch nicht der Hauptaktionär.

Er küßte seine Tochter auf die feuchte Wange. »*Merci, ma petite*, aber du hast mir gerade etwas Wertvolleres gegeben als alle Anteile in der Welt.«

»Papa...«

»Beeil dich, oder wir kommen beide zu spät.«

»Wo mußt du hin?«

»Ins Geschäft. Jemand wartet dort auf mich.«

Er hatte keine Verabredung, er mußte nur dringend allein sein, um nachdenken zu können.

Gaby wischte sich ihre Nase am Ärmel ab, startete den Motor und lenkte den Wagen vom Bürgersteig weg. Sie fuhr vorsichtig, Henri aber hatte das Gefühl dahinzurasen, vielleicht in einen tiefen Abgrund hinein. Konnte er in seinem Alter noch einmal ganz von vorn anfangen?

Aber ich lebe nicht mit Francine zusammen. Ich muß sie nie sehen.

Aber ohne eine Scheidung wäre er niemals ein wirklich freier Mann. Und er konnte nicht darauf hoffen, Dolly zurückzugewinnen. Er fühlte, wie sich ihm ein Eissplitter ins Herz bohrte.

Während Gabrielle den Wagen überraschend geschickt durch den wahnsinnigen Verkehr auf der Place de la Concorde lenkte, stellte sich Henri Dollys weiches, festes Fleisch an sich gepreßt vor, ihren Mund...

Vielleicht war es schon zu spät. Aber wie konnte er seine Träume und seine Hoffnungen aufgeben? Wie konnte er, in dem Bewußtsein, daß er sich dafür *entschieden* hatte, für immer und ewig an Francine gebunden zu sein, sich jeden Morgen im Spiegel anschauen?

Zwei Tage, dachte er. *In zwei Tagen werde ich Dolly sehen. Dann werde ich es wissen.*

Mit einem Seufzer lehnte sich Henri in seinem Sitz zurück und versuchte, seine Beine zwischen all dem Plastikspielzeug und den Babyfläschchen auszustrecken. Er versteifte sich, als der kleine Wagen schwankte und etwas ins Schleudern geriet. Er schloß die Augen und sah Dolly vor sich, wie er sie zum letztenmal gesehen hatte, als sie in einem gepunkteten Kleid mit einem großen Strohhut auf dem Kopf ihr Flugzeug bestiegen hatte. Ihre große Sonnenbrille hatte ihre Tränen nicht ganz verdeckt.

Dolly klingelte an der Tür und wartete. Keine Antwort. Aber sie hatte das Gefühl, daß Laurel zu Hause war. Weil die Petunien links und rechts vom Weg so frisch aussahen, als seien sie gerade gegossen worden? Oder weil der Vorhang am vorderen Fenster einen Schlitz offenstand, als ob Laurel herausspähte, um zu sehen, wer an der Tür war?

Sie klingelte wieder, wartete aber diesmal nicht auf eine Antwort. Sie ging um das Haus herum, ihre hohen Absätze sanken tief in das vom Tau noch nasse Gras ein, der Saum ihres Kleides blieb an einem großen Busch hängen. Die Hintertür war unverschlossen. Dolly ging ins Haus und öffnete die Schiebetür, die ins Wohnzimmer führte.

»Laurel?« rief sie. »Schatz, ich bin's... Dolly...« Keine Antwort. Konnte sie noch im Bett sein? Das war unwahrscheinlich.

Es war zwar erst Viertel vor neun, aber Dolly wußte, daß ihre Nichte an Wochentagen früh aufstand, um Adam für die Schule fertig zu machen. Viel wahrscheinlicher war, daß sie niemanden wissen lassen wollte, daß sie da war. Sie war auch nicht ans Telefon gegangen.

Nicht Laurel hatte ihr über Joe erzählt – Dolly hatte die traurigen Neuigkeiten von Joe selbst erfahren. Nachdem zwei Tage lang niemand das Telefon abgenommen hatte, war sie endlich zum Restaurant gefahren. Mit belegter Stimme hatte er ihr erzählt, daß er ausgezogen sei, hoffentlich nur kurzfristig. Er bot ihr keine Erklärung dafür an, aber für jemand, der weggegangen war, schien er sehr verzweifelt zu sein.

Dolly hatte sich nicht zurückhalten können herzufahren. Ob sie erwünscht war oder nicht, sie mußte zusehen, ob sie ihre Nichte irgendwie trösten konnte.

»Hallo bist du da?« Obwohl die Vorhänge noch zugezogen waren, sah sie eine Menge Spielzeug auf dem großen Wohnzimmerteppich herumliegen und fühlte sich etwas besser. Solange Laurel Adam bei sich hatte, würde sie alles überstehen.

»Hallo, Tante Dolly.« Laurels sanfte Stimme erschreckte Dolly so, daß sie fast ihre große schwarze Handtasche fallen ließ.

Sie wandte sich um und sah Laurel in der Küchentür stehen. Sie trug ein verknittertes Kleid, das so aussah, als hätte sie darin geschlafen. Ihr langes Haar war zu einem schlampigen Zopf geflochten, und selbst in diesem schlechten Licht sah Dolly, wie geschwollen und rot Laurels Gesicht war. Ihr Herz quoll über vor Mitgefühl.

Ich weiß ja, wie das ist, wenn man sich nach einem Mann sehnt, der nicht da ist. Wie oft bin ich morgens aufgewacht und das Herz hat mir vor Sehnsucht weh getan.

»Ich hab' geklopft, aber du hast es wahrscheinlich nicht gehört«, sagte Dolly, die ihre Nichte nicht noch mehr verunsichern wollte. Es war schon schlimm genug, daß sie sich wie eine Diebin ins Haus geschlichen hatte. »Ich… ich muß im Badezimmer gewesen sein«, sagte Laurel und deutete auf den rückwärtigen Teil des Hauses.

»Du siehst aus, als könntest du einen Kaffee brauchen«, sagte Dolly und ging auf sie zu. »Setz dich hin, ich mache Kaffee.« In der Küche riß Dolly als erstes die Vorhänge auf, und Sonnenlicht flutete herein. Laurel kniff die Augen zusammen und ließ sich auf einen der Holzstühle fallen, die um den Frühstückstisch herum standen. Dolly fand den Kaffee und machte sich dann auf die Suche nach Eiern, Brot und Butter.

»Wann hast du zum letztenmal anständig gegessen?«

»Mach dir doch nicht soviel Mühe«, sagte Laurel mit belegter Stimme, die so klang, als ob sie Schmerzen hätte. »Wirklich, ich hab' überhaupt keinen Hunger.«

»Das hab' ich dich nicht gefragt, oder?« Dolly stemmte die Hände in die Hüften und warf ihrer Nichte einen strengen Blick zu. »Ich wette, daß du heute morgen noch nichts gegessen hast... und gestern abend auch nicht. Schau dich doch mal an! Du siehst aus, als hätte dich der Postbote unter der Tür durchgeschoben.«

Laurel seufzte. »Ich fühl' mich nicht gut.«

»Nun, das kann ich sehen.« Dolly setzte sich auf den Stuhl, ihrer Nichte gegenüber. Sie fragte leise: »Willst du darüber sprechen?«

Laurel schüttelte den Kopf. Ihre Augen glänzten, und sie preßte die Lippen fest aufeinander, als ob sie fürchtete, daß sie jeden Augenblick losweinen könnte.

»Joe hat mir gesagt, daß er ausgezogen ist.« Dolly sprach leise, nahm Laurels kraftlose Hand zwischen ihre Hände und drückte sie fest.

Sie schien noch blasser zu werden, falls das überhaupt möglich war. »Was... was hat er gesagt?«

»Nicht viel. Ich weiß nur, daß er sehr unglücklich über die ganze Sache ist. Er wirkt ganz und gar nicht wie ein Mann, der aus schwerwiegenden Gründen seine Frau und seinen Sohn verlassen hat.«

»Ich hab' ihn gebeten auszuziehen.« Laurel atmete tief, um nicht weinen zu müssen.

»Ich bin sicher, daß du deine Gründe hast, und ich will dich wirklich nicht aushorchen«, sagte Dolly und rieb Laurels Hand, als könne sie sie wärmen. »Aber du sollst dir im klaren darüber sein, ob du das wirklich willst, weil so etwas... nun, das kann Menschen voneinander entfernen. Eheschwierigkeiten müssen gemeinsam verarbeitet werden, und das geht schlecht, wenn man nicht miteinander reden kann.«

»Ich... ich weiß nicht, ob man unser Problem überhaupt verarbeiten kann.«

»Denk doch mal nach. Geht es dir und Adam wirklich besser, wenn ihr allein seid?«

Laurel zog ihre Hand zurück, beugte den Kopf und drückte ihre Hände fest auf die Schläfen, als ob sie Kopfweh hätte. Dolly wartete und zwang sich, still zu sein, obwohl sie den Drang hatte, laut zu schreien: *Du hast keine Ahnung, wie schrecklich es sein kann, in einem leeren Bett zu schlafen, Nacht für Nacht. Du kennst die Einsamkeit nicht.* Was konnte schlimmer sein als das, was sie all die Jahre ohne Henri erlitten hatte?

»Es ist Annie«, sagte Laurel so leise, daß Dolly sie kaum verstand. »In Wirklichkeit will er sie. Und das war schon immer so.«

Dolly fühlte, daß sie an den Armen Gänsehaut bekam, war aber nicht wirklich überrascht. Hatte nicht auch sie das schon immer gewußt? »Hat er dir das gesagt?«

»Nein. Ich weiß es einfach. Glaube mir, ich bilde mir das nicht ein.«

»Bist du ganz sicher?«

»Leider, ja.«

»Okay, nehmen wir einmal an, daß es wahr ist. Was willst du tun?«

Laurel hob überrascht den Kopf. »Was willst du damit sagen? Ich hab' doch schon was getan. Ich hab' ihn gebeten auszuziehen.«

»Wenn du dich scheiden lassen willst, dann würde ich sagen, daß du das Richtige getan hast. Aber wenn du für deine Ehe kämpfen willst, dann schlage ich vor, daß du etwas anderes tust.«

»Was zum Beispiel?«

»Zuerst einmal laß mich dir was zu essen machen. Dann könntest du wirklich etwas Hübscheres anziehen. Die Haare frisieren, dir die Lippen anmalen. Ein bißchen Parfüm würde auch nichts schaden.«

»Parfüm? Ach, Tante Dolly, ich weiß, daß du es gut meinst. Aber Lippenstift und Parfüm können wirklich Joes und meine Schwierigkeiten nicht aus der Welt schaffen.«

»Das hab' ich auch nicht gesagt. Aber du mußt irgendwo anfangen. Wenn du dich selbst nicht leiden kannst, wie kannst du dann erwarten, daß andere dich mögen?« Dolly erhob sich, um das Frühstück auf den Tisch zu stellen. »Willst du Marmelade oder nur Butter auf den Toast?«

»Marmelade, bitte. Es steht welche im Kühlschrank.« Laurel sah noch genauso unglücklich wie zuvor aus, aber ein Anfang war gemacht.

Ein paar Minuten später brachte sie sogar ein Lächeln zustande, als Dolly einen Teller mit zwei Spiegeleiern vor sie hinstellte. Der Toast war eher schwarz als braun zu nennen, aber Laurel sagte: »Es sieht köstlich aus.«

Dolly wurde rot. Laurel versuchte höflich zu sein, das wußten sie beide. »Na ja, ich hab' nie behauptet, daß ich eine Super-Köchin bin. Aber die Eier sind noch heiß, das ist die Hauptsache.«

»Vielen Dank, Tante Dolly.«

Laurel berührte Dollys Hand. »Kann ich dich etwas fragen? Über Henri und dich?«

»Natürlich, schieß los.« Sie lächelte, obwohl ihr nicht nach lächeln zumute war, und biß in ein gebratenes Stück Speck.

»Warum habt ihr nie geheiratet?«

»Das ist leicht zu beantworten, das weißt du selbst. Wie hätte ich Henri heiraten können? Er hat doch schon eine Frau.« Sie versuchte leichthin zu reden, aber das Herz klopfte ihr bis zum Hals.

»Das weiß ich. Aber wenn er dich so sehr liebte, warum hat er sich dann nicht scheiden lassen?«

Sie seufzte. »Dafür gibt es viele Gründe.«

»Trefft ihr euch noch?«

»Nur manchmal. Meistens geschäftlich. Manchmal telefonieren wir auch miteinander.« Sie fand es anstrengend, ein fröhliches Gesicht zu machen, aber sie hatte ihr Herzleid so lange geheimgehalten, daß sie Übung darin hatte.

»Du hast doch gerade eben gesagt, daß man zusammenbleiben sollte, um an seinen Problemen arbeiten zu können. Warum seid ihr, Henri und du, nicht zusammengeblieben?«

Eine kleine Ewigkeit saß Dolly still da, nippte an ihrem Kaffee und schaute einem roten Eichhörnchen zu, das Körner aus einem Vogelhäuschen vor dem Fenster klaute. Wie soll man aufhören, jemanden zu vermissen, der immer da war, der hinter jedem Gedanken hervorlugte, der hinter jedem Lächeln stand?

»Es war nicht aus Mangel an Liebe«, sagte sie und wählte ihre Worte sorgfältig. »Vielleicht waren wir von Anfang an zu weit voneinander entfernt. Aber soviel weiß ich: Wenn *ich* mit Henry verheiratet gewesen wäre, hätte ich ihn niemals gehen lassen. Um keinen Preis.«

»Das klingt vielleicht dumm – ich weiß ja, es ist schon viele Jahre her –, aber glaubst du, daß ihr irgendwann einmal wieder zusammenkommen könntet?«

»Ich glaube schon«, antwortete Dolly ehrlich. Großer Gott, und wie sie daran glaubte! Aber der Wunsch allein genügte nicht, daß hatte sie schon lange gelernt. »Willst du noch einen Toast?« Laurel schüttelte den Kopf, und Dolly sah, daß sie ihren Teller fast leer gegessen hatte. Ein bißchen Himbeermarmelade klebte an ihrer Oberlippe. Dolly tupfte die Marmelade mit ihrer Serviette weg. Als sie ihre Hand zurückzog, nahm Laurel sie und drückte sie herzlich.

In diesem Augenblick bedauerte Dolly nicht, was sie aufgegeben hatte... Sie fühlte sich reich beschenkt von allem, was sie statt dessen bekommen hatte – eine liebenswerte Familie, die sie auch liebte.

»Zieh dich an, ich räume inzwischen die Küche auf«, sagte sie zu Laurel. »Und dann gehen wir zusammen einkaufen.«

»Einkaufen?« Laurel starrte sie an. »Was denn?«

»Ein Kleid. Das schönste Abendkleid bei Bendel, das du morgen abend bei der Schokolademesse anziehst.«

»Aber, ich geh' doch nicht –«

»Natürlich gehst du hin. Es wird dir bestimmt guttun. Und wer weiß, was sonst noch dabei herauskommt?«

31. Kapitel

Emmett stand am Eingang der Fabrik und atmete den starken Schokoladegeruch ein. Wie komisch, dachte er, daß ein bestimmter Geruch eine Erinnerung wachruft. So war es immer bei ihm: Wenn ihn die salzige Luft vom Ozean streifte, fühlte er wieder das schwankende Deck eines Krabbenkutters unter seinen Stiefeln; und wenn er im Hochsommer an einem Kornfeld vorbeifuhr, war er wieder siebzehn und hatte unter dem knisternden Blätterdach eines Busches ein Stelldichein mit Cora Bigsby.

Welche Erinnerungen würden ihn beim Geruch von Schokolade in ein paar Jahren kommen? Würde er sich daran erinnern, wie eine todmüde Annie um ein Uhr morgens nach einer langen Nacht in der Fabrik in sein Bett gekrochen kam und ihre Haut, ihr Haar und ihre Lippen nach Schokolade gerochen hatten? Oder würde ihm ein Kloß in den Hals steigen? Würde der Geruch ihn an diese Nacht erinnern... in der er ihr Lebwohl sagen mußte?

Nein, rief er sich zur Ordnung. *Du bist ja noch nicht weg... du hast ihr keine Chance gegeben, ihre Meinung zu ändern.* Er würde ihr von dem Angebot erzählen, das er bekommen hatte – die Stelle des Verkaufsleiters in Fountain Valley, wo direkt außerhalb von La Jolla wunderschöne Luxusvillen im Wert von neunzig Millionen Dollar gebaut worden waren. So eine Gelegenheit war sicher einmalig. Er würde ihr sagen, daß die Zeit für ihn gekommen sei, alles oder nichts von ihr zu fordern. Er brauchte sie. Aber er brauchte sie ohne Wenn und Aber – er wollte sie heiraten. Oder sie so schnell wie möglich vergessen und woanders ein neues Leben beginnen.

Er beobachtete Annie, wie sie neben Doug und Louise in der feuchten Hitze der Fabrik arbeitete, ihre Hände und ihre Schürze waren mit flüssiger Schokolade bedeckt. Sie stippten Plastikblätter in die Kuvertüre ein – sie stellten einen ganzen Baum aus Schokolade her, und dieser Baum würde das Herzstück der Wettbewerbspräsentation von Tout de Suite bei der morgigen Schokolademesse sein. Er sah, wie sich Louise mit dem Handrücken – dem einzigen Teil ihrer Hand, der nicht in Schokolade eingetaucht war – die blonden Fransen aus den Augen strich. Wenn die Kuvertüre getrocknet war, konnte sie vorsichtig von dem Plastikblatt abgezogen und mit warmer Schokoladenpaste an einen Zweig des Baumes »geklebt« werden. Der Baum war einen Meter zwanzig hoch, Stamm und Äste bestanden aus reiner Schokolade, das war mehr als ein ehrgeiziges Projekt – es war ein Meisterwerk.

»Ich hab' nie von jemand gehört, der aus dunkler Pampe einen Baum geschaffen hat... außer dem lieben Gott«, scherzte Emmett. *Wie kann ich eine Frau, die glaubt, Gott spielen zu können, davon überzeugen, daß sie es mit mir besser hätte?*

»Ja«, seufzte Annie und wischte sich die Hände an ihrer Schürze ab. »Nur hat Gott eben die ganze Welt in sechs Tagen erschaffen, und wir können froh sein, wenn wir diesen Baum in den nächsten vierundzwanzig Stunden überhaupt fertig kriegen. Wenn ich bloß daran denke, wie lange ich schon daran arbeite, wird mir ganz schwindelig.«

»Wir haben heute morgen um halb sieben angefangen, und jetzt ist es schon nach Mitternacht. Wann werden wir endlich zu vollautomatischen Maschinen?« meinte Doug grinsend und pinselte flüssige Schokolade auf einen Ast.

Emmett warf ihm einen dankbaren Blick zu. Doug, ein stämmiger kleiner Bursche mit schwarzem Haar und dicken Augenbrauen, tat Annie gut – er zog sie andauernd auf, dadurch konnte sie sich und Tout de Suite nicht allzu ernst nehmen.

»Vielen Dank, Douglas.« Annie warf ihm einen vernichtenden Blick zu, lächelte aber trotzdem. »Was täte ich ohne dich?«

Emmett sah ihre hängenden Schultern, die tiefen Ringe um ihre Augen und sehnte sich danach, sie wie der gute Held in einem alten Westernfilm zu umarmen, hochzuheben und sie in den Sonnenuntergang zu tragen...

Werd endlich klug, ermahnte er sich. *Sie heiratet dich nie. Sie zieht nicht einmal mit dir zusammen... Da gibt's nichts mehr zu hoffen.*

Nicht jetzt, Emmett, können wir das bitte ein anderes Mal besprechen? Wie oft hatte er diese Worte von ihr gehört? Und wann würden sie jemals Zeit für ein ruhiges Gespräch finden, bei ihrer Arbeitswut und seinen vielen Terminen? Allein in dieser Woche war er drei ganze Tage lang als Vermittler bei einem Häuserverkauf in einem Rechtsanwaltsbüro gewesen. An drei Abenden hatte er sich mit Investoren getroffen, die Bürogebäude kaufen wollten. Er hatte Annie seit Tagen nicht mehr gesehen, und jetzt, *heute abend* mußte er mit ihr sprechen.

Es kamen ihm Zweifel, ob es klappen würde, als er sie völlig erschöpft und von oben bis unten mit Schokolade beschmiert sah. Wo er schon hier war, konnte er vielleicht mitmachen.

»Kann ich was helfen?« fragte er und zog das Jackett aus.

»Ja, uns aus dem Weg gehen«, meinte Louise und lächelte ihm zu, um ihm zu zeigen, daß sie nur scherzte. »Nein, im Ernst, Sie können wirklich etwas tun...« Sie warf Annie einen besorgten Blick zu. »Bringen Sie sie hier raus. Bitte. Nur für eine Stunde.

Geben Sie ihr was zu essen. Sie arbeitet länger als wir alle und wollte nicht einmal eine Kaffeepause machen.«

»Fertige Blätter!« rief Annie und balancierte stolz ein Tablett voll feiner Schokoladenblätter zu Doug. Plötzlich stolperte sie und fiel fast hin. Doug konnte das Tablett gerade noch in Sicherheit bringen. »Es ist wirklich nicht mehr viel zu tun«, sagte er. »Lou und ich, wir machen den Baum allein fertig. Sie können sich darauf verlassen, Annie.«

»Ich weiß nicht...« Annie wurde fast schwach, das konnte er sehen, aber sie gab noch nicht ganz auf. »Mit den Marzipanbirnen haben wir noch nicht einmal angefangen.«

»Lisa kommt in aller Herrgottsfrühe, um sie zu machen«, sagte Doug. »Der Marzipanteig liegt schon im Kühlschrank.«

»Aber...«

»Entweder Sie gehen jetzt... oder wir streiken«, drohte Louise.

»Das werdet ihr nicht tun!« japste Annie.

»Wenn Sie's drauf ankommen lassen«, antwortete Louise und schaffte es, ein ernstes Gesicht zu machen.

Dann packte Emmett zu seiner eigenen wie zu ihrer Überraschung Annie an der Taille, hob sie hoch und legte sie sich über die Schulter. Für eine große Frau war sie erstaunlich leicht.

»Emmett, hör auf! Laß mich runter!« Sie strampelte, aber er trug sie ungerührt zur Tür.

»Tut mir leid, es ist zu deinem eigenen Besten«, sagte er.

»Emmett, ich meine es ernst, laß mich sofort runter! Das... ist... ja lächerlich! Ich lass' mich doch nicht wie einen Sack Kartoffeln forttragen! Laß mich runter! Ich muß...« Annie hörte zu strampeln auf und fing zu kichern. »Gott, wenn Hy Felder mich jetzt sehen könnte, der, mit dem ich morgen ein großes Geschäft abschließen will –«

»Der Teufel soll ihn holen.« Emmett setzte sie hinter der geschlossenen Tür ab und preßte sie mit seinem Körper dagegen. »Kann ich dir trauen? Oder muß ich dich festbinden?«

»Emmett, du bist ja verrückt.« Sie legte sich die Hand über den Mund, um nicht laut loszulachen.

»Verrückt nach dir.« Er zog ihre Hand fort und küßte sie auf den Mund. Zuerst leistete sie Widerstand, dann gab sie sich seinem leidenschaftlichen Kuß hin. Sie roch gut und schmeckte noch besser, nach Sahneschokolade, ganz unwiderstehlich. Sie war eine schreckliche Frau, aber er liebte sie. Wie konnte er von ihr loskommen? Sie drehte den Kopf weg. »Doug und Louise«, protestierte sie schwach.

»Die können uns hier gar nicht sehen, und wenn, dann wäre es auch kein Beinbruch. Sie wissen es doch sowieso.«

»Okay, du hast ja recht.« Sie seufzte und legte ihren Kopf an seine Schulter. »Wenn ich mit dir essen gehe, versprichst du mir dann etwas?«

»Alles, was du willst.«

»Daß du dich nicht mehr wie ein Westernheld aufführst. Das macht mich nervös.«

»Und warum?«

»Weil am Ende jeder Schießerei im Kino immer das tödliche Duell kommt.«

Hatte sie Angst, ob morgen alles gutgehen würde, oder spürte sie vielleicht, daß jetzt die Zeit für das letzte Duell mit ihm gekommen war?

Ein paar Minuten später gingen sie die Washington Street in Richtung der West Houston Street entlang, wo es eine Pizzeria gab, die die ganze Nacht geöffnet hatte. Zum Teufel, dachte Emmett, am besten sag' ich es ihr sofort, sonst erstick' ich noch dran.

Ich bin sechsunddreißig, Annie, und ich will nicht mehr warten. Ich will nicht mehr hingehalten werden. Ich verdiene durch die Häuser, die ich verkaufe, sehr gut und hab' immer noch kein eigenes. Seit Jahren warte ich darauf, daß wir zusammen ein Haus kaufen, das kann nicht mehr so weiter gehen...

Er erinnerte sich an das alte Ziegelsteinhaus, das er für einen

Apfel und ein Ei hätte kaufen können – es war eine halbe Ruine gewesen, aber sie hätten gemeinsam ein echtes Schmuckstück daraus machen können. Aber Annie hatte nur abgewinkt. Sie war noch nicht so weit. Sie liebte ihn, sagte sie, aber sie wußte nicht, ob es gut gehen würde, wenn sie zusammenzögen. Und ob es nicht schlimmer für ihn wäre, wenn sie auszöge, nachdem sie eine Zeitlang zusammengewohnt hätten, als wenn sie erst gar nicht zusammenzögen? Verdammt noch mal, sie hatte recht. Es wäre schlimmer gewesen. Aber warum hielt sie es nicht für möglich, daß es gutgehen könnte?

Emmett faßte sie am Ellbogen. »Bist du nervös wegen morgen?«

»Es geht schon.« Sie lächelte ihn an. »Aber komm bloß nicht auf die Idee, noch mal so einen Auftritt zu machen.«

Im Licht einer Straßenlampe sah er, daß sie sich bemühte, ihn streng anzuschauen.

»Großes Ehrenwort.«

»Wie kommt es, daß ich nie weiß, ob du mich aufziehst?«

»Im Ernst müßte ich dir sagen, daß du ins Bett gehörst... Am besten in meins.«

Er faßte ihre Hand und hielt sie fest, und er hoffte, daß sie seinen schnellen Pulsschlag nicht fühlte.

»Es tut mir leid, Emmett... Ich weiß, daß du in letzter Zeit nicht viel von mir gehabt hast. Es war so viel los, wir hatten so viele Bestellungen und...« Dann stieß sie den Atem aus, und eine kleine Dunstwolke stand vor ihrem Mund in der kühlen Nachtluft. Mit scheinbar großer Anstrengung straffte sie sich. »Aber du warst in den letzten Wochen ja auch sehr beschäftigt. Ist es mit dem Haus in der Mercer Street zu einem Abschluß gekommen?«

»Noch nicht, aber das wird schon noch. Ich hab' vorhin mit Habermann zu Abend gegessen. Er hat schon sechs Investoren gefunden, die mitmachen, selbst wenn wir es nicht schaffen, die letzten Mieter aus dem Haus herauszukaufen.«

Annie mußte gähnen. »Entschuldige, ich hab' letzte Nacht auch nicht viel geschlafen.«

»Hast du gearbeitet?«

»Nein, ich hab' ewig mit meiner Tante telefoniert. Sie macht sich große Sorgen wegen meiner Schwester.«

»Laurel? Ist sie krank?«

Annie schüttelte den Kopf und schaute von ihm weg auf ein Taxi, das an der Ecke gehalten hatte. Drei junge Männer mit schwarzen Lederjacken stiegen aus. »Nicht gerade krank, aber Dolly sagt, daß sie ganz fertig ist. Joe ist ausgezogen... wieder zurück in seine alte Wohnung. Laurel hat ihn darum gebeten.«

Emmett verlangsamte seinen Schritt und hatte das Gefühl, sehr vorsichtig sein zu müssen, als ginge er einen felsigen Steilhang hinab. »Ich wußte gar nicht, daß sie Probleme haben. Sie schienen immer gut miteinander auszukommen.« Emmett mochte Laurel und Joe. Sie hatten immer so glücklich gewirkt. Warum war er dann gar nicht so sehr überrascht, daß sie sich trennten? Da mußte sich seit längerer Zeit etwas aufgestaut haben.

Emmett fühlte, daß Annie mehr wußte, als sie ihm sagen wollte, aber er setzte sie nicht unter Druck. Wenn es um Joe Daugherty ging, fragte er nie so genau nach.

»Glaubst du, es renkt sich wieder ein?«

»Ich hab' keine Ahnung.«

Wußte sie wirklich nichts, oder hoffte sie vielleicht, daß die beiden nicht mehr zueinanderfanden?

»Irgend etwas quält dich... Willst du mir sagen, was?«

»Als ich das letztemal bei Laurel war, war sie ziemlich am Ende. Sie glaubte, daß Joe eine Affäre mit einer anderen Frau hat. Ich versuchte ihr das auszureden, und dann fiel sie über mich her. Sie sagte... sie beschuldigt mich...« Annie räusperte sich. »Ich soll an vielem schuld haben... Ich weiß nicht, vielleicht hat sie teilweise recht.«

»Annie, was immer zwischen den beiden schiefgegangen ist, ist ihre Angelegenheit.«

»Es ist nicht...« Sie schob die Hände tief in ihre Taschen. »Es ist nicht so einfach, wie du denkst.«

»Nichts ist einfach.«

Er dachte an Annie, deren Zuneigung, selbst wenn sie ihn nicht ganz an sich herankommen ließ, zuverlässiger und wertvoller war als die fast unterwürfige Liebe anderer Frauen, die er gekannt hatte. Und das schätzte er so sehr an Annie. Deshalb hatte er sich nicht von ihr getrennt. Aber jetzt... jetzt konnte er nicht mehr.

»Annie, ich muß dir was sagen...« Aber bevor er ihr von dem unglaublich guten Job in Kalifornien erzählen konnte, der ihm angeboten worden war, waren sie bei Arturo angelangt. Eine Leuchtschrift im Fenster pries Calzone, Pizza, Falafel an.

»Was?« Sie wandte sich ihm zu und lächelte erwartungsvoll.

Nein, dachte er, das ist nicht der richtige Augenblick. Was sie jetzt am dringendsten brauchte, war Entspannung und etwas zu essen – und bei Arturo gab es seiner Meinung nach die besten Calzones von New York.

»Später«, meinte er. »Ich erzähl' es dir später.« Nach der Messe, dachte er. Morgen oder übermorgen, wenn sie nicht mehr so unter Druck steht. Er würde ihr erklären, daß sie der einzige Grund sei, warum er sich noch in New York aufhielt. Und wenn sie seinen Heiratsantrag noch einmal ablehnte, dann wäre es für ihn am besten, sehr weit von ihr entfernt zu sein. Sonst würde er nur wieder rückfällig werden und einen Narren aus sich machen.

32. Kapitel

Rudy ging durch die Glastür des Fitness-Centers, in dem Val arbeitete. Er schaute sich im schlecht beleuchteten Empfangsraum um, in dem es moderig roch, und überlegte sich, ob Val noch hier wäre oder schon nach Hause gegangen war. Mein Gott, was für ein mieser Laden! War das nun der beste Job, den sein gutaussehender Bruder noch bekommen konnte: Karate-Lehrer in einem Rattenloch?

Es war sechs Jahre her, seit er Val gesehen oder gesprochen hatte. Manche Dinge ändern sich nie, dachte Rudy. Vielleicht war Val ihm immer noch böse? Vielleicht wurde Val ihn einfach zum Teufel jagen – selbst wenn er wußte, warum Rudy gekommen war?

Rudy begann sich unwohl in seiner Haut zu fühlen, Schweißperlen traten ihm auf die Stirn. Die Luft *war* zwar drückend hier, aber er wußte, daß er nicht deshalb schwitzte. Er kämpfte gegen eine Woge von Übelkeit an und zwang sich, sich auf den jungen Mann zu konzentrieren, der am Empfangsschalter stand.

»Kann ich was für Sie tun?«

Rudy starrte den pickeligen jungen Muskelprotz an, der eine zerfledderte Sportzeitschrift durchblätterte.

»Ich suche jemanden«, sagte Rudy.

»Sind Sie Mitglied?«

»Nein.«

»Das hab' ich mir gedacht.«

Klugscheißer! dachte er. Der will mich wegen meines Bauches aufziehen, den auch teure Jacketts nicht ganz verbergen können. »Warum denn?«

»Na ja, ich hab' Sie noch nie hier gesehen.«

Immer mit der Ruhe, mach dir dies Gorillababy nicht zum Feind, das bringt nichts. Rudy zwang sich zu einem Lächeln.

»Ich suche Val Carrera. Ich hab' gehört, daß er hier arbeitet.«

»Val? Ja, der ist hier. Ich glaub' nicht, daß er gerade einen Kurs gibt. Wahrscheinlich stemmt er Gewichte.«

Rudy ging auf die Tür zu, die in die Clubräume führte.

»He, da können nur Mitglieder rein!« Der junge Mann erhob sich. Er war riesengroß. »Ich schau mal, ob ich ihn finde.« Er klang ärgerlich, so als ob Rudy ihn bei seinem eigentlichen Job störte, dem Herumhängen.

Rudys Kopf begann zu schmerzen. Er hatte seinem Bruder

unvermutet gegenübertreten wollen, ohne daß Val sich darauf vorbereiten konnte. Rudy vermutete, daß Val ihm die Tür vor der Nase zugeschlagen hätte, wenn er an seiner Wohnung geklingelt hätte. Deshalb war er hierher gekommen. Und jetzt störte dieses Gorillababy seinen Plan.

Rudy zog seine Brieftasche heraus, Eidechsenleder mit vergoldeten Ecken. Sie hatte fast soviel gekostet wie alle Scheine, die darin steckten. Rudy fischte eine Zwanzig-Dollar-Note heraus und reichte sie dem unförmigen jungen Mann.

»Hier ist ein kleines Lesezeichen. Da wissen Sie immer, an welcher Stelle Sie unterbrochen worden sind.«

Der junge Herkules hatte Mühe, den Schein in die Vordertasche seiner engen Jeans zu schieben. Seine kleinen, dunklen Augen leuchteten plötzlich interessiert auf. »Hat Val irgendwelche Probleme?«

»Nein, überhaupt nicht. Ich bin nur ein... Freund von ihm. Ich hörte, er wäre hier. Wollte nur mal guten Tag sagen.«

»Ich darf Sie eigentlich nicht reinlassen, wenn Sie kein Mitglied sind...« Er schaute nervös auf die Tür mit der Aufschrift Büro. »Aber einmal ist keinmal. Zum Übungsraum geht's den Gang runter, geradeaus. Sie können ihn gar nicht verfehlen.« Rudy ging einen finsteren, übelriechenden Gang entlang; an den grünen Wänden und an der Decke wuchs durch die hohe Luftfeuchtigkeit Schimmel. Als er durch die erste Tür auf der rechten Seite schaute – dort standen Trainingsfahrräder und Rudermaschinen –, sah er ein halbes Dutzend junge, muskulöse Männer sich abmühen. Hier war Val nicht.

»Hat jemand von euch Val Carrera gesehen?« rief er laut in den Raum hinein.

»In der... Sauna...« keuchte ein igelköpfiges Ungetüm, das gerade mit hochrotem Gesicht schwere Hanteln hochstemmte. »Zweite Tür rechts!«

Rudy betrat einen kleinen, säuerlich riechenden Umkleideraum. Etwa ein Dutzend Männer zogen sich gerade an oder aus.

Manche standen nackt herum oder hatten ein Handtuch um die Taille geschlungen, manche rasierten sich oder föhnten sich vor einer Reihe mit Spiegeln versehener Waschbecken. Als er die Tür mit der Aufschrift SAUNA öffnen wollte, fiel ihm ein, daß er noch vollständig angezogen war. Er konnte unmöglich mit Anzug, Schlips und Hut in die Sauna gehen.

Als er sich die Hose auszog, kamen ihm Zweifel. Es machte ihm nichts aus, sich nackt auszuziehen... aber seinem Bruder Val nackt gegenüberzutreten, das kam ihm wie eine Herausforderung vor, von ihm zusammengeschlagen zu werden.

Sein Herz fing rasend zu schlagen an.

Dann erinnerte er sich daran, daß sie da drinnen ja nicht allein sein würden. Wenn andere in der Nähe waren, würde Val es nicht riskieren, handgreiflich zu werden. Außerdem, was hatte er letzten Endes zu verlieren?

Er schnappte sich ein feuchtes Handtuch und wickelte es sich um seinen runden Leib. Als er die Tür öffnete, fühlte er schon, wie ihm der Schweiß ausbrach. Großer Gott, wie er es haßte, so... so ausgeliefert zu sein.

Aber alles war von Val abhängig. Rudy *mußte* Laurel sehen, und Val mußte ihm dabei helfen. Er wollte nichts als mit ihr *reden.* Sie mußte endlich wissen, daß er nie vorgehabt hatte, ihr etwas Böses zu tun. Sie hatte keinen seiner Briefe beantwortet. Jedesmal wenn er sie angerufen hatte, hatte sie sofort aufgelegt, sobald sie seine Stimme erkannt hatte. Er hatte gewartet und gewartet. Aber jetzt konnte er nicht länger warten. Wenn er nichts unternahm, dann würde es bald zu spät sein...

Rudy schaute auf die Uhr über der Tür und sah, daß es schon fast halb vier war. Er mußte sich beeilen, in einer Stunde sollte er beim Arzt sein.

Im ersten Moment konnte Rudy kaum etwas sehen. Er erkannte die Ecke einer Holzbank, dann sah er einen Fuß, eine Hand. Val? Er atmete tief ein, um sein rasend pochendes Herz zu beruhigen. Er mußte husten und hatte das Gefühl zu ersticken.

Die fast unerträgliche Hitze schien noch heißer zu werden. Guter Gott, taten sich Leute so etwas zum Vergnügen an? Er war noch nie in einer Sauna gewesen, und er hoffte, nie mehr in seinem Leben einen Fuß in eine setzen zu müssen.

»Bist du es, O'Donnell?«

Rudy erkannte Vals tiefe Stimme. Er erstarrte. Um Himmels willen, waren er und Val hier allein?

Jetzt konnte er besser sehen. Zwischen den Dampfschwaden erkannte er einen Mann, der auf der untersten Bank lag. Es war ein muskulöser, weißhaariger Mann, der splitternackt dalag, auf einen Ellbogen gestützt, ein Bein hatte er ausgestreckt und das andere angezogen. Rudy tat der Magen weh, und er wollte den Raum verlassen, bevor Val ihn erkennen konnte. Aber dann dachte er daran, wie er Laurel zum letztenmal gesehen hatte – sie stand auf einem gefrorenen Bürgersteig, war hochschwanger und winkte ihm zum Abschied. Er *mußte* sie noch einmal sehen. Und den kleinen Jungen, der um ein Haar sein Kind geworden wäre.

Rudy ging auf Val zu. »Hallo, Val.«

Val starrte ihn an, sein schweißnasses Gesicht verriet deutlich seinen Schock.

»Madonna... woher weißt du... was, zum Teufel, willst du von mir?«

Rudy schaute sich seinen Bruder genau an. Mit zweiundfünfzig Jahren, einem Alter, in dem die meisten Männer ihr Haar verlieren und ihre Anzüge weiter machen lassen müssen, schien Val besser in Form, muskulöser, gesünder als früher. Als er ihn hier liegen sah mit seinem gut trainierten, muskulösen Körper, fühlte sich Rudy kleiner und häßlicher als jemals zuvor. Sogar Vals Pimmel war dreimal so dick wie ein Gartenschlauch.

»Ich will mit dir reden«, sagte er und versuchte, sich seine Bitterkeit nicht anmerken zu lassen. »Nur reden, sonst nichts.«

»Nur reden? Warum werde ich jedesmal, wenn du mit mir nur reden willst, übers Ohr gehauen?« Val setzte sich auf, spannte die Armmuskeln an und ballte die Fäuste. Er hatte schon wieder diesen Blick, der nichts Gutes verhieß.

»Um Gottes willen, Val, das ist doch viele Jahre her. Hast du mich nicht genug bestraft?«

»Genug? Dich?« brüllte Val. Er sprang auf und schaute verächtlich auf seinen Bruder herab. »Du nennst das eine Strafe? Nach dem, was du getan hast? Ich sollte dir den Hals umdrehen!« Er stieß Rudy mit seinem Zeigefinger in die Brust.

Rudy trat ein Stück zurück und geriet mit dem Rücken an die heiße Kachelwand.

»Hör zu… ich…«

»Nein, *du* hörst mir zu.«

Und Val schlug Rudy so fest ins Gesicht, daß sein Kopf an die Wand stieß. Rudy spürte Haß in sich aufsteigen. Eine Ohrfeige hatte er ihm gegeben. Hätte er ihn mit seinen Fäusten bearbeitet, dann hätte Rudy das leichter hinnehmen können. Ein Faustschlag verriet wenigstens etwas Respekt. Eine Ohrfeige aber gab man höchstens einer Frau, niemals einem Mann.

Rudy lachte hysterisch. »Mach nur weiter so, schlag mich zusammen, dreh mir den Hals um! Du würdest mir einen Gefallen tun.«

»Was, zum Teufel, soll das heißen?«

»Ich hab' so und so nicht mehr lang zu leben. Da könnte ich genauso von meinem lieben Bruder in der Sauna umgebracht werden.«

»Findest du wohl witzig, was du da sagst?«

»Es ist die Wahrheit, sonst nichts.« Rudy deutete auf seinen Bauch. »Krebs. Die Krankheit, über die man in guter Gesellschaft nicht spricht.«

»Du siehst nicht besonders krank aus.«

Rudy erkannte an dem plötzlich nicht mehr ganz so selbstsicheren Ausdruck auf Vals Gesicht, daß ein Zweifel an seinem erbsengroßen Hirn nagte.

»Ich fühl' mich die meiste Zeit auch ganz okay. Der Doktor

gab mir irgendwas Radioaktives zu trinken. Und Pillen. Schmerzmittel. Ich schlucke bald so viele Pillen wie Elvis Presley.«

»Du siehst aber nicht wie Elvis Presley aus.«

Beide mußten sich das Lachen verbeißen. Dann fixierte ihn Val mit zusammengekniffenen Augen.

»Ich schwör' dir, Rudy, wenn du mich noch mal reinlegst, dann bring' ich dich um.«

»Okay, einverstanden. Aber willst du nicht zuerst hören, was ich dir sagen will?« Rudy sprach vorsichtig, er hatte keine Lust auf eine tränenreiche Verbrüderung. »Kann ich mich setzen?« Mit dem Handrücken wischte er das Blut weg, das ihm aus der Nase rann. Er fühlte sich zittrig und hatte Angst. Nicht vor Val... aber vor dem kommenden Gespräch.

Val deutete auf die Bank, er selbst blieb stehen.

»Es ist witzig«, begann Rudy und versuchte, seine Stimme fröhlich klingen zu lassen, »was einem alles durch den Kopf geht, wenn man weiß, daß man bald sterben muß. Mir fiel zum Beispiel plötzlich ein, wie Shirley in einem Anfall von Mütterlichkeit mit uns nach Coney Island fuhr, und auf dem Rückweg mußtest du in der U-Bahn kotzen, weil du zu viele Hot dogs gegessen hattest.«

»Weiß ich nicht mehr.«

»Klar weißt du das nicht mehr, *ich* wurde ja auch verprügelt, nicht du.«

»Warum denn das?«

»Ich hätte besser auf dich aufpassen sollen, sagte Shirley. Aber du hast dich immer zu voll gestopft.« Er kicherte, und Magensäure kam ihm hoch. »Und an Bonbons konntest du dich genauso überfressen.«

»Wirklich? Warum erzählst du mir das alles?«

»Na ja, ich war selbst auch nur ein Kind, sollte aber immer auf dich aufpassen. Es wurde zu einer Gewohnheit, und irgendwann konnte ich dann gar nicht mehr anders.« Er leckte sich die Lippen, die von der Hitze brannten.

»Als ich Annie und Laurel zum erstenmal in New York traf, wollte ich es dir sofort sagen. Bei Gott, das war mein erster Gedanke.« Er machte eine Pause, damit sein Bruder das verdauen konnte, bevor er ihm die zweite Hälfte der Lüge auftischte. »Dann sagte mir Laurel, daß Annie dich umbringen würde, wenn du je wieder in ihre Nähe kommen würdest. So wie sie es sagte, mußte ich es ihr glauben. Sie ist ein zähes kleines Luder, das sag' ich dir.«

»Dieses Luder, ich wollte, ich hätte sie nach Strich und Faden verprügelt, als sie noch da war.« Val holte aus, und diesmal landete seine Hand ein paar Zentimeter von Rudys Kopf entfernt auf der feuchten Kachelwand.

»Verstehst du jetzt, ich konnte nichts machen, mir waren die Hände gebunden. Okay, vielleicht hätte ich dir trotzdem sagen sollen, wo die Mädchen waren. Es tut mir leid.«

»Warum hast du mir das noch nie erzählt?«

»Ich bin ja nie dazu gekommen.« Rudy konnte auf Vals Gesicht den Kampf ablesen, der sich in seinem Bruder abspielte: auf der einen Seite das tief verwurzelte Mißtrauen, auf der anderen Seite der Wunsch, seinen klügeren, reicheren, älteren Bruder wieder auf seiner Seite zu haben. Schließlich ließ er sich auf die Bank neben Rudy fallen. Rudy fühlte Triumph in sich aufsteigen.

»Na ja...«, Val schaut ihn besorgt an. »Bist du wirklich so krank?«

Rudy zuckte die Achseln. »Ich will dir die ekelhaften Einzelheiten ersparen.«

»Es soll Spezialkliniken in Mexiko geben...«

»Ja, ich hab' davon gehört. Vielleicht versuch' ich es mal, alles ist einen Versuch wert.«

Er berührte Val am Arm. »Man sagt, wenn einer stirbt, zieht das Leben noch mal an ihm vorbei wie in einem Film. Wer von einer Klippe springt oder erstochen wird, hat keine Zeit mehr dazu. Ich habe sozusagen Glück, ich hab' Zeit, manches wieder gutzumachen. Da wollte ich bei dir anfangen.«

»Ich bin gerührt.«

So wie er es sagte, wußte Rudy nicht, ob er das ernst meinte oder nicht. Ihm wurde schwindelig. Er sah, daß seine Beine so glänzend und rot aussahen wie gekochte Langusten. Wenn er nicht bald hier herauskam, würde er ohnmächtig werden.

»Laurel«, sagte er und unterbrach sich. Dann schaffte er es, den Satz zu Ende zu sprechen. »Ich muß sie sehen. Ich will aber nicht, daß sie etwas davon erfährt.« Er deutete auf seinen Bauch.

Aber Val schüttelte den Kopf. »Das kannst du vergessen. Sie will dich bestimmt nicht sehen. Warum sagst du ihr nicht einfach, daß du krank bist? Sie hat ein gutes Herz. Wenn sie wüßte, wie krank du bist, hätte sie vielleicht Mitleid mit dir und würde die Vergangenheit endlich begraben und vergessen.«

O Gott, begriff Val denn gar nichts? Rudy wollte nicht Laurels Mitleid, er wollte sie noch ein letztes Mal sehen, um ihr alles erklären zu können.

»Ich habe meine Gründe«, sagte er.

»Na klar, du hattest schon immer deine *Gründe.*« Vals Stimme klang bitter. War er bereit, auch nur irgend etwas für seinen sterbenden Bruder zu tun?

»Legst du ein gutes Wort für mich ein? Sprichst du mit ihr?«

»Weiß ich noch nicht«, knurrte Val. »Es läuft nämlich ganz gut mit uns, und das soll so weitergehen. Sie könnte es falsch auffassen, wenn ich plötzlich mit dir ankäme.«

Mit anderen Worten: Du hast Angst, daß deine bequeme Geldquelle versiegen könnte. Verdammt noch mal, Val hatte Laurel um Unterstützung gebeten. Rudy mußte nicht erst in Vals Portemonnaie schauen, um zu wissen, warum er so zögerte.

Plötzlich sah Rudy die Zukunft klar vor sich: Val würde mehr und mehr Geld von Laurel borgen. Und eines Tages wäre er ein gefühlsseliger, bankrotter alter Mann, der nicht mehr arbeiten konnte, und dann würde er erst richtig loslegen. Er würde ihr leidtun, und sie würde für ihn sorgen. Und er, Rudy, wäre nicht mehr da, um das zu verhindern.

Rudy unterdrückte einen Schauder. »Wieviel?« sagte er leise. »Wieviel willst du haben? Ich geb' es dir.«

»Gott im Himmel, was glaubst du denn? Hältst du mich für fähig, meinen kranken Bruder auszunehmen?« Val versuchte, gekränkt auszusehen, aber Rudy entging nicht, daß er fieberhaft nachdachte.

»Es ist ganz anders, als du denkst«, sagte Rudy, der sich plötzlich sehr müde fühlte. »Es wäre für dich eine Art... nun, eine Art Erbschaft. Nach meinem Tod bekommen Laurel und ihr kleiner Sohn alles, was ich besitze. Und wenn du mir den Gefallen tust, hättest du auch ausgesorgt.«

»Hör auf, Rudy...«

»Wären dreihunderttausend okay?«

Val sah aus, als würde er im nächsten Augenblick von der Bank kippen. »Willst du mich verarschen? Dreihundert Riesen?« Durch eine Dampfwolke hindurch sah Rudy, wie sein Bruder die Augen gierig und ungläubig aufriß.

»Natürlich würdest du nicht alles bar auf die Hand kriegen. Das Geld ist angelegt, bringt gute Zinsen.«

»Wieviel?«

»Ungefähr dreitausend Dollar im Monat. Das ist nicht wahnsinnig viel, aber wenn man das Geld nicht zum Fenster rauswirft, kann man bequem davon leben.«

Val stand entgeistert auf und fing dann an, auf dem Kachelboden hin und her zu gehen. Es war klar, daß er schon eine Entscheidung getroffen hatte.

»Ich bin sicher, daß sie dich nicht zu sich nach Hause kommen läßt. Sie würde dich niemals an ihren Sohn ranlassen. Aber sie ist an diesem Wochenende im Plaza Hotel. Ich könnte sie anrufen, gutes Wetter für dich machen... und sie bitten, sich mit dir in der Hotelbar zu treffen.«

»In Ordnung, Val. Vielen Dank.« Rudy verachtete seinen Bruder mehr denn je, wußte aber, daß Laurel ohne Vals Vermittlung kein Wort mit ihm reden würde.

33. Kapitel

Annie blieb vor dem Haus stehen, in dem sie und Laurel einmal gelebt hatten. Sie war in Gedanken verloren weitergegangen und wußte nicht, wie sie hierher gekommen war. Der Bürgersteig lag verlassen da; es war drei oder vier Uhr morgens. Sie schaute die abweisende Backsteinfassade des Hauses an und fühlte sich wie ein Schlafwandler oder wie jemand, der gerade aus einer tiefen Hypnose aufgeweckt wird.

Sie wußte noch, daß sie bei Arturo gewesen war und eine große Pizza und eine Spinat-Calzone hinuntergeschlungen hatte. Dann hatte Emmett sie in ein Taxi geschoben und ihr geraten, nach Hause zu fahren und zu schlafen. Sie hatte eine dunkle Erinnerung daran, wie sie noch angezogen auf ihr Bett gefallen war, wie sie ein paar Stunden später mit trockenem Mund schmerzendem Kopf aufgewacht war und sich nach frischer Luft gesehnt hatte. Dann war sie, wie im Nebel, ziellos durch die Straßen gegangen...

Als sie jetzt auf dem Bürgersteig vor ihrem ehemaligen Wohnhaus stand, wurde Annie klar, daß sie tief in ihrem Inneren schon die ganze Zeit gewußt hatte, wo sie hin wollte: zu Joe.

Sie sah Licht in seiner Wohnung im zweiten Stock brennen und war nicht überrascht. Sie mußte ihn sprechen, um herauszufinden, ob Laurel recht hatte. Ob *sie* etwas mit Joes und Laurels Trennung zu tun hatte. *Wollte* sie, daß es sich als wahr herausstellte? Bevor es ihr richtig bewußt wurde, kaute sie an einem ihrer sorgfältig gepflegten Fingernägel.

Sie dachte daran, wie Emmett sie hochgehoben und aus der Fabrik getragen hatte. Auch jetzt fühlte sie sich so, als würde sie von fremden Kräften bewegt. Sie betrat das Gebäude und drückte an der Tür zum Treppenhaus fast automatisch Joes Klingelknopf.

Die Sprechverbindung rauschte; Joes Stimme klang verzerrt, aber weder müde noch schlaftrunken. Er klang fast so, als ob er sie erwartet hätte...

Während Annie die Treppe hochstieg, wurde ihr Kopf klar. *Das ist reiner Wahnsinn*, dachte sie, *ich sollte nicht hier sein. Ich mache vielleicht alles für Laurel noch schlimmer.*

Sie dachte an Emmett und daran, wie sie sich im letzten Jahr während ihrer Trennung gefühlt hatte – nicht so verzweifelt, daß sie nicht aus dem Bett hätte aufstehen können, aber leer wie ein unbewohntes Haus, aus dem eine lustige, laute Familie ausgezogen ist. Bis er sich von ihr getrennt hatte, hatte sie nicht genau gewußt, wie sehr sie ihn mochte, wie eng sie miteinander verflochten waren. Aber dieser letzte Schritt, ein Ring, ein lebenslängliches Versprechen – sie war einfach nicht in der Lage dazu gewesen. Sie hatte es zwar gewollt und wollte es noch immer, aber sie war wie in einem Irrgarten gefangen. War sie hier, weil Joe ihr vielleicht den richtigen Weg zeigen konnte?

Sie sah ihn oben vor seiner offenen Wohnungstür im Treppenhaus stehen. Ein hochgewachsener Mann mit wirrem, braunem Haar. Er trug eine verwaschene Jeans und einen alten Pullover. Er war barfuß. Entweder spürte er die Kälte nicht, oder sie machte ihm nichts aus.

Sie küßte ihn auf die Wange, die eiskalt war. Sie hatte das Gefühl, als ob sie sich wie in Zeitlupe bewegte, nur ihr Herz schlug schnell. Jetzt glitt sie an ihm vorbei, durch die offene Tür und den schmalen, dunklen Flur entlang in das hell erleuchtete Wohnzimmer. Sie wandte sich um und sah Joe vor sich stehen, er wirkte erstaunt, als ob er sich nicht sicher wäre, ob sie wirklich da war, oder ob er nur geträumt hatte, daß sie gerade hereingekommen war.

»Annie! Was um alles in der Welt willst *du* denn hier?« Er fuhr sich mit der Hand über das Gesicht.

»Ich war gerade hier in der Gegend und sah, daß bei dir noch Licht brannte. Ich dachte, daß du dich vielleicht über Gesellschaft freust.«

»Um vier Uhr morgens?«

»Ich konnte nicht schlafen.«

»Ja... ich auch nicht.«

»Darf ich mich setzen?«

»Oh, natürlich.« Er blinzelte und schüttelte den Kopf. »Kaffee? Ich hab' soviel gemacht, daß ich die ganze Stadt wachhalten könnte.«

»Nein, danke.« Sie schaute sich um. Sie war vor Jahren zum letztenmal hier gewesen, aber die Wohnung hatte sich überhaupt nicht verändert – auf dem Holzboden lag ein handgewebter Indianerteppich, die Ziegelsteinwände waren weiß gestrichen. Auf dem kleinen Tisch vor der Couch lag eine alte *News Week* mit einem Foto von Elvis auf dem Titelblatt – Elvis war vor drei oder vier Jahren gestorben, und Joe hatte die Zeitschrift immer noch nicht fortgeworfen. Großer Gott, diese Wohnung war ein Museum... Es war ihr, als schaute sie ihre eigene Vergangenheit an; alles hier erinnerte sie an längst vergangene Zeiten.

»Es ist komisch«, sagte sie, »wieder einmal hier zu sein. Dich in dieser Wohnung zu sehen. Es ist so, als wärst du nie ausgezogen.«

»Für mich ist es aber ganz und gar nicht so.« Er schaute sich um, als erwarte er plötzlich zu entdecken, daß er aus Versehen in die falsche Wohnung gegangen sei. »Es paßt irgendwie nicht, daß ich wieder hier wohne. Ich habe das Gefühl, als ob ich etwas anzuziehen versuche, aus dem ich längst herausgewachsen bin.«

Annie berührte seinen Unterarm. »Joe... was ist los mit dir und Laurey? Als ich das letzte Mal bei ihr war, war sie ziemlich aufgebracht. Aber ich dachte doch nicht im Traum daran –«

»Was hat sie gesagt?«

»Sie schien zu glauben, daß du eine Affäre hast. Sie hat dich mit dieser Frau im Restaurant gesehen. Aber als ich ihr sagte, wer die Frau in Wirklichkeit war, wurde sie erst richtig wütend. Sie sagte völlig verrückte Sachen, die sie sicher nicht gemeint hat. Über mich... und dich.«

»Vielleicht ist sie gar nicht verrückt, vielleicht sind *wir* verrückt.«

Er schaute zum Fenster hin, in dem sie sich widerspiegelten. Sie sah, daß er seine Brille nicht aufhatte. Ohne die Brille sah er irgendwie nackt aus, verletzlich wie ein kleiner Junge. Seine Augenlider waren gerötet. »Hast du jemals der Stille zugehört?« fragte er so leise, als spräche er zu sich selbst. »Ich meine *wirklich* zugehört, ohne Musik, ohne Fernsehen. Eine Stille, in der man nur sein eigenes Herz schlagen hört. Es ist beängstigend. Man glaubt plötzlich, es könne zu schlagen aufhören. So wie eine Uhr, die stehenbleibt.« Er unterbrach sich und schien sie zum erstenmal richtig zu sehen. Und auch sie sah ihn deutlicher als seit vielen, vielen Jahren. Er sah abgespannt aus, aber sein Gesicht war jetzt harmonischer und nicht mehr so eckig wie früher.

Das hatte das Zusammenleben mit Laurel bewirkt, dachte Annie. Vielleicht war Joe in den ersten Jahren nicht leidenschaftlich in sie verliebt gewesen, aber Laurel hatte ihm etwas gegeben, das sie ihm vielleicht nie hätte geben können. Ein Heim, eine Familie, einen Ort, an dem er sich von den dauernden Herausforderungen in seinem Restaurant erholen konnte. Warum sollte das jetzt auseinanderbrechen?

»Was ich daherrede«, sagte Joe und schüttelte den Kopf. »Ich hab' wohl zuviel Kaffee getrunken.«

»Hast du mit Laurel gesprochen?« fragte Annie. »Ich hab' versucht, sie zu erreichen, aber das Telefon ist immer belegt. Ich glaube, sie hat den Hörer ausgehängt.«

Er seufzte. »Mit mir spricht sie auch nicht. Nur Adam ruft mich an.« Er strich sich mit der Hand über die Stirn. »Du kannst dir nicht vorstellen, wie entsetzlich das ist, wenn man seinem Kind sagen muß, daß man nicht weiß, wann man wieder nach Hause zurückkommt.«

Plötzlich fühlte sich Annie schwach, als könnte sie ihren Beinen nicht mehr trauen. Sie sank auf das harte Ledersofa und spürte, daß ihr Herz wie rasend klopfte.

»Joe, willst du damit sagen, daß... ihr nicht wirklich daran denkt, euch –«

»Scheiden zu lassen?« Er starrte sie an. »Um Himmels willen, nein. Laurey braucht Zeit. Sie muß allein sein, um nachzudenken. Um zu sehen, in welche Richtungen wir gehen.« Sein Mund verzog sich zu einem bitteren Lächeln. »Schöne Worte. Was sie wirklich meint, ist: ›Du betrügst mich, du verdammter Kerl.‹«

Vielleicht tust du das ja auch. Und ich bin auch daran schuld.

Nach außen hin hatte sie von Joe abgelassen, nicht aber in ihrem Herzen. Dort hielt sie an ihrer Liebe fest, pflegte sie heimlich, beschützte sie wie eine flackernde Kerze, die sonst ausgehen könnte. Hielt mit dieser Liebe im Herzen Emmett immer ein Stück von sich fort. Und vielleicht benutzte sie diese Liebe auch dazu, um Laurel dafür zu bestrafen, daß sie ihr Joe weggenommen hatte.

Aber wenn das wahr war, dann hatte sie es nicht vorsätzlich getan.

»Laurel ist einfach verletzt. Sie wird schon darüber hinwegkommen.« Annie sprach schnell und versuchte, an ihre eigenen Worte zu glauben.

»Nein, es ist mehr als das.« Joe sank neben ihr auf das Sofa, seine Unterarme ruhten auf seinen Knien, er ließ den Kopf nach vorn hängen. Sie sah die weichen Haare in seinem Nacken und wehrte den Impuls ab, ihn dort zu streicheln. »Sie... ist anders. Ich hab' sie geheiratet, als sie noch ein Kind war. Jetzt ist dieses Kind erwachsen geworden, sie liebt mich, aber sie *braucht* mich nicht mehr wirklich, nicht mehr wie früher jedenfalls. Und das ist auch in Ordnung. Nur – ich brauche sie.«

»Was willst du tun?«

»Ich versuche, ihr einen Brief zu schreiben.« Er deutete auf ein Stück Papier, auf das er ein paar Worte geschrieben hatte, und auf ein paar zusammengeknüllte Briefbögen, die auf dem Sofatisch lagen.

»Was willst du ihr schreiben?«

»Daß ich sie liebe.«

»Das muß sie doch wissen.«

»Sie weiß es auch. Das hoffe ich wenigstens.«

»Aber warum dann das alles?«

»Sie weiß, daß sie nicht die einzige ist. Sie weiß, was ich dir gegenüber fühle.«

Annie hörte, wie jemand ein Stockwerk höher durch das Zimmer ging. Draußen auf dem Fensterbrett gurrte eine Taube. War der Morgen nicht mehr fern?

»Wir haben uns nichts zuschulden kommen lassen«, sagte sie und kam sich vor wie ein dummes Kind in der Schule, das nicht weiß, was es antworten soll.

Joe stieß den Atem zischend zwischen seinen Zähnen aus. »Manchmal glaub' ich, daß wir *alles* falsch gemacht haben.«

Sie wollte sich die Ohren zustopfen und seine Stimme nicht mehr hören. Gleichzeitig fühlte sie, wie sie sich innerlich erwärmte.

»Nein!« rief sie. »Es war gar nicht so. Ich wollte... *ehrlich*, daß ihr glücklich würdet.«

In Gedanken trat sie zurück und untersuchte ihre Worte so, wie ein aufmerksamer Käufer ein Kleidungsstück nach Flecken und Rissen, einem fehlenden Knopf oder einem aufgerissenen Saum untersucht. Sie entspannte sich etwas. Ja, sie hatte die Wahrheit gesagt. Natürlich hatte sie gewollt, daß ihre Schwester glücklich, daß ihre Ehe gut sein würde. Natürlich.

»Ich hab' das auch gewollt.« Joe preßte seine Daumen gegen seine geschlossenen Augen. »Das hab' ich auch gewollt.«

»Dann sag ihr das. Sag ihr –«

Joe schaute sie an, und aus seinen Augen sprach unerträgliches Leid. Lieber Gott, wie konnte er das aushalten? Und sie, konnte sie es aushalten?

»Manchmal denke ich«, sagte er langsam und blickte ihr in die Augen, »daß es gut gewesen wäre, wenn wir uns einmal geliebt hätten, du und ich. Nur einmal. Dann würde ich mich nicht so... betrogen fühlen.«

Die Stille schien über ihnen zusammenzuschlagen.

»Willst du jetzt mit mir schlafen?« Die Worte waren ihr entschlüpft, bevor ihr bewußt wurde, daß sie sie sagte. Sie lehnte sich zurück, schockiert, atemlos, ihr Herz galoppierte. Und gleichzeitig fühlte sie sich merkwürdig ruhig, als ob sie in einen von Bäumen umwachsenen Teich eintauchte, der tief und kühl war und dunkel schimmernd ihr Bild widerspiegelte. Es hatte lange gedauert, bis hierher zu kommen. Ans Ende der Reise. War sie nicht deswegen hergekommen? Um ein Verlangen zu stillen, das in den vielen Jahren schon zu einem Teil ihres Körpers geworden war? Wenn sie mit Joe zusammen war, war ihr Verlangen nach ihm in jedem Satz enthalten, den sie sprach, in jedem Gedanken. Und bis jetzt hatte sie sich immer zurückgehalten, hatte darauf geachtet, daß jedes Wort, jede Berührung, jeder Kuß im Rahmen des Erlaubten blieb. Immer vorsichtig, immer schwesterlich.

Joe starrte sie an, seine Augen waren in diesem Licht mehr braun als grün. Was für eine wunderschöne Farbe. Wie konnte jemand Braun für eine langweilige Farbe halten? Joes Augen waren erdfarben. Sie liebte sogar die kleinen Fältchen, die fächerartig von seinen Augenwinkeln ausgingen – sie rührten sie, sie riefen in ihr den Wunsch wach, ihn fest in die Arme zu schließen.

Er erhob sich, berührte sie nicht, schaute sich nicht einmal nach ihr um, und verließ den Raum. Annie ging wie in Trance hinter ihm her.

Joes Schlafzimmer war kleiner als in ihrer Erinnerung, ein großes Fenster ging auf den Hof hinaus, der von einer gelben Laterne beleuchtet wurde. Dort wuchsen niedrige, immergrüne Büsche, und in einem Beet standen noch vom vergangenen Sommer halb verwelkte Fleißige Lieschen. Im Zimmer brannte kein Licht, nur der Schein der Hoflaterne fiel herein – wie in einem Schwarzweißfilm. Alles war wie in einem Film, nur die Gegenwart zählte. Während sie sich auszog, sagte Joe kein Wort, er schaute sie mit seinen dunklen Augen rätselhaft an. Dann zog er sich aus und stand reglos da. Über seinen schlanken Körper fiel der Schatten eines Baumes, der langsam im Wind hin und her schwankte.

Annie verbot sich den Gedanken an Laurel. *Diese Nacht gehört mir*, sagte sie sich trotzig. *Sie gehört uns. Laurey wird nie etwas davon erfahren.*

Annie zitterte, aber nicht von der Kälte. Es war der Anblick von Joe, nackt und wunderschön, der sie erzittern ließ. Sein Gesicht schien ganz aus Licht und Schatten zu bestehen.

Sie verharrten unbeweglich und berührten sich nicht. Aber Annie hatte das Gefühl, als ob sie in einem elektrischen Feld stünde. In ihrem Kopf hörte sie ein hohes Summen, sie fühlte sich ängstlich, schwach und fast nicht in der Lage, weiter dazustehen.

Joe begann sie zu berühren, ihr Haar, ihr Gesicht – seine Fingerspitzen fuhren zart über ihre Augenlider, über ihre Nase, ihre Lippen, ihre Ohren. Es waren sanfte Berührungen, die sie gleichzeitig beruhigten und erregten. Es war, als wollte er sie sich einprägen, um sich immer an sie erinnern zu können. Obwohl sie sich schon so lange liebten, gab es so viel zu entdecken.

Mit seinen Händen, die ihr in einem Augenblick kühl und im nächsten glühend vorkamen, strich er ihr über den Nacken, die Schultern, die Arme. Er streichelte und küßte ihre Brüste.

O Gott, Joe...

Er schauderte, zog sie an sich und ließ sie seine eigene Erregung spüren. Und dann küßte er sie. Nein, es war kein Kuß... es war mehr, viel, viel mehr. Wenn er in diesem Augenblick in sie eingedrungen wäre, hätte sie kein größeres Glück empfinden können. Wie hatte sie so lange darauf verzichten können?

Sie berührte ihn. Da... und da... und überall. Er hatte einen vollkommenen Körper. Der Raum verschwand vor ihren Augen. Jetzt lag sie auf dem Bett. Joe kniete über ihr. Er küßte ihren ganzen Körper. Annie stöhnte leise auf und fing zu weinen an. Tränen rannen ihr aus den Augenwinkeln in ihr Haar. Sie begehrte ihn... sie begehrte ihn so sehr. Sie wollte, daß das was jetzt geschah, immer so weiter ginge. Sie wollte, daß das niemals aufhörte.

»Ich bin in dir«, keuchte er. »Mein Gott, ist das schön. Annie. Dein Name. Gott, wie lieb' ich deinen Namen: Annie, Annie. O Gott... ich komme –«

»Ja!« schrie sie. Sie hatte das Gefühl, als ob tief in ihr eine Rakete kugelförmig explodierte. Sterne schwebten durch sie hindurch. Sie war ein Teil des Weltalls. So etwas hatte sie noch nie empfunden. *Ja... oh, ja...*

Als sie später erschöpft und glücklich nebeneinander lagen, dachte Annie: *Kann ich mich von ihm trennen? Ist es möglich, ohne ihn weiterzuleben?*

Selbst wenn sie sich von ihm lösen könnte, wäre sie eine andere als zuvor. Obwohl sie sich ein Leben ohne Joe niemals hatte vorstellen können, fühlte sie sich jetzt ganz ruhig.

Langsam fing die Welt um sie herum wieder an zu existieren. Gedämpfte Stimmen drangen von unten herauf, eine Toilettenspülung wurde gezogen. Eine Katze schrie, der Deckel einer Mülltonne klapperte. In der Ferne heulte eine Sirene.

Der Morgen kam.

Sie schaute Joe an, der ein Bein über ihre Beine und einen Arm um ihre Taille gelegt hatte. »Ich liebe dich.« Die Worte kamen so leicht, als hätte sie sie schon zahllose Male gesagt.

Joe strich ihr eine Haarsträhne zurück. Sie hatte ihre Haare erst letzte Woche schneiden lassen, jetzt waren sie kürzer als jemals zuvor. Sie wünschte, sie hätte lange Haare, hüftlange Haare, in denen Joe sein Gesicht vergraben könnte.

Aber er schaute ihr Haar nicht an; er blickte ihr in die Augen. »Vielen Dank«, murmelte er. »Dafür. Für dich.«

»Es war leichter, als es hätte sein sollen.«

»Sag das nicht.« Er legte ihr einen Finger auf die Lippen. »Ich fühle mich nicht schuldig. Vielleicht sollte ich das... ich weiß nicht. Vielleicht haben wir, als wir uns bemühten, anständig zu sein, mehr Schaden als Gutes angerichtet.«

»Joe, glaubst du, wenn wir –« Sie versuchte sich aufzusetzen, aber Joe hielt sie fest.

»Annie, im Augenblick zählt nichts als wir zwei hier in diesem Bett. Ich weiß nicht, was morgen sein wird, oder übermorgen, oder im nächsten Jahr. Ich weiß jetzt nur das eine: Ich liebe dich.«

Der Gedanke an Laurel erstarb. Morgen würde sie sich damit auseinandersetzen. Auch mit der Schuld.

»Noch einmal, Joe«, flüsterte sie und umarmte ihn. »Schlaf noch mal mit mir.«

34. Kapitel

Dolly ging in die Empfangshalle, die vor dem Ballsaal lag, und wurde eingehüllt von dickem Zigarettenrauch. So viele Leute waren hier! Die Männer waren im Smoking, die Frauen trugen Abendkleider aus Seide oder steifem Brokat; sie standen in Gruppen zusammen und griffen hin und wieder nach einem Glas Champagner oder einem der kleinen, mit Lachs oder Kaviar belegten Brötchen, die auf Silbertabletts von Kellnern angeboten wurden. Sie sah, daß alle Stühle besetzt waren, die eingetopften Palmen und die kleinen Tische waren an die Wand geschoben worden, um mehr Platz zu schaffen.

Ein kleines Orchester spielte in einer Ecke. Als Dolly die wunderschönen, spiegelverkleideten Türen und die vergoldete Stuckdecke sah, erinnerte sie sich an vergangene Schokolademessen, wo sie und Henri Hand in Hand dagestanden und fast die Minuten gezählt hatten, bis sie zu ihr nach Hause gehen konnten.

Sie fühlte einen Stich in der Brust und strich sich mit der Hand über den Ausschnitt ihres smaragdgrünen Satinkleides. Ihr war auch etwas schwindelig, sie schwankte leicht auf ihren hohen Absätzen. Wie um sich festzuhalten, griff sie nach dem großen Saphir, der tief in ihrem Ausschnitt hing.

Henri. Verdammt noch mal, wo war er denn. Er hatte gesagt, daß er kommen würde. Aber die Nachricht auf ihrem Anrufbeantworter war schwer zu verstehen gewesen. Er hatte vom Charles-de-Gaulle-Flughafen angerufen – sein Flugzeug sollte in wenigen Minuten abfliegen – und gesagt, daß er zur Messe nach New York käme. Dann hatte ihr Herz beinahe ausgesetzt, als er hinzufügte, daß er mit ihr etwas sehr Wichtiges besprechen müsse.

Sie hatte es geschafft, bis zum späten Nachmittag zu warten, bevor sie versucht hatte, ihn im Regency, in dem er immer abstieg, anzurufen. Ja, Mr. Baptiste hatte ein Zimmer reserviert, wurde ihr gesagt; aber er war noch nicht angekommen. Sie hatte ihm eine Nachricht hinterlassen, aber er hatte noch nicht zurückgerufen. Stimmte etwas mit seinem Flug nicht? Und was konnte er Wichtiges mit ihr zu besprechen haben?

Dolly schloß die Augen. *Übertreibe ich? Oder ist vielleicht das Klimakterium daran schuld, daß ich mich so aufgewühlt fühle? Ich kann mir einfach nicht vorstellen, daß Henri etwas Geschäftliches meint, wenn er dringend mit mir sprechen muß. Wenn ich es nicht schaffe, wieder ruhig zu werden, bevor ich ihn sehe, mach' ich mich bestimmt lächerlich.*

Sie dachte nach. Vor vier Jahren war Henri zum letztenmal auf die Messe gekommen; normalerweise schickte er Pompeau mit Maurice oder Thierry. Warum kam er in diesem Jahr selbst?

Konnte es sein, daß der alte Girod gestorben war? Daß Henri endlich frei war?

Nein, wahrscheinlich brachte Henri schlechte Nachrichten. Zum Beispiel, daß Francine doch gewonnen hatte und Dolly endgültig das Feld räumen mußte. Ja, diese schlimme Nachricht würde Henri ihr persönlich beibringen. Dolly holte tief Luft. Sie *mußte* ihn endlich sehen, um zu erfahren, was los war.

Dolly drückte sich an einem Kellner vorbei, der sich mit einem Tablett voll Champagnergläsern einen Weg durch die Menge bahnte. Sie stellte sich auf die Zehenspitzen, aber Henri war nirgends zu sehen. Völlig unerwartet für sie traten ihr Tränen in die Augen.

Sie blinzelte und sah wieder klarer. Drüben an der Bar standen die Repräsentanten der zwei größten belgischen Schokoladenhäuser – Kron und Neuhaus – und plauderten miteinander, als wären sie dicke Freunde. Dabei waren es Rivalen, die sich wahrscheinlich gefreut hätten, wenn ein Kronleuchter das Ausstellungsstück des Konkurrenten zerstört hätte. Auf der anderen Seite des Raumes entdeckte Dolly einen großen, gut gewachsenen Mann mit grauem Lockenhaar, Teddy McCloud, einen alten Freund von Perugina. Sie warf ihm einen Handkuß zu, und er winkte zurück. Viele andere Leute erkannte sie, aber ihre Namen fielen ihr nicht ein. Der bullige Typ arbeitete bei Charleston Chocolates, der Lieblingsmarke von Elizabeth Taylor. Die blonde Dame gehörte zu Li-Lac. Der gutaussehende Mann vertrat Leonidas.

Aber wo in aller Welt steckte Henri? Ihr kam ein Gedanke: Vielleicht war er im Ballsaal und schaute sich Girods Ausstellungsstück an. Dolly bahnte sich ihren Weg in Richtung der Spiegeltüren, die zum Ballsaal führten. Plötzlich sah sie jemanden, der ihr zuwinkte. Es war ein imponierender blonder Mann, der einer Wagner-Oper entsprungen zu sein schien. Sie hatte seinen Namen vergessen, erinnerte sich aber daran, daß er etwas mit Tobler-Suchard zu tun hatte. Sie winkte zurück, ließ sich aber nicht aufhalten. Im Ballsaal war es angenehm ruhig. Außer dem Hotelpersonal, das letzte Hand an die Festtafel legte, und ein paar Juroren, die sich Notizen machten, war niemand da. Auf der gegenüberliegenden Seite des Ballsaales lag die von roten Samtvorhängen umrahmte Bühne. Dort hatten die verschiedenen Schokoladehersteller auf meterlangen, mit weißem Damast bedeckten Tischen ihre in liebevoller Handarbeit hergestellten kunstvollen, aus feinster Schokolade bestehenden Ausstellungsstücke aufgebaut.

Vor jedem der kleinen Kunstwerke war auf einem goldenen

Kärtchen der Name des Herstellers zu lesen. Besonders gut gefiel Dolly ein lebensgroßer Adler aus dunkler Schokolade, der so aussah, als würde er im nächsten Augenblick auffliegen. Seine Federn waren ungeheuer fein mit weißer Schokolade aufgemalt.

Dann sah sie den Baum.

Er stand in der Mitte des Tisches von Tout de Suite und war umgeben von köstlich aussehenden Kuchen, die auf rustikalen Holzplatten lagen – alles natürlich aus Schokolade! Dazwischen die täuschend echt wirkenden Körbe voller Trüffeln. Ein Picknick, was für eine kluge Idee von Annie! Beim Näherkommen erkannte Dolly, daß der Stamm und die Zweige des Baumes aus dunkler Zartbitterschokolade geformt und mit einem scharfen Messer aufgerauht waren, so daß man glaubte, eine rauhe Rinde zu sehen. Die Blätter waren so fein, daß sie fast zu rascheln schienen.

Ein Paradestück – und Annie, ihre Nichte Annie hatte diesen Baum hergestellt. Dolly fühlte, wie Stolz in ihr aufstieg. Sie erinnerte sich daran, daß ihre Nichte sie vor ein paar Tagen angerufen und ihr erzählt hatte, wie viele Schwierigkeiten sie mit dem Baum hatte. Das Ergebnis war weit schöner, als Dolly es sich hatte vorstellen können. Es würde die Jury bestimmt überzeugen.

Annie hatte gesagt, daß sie den ersten Preis gewinnen mußte, und Dolly war sicher, daß sie Erfolg haben würde. Wenn sie nur endlich diesen bezaubernden Mann heiraten würde, mit dem sie befreundet war. Emmett hatte ein Herz aus Gold, Annie wußte ihn wohl gar nicht zu schätzen.

Dolly dachte wieder an Henri und begutachtete das Ausstellungsstück von Girod's: eine Ansammlung von kleinen Torten, Bonbons, Pralinen und Trüffeln, die wie ein blühender Garten auf verschiedenen Ebenen angeordnet waren. Würde Henri diese Arbeit gutheißen? Es war bestimmt nicht das Auffallendste, aber die weltberühmte Schokoladenmarke konnte sich das leisten...

Dann sah sie, daß in der Mitte des Arrangements ein runder, tortengroßer Platz freigeblieben war, als ob Pompeau noch in letzter Minute etwas hinzufügen wollte. Aber was? Sie hatte jedes einzelne Ausstellungsstück mit ihm besprochen, und er hätte es ihr sicher mitgeteilt, wenn er etwas anderes haben wollte. Es sei denn...

Dolly entdeckte einen der Juroren, Clark Nevelson, der damit beschäftigt war, sich Notizen zu machen. »Kennen Sie Monsieur Baptiste von Girod's in Paris? Haben Sie ihn gesehen?«

Nevelson, ein großer, dünner Mann, der aber durch seinen Hängebauch wie ein Känguruh aussah, war der Herausgeber von *Gourmand* und kannte fast alle Leute hier.

»Henri? Natürlich, ich hab ihn vor ein paar Minuten gesehen. Er ist in der Küche und macht noch etwas fertig.«

Er ist da. Dollys Herz schlug bis zum Hals. »Vielen Dank«, sagte sie und eilte in Richtung der Küche davon.

Aber in diesem Augenblick wurden die Türen geöffnet, und eine Menschenmenge strömte herein. Dolly mußte drei Männern im Smoking und einer dicken Frau in einem Brokatkleid ausweichen. Sie fluchte leise. Plötzlich entdeckte sie Annie, die bei einer der roten Marmorsäulen stand.

Ihre Nichte unterhielt sich mit einem älteren, kräftigen, rotgesichtigen Mann, der eine graue Bürstenfrisur hatte. Es war Hyman Felder – Dolly kannte sein Gesicht entweder aus *Business Week* oder aus *Forbes.* Annie trug ein knöchellanges, kupferfarbenes Samtkleid, das bei jeder ihrer Bewegungen golden schimmerte. Sie sah bezaubernd aus, aber Dolly wußte, wie angespannt sie war. Um den Vertrag mit Felder abschließen zu können, mußte sie den ersten Preis gewinnen – und das bedeutete so viel für sie. *Bitte, lieber Gott, laß sie gewinnen...*

Wenn ich Felder nur überzeugen könnte.

Sie bahnte sich einen Weg in Richtung der roten Säule, als ein Mann ans Mikrophon auf die Bühne trat und hineinsprach:

»Sehr geehrte Damen und Herren, ich bitte Sie, Platz zu nehmen. Das Abendessen wird serviert.«

Dolly war enttäuscht. Jetzt mußte sie warten und konnte nur hoffen, daß Henri an ihrem Tisch säße…

Dann fiel ihr ein, daß sie Laurel auch noch nicht gesehen hatte. Ihre Nichte hatte ihr gesagt, daß sie etwas später kommen würde, aber jetzt war es schon nach acht, und sie war immer noch nicht da. Hatte sie sich entschlossen, doch nicht zu kommen? Konnte die Aussicht, Joe hier zu treffen, sie abgeschreckt haben? Aber Dolly hatte Joe auch noch nicht gesehen.

Dolly fühlte, wie sich ein Arm um ihre Taille schlang. Als sie sich herumdrehte, schlug ihr Herz bis zum Hals. Henri? Aber es war nur ihr alter Freund Seth Hathaway.

»Dolly!« rief er fröhlich. »Wo hast du dich so lange versteckt?«

»Direkt vor deiner Nase«, parierte sie.

Er schaute auf ihre Platzkarte. »Ich habe Glück, wir sitzen am selben Tisch.« Er bot ihr höflich seinen Arm an. »Habe ich die Ehre, die hübscheste Frau in diesem Raum zu ihrem Platz führen zu dürfen?«

Dolly erlaubte es ihm und lächelte so strahlend wie möglich, damit ihr die Enttäuschung nicht anzusehen war.

Henri… wo zum Teufel bleibst du?

»Sie haben wirklich Mut«, sagte Felder. »Etwas so Schwieriges wie einen Baum aus Schokolade zu wagen, wer hätte das gedacht?« Er schüttelte bewundernd den Kopf.

»Wenn man nichts wagt, kann man auch nichts gewinnen, oder?« Annie nippte an ihrem Sekt, wobei sie Felder genau beobachtete, und versuchte, entspannt auszusehen. Innerlich war sie nervös wie eine eingesperrte Katze. *Was ist, wenn er mich für hochnäsig hält?*

Aber ihr Werk sah nicht nur wunderbar aus, sie wußte, daß ihre Sachen auch himmlisch schmeckten, besonders ihre Lieblingstorte namens *Aveline*. Ein Biß, und jeder normale Mensch wurde süchtig nach dieser raffinierten Mischung aus Rumschokolade, Haselnußcreme und frischen Himbeeren.

Aber was wäre, wenn die fünf Juroren – unter ihnen Nan Weatherby von *Metropolitan* und der neue Kolumnist von *Gourmand* – Rumschokolade oder Haselnußcreme nicht mochten? Wie konnte sie so vermessen sein, auch nur anzunehmen, daß sie Monon, Teuschner oder Neuchâtel würde besiegen können? Auch wenn sie den zweiten oder dritten Preis gewinnen würde, wäre es ein Triumph, nur stünde sie dann genau an der Stelle, an der sie jetzt gerade mit Felder stand, nämlich nirgendwo.

Es *muß* klappen, dachte sie. Ich muß ihn dazu bringen, daß er mit mir den Vertrag abschließt, *selbst wenn ich nicht gewinne*. Vielleicht schaffe ich es während des Abendessens, noch bevor die Entscheidung der Jury verkündet wird.

Wenn sie dann den ersten Preis gewann, würde er sich für ein Genie halten, daß er sie schon vorher unter Vertrag genommen hatte.

Plötzlich sah sie Emmett in einer Gruppe in der Nähe der Spiegeltüren stehen. Sie sollte jetzt bei Emmett sein und sich mit ihm auseinandersetzen, nicht mit Felder. Sie erinnerte sich daran, wie sie nach ihrem Besuch bei Joe heute am frühen Morgen nach Hause gekommen war und einen Zettel auf dem Küchentisch gefunden hatte, auf den Emmett geschrieben hatte: »Ich hoffe, du hast das gefunden, was du suchst.«

Was sollte das heißen? Hatte er es erraten oder irgendwie herausgefunden, daß sie in der Nacht bei Joe gewesen war? Sie hatte den ganzen Tag über gearbeitet und war mehr als eine Stunde vor Emmett hier angekommen, hatte also noch keine Gelegenheit gehabt, mit ihm zu sprechen. Jetzt spürte sie das dringende Bedürfnis, so schnell wie möglich herauszufinden, was er mit diesem Satz hatte sagen wollen.

Er bahnte sich langsam einen Weg zu ihr hin, und er lächelte nicht.

Mit großer Anstrengung konzentrierte sich Annie wieder auf das, was Felder sagte: »Als erstes ein Geschäft in Pasadena, dann eines in Century City...«

Annie wußte nicht, wo sie plötzlich den Mut hernahm, aber sie unterbrach den schwerreichen und mächtigen Geschäftsmann. Sie schenkte ihm ihr strahlendstes Lächeln. »Bitte setzen Sie sich während des Abendessens neben mich, damit Sie mir das alles ganz genau erzählen können«, sagte sie und legte ihre Hand kurz auf seinen Arm. »Würden Sie mich jetzt einen Augenblick entschuldigen? Ich muß noch ein paar Worte mit einem Bekannten wechseln.«

Felder nickte großzügig. »Aber natürlich. Bis nachher.« Annie wandte sich um. Emmett stand in seinem dunkelblauen, sehr eleganten Smoking schon direkt vor ihr. »Annie«, sagte er und lächelte immer noch nicht. »Kann ich mit dir sprechen? Allein?«

Sie nickte, und ihr Herz schlug wie rasend. Das bedeutete nichts Gutes. Gar nichts Gutes.

Emmett führte sie durch die Spiegeltüren in den Empfangsraum, wo nur noch ein paar Nachzügler herumstanden. Er machte große Schritte und humpelte fast gar nicht. Erst kurz vor der Garderobe blieb er stehen. Als er sich zu ihr umwandte, schauten seine blauen Augen sie so kühl an, als wären es zwei Steine auf dem Grund eines Flußbettes. Was besagte dieser Blick? Und warum empfand sie plötzlich eine solche Kälte?

Annie hatte Angst. Sie sehnte sich sehr danach, daß Emmett die Arme um sie legte, sie küßte, aufzog oder sogar beschimpfte. *Alles* wäre ihr lieber als dieser harte, entschlossene Blick – der Blick eines Mannes, der eine Entscheidung getroffen hat.

Er weiß es, dachte sie. *Irgendwoher weiß er, wo ich heute nacht war... Wie kann ich ihm sagen, daß die Geschichte mit Joe vorbei ist, ohne ihm alles zu erzählen, was passiert ist?*

Sie wollte ihm so viel erzählen, was sie ihm schon vor Jahren hätte sagen sollen. Aber dieser Blick... *Emmett, ich war so dumm, daß ich nicht sah, was ich die ganze Zeit an dir hatte. Ich nahm dich für selbstverständlich. Ich dachte, du wärst sowieso immer da. Ich wußte nicht, ich dachte nicht mehr daran, wieviel du mir bedeutest, genausowenig wie man über das Atmen und Essen und Schlafen nachdenkt...*

Jetzt ist es mir klar, und wenn du mir noch einmal eine Chance gibst, dann werde ich alles wieder gutmachen...

»Annie –«

»Emmett, ich weiß, was du sagen willst«, unterbrach sie ihn und atmete so schwer, als ob sie gerade einen Kilometer hinter ihm hergerannt wäre. »Bitte sag kein Wort. Noch nicht. Wir sprechen später miteinander, wenn all das hier vorbei ist.«

»Es *ist* vorbei. Ich kann nicht mehr.« Seine Stimme klang nicht wütend, nur traurig und bedauernd. »Schau, ich mache dir keinen Vorwurf. Ich wußte, auf was ich mich einließ, und dachte, daß die Liebe irgendwann siegt. Aber leider ist es nicht so einfach.«

Sie sah, wie sich sein Mund bewegte, und erinnerte sich daran, wie merkwürdig und faszinierend sie seine sommersprossigen Lippen am Anfang gefunden hatte. Aber auch sexy. Sie begehrte Emmett. Sie begehrte ihn so sehr, wie sie Joe in der vergangenen Nacht begehrt hatte.

»Ich liebe dich«, sagte sie und meinte es zum erstenmal ernst.

Er starrte sie mit seinen leuchtend blauen Augen an. »Ich hab' mir gestern abend Sorgen um dich gemacht, nachdem ich weggegangen war. Du hast so fertig ausgesehen. Ich wollte dich nicht durchs Telefon wecken, deshalb fuhr ich heute morgen bei dir vorbei. Es war fünf Uhr, und du warst nicht zu Hause. Ich rief in der Fabrik an, keine Antwort. Dann rief ich sogar Louise an und weckte sie auf. Sie sagte, daß du erst um halb sieben erwartet würdest. Dann erinnerte ich mich an Joe. Bist du dort hingegangen... zu ihm?«

Seine großen Hände öffneten und schlossen sich ruhig. »Nein, sag es mir nicht. Ich will es nicht wissen. Oder besser gesagt, ich will es nicht hören.«

Annie wollte ihm sagen, daß alles ganz anders war, als er glaubte, daß sie *ihn* liebte. Aber wie konnte sie ihm das jetzt erklären?

Emmett schüttelte den Kopf. »Heute nacht habe ich etwas gelernt. Ich hielt die Liebe immer für etwas Ewiges wie die Sterne oder Gott. Aber sie ist es nicht. Sie kann zu Ende gehen, genauso wie der Benzinvorrat in einem Auto. Ich bin müde, Annie. Ich hab' keine Kraft mehr.«

Annie tat plötzlich der ganze Körper weh. Tränen traten ihr in die Augen und liefen die Wangen hinunter. Irgendwie mußte sie ihm verständlich machen, wie sehr sie ihn begehrte... jetzt... und morgen... und immer.

»Em –« Die Stimme erstarb auf ihren Lippen. Sie wollte ihn bitten, aber etwas hielt sie davon zurück.

»Jedenfalls«, fuhr er fort, »wollte ich dir sagen, daß ich heute abend nicht dabei bin. Ich bin nur kurz gekommen, um dir auf Wiedersehen zu sagen.«

»Im Smoking?« Sie schaffte es, durch die Tränen zu lächeln.

Auch er brachte ein schiefes Lächeln zustande. »Ich konnte doch schlecht in den Sonnenuntergang reiten und dabei wie ein Penner aussehen!«

Losreiten? »Wohin gehst du denn?«

Er zuckte die Achseln. »Ich breche meine Zelte hier ab. Ich ziehe in den Westen.« Er grinste und sagte entschuldigend: »Hoffentlich klingt es nicht wieder wie beim Schlußduell.«

»Cowboys arbeiten nicht als Grundstücksmakler.« Sie wischte sich die Tränen ab und war wütend auf sich und ihn. Er hatte kein Recht, sie zu verlassen. »Ich will nicht, daß du wegziehst... Das weißt du doch?«

Emmett schaute sie lange an, und einen Augenblick glaubte sie, daß er es sich anders überlegen würde. Dann küßte er sie leicht und sagte: »Es ist ein Unterschied, ob man jemanden nicht gehen lassen will oder ob man will, daß er bleibt.«

Er schaute sie lange an, berührte dann kurz ihre Wange mit

seinen Fingerspitzen und wandte sich ab. Annie sah, wie er sich entfernte, ein großer rothaariger Mann mit einem verkrüppelten Fuß und mehr Herzensgüte, als sie es jemals verdient hatte. Sie hätte sich am liebsten auf den Teppich geworfen und so lange geweint, bis sie keine Tränen mehr hatte.

Aber das konnte sie nicht. Jetzt nicht. Erst später, wenn sie allein war.

Annie ging in den Ballsaal zurück. Sie sagte sich, daß es Tout de Suite immer noch gab. Und obwohl sie das Bedürfnis hatte, hinter Emmett herzurennen, wußte sie, daß sie ihr Geschäft verlieren könnte, wenn es ihr nicht gelänge, Felder zu überzeugen.

Und dann hätte sie gar nichts mehr.

Annie richtete sich auf und schritt wie eine Königin zur Krönung mit erhobenem Kopf durch die Spiegeltür.

»Merde!« schrie Henri, als ein hauchdünnes Stück Schokolade, das er entzwei schneiden wollte, zerbrach.

Jetzt durfte er keinen Fehler mehr machen. Der Teich im Bois de Boulogne war bald fertig. Dort hatte er Dolly vor vielen Jahren herumgerudert – bei ihrem ersten Rendezvous.

Er hatte an alles gedacht: an die Enten und Schwäne, an das Schilfrohr und die Wasserrosen, an den kleinen Wasserfall. Und ganz besonders liebevoll hatte er die zwei Figuren im Boot modelliert, einen Mann und eine Frau.

Ob sie sich daran erinnern würde? Es konnte ja sein, daß sie trotzdem nichts mehr mit ihm zu tun haben wollte...

So viele vergeudete Jahre.

Warum war er so stur gewesen und hatte darauf bestanden, daß sie nach Paris kommen sollte?

Non. Wenn sie ihn noch wollte, dann würden sie ein neues Leben beginnen. Hier. Und zusammen. Er hatte etwas Geld gespart, Gott sei Dank, und Francine müßte für seine Girod's-Anteile einen guten Preis bezahlen, wenn sie sie kaufen wollte.

Girod's. Es war fast undenkbar, daß er nie wieder in seinen

schönen, geliebten Laden treten sollte, Pompeaus neueste Kreationen abschmecken und mit den Verkäuferinnen scherzen würde.

Aber diese Leute könnten ohne ihn weitermachen und er ohne sie. Er war in das kleine Geschäft seines Schwiegervaters eingetreten und hatte es durch harte Arbeit, sein großes Fachwissen und durch die Auswahl der richtigen Mitarbeiter zu einem in aller Welt angesehenen Unternehmen gemacht. Und seine persönlichen Fähigkeiten konnte er überall wieder einsetzen. Selbst wenn er noch einmal ganz von vorn anfangen müßte, im Alter von zweiundsechzig Jahren.

Diese Nachbildung eines Sees bestand aus mehr als aus zurechtgeschnittenen, zusammengeklebten Schokoladestücken. In ihr steckten all die handwerklichen Fähigkeiten, die er besaß. Und könnte es etwas Besseres geben, um Dolly seine Gefühle klarzumachen? Wenn er das mit Worten ausdrücken müßte, würde es sicher dümmlich klingen. Wenn sie diese Arbeit sähe, wüßte sie, daß er sein Herz in jede Seerose, in jedes Schilfrohr gelegt hatte.

Henri tauchte die breiteste Stelle des Schwanenflügels in eine Schüssel voll geschmolzener Schokolade und preßte dann den Flügel an den Schwanenkörper, bis die Schokolade hart geworden war. Aber es dauerte so lange! Henri brannte darauf, hinauszugehen und Dolly zu finden, aber er zwang sich zur Ruhe. Alles mußte genau stimmen.

Mon Dieu, wenn er nur seine Hand still halten könnte! Seit Jahren hatte er so eine Arbeit nicht mehr gemacht. Er konnte es noch, aber es ging viel langsamer als früher. Er hatte das Gefühl, als ob ihm das Herz zusammengedrückt würde. War er herzkrank? Nein, er hatte Angst, sonst nichts. Er hatte Angst davor, daß es zu spät war.

Er zog die Schürze aus und trat ein paar Schritte zurück, um seine Arbeit zu begutachten. Ja, sie würde den See erkennen – den Wasserfall, die Schwäne, sogar das kleine Spielzeugsegelboot, das ihr damals so gut gefallen hatte. Henri schaute auf die Uhr. O Gott, es war schon halb neun! Er hatte keine Zeit mehr, sich umzuziehen. Er trug noch den grauen Anzug, den er auf dem Flug getragen hatte, und auch wenn er zerknittert war, mußte er ihn anbehalten.

Vorsichtig hob Henri sein Meisterstück hoch und ging auf die Doppeltüren zu.

Er wich einem Kellner aus, der ein großes Tablett mit dampfenden Suppentellern trug, und fühlte Panik in sich hochsteigen. *Die Suppe wird schon serviert! Wenn ich Dolly jetzt nicht finde, bevor die endlosen Ansprachen gehalten werden, muß ich warten, bis das gesamte Abendessen vorbei ist...*

Warum hatte er nicht telefonisch veranlaßt, an ihren Tisch gesetzt zu werden? Dann wäre er wenigstens in ihrer Nähe gewesen. Würde sie ihn nach all diesen Jahren noch wollen? Er spürte einen Kloß im Hals und balancierte sein großes Geschenk für sie in den Festsaal hinein.

Rudy saß in der Bar im Plaza Hotel und trank einen Schluck Tonic. Ohne Gin... auf Anordnung des Arztes. Warum fühlte er sich aber so, als hätte er ein halbes Dutzend Martinis getrunken? Der Raum mit den dunklen Eichenholzwänden und der Stuckdecke schien hin und her zu schwanken. Er hatte einen unangenehmen Geschmack im Mund, als hätte er Sauermilch getrunken. Von seinem Sitzplatz an der Wand aus beobachtete er den Eingang und zwang sich, ruhig sitzen zu bleiben.

Es war halb neun, und Laurel war noch nicht da. Himmel! Sie hätte bereits vor einer halben Stunde hier sein sollen. Val hatte es ihm versprochen. Sollte Val ihn reingelegt haben? Oder hatte Laurel es sich anders überlegt? Vielleicht war ihr klar geworden, daß sie ihm nichts schuldete, nicht einmal ein paar Minuten ihrer Zeit.

Aber er *mußte* sie sehen. Es war vielleicht seine letzte Chance. Gestern hätten sie ihn fast gegen seinen Willen im Krankenhaus operiert. Sie wollten nur einmal nachschauen. Aber Rudy wußte zu gut, was sie gefunden hätten. Er konnte ja spüren, wie sein Inneres verfaulte. Darmkrebs. Großer Gott. Etwas Würdeloseres konnte man sich nicht vorstellen. Aber wann war er für Gott – falls es Gott überhaupt gab – mehr gewesen als ein schlechter Witz?

Okay, er war ja einverstanden. Aber erst, nachdem er Laurel noch einmal gesehen hatte. Erst wenn er ihr gesagt hatte, was ihn seit Jahren gequält hatte. Der Krebs? Nein! Es war nicht der Krebs, der ihn tötete. Es war Laurel.

Geistesabwesend nahm Rudy eine Erdnuß aus der Schale, die vor ihm stand, und steckte sie in den Mund. Als er die zerkaute Nuß schluckte, kam ihm die Magensäure hoch, und ein furchtbarer Schmerz zerriß ihm fast den Leib. Aus den Augenwinkeln heraus sah er, daß der Barkeeper ihn neugierig anschaute, und zwang sich, sich aufzurichten.

Nimm dich zusammen! Laß dir nicht anmerken, daß du krank bist.

»Onkel Rudy?«

Er schoß so schnell hoch, daß er fast sein Glas umwarf.

Sie stöckelte auf hohen Absätzen, die sie offenbar nicht gewohnt war, auf ihn zu in ihrem hochgeschlossenen, blaßgelben Chiffonkleid, das ihr sehr gut stand. Die Haare hatte sie zu einem lockeren Knoten hochgesteckt, große Perlen in den Ohren waren der einzige Schmuck, den sie trug.

Engelsgleich … wunderschön …

Rudy war so verwirrt, daß er das Gefühl hatte, daß sie sich beim Näherkommen von ihm entfernte.

»Laur –« Er brachte ihren Namen nicht ganz heraus, seine Kehle war wie eingerostet.

Jetzt stand sie direkt vor ihm, auf der anderen Seite des Tisches, und hielt sich an einer Stuhllehne fest. Sie wirkte nervös und schaute zur Bar hinüber, über der ein großes Gemälde des Plaza-Brunnens hing. Aber sie war *gekommen*. Und das allein war wichtig.

Rudy vergaß seine Schmerzen und konnte wieder sprechen.

»Du bist gekommen«, sagte er. Seine Stimme klang belegt, ganz anders als er es vorgehabt hatte.

»Ich hätte es fast nicht geschafft.«

»Aber setz dich doch hin.« Er deutete auf den Stuhl, an dem sie sich festhielt. »Warst du schon einmal hier? Hast du jemals so reich geschnitzte Wandverkleidungen gesehen? Ich hab' das Gefühl, im Vatikan oder so etwas ähnlichem zu sein. Willst du was trinken?«

»Nein, danke. Ich kann nur ein paar Minuten bleiben. Ich habe mich schon verspätet. Es war ein ewig langer Stau auf der Autobahn.«

»Es dauert nicht lange, ich verspreche es dir.« Er atmete tief ein. »Ja... wie geht es dir?«

»Gut. Ich arbeite viel.« Sie sprach so automatisch wie ein Bankangestellter, der ihm einen guten Tag wünschte.

»Ja, ich hab' deine Bücher gesehen. Sie sind sehr schön.« Er sagte ihr nicht, daß er alle sieben gekauft hatte, daß er sie auf ein Extrabord in seiner Wohnung gestellt hatte. »Arbeitest du wieder an einem neuen Buch?«

»An ein paar Sachen.« Sie rutschte auf ihrem Stuhl herum, sah angespannt aus und versuchte ihn anzulächeln, was ihr nicht gelang. »Ich liebe meine Arbeit sehr. Das Schlimme ist, daß ich nicht regelmäßig verdiene. Aber Joe, mein Mann –« Sie unterbrach sich.

»Ja, ich habe gehört, daß du geheiratet hast.«

»Joe und ich haben uns getrennt.« Rudy wollte gern mehr wissen, wagte aber nicht zu fragen, weil Laurel jetzt nervös mit den Fingern auf den Tisch klopfte. »Val sagte, daß du mir etwas sagen wolltest.« Sie starrte ihn an. »Ich will ehrlich mit dir sein. Ich wäre nicht gekommen, wenn er mich nicht dazu überredet hätte. Offenbar hat er sich entschlossen, die Vergangenheit zu begraben.«

»Und du?«

»Ich weiß nicht recht. Ich weiß nur, daß ich dir vertraut

habe... und du...« Sie seufzte. »Ach, warum sollen wir in den alten Geschichten herumwühlen?«

Rudy hatte es gewußt. Gerechter Gott, er hatte *gewußt*, daß sie ihm nicht vergeben hatte. Warum tat es ihm dann so weh?

»Ich habe dich nicht hergebeten, damit du mir verzeihst«, sagte er ruhig und lächelte sogar etwas dabei. »Du hast ein Recht auf deine Gefühle. Deshalb bitte ich dich um nichts. Ich wollte dich nur sehen.«

Laurel lächelte nicht. Sie stand aber auch nicht auf und ging weg. Gott sei Dank. Rudy begann sich etwas besser zu fühlen.

Er schaute zu, wie Laurel mit dem Verschluß ihrer Abendtasche herumspielte.

»Du mußt wissen«, sagte sie, »ich bin dir nicht mehr böse. Ich laufe nicht herum und denke die ganze Zeit im Zorn an dich, falls du das befürchtest.«

Rudy wußte, daß sie ihn nicht verletzen wollte, aber ihre Worte taten ihm sehr weh. Er fand ihre Gleichgültigkeit schlimmer, als wenn sie ihn gehaßt hätte. »Vielleicht geht es dir besser, wenn ich dir sage«, fuhr sie fort, »daß du mir keine großen Erklärungen schuldig bist.«

»Keine großen Erklärungen. Das verspreche ich dir.« Er öffnete die Hände und grinste wie ein Zauberer, der zeigte, daß er nichts darin versteckt hielt. Laurel brauchte nicht zu wissen, wie schwer es ihm fiel, nicht in tausend kleine Stücke zu zerspringen. »Nur noch eines – ich hab dich noch gern. Wie eh und je. Das sollst du wissen.«

»Warum hast du es dann getan?« Sie stemmte ihren Ellbogen auf den Tisch, legte ihr Kinn in die Hand und schaute ihn verwirrt an.

Rudy fing zu zittern an. Er mußte sich vorbeugen und die Knie mit seinen Händen umfassen, um das Zittern seiner Arme unterdrücken zu können. *Willst du das wirklich wissen? Willst du wissen, daß du der einzige Mensch bist, den ich jemals geliebt habe und der mich auch geliebt hat?*

Nein, er wollte ihr Mitleid nicht haben. Dann sollte sie ihn lieber hassen. Rudy spielte mit einer Papierserviette und zerriß sie in kleine Fetzen.

»Es tut mir leid. Du hast ja keine Ahnung, wie leid es mir tut. Jedesmal wenn ich an dich und den Jungen denke –« Er unterbrach sich, weil seine Stimme zu zittern begann.

Laurel saß regungslos da und starrte in die Ferne. Endlich schaute sie ihn wieder an, und er glaubte, in ihrem Gesichtsausdruck etwas Verständnis für ihn zu entdecken. Oder bildete er sich das nur ein?

»Er heißt Adam«, sagte sie mit sanfter Stimme. »Willst du ein Bild von ihm sehen?« Rudy nickte. Er schaute zu, wie sie eine schmale Brieftasche aus ihrem Abendtäschchen zog. Sie reichte ihm ein kleines Foto von einem Jungen, der ein gestreiftes T-Shirt trug, eine Zahnlücke hatte und strahlend lächelte. Dunkle Stirnfransen fielen ihm in die Augen. Rudy fühlte, wie sich sein Herz zusammenzog. Er starrte das Bild lange Zeit an und wollte es Laurel dann zurückreichen.

»Du kannst es behalten«, sagte sie, »ich habe noch einen Abzug zu Hause.«

»Vielen Dank«, sagte er etwas schroff, vielleicht zu schroff. Aber er wollte sich nicht anmerken lassen, wie sehr ihre kleine Geste ihn bewegt hatte. Er wollte so vieles wissen. Schaffte sie es, allein zu leben? Brauchte sie etwas? Vermißte der Junge... Adam... seinen Vater? Aber es war schon zu spät. Sie erhob sich, der weiche Stoff ihres Kleides wogte um ihre schlanke Gestalt.

»Ich muß jetzt gehen«, sagte sie. Sie sagte nicht, daß es sie gefreut hatte, ihn zu sehen, oder eine andere von diesen hohlen Phrasen, die andere Leute beim Abschied sagten. Sie streckte nur ihre Hand aus und berührte ihn kurz am Handgelenk. »Adieu.«

Sie ging in Richtung Tür und drehte sich dann plötzlich um. So plötzlich, daß Rudy einen Schreck bekam. Als er Tränen in ihren Augen blitzen sah, fühlte er sich reich von ihr beschenkt.

»Du mußt wissen, daß du mir – auch ohne es zu wollen –

einen großen Gefallen getan hast«, sagte sie leise. »Adam ist das Schönste, was mir in meinem Leben geblieben ist.« Bevor sie sich diesmal zum Gehen umdrehte, lächelte sie und winkte ihm kurz zu. Und das machte ihn sehr glücklich.

Als Laurel den Festsaal betrat, sah sie gleich, daß sie zu spät gekommen war, um unbemerkt hineinschlüpfen zu können. Das Abendessen war schon in vollem Gange, alle saßen um die mit rosa Tischdecken gedeckten Tische herum, aßen, lachten und redeten. Kellner brachten auf großen Tabletts das Essen herein; andere schenkten Wein aus oder füllten die Brotkörbe wieder auf. Laurel stellte sich in den Schatten einer Säule und bedauerte, daß sie hergekommen war. Am liebsten wäre sie umgekehrt und nach Hause gegangen.

Ich gehöre nicht hierher. Das Treffen mit Onkel Rudy hatte sie sehr bewegt. Obwohl sie es nicht wollte, tat er ihr doch leid. Sie fühlte, daß er ihr etwas Wichtiges verschwiegen hatte. Und es nagte an ihrem Gewissen, daß sie ihn irgendwie im Stich gelassen hatte. Aber das war doch lächerlich, oder etwa nicht? Sie schuldete ihm nun wirklich gar nichts.

Ihr Herz klopfte ihr bis zum Hals – jetzt aber nicht mehr wegen Rudy. Warum blieb sie da, statt sich wieder aus dem Raum zu stehlen? Unter den vielen, sich angeregt unterhaltenden Menschen suchte sie nur einen. Und das war Joe. War er da? Annie hatte ihn eingeladen – sie beide –, aber wäre er allein hergekommen? Dolly mußte ihm gesagt haben, daß ich hier sein würde. Sie hatte das Ganze eingefädelt, möglicherweise nur, um sie wieder zusammenzubringen. Sie hatte wahrscheinlich auch dafür gesorgt, daß sie beide am selben Tisch sitzen sollten.

Wie würde er reagieren, wenn er sie sähe? Hatte er sie so vermißt wie sie ihn? Wollte er so dringend nach Hause zurückkommen, wie sie ihn sich zurück wünschte?

Aber Joe saß an keinem der Tische. *Er war nicht gekommen.* Er wollte sie nicht sehen. Er hatte sie nicht vermißt.

Ein Mann im Smoking betrat die Bühne und machte eine Ankündigung. In wenigen Augenblicken, sagte er, würden die Preise verkündet, und im Anschluß daran würden die süßen Ausstellungsstücke freigegeben, und jeder könnte sich nach Herzenslust den Magen daran verderben. Die Gäste lachten und applaudierten.

Laurel entdeckte ihre Schwester, die zwischen Tante Dolly und einem etwas grob aussehenden Mann mit einem grauen Bürstenschnitt saß. Sie war wie immer im Mittelpunkt, erzählte gerade eine Geschichte oder einen Witz, und alle an ihrem Tisch beugten sich vor und hörten ihr gespannt zu. Sie sah aus wie jemand, der alles kann und niemandes Hilfe braucht und alle Schwierigkeiten der Welt spielend meistert.

Laurel fühlte sich plötzlich entsetzlich fehl am Platz, so als könnte sie niemals in Annies Welt passen – die Welt, die Joe liebte und in der er sich wohl fühlte. War er deshalb heute abend nicht gekommen, weil er wußte, daß Laurel niemals das sein konnte, was er sich von einer Frau wünschte?

In Wirklichkeit will er Annie, und ich kann niemals wie sie sein.

Aber wollte sie überhaupt so sein? War es fair von Joe, daß er sie geheiratet hatte, wo er sich doch eine ganz andere Frau gewünscht hatte?

Ich will gar nicht wie sie sein, dachte Laurel, während sie beobachtete, wie ihre Schwester zur Illustration ihrer Geschichte ihre schlanken Arme hob. Jetzt brachen alle an ihrem Tisch in Gelächter aus. Laurel sehnte sich danach, zu Hause zu sein, Adam ins Bett zu bringen, ihm eine Geschichte vorzulesen, während der er schon einschliefe. Sie brauchte nicht das Gefühl, von vielen Leuten bewundert zu werden; sie brauchte einen Mann, der sie liebte, und ihren kleinen Sohn, der manchmal nachts noch zu ihr ins Bett kam, wenn er sich fürchtete.

Und wenn Joe das nicht versteht, dann will ich ihn gar nicht haben.

Sie würde auch ohne ihn ihr Leben leben.

Laurel gab sich einen Ruck, schlich aus dem Festsaal hinaus und schloß leise die Spiegeltür hinter sich.

Annie versteckte ihre geballten Fäuste in ihrem Schoß, wo niemand sie sehen konnte, als sich Seth Hathaway zum Mikrophon beugte. »Ich freue mich, Ihnen den von der Jury gewählten ersten Preisträger nennen zu dürfen...«

Sie hielt den Atem an. *Bitte, bitte... laß es mich sein... ich brauch' es so sehr.*

»Es ist... Le Chocolatier Manon.«

Annie fühlte sich, als hätte sie einen Schlag bekommen, brennende Röte stieg ihr ins Gesicht.

Der Applaus war so groß, daß seine nächsten Worte kaum zu hören waren. »Und der zweite Preis geht an... Tout de Suite!«

Dolly sah den Ausdruck auf Annies Gesicht, und das Herz wurde ihr schwer. *Nur das Allerbeste wird dieses Mädchen jemals zufriedenstellen.* Es war nicht genug, daß Tout de Suite von allen Schokoladeherstellern Amerikas beneidet wurde. Oder daß Annie in sechs Jahren mehr erreicht hatte als andere in Jahrzehnten.

Nein. Als Annie sich im brausenden Applaus erhob, schien ihr angestrengtes Gesicht auszudrücken: *Ich will mehr.* Dieses Mädchen wollte... nein *mußte*... den ersten Preis belegen. Und zwar nicht nur wegen des Vertrags, den sie mit Felder abschließen wollte. Wenn sie nicht die erste war, hatte sie immer das Gefühl, ein Versager zu sein.

Eve ist genauso gewesen, dachte Dolly. Sie war viel mehr als nur talentiert, sie hatte Feuer in den Adern. Wenn Eve einen Raum betrat, schauten alle Leute auf und bemerkten sie. Bei Theaterproben, bei denen kaum jemand sich anstrengte, spielte sie so konzentriert wie bei der Premiere, und sie spielte ihre Rolle so, als ob sie einzig und allein dafür geboren wäre.

Als sie jetzt den Applaus hörte und die Tochter ihrer Schwester zur Bühne ging, empfand Dolly plötzlich große Sehnsucht.

Eigentlich sollte Eve hier sitzen, nicht ich. Sie wäre so stolz auf Annie gewesen.

Dolly traten die Tränen in die Augen. Plötzlich entdeckte sie an einem Tisch in der Nähe der Bühne Henri. Endlich! Sei wollte aufspringen und ihm zuwinken. Sogar aus der Entfernung sah sie, daß er gealtert war; sein Haar, selbst sein Schnurrbart war grau geworden. Aber wie herrlich war es, ihn zu sehen. Ihre Augen trafen sich. Henri lächelte nicht, winkte auch nicht. Er starrte sie nur an, und obwohl er sich nicht rührte, hatte sie das Gefühl, als ob er auf sie zukäme. Dann sah sie, daß er auf das Ausstellungsstück von Girod's deutete, das in ihrer Nähe stand. Warum wohl? Da bemerkte sie an der Stelle, die vorhin noch leer gewesen war – Schilfrohr, Wasserlilien, den See, das Boot, den Wasserfall. Das war doch... der Bois de Boulogne. Der See, auf dem sie an ihrem ersten gemeinsamen Tag gerudert waren. Er erinnerte sich daran!

Dolly fühlte, wie eine herrliche Wärme sie durchströmte.

Er liebt mich noch.

Dann wandte sich Dolly um und sah, daß Felder aufgestanden war und auf den Ausgang zuging. Vor kurzem hatte sie ihn zur Toilette gehen sehen, also hieß das jetzt, daß er die Veranstaltung verließ. Annie würde verzweifelt sein.

Er kennt mich nicht, aber vielleicht kann ich ihm sagen, wie großartig sie ist... Ich muß ihn davon überzeugen, was für ein Vorteil es für ihn wäre, wenn er mit ihr zusammenarbeiten würde.

Dolly war hin und her gerissen zwischen dem Wunsch, zu Henri zu eilen, und ihrer Nichte zu helfen. Sie zögerte nur einen Augenblick, dann sprang sie auf und lief hinter Felder her.

Dolly rannte und ärgerte sich darüber, daß sie Schuhe mit so hohen Absätzen trug. Was sollte sie Felder sagen, wenn sie ihn eingeholt hatte?

Ach, es würde ihr schon etwas einfallen. Sie würde ihn davon überzeugen, daß er einen großen Fehler machen würde, wenn er nicht mit Annie zusammenarbeitete.

Dolly war außer Atem, als sie in die große Eingangshalle mit dem Kronleuchter und den riesigen chinesischen Bodenvasen voll Tigerlilien, Gladiolen und Rittersporn kam. Wo war Felder? Sie wartete nicht darauf, bis ihr der Portier die Tür öffnete, sondern verließ eilig das Haus. Und da sah sie Felder wieder. Er überquerte die Straße und ging auf eine Limousine zu, die auf der anderen Seite parkte. Fast ohne nach links oder nach rechts zu schauen, lief Dolly ihm nach.

»Mr. Felder!« Zu spät, sie hörte Bremsen quietschen und sah aufgeblendete Lichter auf sich zurasen. Ihr letzter Gedanke war: *Wie dumm von mir!* Dann verlor sie das Bewußtsein.

35. Kapitel

Lilien? Ein riesiger Strauß, steif und weiß wie Kerzen, kam in ihr Blickfeld. Im gedämpften Licht, das durch die geschlossenen Jalousien ins Zimmer drang, schienen sie zu leuchten. Süß... sie rochen zu süß... irgendwie künstlich, wie Zuckerrosen auf einem Hochzeitskuchen. Aber Lilien waren doch Begräbnisblumen...

Dolly versuchte, ihre Augen weiter zu öffnen, aber sie hatte das Gefühl, daß Sandsäcke auf ihren Lidern lägen.

»Ich bin nicht...« Sie wollte sagen, daß sie nicht tot sei, noch nicht, daß die Lilien nicht hierher gehörten, aber der einzige Ton, den sie herausbrachte, war ein fast unverständliches Krächzen. Sie sah, daß sich ein schattenhafter Umriß erhob. Dann wurde sie umarmt, und Lippen preßten sich auf ihre Wangen und ihre Stirn. Sie schloß die Augen; die Anstrengung sie offen zu halten kostete sie zuviel Kraft, und außerdem brauchte sie ihre Augen nicht, um zu wissen, daß das Henri war. Sie konnte ihn fühlen, seine Wärme, seine rauhen Wangen, das Kitzeln seiner Barthaare. Seine Kleidung roch so, als hätte er darin geschlafen und zu viele Gauloises geraucht – aber, großer Gott, hatte sie jemals etwas so Gutes gerochen?

Vielleicht *war* sie gestorben... und dies war der Himmel.

»Henri?« krächzte sie.

»Dolly... ach, *ma poupée.*« Seine Stimme klang auch heiser.

Dolly versuchte ihn zu umarmen, aber ein heftiger Schmerz hinderte sie daran.

»*Non...*« Sie fühlte, wie Henri ihre Schultern zart auf die Matratze drückte. »Du darfst dich nicht bewegen. Es ist besser, wenn du ganz still liegen bleibst.«

»Wo...?« Sie schaute ihn an und sah, daß er tiefe Augenringe hatte.

»Lenox Hill. Es ist ein gutes Krankenhaus. Mach dir keine Sorgen.«

»Wie lange bin ich schon hier?«

»Seit gestern abend.«

»Und jetzt? Wieviel Uhr ist es jetzt?«

»Halb sechs. Bald geht die Sonne unter.«

»War ich bis jetzt ohnmächtig?«

»Erinnerst du dich nicht an heute nacht, als deine Nichte hier war?«

»Annie?«

»Ja. Und Laurel auch... Sie telefonierte heute nacht zweimal und war heute morgen hier. Du hast die Augen geöffnet, aber wir wußten nicht, ob du sie erkannt hast. Ich hatte so große Angst... aber die Ärzte haben mich beruhigt. Es wird alles wieder gut.«

»Als ich die Blumen sah, dachte ich, ich wäre gestorben.« Dolly zwang sich zu einem Lächeln. »Aber ein Toter hat nicht so große Schmerzen.«

»Du hast Glück gehabt. Du hast vier Rippen gebrochen und eine schwere Gehirnerschütterung, aber sonst ist alles in Ordnung.«

»Lilien«, sagte sie langsam, schloß die Augen und wußte, daß Beruhigungsmittel sie so schläfrig machten. »Lilien haben keine Farbe. Ich kann Lilien nicht leiden.«

»*Oui, ma poupée,* Mr. Felder kennt dich nicht so gut wie ich. Wenn wir verheiratet sind, bekommst du Rosen von mir, leuchtend gelbe und rote Rosen... und du sollst dich in Rot kleiden...« Seine Stimme zitterte, und Tränen traten ihm in die Augen. »Ein rotes Kleid, genau wie das, das du anhattest, als du zum erstenmal in meinen Laden kamst.«

Was sagte er? Bewirkten die Medikamente, daß sie nicht richtig hören konnte? Hatte er ihr wirklich einen Heiratsantrag gemacht?

»Henri... willst du...?«

»Nein, bitte... laß es mich sagen. Ich weiß, daß ich sowieso schon zu lange gezögert habe... daß es sein kann, daß du es nicht mehr hören willst. Ja, ich will, daß du meine Frau wirst. Ich arbeite nicht mehr für Girod's. Und das heißt, daß du auch bei Girod's kündigen mußt. Glaubst du, daß wir zwei noch einmal ganz von vorn anfangen können?«

Er sah sehr ernst aus, Falten hatten sich tief um seine Augen und um seinen Mund herum eingegraben. Und er sah aus, als hätte er Angst. Als ob er nicht an den Wert des großen Geschenkes glauben könnte, das er ihr entgegenbrachte.

Dolly kämpfte gegen die Müdigkeit an. Sie wollte Henri sagen, was sie ihm seit sechs Jahren hatte sagen wollen. So viel. Sie wollte ihm sagen, daß ihr kein anderer Mann – und sie hatte viele Männer kennengelernt – jemals so gut gefallen hatte wie er. Und daß es nichts ausmachte, wenn sie wieder ganz von vorn beginnen müßten. Und wie gern sie mit ihm leben wollte. In der Wohnung, in ihrem Bett. Und selbst den unangenehmen Geruch seiner Gauloises würde sie lieben, weil er sie an ihn erinnern würde.

Ihr Herz schlug ihr bis zum Hals, und sie hatte große Schmerzen, aber das machte nichts. Wichtig war nur, daß sie die Worte für die richtige Antwort fand...

Aber alles, was Dolly herausbrachte, war: »Wir versuchen es.«

Drei Tage später saß Dolly im Bett, trank eine Limonade und dachte gerade, daß es wohl ein gutes Zeichen sei, daß sie so schnell wie möglich aus diesem deprimierenden Krankenhaus herauswollte, als Annie ins Zimmer kam.

»Hallo«, sagte ihre Nichte und legte ein paar Zeitschriften auf Dollys Nachttisch, bevor sie ihr vorsichtig einen Kuß auf die Stirn gab. »Du siehst viel besser aus als gestern.«

Annie hatte sie jeden Tag besucht, manchmal sogar zweimal, und jedesmal hatte sie etwas mitgebracht, um ihr eine Freude zu machen – einen Strauß gelber Chrysanthemen, frische Himbeeren von Balducci, einen leuchtend roten Lippenstift.

Und wenn diese unglückliche Zeit im Krankenhaus für etwas gut war, dann waren es diese kostbaren Stunden mit ihrer Nichte.

Aber Dolly fühlte sich unruhig. Sie wußte, woran das lag, und sie hatte Angst. Aber jetzt, wo Henri ihr zur Seite stand, konnte sie es wagen – die Worte auszusprechen und vielleicht das nagende schlechte Gewissen loszuwerden, das sie seit Jahren quälte. Ja, es schien jetzt die richtige Zeit dafür zu sein, Annie die Wahrheit zu sagen, ihr zu erzählen, was zwischen ihr und Eve vorgefallen war. Trotzdem hatte sie Angst. *Was ist, wenn sie die Wahrheit weiß und dann nichts mehr mit mir zu tun haben will?*

Dolly entschied sich, erst einmal ein ungefährliches Thema anzuschneiden. »Wie ist dein Gespräch mit Felder verlaufen?« fragte sie.

Annie, die Felder heute morgen getroffen hatte, lachte glücklich. »Er sagt, daß er immer noch daran interessiert ist, mit mir zusammenzuarbeiten... er meint, wenn meine Tante so viel von mir hält, daß sie in ein Taxi rennt beim Versuch, ihn von meinen guten Eigenschaften zu überzeugen, dann muß ich wirklich etwas Besonderes sein.« Sie lachte. »Aber weißt du, was ich glaube?«

»Was glaubst du denn?«

»Daß du etwas sehr Besonderes bist!« Annies Augen glänzten. »Ich weiß nicht, ob ich dir dafür danken soll, daß du meinetwegen fast gestorben bist, aber vielleicht freut es dich, wenn ich dir sage, daß ich dich sehr lieb habe!«

Dolly war es, als würde ihr ein Schlag versetzt. Hatte sie das wirklich gesagt? In all den Jahren, die sie sie kannte, hatte Dolly niemals diese Worte von Annie gehört. *Ich hab dich sehr lieb.* Tränen traten ihr in die Augen, die sie schnell mit einem Zipfel ihrer Bettdecke abtrocknete, bevor sie ihre Wimperntusche verschmierten.

»Ach, mein Schatz, es ist so schön, daß du das sagst. Aber...«

Jetzt war der richtige Zeitpunkt gekommen. Jetzt mußte die Wahrheit über die liebe, aufopfernde Tante Dolly an den Tag.

»Apropos Liebe, ich hab' eigentlich erwartet, daß Henri wieder da ist«, unterbrach sie Annie. Das Gespräch über Gefühle war ihr offenbar unangenehm. Sie lachte und fügte hinzu: »Aber wahrscheinlich sucht er gerade die Eheringe aus. Stimmt's?«

»Nicht so schnell, nicht so schnell. Es dauert noch mindestens ein halbes Jahr, bis er geschieden ist.« Dolly versuchte sich aufzusetzen, aber ein stechender Schmerz durchzuckte sie. Sie verzog das Gesicht. Annie stopfte ihr vorsichtig ein Kissen in den Rücken. »Aber«, fügte sie hinzu, »ich hab' so lange gewartet, ein paar Monate mehr oder weniger machen nichts aus.«

»Du hast recht. Henri ist es wirklich wert, daß man auf ihn wartet.«

Annie sah plötzlich ernst aus, und Dolly vermutete, daß sie an Emmett dachte. Annie hatte ihr erzählt, daß er nach Kalifornien ziehen wollte. Es brannte Dolly auf den Lippen, ihr zu sagen: *Fahr hinter ihm her... laß ihn nicht fort.*

»Annie«, begann sie und nahm die Hand ihrer Nichte, die sich auf den Bettrand setzte. »Ich will dir schon seit langer Zeit etwas erzählen. Ich habe jetzt viel Zeit zum Nachdenken, und wenn ich es jetzt nicht schaffe, finde ich vielleicht nie den Mut dazu.«

»Es hat was mit Dearie zu tun, oder?«

Dolly nickte und spürte einen Kloß im Hals.

»Deine Mutter war ein guter Mensch«, fing sie an. »Und ich ertrage es nicht, daß du denkst, daß sie schuld an ihrem schlimmen Schicksal ist... Es war ganz anders. Ich weiß das. Ich habe schuld an all ihrem Elend... und auch an dem Leid, daß du und deine Schwester erlitten haben. Ich will nicht um Verzeihung bitten, denn ich kann mir selbst nicht verzeihen. Du mußt wissen, ich habe etwas Entsetzliches gemacht... ich habe die Karriere deiner Mutter ruiniert und ihr das Herz gebrochen. Ich will, daß du endlich weißt –«

»Du brauchst es mir nicht zu erzählen«, unterbrach Annie und drückte Dollys Hand so fest, daß sie fast aufgeschrien hätte. »Lange Zeit grübelte ich darüber nach, was zwischen dir und Dearie vorgefallen sein könnte – was so schrecklich gewesen sein könnte, daß sie jahrelang kein Wort mit dir gesprochen hat...« Sie machte eine Pause und konzentrierte sich, um die richtigen Worte zu finden. »...was immer auch vorgefallen ist, nichts kann meine Gefühle für dich verändern. Ich bin nicht meine Mutter«, fügte sie leise hinzu. »Was zwischen ihr und dir vorgefallen ist... ich habe keine Lust, den Richter zu spielen. Und wenn du glaubst, die Verantwortung für das Geschehene tragen zu müssen... sie war ja auch erwachsen und die Herrin ihrer Entscheidungen. Ich habe sie geliebt. Sie war meine Mutter. Aber sie war alles andere als vollkommen.«

Dolly fühlte sich ungeheuer erleichtert. Sie hatte das Gefühl, daß sie jahrelang erfolglos versucht hatte, einen Flecken zu entfernen, der jetzt plötzlich verschwunden war.

»Ich habe sie auch geliebt.« Wie wunderbar war es, diese Worte laut aussprechen zu können, ohne sich wie ein Lügner vorzukommen.

»Das weiß ich«, sagte Annie. »Warum wäre ich sonst hier bei dir?«

36. Kapitel

Laurel schaute auf die Blumen, die Dolly im Arm hielt, als sie in einem prächtigen, purpurroten Kleid neben dem in festliches Schwarz gekleideten Henri den Mittelgang der Kirche entlangschritt.

Ihre Tante hatte keinen traditionellen Brautstrauß... sie hielt nur ein paar wunderschöne dunkelrote Orchideen mit gelben Streifen im Arm. Durch ihren mit Perlen bestickten Schleier schaute sie zum Altar, der mit roten Rosen geschmückt war.

Es waren aber nicht das purpurrote Kleid oder die exotischen Blumen, die einen solchen Glanz verbreiteten. Es war der Ausdruck auf Dollys Gesicht, die so glücklich strahlte, als hätte sie zum Frühstück die Sonne verschluckt.

Laurel saß ganz vorn beim Altar und fühlte einen Kloß im Hals. Sie war glücklich für Dolly. Sie war es wirklich. Niemand hatte dieses Glück mehr verdient als ihre Tante. Dolly war nicht der Grund, warum sie sich so traurig fühlte.

Sie schaute zu Joe, der auf der anderen Seite des Ganges saß. Neben ihr flüsterte Adam: »Warum sitzt Papa nicht bei *uns*?«

»Sei still«, flüsterte sie zurück. Es war wirklich nicht der richtige Augenblick, um die Trennung mit Adam zu besprechen. Außerdem war sie viel zu aufgeregt. Vielleicht hatte Dolly auf eine große Hochzeit verzichtet, weil sie geahnt hatte, wie sehr es Laurel schmerzen müßte, an einem großen Hochzeitsfest teilzunehmen, wo doch ihre eigene Ehe in Scherben lag.

Sie dachte, *er hat sich die Haare schneiden lassen*. Es waren immer Kleinigkeiten, die sie aus dem Gleichgewicht brachten. Tage oder Wochen konnten vergangen sein, in denen sie ihn nicht sah, und dann kam er plötzlich an die Tür, statt wie sonst beim Abholen von Adam in der Einfahrt zu hupen... Die kleinsten Veränderungen konnten sie umhauen – wenn ein Knopf an seiner Jacke fehlte, wenn er ein Hemd oder eine Hose trug, die sie nicht kannte.

Fast zwölf Monate, und ich kriege immer noch Gänsehaut, wenn ich dich sehe... oder wenn ich deine Stimme am Telefon höre. Ich erwische mich bei Träumereien, es kommt immer noch vor, daß ich für dich ein Gedeck auflege oder daß ich Annie oder Dolly anrufen will und aus Versehen deine Nummer wähle. Dein altes Turnhemd, das ich angeblich nicht finden kann, das liegt in meinem Schrank, und wenn ich nachts nicht schlafen kann, hole ich es manchmal zu mir ins Bett und rieche dann deinen Geruch.

Sie mußte aufhören damit. Sie durfte nicht mehr an ihn denken, sonst würde sie diesen Tag nie überstehen.

Laurels Augen brannten. Sie strengte sich an, nicht zu weinen. Wenn sie erst einmal anfinge, könnte sie vielleicht nie mehr damit aufhören. Es sähe vielleicht so aus, als ob sie über das Glück von Tante Dolly weinte; dabei würde sie darüber weinen, daß ihr Mann, ein Fremder in einem dunkelblauen Anzug, in einer anderen Kirchenbank saß. Zwar so nah, daß sie ihn fast berühren konnte... aber doch so weit entfernt, als würden Ozeane sie voneinander trennen.

Wie lange kann ich noch so weitermachen? Schaff' ich es, ohne ihn weiterzuleben?

Ich hab' es ja schon fast ein ganzes Jahr lang geschafft, sagte sie sich. Sie schluckte und schaute Annie an, die links von ihr neben Adam saß. *Bitte, lieber Gott, gib mir etwas von dieser Kraft, die Annie hat.* Aber plötzlich sah sie, daß Annie weinte. Es schien ihr nichts auszumachen, daß sie dadurch ihr Make-up ruinierte. Wimperntusche war unter ihren Augen verschmiert, und dunkle Tränen tropften auf ihre gefalteten Hände. Sie hatte auch wieder ihre Fingernägel abgebissen. Dachte sie an Emmett? Vermißte sie ihn... oder Joe?

Laurel sah, wie Adam gebannt Annie anstarrte, und plötzlich wurde ihr klar, daß er sie noch niemals hatte weinen sehen. Daß seine Mutter manchmal weinte, das war ein alter Hut – in dieser Hinsicht hatte Laurel soviel Kontrolle wie ein undichter Wasserhahn. Jetzt sah sie, wie ihr achtjähriger Sohn Annie am Ärmel zupfte und ihr sein derzeitiges Lieblingsspielzeug, ein feuerrotes Matchbox-Auto anbot. Annie, die sein Geschenk durch Tränen lächelnd annahm, legte ihm den Arm um die Schultern und drückte ihn liebevoll an sich.

Laurel versuchte, sich auf das zu konzentrieren, was der kahlköpfige Pfarrer sagte, um nicht selbst losweinen zu müssen. Aber sie schaffte es nicht, seinen Worten zu folgen. War es nicht entsetzlich egoistisch von ihr, an Dollys Hochzeitstag so unglücklich wegen Joe zu sein?

Laurel sehnte sich danach, daß er neben ihr säße, sie umarmte und ihre Hand hielt... aber sie wußte, wenn sie ihm nur einen Schritt entgegenginge, würde sie sich nicht zurückhalten können und ihn bitten, wieder nach Hause zu kommen.

Nein, sagte sie sich. *Nein, dafür habe ich zu hart gekämpft. Ich will nicht, daß er mir all das wieder wegnimmt.*

Er würde das natürlich niemals bewußt tun, aber er würde es trotzdem tun. Mit einer kleinen Geste, einer Berührung, einem achtlosen Kuß würde er ihre mühsam erreichte Selbstsicherheit so leicht zerstören wie ein Kind eine Sandburg. Indem er sie liebte, aber nicht genug liebte. Indem sie ihn mehr brauchte als er sie.

Vorn am Altar erklang eine Glocke, und plötzlich mußte sie an Onkel Rudy denken. Vor ein paar Tagen hatte sie ein Rechtsanwalt aus Los Angeles angerufen. »Ihr Onkel ist vor drei Monaten gestorben«, hatte er gesagt. Wie traurig sie gewesen war, dann wie schockiert. Er hatte ihr und Adam ein beachtliches Vermögen hinterlassen: ein Haus in Malibu und ein Haus in Brentwood, ganz zu schweigen von den monatlichen Schecks, die seine Beteiligung an verschiedenen Einkaufszentren und Bürogebäuden abwarfen. Und noch wertvoller als das Geld war die finanzielle Unabhängigkeit. Jetzt würde sie niemals Joes Geld brauchen oder das Geld eines anderen Mannes. *Aber Geld war nicht alles, oder?* Ach, wie sehr sie Dolly beneidete. Selbst aus der Entfernung war klar zu sehen, daß Henri Dolly über alles liebte, Dolly und niemanden sonst.

Laurel nahm sich vor, in dem Augenblick, wenn Dolly und Henri ihr Ja-Wort sprachen, Joe ganz bestimmt nicht anzuschauen. Aber im entscheidenden Moment konnte sie, wie ein Alkoholiker, der kein Glas Wein ablehnen kann, es nicht verhindern, daß sie ihm einen Blick zuwarf.

Aber Joe schaute ebenfalls nicht zum Altar – er schaute ihr direkt in die Augen. Laurel fühlte sich schuldig, als ob sie bei einem Examen geschummelt hätte, und wurde rot.

Er schaute sie nicht einfach nur an. Sein Gesicht drückte Verwirrung aus, als wäre sie eine Fremde, die er schon irgendwo einmal gesehen hatte, als versuche er, sich daran zu erinnern, wo das gewesen sei. *Entschuldigen Sie, Madame. Sie kommen mir irgendwie bekannt vor. Sind Sie sicher, daß wir nicht einmal miteinander verheiratet waren?*

Laurel hatte das Gefühl, gleich hysterisch loskichern zu müssen, und biß sich leicht auf die Zunge. *Du brauchst ihn nicht. Du bildest dir nur ein, daß du ihn brauchst.*

Sie erinnerte sich an das schwere Unwetter in der ersten Woche, nachdem Joe ausgezogen war. Ein großer Ast war von der Platane abgebrochen und auf das Garagendach gefallen – Joe hätte sich normalerweise darum gekümmert, aber jetzt mußte *sie* sehen, wie sie den schweren Ast herunterbekam. In gewissem Sinn war es gut für sie gewesen, da sie dadurch gezwungen wurde, das alte Flanellkleid und die Hausschuhe aus Schaffell auszuziehen, in denen sie tagelang apathisch herumgelaufen war. Als sie draußen im knöcheltiefen Schlamm stand und sich bemühte, die lange Aluminiumleiter aufzustellen, war sie ausgerutscht und hingefallen. Vor Verzweiflung hatte sie fast geweint. Aber dann merkte sie, wie lächerlich es wirken mußte, wie sie dort im Matsch lag und wie ein Riesenbaby weinte.

Großer Gott, kein Wunder, daß Joe von ihr genug gehabt hatte. Voller Selbstverachtung hatte sie sich gezwungen, die Leiter hochzusteigen. Mit einer Axt hatte sie es geschafft, so viele kleine Seitenäste abzuhacken, daß es möglich war, den schweren

Ast vom Dach herunterzuzerren. Danach hatte sie lange und sehr heiß geduscht – zum erstenmal seit mehreren Tagen. Sie hatte das Frühstück für Adam und sich gemacht, frischen Orangensaft ausgepreßt, Rühreier mit Pilzen gemacht, Weißbrot getoastet.

Sie hatte gemerkt, daß es auch ohne Joe ging. Ganz egal wie schwer das Leben war, sie hatte Adam... und sich selbst. Und auch Annie. Ja, Annie. Ganz egal, wie wütend sie manchmal auf Annie wurde... sie waren für immer und ewig miteinander verbunden, sie waren Schwestern.

Aber wenn sie an die Zukunft dachte und sich vorstellte, daß Joe eines Tages eine andere Frau heiraten würde, wurde ihr ganz seltsam zumute. Deshalb hatte sie noch nie das Thema Scheidung angesprochen. Hatte sie Angst davor, daß er Annie heiraten würde, wenn er frei wäre?

Und wenn er das täte, was wäre dann?

Nein, das konnte er ihr nicht antun. Sie würde alles dafür tun, noch eine Chance mit Joe zu bekommen. Aber Joe mußte das auch wollen. Sie konnte ihn nicht dazu zwingen, sie zu begehren. Sie hatte das schon versucht, und man sah ja, wie weit sie damit gekommen war.

Als Laurel etwas verspätet in Dollys Wohnung ankam – ein Laster hatte in zweiter Reihe geparkt, und der Gegenverkehr hatte ein Überholen unmöglich gemacht –, war der Empfang anläßlich der Hochzeit schon im vollen Gange. Bill Watley, der seit Jahren regelmäßig und erfolgreich zu den Anonymen Alkoholikern ging, prostete der Braut und dem Bräutigam mit Pepsi zu und erzählte, daß er einmal in Dollys Laden besoffen wie ein Besenbinder den Nikolaus gespielt hatte. Statt ihn hinauszuwerfen, hatte sie ihm eine Flasche Whiskey in die Hand gedrückt: »Gegen die Kälte.« Er erzählte, daß er es geschafft hatte, sie nicht zu trinken, sondern zum erstenmal die Kraft gefunden hatte, zu den Anonymen Alkoholikern zu gehen. Seit damals hatte er nie wieder einen Tropfen angerührt. Bis zum heutigen Tag hob er diese Flasche Whiskey zur Erinnerung in seinem Küchenschrank auf.

»Nimm dich in acht, Henri«, meinte Bill, »oder sie krempelt dich auch um.«

»*Mais oui*«, antwortete Henri. »Das hat sie schon getan.«

Laurel machte Henris Enkel, achtjährige Zwillingsbuben, mit Adam bekannt, der sie sofort ins Gästezimmer mitnahm, wo Dolly eine große Schachtel voll Spiele und Spielzeug aufbewahrte. Nachdem sie Henris Tochter begrüßt hatte – eine hübsche, etwas dickliche Frau in einem rosa Kleid, das ihr ganz und gar nicht stand –, ging sie zur Bar und schenkte sich einen Drink ein. Sie wollte nichts lieber als glücklich für Dolly sein... aber noch mehr sehnte sie sich danach, überhaupt nichts mehr empfinden zu müssen.

»Laurey.«

Beim Klang seiner vertrauten Stimme drehte sie sich so schnell um, daß ihr Glas überschwappte und Wodka ihr über die Hand lief.

Es war, als hätten sie zum letztenmal vor hundert Jahren miteinander gesprochen. Dabei rief er wenigstens einmal am Tag an, um mit Adam zu sprechen. Aber jetzt klang seine Stimme anders als sonst, weicher. Oder bildete sie sich das nur ein? »Wir müssen miteinander reden«, sagte er leise. »Auf der Terrasse stört uns niemand. Ich hol dir deinen Mantel. Es ist ziemlich kalt.«

Kalt? Was wußte er von Kälte – dieser Eiseskälte, wenn man mitten in der Nacht aufwachte und der Mann, den man liebte, nicht neben einem lag. Was wußte er davon, wie es war, wenn man nicht zu zittern aufhören konnte, selbst wenn man sich in drei dicke Decken einwickelte?

Aber jetzt war es ihr zu warm. Ihr Herz klopfte wie rasend gegen ihre Rippen, sie konnte nicht mehr klar denken. Warum tat er ihr das an? Aber sie sagte nichts, sondern nickte nur und wartete darauf, daß er ihre Mäntel holte.

Er wird sagen, daß er bei einem Rechtsanwalt war, daß es Zeit für die Scheidung ist. Ach, er hat ja recht, natürlich... aber wie soll ich das aushalten?

Auf der Terrasse knöpfte sie ihren Mantel nicht zu. Der Oktoberwind war ziemlich frisch, aber sie fror nicht. Sie überlegte sich, ob sie vielleicht Fieber hatte. Ihr Gesicht fühlte sich heiß an, ihr Hals tat weh.

Ich hasse jede Art von Ende, dachte sie. Selbst in Büchern fällt es mir schwer, die letzte Seite aufzuschlagen. Es ist, als ob die Figuren, die man lieben gelernt hat, stürben oder einen verließen. *Warte nicht darauf, daß er es sagt. Bring es hinter dich, solange du noch einen Rest Würde hast.*

»Ich glaub' ich weiß, was du sagen willst, Joe, und ich will nicht...« Sie unterbrach sich, weil sie nicht weitersprechen konnte. Sie räusperte sich und versuchte es noch einmal. »Ich will nicht, daß es noch schwerer wird, als es sowieso schon ist. Manche Paare streiten sich am Ende über die lächerlichsten Kleinigkeiten, zum Beispiel wer das Tranchiermesser kriegt.«

Joe lächelte sie an. Über seinem eleganten dunkelblauen Anzug trug er einen alten, aber gut erhaltenen Marinemantel, der seinem Vater gehört hatte. Er hatte den Kragen hochgeschlagen, die Messingknöpfe blitzten. »Wir besitzen aber überhaupt kein Tranchiermesser«, meinte er.

»Na ja... du weißt doch, was ich meine.«

»Ja, ich denke schon.«

»Aber das ist jetzt gar nicht so wichtig. Es gibt viel Wichtigeres zu besprechen. Zum Beispiel was Adam angeht. Er fragt mich noch jeden Abend, wann du heimkommst. Auch wenn wir uns nicht streiten, ist es schon schwer genug für ihn.« Sie atmete tief ein und hatte das Gefühl, daß statt Luft Salzwasser in ihre Lungen einströmte. »Es ist noch ein Glück, daß ich die anderen Kinder nicht gekriegt hab'.«

»Sag das nicht.« Joe packte sie an den Schultern und drehte sie zu sich hin. Sie konnte seine Augen in der Dunkelheit nicht erkennen, fühlte aber den Griff seiner kräftigen Hände. »Sag das nicht noch einmal.« Er klang sehr wütend.

»Warum denn nicht?« Sie starrte ihn herausfordernd an und fühlte das Ausmaß ihrer eigenen Verletztheit. »Das stimmt doch, oder nicht? Ein weiteres Kind hätte dich nur noch mehr von dem Leben getrennt, das du in Wirklichkeit führen willst.«

Sie hatte das Gefühl, vor Wut zu zerspringen. Plötzlich dämmerte ihr, warum Joe sie noch nicht um die Scheidung gebeten hatte. Wegen Adam.

»Woher willst du denn so genau wissen, was ich will?«

»Du sagst mir doch nie etwas! Verdammt noch mal, Joe, du hättest es mir sagen sollen. Daß es deinem Vater so schlecht geht. Das über Annie. Alles. Du hättest mir von Anfang an sagen sollen, daß du mich nur wegen Adam geheiratet hast!«

»Das ist aber nicht wahr.«

»Warum tust du mir das an? Natürlich ist das wahr. Ich hab' es schon immer gewußt, aber ich hab' dich so geliebt, daß ich dich trotzdem heiraten wollte. Ich bildete mir ein, daß du irgendwann auch mich lieben würdest. Aber man kann keine Liebe erzwingen.«

»Ich weiß, daß ich ehrlich mit dir hätte sein sollen. Es tut mir leid.«

»Ich hatte immer einen Traum... ach, wie kindisch war das von mir!... Aber ich bildete mir ein, du würdest eines Morgens aufwachen und würdest mich neben dir liegen sehen. Und wie in einem Märchen wäre der böse Zauber auf einmal verschwunden und du würdest mich wie zum erstenmal sehen. Du würdest dich in mich verlieben, als ob du nie« – ihre Stimme versagte fast ihren Dienst, und sie beendete flüsternd den Satz – »meine Schwester geliebt hättest.«

»Ich habe euch nie als Konkurrentinnen gesehen. Glaub mir. Es war nie etwas in dieser Richtung.«

»Das weiß ich.« *Ich hatte nie auch nur im entferntesten so viel Charme und Witz wie Annie.*

Im Licht, das durch das Fenster auf die Terrasse fiel, konnte sie seine Augen sehen, die im Gegensatz zu seinem eher eckigen Gesicht sanft wirkten. Er ließ sie nicht los, lockerte aber seinen Griff. »Laurey…«

Sag es doch endlich, bettelte sie schweigend. *Sag es, damit ich es endlich hinter mir hab'.*

»Ich liebe dich.«

Wollte er sie töten? Zum Teufel mit ihm!

Sie trat einen Schritt zurück und zitterte. »Was du da tust, ist grausam.«

»Laurey, hör mir zu. Ich weiß, daß ich nicht immer –«

»Nein!« unterbrach sie ihn. »Ich will es nicht hören! Tu einfach so, als ob ich tot wäre. Denn so will ich mich innerlich dir gegenüber fühlen.«

Tränen stürzten ihr aus den Augen. »Joe, bitte, wenn du mich nur ein bißchen liebst, dann hör damit auf. Hör sofort damit auf.«

Voller Verzweiflung ging Laurel um das Haus herum auf die Seite der Terrasse, die über der Park Avenue lag. Sie mußte etwas finden, irgend etwas, was diese neue, aussichtslose Hoffnung in ihr so schnell wie möglich beendete. Ohne nachzudenken zog sie sich den goldenen Ehering vom Finger und warf ihn über die schmiedeeiserne Brüstung. Sie sah, wie er immer kleiner wurde, und stellte sich vor, daß er sich in Luft auflösen würde wie ein böser Zauber, der jetzt endlich gebrochen war. Sie schaute zu Joe zurück und sah, daß alles Blut aus seinem Gesicht gewichen war. Sie wartete darauf, daß er sagen würde, wie leid es ihm täte, daß sie aber gute Freunde bleiben würden… hauptsächlich Adam zuliebe.

Statt dessen lief er über die Terrasse, riß die gläserne Schiebetür auf und verschwand in der Wohnung. Sie stand einen Augenblick lang völlig verwirrt da, als ob sie plötzlich bemerkt hätte, daß das allerletzte Stück eines Puzzles nicht paßte. Wo war er hin? Was sollte das bedeuten? Dann fiel es ihr plötzlich ein. Ihr

Ring. Er suchte ihn. Wie Jason das Goldene Vlies. Sie lehnte sich über das schmiedeeiserne Geländer und schaute hinunter. Da Tante Dollys Wohnung im zwölften Stock lag, hatten die Autos die Größe von Adams Matchbox-Autos. Sie wartete und fing an zu frieren. Dann sah sie ihn, an der Bordsteinkante blieb er kurz stehen und schien zu zögern. Dann warf er sich in den Verkehr, der die Park Avenue in beiden Richtungen durchflutete. Laurel hatte so entsetzliche Angst, daß sie sich kaum bewegen konnte. Das Blut pochte in ihren Ohren, sie schaute zu, wie der winzige Joe Autos mit ausgestreckten Armen entweder zum Halten oder zum Ausweichen brachte. Ein ärgerliches Hupkonzert war bis hier oben zu hören.

»Joe! Komm zurück! Komm sofort zurück!« Sie wußte, daß er sie nicht hören würde, konnte aber nicht aufhören zu schreien. Einen Moment verlor sie ihn aus den Augen, vielleicht nur ein paar Sekunden lang, die ihr aber wie Stunden vorkamen. Dann sah sie ihn wieder – er stand mit hoch erhobenen Armen in der Mitte der Park Avenue auf dem Trennstreifen, sein offenstehender Mantel flatterte hinter ihm im Wind, und er hielt diesen verdammten Ring hoch, als wäre es eine Goldmedaille, die er bei den Olympischen Spielen gewonnen hatte.

»Joe... du Idiot!« schrie sie mit aller Kraft. Ein paar Minuten später, als er mit dem Ring in seiner Faust und triumphierend leuchtenden Augen auf sie zukam, sagte sie ihm direkt ins Gesicht, was sie von ihm hielt.

»Du hättest überfahren werden können. Für nichts und wieder nichts!«

»Nein, das ist nicht nichts«, sagte er außer Atem. »Laurey, ich kann nicht ungeschehen machen, was passiert ist. Bei unserer Hochzeit habe ich dich vielleicht nicht so sehr geliebt wie du mich. Was aber für mich zählt ist einzig und allein, was ich jetzt fühle. Ich liebe dich. Ich kann nachts nicht einschlafen, wenn du nicht neben mir liegst. Ich denke ständig an dich und vermisse dich. Ich hab' versucht, dich zu vergessen... ich hab' es wirklich versucht. All diese Monate hindurch habe ich darauf gewartet, daß du mich anrufst und mir sagst, daß du mich vermißt, daß ich zurückkommen soll, und als du das nicht tatest...« Er unterbrach sich und nahm ihre Hand. »Ach, es ist doch ganz egal, wer welchen Fehler gemacht hat! Ich weiß ganz genau, was ich will... und das bist du. Laurel Daugherty, willst du mich heiraten?«

Sie starrte ihn an, zu überrascht, zu überwältigt von Glück, um genau zu verstehen, was er meinte.

»Jetzt bist du dran. Sag ja.«

»Joe.«

»Wir fangen ganz von vorn an, und zwar sofort.«

»Bist du ganz sicher, daß du *mich* willst... und nicht Annie?«

»Ich will dich, meine süße Laurey.« Er nahm ihren Kopf zwischen seine Hände. »Nur dich.«

Dann nahm er ihre Hand und schob ihr den Ring auf den Finger. Er fühlte sich eiskalt an... und dann küßte er ihre Hand, und sie fühlte, wie sein Atem sie wärmte. »Sag ja«, murmelte er, schloß sie in seine Arme und lächelte glücklich. »Aber sag es schnell, bevor ich etwas wirklich Verrücktes mache und vom Balkon springe.«

Laurel atmete tief ein und fühlte sich innerlich so jung und frisch, als ob sie gerade eben zur Welt gekommen wäre.

»Ja!« schrie sie so laut, daß man es bestimmt auch auf der Park Avenue hören konnte.

Als sie wieder zurück in Dollys Wohnung gingen, standen Gäste um das Klavier herum, auf dem einer von Dollys Nachbarn ihre Lieblingsschlager spielte.

»Wo ist Adam?« fragte Joe mit leuchtenden Augen. »Ich will ihm sagen, daß ich zum Abendessen heimkomme.«

»Er spielt mit Henris Enkelkindern«, sagte sie ihm. Als Joe Adam suchen ging, trat Dolly zu Laurel und legte ihr einen Arm um die Schultern. »Dieses Lied ist so wunderschön!«

Laurel nickte, sie war zu durcheinander vor Glück, um sprechen zu können.

»Aber jeder, der Augen im Kopf hat, kann sehen, daß nicht das Lied dich so durcheinander bringt.«

»Ich bin einfach glücklich.«

»Ich hab' das Glück ja zum Glück auch nicht gepachtet… obwohl ich mich so fühle.«

»Joe und ich…«

»Das brauchst du mir nicht zu sagen, das sehe ich deinem Gesicht an.« Dolly umarmte Laurel ganz fest. »Ach, das ist das schönste Hochzeitsgeschenk, das ich mir denken kann!«

»Ich hab es ehrlich gesagt nicht zu hoffen gewagt.«

»Die Liebe ist doch etwas Komisches«, meinte Dolly und lächelte. »Sie ist oft wie ein Esel. Der bockt und bockt und geht um keinen Preis einen Schritt weiter, und wenn man müde ist und aufhört, ihn anzutreiben, dann rennt er plötzlich weiter.« Dolly gab ihr einen kleinen Schubs. »Jetzt geht aber nach Hause, wo ihr die Versöhnung anständig feiern könnt.«

»Aber du hast doch noch nicht mal den Hochzeitskuchen angeschnitten!«

»Mein Schätzchen, ich verzichte gerne darauf, daß du mit mir und Henri anstößt und mir alles Gute wünschst. Du und dein gut aussehender Mann, ihr zwei habt jetzt wirklich allen Grund, miteinander anzustoßen.« Sie gab Laurel noch einen kleinen Stoß. »Mach dir keine Sorgen um Adam. Ich hab' gerade bei ihm reingeschaut, er und die Zwillinge spielen wunderbar miteinander. Felipe wird ihn später heimfahren, nachdem du und Joe Gelegenheit hattet, eure Versöhnung ausgiebig zu feiern.«

»Aber fährt Felipe euch nicht zum Flughafen?«

Dolly lächelte und strich Laurel eine Haarsträhne aus dem Gesicht. »Henri und ich… wir haben uns umentschlossen. Wir verbringen unsere Flitterwochen hier. Nach all dem vielen Hin und Her ist es an der Zeit, daß wir seßhaft werden.«

Laurel küßte ihre Tante und verabschiedete sich von Henri

und den anderen Gästen, die sie kannte. Aber sie konnte Annie nicht finden. Vielleicht war sie im Badezimmer oder legte letzte Hand an den dreistöckigen Hochzeitskuchen aus weißer Schokolade, den sie gebacken hatte. Laurel war es ganz recht so, sie wollte jetzt eigentlich gar nicht mit Annie sprechen. Seit Joe ausgezogen war, war das Verhältnis zwischen ihr und ihrer Schwester angespannt. Sie taten natürlich so, als ob alles in Ordnung sei… aber jedesmal, wenn sie mit Annie sprach, hatte sie ein unangenehmes Gefühl. Sie grübelte, was dahinterstecken könnte. *Wartet sie nur ab, bis sie glaubt, daß ich darüber weg bin?*

Joe war seinen Volvo holen gegangen, den er ein paar Blocks weiter geparkt hatte, und sie wollten sich in Bayside treffen. Sie konnte es kaum erwarten, nach Hause zu kommen.

Als sie eilig in Richtung des Parkhauses ging, in dem ihr eigenes Auto stand, hörte Laurel das Klacken von hohen Absätzen, das schnell näher kam. Sie wandte sich um und sah Annie, die im Dauerlauf hinter ihr her rannte. Jetzt machte sie ihr durch Zeichen begreiflich, daß sie warten solle. Ein vorbeifahrender Taxifahrer mißverstand sie und bremste ab.

Laurel wartete. Wie immer verursachte der Anblick ihrer Schwester einen Wirrwarr von Gefühlen in ihr. Liebe, Zuneigung, Abwehr, Schuld. *Was jetzt?* Sie wollte an ihrer Freude festhalten, wie ein Kind ein neues Spielzeug umklammert und nicht hergeben will. Aber Annie würde ihr ihr neues Spielzeug doch nicht wegnehmen? Laurel wäre froh gewesen, wenn Annie ihr das, was immer sie ihr auch sagen wollte, etwas später mitgeteilt hätte. Sie hätte nichts lieber getan, als direkt nach Hause in den siebten Himmel zu fahren.

Aber sie konnte Annie nicht mehr ausweichen.

»Dolly hat mir gesagt«, rief Annie keuchend beim Herankommen, »daß du und Joe euch versöhnt habt! Ich wollte dir nur sagen, daß ich… wirklich sehr glücklich für dich bin…« Laurel schaute ihre Schwester genau an, aber sie schien es ehrlich zu meinen.

»Vielen Dank«, sagte Laurel und wußte dann nichts mehr zu sagen als nur »Gehst du auch schon weg?«

»Nein. Ich wollte dich nur noch kurz sprechen, bevor du gehst. Ich muß gleich zurück und den Kuchen anschneiden.«

»Ich hab' ihn gesehen. Er sieht wunderbar aus.«

Annie lachte: »Weißt du was, ich hab Hy Felder ein Foto davon gezeigt, und er hat genau den gleichen Kuchen für die Hochzeit seiner Tochter bestellt. Dafür wird er ein kleines Vermögen zahlen müssen.«

»Wie geht's mit Felder?«

»Es zieht sich etwas hin, aber ich bin zuversichtlich und richte mich darauf ein, ihn in ein paar Monaten im großen Stil beliefern zu können.«

»Wenn das so weitergeht, brauchst du bald eine Fabrik, die so groß ist wie ganz Brooklyn.« Laurel war ungeduldig und wollte nichts lieber als nach Hause fahren. Sie schaute Annie an, die in Gedanken verloren schien.

»Hast du was von Emmett gehört?« Annie schaute weg, und Laurel spürte, wie nahe ihr das Thema ging.

»Kein Wort. Du kennst doch das Sprichwort: ›Klarer Schnitt heilt am schnellsten.‹«

»Ich dachte, ihr beiden würdet vielleicht...« *Gib es doch zu, du hast gehofft, daß die beiden wieder zusammenfinden, damit Annie endgültig ihre Finger von Joe läßt.*

Nein, das stimmte auch wieder nicht. Laurel hatte Emmett wirklich gern gemocht... Und er fehlte ihr auch.

»Nun, anscheinend nicht«, entgegnete Annie etwas bitter. Dann nahm sie sich zusammen und fügte hinzu: »Ich vermute, daß die Ehe nichts für mich ist. Oder vielleicht mach' ich es so wie Dolly und trete erst dann vor den Altar, wenn all meine Freunde schon Enkelkinder haben.«

»Und was ist mit Kindern?« fragte Laurel. »Willst du nicht wenigstens ein Kind haben?«

Annie schwieg nachdenklich. »Mir fallen gerade unsere

ersten Wochen hier in New York ein, als du die ganze Zeit geweint hast. Ich fühlte mich dir gegenüber entsetzlich schuldig und befürchtete, daß du mich hassen würdest. Ich vermute, daß Mütter sich auch oft so fühlen.«

»Ich habe dich nie gehaßt«, sagte Laurel. »Ich war nur so... so durcheinander. Als ob ein Wirbelsturm mich in die Lüfte gehoben und irgendwo abgesetzt hätte, wo ich niemanden kannte und die ganze Zeit Angst hatte.«

»Sag es doch endlich mal«, sagte Annie und schaute Laurel verletzt an. »Du wirfst mir doch bis heute noch vor, daß ich damals mit dir durchgebrannt bin, oder etwa nicht?«

Eine tiefe Ruhe kehrte in Laurel ein. Vielleicht zum erstenmal in ihrem Leben hatte sie das Gefühl, als ob es ihre Pflicht sei, ihre Schwester zu schützen und für sie zu sorgen. »Nein, Annie, ich werf' dir nichts vor. Du mußtest das tun. Und ich ging mit dir... wie immer.«

»Du hättest ja auch zu Hause bleiben können.«

»Was hatte ich denn für eine Wahl? Ohne dich wäre es dort schrecklich gewesen. Wenn ich irgend jemand die Schuld gebe, dann ist es Dearie. Durch ihren Tod hat sie uns von einem Tag zum anderen verlassen. Du weißt ja, daß du sie mehr geliebt hast, als sie es wert war.«

»Sie hat es so gut gemacht, wie sie nur konnte.«

»Und du auch. Aber du warst mir am allerwichtigsten.«

»Wir sind Schwestern«, stellte Annie sachlich fest. »Schwestern sind füreinander da.«

»Aber begreifst du es denn nicht? Immer warst du für mich da. Nie war es andersherum.« Laurel überlegte einen Moment. »Es war zeitweise auch mein Fehler. Ich hab' dir die Verantwortung überlassen.«

Sie legte ihre Hand auf Annies Arm. »Ich finde es ja selbst schrecklich, wie sich alles entwickelt hat. Aber in der Zeit, als Joe weg war...« Sie unterbrach sich und wußte auch nicht genau, was sie hatte sagen wollen.

»Ich versteh' dich schon.« Annie schaute Laurel in die Augen, und Laurel hatte das Gefühl, als ob sie miteinander einen unausgesprochenen Pakt schlössen.

»Bitte komm zum Erntedankfest zu uns!« sagte Laurel leise und lächelte ihre Schwester liebevoll an.

»Das lass' ich mir bestimmt nicht entgehen.«

»Du darfst auch den Truthahn aufschneiden.« Laurel wußte, daß Annie das besonders gern tat. »Aber jetzt muß ich mich beeilen. Joe wird sich wundern, wo ich so lange geblieben bin.«

»Joe? Ach ja, natürlich.«

Laurel sah, wie ihre Schwester einen Schritt zurücktrat und plötzlich unsicher und verloren wirkte, als wäre sie wieder ein junges Mädchen und hätte niemanden, der sich um sie kümmerte. Annie sah nicht, wo sie hintrat, trat mit einem Fuß vom Bürgersteig auf die Straße und verlor den Halt. Laurel versuchte sie aufzufangen, stand selbst etwas unsicher da, packte ihre Schwester an der Schulter und fiel mit ihr zusammen hin.

Nach dem ersten Schreck setzten sich die Schwestern auf. Laurel fühlte plötzlich, wie sehr sie Annie liebte. Wie sehr sie sie immer noch brauchte.

Plötzlich fing sie zu kichern an.

Annie mußte auch lachen, wischte sich die Augen und sagte atemlos: »Dreh dich nicht gleich um, aber die Frau hinter dir, die mit dem Hund, schaut uns so an, als ob eine von uns beiden gerade ausgeraubt wird.«

Laurel sprang auf, half Annie auf die Beine und wischte die nassen Herbstblätter ab, die an ihrem Mantel klebten.

Der Frau mit dem Hund, die sie mit offenen Mund anstarrte, rief sie zu: »Es ist alles in Ordnung, wir sind Schwestern!«

Epilog

Los Angeles, 1983

Annie gab dem Parkplatzwächter ihre Autoschlüssel und ging den Weg unter den Arkaden entlang zum Beverly Hills Hotel. Sie war vom Los Angeles Airport hergefahren und lange Zeit im Stau gestanden. Sie fühlte sich müde und zerschlagen. Aber hier im Schatten, rechts und links rosa Azaleen und Rhododendron, fing sie langsam an, sich zu erholen. Sie schaute auf ihre Uhr. Zwölf Uhr vierzig – es waren noch Stunden bis zu ihrer Verabredung. Zeit für ein kurzes Nickerchen, hinterher könnte sie sogar noch schwimmen gehen.

Während sie dem Portier in der grüngoldenen Uniform, der ihr die Glastür aufhielt, zunickte, fiel ihr ein, wen sie traf und warum, und ihr Magen krampfte sich zusammen.

Emmett.

Mehr als eineinhalb Jahre hatte sie ihn nicht gesehen und in der ganzen Zeit kein Brief, kein Anruf, keine Postkarte von ihm. Und dann letzte Woche der Schock, seine Stimme am Telefon zu hören, »hallo«, als hätten sie sich vor kurzem erst noch gesehen. Er hatte mittlerweile in Westwood sein eigenes Maklerbüro, hatte er erzählt. »Es läuft gut«, das konnte bei ihm alles bedeuten, ein Rattenloch mit Anrufbeantworter genausogut wie ein Büro mit einem Dutzend Angestellten in nobelster Gegend. Aber er rufe nicht nur zum Spaß an, sagte er. Er hätte etwas, das sie vielleicht interessieren könnte.

Bel Jardin. Es war zum Verkauf angeboten, und er hatte das Alleinverkaufsrecht.

Annies Herz hatte bei dem Gedanken, das Haus, in dem sie aufgewachsen war, wiederzusehen, plötzlich wie wild zu klopfen begonnen.

Daß sie irgendwann wieder in Bel Jardin wohnen würde, schien wie ein Märchen, zu schön, um wahr zu sein. Ich nehme an, es kostet weit mehr, als ich zahlen kann. Warum habe ich nicht wenigstens nach dem Preis gefragt? Was würde es nützen, aufgeregt hinzufliegen, nur um in Erinnerungen zu schwelgen?

Weil Bel Jardin nicht der einzige Grund war, weshalb sie hierher gekommen war.

Sie stellte sich vor, wie Emmett mit seinen blauen Augen ihre Hand mit den abgebissenen Fingernägeln anschaute und amüsiert sein Gesicht verzog. Wollte er um ihretwillen, daß sie kam? Ob er ahnte, daß sie, nachdem er angerufen hatte, völlig aufgelöst gewesen war...

Nein, das konnte nicht sein. Darüber würde Emmett sich wohl kaum den Kopf zerbrechen. Vielleicht war er mittlerweile verheiratet, vielleicht hatte er sogar ein Kind. Er hatte nichts von einer Frau erwähnt, warum sollte er auch? Es war schließlich ein geschäftlicher Anruf gewesen.

Sie versuchte sich vorzustellen, wie seine Frau aussehen könnte – langbeinig, schlank und braungebrannt, mit einem Colgatelächeln. Vielleicht spielte sie Volleyball am Strand, in einem Bikini wie in der Cola-Werbung. So eine Barbiepuppe.

Ob Emmett wohl immer noch seine Cowboystiefel trug? Oder hatte er mittlerweile auf Halbschuhe umgesattelt? Stand immer noch eine Locke ab, wenn sein Haar feucht wurde? Dachte er manchmal noch daran, daß er sie je geliebt hatte?

»Kann ich Ihnen behilflich sein, Madam?« Sie hörte, daß jemand sie ansprach, ein junger Mann mit weißem Jackett, der hinter der Rezeption stand.

»Eine Reservierung für Annie Cobb«, sagte sie mit geschäftsmäßiger Stimme.

»Haben Sie Gepäck?« fragte er.

»Nur die Tasche da.« Annie legte Wert darauf, daß sie mit leichtem Gepäck reiste. Ihre Tasche, aus feinstem Kalbsleder mit schokoladenbraunen Riemen und ihren Initialen AMC, war kaum größer als eine Einkaufstasche, aber groß genug für kurze Reisen.

»Ich kann sie selbst tragen«, sagte sie.

Aber der Hotelpage, der aussah wie ein ehemaliger Leistungssportler, nahm ihr die Tasche einfach aus der Hand und führte sie durch die weitläufige Halle, ein Meer aus Grün und Rosa. Annie fand diesen Pomp übertrieben, die altmodische Vorstellung eines Hollywood-Designers von einem üppigen Urwald, ein Gemisch aus *Casablanca* und *Straße nach Rio*.

Von ihrem Zimmer aus konnte sie einen Pfad mit Kieselsteinen sehen, der sich zwischen Grasflächen und Philodendronbüschen hindurchschlängelte. Ihr Bett hatte die Größe eines kleinen tropischen Atolls. Und damit sie ja nicht vor Hunger umkäme, stand auf einem zierlichen Sekretär ein großer Korb mit Früchten.

Annie zog ihre Pumps aus und sank aufs Bett. Trotz der Klimaanlage war ihr in dem Leinenkostüm so heiß, als sei sie dick in Wolle gepackt. Wenn sie hierher ziehen würde, bräuchte sie eine komplett neue Garderobe.

Aber wer sagte etwas von Umziehen? Sicher, sie hatte schon mit dem Gedanken gespielt, nicht erst seit sie von Bel Jardin gehört hatte. Sie könnte ihr Appartement in New York behalten und einen Teil des Jahres in Los Angeles wohnen. Die Neueröffnung des Tout-de-Suite-Ladens am Rodeo Drive im nächsten Monat würde sie ohnehin zwingen, eine Zeitlang hier zu sein. Und jetzt, da sich Dolly und Henri um die Fabrik, ihre Läden und Felders Boutiquen kümmerten, konnte sie sich nach weiteren Standorten an der Westküste umsehen. Warum nicht ein Tout de Suite in La Jolla, Sausalito, Carmel...?

Aber sie wußte, es wäre nicht das Geschäft, weshalb sie hierherziehen würde... falls sie es täte.

Es war ihr selbst unheimlich, aber Annie konnte sich von der Vorstellung nicht freimachen, daß sie, wenn sie ganz hierher zöge, irgendwie weglaufen würde. Nicht vor der Arbeit. Sie würde hier genauso hart arbeiten wie anderswo, obwohl die Geschäfte so gut liefen, wie sie im Traum nie zu hoffen gewagt hatte.

Auch nicht vor Laurel... sie fühlte sich ihrer Schwester näher als je zuvor. Und Laurel, im sechsten Monat und schon dick wie ein Kürbis, robust, vor Energie überschäumend, würde sie nicht brauchen.

Rannte sie vor sich selbst weg?

Oder rannte sie nicht vor etwas weg, sondern auf etwas zu... auf Frieden, Zufriedenheit, auf das Glück, das für sie nie erreichbar gewesen war? Wie oft hatte Rivka zu ihr gesagt, sie solle heiraten... und eine Familie gründen. Sie war vierunddreißig. In Rivka's Augen war sie eine alte Jungfer.

Aber alle Männer, die sie seit Emmett kennengelernt hatte, waren gebunden: an ihre Mütter, an ihre Therapeuten, an ihre Jobs, an ihre Hobbys (Russ mit seiner Leidenschaft für Antiquitäten), an ihre Allergien (David mit seinem Luftbefeuchter und Staubfresser in jedem Zimmer) oder ganz einfach an ihr Ego. Die meisten waren liebenswert gewesen, manche amüsant, für einen Abend ganz nett oder für ein Wochenende. Aber ein Leben lang?

Warum hatte sie Emmett nicht mehr zu schätzen gewußt, als er sie noch liebte? Warum hatte sie ihn nicht gebeten zu bleiben, ihr noch eine Chance zu geben?

Wie würde es sein, ihn nach so langer Zeit wiederzusehen? Wäre es nostalgisch wie das Treffen mit einer alten Schulfreundin? Oder würde sie dahinschmelzen, Herzklopfen bekommen und feuchte Hände, wir vor kurzem, als er angerufen hatte? So unwahrscheinlich es auch sein mochte, war es möglich, daß sie immer noch in Emmett verliebt war?

Vergiß es! Denk an Bel Jardin, befahl sie sich selbst. Es wäre einfach zu schön, wenn sie es kaufen könnte. Auch wenn sie nur zeitweise darin wohnen würde. Laurel und Joe könnten es ja auch nutzen. Und Adam und sein Bruder oder seine Schwester würden genau da spielen, wo auch sie und Laurel schon gespielt hatten. Was, wenn es sehr heruntergekommen war? Sie würde weder Kosten noch Mühe scheuen, es wieder so herzurichten, wie es gewesen war, bevor Dearie krank geworden war.

In Gedanken fuhr sie den Weg hinauf, eine langgezogene

Kurve, Palmen säumten den Weg und warfen ihre Schatten auf den Rasen. Und dann kam das Haus ins Blickfeld. Es hatte die Farbe einer geschälten Grapefruit, alles cremegelb und weiß, mit dem heruntergezogenen Terracotta-Dach, die Balkone mit filigranen schmiedeeisernen Geländern versehen. Die Wege waren von blühenden Rosen gesäumt, und entlang der vorderen Einfahrt standen Steinsockel mit Blumenschalen. Bougainvillea rankte um die Fenster, blühende, duftende Blütenkaskaden...

O je, sie war völlig durcheinander. Sie wohnte schon in Bel Jardin, noch bevor sie es überhaupt betreten hatte.

Bald, dachte sie, und ihr Herz schlug schneller.

Annie saß an einem kleinen Holztisch in Crow's Nest in Santa Monica mit Blick auf den Pazifik, nippte an ihrem Wein und wartete auf Emmett. Ein Cinzano-Schirm hielt die heiße Sonne ab. Aus den Räumen des Restaurants klang Gitarrenmusik. Trotz der gedämpften Musik, dem Stimmengewirr, dem Gelächter und dem Klimpern der Eiswürfel in den gekühlten Gläsern fühlte Annie sich angespannt.

An den Tischen um sie herum saßen fröhliche Gäste, die meisten waren jünger als sie. Sie sah ein blondes Mädchen mit Pferdeschwanz in einem Sarong mit Hawaii-Muster und einer weißen Bluse, die unterhalb der Brust zusammengeknotet war und ihren flachen Bauch frei ließ. Sie wirkte so vollkommen, als wäre sie nicht aus Fleisch und Blut. Ihr Begleiter, ein Typ mit einer modischen Sonnenbrille, kurzen Shorts und einem taillierten Hemd, sah aus, als würde er für Sonnenschutzmilch werben. Sie saßen sich am Tisch gegenüber und schauten sich in die Augen, vielleicht sahen sie aber auch nur ihr eigenes Spiegelbild.

Annie kam sich in ihrer sorgfältig gebügelten Hose, der goldfarbenen Seidenbluse, den Stöckelschuhen und der Perlenkette overdressed und deplaziert vor. Sie erinnerte sich, wie fremd sie sich vor Jahren bei ihrer Ankunft in New York gefühlt hatte... und was war sie jetzt für ein Großstadtmensch geworden!

Würde Emmett auch auf den ersten Blick feststellen, daß sie überhaupt nicht hierher paßte? Mein Gott, wo blieb er nur? Es schien Ewigkeiten her zu sein, seit der Kellner in seinem bunten Hemd ihren Wein gebracht hatte. Auf ihrer Uhr sah sie, daß es noch nicht drei war. Um drei wollte Emmett kommen. Sie war wie immer viel zu früh.

Ein Schatten fiel über sie, und sie schaute auf. Er stand mit dem Rücken zum Licht, ein kräftig gebauter Mann, sein Gesicht lag im Schatten. Aber sein Haar… sie würde ihn überall an seinem Haar erkennen. Von der Sonne beschienen, funkelten seine Locken wie Feuer. Dann beugte er sich zu ihr herunter und küßte sie mit warmen, trockenen Lippen auf die Wange.

»Hallo, du Schöne.« Emmett ließ sich in den Stuhl ihr gegenüber fallen. »Du hast mich ausgetrickst. Ich wollte eisgekühlten Champagner bestellen, bevor du kommst.«

Sie lachte, zwang sich ruhig zu bleiben, aber sie fühlte sich schrecklich, ihr Herz klopfte wie verrückt, ihr Atem wurde kurz. Sie nahm ihr Glas in die Hand. »Hallo, Emmett, schön, dich wiederzusehen.«

»Du bist ja noch hübscher geworden. Ich seh' schon, Erfolg macht schön. Ich habe letzte Woche im *Time Magazine* den Artikel über Tout de Suite gelesen… Du bist ja eine richtige Berühmtheit. Das Foto von dir war allerdings nicht so gut.« Er lehnte sich zurück. »Glückwunsch. Ich habe nicht gewußt, daß du hier auch einen Laden aufmachen willst.«

»Hast du deshalb gedacht, daß ich an Bel Jardin Interesse haben könnte?«

»Nee. Ich hätt' dich auch angerufen, wenn du gerade nach Borneo umziehen würdest. Ich weiß, wieviel dir Bel Jardin bedeutet.«

»Wer sagt denn was von Umziehen?« Sie hörte selbst, wie hart und verteidigend das klang, und hätte sich am liebsten geohrfeigt.

Emmett schien ein bißchen zusammenzuzucken, aber er

lächelte, jetzt allerdings eine Spur weniger herzlich. Warum hatte sie das gesagt? Versuchte sie Emmett zu überzeugen... oder sich selbst? Aber andererseits, wenn er ahnte, daß sie seinetwegen gekommen war und nicht nur wegen Bel Jardin? Mein Gott, sie würde im Erdboden versinken.

»Nun ja, ich dachte mir, du könntest vielleicht interessiert sein – aus welchem Grund auch immer.«

Seine Augen schienen vom ständigen Sonnenlicht heller geworden zu sein. Sie bemerkte kleine Sonnenfalten um seine Augen.

Aber sonst war er der alte geblieben. Er hatte sich nicht angepaßt, Gott sei Dank. In seinem sportlichen Blazer sah er sehr locker aus. Aber war er das nicht immer gewesen? Sie schaute hinunter und sah die gleichen alten Cowboystiefel. Stärker wettergegerbt vielleicht, aber offensichtlich gepflegt, das alte, bestickte Leder war eingecremt, die Absätze neu besohlt. Als sie das sah, war Annie absurderweise glücklich darüber.

Bevor er ihr etwas einfältiges Lächeln sehen konnte, beugte sie sich zu ihrer Handtasche hinunter und suchte nach ihrer Sonnenbrille. Sie setzte sie auf und sah seine sommersprossenübersäte Hand an. Kein Ehering. Nun, das war ja schon mal erfreulich. Aber was hieß das schon? Nicht jeder, der verheiratet war, trug auch einen Ring. Außerdem konnte er ja auch verlobt sein oder mit jemandem zusammenleben.

»Ich schätze, ich muß dir auch gratulieren.« Sie mußte das Thema wechseln. »Als ich in deinem Büro angerufen habe, um den Termin zu bestätigen, hat mir eine nette Dame gesagt, du würdest gerade mit Kunden ein Haus besichtigen, aber vielleicht wollte ich mit einem der Verkäufer sprechen? Mein Gott, Emmett, wie viele hast du denn?«

»Nur zwei«, sagte er und nickte. »Aber es läuft ganz gut. Mir gefällt's hier. Es ist nicht gerade Paris – aber besser als El Paso.« Er lachte sein wärmstes Lachen. Sie bekam eine Gänsehaut.

Und du... wie geht es dir, wollte sie fragen, verliebt?

Aber alles was sie sagen konnte war »Nun, das überrascht mich nicht.«

Der Kellner kam.

Emmett zeigte auf ihr Glas. »Möchtest du noch einen Wein?«

»Nein… danke. Dann schlaf' ich gleich ein. Was ist mit dir? Willst du nichts?« Sie betete, daß er nicht einen dieser monströsen kalifornischen Drinks bestellen würde.

»Löwenbräu«, sagte er zu dem jungen Mann mit Pferdeschwanz.

Der alte Emmett. Sie war unendlich erleichtert und seltsam aufgeregt.

»Du hast dich vielleicht gewundert, warum ich dich den ganzen Weg nach Santa Monica gejagt habe«, sagte Emmett, »wo Bel Jardin nur einen Katzensprung von deinem Hotel entfernt ist.«

»Ja, das ist mir schon aufgefallen.« Unten am Strand spielten Jugendliche in Shorts und Badeanzügen Volleyball über einem Netz, das zwischen zwei Eisenstangen aufgehängt war. Es sah so aus, als wirbelten sie hauptsächlich eine Menge Sand auf. »Aber das macht nichts. Es ist schön hier. Ich habe schon fast vergessen, wie die Sonne aussieht.«

»Mein Haus ist nicht weit von hier«, sagte er. »Es liegt gleich da die Straße runter. Ich dachte, wir könnten mal kurz reinschauen. Möchtest du es sehen?«

Annie wurde ganz komisch zumute. Sie trank noch einen Schluck, wie um sich selbst Mut zu machen.

»Klar«, sagte sie.

»Also dann.« Er stand auf. »Laß uns gehen.«

»Was ist mit deinem Bier?«

»Vergiß es. Ich muß ja noch fahren.« Der Volleyball flog durch die Luft auf sie zu. Emmett fing ihn mühelos auf und warf ihn zurück, als sei er an dem Spiel beteiligt.

In diesem Augenblick wäre Annie mit ihm zum Mond geflogen, wenn er sie gefragt hätte.

»Mein Haus ist eher klein«, meinte er. »Ich hab' aber was anderes in Aussicht... etwas viel Größeres. Aber« – er zuckte die Schultern – »es ist noch nicht ganz sicher.«

Annie trat über die Schwelle ins Haus. Es schien innen noch heller zu sein als es von draußen schon wirkte. Überall Glas, es sah aus, als bestünde das ganze Haus aus Glasscheiben, die nur durch ein paar Holzbalken zusammengehalten wurden. Sie ging zur anderen Seite an das Glasfenster, das vom Boden bis zur Decke reichte. Ihr wurde fast schwindelig. Das Haus lag etwas höher als die anderen und hatte einen Blick über den Strand bis zum Meer. Klein? Vielleicht. Aber mit diesem Haus hatte Emmett nicht nur den Grund, er hatte den Himmel, die Sonne, das Meer.

»Hallo, Sie müssen Annie sein.«

Annie drehte sich herum und sah eine Frau barfuß auf sie zukommen. Sie sah absolut nicht wie eine Barbiepuppe aus, die sie sich als Emmetts Ehefrau vorgestellt hatte. Zum einen war sie nicht jung, sie schien in Annies Alter zu sein. Ein nettes, rundliches Gesicht mit braunen Augen, nicht schön, aber mit einem warmen, einladenden Lächeln. Ihr Haar war goldbraun wie Ahornsirup und sehr lockig. Sie war auch nicht besonders gebräunt. Sie trug Hosen, die über dem Knie abgeschnitten waren, und ein Hemd, das mit verschiedenen Farben verschmiert war. Eine Künstlerin? Ja, das könnte passen. Liebe Zeit, sie hatte genau gewußt, daß Emmett nicht auf hirnlose junge Schönheiten stand. Und wie schön, daß er eine Frau gefunden hatte, die so offensichtlich gut zu ihm paßte.

Als sie ihren Arm ausstreckte, um der Frau die Hand zu geben, schien er Tonnen zu wiegen. Ihr Herz sank, und sie selbst hatte das Gefühl, als sei sie auf einem Planeten, auf dem die Schwerkraft stärker ist als auf der Erde.

War das wirklich ihre Stimme, die so normal klang, so geschäftsmäßig? Sie zwang sich zu einem Lächeln und empfand es als unecht, gezwungen.

»Ich bin Phoebe.« Die Frau warf Emmett einen gespielt bösen Blick zu. »Du hättest mich wenigstens warnen können. Liebe Zeit, sieh mich nur an. Da steh' ich jetzt mit so vergammelten Klamotten.« Sie strich mit dem Handrücken ihrer farbverschmierten Hand eine Locke aus der Stirn und lachte. »Na ja, wahrscheinlich hätte ich mich auch nicht umgezogen, wenn du angerufen hättest. Wenn ich male, vergesse ich alles um mich herum. Sogar mich selbst.«

So natürlich, so auf dem Boden. Oh, warum konnte sie nicht so eine Barbie sein? Dann hätte es Annie weniger ausgemacht.

»Kann ich Ihnen etwas anbieten? Tee vielleicht?« Phoebe sah sich um, als erwarte sie, daß von irgendwoher ein Tablett mit Tee auftauchen würde.

Annie sah, daß die Sofas und Sessel mit buntem Stoff bezogen waren. Die Kissen waren alle unterschiedlich gemustert. Vor dem offenen Kamin stand ein großer Korb mit Brennholz. Und in der Mitte stand ein phantastisch geformtes Stück Treibholz als Tisch, auf dem Stapel der *National Geographic* und des *Architectural Digest* lagen, Muscheln, eine Schwimmbrille, ungeöffnete Post und eine Kaffeetasse. Ja, hier fühlte sich Emmett wohl.

An der einen Wand entdeckte sie ein recht gutes Bild, das eine von Felsen umrahmte Meeresbucht darstellte. Hatte Phoebe das gemalt? Die Gewalt des Ozeans war sehr gut getroffen. Annie war zumute, als müsse sie etwas zerschlagen, und gleichzeitig wäre sie am liebsten im Boden versunken. Eigentlich hatte sie hier nichts zu suchen.

Achtzehn Monate lang kein Brief, kein Anruf, nichts... wie dumm war sie eigentlich zu glauben, sie hätte noch eine Chance? Was um Gottes willen hatte sie sich dabei gedacht?

»Gern, aber wir haben nicht vor zu bleiben. Vielleicht ein andermal?« Annie sah erklärend auf ihre Uhr. »Emmett, ich habe vergessen, dir zu sagen, daß ich um halb sechs noch einen Termin habe... wir sollten besser gehen.« Sie hatte tatsächlich eine Verabredung, allerdings erst viel später mit einer Freundin von Dolly, die früher eine Designer-Boutique gehabt hatte und demnächst im Tout de Suite am Rodeo Drive arbeiten würde.

Phoebe zuckte die Schultern – »das macht nichts«.

»Ich bin fertig.« Emmett zog sein Jackett an und griff nach seinen Schlüsseln. »Du hast ja das beste an dem Haus gesehen – den Blick. Ist er nicht umwerfend?«

»Phantastisch.« Annie schaute noch einmal auf das Meer, das in der Ferne glitzerte. Der Strand wimmelte von Badenden und Sonnenhungrigen. »Ich beneide dich.« Dabei sah sie nicht Emmett, sondern Phoebe an.

Ja, es stimmt, ich hätte gerne, was du hast. Mehr als alles auf der Welt wünschte ich, ich hätte meine Chance wahrgenommen, als ich sie hatte.

»Nun, ich hoffe, wir sehen uns mal wieder.« Phoebe ging neben Annie zur Tür. »Ehrlich, Emmett hat mir so viel von Ihnen erzählt. Annie, Annie, Annie, das mußte ich mir ständig anhören.«

Wäre zu schön, wenn's wahr wäre. Annie, die alles genommen und selbst nur so wenig gegeben hatte. Annie, die ihn als Ersatz für einen anderen Mann mißbraucht hatte. Annie, die ihn betrogen hatte.

»Also, vielleicht bis bald mal«, sagte sie zu Phoebe und trat zur Tür. »War nett, Sie kennenzulernen.«

»Mach's gut, Süße, erstick nicht am Terpentin!« rief Emmett ihr zu – wie ein zufriedener Ehemann.

Annie stieg in ihren Mietwagen. Sie kannte den Weg nach Bel Jardin im Schlaf und hatte darauf bestanden, daß Emmett seinen BMW stehenließ. Als sie den Motor startete, hatte sie das Gefühl zu brennen. Ihr Gesicht war heiß, sie hatte Hitzewallungen, ihr Haar kringelte sich. Sie stellte sich vor, auf dem Pacific Coast Highway – egal in welche Richtung – entlangzurasen, die Fenster herunterzukurbeln, kühlenden Wind im Gesicht. Wie konnte sie so tun, als sei sie völlig ruhig, wie konnte sie mit Emmett neben ihr auch nur einen Meter weit fahren? Sich nett mit ihm unterhalten, wenn sie am liebsten laut geschrien hätte: *Ich war ein Idiot, dich nicht zu lieben, zu blind, um zu sehen, was für ein großartiger Mensch du bist!*

»Du hast mir immer noch nichts erzählt.« Sie bog vom Sunset Boulevard in die Bellagio ein, eine schmale Straße, von Bäumen begrenzt, die nach Bel Air führte. Fast waren sie da, nur noch ein paar Minuten. Ihr Magen schmerzte. »Ich meine, wenn sie Unsummen verlangen, brauch' ich es erst gar nicht zu besichtigen. Aber bei den Preisen in Bel Air kann ich es mir wahrscheinlich nicht mal bei einem vernünftigen Angebot leisten.«

»Es wird dich gar nichts kosten«, sagte Emmett.

Annie, die gerade an einem Golfplatz vorbeifuhr, trat heftig auf die Bremsen. »Was?«

»Es wird dich gar nichts kosten«, wiederholte er.

»Emmett, soll das ein Witz sein...?«

»Es ist kein Witz.«

»Was soll das?«

»Annie, ich wollte es dir nicht sagen... aber Bel Jardin ist bereits verkauft.«

Jetzt bremste Annie so hart, daß der Wagen schleuderte und seitlich an den Büschen schrammte. Was war das für ein grausames Spiel? Zuerst Emmett, dann Bel Jardin... beides Herzenswünsche und genau vor ihrer Nase weggeschnappt. Ihr war zum Heulen zumute. »Heißt das, daß ich den ganzen Weg hierher gekommen bin, nur um zu hören, daß es verkauft ist?«

»Tut mir leid, Annie.« Er legte seine Hand auf ihren Arm, aber sie zog ihn heftig zurück. »Es hat sich so ergeben. Erst heute morgen.«

»Aber du hast doch behauptet, du hättest das exklusive Verkaufsrecht?«

»Das hatte ich auch. Aber Freunde des Ehepaars, die es verkaufen, haben ein gutes Angebot gemacht. Ich habe nichts davon gewußt. Manchmal läuft das halt so. Aber vielleicht hilft es dir, wenn ich dir sage, daß du recht hattest. Du hättest es dir nicht leisten können. Es hat über drei Millionen gekostet.«

»Emmett« – sie sah ihm ins Gesicht – »kannst du mir mal sagen, was ich hier überhaupt soll? Ich meine, Bel Jardin ist verkauft, warum soll ich's dann noch anschauen?«

»Jetzt bist du schon mal da. Was macht das schon? Wie gesagt, anschauen kostet nichts. Ich hab' den Besitzern gesagt, daß du hier mal gewohnt hast, und sie waren einverstanden, daß du dich ein bißchen umsiehst. Was ist, willst du den Rest fahren, oder sollen wir aussteigen und zu Fuß gehen?«

Emmett grinste, und sie wurde wütend. Wie konnte das sein: Eben noch hatte sie ihn küssen wollen, und jetzt hätte sie ihn am liebsten verprügelt.

»Dich sollte ich zu Fuß gehen lassen... Und zwar den ganzen Weg zurück nach Santa Monica.«

»Beinahe hätte ich's vergessen... dein Temperament.« Emmett grinste. »Ja, ja, Cobb, wenn du dir was in den Kopf gesetzt hast, dann mußt du das auch haben.«

»Wenn's anders wäre, hätte ich im Leben nichts erreicht.« Komischerweise fühlte sie sich jetzt besser, ein bißchen entspannter, und sie konnte wieder durchatmen.

»Wer sagt denn«, fragte er ruhig, »daß es falsch ist, was du machst?«

»Ich! Vielleicht hätte ich einfach zufrieden sein sollen mit dem, was ich hatte. Vielleicht war ich einfach ein Idiot und konnte das Gute nicht sehen, was vor meiner Nase lag.« Sie spürte einen Druck auf den Augen und ein Kribbeln in der Nase. »Ich wollte immer mehr. Und wohin hat mich das alles gebracht?«

»Reden wir noch über Bel Jardin?« Er sprach ruhig, aber seine Stimme schien in ihrem Kopf widerzuhallen.

»Nein«, sagte sie, »das tun wir nicht.« Mit einem Ruck riß sie das Lenkrad herum, fuhr auf die Straße zurück und war sich im klaren, daß sie, wenn sie jetzt nicht irgend etwas tat, einem verheirateten Mann gestehen würde, daß sie ihn liebte.

Sie fuhr den gewundenen Weg zum Chantilly Drive hinauf – da tauchte über den riesigen Oleanderbüschen Bel Jardin auf. Die schmiedeeisernen Tore standen weit offen, dann war die pinkfarbene Fassade des Hauses zu sehen. Pink? Hatten sie es tatsächlich pink gestrichen? Mein Gott, vielleicht war es doch keine gute Idee gewesen, hierher zu kommen.

Trotzdem war es schön, das Haus zu sehen. Ihre Wut auf Emmett ebbte ab, und Annie wurde aufgeregt. Eigentlich war es egal, ob sie Bel Jardin kaufen konnte oder nicht. Im Herzen gehörte es sowieso ihr. Im Herzen würde Bel Jardin ihr immer gehören.

Sie parkte den Wagen auf dem Wendeplatz. Sie stieg aus und atmete tief durch. Zitronenblüten, o ja, sie konnte sie riechen. Und Jasmin. Und die Bougainvillea waren bis zum Dach hoch gewachsen. An der Vorderseite des Hauses waren keine Rosen mehr, sondern Begonien mit riesigen Blüten, pink, weiß und blau. Sie sah die schwere Eingangstür im spanischen Stil, und ihr Herz schien stehenzubleiben.

Zu Hause. Sie war wieder zu Hause.

Annie drehte sich zu Emmett um, der neben ihr stand, und fragte: »Sind sie da? Die... jetzigen Bewohner?«

»Nein. Aber ich hab' die Schlüssel. Willst du reingehen?«

»Das klingt so einfach... nur reingehen... einfach so. Oh, Emmett, es ist ein bißchen... als würde man sich selbst betrügen. Wenn ich es sehe, wie es jetzt ist, statt wie es früher war.«

»Warum beschreibst du es mir nicht einfach, während wir uns umsehen? Wer weiß, vielleicht ist der neue Besitzer dankbar für Vorschläge.«

»Warum sollte er?«

»Ich weiß nicht... warum fragst du ihn nicht einfach?« Emmett legte seinen Arm um ihre Schultern. »Er steht vor dir.«

Annie trat einen Schritt zurück, ihre Knie wurden weich, und sie starrte ihn an wie einen Geist. Ein Traum. Oder ein Alptraum. Sie war sich nicht sicher. Tat Emmett das aus Rache... um ihr heimzuzahlen, daß sie ihn so schlecht behandelt hatte? Oder hieß das... daß... nein, das konnte nicht sein...

»Du?« stieß sie hervor. »*Du* hast Bel Jardin gekauft? Aber warum? Warum hast du mich hierherkommen lassen?«

Emmetts Augen schienen unnatürlich hell aufzuleuchten, irgendwie zeitlos wie die Sterne am Himmel. Ein leichter Wind fuhr durch sein Haar, seine Locke stand vorn ab, und Annie hatte plötzlich das starke Bedürfnis, ihm über den Kopf zu streichen.

»Weil es mir nicht so gut geht, wie du denkst. O ja, geschäftlich ist alles in Ordnung. Aber ich spreche von dir, Annie Cobb, von deinem Dickkopf. Fast zwei Jahre lang hab' ich versucht, dich zu vergessen, aber es ist mir einfach nicht gelungen. Als dieses Objekt mehr oder weniger zufällig in meine Hände gefallen ist, dachte ich, das sei so etwas wie ein Wink des Schicksals... oder vielleicht, wenn ich es kaufen, Bel Jardin besitzen würde, wäre es, als hätte ich ein Stück von dir. Und dann, nachdem ich mit Laurey gesprochen hatte –«

»Du hast Laurey angerufen? Warum?«

»Aus Feigheit vermutlich.« Er zuckte die Schultern. »Ich wollte nicht schon wieder verletzt werden, nicht so direkt jedenfalls. Deine Schwester hat mich ermutigt.«

»Was hat sie gesagt?«

»Daß du nicht verheiratet bist. Und daß du vor nicht allzu langer Zeit gesagt hast, daß es dein größter Fehler gewesen sei, mich nicht zu heiraten. Also hab' ich gedacht, vielleicht bist du daran interessiert, Bel Jardin mit mir zu teilen.«

»Was ist mit deiner Frau?« fragte sie.

Verwirrt zog er die Augenbrauen hoch, dann glitt ein amüsiertes Lächeln über sein Gesicht. »Phoebe? Ach so, wie dumm von mir. Natürlich hast du das denken müssen. Wir waren ja auch mal kurze Zeit zusammen.« Er zuckte die Achseln. »Aber das ist schon eine Weile her. Sie benutzt das Gästezimmer als Studio. Wegen dem Licht.« Er kam einen Schritt auf sie zu und legte seine große warme Hand auf ihre Wange. »Sie sagt, es sei ideal zum Malen. All die Fenster.« Er beugte sich zu ihr, um sie zu küssen, aber sie wich aus.

»Du...«

»Ob ich mit ihr schlafe?« Er lachte. »Wir sind einfach nur gute Freunde. Außerdem hat sie einen Freund. Netter Kerl.«

»Das ist das Schönste, was du mir je gesagt hast.« Sie hatte Tränen der Erleichterung in den Augen. Ihre Überraschung und ihre Freude waren so groß, daß sie es nicht in Worte fassen konnte. »Bitte sag' jetzt nichts mehr. Küß mich!«

Das tat er auch. Es war ein Kuß, der sie an alles erinnerte, das sie sich je gewünscht hatte.

Ein süßes, warmes Gefühl erfüllte sie. Ein Glückstaumel. Bis jetzt war das nur ein Wort für sie gewesen. Etwas, von dem sie gehört, was sie aber selbst nie erlebt hatte. Ein Zustand, wie ihn betrunkene Dichter oder Helden in Romanen erleben. Aber... sie konnte es nicht anders beschreiben, dieses Gefühl... dieses Leichtsein. Ja, es war ein wahrer Glückstaumel.

Plötzlich hörte sie Dearie sagen: *Greif zu, Kind... eine zweite Chance kommt nicht mehr...*

»Laß uns reingehen«, sagte Annie und nahm Emmetts Hand. »Ich zeig' dir, wo wir Mutters Oscar hinstellen.«